GUERRA DOS TRONOS RPG

Por Robert J. Schwalb

CRIAÇÃO: Steve Kenson, Nicole Lindroos, Chris Pramas e Robert J. Schwalb
CRIAÇÃO ADICIONAL: Jesse Scoble   **DESENVOLVIMENTO:** Steve Kenson
DESENVOLVIMENTO ADICIONAL: Chris Pramas   **EDIÇÃO:** Kara Hamilton
REVISÃO: Brian E. Kirby, Chris Pramas, Evan Sass
PROJETO GRÁFICO E DIREÇÃO DE ARTE: Hal Mangold
CAPA: Andrew Hou   **CARTOGRAFIA:** Keith Curtis
ARTE: Ted Galaday, Jeff Himmelman, Jason Juta, Billy King, Pat Loboyko, German Nobile, Christophe Swal, Jean Pierre Targette
EQUIPE DA GREEN RONIN: Bill Bodden, Steve Kenson, Jon Leithuesser, Nicole Lindroos, Hal Mangold, Chris Pramas, Evan Sass, Marc Schmalz
PLAYTESTERS: Tyler M. Carey, Cody Carver, Tom Castelli, Jacob Chabot, Adam Doochin, Michael Elster, Andy Frades, Mark Hugo, Doug Justice, Brian E. Kirby, Jan Philipp Gürtler, Kristian Hartmann, Dan Heinrich, Lyle Hinckley, Kevin Hamilton, Daniel Hodges, Travis Hodges, Sean Johnson, Glen Kyle, Joe Quarles, Clemens Schäfer, Conrad Schäfer, Michael Simonds, Norman Simonds, Owen K.C. Stephens, Nathan Summar, Rich Tomasso, Bobby Turman.

A Song of Ice and Fire Roleplaying, SIFRP e seus respectivos logotipos são marcas comerciais da Green Ronin Publishing, LLC.
A Song of Ice and Fire é © 1996-2013 George R. R. Martin. Todos os direitos reservados.

CRÉDITOS DA EDIÇÃO BRASILEIRA

TRADUÇÃO: Leonel Caldela   **EDITOR-CHEFE:** Guilherme Dei Svaldi

3ª impressão: julho de 2017
ISBN: 978858913486-6

Dados Internacionais de Catalogação na Publicação
Bibliotecária Responsável: Denise Selbach Machado CRB-10/720

S398g   Schwalb, Robert
        Guerra dos tronos RPG / Robert Schwalb; tradução de Leonel Caldela — Porto Alegre: Jambô, 2013.
        288p. il.

        1. Jogos eletrônicos — RPG. I. Caldela, Leonel. II. Título.
                                                CDU 794:681.31

Rua Sarmento Leite, 627 • Porto Alegre, RS
CEP 90050-170 • Tel (51) 3012-2800
editora@jamboeditora.com.br • www.jamboeditora.com.br

Todos os direitos desta edição reservados à Jambô Editora.
É proibida a reprodução total ou parcial, por quaisquer meios existentes ou que venham a ser criados, sem autorização prévia, por escrito, da editora.

Sumário

Introdução 4	Escudeiro 44
	Herdeiro 46
Capítulo 1: Sobre Westeros 6	Jurado aos Deuses 48
Um Almanaque de Westeros 7	Meistre 50
Porto do Rei 12	Nobre 52
A Cidade 13	Servo 54
Os Últimos Targaryen 13	
O Norte 14	**Capítulo 3:**
Senhores do Norte 14	**Criação de Personagens** 56
A Patrulha da Noite 14	A Casa Nobre 56
As Ilhas de Ferro 15	Passo Um: Casa & Terras 57
Os Filhos do Ferro 15	Passo Dois: Conceito do Personagem 57
Casa Greyjoy 15	Passo Três: Compre as Habilidades 65
A Rebelião de Balon 16	Passo Quatro: Compre as Especialidades 66
As Terras Fluviais 16	Passo Cinco: Pontos de Destino & Benefícios ... 67
O Tridente 16	Passo Seis: Defeitos & Desvantagens 68
A Aliança de Tully 17	Passo Sete: Posses Iniciais 69
As Montanhas da Lua 17	Recompensas & Evolução 70
As Terras Ocidentais 18	
Governantes de Rochedo Casterly 18	**Capítulo 4:**
Jurados ao Leão 18	**Habilidades & Especialidades** 71
O Extremo 19	Graduações em Habilidades 71
Casa Tyrell 19	Especialidades 73
Lordes Menores do Extremo 19	Usos de Habilidades 75
As Terras Tempestuosas 19	
Os Reis da Tempestade 20	**Capítulo 5:**
A Ascensão de Baratheon 20	**Destino & Qualidades** 93
Outros Poderes das Terras Tempestuosas 20	Pontos de Destino 93
Dorne 20	Qualidades 95
Além de Westeros 22	Benefícios 96
Sobre Cavaleiros & Rufiões 23	Desvantagens 117
Costumes & Leis 23	
Tecnologia 25	**Capítulo 6: Casa & Terras** 122
Fé & Religião 26	Passo Um: O Reino 123
Cavalaria 27	Passo Dois: Recursos Iniciais 124
Meistres da Cidadela 29	Passo Três: História da Casa 130
	Passo Quatro: Posses 134
Capítulo 2: Regras 29	Passo Cinco: Lema & Brasão 142
O Básico 29	Passo Seis: Família & Agregados 150
O Personagem 30	Meses & Ações 153
Os Dados 30	
Tipos de Testes 32	**Capítulo 7: Equipamento** 156
Modificando Testes 33	Dinheiro & Permuta 156
Dificuldade 36	Equipamento Pessoal 157
Arquétipos 37	Armas 161
Batedor 38	Armaduras 166
Cavaleiro Errante 40	Montarias 167
Cavaleiro Sagrado 42	Venenos 169

Sumário

Capítulo 8: Intriga 175
Estatísticas da Intriga 176
Estrutura da Intriga 177
    Passo Um: Tipo 177
    Passo Dois: Cena 178
    Passo Três: Objetivo 179
    Passo Quatro: Postura 180
    Passo Cinco: Iniciativa 183
    Passo Seis: Técnica 184
    Passo Sete: Interpretação 187
    Passo Oito: Ação 187
    Passo Nove: Repetição 189
    Passo Dez: Resolução 189

Capítulo 9: Combate 191
Estatísticas do Combate 192
    Habilidades 192
    Defesa em Combate 193
    Saúde 194
    Movimento 194
Armaduras 194
Armas 195
Estrutura do Combate 201
    Passo Um: Campo de Batalha 201
    Passo Dois: Detecção 203
    Passo Três: Iniciativa 203
    Passo Quatro: Ação 204
    Passo Cinco: Repetição 207
    Passo Seis: Resolução 207
Dano 208
Recuperação 209
Torneios 210
Combate Avançado 212

Capítulo 10: Guerra 219
Fundamentos da Guerra 219
Componentes da Guerra 222
Anatomia de uma Batalha 225
    Passo Um: Campo de Batalha 225
    Passo Dois: Posicionamento 228
    Passo Três: Diplomacia & Termos 228
    Passo Quatro: Iniciativa 228
    Passo Cinco: Armas de Cerco 228
    Passo Seis: Primeiras Ações dos Jogadores 230
    Passo Sete: Ordens 231
    Passo Oito: Segundas Ações dos Jogadores 232
    Passo Nove: Resolução de Ordens Contínuas 233
    Passo Dez: Repetição 233
    Passo Onze: Resolução & Consequências 234
Regras Avançadas 236

Capítulo 11: O Narrador 242
Conceitos Básicos 243
    Tempo 243
    Cenas 243
    Recompensas 245
    História 246
    Crônica 246
Boa Narrativa 246
    Preparação 246
    Detalhes 247
    Dinâmica de Grupo 247
    Simulando os Livros 247
Lidando com as Regras 250
    Sucesso Rotineiro 251
    Substituição de Habilidades 251
    Especialidades Expandidas 252
    Determinando Dificuldades 254
Explorando Westeros 256
    Sustento 256
    Temperatura 257
    Viagens 258
    Perseguições 258
    Perigos 260
Casas Nobres 263
Magia 264
Adversários & Aliados 266
    Personagens Primários 266
    Personagens Secundários 266
    Personagens Terciários 266
    Promovendo PNs 267
    Evoluindo PNs 267
    Rebaixando PNs 267
    Exemplos de Personagens do Narrador 268
    Criaturas 269
    Criaturas Sobrenaturais 273
Estilos de Jogo 275
    Aventureiros 275
    História Antiga 275
    O Jogo dos Tronos 276
    Patrulha da Noite 276
    Povo Livre 277

Índice Remissivo 278

Ficha de Personagem 288

Introdução

Em um RPG de mesa, tudo é possível. O seu personagem pode explorar o mundo, participar de intrigas, guerrear contra casas rivais ou fazer qualquer coisa que você possa imaginar. Mas o RPG ainda é um jogo — assim, este livro contém regras, diretrizes para ajudar jogadores e narradores a contar as histórias que desejam, de forma consistente e divertida. Enquanto você se prepara para mergulhar no restante deste livro, é útil aprender algumas coisas de antemão.

O Básico

Guerra dos Tronos RPG (GdTRPG) é um jogo no qual os jogadores assumem os papéis de pessoas notáveis em Westeros, personagens distintos dentro da sociedade que compõe os Sete Reinos. Eles são chamados de personagens jogadores (PJs), ou apenas personagens. Cada jogador cria um personagem, e usa-o para interagir com o cenário ficcional em situações estruturadas ou não, chamadas de histórias. Assim, os PJs são os personagens principais — os protagonistas — da história.

Obviamente, uma história não conta a si mesma e, enquanto os jogadores tomam decisões sobre como seus personagens agem e reagem em resposta a certos desenvolvimentos no jogo, o mundo se desdobra ao seu redor, seus inimigos conspiram nas sombras e seus adversários agem contra eles. Cada jogador é responsável por seu personagem. Então quem é responsável pelo resto do mundo? O narrador.

O narrador tem o melhor trabalho de todos. Pode ser divertido representar um personagem, mas o narrador não precisa se contentar com apenas um: ele interpreta os vilões, os capangas e todos os coadjuvantes que ajudam a compor a história. Além disso, ele também dá forma à história, determina o que acontece e quando, e sabe de tudo que está ocorrendo nos bastidores. O narrador pode usar uma história publicada, ou pode criar sua própria história. Ser o narrador é uma grande responsabilidade, mas é a mais recompensadora de todas.

O Jogo

Quer você seja um jogador ou narrador, todos usam as mesmas regras. As regras são parte importante de qualquer RPG, pois ajudam a definir o que é e não é possível. Elas asseguram um certo nível de equilíbrio, surgido de uma compreensão mútua de como as coisas funcionam. Além disso, elas ajudam jogadores e narrador a tomar decisões sobre os personagens, apresentando números que revelam componentes vitais, como a habilidade de um personagem com interação social, sua experiência no manejo da espada, seu tamanho, força, beleza, etc.

Mas, como diz o ditado, regras foram feitas para serem quebradas. Ao contrário de outros jogos, o RPG é maleável em relação às regras. Se uma determinada regra não se encaixa com um grupo, não é apenas aceitável ignorá-la — é esperado! Use as regras deste livro para apoiar as histórias que você conta, não para defini-las.

O Sistema de Jogo

Já que as regras apoiam as histórias que você e seus amigos contarão, você pode notar que existem longos períodos em que elas não são necessárias, quando a interação e os diálogos dos personagens levam o jogo adiante, sem necessidade de rolar dados ou folhear o livro. Contudo, em outros momentos as regras podem aparecer muito mais do que você esperaria, especialmente em combate, negociações tensas e outras situações dramáticas com consequências sérias em caso de falha.

A dramaticidade é a chave para as mecânicas de jogo. Sempre que um personagem jogador ou o narrador tentarem fazer algo que imponha consequências em caso de falha, e cujo resultado não é certo, as regras surgem, na forma de um teste. Um teste é uma rolagem de dados, adicionando seus resultados e comparando o total com um número chamado Dificuldade. Se o total dos dados igualar ou exceder este valor, o teste é bem-sucedido. Se o total for menor, o teste falha.

E Depois?

Agora que você já leu os conceitos básicos, o resto do livro lhe espera. Daqui em diante, você pode examinar as regras com mais detalhes no **Capítulo 2: Regras**. Ou então pode estar mais interessado no papel do narrador, e desejar assumir o melhor trabalho do jogo. Nesse caso, leia o livro inteiro, dando atenção especial ao **Capítulo 11: O Narrador**. Você também pode querer apenas criar um personagem e seguir adiante. É uma boa decisão, e ninguém irá culpá-lo! Vá ao **Capítulo 3: Criação de Personagens**, e você terá tudo de que precisa para começar.

Se você realmente quiser aprender o jogo, comece com o **Capítulo 2**, então olhe as habilidades descritas no **Capítulo 4: Habilidades & Especialidades**. Uma vez que tenha compreendido isso, dê uma olhada no **Capítulo 9: Combate** e então no **Capítulo 8: Intriga**. Estes capítulos devem fornecer informações suficientes para que você tome decisões informadas durante a criação de personagem e comece a jogar. Lembre-se de que você provavelmente irá consultar este livro durante o jogo. À medida que aprende mais sobre *GdTRPG*, você dependerá menos do livro, até haver dominado o jogo completamente. Acima de tudo, *GdTRPG* é um jogo. Assim, divirta-se, saque a sua espada e mate um Lannister. Admita, você sempre quis fazer isso.

O que É Necessário para Jogar

Além deste livro, você deve ter papel, lápis, borracha e pelo menos dez dados comuns, de seis faces. Você também pode querer imprimir ou fotocopiar a ficha de personagem. Ah, e você também vai precisar de sua imaginação. Mantenha-a por perto.

"Quando você joga o jogo dos tronos, você vence ou morre. Não há meio termo."

— Cersei Lannister

Capítulo 1: Sobre Westeros

Bem-vindo a Westeros e a *Guerra dos Tronos RPG*. Westeros é um mundo de casas nobres grandes e pequenas, cavaleiros honrados e desprezíveis, lordes e damas vestidos em peles e sedas resplandecentes, e plebeus que trabalham nas terras e propriedades da nobreza.

Westeros é formado por sete "reinos", províncias que juram lealdade ao Trono de Ferro. Contudo, cada província tem uma história longa, e é um reino por si só. Desde o Norte gelado, onde as neves de verão são comuns, até os desertos áridos de Dorne; desde as rochas castigadas pelo oceano das Ilhas de Ferro até a agitada capital de Porto do Rei, os Sete Reinos de Westeros são repletos de pessoas variadas, e cheios de oportunidades de riqueza e glória.

Neste mundo, as estações duram anos, não meses, e cada família pode remontar sua genealogia a dezenas de séculos atrás, até a Era dos Heróis. Armas ancestrais podem valer mais que a filha única de um lorde, e uma míriade de estandartes pode já ter adornado as torres dos castelos ao longo da história.

A magia reside principalmente nos mitos e nos sonhos quase esquecidos das gerações anteriores. Os estudados meistres dizem que essa força morreu uma vida atrás, mas outros afirmam que ela ainda existe entre os *maegi* e feiticeiros das exóticas terras do oriente.

GdTRPG é sobre a política da corte, sobre alianças e inimizades familiares, sobre a ascensão e queda de reinos e o embate de exércitos. Mas também é sobre honra e dever, sobre amor e perda, torneios, conspirações, profecias, sonhos, guerra, grandes vitórias e terríveis derrotas. É sobre cavaleiros honrados e desprezíveis — e sobre dragões.

Eles haviam se encontrado nos baixios do Tridente, enquanto a batalha rugia ao seu redor — Robert com seu martelo de guerra e seu grande elmo com galhadas, o príncipe Targaryen em sua armadura negra. A couraça do príncipe exibia o dragão de três cabeças de sua Casa, feito de rubis que reluziam como fogo à luz do sol. As águas do Tridente corriam vermelhas pelos cascos dos cavalos, enquanto eles circundavam-se e se chocavam, de novo e de novo, até que um último golpe devastador do martelo de Robert afundou o dragão e o peito sob ele. Quando Ned chegou, Rhaegar jazia morto na correnteza, enquanto homens de ambos os exércitos remexiam e vasculhavam as águas em busca de rubis arrancados de sua armadura.

— A Guerra dos Tronos

Um Almanaque de Westeros
Escrito e relatado pelo Meistre Jestah

s dragões estão todos mortos. Os últimos dragões – aqueles que voavam e cuspiam fogo – pereceram cento e cinquenta anos atrás. Mas a família Targaryen, que veio das ruínas de Valyria para Westeros há três séculos, sobre as costas de dragões, que uniu sete reinos beligerantes sob o Trono de Ferro, cujo emblema era um dragão de três cabeças e cujas palavras eram fogo e Sangue... Estes dragões morreram há pouco tempo.

Aegon, o Conquistador, pisou em Westeros trezentos anos atrás, com suas irmãs Visenya e Rhaenys. Juntos, eles eram as três cabeças do dragão. Chegaram montados em Vhaghar, Meraxes e Balerion – os dragões verdadeiros – e dizimaram todos que se opuseram a eles. Alguns, como Torrhen Stark, o último rei do Norte, dobraram o joelho. Outros, como o Rei Mern do Extremo, e o Rei Harren, o Negro, queimaram.

Por três séculos, os Targaryen uniram os reinos de Westeros sob um governo, apesar das muitas revoltas. Os Targaryen sobreviveram a sua própria guerra civil entre irmão e irmã, conhecida como a Dança dos Dragões, quando a filha de Viserys I Rhaenyra, e seu filho, Aegon, quase destroçaram a terra com seus dragões. A dinastia Targaryen também sobreviveu à Rebelião do Fogo Negro, dos bastardos de Aegon IV; à conquista e união por casamento de Dorne a seu reino; à invasão do Rei-além-da-Muralha, e à Guerra dos Reis Pobres. O reinado dos Targaryen durou até que o Rei Aerys II ascendeu ao trono. Conhecido como o Rei Louco, ele causaria a queda dos dragões.

Aerys II era sádico e insano. Enxergava inimigos em cada sombra, e fez seus súditos se voltarem contra ele através de atos inumanos de poder despótico. No final, Robert Baratheon, de Ponta da Tempestade, liderou um levante contra o rei depois que o Príncipe Herdeiro Rhaegar Targaryen raptou sua prometida, Lyanna Stark. Conhecida como a Guerra do Usurpador ou a Rebelião de Robert, esta revolta uniu muitas das grandes casas ao redor da causa de Robert, incluindo as casas Arryn, Stark e Tully.

Robert Baratheon matou o Príncipe Herdeiro Rhaegar às margens do Tridente. O Rei Aerys, em desespero, abriu os portões de Porto do Rei para os exércitos de sua antiga Mão, o Lorde Tywin Lannister, que imediatamente traiu seu rei e mandou suas forças saquearem a cidade. O filho de Tywin, Sor Jaime, um honrado cavaleiro da Guarda Real, assassinou o rei que havia jurado proteger, e passou a ser conhecido como o Regicida.

Hoje o rei é Robert Baratheon, o Primeiro de seu Nome, Rei dos Andals e dos Roinar e dos Primeiros Homens, Senhor dos Sete Reinos e Protetor da Terra. Ele é casado com a bela filha do Lorde Tywin Lannister, Cersei, e ambos têm três filhos de cabelos dourados: o Príncipe Herdeiro Joffrey, a Princesa Myrcella e o Príncipe Tommen.

Os únicos Targaryen sobreviventes, o Príncipe Viserys e sua irmã mais nova, Daenerys filha da Tormenta, escondem-se nas terras distantes do oriente.

Westeros

Falar de Westeros é discutir várias regiões diversas, conhecidas coletivamente como os Sete Reinos, pois outrora cada uma foi um grande domínio por si só. Esta terminologia data da época de Aegon I Targaryen, conhecido como Aegon, o Conquistador. Quando os Targaryen chegaram a este continente, encontraram o Rei do Norte, o Rei da Montanha e do Vale, o Rei da Rocha, o Rei do Extremo, o Rei da Tempestade, o Rei das Ilhas de Ferro e o Príncipe de Dorne, cada um governando suas próprias terras.

E antes de haver sete reinos, existiam centenas de reinos e povos diferentes. O período mais antigo de Westeros – muito antes que os Targaryen ou mesmo os Primeiros Homens fossem conhecidos – é conhecido como a Era do Amanhecer. Nessa época, os filhos da floresta viviam sozinhos em Westeros e cultuavam deuses naturais, como os deuses das árvores, das pedras e dos córregos. Este período durou até a chegada dos Primeiros Homens, que invadiram Westeros cerca de 12.000 anos atrás. Os Primeiros Homens vieram do leste através de uma ponte de terra, passando pela terra que viria a ser conhecida como Dorne. Os Primeiros Homens trouxeram armas de bronze e cavalos, além de seus próprios deuses. Eles guerrearam com os filhos da floresta e derrubaram suas florestas e suas árvores místicas – árvores pálidas entalhadas com os rostos de seus deuses, que os Primeiros Homens temiam. Os filhos conseguiram destruir a ponte de terra, criando a região conhecida hoje como o Braço Quebrado de Dorne e os Degraus de Pedra, mas já era tarde demais para deter os Primeiros Homens.

A guerra entre os filhos da floresta e os Primeiros Homens durou séculos, até que eles enterraram sua inimizade forjando o Pacto da Ilha dos Rostos. O Pacto criou uma grande paz que deu fim à Era do Amanhecer e iniciou a Era dos Heróis: quatro mil anos de amizade entre os Primeiros Homens e os filhos. Eles trabalhavam juntos, faziam comércio entre suas aldeias, e os Primeiros Homens até mesmo passaram a cultuar os velhos deuses dos filhos, adotando as árvores místicas.

Esta era também viu a fundação dos Sete Reinos, embora o nome não fosse registrado pela história até muito depois. Muitas das atuais casas nobres de Westeros remontam sua linhagem até a Era dos Heróis, quando diz-se que viviam grandes figuras como Brandon, o Construtor, e Lann, o Astuto.

Os Sete Reinos não nasceram todos de uma vez, mas cada uma das regiões de hoje em dia pode ser vista no padrão dessa época ancestral. Os Stark, a família de Brandon, o Construtor, ascenderam como governantes no Norte. Os Casterly governavam no oeste — até que Lann, o Astuto, arrancou deles Rochedo Casterly, transformando o lugar na moradia eterna dos Reis da Rocha. O reino do Extremo foi estabelecido por Garth Mão Verde, patriarca da Casa Jardineira (e de muitas casas menores, pois sua semente era fértil). Os Reis da Tempestade, iniciados por Durran, varreram as terras tempestuosas. Durran ergueu o castelo de Ponta da Tempestade com pedra e magia, para suportar a fúria dos deuses do mar e do vento, pois ele raptou sua filha e casou-se com ela. Então havia o lendário Rei Cinzento, que governava não apenas as Ilhas de Ferro, mas também o próprio mar. A família Mudd era uma de uma dúzia de casas que dominava as Terras Fluviais.

Durante esta era, a Irmandade Juramentada da Patrulha da Noite foi fundada. A Patrulha da Noite deveria ser o escudo que defendia as terras dos selvagens bárbaros e dos horrendos Outros do Norte distante. Diz-se que Brandon, o Construtor, ajudou a Patrulha da Noite a erguer sua poderosa muralha, uma construção de pedra e gelo com mais de 200 metros de altura e centenas de quilômetros de comprimento.

Tanto a paz do Pacto quanto a Era dos Heróis tiveram fim com a chegada dos andals, novos invasores de além mar, que aportaram no local hoje em dia chamado de Vale de Arryn. Os andals trouxeram novos deuses e armas mortíferas, forjadas com aço. Eles lutaram contra os Primeiros Homens por séculos, até que todos os seis reinos do sul caíram. Os andals destruíram os bosques de árvores místicas onde quer que os encontrassem. Os filhos foram mortos ou fugiram para o Norte longínquo, pois nunca mais foram vistos. O único reino dos Primeiros Homens a resistir contra os andals foi o Reino do Norte.

Os andals espalharam sua fé nos Sete Deuses em todas as terras. Estabeleceram-se como Reis da Montanha e do Vale (de onde a Casa Arryn descende) e Reis das Terras Ocidentais.

A última grande migração a Westeros aconteceu há cerca de 1.000 anos, quando a rainha guerreira Nymeria liderou sua frota de 10.000 navios do leste a Dorne. Seu povo, os roinar, assim chamados devido ao Rio Roine que fora seu lar, foram recebidos inicialmente com hostilidade pelos lordes de Dorne. Mas Nymeria fez a paz com o Lorde Mors Martell, aceitando-o como seu esposo. Com suas forças combinadas, eles obrigaram todos os rivais de Martell a dobrar o joelho, e ele se tornou o primeiro Príncipe de Dorne, segundo os costumes dos roinar.

Estes séculos foram marcados por escaramuças regulares e derramamento de sangue através dos reinos. Os lordes de Dorne travaram guerras intermitentes com os Reis do Extremo e os Reis das Terras Tempestuosas. Exércitos do sul chocaram-se contra Fosso Cailin, no norte, e foram destruídos. Partindo do norte rumo ao sul, o Rei Rickard Stark matou o Rei do Pântano. Os Reis da Tempestade conquistaram as terras fluviais do Tridente e mantiveram-nas por centenas de anos, até que os filhos do ferro derrotaram Arrec, o Rei da Tempestade, e tomaram-nas para si.

Então, mais de 400 anos atrás, a destruição chegou à fantástica Terra Livre de Valyria, no leste longínquo. Valyria era o lar ancestral da linguagem, da arte e da magia. Os sobreviventes fugiram das ruínas fumegantes, chegando ao extremo leste de Westeros, na ilha de Rocha do Dragão, que fora o posto avançado mais ocidental de Valyria. Os mestres de Rocha do Dragão, os Targaryen, há muito já estabelecidos na ilha, dominaram os valyrianos sobreviventes. Eles abandonaram os velhos deuses que os haviam traído e converteram-se à religião andal dos Sete.

Os Targaryen permaneceram em Rocha do Dragão por mais de cem anos, antes de rumar para Westeros. Aegon, acompanhado por suas irmãs Visenya e Rhaenys, partiram de Rocha do Dragão para unificar os reinos beligerantes dos andals. Eles aportaram na costa leste e construíram um forte simples, de madeira e terra. Poucos notavam que aquele lugar um dia iria crescer para se tornar Porto do Rei, lar do trono dos Sete Reinos. Embora os Targaryen tivessem poucos soldados e estivessem em grande desvantagem numérica, possuíam a maior arma de todas: dragões.

Quando o Rei Loren da Rocha e o Rei Mern do Extremo juntaram seus exércitos para expulsar os Targaryen de Westeros, tinham quase 60.000 espadas juradas a si, sob 600 estandartes diferentes. O exército dos Targaryen contava com apenas 12.000, e era composto de homens recrutados à força e voluntários, a maioria jovem e verde como a grama da primavera. As duas forças se encontraram nos campos de trigo do Extremo, e os Targaryen caíram como a colheita de verão. Apenas então Aegon e suas irmãs soltaram os dragões – a única vez na história registrada que todos os três voaram como um. Quatro mil pessoas queimaram no campo de fogo, inclusive o Rei Mern. O Rei Loren escapou, e mais tarde dobrou o joelho.

Com o poder de seus dragões, os Targaryen conquistaram seis reinos: o Reino da Rocha, o Reino do Extremo, o Reino da Montanha e do Vale, o Reino do Rei da Tempestade, o Reino das Ilhas de Ferro e das terras fluviais e o Reino do Norte. Apenas Dorne permaneceu independente por várias gerações – mas também acabaria por submeter-se ao domínio Targaryen, primeiro pela espada, depois por casamento.

Cento e cinquenta e sete anos depois de Aegon, o Conquistador, seu descendente Daeron Primeiro, o Jovem Dragão, venceu os exércitos de Dorne com apenas 14 anos de idade. Contudo, embora os habitantes de Dorne tivessem sido conquistados em teoria, resistiram brutalmente, e retomaram sua liberdade ao matar o rei Targaryen. Foi apenas quase 30 anos depois, quando o Rei Daeron II casou-se com a princesa de Dorne Myriah e casou sua irmã com o Príncipe de Dorne, que o sétimo reino verdadeiramente se uniu aos outros seis.

Terras de Westeros

O continente de Westeros é comprido e relativamente estreito. As terras ao norte da Muralha são bárbaras e desconhecidas, lar dos selvagens e de feras ainda mais estranhas, que vivem nas Montanhas da Presa Gelada e nadam no Mar Trêmulo. A região mais distante, que se estende além do mapa, é chamada de "Terra do Inverno Perpétuo". Nem mesmo os mais longos verões conseguem derreter sua neve e gelo.

Abaixo da Muralha, o Norte desce ao sul, até os pântanos do Gargalo. A Baía de Gelo faz fronteira com a região ao oeste, e a Baía das Focas delimita-a ao leste. O Norte é o lar dos Stark, e abriga a cidade portuária de Cais Branco.

A sul e a leste do Norte está o Vale de Arryn, cercado pelas penínsulas rochosas dos Dedos, a pedregosa e estéril Baía dos Caranguejos e as agourentas Montanhas da Lua. É o lar da Casa Arryn, os Defensores do Vale.

A estrada real, que corre da Muralha até Porto do Rei, passa pela fronteira oeste do Vale, em paralelo com as poderosas águas do Garfo Verde do Tridente. O Tridente marca as terras fluviais, uma região rica e verdejante governada pela Casa Tully, a partir de Rio Corrente. Lá fica o lago conhecido como Olho dos Deuses, que abriga a Ilha dos Rostos. As terras fluviais são ladeadas pelo Gargalo ao norte, o Vale a leste, as terras ocidentais a oeste e Porto do Rei e o Extremo a sul.

As terras ocidentais são o lar dos Lannister, que governam a partir de Rochedo Casterly. A região também abriga algumas das mais ricas minas de ouro e prata em todos os Sete Reinos. É pequena, dominada por Lannisporto e a Rocha.

A sul das terras ocidentais repousa o Extremo, a maior região, exceto pelo Norte. É cercada ao norte pela estrada do ouro, que corre da Rocha até Porto do Rei, e inclui tudo a sudoeste das terras tempestuosas e de Dorne. O Extremo abriga as Ilhas Escudo, o Arvoredo e a vasta cidade de Velha Vila. É uma terra rica e vibrante, quente e fértil, governada pelos Tyrell de Jardim Alto.

As terras tempestuosas, a sul de Porto do Rei e da Baía Água Negra e a leste do Extremo, estendem-se até o Mar de Dorne. É uma região pequena, mas contém as densas floresta da chuva e floresta do rei. As terras tempestuosas também incluem a Baía dos Naufrágios, o Cabo da Fúria e a Ilha de Tarth. A família Baratheon governa em Ponta da Tempestade, lar do irmão mais novo do Rei Robert, Renly Baratheon.

No extremo sul de Westeros localiza-se Dorne, a terra de sangue mais quente entre todos os Sete Reinos. Dorne jaz nas Planícies de Dorne, que abrigam as Montanhas Vermelhas. As Montanhas Vermelhas formam uma barreira natural com o resto de Westeros e o Mar de Dorne. Esta região também forma a praia do Mar do Verão. Dorne é governado pelos Martell, a partir de Lança do Sol.

WESTEROS
OS SETE REINOS

Terra do Inverno Perpétuo (não mapeada)

Mar Trêmulo

Costa Congelada

Thenny

Montanhas da Presa Gelada

Água-Leite
Punho dos Primeiros Homens
Passagem de Skirling
Forte de Craster
Árvore Branca
A Garganta
Torre Sombria
A Muralha
Castelo Negro
Guarda-Leste-no-Mar
Floresta Assombrada
Rio da Galhada
Lar Severo
Ponta de Storrold
Skagos

Presente de Brandon
Coroa da Rainha
Novo Presente

Baía de Gelo
Baía das Focas

Ponto do Mar do Dragão
Ilha dos Ursos
Último Lar
Forte Kar

Forte da Mata Funda
Mata dos Lobos
Lago Longo
Último Rio
Forte do Pavor

Costa Rochosa
Winterfell
Estrada Real

Praça de Torrhen

Os Regatos
Terras Fúnebres

Baía da Água em Brasa
Lança de Sal
Fosso Cailin
Vigília da Viúva

Cais Branco

Cabo Kraken
Dedo de Sílex
Vigília da Água Cinza
Três Irmãs
Pedregulho
A Pança
Os Dedos

Colinas de Sílex
O Gargalo

| TARGARYEN | BARATHEON | LANNISTER | STARK | ARRYN |

As Ilhas de Ferro existem à parte dos outros reinos, depois da costa oeste de Westeros, tocando as bordas do Norte, das terras fluviais e das terras ocidentais. Jazem na Baía do Homem de Ferro, a oeste do Tridente e do Gargalo, e contêm várias ilhas notáveis, além de muitos rochedos castigados pelo mar. Os homens de ferro são governados pela Casa Greyjoy de Pique, e muitos lá seguem seus velhos modos e sua própria religião, o Antigo Caminho do Deus Afogado, diferente dos outros povos dos Sete Reinos.

Estas muitas regiões e povos distintos dobram o joelho para Porto do Rei, lar do Trono de Ferro, de onde o rei governa. Outrora visto como território dos Targaryen (cujo lar ficava na ilha de Rocha do Dragão), Porto do Rei continua como a capital, sob o Rei Robert I Baratheon e a Rainha Cersei. É a maior cidade dos Sete Reinos, e o centro do comércio, da política e da aventura.

Porto do Rei

Porto do Rei é, de muitas formas, o coração de Westeros. Embora seja uma cidade relativamente jovem — sua história começa apenas nos primeiros dias do governo de Aegon, o Conquistador — é o centro do poder real, e contém a força vital dos Sete Reinos.

Quando Aegon e suas irmãs aportaram em Westeros, o local que seria Porto do Rei era pouco mais que uma aldeia de pescadores. Os Targaryen construíram a primeira fortificação aqui, um forte de madeira e terra. Hoje em dia, a cidade é uma vasta tapeçaria de casas de pau a pique, tavernas, lojas, armazéns, bordéis, estalagens, tendas, molhes, estátuas, praças e estruturas majestosas, de um horizonte a outro.

O rei governa a partir do Forte Vermelho, uma gigantesca fortaleza com sete imensas torres, construída com pedra rubra, que ergue-se majestosa na alta Colina de Aegon. Sua construção começou por ordem de Aegon I, mas foi completada por seu filho, Maegor, o Cruel. Uma vez que o último bloco foi assentado, Maegor reuniu todos os trabalhadores e matou-os. Os segredos do Forte Vermelho deveriam pertencer apenas aos Targaryen.

Dentro do Forte Vermelho está o Refúgio de Maegor, uma fortaleza quadrada e segura dentro do castelo maior, que abriga os aposentos reais. A poderosa sala do trono no Grande Salão — outrora decorada com os crânios de dragões — é protegida por portas de carvalho e bronze. Erguendo-se com majestade terrível e sublime em um extremo da sala está o Trono de Ferro, uma criação escarpada sobre um palanque acima do resto do salão. Aegon forjou o Trono de Ferro com o fogo de seu dragão, Balerion, o Terror Negro, a partir de mil espadas recolhidas dos inimigos que venceu. Até hoje o trono é um emaranhado de lâminas afiadas, pontas perigosas e dentes de metal. "Nenhum rei deve sentar-se à vontade em um trono", afirmava Aegon, e seu legado forçou todo rei de Westeros a concordar.

O Rei de Westeros governa com sua Mão, o segundo homem mais poderoso na terra. A Mão do Rei fala com a voz do rei e pode ouvir petições, escrever leis, liderar exércitos e até mesmo proclamar o julgamento do rei em sua ausência. Apenas a Mão pode sentar-se no Trono de Ferro quando o rei está afastado.

O rei e sua Mão são auxiliados pelo pequeno conselho, um grupo de conselheiros e lordes sábios apontado pelo rei para ajudar na condução do reino. Hoje em dia, sob o Rei Baratheon, Lorde Jon Arryn é a Mão, e o pequeno conselho consiste do Grande Meistre Pycelle; Sor Barristan Selmy, o Lorde Comandante da Guarda Real; Lorde Stannis Baratheon, o mestre dos navios; Lorde Renly Baratheon, o mestre das leis; Lorde Petyr Baelish, o mestre da moeda, e Lorde Varys, o mestre dos sussurros.

A Cidade

Porto do Rei é uma cidade murada, protegida por altas cortinas de pedra. Pode-se entrar por sete portões: o Portão do Rio, o Portão do Rei, o Portão do Dragão, o Portão do Leão, o Portão Velho, o Portão dos Deuses e o Portão de Ferro. Os plebeus chamam o Portão do Rio de Portão da Lama. Ele leva às sempre movimentadas docas, cheias de marinheiros, mercadores e pescadores de uma centena de cidades, através da Praça dos Peixeiros. O Portão do Rei leva ao Água Negra e à área de torneios em suas margens. A guarita no Portão dos Deuses é entalhada com delicadas figuras, cujos olhos seguem todos que passam.

A Guarda da Cidade mantém a paz em Porto do Rei. Chamados de "capas douradas" pelos mantos que vestem, os guardas patrulham a cidade e o Forte Vermelho, além de guarnecer os portões e os muros. A Guarda da Cidade tem seu próprio Lorde Comandante, leal à cidade e ao rei.

As ruas de Porto do Rei estão em constante movimento. Lordes compartilham as ruelas sinuosas com plebeus, cavaleiros abrem espaço para liteiras forradas com seda, e pescadores locais vendem seus produtos ao lado de baleeiros ibbeneses. Diz-se que qualquer coisa pode ser comprada aqui, pelo preço certo.

Geograficamente, a cidade é dividida por três grandes colinas. O Forte Vermelho repousa sobre a maior delas, a Colina de Aegon. As outras duas são batizadas em homenagem às irmãs de Aegon, e a Rua das Irmãs corre em linha reta entre elas. O Grande Septo de Baelor localiza-se no topo da Colina de Visenya, resplandecente em mármore, com sete torres de cristal. É o lar do Grande Septon, onde reis jazem em sono eterno. Em contraste, a Colina de Rhaenys parece deserta. Abriga o que já foi conhecido como o Fosso dos Dragões; suas paredes enegrecidas hoje em dia estão abandonadas, seu domo está arruinado e suas portas de bronze estão seladas há um século.

Na base da Colina de Rhaenys fica Fundo Pulguento, a superpovoada favela de Porto do Rei. Fundo Pulguento é uma colmeia de ruas serpenteantes e becos retorcidos, sem calçamento e repleta de lama e urina. Chiqueiros, curtumes e estábulos adicionam ainda mais fedor, e um visitante pode facilmente se perder neste labirinto de casebres construídos uns sobre os outros, todos caindo aos pedaços ou ameaçando desabar.

Os Últimos Targaryen

Uma vez que a batalha começou a virar a favor de Robert Baratheon e suas espadas juradas, o Rei Aerys fez planos para proteger sua linhagem. Ele mandou sua rainha, Rhaella, grávida de poucos meses, junto com seu filho Viserys para o antigo lar dos Targaryen, em Rocha do Dragão. Para assegurar a lealdade de Dorne, Aerys manteve consigo a esposa do Príncipe Rhaegar, a Princesa Elia, natural de Dorne, além dos filhos dos dois, Rhaenys e Aegon. Tragicamente, quando Porto do Rei foi saqueada pelas forças de Lorde Tywin Lannister, Elia e seus filhos foram brutalmente assassinados.

Com Rhaegar morto no Tridente, Aerys assassinado por sua Guarda Real e as forças Targaryen destroçadas, Stannis Baratheon navegou para tomar Rocha do Dragão. A Rainha Rhaella morreu no parto, mas seus servos protegeram seus filhos: antes que as forças de Stannis chegassem, o Príncipe Viserys e sua irmã recém-nascida, a Princesa Daenerys, foram colocados em um navio e mandados para o outro lado do mar estreito. Hoje em dia, são hospedados pelos mercadores das Cidades Livres. Não são bem-vindos em Westeros, mas pode ser precipitado presumir que não têm amigos entre as casas nobres dos Sete Reinos.

O Norte

O Norte é uma terra fria e selvagem, imensa e esparsamente povoada. Estende-se do Gargalo até o teto do mundo. A Muralha da Patrulha da Noite marca a verdadeira fronteira da civilização. Com mais de 200 metros de altura e centenas de quilômetros de comprimento, a Muralha continua forte, embora a Patrulha da Noite seja apenas uma sombra do que já foi. Imediatamente ao sul da Muralha, por 25 léguas há uma faixa de terra conhecida como Presente de Brandon, concedida à Patrulha da Noite quando ela foi fundada. Fazendo fronteira com essa região há um outro pedaço de terra, o Novo Presente, concedido à Patrulha da Noite pela Boa Rainha Alysanne, para sustento e apoio da Patrulha.

A leste da Muralha há a Baía das Focas e a ilha de Skagos, um rochedo selvagem e estéril, cujos habitantes guerreiam cavalgando unicórnios e devoram inimigos derrotados. O Norte ainda abriga a Ilha dos Ursos, a escura e verdejante Mata dos Lobos, a costa rochosa e as terras fúnebres, pontilhadas pelas tumbas dos Primeiros Homens.

Dois grandes rios cortam as terras dos Stark: o Faca Branca, que leva ao agitado porto de Cais Branco, e o Último Rio, que corre até Último Lar. No Norte, a neve cai mesmo em anos de verão, e alguns dizem que os invernos são tão frios que a risada de um homem pode congelar em sua garganta, sufocando-o até a morte.

O Norte é quase tão grande quanto os seis outros reinos combinados. Os ermos são vastos tão longe do agitado sul, e as colinas cobertas de pinheiros e as montanhas nevadas podem ser gloriosas. Mas é uma terra dura, feita para pessoas duras. Tanto os plebeus quanto os lordes do Norte costumam ser diretos e sérios. O sangue dos Primeiros Homens é forte aqui, e liga a maior parte das casas nobres umas com as outras. Muitos também ainda se voltam aos velhos deuses e suas árvores místicas, tendo pouca inclinação para a fé nos Sete.

Senhores do Norte

Os Stark de Winterfell governam o Norte há gerações. São práticos, honrados e brutalmente honestos. Estes sentimentos ecoam em muitas das casas a eles juradas. Embora os lordes e damas exibam as cores de sua casa com orgulho, costumam preferir roupas mais simples, descartando as vestes sofisticadas das casas do sul. Mesmo assim, muitas das casas têm tradição antiga e registrada, e Winterfell é um dos maiores domínios de Westeros, inigualável no Norte.

Os brasões vassalos do Norte são ferozes. Diz-se que são aliados excelentes e inimigos terríveis. Muitos são tão velhos quanto seus senhores, ou quase. Os Karstark de Forte Kar remontam sua linhagem à família Stark, embora hoje em dia haja pouca semelhança entre as duas. Os Mormont da Ilha dos Ursos afirmam ter recebido sua terra depois que o ancestral Rei Rodrik Stark conquistou a ilha em uma luta-livre. Os verdadeiros ursos do Norte, contudo, são os Umber de Último Lar, homens tão gigantescos quanto sugere seu brasão. Os Bolton há muito eram inimigos dos Stark, até que os senhores do Forte do Pavor dobraram o joelho mil anos atrás. Também há os clãs das montanhas, pouco mais civilizados que os clãs das Montanhas da Lua. Embora jurem fidelidade à Casa Stark, pouco se sabe dos Wull, Harclay, Liddle, Knott ou Norrey. Mesmo os Flint de Vigília da Viúva aparentemente têm primos selvagens nas colinas.

Por fim, os homens do brejo, as famílias mais ao sul, que vivem nas terras pantanosas do Gargalo, também seguem os Stark. Outros nortistas temem-nos e desprezam-nos por seus costumes peculiares. Howland Reed, o Lorde de Vigília da Água Cinza, lutou junto com o Lorde Eddard Stark durante a Rebelião de Robert, e a lealdade entre as famílias continua forte.

A Patrulha da Noite

"A noite cai, e agora minha patrulha começa" são as primeiras palavras que todo Irmão Juramentado da Patrulha da Noite fala ao proferir seus votos. A Patrulha da Noite existe desde a construção da Muralha pelos Primeiros Homens, com a ajuda de Brandon, o Construtor. A Patrulha considera-se as espadas na escuridão, os vigias nas muralhas, as fogueiras que afastam o frio e os escudos dos homens. Embora a Patrulha da Noite seja uma mera sombra do que era em seus anos de glória, bons homens ainda se agarram à tradição e servem ao reino, protegendo o povo dos selvagens bárbaros do Norte Distante.

A Patrulha da Noite aceita homens de qualquer estirpe e qualquer parte de Westeros. Muitos segundos e terceiros filhos, especialmente aqueles nascidos de lordes menores, apresentam-se para servir na Muralha.

Lá, um homem prova seu valor por suas ações, não seu sangue. Até mesmo bastardos e criminosos podem ascender à honra, embora o topo do mundo seja solitário. Irmãos da Patrulha da Noite recebem perdão por seus pecados passados, mas desistem de suas terras e famílias, e juram não casar ou ter filhos. É um voto para a vida toda.

Hoje em dia, a Patrulha da Noite é governada pelo Lorde Comandante, a partir do Castelo Negro. Embora possa acomodar 5.000 cavaleiros, o castelo abriga um décimo desse número, e várias seções deixadas à escuridão e ao frio já começaram a ruir. Dos 19 castelos que se erguem ao longo da Muralha, apenas o Castelo Negro, Guarda-Leste-no-Mar e a Torre Sombria continuam ocupados.

As Ilhas de Ferro

Os Greyjoy afirmam que "lugares duros criam homens duros, e homens duros dominam o mundo". Sem dúvida este sentimento é compartilhado por muitos nas Ilhas de Ferro, pois há poucos locais menos hospitaleiros em Westeros. As Ilhas de Ferro são um punhado de rochas na costa ocidental dos Sete Reinos, a oeste do Tridente, a norte das terras ocidentais e pouco ao sul do Gargalo. Embora o continente seja normalmente agradável e temperado, aqui os ventos frios e as borrascas do norte castigam a Baía do Homem de Ferro, forjando uma dureza incomparável no povo.

Os Filhos do Ferro

Os filhos do ferro que vivem neste arquipélago mantiveram uma cultura de saque e pilhagem por milhares de anos. Chamados de "homens de ferro" pelo resto de Westeros, os saqueadores filhos do ferro viajavam pela costa, navegando para o norte ao longo do Gargalo e ao redor do Cabo Kraken até a Baía da Água em Brasa, e por toda a costa rochosa até a Ilha dos Ursos. Eles também navegavam até o Extremo, chegando a ameaçar Velha Vila e o Arvoredo, saqueando, estuprando e queimando. O monumento mais recente a suas conquistas militares é a imensa arquitetura do Castelo Harren, construído pelo Rei Harwyn Mão-Dura e seu filho Harren para marcar seu domínio, que se estendia ao longo das terras fluviais, do Gargalo às Corredeiras do Água Negra.

Os filhos do ferro historicamente seguiam tradições diferentes dos Sete Reinos, conhecidas hoje em dia como "o Antigo Caminho". Alguns ainda se apegam a essa filosofia brutal e sua fé no Deus Afogado, rejeitando tanto os Sete quanto os velhos deuses dos Primeiros Homens. Os sacerdotes do Deus Afogado são criaturas estranhas, que trançam seus cabelos com algas e vestem-se em roupas com a cor do mar. Afogam seus seguidores em um ato de obediência e fé, para então ressuscitá-los, trazendo-os de volta das portas da morte. Pregam que aqueles que seguem o Antigo Caminho conquistarão um lugar no salão aquático do Deus Afogado, como uma recompensa por suas vitórias gloriosas. Em sua religião, o Deus Afogado está preso em luta eterna contra o Deus das Tempestades, que castiga as ilhas e odeia os filhos do ferro.

O Antigo Caminho oferece algum sentido de coerência e tradição à cultura de saques, e julga os homens por suas habilidades marciais. Os filhos do ferro devem pagar "o preço em ferro" por objetos de valor e luxos – ou seja, essas coisas devem ser tomadas à força, e não compradas com moedas ou troca, como no continente civilizado. Os filhos do ferro não se limitavam a posses materiais, e assim capturavam servos, forçando seus prisioneiros a trabalhar em suas fazendas e minas – ou aquecer suas camas como esposas de sal. Os filhos do ferro afirmam que seus filhos não foram feitos para essa vida patética de trabalho, e suas filhas podem lutar, pilhar e até mesmo comandar um navio tão bem quanto qualquer homem. Segundo um de seus ditados, o mar dá a suas mulheres apetites de homem. Aquelas que se casam tornam-se as esposas de pedra de suas casas, quase iguais aos maridos.

Casa Greyjoy

A Casa Greyjoy governa as Ilhas de Ferro desde os dias de Aegon, o Conquistador. Depois que Aegon queimou a linhagem de Harren no Castelo Harren, deixou os lordes filhos do ferro escolherem um dos seus como seu novo senhor. Os homens de ferro escolheram Lorde Vickon Greyjoy e juraram segui-lo. Contudo, perderam seu domínio sobre as terras fluviais e foram empurrados de volta a seu arquipélago, as três ilhas de Pique e as ilhas de Velha Mecha, Grande Mecha, Lei de Har, Monte Ork, Penhasco do Sal, Maré Negra e dúzias de penhascos, ilhotas e rochedos, alguns pequenos demais para abrigar uma mera aldeia. Os Greyjoy desde então governam a partir do Trono de Pedra do Mar, o domínio do Lorde de Pique.

A Rebelião de Balon

Embora Robert Baratheon tenha cortado a linhagem Targaryen, seu governo não estava completamente seguro. Sete anos atrás, Lorde Balon Greyjoy liderou sua própria rebelião contra o Rei Robert e declarou-se Rei das Ilhas de ferro, do Sal e da Pedra, filho do Vento Marítimo e Lorde Ceifador de Pique. Seus lordes vassalos uniram-se à sua causa para trazer de volta o Antigo Caminho e retornar à vida de saques.

Contudo, Greyjoy usaria a coroa por apenas uma estação. O Rei Robert Baratheon e o Lorde Eddard Stark uniram-se novamente contra esta ameaça, e convocaram seus brasões vassalos para lidar com os homens de ferro. Os irmãos de Balon, Euron Olho-de-Corvo e Victarion, o Lorde Capitão da frota de Ferro, queimaram os navios em Lannisporto. Enquanto isso, outros filhos do ferro atacaram Guarda Marinha. Mas o herdeiro de Balon, Rodrik, foi morto lá, quando os saqueadores foram repelidos.

De volta às Ilhas de ferro, a frota de Ferro foi emboscada pelo irmão do rei, Stannis Baratheon, na costa da Ilha Bela. Stannis destroçou boa parte da frota de Ferro na batalha.

O segundo filho de Balon, Maron, foi morto quando as forças do Rei Robert atacaram Pique. Uma vez que a luta acabou, Eddard Stark levou o filho mais novo de Balon (seu único filho homem sobrevivente), Theon, para ser criado em Winterfell. O poder de Balon foi reduzido, mas ele ainda é o senhor das Ilhas de ferro. Sua única filha, Asha, uma garota geniosa e uma capitã ousada, é agora sua herdeira, extraoficialmente.

As Terras fluviais

Se Porto do Rei é o coração da política de Westeros, as terras fluviais são o coração dos plebeus, uma região fértil repleta de fazendas, aldeias e prósperas cidades ribeirinhas. No centro das terras fluviais corre o Tridente, um poderoso rio que se divide em três afluentes importantes e inúmeros menores. As terras fluviais já tiveram muitos governantes, dos Reis da Tempestade aos Reis dos Homens de Ferro. Depois que Aegon, o Conquistador, queimou o Rei Harren, elevou os Tully de Rio Corrente à posição de senhores da região, que ocupam até hoje.

O Tridente

O Garfo Verde do Tridente corre ao sul a partir do Gargalo e termina nas Bacias de Sal, na Baía dos Caranguejos. Vales férteis e florestas verdejantes acompanham sua extensão, assim como cidades prósperas e fortes robustos. As Gêmeas, as torres fortificadas dos Frey, controlam a travessia do braço norte do Garfo Verde.

O Garfo Vermelho começa nos sopés das colinas das terras ocidentais e, em seu curso para se juntar ao Tridente, passa por Rio Corrente, o castelo dos Tully. Rio Corrente localiza-se na convergência dos dois rios, suas muralhas erguendo-se verticalmente das águas. Em tempos de guerra, um fosso pode ser formado, cercando o castelo com água, para bloquear atacantes de todos os lados.

O Garfo Azul flui entre os Garfos Verde e Vermelho, de Guarda Marinha até a Cidade do Lorde Harroway, e ao norte do pequeno vale conhecido como Mata Sussurrante. O Tridente é formado na confluência dos três garfos. Robert Baratheon matou Rhaegar Targaryen no cruzamento do rio, que mais tarde ficou conhecido como Baixio dos Rubis.

As terras fluviais também abrigam o grande lago conhecido como Olho dos Deuses, que contém a Ilha dos Rostos. Aqui foi forjado o Pacto entre os Primeiros Homens e os filhos da floresta, 10.000 anos atrás. Até hoje as árvores desta ilha mantêm seus rostos.

As terras ao sul do Olho dos Deuses são coxilhas, campos elevados, prados, matas e vales entrecortados por córregos rasos. Na margem norte do lago, perto dos baixios do Tridente, está a amaldiçoada tumba de Harren, o Castelo Harren, agora sob domínio da Casa Whent. O Castelo Harren é localizado de forma a controlar as terras ao sul, embora os plebeus afirmem que ele está amaldiçoado desde que Aegon transformou-o em uma pira funerária. O Olho dos Deuses conecta-se com as Corredeiras do Água Negra, que seguem até Porto do Rei. Este rio marca a fronteira sul das terras fluviais.

A Aliança de Tully

Os Tully juntaram-se a Robert Baratheon em sua guerra contra os Targaryen, e a maioria dos lordes do rio seguiu os estandartes dos Tully sem resistência, embora Lorde Frey tenha reunido suas forças apenas quando a luta já acabara, e os lordes de Floresta Negra e Bracken preferissem continuar sua ancestral inimizade.

Quando a luta acabou, uma das filhas de Lorde Hoster Tully casou-se com Lorde Eddard Stark (Catelyn Tully antes estivera prometida ao herdeiro caído de Winterfell, Brandon Stark). Sua filha mais nova, Lysa, foi casada com Lorde Jon Arryn, reforçando suas amizades e lealdades. O sangue andal é forte nas terras fluviais, e a maioria das pessoas aqui é devota dos Sete. Contudo, ainda é possível encontrar alguns sinais dos velhos deuses. Por exemplo, a família Floresta Negra mantém sua fé nos velhos deuses e afirma que o sangue dos Primeiros Homens ainda corre em suas veias. De fato, esta crença é a origem de sua rixa com a Casa Bracken, que escolheu os Sete quando os andals chegaram.

As Montanhas da Lua

As Montanhas da Lua foram o primeiro local onde os andals pisaram em Westeros, chegando dos Dedos. Deste local, eles iriam se espalhar por todos os Sete Reinos, mas as famílias que vivem aqui ainda têm fortes características do sangue andal. A Casa Arryn, conhecida como os Defensores do Vale e Vigias de Leste, é uma casa ancestral da nobreza andal, descendendo diretamente dos Reis da Montanha e do Vale. Esta grande casa há muito domina o Vale de Arryn e as Montanhas da Lua, e também controla os Dedos, a Baía dos Caranguejos e a Ponta da Garra.

O Vale de Arryn marca parte da fronteira entre o Norte e os reinos do sul, pois fica perto do Gargalo e acima do Tridente. É um local selvagem e desolado dentro da região civilizada, e as Montanhas da Lua são alguns dos picos mais desafiadores e ameaçadores de Westeros. A estrada é um caminho estreito e pedregoso, que serpenteia entre as montanhas para alcançar o Vale. A trilha é muitas vezes alvo de bandoleiros, animais ferozes e clima terrível, todos ameaçando destruir aqueles que ousam viajar por ali.

Mesmo assim, o Vale é fértil e abundante, conhecido como uma das regiões mais vivas de Westeros. Incontáveis pequenos rios e lagos alimentam o solo negro, e há muitos pomares e fazendas. Diversas pequenas cidades podem ser encontradas aqui, e seu isolamento garante relativa segurança, afastando-as das movimentações do resto de Westeros. O povo costuma ser orgulhoso e educado — mas cauteloso. Embora esteja protegido pelo Vale, a ameaça dos clãs tribais que sobrevivem nas montanhas deixa todos em alerta.

A norte do Vale, em contraste com sua riqueza, ficam os Dedos. Estas penínsulas rochosas e estéreis abrigam apenas um punhado de aldeias e pescadores pobres. Contudo, a sul do Vale fica a Vila das Gaivotas, uma importante cidade comercial que ergue-se sobre a Baía dos Caranguejos.

A maior montanha do Vale é a Lança do Gigante, que se ergue imponente sobre as terras abaixo. Uma tremenda cachoeira, conhecida como Lágrimas de Alyssa, despeja-se por sua face oeste, mas as águas transformam-se em névoa e nuvens antes de alcançar o solo. No topo da Lança do Gigante fica o Ninho da Águia, talvez o castelo mais inexpugnável dos Sete Reinos. O Portão Sangrento protege a passagem ao Ninho da Águia, reforçado pelo castelo dos Portões da Lua no sopé da estrada. Uma vez que passem por esses dois fortes magníficos, os viajantes devem seguir por uma trilha estreita, guarnecida por três fortalezas de vigia: Pedra, Neve e Céu. O Ninho da Águia é um castelo pequeno, sete torres brancas esguias observando das nuvens, mas nunca caiu.

Lorde Jon Arryn criou Eddard Stark e Robert Baratheon. Assim, sua lealdade a eles era mais forte do que ao rei, e ele chamou suas espadas em apoio a Robert contra o Rei Aerys. Com o fim da guerra, Lorde

Jon casou-se com a filha mais nova de Hoster Tully, Lysa, e assim tornou-se um irmão de Eddard Stark através de seu casamento com Catelyn Tully. Lorde Jon foi a Dorne para ter com os Martell em Lança do Sol e acalmar seus temores sobre o novo rei – e para apaziguá-los depois da morte da Princesa Elia e seus filhos. O apoio de Lorde Jon ao Rei Robert continua forte até hoje, e ele serve fielmente em Porto do Rei como a Mão do Rei.

Outras Casas do Vale

Outras casas notáveis no Vale de Arryn incluem os Baelish dos Dedos, de onde vem Lorde Petyr Baelish, o mestre da moeda do rei; os Forte-Vermelho de Forte Vermelho, descendentes dos Primeiros Homens, e a Casa Templeton, uma família de cavaleiros com terras – o mais famoso deles sendo Sor Symond, o Cavaleiro das Nove Estrelas. Yohn Royce de Bronze comanda a maior força da Casa Royce a partir de Pedra Rúnica, enquanto seu primo, o Lorde Nestor, é o Alto Administrador do Vale e castelão dos Portões da Lua, a serviço da Casa Arryn.

As Terras Ocidentais

As Terras Ocidentais jazem a oeste do Tridente, a norte do Extremo e a sul do Gargalo. São compostas de coxilhas e pequenas montanhas que se estendem até a costa. São ricas em prata e ouro, e boa parte dos plebeus trabalha nas minas para seus lordes nobres, embora a pesca, o pastoreio e o cultivo sejam atividades comuns. Contudo, a região simplesmente não é tão fértil quanto as terras fluviais ou o Extremo.

Lannisporto é a maior cidade da região. Embora seja um centro comercial maior que Vila das Gaivotas ou Cais Branco, empalidece em comparação com Velha Vila ou Porto do Rei. A norte da cidade ergue-se Rochedo Casterly, o trono do poder nas Terras Ocidentais. Veios de ouro correm através da Rocha, e o castelo foi escavado da pedra viva. O mar ruge sob o Rochedo, a maré entrando pelas cavernas aquáticas sob o solo.

Governantes de Rochedo Casterly

Os Lannister são os governantes incontestáveis da região, dominando a terra de Rochedo Casterly a Lannisporto. Controlam as ricas minas da Montanha do Dente de Ouro e da Rocha, e são conhecidos como a família mais rica dos Sete Reinos. O ouro Lannister assegura seu comando sobre o segundo exército mais poderoso de Westeros, reforçado por um poderoso contingente de cavalaria. Além disso, os soldados são bem treinados e os piqueiros da Guarda da Cidade de Lannisporto são talvez a infantaria mais disciplinada de Westeros. Os Lannister também comandam uma marinha razoável a partir de Lannisporto. A frota foi queimada durante a Rebelião de Greyjoy, mas desde então foi reconstruída.

Lorde Tywin Lannister governa as Terras Ocidentais e sua família com mão firme. Lorde Tywin ascendeu à notoriedade ainda jovem, consertando os danos ao nome e à reputação da casa causados por seu pai, o Lorde Tytos. Conquistou a reputação de ter coração frio e temperamento furioso, quando dizimou a Casa Reyne de Castamere e a Casa Tarbeck de Castelo Tarbeck por traição. Lorde Tywin devolveu a glória ao nome Lannister, e foi apontado à posição de Mão do Rei aos vinte anos de idade.

Lorde Tywin serviu por duas décadas como a Mão antes que Aerys o dispensasse – segundo o que se diz, por inveja, medo e loucura. Durante a Rebelião de Robert, Lorde Tywin voltou a Porto do Rei com um grande exército. Contudo, mandou que suas tropas saqueassem a cidade depois que os portões foram abertos a seu contingente. O filho de Tywin, Sor Jaime, um Irmão Jurado da Guarda Real, foi responsável pelo assassinato do Rei Aerys. A despeito de suas ações, Sor Jaime ainda é membro da irmandade de capa branca, jurada a defender o rei. A filha de Tywin, Cersei, é a rainha, casada com o Rei Robert. O terceiro filho de Tywin é um anão desfigurado, Tyrion.

Jurados ao Leão

As casas juradas aos Lannister incluem a Casa Clegane, uma família de cavaleiros com terras cuja infâmia e fortuna estão ligadas diretamente às de seus mestres; os Carqueja de Castelo Carqueja, onde Sor Jaime foi escudeiro; os Lefford do Dente de Ouro, primos dos Lannister; os Marbrand de Marca de Cinza; os Payne, uma família de cavaleiros com terras; os Swyft de Milharal, e a família Povo do Oeste do Penhasco, uma casa menor que afirma ainda ter sangue dos Primeiros Homens nas veias.

O Extremo

Do norte ao sul, o Extremo se estende das Corredeiras do Água Negra até Velha Vila, e das Planícies de Dorne até o Mar do Poente. O Extremo é uma região de fazendas férteis, colheitas ricas, raparigas de seios fartos e belos cavaleiros. Colinas suaves, córregos límpidos e campos de flores selvagens marcam o Extremo, e sua principal estrada é a Estrada das Rosas. A Estrada das Rosas começa nos vinhedos mais ao sul, cruza o Rio Mander e então atravessa Westeros até encontrar-se com a estrada real em Porto do Rei. A Estrada das Rosas conecta Velha Vila, Jardim Alto e Porto do Rei.

O Extremo também inclui as Ilhas Escudo, a sul de Lannisporto e fazendo fronteira com a estrada do mar, fortificações que ao longo da história repeliram os saqueadores filhos do ferro. A ilha do Arvoredo fica muito mais ao sul, onde o Mander deságua no mar, no cabo de Som Sussurrante, perto de Velha Vila. O Arvoredo produz os mais famosos vinhos de Westeros, vendidos no mundo inteiro. Especialmente notáveis são seus vinhos de verão, seus tintos secos e o rico dourado do Arvoredo.

Velha Vila, obviamente, é famosa no continente e no mundo como um grande e tradicional centro de aprendizado. É o lar da Cidadela, onde os meistres são treinados, forjam suas correntes e proferem seus votos. Velha Vila é uma grande cidade portuária, superada apenas por Porto do Rei.

O Extremo é a segunda maior região dos Sete Reinos, atrás apenas do Norte. Nos dias antes de Aegon, o Conquistador, era governada pelos Reis do Extremo, os lordes nobres dos Jardineiros. Mas Aegon destruiu os Jardineiros no Campo de Fogo, e elevou os Tyrell, outrora apenas administradores, ao domínio do Extremo. Os Tyrell de Jardim Alto governam o Extremo até hoje, suas rosas douradas tremulando na região inteira.

O Extremo tem uma longa história de lutas com seu vizinho ao sul: Dorne. Um estado de guerra, saques e escaramuças perdurou por séculos, desde muito antes da chegada de Aegon. A luta historicamente esteve contida às montanhas e planícies que cercam as duas regiões. Embora tenha diminuído nos últimos séculos, um extenso legado de sangue ainda existe entre os dois.

Casa Tyrell

A Casa Tyrell é grande e rica; apenas a Casa Lannister possui mais riquezas, e os Tyrell comandam maiores exércitos. Além disso, se conclamassem as frotas de seus brasões vassalos — os Vinho-Rubro, os senhores das Ilhas Escudo e os lordes da costa — teriam uma marinha igual ou maior que a frota real.

Os Tyrell chamam a si mesmos de Defensores das Planícies e Altos Marechais do Extremo. Tradicionalmente, são os Vigias do Sul. Durante a Rebelião de Robert, os Tyrell permaneceram leais ao Rei Aerys, mas uma vez que os Targaryen foram destruídos, Lorde Mace Tyrell dobrou o joelho para o Rei Robert, que perdoou-os e aceitou-os como vassalos jurados.

Lordes Menores do Extremo

Além da grande casa das rosas, há muitos lordes poderosos no Extremo. Os Florent do Forte Água Brilhante são bastante ricos, e os Torre-Alta de Torre Alta em Velha Vila são uma das mais antigas famílias nos Sete Reinos. Várias famílias podem remontar sua linhagem até Garth Mão-Verde, mas o direito dos Tyrell é forte. Os Vinho-Rubro dominam o Arvoredo e controlam uma tremenda frota de navios, enquanto que os Tarly de Colina do Chifre são renomados por suas antigas batalhas com os montanheses de Dorne. Outras casas com histórias ricas incluem os Rowan de Bosque Dourado, os Fossoway de Salão da Sidra, os Fossoway de Novo Barril e os Coração-de-Carvalho de Carvalho Velho.

As Terras Tempestuosas

"Nossa é a fúria" são as palavras da Casa Baratheon, e elas servem como um mantra adequado para todos que vivem na região conhecida como Terras Tempestuosas. Embora seja uma das menores regiões de Westeros, é o lar de algumas das maiores tempestades que já se abateram sobre a terra. Embora seja protegida dos invernos brutais do Norte, suas tormentas e mares bravios são iguais aos que assolam as Ilhas de Ferro.

As Terras Tempestuosas jazem entre Porto do Rei e a Baía Água Negra ao norte, e Cabo da Fúria e o Mar de Dorne ao sul. A costa é uma linha irregular de penhascos e rochas, e os navios rumo a Porto do Rei partindo do sul devem navegar ao redor do Gancho de Massey, conseguindo algum alívio das tempestades que rugem no mar estreito. Depois do Gancho, o caminho leva ao Canal da Goela, passando entre Ponta Afiada no continente e as ilhas de Marco da Corrente e a imponente Rocha do Dragão, antes de chegar à relativa paz da Baía Água Negra. Boa parte das Terras Tempestuosas é coberta de florestas, da rica floresta da chuva à abundante floresta do rei. Aldeias e cidades são escassas, mas a região inclui as ilhas de Tarth e Monte Ester, o poderoso castelo de Ponta da Tempestade e o extremo norte das Planícies de Dorne, conquistado há muito pelos Reis da Tempestade.

Os Reis da Tempestade

As Terras Tempestuosas eram o domínio dos Reis da Tempestade, cujo território outrora se estendia quase até Fosso Cailín no Gargalo. Os trovadores afirmam que Ponta da Tempestade foi erguido por Durran, o primeiro Rei da Tempestade, que casou-se com a filha do mar e do vento. Em retaliação, os deuses enviaram uma terrível tempestade que matou todos, exceto Durran. Quando a tempestade finalmente arrefeceu, Durran declarou guerra aos deuses. Construiu seis castelos, todos destruídos pelos deuses. Seu último e maior feito foi Ponta da Tempestade. Algumas lendas dizem que foi o garoto Brandon, que viria a crescer para se tornar Brandon, o Construtor, da Era dos Heróis, que arquitetou Ponta da Tempestade. Outras afirmam que os filhos da floresta ajudaram Durran. Seja como for, Ponta da Tempestade continua firme até hoje, repelindo o clima e os cercos.

A Ascensão de Baratheon

As Terras Tempestuosas já foram o lar de reis e daqueles que os destronaram. Os primeiros foram os Reis da Tempestade, obviamente, mas Rocha do Dragão era a casa dos Targaryen. Os Baratheon foram elevados ao domínio da região depois que Aegon, o Conquistador, derrotou Argilac, o último Rei da Tempestade. E os Targaryen foram destruídos pelos Baratheon depois que o Príncipe Rhaegar raptou a prometida de Robert, Lyanna Stark, e o Rei Louco exigiu as cabeças de Robert Baratheon e Eddard Stark.

Durante a Rebelião de Robert, as Terras Tempestuosas foram o palco de um dos mais cruéis cercos da campanha. Stannis manteve Ponta da Tempestade firme contra os legalistas Tyrell e Vinho-Rubro. O cerco durou um ano inteiro — mas, a despeito da fome, Stannis e seus homens resistiram.

Embora sejam a mais jovem das grandes casas, os Baratheon conheceram grande fortuna nesta geração. O centro de seu poder fica em Ponta da Tempestade, atualmente de posse do irmão mais novo, Lorde Renly. O outro irmão do Rei Robert, Stannis, domina Rocha do Dragão desde o final da guerra.

Outros Poderes das Terras Tempestuosas

Outras casas notáveis nas Terras Tempestuosas incluem os Caron de Canção Noturna, chamados de Senhores das Planícies; os Connington de Repouso do Grifo, que perderam seu título por apoiar os Targaryen; os Dondarrion de Refúgio Negro, renomados lordes das planícies; os Monte-Ester de Pedra Verde, cujo patriarca, Lorde Monte-Ester, é avô materno do rei; os Pronto-ao-Mar, cavaleiros com terras com domínios em Cabo da Fúria; os Selmy de Salão da Colheita, família de Sor Barristan Selmy, Lorde Comandante da Guarda Real, e os Tarth de Estrela Vespertina, cujas terras ficam na Ilha de Tarth, na Baía dos Naufrágios.

Dorne

"Antigamente em Dorne, antes que os Martell se casassem com Daeron II, todas as flores se curvavam ao sol". Assim é ensinado em Dorne, referindo-se às longas e sangrentas gerações de luta entre os homens de Dorne e os senhores das planícies do Extremo.

O "sétimo" reino de Westeros é Dorne, a mais meridional de todas as terras juradas ao Trono de Ferro. As histórias ensinam que Daeron Targaryen, o Jovem Dragão, conquistou Dorne aos 14 anos de idade, perdendo 10.000 homens no processo. A conquista durou apenas um verão. Nos anos que se seguiram, ele perdeu outros 50.000 homens, e as areias de Dorne escaparam por entre seus dedos com sua morte.

Apenas pouco mais de 100 anos atrás Dorne finalmente se juntou aos Sete Reinos, uma noiva ansiosa, incerta sobre o futuro mas conhecendo seu destino. O Rei Daeron II havia se casado com Myriah, a Princesa de Dorne, e oferecido sua irmã em casamento ao Príncipe de Dorne. O casamento atou um forte nó entre o Trono de Ferro e Dorne. O atual Príncipe de Dorne, Lorde Doran Nymeros Martell, casou sua irmã, a Princesa Elia, ao Príncipe Herdeiro Rhaegar, mas ambos foram mortos durante a Rebelião de Robert.

Embora o Lorde Jon Arryn tenha viajado a Dorne depois da guerra, como a Mão do Rei, e feito a paz entre o Rei Robert e o Lorde de Lança do Sol, os homens de Dorne têm estado distantes e perturbados desde o brutal assassinato de Elia. Diz-se que homens jurados aos Lannister mataram a princesa e seus filhos. Embora o Príncipe Doran tenha repetidamente requisitado justiça, os assassinos permanecem anônimos e impunes.

Dorne separa-se dos outros Sete Reinos por costume, geografia e distância física. Localiza-se muito ao sul, separado das Terras Tempestuosas pelo Mar de Dorne, e do Extremo pelas Montanhas Vermelhas e as Planícies de Dorne. Isso não significa que ninguém empreenda a jornada através desse território hostil, pois saqueadores rumam ao norte e ao sul há milhares de anos, mas existe uma fronteira natural. E os costumes exóticos da região, trazidos do outro lado do mar pela Rainha Nymeria e seus roinar, não valeram aos habitantes de Dorne a simpatia dos andals.

Iconoclastas do Sul

A influência das tradições dos roinar continua até hoje. Os habitantes de Dorne não usam o título "rei", preferindo "príncipe", e suas leis reconhecem o filho mais velho de qualquer sexo como herdeiro, não favorecendo filhos homens sobre mulheres, como é a norma em Westeros. Eles vestem lenços enrolados para proteger-se do sol, e raramente usam armaduras pesadas. Elevam suas amantes a altas posições, mantendo-as quase como segundas esposas (ou mesmo segundos maridos). Apreciam comida temperada e vinhos fortes e secos. Dorne tem melhores relações com as Cidades Livres do que talvez qualquer outra região nos Sete Reinos.

Há vários tipos de dorneses, todos semelhantes mas distintos. Dorneses do sal são esguios, com pele cor de oliva e cabelos negros e espessos, muitas vezes mantidos longos por homens e mulheres. Vivem na costa e têm a maior quantidade de sangue dos roinar. Dorneses da areia vivem em seus desertos quentes e nos vales ribeirinhos. Sua pele é ainda mais escura que a de seus primos do sal, pois suas faces são

queimadas pelo sol. Dorneses da pedra têm a menor quantidade de sangue dos roinar. Assim, são os mais altos, de pele mais clara, com cabelos castanhos ou louros e sardas. O sangue dos andals e dos Primeiros Homens mistura-se livremente em suas veias. Costumam viver nas passagens e elevações das Montanhas Vermelhas. Alguns dizem que há um quarto tipo de dorneses, nos quais o sangue dos roinar seria ainda mais puro. Estes "órfãos do Sangue Verde" vivem no grande rio, viajando e fazendo comércio por toda a sua extensão em grandes navios coloridos.

Os Martell ainda governam a partir de Lança do Sol na costa leste, na parte do Braço Quebrado que se localiza no continente. Outras casas notáveis incluem os Monte-Negro de Monte Negro, lordes das Montanhas Vermelhas que saquearam as planícies através do Passo do Príncipe durante séculos; os Mata-de-ferro de Mata de ferro, guardiões do Caminho dos Ossos, que têm um orgulho desmedido de seu passado de realeza antes da chegada de Nymeria; os Dalt de Mata dos Limões, uma família de importantes cavaleiros com terras, e os Dayne de Queda da Estrela, cujo filho, Sor Arthur Dayne, a Espada da Manhã, era um Irmão Jurado da Guarda Real do Rei Aerys.

Além de Westeros

E as terras além de Westeros? O Compêndio de Jade de Colloquo Votar é um tomo essencial para qualquer acadêmico ou estudante da Cidadela que deseje aprender sobre terras longínquas. A costa leste de Westeros dá para o mar estreito, e do outro lado de suas águas jaz o continente oriental. Relatos afirmam que é muito maior que os Sete Reinos, contando com muitas mais tipos de pessoas, feras e maravilhas. Mas pessoas são sempre pessoas, com as mesmas alegrias, esperanças, preocupações e tragédias.

As Cidades Livres compõem a região mais próxima de Westeros, nas praias do mar estreito ou próximas a elas, e não é incomum encontrar viajantes vindos de lá. Muitas grandes casas e mercadores fazem comércio com as nove Cidades Livres. Braavos fica ao norte, construída sobre uma série de ilhas em uma grande lagoa, enquanto que Pentos fica ao sul, conhecida por suas lendárias muralhas que mantêm os dothraki afastados. Myr, Lys, Tyrosh e Volantis têm uma história de escaramuças pelo controle das Terras Disputadas e dos Degraus de Pedra, a cadeia de ilhas que leva a Dorne. E as cidades de Norvos e Qohor não têm acesso ao mar, mas servem como portal para as grandes caravanas que viajam a domínios ainda mais orientais. No extremo norte, nas brutais correntes polares do Mar Trêmulo, fica a ilha de Ibben. Não há nada além de gelo depois dela.

A leste de Pentos, o Rio Roine atravessa as Terras Disputadas (onde os myreses, lysenos, tyroshi e volantinos ainda lutam). No extremo leste fica o Mar Dothraki, que na verdade é uma grande extensão de planícies.

Os senhores dos cavalos dothraki dominam estas planícies, e diz-se que uma centena de tipos de grama pode ser encontrada aqui, em todas as cores do arco-íris. No centro do Mar Dothraki fica a Mãe das Montanhas e, na base da montanha, a estranha cidade dothraki de Vaes Dothrak.

A sul do Mar Dothraki e do rio Skahazadhan fica Lhazar, a terra dos lhazarenos. Mais ao sudeste jaz a Desolação Vermelha, um deserto de árvores atarracadas, grama afiada, ruínas ancestrais e morte.

A oeste de Lhazar fica a Baía dos Escravos, separada das terras dos lhazarenos pelas cidades escravistas e suas retroterras. Qarth, a lendária cidade de três muralhas, jaz a sudeste de Lhazar e da Desolação Vermelha, com Meereen, Astapor e Yunkai ao oeste.

Os mares do sul são compostos pelo Mar do Verão e pelo Mar de Jade. A terra de Yi Ti pode ser encontrada ao longo do Mar de Jade, assim como a suposta cidade sonhadora dos poetas.

Depois do Mar do Verão existem as Ilhas Basilisco e as selvas escuras de Sothoryos. No extremo sul do Mar Dothraki, no fim do mundo conhecido, fica Asshai à Sombra. Viajar mais longe que Asshai é entrar nas Terras Sombrias, sobre as quais os estudiosos pouco conhecem.

Respeitosamente apresentado aos arquivos da Cidadela, no interesse da causa do conhecimento, no 296º ano após a Chegada de Aegon, o décimo quinto do reinado do Rei Robert Baratheon, o Primeiro de seu Nome.

Meistre Jesiah

Sobre Cavaleiros & Rufiões

A seção anterior fornece uma boa visão geral dos Sete Reinos de Westeros, assim como uma ideia do clima de *A Guerra dos Tronos*. Esta seção detalha alguns pontos específicos sobre o que você irá encontrar ao se aventurar aqui, e como *GdT* é diferente de outros mundos de fantasia.

As histórias de Westeros são sobre cavaleiros — heróis lendários e vilões infames. São as espadas juradas de seus lordes e os filhos da nobreza. Podem defender os plebeus ou podem estuprar, pilhar e arruinar os campos. Obviamente, muitos guerreiros não são cavaleiros — Lorde Eddard Stark e seus filhos, Robb e Jon; o dothraki Khal Drogo; Syrio Forel de Braavos — mas os conceitos de honra, ou a falta deles, continuam fortes.

Outros temas também são importantes em *GdT*. Realismo é um bom exemplo, já que o mundo continua girando, mesmo que você não esteja no centro dos acontecimentos, e a morte vem rapidamente para muitos. O status social dita que o nascimento pode abrir um mundo de oportunidades — ou aparentemente negá-las para sempre. A legitimidade dos filhos, as linhas sucessórias e a herança são assuntos de importância vital, assim como a rica mitologia e história que começam a se tornar mais e mais reais, à medida que elementos fantásticos ressurgem.

GdT é sobre cavaleiros — e dragões.

Costumes & Leis

A era mais recente dos Sete Reinos remonta a Aegon, o Conquistador, e estende-se por 300 anos, mas a história de muitos castelos e famílias em Westeros tem início milênios atrás. A seguir está uma lista de alguns dos costumes e leis mais importantes e difundidos de Westeros.

- A autoridade parte do rei, que se acredita receber poder dos deuses, sejam novos ou velhos.

Além das muralhas da cidade, uma centena de pavilhões havia sido erguida, e os plebeus vieram aos milhares para assistir aos jogos. O esplendor de tudo aquilo tirou o fôlego de Sansa: as armaduras brilhantes, os grandes cavalos de guerra adornados, os gritos da multidão, os estandartes balançando ao vento... Os próprios cavaleiros; os cavaleiros, mais do que tudo...

— A Guerra dos Tronos

CAPÍTULO 1: SOBRE WESTEROS

- A nobreza tem mais direitos e responsabilidades do que a plebe. A nobreza nasce em sua posição.
- Os homens têm mais direitos que as mulheres (exceto em Dorne, onde a idade é o fator determinante).
- Os filhos da nobreza herdam os mesmos direitos de seus pais, a menos que sejam bastardos. Bastardos (filhos fora do casamento) podem ser reconhecidos por seus pais, e podem até mesmo receber direitos de herança, mas normalmente perdem para irmãos legítimos em todos os casos.
- A lei da hereditariedade é um assunto crucial entre a nobreza. Filhos homens primogênitos são os herdeiros legítimos, seguidos por seus irmãos homens. Irmãs herdam apenas se não houver filhos homens.
- O lorde de uma região é a autoridade maior, e pode fazer valer a justiça do rei. É dever do lorde manter a paz, ouvir petições e distribuir castigos, tudo em nome de seu senhor e, em última análise, em nome do rei.
- Punições para criminosos podem incluir mutilação, morte e perda de riqueza, terras e títulos. Uma punição alternativa é ser forçado a "vestir negro" na Muralha. Juntando-se à Patrulha da Noite, um criminoso recebe perdão por todos os seus crimes e pecados, mas deve abrir mão de todas as terras e direitos e ficar para sempre jurado à Irmandade da Patrulha da Noite. Mulheres não podem vestir negro.
- Lordes têm o direito de "calabouço e cadafalso", ou seja, a autoridade do rei para aprisionar súditos ou executá-los no caso de um crime que valha essa punição.
- Segundo a tradição dos Primeiros Homens, o homem que decreta a sentença deve olhar nos olhos do acusado e ouvir suas últimas palavras. Também deve brandir a espada para executá-lo. O povo do Norte ainda se apega a esta crença, mas no sul os lordes muitas vezes empregam um executor, como a Justiça do Rei.
- Cavaleiros com terras também podem fazer valer a justiça, mas não têm o direito de "calabouço e cadafalso". Assim, não podem executar ou aprisionar alguém por iniciativa própria.
- Um ladrão pode perder uma mão, um estuprador pode ser castrado e açoitamentos são usados como punição para muitas ofensas menores.
- A maior parte das execuções é feita por forca ou pelo machado ou espada do executor, mas senhores cruéis podem usar a "gaiola dos corvos", uma jaula de ferro que mal acomoda um homem, na qual a vítima fica presa sem comida ou água, até a morte. Seu nome origina-se dos bandos de corvos que muitas vezes descem sobre a pobre alma, bicando sua carne através das grades.
- O rei pode perdoar qualquer criminoso, como o Rei Robert fez com muitos que permaneceram leais aos Targaryen durante a guerra.
- Um lorde que seja acusado de um crime pode requisitar um julgamento por combate (já houve muitas variações disso ao longo das eras) ou um julgamento por lorde, no qual vários outros lordes ouvem os fatos e tomam uma decisão.
- Outra tradição dos Primeiros Homens ainda mantida em Westeros é o "direito de hóspede". Qualquer visitante que coma sob o teto de seu anfitrião está protegido enquanto permanecer. Por costume, um hóspede pode requisitar pão e sal, e qualquer visitante que não confie em seu anfitrião pode pedir isso imediatamente ao chegar. Diz-se que aqueles que traem este pacto são amaldiçoados pelos deuses.
- A maioridade chega aos 16 anos. Antes disso, um jovem pode ser "quase um homem feito". A primeira menstruação de uma garota (receber seu sangue lunar) — muitas vezes em uma idade menor para garotas nobres — também é um marco importante.
- Votos de casamento normalmente não são proferidos até a idade adulta, embora não haja lei que proíba isso. Os nobres frequentemente prometem seus filhos muito cedo, e às vezes é de importância política crucial casar filhos antes dos 16 anos — por exemplo, quando uma herança está em risco. A despeito disso, ninguém iria se deitar com uma garota antes de seu primeiro sangue lunar; isso é visto como perverso e profano.
- Aqueles que seguem os Sete são casados por um septon, enquanto que aqueles que seguem os velhos deuses podem proferir seus votos ante uma árvore mística.
- Ninguém pode ser forçado a se casar se recusar-se a proferir os votos, embora pressão familiar e até mesmo ameaças físicas não sejam desconhecidas.
- Contratos de casamento podem ser desfeitos, especialmente se o casamento não tiver sido consumado.
- Alianças entre famílias muitas vezes são feitas criando-se os filhos homens de outro lorde dos 8 ou 9 anos de idade até a maioridade. Estes garotos servem como pagens e escudeiros, e muitas vezes tornam-se grandes amigos da família a quem servem.

- Jovens sob tutela são semelhantes a garotos criados por outras famílias, mas neste caso são mantidos como reféns políticos. Embora possam ser bem tratados, uma sombra do verdadeiro significado de sua permanência sempre paira.
- Bastardos são muitas vezes vistos com desconfiança. Nascidos "de luxúria e mentiras", muitos acreditam que bastardos crescem para nunca fazer o bem. Cada região tem um sobrenome distinto para bastardos nobres.

Dorne: Areia
As Ilhas de Ferro: Pique
Porto do Rei (e Rocha do Dragão): Águas
O Norte: Neve
O Extremo: Flores
As Terras Fluviais: Rios
O Vale de Arryn: Pedra
As Terras Ocidentais: Colina
As Terras Tempestuosas: Tempestade

Tecnologia

A tecnologia de Westeros parece ter estado relativamente estática há várias centenas de anos. Claramente a magia existiu em uma era ancestral, e foi uma força poderosa — forjou a Terra Livre de Valyria e foi supostamente fundamental na criação de algumas das maiores estruturas e marcos arquitetônicos que perduram há milênios.

Em geral, Westeros pode ser visto como um mundo medieval, um pouco parecido com a Europa medieval dos séculos XIII a XV, embora sem qualquer sinal de pólvora.

O Auge da Ciência

Alguns dos objetos e dispositivos mais comuns que podem ser encontrados como parte da civilização em Westeros incluem os seguintes.

- Vidro de variadas qualidades, desde vidro com chumbo até vitrais coloridos ou lentes para telescópios (chamados "olhos longínquos") e espelhos de prata batida.
- Mapas das estrelas e planetas.
- Roupas feitas de tecidos como algodão, linho, lã e seda. Vestidos elaborados com ornamentos de renda e pedras preciosas são comuns para damas nobres.
- Tinturas de muitas cores; até mesmo o metal pode ser colorido.
- Braseiros de ferro e lamparinas a óleo.
- Correntes forjadas de bronze, cobre, chumbo, ferro, aço, latão, estanho, platina e ouro.
- Galés de dois mastros, equipadas com até 60 remos, e navios de guerra de quatro conveses e 400 remos.
- Armas de cerco, incluindo catapultas, trabucos, manganelas, cospe-fogos e escorpiões. Alguns são montados em navios de guerra, outros são grandes demais para serem movidos.
- Armadura de placas de ótima qualidade, muitas vezes com elmos e símbolos heráldicos fantásticos.
- Arcos longos e bestas pesadas.
- Ginetes podem usar esporas e estribos, ambos cruciais para cavaleiros. Da mesma forma, cavaleiros usam selas arqueadas, permitindo que empunhem lanças sob os braços e invistam a galope.
- Os selvagens do Norte e os clãs das Montanhas da Lua têm pouca tecnologia; suas ferramentas são roubadas de outros povos ou construídas de forma rústica.
- Os reinos do leste podem ter dispositivos maravilhosos e avanços estranhos, embora tribos bárbaras como os dothraki deem pouco valor a interesses acadêmicos.
- Corvos são treinados para levar mensagens e usados como meio de comunicação através de Westeros.

Fé & Religião

A maioria das pessoas em Westeros acredita nos deuses, embora haja diversas religiões diferentes. A crença e a superstição influenciam as vidas diárias de lordes e plebeus, e misturam-se com seus costumes e tradições. As crianças são criadas ouvindo fábulas de snarks, gramequins e monstros mais temíveis, como os Outros que podem levá-las se forem mal-comportadas. Embora a maioria deixe de dar importância a essas histórias ao crescer, os relatos históricos lembram de que dragões voavam há não muito tempo — o que pode existir nos ermos?

Os Sete

A religião mais prevalente é a crença andal nos Sete. Os Sete são considerados os novos deuses, embora a Fé tenha sido trazida a Westeros 6.000 anos atrás. Os Sete representam sete diferentes facetas do criador, embora a maioria dos plebeus imagine-os como sete deuses diferentes, deixando a filosofia teológica para os septons.

Os diferentes aspectos dos Sete são o Pai, a Mãe, o Guerreiro, o Artífice, a Anciã, a Donzela e o Estrangeiro. Os seguidores dos Sete normalmente rezam para um dos primeiros seis aspectos — poucos rezam para o Estrangeiro, pois ele ou ela é a face da morte, e assim é temido.

O Pai, ou Pai Acima, é chamado em busca de sabedoria e julgamento. Também a ele solicita-se para que os mortos recebam um julgamento justo. É representado como um homem barbudo. Pode ou não ser coroado, e muitas vezes carrega uma balança.

A Mãe, ou Mãe Acima, é a guardiã das mães, das crianças e dos inocentes. Também é invocada para abençoar mulheres grávidas e assegurar a saúde de seus filhos. Muitas vezes é mostrada sorrindo, e personifica a piedade.

O Guerreiro carrega uma espada e é o deus dos cavaleiros e soldados. Os fiéis oram para que ele guie suas espadas e empreste força a seus escudos.

O Artífice normalmente carrega um martelo, e é o deus da criação e da cura, protetor dos aleijados. Os fiéis podem pedir para que ele ajude a consertar algo que esteja quebrado, proteja um navio de uma tempestade ou até mesmo empreste força às suas armas antes de uma batalha.

A Anciã carrega um lampião para iluminar os caminhos escuros, é a deusa da sabedoria e a face do destino. Os fiéis dizem que ela soltou o primeiro corvo no mundo, quando espiou pela porta da morte.

A linda **Donzela** é a protetora das garotas, das mulheres jovens e dos amantes. É a deusa da inocência e da castidade. Garotas podem rezar a ela por coragem para enfrentar as agruras da vida e os desafios de crescer.

O Estrangeiro é a face da morte. Este deus é visto como masculino e feminino — às vezes, nenhum dos dois. Alguns ídolos mostram-no como humano, enquanto que outros representam-no como meio animal. O Estrangeiro leva os recém-mortos para longe deste mundo, rumo ao próximo, e atua como juiz, determinando se um espírito será recompensado ou punido nos sete infernos.

Os homens e mulheres que estudam e pregam a Fé são os "jurados aos deuses" — os homens chamam-se septons, as mulheres chamam-se septas. Os jurados aos deuses abrem mão de seus sobrenomes quando proferem seus votos, provando que são iguais aos olhos dos deuses. A Fé é liderada pelo Grande Septon, a partir do Grande Septo de Baelor, em Porto do Rei. O Grande Septon abandona tanto seu sobrenome quanto seu primeiro nome ao ser escolhido, simbolizando sua devoção aos deuses. Esta prática leva a confusão quando se tenta distinguir entre os Grandes Septons. Assim, alguém pode dizer "o Grande Septon gordo", ou "o que veio antes do gordo" para ser mais claro.

Abaixo do Grande Septon estão os Mais Devotos, tremendamente influentes na vida religiosa — e política — dos lordes e damas de Westeros. Septons e septas assumem votos, costumam ser alfabetizados e cultos, e muitas vezes educam os filhos dos lordes de Westeros. Os jurados aos deuses normalmente são devotos de todos os sete aspectos de deus. Como os aspectos dividem-se igualmente entre masculinos e femininos (o Estrangeiro sendo ambos ou nenhum), as septas costumam ser vistas como iguais aos septons na Fé.

Algumas ordens da Fé dedicam-se a um aspecto em particular, como o Artífice ou o Guerreiro. Além disso, irmãos pedintes vestem-se em robes marrons rústicos e levam a palavra da Fé às menores aldeias e povoados. Embora sejam pobres (vivem da caridade) e raramente sejam instruídos, muitas vezes decoram orações. As Irmãs Mudas também cumprem seu papel: vestidas de cinza e sob um voto de silêncio, dedicam-se ao Estrangeiro. Cobrem suas faces com véus, deixando apenas seus olhos de fora, pois olhar o rosto dos mortos é uma maldição. Seu dever é preparar os homens para o túmulo.

Os fiéis rezam em septos ou septários (mosteiros), que têm sete lados e são decorados com prismas — cristais de sete faces — ou estrelas de sete pontas. Os jurados aos deuses muitas vezes carregam um prisma de cristal consigo, para uso em cerimônias, e seu texto religioso é chamado de "A Estrela de Sete Pontas".

Na época antes de Aegon, o Conquistador, a Fé tinha muito mais poder, pois havia sete reis e apenas um Grande Septon. Os Targaryen diminuíram a influência da Fé, mais ela ainda possui poder hoje em dia. Embora a Fé não seja uma autoridade legal, conta com tremenda influência como autoridade moral. Aqueles que violam o direito dos hóspedes, que matam familiares ou que cometem incesto são amaldiçoados aos olhos dos Sete. Contudo, os Targaryen afirmavam estar acima dos deuses, e faziam o que queriam.

Os Velhos Deuses

Os velhos deuses eram os deuses dos filhos da floresta, embora os Primeiros Homens tenham adotado-os quando finalmente alcançaram a paz com os filhos. São os deuses das florestas, dos rios e das rochas, representados pelas árvores místicas — que têm casca branca como osso e folhas de um vermelho escuro, que lembram mil mãos sangrentas. Os filhos entalhavam rostos em muitas das árvores místicas, e estas árvores são conhecidas como árvores-coração. A seiva destas árvores também é vermelha, e tinge de rubro seus rostos.

Antes da paz, os Primeiros Homens temiam as árvores místicas e seus rostos. Assim, derrubaram muitas delas, temerosos de que os sábios dos filhos da floresta — os videntes verdes — pudessem enxergar através delas. Mais tarde, quando os andals chegaram, também derrubaram ou queimaram as árvores místicas que descobriram.

Hoje em dia, os velhos deuses ainda são cultuados no Norte, assim como em outros bolsões onde o sangue dos Primeiros Homens ainda é forte. Contudo, as árvores místicas são praticamente desconhecidas fora do Norte, onde cada castelo ainda mantém um bosque divino com uma árvore mística como sua árvore-coração. Embora os castelos do sul possam contar com um bosque divino, poucos lordes ainda acreditam nos velhos deuses. As árvores-coração destes lugares são mais comuns, sem qualquer entalhe.

Aqueles que ainda creem nos velhos deuses proferem votos ante a árvore-coração — juramentos, casamentos e preces são todos feitos frente a essas árvores ancestrais.

Outras Religiões

O povo das Ilhas de Ferro acredita no Deus Afogado que vive em seu salão aquático, e segue o Antigo Caminho. Também acredita no Deus das Tempestades o inimigo ancestral do Deus Afogado. O Deus Afogado é o deus das águas e dos saqueadores que nelas navegam.

Quando os roinar vieram a Dorne, alguns não abandonaram sua velha religião. Os Órfãos do Sangue Verde, que velejam por aquele rio em suas barcaças coloridas, rezam à Mãe Roine e aos velhos deuses dos roinar, incluindo o Velho do Rio, representado como uma imensa tartaruga.

Uma das religiões mais proeminentes do oriente, seguida por alguns em Westeros, é a crença em R'hllor, o Senhor da Luz. Seus seguidores se vestem de vermelho e cultuam o fogo e a luz, invocando sua proteção contra os terrores da noite.

Há muitos outros deuses exóticos no oriente, embora poucos sejam conhecidos em Westeros.

Cavalaria

As histórias estão cheias de cavaleiros cintilantes e seus feitos magníficos, mas nem todos os cavaleiros são virtuosos, e nem todos nascem na nobreza. Muitos garotos sonham tornar-se cavaleiros um dia, e as meninas sonham em casar com eles. Jovens da nobreza podem começar o treinamento como pagens, aos 8 ou 9 anos, então tornando-se escudeiros de cavaleiros. Alguns podem obter o título de cavaleiro com meros 15 ou 16 anos. É claro que alguns homens nunca se tornam cavaleiros, e escudeiros velhos não são desconhecidos. A cavalaria é uma posição marcial. Assim, homens incapazes de pegar em armas não podem ser sagrados, mesmo que sejam filhos de lordes poderosos.

A cavalaria também é um assunto religioso. Assim, é abraçada apenas por aqueles que cultuam os Sete. Homens do Norte que seguem os velhos deuses podem ser excelentes guerreiros, mas raramente são sagrados cavaleiros. A cerimônia tradicionalmente envolve uma vigília pela noite toda, o candidato trajando apenas uma veste de lã rústica. Ao amanhecer, o homem caminha descalço até o local onde um septon e um cavaleiro esperam por ele. O septon unta-o com sete óleos sagrados, e o cavaleiro toca em seus ombros com uma espada enquanto invoca os Sete.

Contudo, a cavalaria não exige esta cerimônia na verdade, pois qualquer cavaleiro pode sagrar outro cavaleiro, mesmo nos ermos. O aspirante deve proferir seus votos solenes, e o cavaleiro pode conceder-lhe o título em nome dos deuses. Nobres, plebeus ou mesmo bastardos podem se tornar cavaleiros, mas nenhuma mulher já foi "cavaleira". Cavaleiros recebem o título "sor" antes de seu primeiro nome. Diz-se, por exemplo, "Sor Jaime" ou "Sor Jaime Lannister", mas não "Sor Lannister".

Chamar um cavaleiro de "sor" é o estilo formal de dirigir-se a ele, e pode ser usado mesmo quando não se sabe o nome do cavaleiro. Cavaleiros podem escolher seu brasão pessoal, que pode ser diferente de qualquer brasão de sua família. Contudo, apenas um filho legítimo tem o direito de herdar o brasão de seu pai. Em qualquer outro caso, deve usar seu próprio brasão.

É claro que alguns homens afirmam ser cavaleiros sem nunca terem sido sagrados. Embora isso seja difícil de provar, eles podem ser punidos por essa falsidade. Por outro lado, cavaleiros misteriosos que surgem em torneios com escudos escondidos ou desconhecidos, apenas para se revelar como alguém famoso ou importante, rendem ótimas histórias.

Cavaleiros podem receber terras e fortes (sendo assim conhecidos como cavaleiros com terras — ou, se forem muito bem-sucedidos, grandes cavaleiros com terras). Contudo, até mesmo os maiores e mais ricos cavaleiros têm menos autoridade legal que o menor dos lordes. Cavaleiros costumam jurar serviço a um lorde específico e cumprir seu papel para manter a paz do lorde e impor sua lei. Aqueles que não têm lorde e vagam pela terra são chamados de cavaleiros errantes. Costumam ser pobres e servir a qualquer um que lhes dê comida e abrigo.

Meistres da Cidadela

Os meistres da Cidadela de Velha Vila são acadêmicos, sábios, embaixadores e conselheiros. A Cidadela é o maior centro de aprendizado de Westeros, famosa no mundo todo. É a única escola formal deste tipo, e é o lar dos meistres. Nem todos que estudam na Cidadela tornam-se meistres. Alguns simplesmente desejam melhorar sua educação e não têm vontade de servir como meistres. A Cidadela aceita todos, a despeito de classe social, mas não aceita mulheres.

A Cidadela é comandada pelos arquimeistres, que se reúnem regularmente em um Conclave para discutir assuntos que dizem respeito aos reinos. Os arquimeistres anunciam quando as estações estão mudando e escolhem o Grande Meistre, que senta-se no pequeno conselho do rei. Suas decisões devem ser objetivas, mas a política e seus objetivos pessoais podem influenciá-los.

Os alunos que desejam se tornar meistres estudam várias disciplinas — a Cidadela tem professores de inúmeros tópicos, incluindo contabilidade, anatomia, arquitetura, astronomia, conhecimento de dragões, ciência forense, cura, herbalismo, mistérios superiores, história, matemática, navegação, conhecimento e treinamento de corvos, ciência da guerra e assim por diante. Quando um aluno julga que dominou uma disciplina, é testado pelo arquimeistre do campo. Caso prove seu conhecimento, recebe o direito de ter um elo em sua corrente. Cada elo é feito de um metal específico, que representa a disciplina. Assim, um aluno que prove dominar os números recebe um elo dourado, enquanto que provar maestria sobre os corvos vale um elo de ferro negro. Um aluno sem quaisquer elos é um noviço. Um noviço que adquire seu primeiro elo torna-se um acólito. À medida que o acólito recebe mais elos, diz-se que ele "forja-os" para compor sua corrente de meistre, simbolizando seu conhecimento e disposição em servir à terra.

Um acólito com elos suficientes para formar um colar ao redor de seu pescoço, essencialmente tendo completado suas disciplinas, recebe a permissão de proferir seus votos e tornar-se um meistre. Uma vez que os votos são proferidos, a corrente é vestida e nunca mais removida, embora o meistre possa continuar aumentando-a seguindo em seus estudos. A maioria dos alunos profere seus votos até os 25 anos, embora meistres mais jovens e mais velhos não sejam incomuns (meistres mais velhos são mais comuns do que mais jovens). Seus votos incluem celibato, assim como abrir mão de seu sobrenome e de quaisquer terras ou riquezas.

Os meistres são enviados como conselheiros seculares aos lordes dos Sete Reinos. Como são jurados à Cidadela e abandonaram quaisquer ligações familiares, espera-se que sejam neutros e forneçam bons conselhos e sabedoria para quem quer que seja seu senhor. Se um lorde for derrubado, o meistre deve servir a seu novo lorde com a mesma disposição, e só pode deixar seu posto por instrução do lorde ou da Cidadela.

Meistres costumam fornecer o tratamento médico mais habilitado e eficiente em Westeros, com amplo conhecimento de anatomia, ervas e cuidados ao paciente, incluindo práticas como ferver vinho para limpar ferimentos e amputação de membros gangrenosos.

Há certa rivalidade entre os meistres e as hierarquias religiosas de Westeros, especialmente a Fé dos Sete. Os meistres da Cidadela guardam um desprezo sutil pela "superstição", sendo homens de conhecimento e racionalidade. Isto inclui tabus religiosos e, é claro, magia. Assim, os meistres às vezes entram em conflito com conselheiros religiosos jurados aos deuses ou outros cortesãos como adivinhos e místicos.

Meistres podem ser expulsos da ordem por quebrar seus juramentos ou por pesquisar ciências e artes proibidas, como a necromancia.

Capítulo 2: Regras

Todos os jogos têm regras, e GdTRPG não é diferente. As regras asseguram uma estrutura através da qual os jogadores interagem com o mundo imaginário, fornecendo uma fundação sólida para o narrador construir aventuras, inventar desafios e, acima de tudo, criar uma experiência agradável para todos. Embora as regras de GdTRPG lidem com inúmeras situações — com mecânicas para combate, guerras, intriga e muito mais — estas regras servem para auxiliar seu jogo, não defini-lo. Quando você estiver contando uma história, não se perca nas minúcias dos modificadores, habilidades ou opções otimizadas. O narrador é livre para alterar ou ignorar qualquer regra neste livro, para cumprir o principal objetivo do jogo: a diversão.

Usando este Capítulo

Este capítulo apresenta o funcionamento básico do sistema de GdTRPG. As informações são dispostas de forma a serem facilmente compreendidas, ajudando a criar uma base para aprender os aspectos mais específicos das regras — criação de personagens, combate, guerra e intriga. Leia este capítulo antes de seguir no livro, pois as informações aqui são importantes para entender todo o resto.

O Básico

GdTRPG é um RPG de mesa, um jogo de interpretação sobre fantasia e aventura, no qual os jogadores assumem o papel de **personagens** e exploram o mundo criado por George R. R. Martin em sua série de romances *As crônicas de gelo e fogo*. RPGistas veteranos vão encontrar muitos conceitos familiares. Mas, para os novatos, o RPG é um tipo especial de jogo, no qual a ação se desenrola na imaginação, e não em um monitor de computador, baralho de cartas ou tabuleiro. Cada jogo é uma aventura, mais ou menos como um ato em uma peça de teatro ou capítulo em um livro. Você e seus amigos interpretam os personagens mais importantes da história, os protagonistas.

Em alguns jogos, você pode tomar a iniciativa e decidir explorar alguma parte do mundo, liderar ataques contra casas rivais ou concentrar-se em melhorar suas terras. O narrador, que apresenta dificuldades para você e seus companheiros, pode criar desafios para vocês superarem. Quanto mais você jogar com o mesmo personagem, melhor ele irá se tornar, recebendo Experiência, Glória e Ouro, que podem ser investidos em suas habilidades — suas capacidades dentro do jogo — ou em sua casa, o coração do grupo de jogo. Ao longo do tempo, as histórias dos seus personagens e sua casa irão se tornar uma nova parte da saga de Westeros: o seu pedaço particular do mundo, e as lendas a respeito dele.

O Personagem

Cada jogador controla um ou mais personagens, chamados de personagens jogadores, ou PJs. Um personagem é seu alter ego; é sua porta aos Sete Reinos, seu representante neste mundo, seu avatar.

Seu personagem tem um conjunto de habilidades que medem as áreas nas quais ele se destaca e aquelas nas quais pode melhorar. Ele é mais do que um amontoado de números: deve ter uma história, personalidade, objetivos, perspectivas, ambições, crenças e muito mais. Você decide a aparência e comportamento do seu personagem — pois ele será uma grande parte do que tornará o jogo divertido para você, e é importante que esteja satisfeito com seu conceito e capacidades.

Os Dados

Assim como muitos RPGs, GdTRPG usa dados para resolver o sucesso ou a falha das ações e escolhas que surgem durante o jogo. GdTRPG usa dados comuns, de seis faces (também chamados de d6). Para jogar você vai precisar de pelo menos dez dados, mas dados nunca são demais.

Usando os Dados

Rolar dados é a maneira de determinar o sucesso ou a falha das ações que você tenta realizar no jogo. Como

> *"O poder reside onde os homens acreditam que reside. E em nenhum outro lugar."*
>
> — Varys, Mestre dos Sussurros

é mostrado mais à frente, você rola uma certa quantidade de dados sempre que quiser fazer algo que tenha consequências importantes. Para simplificar as coisas, GdTRPG interpreta os dados de três formas diferentes.

O número de dados que você rola descreve suas chances de sucesso em qualquer tarefa. A habilidade que melhor descreve a ação que você está tentando realizar determina quantos dados você rola. Ao rolar os dados para tentar algo, você está "fazendo um teste de habilidade" ou "testando a habilidade". Estes dados são chamados de dados de teste, e você adiciona seus valores após rolá-los.

Às vezes, você pode rolar dados adicionais, chamados "dados de bônus". O valor dos dados de bônus nunca é adicionado. Eles apenas aumentam suas chances de conseguir um resultado melhor. Você nunca rola apenas dados de bônus: rola-os com seus dados de teste, e então escolhe os melhores valores em uma quantidade de dados igual à quantidade de seus dados de teste. Dados de bônus são abreviados como #B. Neste caso, # descreve o número de dados de bônus que você tem direito a rolar.

Modificador

Um modificador é um bônus ou penalidade aplicados ao resultado de um teste. Os modificadores são expressos como +# ou –#. Neste caso, # é o número que deve ser adicionado ou subtraído do resultado do seu teste. Modificadores são obtidos como resultado de fatores situacionais, como fumaça ou névoa, estar ferido, etc.

Resultados Aleatórios

Sempre que o jogo ou as regras exigirem um resultado aleatório, você rola a quantidade de dados exigida pela situação e soma os resultados. As regras sempre pedem resultados aleatórios na forma de #d6. Neste caso, # é o número de dados que você precisa rolar. Assim, se você ler 3d6, role três dados de seis faces e adicione seus resultados.

Testes & Dificuldades

Sempre que você tentar algo com consequências dramáticas ou quando o desenrolar de uma ação não for certo, testa suas habilidades. Um teste é uma rolagem de dados com o objetivo de igualar ou exceder a Dificuldade da ação. O número de dados que você rola é determinado pela habilidade mais relevante. Assim, se você estiver tentando golpear um guarda com sua espada, usa Luta. Se estiver tentando escalar a muralha de um forte, testa Atletismo. Testar habilidades envolve os seguintes passos:

> **Passo um: o jogador declara a ação.**
> **Passo dois: o narrador escolhe a habilidade.**
> **Passo três: o narrador determina a Dificuldade.**

Passo quatro: o jogador rola uma quantidade de dados igual à graduação da habilidade.

Passo cinco: o jogador soma os resultados dos dados e aplica os modificadores.

Passo seis: o jogador compara o resultado com a Dificuldade.

Passo sete: o narrador descreve o desenrolar.

Passo Um: O Jogador Declara a Ação

Antes de rolar os dados, declare o que você quer fazer. O narrador determina se a ação exige um teste. Como regra geral, se a ação não acarretar um risco significativo ou consequências em caso de falha, não há necessidade de um teste, mas o narrador tem a palavra final sobre o que exige um teste, e quando. Ações que podem exigir testes incluem lutar, escalar, saltar, lembrar de uma informação útil, dirigir-se ao rei, navegar por clima inclemente, entre muitas outras. Em resumo, se o resultado da ação não for certo ou se houver consequências importantes, provavelmente um teste é necessário.

Exemplo

A personagem de Paloma, Lady Renee, depara-se com uma dupla de conspiradores discutindo planos para matar seu pai, Lorde Tybalt. Escondendo-se nas sombras, ela se esforça para ouvir os sussurros.

Passo Dois: O Narrador Escolhe a Habilidade

Uma vez que o narrador decide que um teste é apropriado, determina a habilidade a ser testada. As habilidades são flexíveis, permitindo que você e o narrador usem vários métodos para superar os desafios do jogo. Uma ação específica pode usar uma habilidade em uma determinada circunstância, e outra em um ambiente diferente. Por exemplo, você pode usar Persuasão para mentir para um guarda e fazer com que ele deixe você passar, ou pode usar Status para recorrer à sua fama e posição social, removendo o guarda de seu caminho. Embora estes sejam dois métodos diferentes, o resultado pretendido é o mesmo — passar pelo guarda.

Em geral, o narrador determina a habilidade, mas você pode opinar sobre qual habilidade gostaria de usar. Se for razoável, o narrador provavelmente irá permitir. É claro que usar Idioma para escalar uma muralha ou golpear um inimigo é ridículo. O bom senso deve prevalecer.

EXEMPLO

Já que Renee está escutando escondida, o narrador decide que a habilidade relevante é Percepção.

PASSO TRÊS: O NARRADOR DETERMINA A DIFICULDADE

Uma vez que a habilidade esteja decidida, o narrador determina a Dificuldade do teste. A Dificuldade descreve a complexidade da tarefa. Para ajudá-lo a medir isso, cada número de Dificuldade tem um descritor, como **ROTINEIRO** para Dificuldade 6, **DESAFIADOR** para Dificuldade 9 e assim por diante. Veja a página 36 para mais detalhes.

EXEMPLO

*O narrador pensa na cena. Está escuro, Renee não enxerga os conspiradores e sua linguagem corporal. Eles estão distantes e sussurrando. O narrador decide que a Dificuldade é **FORMIDÁVEL** (12).*

PASSO QUATRO: O JOGADOR ROLA OS DADOS

Sabendo qual habilidade usar e a Dificuldade da tarefa, você rola uma quantidade de dados de teste igual à habilidade. Muitas vezes você pode rolar dados adicionais, na forma de dados de teste extras ou dados de bônus.

EXEMPLO

A Percepção de Lady Renee é 3, concedendo-lhe três dados logo de cara. Contudo, ela também tem 2B em Notar, uma especialidade de Percepção, concedendo-lhe dois dados de bônus. Ela rola cinco dados, mas soma apenas os três melhores resultados.

PASSO CINCO: O JOGADOR SOMA OS RESULTADOS E APLICA MODIFICADORES

Uma vez que tenha rolado os dados, some os resultados daqueles que você escolher manter, e adicione ou subtraia quaisquer modificadores. O total é o **resultado** do teste.

EXEMPLO

Paloma rola 5 dados (três dados de teste e dois dados de bônus por sua especialidade), obtendo 6, 6, 5, 2 e 1. Ela descarta dois dados (os valores 1 e 2, que equivalem a seus dados de bônus) e soma o resto, obtendo 17.

PASSO SEIS: O JOGADOR COMPARA O RESULTADO COM A DIFICULDADE

Agora que você tem um total, compare o resultado com a Dificuldade da ação. Se o resultado igualar ou exceder a Dificuldade, você teve sucesso. Se o resultado for menor que a Dificuldade, você falhou.

EXEMPLO

*A Dificuldade do teste era **FORMIDÁVEL** (12). Como Paloma excedeu a Dificuldade com seu 17, obteve um sucesso significativo.*

PASSO SETE: O NARRADOR DESCREVE O DESENROLAR

Uma vez que o sucesso ou falha do teste esteja determinado, o narrador descreve o que acontece, fornecendo quaisquer consequências relevantes.

EXEMPLO

A rolagem de Paloma foi boa o bastante para permitir que ela ouça a maior parte da conversa, que o narrador resume para ela. Embora ambos os conspiradores tenham cuidado para manter suas identidades em segredo, Paloma agora sabe como eles pretendem cumprir seus planos traiçoeiros. Com esta informação, ela pode ser capaz de deter a conspiração.

JUNTANDO TUDO

Após alguns testes, todos devem ter pego o jeito de como o processo funciona, sem a necessidade de ler os passos a cada vez. Apenas lembre-se dos elementos básicos dos testes e o jogo deve correr sem problemas, permitindo que o narrador peça rolagens sem desacelerar o jogo.

TIPOS DE TESTES

Fazer um teste é um processo quase sempre igual, não importa o que você está tentando. Contudo, a maneira como você interpreta um sucesso varia. GdTRPG usa três testes padrão para resolver ações. Em todos os casos, você rola uma quantidade de dados de teste igual à habilidade, mais dados de bônus obtidos por uma especialidade, mais ou menos quaisquer modificadores, e compara o resultado à Dificuldade para determinar sucesso ou falha.

TESTE BÁSICO

Um **teste básico** é o teste padrão para quase qualquer ação. Se o jogo ou a situação não indica outro tipo de teste, use um teste básico.

- Role dados de teste iguais à habilidade.
- Role dados de bônus obtidos por uma especialidade ou ajuda.
- Descarte uma quantidade de dados igual aos dados de bônus rolados e some o restante.
- Adicione ou subtraia quaisquer modificadores.
- Compare o resultado à Dificuldade para determinar sucesso ou falha.

Testes Básicos Estendidos

Algumas ações são tão elaboradas ou tentam alcançar resultados tão grandes que exigem vários testes para determinar seu sucesso. Um personagem que esteja escalando um penhasco íngreme pode ter de testar Atletismo várias vezes para alcançar o topo, enquanto que um meistre que esteja pesquisando a linhagem de uma família supostamente originária dos Candidatos do Fogo Negro pode precisar de vários testes de Conhecimento bem-sucedidos para encontrar provas. Quando a situação exige isso, o narrador pode dizer que você precisa de dois ou mais testes bem-sucedidos para completar a ação. Cada teste cobre uma quantidade de tempo específica. Quando você alcançar o número de sucessos exigido, a tarefa é cumprida.

Teste de Competição

Testes de competição ocorrem quando dois personagens tentam alcançar o mesmo objetivo, ou competem por ele. Ambos fazem testes contra a mesma Dificuldade. O personagem que ultrapassar a Dificuldade pelo maior grau vence.

Exemplo

Márcio e Gustavo estão disputando uma corrida a pé. Ambos irão cruzar a linha de chegada, mas estão competindo para determinar quem irá cruzá-la primeiro. O narrador pede que ambos rolem testes de competição de Atletismo com Dificuldade **Automática** *(0). Márcio tem Atletismo 3, enquanto que Gustavo tem Atletismo 2 (Corrida 1). Márcio rola e obtém 6, 4 e 1, para um total de 11. Gustavo rola e obtém 5, 2 e 2. Ele descarta um dos valores 2 (seu dado de bônus), ficando com um total de 7. Márcio vence a corrida.*

Teste de Conflito

Testes de conflito são usados com mais frequência em combate, guerra e intriga. Um teste de conflito sempre é usado para resolver qualquer coisa que funcionaria como um "ataque". Um ataque pode ser um golpe de espada, esgueirar-se sem ser visto por um guarda ou usar de espertezar para seduzir um nobre. Efetivamente, a qualquer momento em que você tenta "fazer" algo a outra pessoa, rola um teste de conflito. Diferente de um teste básico ou um teste de competição, em que você está testando uma habilidade contra o desafio e a complexidade da tarefa, um teste de conflito coloca a sua habilidade diretamente contra seu oponente. A Dificuldade destes testes é a Defesa de seu oponente. Em geral, isso será igual a 4 x a graduação dele na habilidade usada para resistir ao seu ataque: Percepção contra Furtividade, o ataque de um veneno contra Vigor e assim por diante. Contudo, no caso do combate, a Defesa do seu oponente é a soma das graduações dele em diversas habilidades. Para mais detalhes, veja o **Capítulo 9: Combate**.

Quem Rola?

Em um teste de conflito, pode haver confusão sobre quem rola e quem defende. Imagine, por exemplo, um personagem que está se escondendo de um guarda. Para determinar quem rola o teste, pense em quem é o oponente ativo. Se o guarda estiver ativamente procurando pelo personagem (que está simplesmente parado nas sombras ou dentro de um armário), cabe ao guarda rolar o teste. Por outro lado, se um personagem tenta passar despercebido por um guarda distraído, o personagem rola o teste de Furtividade contra a Percepção passiva do guarda.

Conflitos Simultâneos

Às vezes, os oponentes estão "atacando" um ao outro ao mesmo tempo. Nestes casos, ambos os personagens fazem testes, e aquele com o maior resultado vence. Voltando ao exemplo do personagem escondido e do guarda que o procura, se o personagem tenta passar despercebido por um guarda que está procurando ativamente, ambos devem testar suas respectivas habilidades. A vitória então é do personagem com o maior resultado. Mais uma vez, o combate é um pouco diferente, mais detalhado em termos de ações. Veja o **Capítulo 9** para mais informações sobre isso.

Modificando Testes

Testes de habilidades são simples quando você está apenas rolando dados de teste em número igual à sua habilidade. Contudo, existem várias formas de melhorar ou piorar as suas chances de sucesso. Circunstâncias favoráveis ou desfavoráveis podem modificar os resultados de seus testes.

Termos Importantes

Benefício
Uma qualidade de um personagem que tem efeito benéfico sobre ele, como um talento ou um contato com pessoas importantes.

Dado de bônus
Um dado de bônus é um dado adicional rolado durante um teste de habilidade. Contudo, uma quantidade de dados igual ao número de dados de bônus é descartada do teste antes que o total seja somado. Assim, os dados com menor resultado (em número igual à quantidade de dados de bônus) não são levados em conta; apenas os dados remanescentes são somados para determinar o resultado final. Dados de bônus são abreviados como +#B. Neste caso, # é o número de dados de bônus. Por exemplo, +3B significa três dados de bônus.

Dado de penalidade
Um dado subtraído dos dados de teste (começando pelo menor valor) depois que quaisquer dados de bônus foram descartados, mas antes que os dados restantes sejam somados para determinar o resultado. Um dado de penalidade é abreviado como –#D. Neste caso, # é o número de dados de penalidade. Por exemplo: –2D significa dois dados de penalidade.

Dado de teste
Um dado rolado e adicionado como parte de um teste de habilidade. Dados de teste são abreviados como #D. Neste caso, # é o número de dados (por exemplo, 3D significa três dados de teste). Dados de teste adicionais são abreviados como +#D (por exemplo, +2D significa "adicione dois dados de teste ao teste").

Dano
Pontos usados para medir o quão perto da derrota um personagem está em um combate.

Desvantagem
Uma qualidade de um personagem que tem efeito negativo sobre ele, como uma deficiência.

Dificuldade
Um valor numérico usado para medir as chances de alcançar um resultado específico em um teste de habilidade. Varia de **Automática** (0) a **Heroica (21 ou maior)**.

Ferimento
Um pequeno machucado sofrido por um personagem para resistir a dano (e assim à derrota) durante um combate.

Frustração
Uma pequena dificuldade social sofrida por um personagem para resistir a influência (e assim à derrota) durante uma intriga.

Habilidade
Uma das características de jogo que definem um personagem. As habilidades são medidas em graduações.

Graduação
Uma medida da habilidade de um personagem, variando de 1 (deficiente) a 7 (lendário). As habilidades têm graduação média igual a 2 por padrão.

Grau
(de sucesso ou falha)
A medida do nível de sucesso de um teste de habilidade, além de um simples sucesso ou falha.

GdTRPG
Uma abreviação de *Guerra dos Tronos RPG*.

Influência
Pontos usados para medir o quão perto da derrota um personagem está em uma intriga social.

Lesão
Um ferimento sério e duradouro sofrido por um personagem para ajudar a resistir a dano (e assim à derrota) durante um combate.

Modificador
Um bônus ou penalidade aplicados ao resultado de um teste de habilidade. Modificadores são expressos no formato +# ou –#. Por exemplo, +1, –2, etc.

Pontos de Destino
Uma medida do potencial de um personagem. Os pontos de destino são usados pelos jogadores durante a história para influenciar o resultado dos acontecimentos que afetam seus personagens.

Qualidade
Uma característica que descreve algum talento, habilidade ou elemento de histórico. Qualidades benéficas são chamadas de Benefícios; qualidades prejudiciais são chamadas de Desvantagens.

Resultado
O valor obtido ao adicionar todos os dados de teste rolados em um teste de habilidade.

Teste de habilidade (ou apenas teste)
Usar uma habilidade para tentar uma ação quando o resultado não é certo. Um teste envolve rolar uma quantidade de dados de seis faces (os dados de teste) igual à graduação da habilidade testada, somando seus valores.

Modificadores

Um **modificador** é um número fixo somado ao resultado do seu teste para refletir circunstâncias favoráveis ou subtraído para refletir circunstâncias desfavoráveis. Em geral, modificadores são impostos para refletir uma condição temporária sobre você, e não sobre a ação que você está tentando. A maior parte dos modificadores vem de **ajuda** (veja a seguir), condições ambientais ou ferimentos.

Ajuda

Ao ser confrontado com uma Dificuldade desafiadora, você pode pedir auxílio a seus aliados. Qualquer aliado adjacente pode ajudá-lo. Aliados concedem um modificador ao teste igual à metade (arredondada para baixo, mínimo 1) da graduação deles na habilidade que você está testando. Por exemplo, digamos que você está escalando uma muralha. Você está perto do topo, onde seu aliado está esperando. Um aliado com Atletismo 4 ajuda-o a subir. Quando você faz o teste de Atletismo para escalar o resto da distância, adiciona +2 (metade da graduação do aliado) ao resultado. Em geral, no máximo duas pessoas podem ajudar ao mesmo tempo, mas o narrador pode permitir mais ajuda para tarefas maiores.

Mais Tempo

Quando o tempo está a seu favor, você pode trabalhar com mais calma, assegurando-se de completar a tarefa. Isso é especialmente útil para tarefas de Dificuldade alta, normalmente acima da sua habilidade com um teste normal. Para cada quantidade de tempo adicional que você passar preparando-se para a tarefa (digamos, uma hora de pesquisa ou seis segundos a mais antes de fazer um teste de Atletismo), recebe um dado de teste extra. Você não pode receber mais dados extras que seus dados de teste desta forma. Assim, se tem uma habilidade com graduação 2, não pode receber mais de dois dados extras gastando mais tempo.

Especialidades & Dados de Bônus

Especialidades são áreas de treinamento que se encaixam sob uma habilidade. Assim, ao testar uma habilidade para uma tarefa que se relaciona à sua especialidade, você pode rolar uma quantidade de **dados de bônus** igual ao seu valor na especialidade.

Dados de bônus nunca são adicionados ao resultado. Eles apenas permitem que você role mais dados do que sua habilidade permitiria. Você fica com uma quantidade de dados igual ao seu número de dados de teste (escolhendo os maiores valores). O número de dados de bônus nunca pode exceder o número de dados de teste rolados. Assim, se você tem 2 dados de teste em uma habilidade e tem um total de três dados de bônus (digamos, dois por uma especialidade e um por uma habilidade complementar, veja a seguir), pode rolar apenas quatro dados, ficando com dois. Várias especialidades e seus usos são descritos no **Capítulo 4: Habilidades & Especialidades**.

Exemplo

O personagem de Jacó, Trent, tem Furtividade 3 (Mesclar-se 2). Quando ele tenta se misturar em uma multidão, rola cinco dados e fica com os três melhores resultados.

Falha

Um teste falho significa que a ação não funcionou, mas em geral não significa que você não possa tentar de novo. Em algumas situações, uma falha pode acarretar um risco maior, como uma falha em um teste de Atletismo para escalar uma muralha ou uma falha em um teste de Agilidade para manter o equilíbrio em uma superfície escorregadia. Sempre que houver perigo envolvido e você falhar por 5 ou mais, sofre uma falha crítica: consequências adicionais na forma de dano, ferimentos ou outro contratempo em geral determinado pela ação.

Ferimentos & Frustração

Participar de combate e intriga coloca-o em risco de sofrer **ferimentos** ou **frustração**. Ambos afetam sua habilidade de ser bem-sucedido em testes, impondo uma penalidade para o resultado do teste ou, no caso de lesões, dados de penalidade em seu rolamento. Ferimentos e frustração funcionam como qualquer outro modificador, e aplicam-se depois que você soma os dados de teste.

Dados de Penalidade

Dados de penalidade são contratempos incomuns, impostos por lesões ou defeitos. Cada dado de penalidade cancela um dado de teste quando você soma o resultado. Você aplica a penalidade depois de rolar e descartar quaisquer dados de bônus. Dados de penalidade também são abreviados. Quando você ler −1D, isso significa que você tem um dado de penalidade.

CAPÍTULO 2: REGRAS

Tabela 2-1: Dificuldades

Descrição	Valor	Graduação Mínima para Sucesso
Automática	0	1
Fácil	3	1
Rotineira	6	1
Desafiadora	9	2
Formidável	12	2
Difícil	15	3
Muito Difícil	18	3
Heroica	21+	4

O Resultado do Teste Excede a Dificuldade por...	Graus de Sucesso
0-4	Um, sucesso Marginal
5-9	Dois, sucesso Grande
10-14	Três, sucesso Incrível
15+	Quatro, sucesso Impressionante

Exemplo

O personagem de André, Reinhart, está sob efeito de uma lesão, sofrendo 1 dado de penalidade em todos os testes. No calor do combate, ele dispara uma flecha de seu arco longo contra um selvagem. André tem Pontaria 4 (Arcos 2). Ele rola seis dados e obtém 6, 5, 4, 4, 3 e 1. Descarta os valores 1 e 3, seus dados de bônus. Também precisa descartar um de seus valores 4 por causa do dado de penalidade, ficando com um resultado igual a 15.

Dificuldade

Cada ação tem uma Dificuldade, um número que descreve o desafio de cumprir a tarefa. Se o resultado do seu teste igualar ou exceder a Dificuldade, sua ação é bem-sucedida. A Dificuldade é medida em incrementos de três pontos, começando em 0 para ações automáticas e chegando a 21 ou mais para ações verdadeiramente heroicas. Veja a **Tabela 2-1: Dificuldades** para mais detalhes sobre os diferentes níveis de Dificuldade, e o **Capítulo 4: Habilidades & Especialidades** para exemplos específicos de Dificuldade e sua relação com as habilidades.

Sucesso

Quando o resultado de um teste iguala ou excede a Dificuldade, a ação é um **sucesso**. Um sucesso representa a quantidade mínima de esforço necessário para alcançar o resultado desejado. Estes sucessos muitas vezes são descuidados e deselegantes. Embora permitam que você faça o que queria, não impressionam. Frequentemente são suficientes, mas em alguns casos é preciso destacar-se com um sucesso extraordinário para obter vitória a longo prazo.

Graus de Sucesso

Você precisa apenas igualar a Dificuldade de um teste para obter um sucesso. Contudo, exceder a Dificuldade por uma margem significativa pode produzir resultados melhores. Em muitos testes, você completa a ação com mais rapidez ou resultados melhores. Em alguns casos, como testes de Luta ou Pontaria, você pode causar mais dano com maior grau de sucesso.

Usando Graus de Sucesso

Muitas vezes, você só precisa de um sucesso Marginal. Contudo, o narrador pode exigir um sucesso por um grau específico para que uma ação seja bem-sucedida, especialmente quando tempo e qualidade importam. Por exemplo, entoar uma canção fúnebre para o filho caído de um lorde poderoso pode ser um teste **Desafiador** (9). Mas se o personagem almeja ganhar uma audiência privativa com o lorde por conta disso, pode precisar de um sucesso Incrível (três graus) no mesmo teste, na prática elevando sua dificuldade para 19. É claro que não alcançar os graus de sucesso não impede que o personagem tenha acesso ao lorde. Contudo, alcançá-los oferece um atalho, que recompensa o personagem por uma boa ideia e por um bom resultado.

Graus de Falha

Normalmente, não conseguir alcançar o resultado necessário significa apenas que a ação falha. Contudo, em alguns casos o grau de falha também é importante, e graus maiores podem levar a consequências mais sérias.

Existem apenas dois graus de falha: Marginal (a Dificuldade excede o resultado do teste por 4 ou menos) e Crítica (a Dificuldade excede o resultado por 5 ou mais). É raro que o grau de falha tenha importância. Quando isso acontece, está especificado nas regras.

Arquétipos

A maneira mais fácil de começar a jogar *GdTRPG* é escolher um arquétipo, um personagem pronto para jogar, com todas as decisões mecânicas já tomadas. Cada arquétipo representa um papel ou tipo de personagem diferente encontrado nos romances e na série de TV, e apresenta estatísticas para cavaleiros sagrados, meistres, septons, nobres, protegidos e outros. À medida que você conhecer o sistema, sem dúvida desejará criar seu próprio personagem, como descrito no próximo capítulo. Mas, se estiver louco para jogar, pode usar um destes exemplos.

Usando Arquétipos

Se você planeja usar um arquétipo, pode usar o personagem como é apresentado aqui, preenchendo os detalhes necessários para dar vida a ele. Também pode modificá-lo para se adequar a suas necessidades, trocando especialidades e graduações em habilidades. Certifique-se de trocar números iguais sempre que fizer isso. Cada arquétipo usa o formato a seguir.

Nome e Descrição do Arquétipo

Esta seção inclui um pouco de texto descritivo para ajudá-lo a visualizar o personagem. Também discute como o arquétipo se encaixa na casa, define algumas de suas responsabilidades e identifica o papel que ele pode desempenhar na aventura. Além disso, algumas características de personalidade e histórico são incluídas para fornecer um esboço de seu passado.

Habilidades

Os personagens são definidos por sua escolha de habilidades e especialidades — as áreas nas quais o personagem tem algum talento. Cada arquétipo lista todas as habilidades que o personagem possui em valor maior que 2. Há uma graduação ligada a cada habilidade. Se o personagem possui quaisquer especialidades relacionadas à habilidade, elas estão listadas na coluna ao lado. Especialidades incluem o número de dados de bônus e são expressas com um número e a letra B: por exemplo, 3B.

Qualidades e Pontos de Destino vêm a seguir. O número de Pontos de Destino que o personagem possui é mostrado. Depois disso, você encontrará uma lista em ordem alfabética dos benefícios e defeitos do personagem.

Atributos de Jogo

Esta seção descreve as características e habilidades derivadas mais importantes necessárias para participar de intrigas e combates. No topo, você encontrará a graduação de Percepção do personagem e um resultado passivo. A seguir estão os atributos de intriga, incluindo Defesa e Compostura. Por fim, você encontrará Movimento e Corrida, seguidos por Defesa em Combate, Valor de Armadura e Saúde.

Equipamento

A última seção lista todas as armas, a armadura, a riqueza e as posses pessoais importantes do personagem no início do jogo.

BATEDOR
Ladino de Meia Idade

A maior parte das casas emprega caçadores e batedores para liderar expedições de caça e servir como guias — mas também para assegurar que o território da família esteja seguro. Batedores também podem funcionar como meirinhos ou xerifes a serviço do lorde, ou podem ser apenas plebeus habilidosos que fornecem um serviço valioso.

Habilidades

Agilidade	4	Rapidez 1B	
Atletismo	4	Correr 1B	
Furtividade	4		
Lidar com Animais	3		
Luta	3	Lâminas Curtas 1B	
Percepção	3	Notar 1B	
Pontaria	5	Arcos 2B	
Sobrevivência	3	Caçar 1B, Rastrear 1B	
Status	2		
Vigor	3	Resistência 1B	
Todas as outras	2		

Qualidades

Benefícios: Preciso, Tiro Duplo.

Desvantagens: Defeito (Vigor –1D).

Atributos

Defesa em Combate 11 (9 de armadura, +1 com adaga)	Saúde 9
Defesa em Intriga 9	Compostura 6
Movimento 4	Corrida 16
Pontos de Destino 1	

Armas & Armadura

Adaga	3D+1B	Dano 2	Defensiva +1, Mão Inábil +1
Arco Longo	5D+2B	Dano 6	Desajeitado, Duas Mãos, Longo Alcance, Perfurante 1
Espada Pequena	3D	Dano 3	Rápida
Couro Rígido	VA 3	PA –2	Volume 0

Equipamento Pessoal: armadura de couro rígido, espada pequena com bainha, 2 adagas com bainhas, arco longo, aljava com 12 flechas, mochila, saco de dormir, 10 dragões de ouro.

Você serve à família nobre liderando patrulhas através das terras, procurando caçadores ilegais, bandoleiros e saqueadores enviados por lordes vizinhos.

CAVALEIRO ERRANTE
Guerreiro de Meia Idade

Nem todos os homens que proferem votos de cavalaria são nobres. Muitos são plebeus que ascenderam para pegar em armas em defesa dos Sete Reinos. Chamados de cavaleiros errantes, estes homens vagam pelos Sete Reinos em busca de senhores que os aceitem, vendendo suas espadas em troca de um lugar no salão do senhor.

Você é um destes cavaleiros, e encontrou trabalho em uma casa nobre. Sua presença reforça a guarnição e lhe rende refeições regulares e uma cama onde dormir. Embora você não receba o mesmo respeito que os outros cavaleiros da casa, é melhor que os guardas comuns. Pelo menos pode achar algum conforto nisso.

HABILIDADES

Agilidade	4	Rapidez 1B
Atletismo	4	Correr 1B, Força 1B
Guerra	3	
Lidar com Animais	3	Cavalgar 1B
Luta	5	Armas de Contusão 2B, Lanças 1B
Percepção	3	
Persuasão	2	Intimidar 2B
Pontaria	3	Bestas 1B
Status	3	
Vigor	4	
Todas as outras	2	

QUALIDADES

Benefícios: Lutador com Armas de Contusão 1, Sangue dos Primeiros Homens.
Desvantagens: Defeito (Agilidade –1D).

ATRIBUTOS

Defesa em Combate 12 (7 de armadura, +2 com escudo)   Saúde 14
Defesa em Intriga 9   Compostura 9
Movimento 3 (2 com lança de guerra)   Corrida 9 (3 com lança de guerra)
Pontos de Destino 1

ARMAS & ARMADURA

Escudo	5D	Dano 2	Defensivo +2
Lança de Guerra	5D	Dano 8	Cruel, Empalar, Lenta, Montada, Poderosa, Volume 2
Mangual	5D+1B	Dano 5	Estralhaçador, Poderoso
Meia Armadura	VA 9	PA –5	Volume 3

Equipamento Pessoal: meia armadura, escudo médio, mangual, espada longa com bainha, lança de guerra, puro-sangue, sela, 12 dragões de ouro.

Um cavaleiro errante e guerreiro de aluguel,
você fez um juramento a esta família nobre, prometendo
proteger e servir em troca de tê-los como patronos.

CAVALEIRO SAGRADO
Guerreiro Adulto

O cavaleiro sagrado é um bastião de habilidade marcial, um farol de virtude e cavalheirismo em um mundo cruel e indiferente. Obter o título de "Sor" estabeleceu-o como um dos guerreiros de elite da terra. Em troca da cortesia que você recebe, deve cumprir seus votos, corresponder aos ideais da cavalaria e defender o rei e o reino de todas as ameaças. Embora estes altos ideais sejam objetivos, infelizmente poucos chegam perto de atingi-los. Você conseguirá viver uma vida virtuosa e nobre? Ou irá macular seu título com hábitos baixos?

Habilidades

Agilidade	3		
Atletismo	3	Força 2B	
Guerra	3		
Idioma	3	Língua Comum	
Lidar com Animais	3	Cavalgar 1B	
Luta	5	Lâminas Longas 2B, Lanças 1B	
Percepção	3		
Status	4		
Vigor	4	Resistência 2	
Todas as outras	2		

Qualidades

Benefícios: Lutador com Lâminas Longas 1, Patrono, Sagrado.

Desvantagens: Defeito (Ladinagem −1D).

Atributos

Defesa em Combate 9 (3 de armadura, +2 com escudo) Saúde 12

Defesa em Intriga 9 Compostura 6

Movimento 3 (com lança de guerra 2) Corrida 9 (com lança de guerra 3)

Pontos de Destino 1

Armas & Armadura

Escudo	5D	Dano 1	Defensivo +2
Espada Bastarda	5D+1B	Dano 4	Adaptável
Lança de Guerra	5D	Dano 9	Cruel, Empalar, Lenta, Montada, Poderosa, Volume 2
Armadura de Placas	VA 10	PA −6	Volume 3

Equipamento Pessoal: armadura de placas, escudo, espada bastarda com bainha, lança de guerra, puro-sangue, sela, 16 dragões de ouro.

Como um cavaleiro sagrado, você recebeu suas esporas no campo de batalha, fez vigília em um septo e recebeu os sete óleos de um homem do clero.

ESCUDEIRO
Ladino/Guerreiro Adolescente

Qualquer homem que deseje se tornar um cavaleiro deve primeiro ser escudeiro — neste período, aprende-se os fundamentos da cavalaria e as bases do dever, da lealdade e da honra, enquanto se recebe treinamento nas artes da luta, da justa e da etiqueta. Muitos escudeiros passam sua adolescência e o início de sua vida adulta na companhia de um cavaleiro, e alguns podem continuar como escudeiros pelo resto de seus dias. Contudo, tais indivíduos são raros, e normalmente não possuem as qualidades que um cavaleiro deve ter antes que possa ficar em vigília e receber os sete óleos sagrados.

Habilidades

Agilidade	4	Rapidez 1B	
Lidar com Animais	3	Cavalgar 1B	
Atletismo	3		
Percepção	4		
Vigor	3		
Luta	3		
Status	3		
Furtividade	3	Esgueirar-se 1B	
Ladinagem	3	Roubar 1B	
Todas as outras	2		

Qualidades

Benefícios: Furtivo, Rápido, Rato das Ruas.
Desvantagens: nenhuma.

Atributos

Defesa em Combate 11 (10 de armadura, +1 com broquel)	Saúde 9
Defesa em Intriga 9	Compostura 6
Movimento 5	Corrida 25
Pontos de Destino 3	

Armas & Armadura

Besta Leve	2D	Dano 5	Lenta, Longo Alcance, Recarga Menor
Broquel	3D	Dano 1	Defensivo +1, Mão Inábil +1
Espada Pequena	3D	Dano 3	Rápida
Machadinha	3D	Dano 2	Defensiva +1, Mão Inábil +1
Machadinha Arremessada	2D	Dano 3	Curto Alcance
Couro Macio	VA 2	PA −1	Volume 0

Equipamento Pessoal: armadura de couro macio, espada pequena com bainha, 2 adagas com bainhas, arco longo, aljava com 12 flechas, mochila, saco de dormir, 10 dragões de ouro.

Como um escudeiro você atende às necessidades de seu cavaleiro, cuidando de suas armas, armadura e corcel, além de cozinhar e certificar-se de que seu senhor está em bom estado de modo geral.

HERDEIRO
Líder Jovem

Ser o filho mais velho pode significar uma promessa de poder e fortuna no futuro, mas também é uma grande responsabilidade. Ao seu redor estão casas rivais que desejam influenciá-lo com ofertas de amizade e aliança, procurando enredá-lo para obter alguma vantagem enquanto provavelmente conspiram contra você caso demonstre fraqueza. Muitos nobres procurarão ligar casas à sua através de casamento, e às vezes uma recusa pode ter repercussões infelizes ou mortais. Embora esta posição traga poder, ser um futuro lorde exige astúcia, cautela e, acima de tudo, paciência.

Habilidades

Astúcia	3	
Guerra	3	Comandar 1B
Idioma	3	Língua Comum
Luta	3	Lâminas Longas 1B
Lidar com Animais	2	Cavalgar 1B
Persuasão	3	
Pontaria	3	Arcos 1B
Status	6	Administração 1B, Criação 1B
Vigor	3	
Vontade	3	
Todas as outras	2	

Qualidades

Benefícios: Herdeiro, Maestria em Arma (espada longa), Mente Matemática.
Desvantagens: nenhuma.

Atributos

Defesa em Combate 6 (3 de armadura, +2 com escudo)	Saúde 9
Defesa em Intriga 11	Compostura 9
Movimento 3	Corrida 10
Pontos de Destino 2	

Armas & Armadura

Arco de Caça	3D+1B	Dano 2	Duas Mãos, Longo Alcance
Escudo	3D	Dano 1	Defensivo +2
Espada Longa	3D+1B	Dano 4	
Cota de Malha	VA 5	PA −3	Volume 2

Equipamento Pessoal: cota de malha, escudo, espada longa com bainha, arco longo, aljava com 10 flechas, anel de sinete, puro-sangue, sela, 24 dragões de ouro.

Como um herdeiro você deve receber todas as terras, títulos e riquezas de sua família após a morte de seu pai.

JURADO AOS DEUSES
Especialista/Planejador Adulto

A fé dominante nos Sete Reinos veio a Westeros com os andals. O âmago desta crença são os sete aspectos de deus. Cada uma das sete identidades reflete um papel e uma natureza diferente da divindade suprema. As faces deste ser são a Mãe, o Pai, o Guerreiro, o Artífice, a Donzela, a Anciã e o Estrangeiro. Os servos da Fé reverenciam todos os aspectos igualmente, embora alguns sejam mais favorecidos que outros entre a nobreza e a plebe.

A Fé dos Sete está em todas as partes de Westeros, e septos podem ser encontrados nas terras de quase qualquer lorde, além dos ermos entre elas. Raros mortais arriscam uma maldição divina por negar um lugar aos septons. Assim, mesmo em terras que seguem costumes antigos é possível encontrar pelo menos um altar aos Sete.

HABILIDADES

Agilidade	3	
Astúcia	3	
Conhecimento	3	Educação 1B, Pesquisa 1B
Cura	3	
Idioma	3	Língua Comum
Percepção	3	Empatia
Persuasão	3	Barganha 1B, Charme 1B, Convencer 1B
Status	4	
Vontade	5	Coordenar 1B, Dedicação 1B
Todas as outras	2	

QUALIDADES

Benefícios: Favorito da Plebe, Pio, Teimoso.
Desvantagens: Preso à Garrafa.

ATRIBUTOS

Defesa em Combate 8 (12 com escudo)   Saúde 6
Defesa em Intriga 10   Compostura 15
Movimento 4   Corrida 15
Pontos de Destino 1

ARMAS & ARMADURA

Besta Pesada	2D	Dano 5	Cruel, Duas Mãos, Lenta, Longo Alcance, Perfurante 1, Recarga Maior
Escudo Grande	2-1D	Dano 1	Defensivo +4, Volume 1
Maça	2D	Dano 2	
Robes	VA 1	PA -0	Volume 1

Equipamento Pessoal: robes, escudo grande, maça, besta pesada, aljava com 10 virotes, ícone do Pai, 9 dragões de ouro.

Você é um servo da Fé, fornecendo instrução e conselhos religiosos à família nobre.

MEISTRE
Especialista Adulto

Os meistres da Cidadela formam uma exclusiva sociedade de estudiosos, imersos na cultura e no conhecimento de Westeros. Esta sociedade foi fundada há muito tempo. Seus membros comprometem-se com a aquisição de conhecimento, dominando muitas disciplinas, das artes da cura à história, dos segredos da arquitetura e da guerra ao estudo do comércio e da contabilidade. Para marcar sua maestria de uma disciplina específica, um meistre forja um elo de corrente, juntando cada um e usando-os ao redor do pescoço. Cada elo da corrente é feito de um metal distinto, refletindo uma área de estudo. Embora teoricamente haja um metal para cada disciplina, os meistres são bastante discretos quanto a suas tradições.

Habilidades

Astúcia	4	Decifrar 1B, Memória 1B
Conhecimento	4	Educação 2B
Cura	3	Tratar Doença 1B, Tratar Ferimento 1B
Idioma	3	Língua Comum
Idioma	2	Valyriano Antigo
Lidar com Animais	3	
Persuasão	3	Convencer 1B
Status	4	Administração 1B
Vontade	3	
Todas as outras	2	

Qualidades

Benefícios: Foco em Conhecimento (Heráldica), Foco em Conhecimento (História e Lendas), Mestre dos Corvos.

Desvantagens: Defeito (Pontaria –1D).

Atributos

Defesa em Combate	6	Saúde	6
Defesa em Intriga	10	Compostura	9
Movimento	4	Corrida	15
Pontos de Destino	1		

Armas & Armadura

Adaga	2D	Dano 1		Defensiva +1, Mão Inábil +1	
Cajado	2D	Dano 2		Duas Mãos, Rápido	
Robes	VA 1	PA –0		Volume 1	

Equipamento Pessoal: robes, cajado, adaga com bainha, corrente de meistre, kit de escrita, 2 corvos, bolsa com milho, tomos a respeito de heráldica, história e lendas, 16 dragões de ouro.

Você serve como conselheiro, curandeiro e professor de uma família nobre, transmitindo a sabedoria que aprendeu em seus anos na Cidadela.

NOBRE
Planejador Adulto

A prática de tomar reféns é bastante comum nos Sete Reinos, já que assegura que uma casa inimiga não irá atacar — pois estaria colocando seu herdeiro em perigo se o fizesse — e também cria um sentimento de irmandade entre o protegido e a casa adotiva. Com sorte, isso deve se transformar em amizade entre as casas. Como um protegido sob tutela, você provavelmente tem lealdades conflitantes, pois sabe de onde veio e lembra-se de sua casa e sua família, mas passou boa parte da vida sendo criado por outra família. Assim, deve ter absorvido boa parte de suas tradições e valores, alguns dos quais podem entrar em conflito com aqueles do seu passado.

Habilidades

Astúcia	3	Memória 1B
Atletismo	3	
Conhecimento	3	
Idioma	3	Língua Comum
Luta	3	Lâminas Longas 1B
Percepção	3	Notar 1B
Persuasão	4	Charme 1B, Seduzir 1B
Pontaria	3	
Status	5	Criação 1B
Vontade	3	
Todas as outras	2	

Qualidades

Benefícios: Atraente, Carismático.
Desvantagens: Defeito (Lidar com Animais –1D), Protegido.

Atributos

Defesa em Combate 5 (7 com escudo) Saúde 6
Defesa em Intriga 11 Compostura 9
Movimento 3 Corrida 10
Pontos de Destino 1

Armas & Armadura

Adaga	3D	Dano 1	Defensiva +1, Mão Inábil +1
Escudo	3D	Dano 1	Defensiva +2
Espada Longa	3D+1B	Dano 4	
Cota de Malha	VA 5	PA –3	Volume 2

Equipamento Pessoal: cota de malha, escudo, espada longa com bainha, adaga, roupas finas, sinete, corcel, sela, 17 dragões de ouro.

Você é um protegido criado sob a tutela de outra família, um refém cuja presença entre sua família adotiva assegura a paz.

SERVO
Ladino Adulto

Todas as casas nobres mantêm um quadro de servos para cuidar do funcionamento diário do castelo, tomar conta das posses da família e defender os senhores em momentos de perigo. Servos incluem guardas, soldados, criados, cozinheiros, cavalariços, tratadores de cães, ferreiros e muitos outros. Este servo específico é um guarda.

Habilidades

Agilidade	4	
Lidar com Animais	3	
Atletismo	4	Correr 1B, Força 1B
Percepção	3	Notar 1B
Vigor	5	Resistência 1B
Luta	3	Briga 1B, Lanças 1B, Machados 2B
Pontaria	3	
Status	3	
Vontade	3	
Todas as outras	2	

Qualidades

Benefícios: Lutador com Machados 1, Maestria com Armadura, Maestria em Arma (machado de batalha).

Desvantagens: Defeito (Astúcia –1D).

Atributos

Defesa em Combate 12 (10 de armadura, +2 com escudo) Saúde 15

Defesa em Intriga 8   Compostura 9

Movimento 4   Corrida 15

Pontos de Destino 1

Armas & Armadura

Adaga	3D	Dano 2	Defensiva +1, Mão Inábil +1
Escudo	3D	Dano 2	Defensivo +2
Lança	3D+1B	Dano 4	Duas Mãos, Rápida
Machado de Batalha	3D+2B	Dano 4	Adaptável
Cota de Anéis	VA 4	PA –2	Volume 1

Equipamento Pessoal: cota de anéis, escudo, machado de batalha, adaga com bainha, lança, uniforme, 10 dragões de ouro.

Você é um empregado leal de sua casa nobre. Pode ser um parente distante ou o descendente de um herói plebeu que conquistou um lugar de confiança com seu lorde.

Capítulo 3: Criação de Personagens

GdTRPG tem narradores e jogadores. O narrador apresenta o cenário, molda a direção geral das histórias, lida com os personagens secundários e serve como juiz. Os jogadores são responsáveis por seus personagens e a casa nobre a que eles pertencem. Tomam as decisões apresentadas a eles na história e são os protagonistas desta narrativa compartilhada. Assim, os personagens são especiais. São suas peças de jogo e servem como o principal ponto de interação com as terras imaginárias de Westeros. O personagem que você escolher e suas motivações, postura, objetivos, aparência, ódios, amores e todo o resto que compõe uma pessoa, são fatores importantes sobre como você jogará. Alguns destes são escolhas mecânicas: questões de números e dados. Outros envolvem apenas interpretação, ajudando-o a montar e representar seu personagem de uma forma que desperte seu interesse e se encaixe com os outros jogadores. Este capítulo é seu guia para construir e conduzir personagens em GdTRPG.

A Casa Nobre

GdTRPG presume que todos ou quase todos os personagens jogadores são membros da mesma casa — herdeiros de um lorde menor ou servos da família. Este modelo fornece uma razão para os PJs estarem juntos, e foca a atenção do jogo na construção do destino dos personagens individuais, assim como de sua casa. Quando um personagem é bem-sucedido e traz honra e glória à casa nobre, todos os membros, do filho mais jovem ao servo mais velho, beneficiam-se. Da mesma forma, quando outro personagem falha, trazendo vergonha e desonra à casa, todos sofrem. Assim, o jogo é intensamente cooperativo. Cada jogador deve sempre equilibrar suas ambições individuais com as da família.

As noções de casa, linhagem e família são importantíssimas nas histórias de Westeros. Elas revelam os desafios e triunfos dos nobres, dos astros em ascensão e daqueles em decadência. Estas são histórias sobre as pessoas mais importantes da terra, figuras-chave nas maquinações políticas que ameaçam desfazer séculos de união trazidos por Torrhen Stark tanto tempo atrás, ao se ajoelhar frente a Aegon, o Conquistador. Estas histórias nos atraem de volta repetidamente. Assim, GdTRPG busca explorá-las.

É claro que o mundo é muito maior do que as escaramuças de nobres decadentes, muito mais profundo que as disputas de lordes e cavaleiros por poder, independência e status. Atrás de cada lorde e cada cavaleiro estão as histórias da plebe — os mercadores e soldados comuns que vivem e morrem pela decisão dos governantes. Ao norte, guerreiros e patrulheiros audazes montam guarda na Muralha, atentos para o inevitável ataque dos selvagens. Em sua irmandade, noções de nobreza e linhagem são descartadas, pois todos são iguais, todos fazem os mesmos juramentos. Além de Westeros, as Cidades Livres esperam com suas culturas curiosas e línguas confusas. Seus costumes estrangeiros diferem das normas sociais dos Sete Reinos, elevando os homens por mérito, força ou sucesso mercantil. E além das Nove Cidades Livres, um vasto continente abriga inúmeros povos, cada um com seu próprio modo de vida, seus próprios deuses, sonhos e ambições, pouco afetando as vidas diárias das lutas por poder que consomem os pequenos lordes.

"Algumas batalhas são vencidas com espadas e lanças. Outras, com penas e corvos."

— Tywin Lannister

O estilo de jogo esperado é exatamente isso: esperado, mas não exigido. À medida que você ficar mais confortável com o sistema, sinta-se livre para explorar outros tipos de jogos e aventurar-se no desconhecido. Quer você e seus colegas componham a tripulação de um grande navio mercador nas águas do mar estreito, formem um grupo exploratório além da Muralha para enfrentar os selvagens e outros horrores do Norte Distante ou mesmo forjem seus nomes em sangue e luta com sua própria companhia mercenária nas Cidades Ghiscari, este jogo é seu. As diretrizes apresentadas aqui podem ser adaptadas para se adequar a qualquer estilo.

Criando Personagens

Os arquétipos têm seu lugar: são ferramentas de aprendizado úteis e facilitam o jogo, mas têm limitações. Os arquétipos refletem uma pequena fração dos personagens que podem surgir nos Sete Reinos. Além disso, sem alguns ajustes eles não refletem a influência da cultura e da região, a rica história de uma casa ou mesmo os eventos que moldaram a vida do personagem até o início do jogo. Por isso, *GdTRPG* possui um sistema para ajudar os jogadores a conceber e criar personagens interessantes, dignos de serem os heróis (ou vilões) de qualquer história.

A criação de personagens é simples, mas é dividida em passos, para que você possa entendê-la mais facilmente. Cada passo deve ajudá-lo a tomar boas decisões mecânicas sobre seu personagem e auxiliá-lo a formar o conceito dele. À medida que você se acostuma com o processo, pode seguir por esses passos rapidamente. Mas, no início, não tenha pressa.

Passo Um: Casa & Terras

Se você e seus colegas estão criando personagens pela primeira vez, criarão a casa e as terras de sua família em conjunto, antes de mais nada. Você pode pular este passo se estiver usando a casa padrão fornecida neste livro. Se você estiver criando um substituto para um personagem morto ou juntando-se a uma crônica já em andamento, usará a casa que o grupo já está usando. Para mais detalhes sobre as regras de criação de casas, veja o **Capítulo 6: Casa & Terras**.

Passo Dois: Conceito do Personagem

Com certeza a parte mais importante da criação de um personagem é estabelecer um conceito, uma visão sobre o que você quer interpretar, o que quer alcançar no jogo. Um bom conceito no início irá ajudá-lo a tomar boas decisões sobre a função e o lugar de seu personagem no grupo, além de estabelecer as fundações para os objetivos do personagem no jogo. O conceito não precisa estar completo no início, mas você deve ter uma ideia ampla em mente.

Determine a Idade

A primeira decisão que você deve tomar na fase do conceito é a idade do seu personagem. Responsabilidade e dever recaem sobre ombros jovens por necessidade, pois nunca se sabe com certeza quando a guerra ou a calamidade vai tomar a vida de um pai. Quando uma tragédia como esta ocorrer, cabe ao herdeiro assumir o manto da liderança. É claro que a maioria das crianças não tem o luxo de uma infância confortável. Mesmo aquelas de sangue plebeu trabalham duro para aprender um ofício ou mesmo assumir uma posição na Patrulha da Noite muito cedo.

Por fim, a expectativa de vida não é muito alta, e poucas pessoas chegam aos anos do crepúsculo, sendo vitimadas por acidentes, doenças ou crimes muito antes da velhice. Por todas essas razões a maturidade chega numa

CAPÍTULO 3: CRIAÇÃO DE PERSONAGENS

Resumo da Criação de Personagens

Passo Um: Casa & Terras

Crie a Casa e as Terras: converse com seus colegas para criar uma casa nobre.

Passo Dois: Conceito do Personagem

Escolha ou Role a Idade: Criança, Adolescente, Jovem, Adulto, Meia Idade, Velho, Muito Velho, Venerável.
Escolha ou Role o Status: qualquer um, variando de 1 a 6.
Determine o Papel: Especialista, Guerreiro, Ladino, Líder ou Planejador.
Determine o Histórico: invente pelo menos um evento importante que moldou sua vida.
Determine o Objetivo: o que o seu personagem deseja?
Determine a Motivação: por que o seu personagem deseja isso?
Virtude: apresente pelo menos uma virtude ou qualidade de seu personagem.
Vício: apresente pelo menos um vício ou falha de caráter de seu personagem.

Passo Três: Compre as Habilidades

Veja a Idade para determinar a Experiência.
Compre o Status usando Experiência.
Compre as outras habilidades usando toda a Experiência restante.

Passo Quatro: Compre as Especialidades

Veja a Idade para determinar a Experiência.
Compre Especialidades usando Experiência.

Passo Cinco: Pontos de Destino e Benefícios

Veja a Idade para determinar os Pontos de Destino iniciais.
Compre benefícios usando Pontos de Destino, até o máximo permitido pela Idade.

Passo Seis: Desvantagens

Descubra a Idade para determinar as desvantagens exigidas.
Escolha as desvantagens que se encaixam mais com seu conceito, especificamente seu vício.

Passo Sete: Posses Iniciais

Faça um teste de Status para determinar suas moedas iniciais.
Gaste pelo menos metade das suas moedas iniciais em posses.

Passo Oito: Estatísticas Derivadas

Calcule Defesa em Combate: Agilidade + Atletismo + Percepção.
Calcule Saúde: 3 x Vigor.
Calcule Defesa em Intriga: Astúcia + Percepção + Status.
Calcule Compostura: 3 x Vontade.
Valor de Armadura (VA): descubra o VA da sua armadura (**Tabela 9-2: Armaduras**, na página 195) e anote seus efeitos na ficha de personagem.
Calcule o Dano das Armas: preencha as estatísticas das armas a partir da **Tabela 9-3: Armas**, nas páginas 196 e 197.

Passo Nove: Jogue!

Preencha quaisquer informações restantes na ficha (nome, terra natal, sobrenome, etc.).
Grave seu nome na história!

Capítulo 3: Criação de Personagens

Tabela 3-1: Idade Aleatória	
Rolagem de 3d6	Idade Inicial
3	Criança
4	Adolescente
5-6	Jovem
7-11	Adulto
12-15	Meia Idade
16	Velho
17	Muito Velho
18	Venerável

idade muito mais jovem aos olhos de Westeros: mulheres podem se casar quando menstruam pela primeira vez, e homens já podem ser considerados adultos aos treze anos (embora a maioridade legal seja aos dezesseis).

Em vez de dar muita atenção à idade real, os personagens são enquadrados em uma faixa etária que representa tanto idade quanto o nível de expectativa sobre ele. A sua escolha de faixa etária ajuda a definir o lugar do seu personagem no grupo, mas também tem repercussões mecânicas, como visto mais à frente. Antes de seguir adiante, escolha uma faixa etária para o seu personagem. Como alternativa, se você preferir um pouco de aleatoriedade, role 3d6 e confira o total na **Tabela 3-1: Idade Aleatória**.

Criança   0 a 9 anos

Às vezes chamados de filhos do verão, personagens crianças nasceram depois da Guerra do Usurpador e da Rebelião de Greyjoy. Em geral, conheceram apenas a paz em suas curtas vidas. Tommen Baratheon e Rickon Stark são crianças.

Adolescente   10 a 13 anos

Assim como crianças, adolescentes nasceram nos anos de paz que se seguiram à Guerra do Usurpador, mas logo antes, durante ou logo depois da Rebelião de Greyjoy. Personagens adolescentes incluem Arya e Sansa Stark.

Jovem   14 a 18 anos

Jovens têm direito aos benefícios e responsabilidades completos dos adultos nos Sete Reinos. Estes personagens nasceram logo antes ou durante a Rebelião de Robert. Muitos plebeus desta faixa etária são órfãos da guerra, e muitos jovens nobres foram forçados ao papel de lordes com as mortes prematuras de seus patriarcas. Jon Neve e Robb Stark são jovens no começo de *A guerra dos tronos*, e Joffrey torna-se um jovem mais adiante na série.

Adulto   18 a 30 anos

Personagens adultos têm idade para lembrar do reino louco do Rei Aerys e dos eventos que levaram à Guerra do Usurpador. Mesmo que não tenham lutado na guerra de Robert, sem dúvida sentiram seus efeitos. A maioria dos adultos nobres apoiou o Rei Aerys contra Robert ou juntou-se ao Lorde da Tempestade em sua rebelião. Embora Robert tenha perdoado todos os lordes que lutaram por Aerys, esta é uma marca que poucos esquecem.

Meia Idade   30 a 50 anos

Personagens de meia idade viveram boa parte dos problemas que assolam os Sete Reinos até hoje. Os mais velhos desta faixa provavelmente lembram-se da Guerra dos Reis Pobres, e muitos podem ter parentes que lutaram junto a Sor Barristan Selmy e Brynden Tully contra Maelys Fogo Negro. A maior parte desta geração lembra-se do reino de Aegon V, da ascensão e queda de Aerys e da tragédia que levou à Guerra do Usurpador. Assim como ocorre com personagens adultos, suas lealdades à coroa ou ao rebelde durante a guerra podem ainda assombrá-los.

Velho   50 a 70 anos

Personagens velhos nasceram durante a ascensão ao trono de Aegon, o Improvável, e testemunharam a Guerra dos Reis Pobres e todas as guerras e problemas que se seguiram. Pessoas desta geração costumam ter uma visão mais abrangente dos Targaryen e lembram-se da honra desta casa ancestral. Assim como ocorre com personagens de meia idade, personagens velhos podem ter lutado na Guerra do Usurpador, mas os mais velhos dentre eles provavelmente já haviam passado da idade da luta.

Muito Velho   70 a 80 anos

Raros indivíduos chegam até esta idade avançada. Aqueles que o fazem estão acompanhados de Walder Frey. Estes personagens viram a ascensão e queda de reis, inúmeras batalhas e guerra tomando o reino inteiro. Se estes personagens lutaram numa guerra, provavelmente foi a Guerra dos Reis Pobres.

Venerável   80 anos ou mais

Pouquíssimos homens e mulheres vivem para ver seu octogésimo ano, e menos ainda vivem mais do que isso. Aqueles que ainda mantêm sua mente intacta podem lembrar do bom Rei Daeron II e talvez tenham tido pais ou familiares que lutaram na Rebelião do Fogo Negro. O meistre Aemon da Patrulha da Noite é um excelente exemplo de personagem venerável.

Determine o Status

Status é outro componente importante para definir o conceito do seu personagem. Uma pessoa é julgada pela pureza de seu sangue, pela história de sua família e por vários outros fatores, muitas vezes fora de seu controle. Aqueles nascidos de pais plebeus são vistos como mais uma parte da plebe, raramente recebendo qualquer atenção além da responsabilidade que qualquer lorde possui de atender às pessoas vivendo em seus domínios. Assim, personagens de nascimento superior muitas vezes têm mais facilidade de manobrar nos salões do poder.

Embora Status traga muitos benefícios, também traz muitas responsabilidades. Personagens de posição mais elevada devem devotar tempo e atenção aos assuntos da corte, muitas vezes ao custo de desenvolver outros talentos e habilidades. Além disso, personagens com Status alto têm muito mais dificuldade em passar despercebidos. Em um mundo onde os inimigos escondem-se em cada canto, o anonimato pode ser uma grande vantagem.

Status & Casa

Como você e seus colegas são membros da mesma casa nobre, quer sejam parentes, servos ou aliados, sua casa determina o Status máximo para todos os seus membros. O líder da casa e sua família têm o maior Status (em geral 6), seguidos pelos brasões vassalos, protegidos, cortesãos, conselheiros e septons, todos com Status 5. O resto da casa tem Status de acordo com suas posições. Já que uma casa e uma família têm limitações de tamanho, provavelmente vários jogadores não serão parentes do lorde. Às vezes, nenhum deles será. Como Status também é um recurso, você e seus colegas devem trabalhar em conjunto para determinar onde cada um quer se encaixar na casa, quais posições vocês querem ocupar, se querem ter sangue nobre, etc. O narrador deve trabalhar com os jogadores para assegurar que todos interpretem quem querem interpretar, preenchendo as posições disponíveis conforme determinado pela casa (veja o **Capítulo 6: Casa & Terras**).

Posições Disponíveis

A casa padrão tem uma posição de lorde (Status 6) preenchida por um personagem do narrador (PN). O resto das posições é mostrado na **Tabela 3-2: Status Inicial**. Esta tabela também inclui uma opção para determinar o Status inicial aleatoriamente, caso haja um conflito ou indecisão. Role 2d6 e compare a soma com a tabela correspondente.

Tabela 3-2: Status Inicial

2d6	Status Inicial	Posições Disponíveis*	Exemplo
2	2	Sem limite	Servo da casa, cavaleiro errante comum, homem livre.
3-4	3	32	Espada jurada, guarda, escudeiro.
5-9	4	16	Servo de alta posição da casa, meistre, septon auxiliar, cavaleiro com terras, bastardo nobre.
10-11	5	8	Brasão vassalo, protegido, cortesão, septon, conselheiro.
12	6	4	Lorde da casa, herdeiro, *lady*, filhos.

*Estas são as posições padrão. Caso seu grupo crie sua própria casa, estes números provavelmente serão diferentes.

Compre o Status

Interpretar um personagem com Status alto traz muitas recompensas, mas tem um preço. Como Status é uma habilidade, você deve comprá-lo com sua Experiência inicial antes de comprar quaisquer outras habilidades.

Determine o Papel

Você tem liberdade de criar seu personagem da forma que quiser. Contudo, muitas vezes é uma boa ideia construí-lo para um papel específico, um conceito de jogo que ajuda a guiar suas decisões sobre quais habilidades são importantes para seu personagem e para o grupo. Um papel é uma descrição ampla do que o seu personagem faz no jogo, dando-lhe um lugar distinto no grupo, uma função na qual ele se destaca. Idealmente, um grupo deve ter representantes de todos os papéis, dando a todos os jogadores a chance de brilhar, mas o grupo pode ter qualquer combinação de papéis, os jogadores assumindo papéis redundantes e abrindo mão de outros. Um papel não traz nenhum benefício ou desvantagem; simplesmente é uma ferramenta para ajudar a criar um personagem interessante e assegurar que o grupo seja versátil. Embora seja vantajoso ter um representante de cada papel, não é necessário. Trabalhe com seus colegas para determinar qual a melhor abordagem para o jogo, e encontre um papel que se encaixe com o conceito do seu personagem.

Especialista

Syrio Forel, Gendry, Meistre Luwin,
Jojen Reed, Cócegas

Um especialista é alguém que se dedica a um conjunto limitado de habilidades. Tais personagens incluem meistres e septons, mas também servos como ferreiros, tratadores de cães, instrutores, acadêmicos, arautos e muitas outras pessoas importantes em uma casa nobre. O especialista é um papel comum para muitos personagens, pois proporciona a maior flexibilidade e utilidade no jogo.

Habilidades-Chave: quaisquer habilidades que reflitam a especialização do personagem.

Guerreiro

Robert Baratheon, Gregor Clegane,
Jaime Lannister, Barristan Selmy, Brienne de Tarth

De todos os papéis, nenhum é tão presente quanto o guerreiro. Representando desde cavaleiros sagrados e membros da Guarda Real até vis mercenários e bandidos, este papel abrange o mais amplo espectro de personagens. A importância do guerreiro nos Sete Reinos não pode ser subestimada. Conflitos brutais moldaram a história e a cultura desde a Era dos Heróis, estendendo-se até a recente Guerra do Usurpador. Guerreiros ocupam um lugar especial aos olhos da população. São armas, certamente, mas os maiores dentre eles representam o homem ideal: o lutador bravo que equilibra sua violência com devoção, cortesia e modéstia; que defende o rei e a fé, protege a plebe e traz glória a sua família. Muitos homens (e algumas mulheres) lutam para se equiparar às expectativas e histórias ao redor deste ideal nesta cultura belicosa. Outros abandonam a honra, tornando-se guerreiros que usam sua força para tomar o que desejam e matar quem fica em seu caminho.

Habilidades-Chave: Agilidade, Atletismo, Guerra, Lidar com Animais, Luta, Pontaria e Vigor.

Ladino

Tyrion Lannister, Meera Reed,
Davos Pronto-ao-Mar, Arya Stark

Enquanto um especialista dedica-se a um campo limitado, um ladino diversifica-se. Incluindo uma ampla gama de personagens, de ladrões e assassinos até nobres caídos, os ladinos são as pessoas que vivem fora das expectativas e deveres sociais dos Sete Reinos. Veem-se tão confortáveis junto de aristocratas quanto em meio à mais baixa plebe.

Habilidades-Chave: Agilidade, Astúcia, Furtividade, Ladinagem e Luta, Percepção, Persuasão e Pontaria.

Líder

Stannis Baratheon, Tywin Lannister, Jeor Mormont,
Jon Neve, Eddard Stark, Daenerys Targaryen

O líder representa qualquer personagem que comanda e guia outras pessoas até algum objetivo. Líderes tomam decisões, mas são igualmente capazes de ouvir opiniões diferentes, mesmo se ignorarem conselhos de outros. Líderes costumam ser os indivíduos que levam os soldados à guerra, mas também podem comandar outros grupos: um grande septo, um império mercantil ou um navio.

Habilidades-Chave: Astúcia, Guerra, Luta, Persuasão, Status e Vigor.

Planejador

Petyr Baelish, Cersei Lannister, Sansa Stark,
Grande Meistre Pycelle, Varys

Mestres da intriga, os planejadores são tão perigosos nos salões do poder quanto cavaleiros sagrados são no campo de batalha. Planejadores são negociadores, os maiores jogadores no jogo dos tronos, e têm tanto impacto sobre o mundo quanto o mais empedernido general. Com uma palavra, uma mentira sutil ou uma distorção da verdade, podem jogar as terras em conflitos sangrentos, derrubar os mais amados líderes e exaltar os mais desprezíveis monstros. Embora a maioria dos planejadores use suas habilidades para seus próprios fins, nem todos são tão amorais quanto os mais infames representantes deste papel.

Habilidades-Chave: Astúcia, Conhecimento, Enganação, Idioma, Percepção, Persuasão, Status e Vontade.

Papéis Mistos

Os papéis são tão abrangentes quanto possível. Contudo, ao construir seu personagem, você pode misturar os papéis, sendo um líder guerreiro como Stannis Baratheon e Eddard Stark ou um líder diplomata como o Grande Meistre Pycelle. Tenha em mente, entretanto, que quanto mais você diversificar suas habilidades, menos domínio terá sobre cada uma.

Determine o Histórico

Enquanto estiver pensando sobre o conceito do seu personagem, você deve pensar sobre o lugar de onde ele veio, o que já alcançou e por que está acima da plebe anônima e sem face dos Sete Reinos. Você deve criar pelo menos um momento, um evento que moldou sua vida, mas é melhor determinar um destes para cada faixa etária acima de criança. Os detalhes de cada evento ainda não são importantes, e ele pode ser tão simples quanto salvar a vida de outro PJ ou ter lutado em nome do Rei Robert na guerra. Se você precisar de ajuda para ter uma ideia, role 2d6 e compare o resultado à **Tabela 3-3: Eventos de Histórico**.

Objetivo

A seguir, você deve pensar sobre o que seu personagem mais deseja. Um objetivo é algo pelo que seu personagem trabalha, algo que molda suas escolhas e ações. Um objetivo deve ser algo grande, amplo e nebuloso. Converse com o narrador para determinar um objetivo apropriado, que se encaixe com a crônica e seja divertido para você. Crie algo ou role 2d6 e compare o resultado com a **Tabela 3-4: Objetivos**.

Motivação

Agora que você sabe o que quer, precisa decidir por que deseja isso. Diferente do objetivo em si, a motivação por trás dele deve ser específica, ligada ao evento significativo em seu histórico. Seus motivos devem vir daquele evento e fornecer uma justificativa razoável para buscar seu objetivo. Por exemplo, um personagem que lutou em nome de Robert na guerra provavelmente viu que o poder podia ser alcançado por aqueles com a força para agarrá-lo — assim, pode desejar poder. A motivação do personagem pode nascer de seu testemunho do que aconteceu com aqueles que não tinham poder na guerra: os campos queimados, os plebeus esfaimados, a miséria por tudo. Então o personagem teme a falta de poder, e é ambicioso como um meio de assegurar sua sobrevivência em um mundo onde a vida é curta e muitas vezes feia. Crie algo ou role 2d6 e compare o resultado à **Tabela 3-5: Motivações**.

Virtude

Agora que a personalidade do seu personagem está tomando forma, invente pelo menos uma característica de personalidade favorável, algum aspecto que as pessoas descrevem como uma virtude. Durante o jogo, deixe que sua virtude guie-o ao representar seu personagem em seus melhores momentos. Crie algo ou role 2d6 e compare o resultado à **Tabela 3-6: Virtudes**.

Tabela 3-3: Eventos de Histórico	
2d6	**Resultado**
2	Você serviu a outra casa (pajem, espada jurada).
3	Você teve um tórrido caso de amor.
4	Você lutou em uma batalha, ou esteve envolvido em uma.
5	Você foi sequestrado e fugiu, ou seu resgate foi pago, ou você foi resgatado.
6	Você viajou pelo mar estreito.
7	Você realizou um feito significativo, como salvar a vida de seu lorde, matar um javali gigante, etc.
8	Você esteve em companhia de alguém famoso.
9	Você esteve presente em um torneio importante (competindo ou assistindo).
10	Você esteve envolvido em um escândalo vil.
11	Você foi falsamente acusado de algo.
12	Você foi capturado por outra casa e mantido como protegido ou prisioneiro.

Tabela 3-4: Objetivos

2d6	Resultado
2	Iluminação
3	Maestria de uma habilidade específica
4	Fama
5	Conhecimento
6	Amor
7	Poder
8	Segurança
9	Vingança
10	Riqueza
11	Justiça
12	Fazer o bem

Tabela 3-5: Motivações

2d6	Resultado
2	Caridade
3	Dever
4	Medo
5	Ganância
6	Amor
7	Ódio
8	Luxúria
9	Paz
10	Estabilidade
11	Excelência
12	Loucura

Tabela 3-6: Virtudes

2d6	Resultado
2	Caridoso
3	Casto
4	Corajoso
5	Dedicado
6	Honesto
7	Humilde
8	Justo
9	Magnânimo
10	Piedoso
11	Devoto
12	Sábio

Tabela 3-5: Vícios

2d6	Resultado
2	Ganancioso
3	Arrogante
4	Avarento
5	Covarde
6	Cruel
7	Tolo
8	Devasso
9	Mesquinho
10	Preconceituoso
11	Conspirador
12	Furioso

Vício

Cada virtude é acompanhada de um vício. Seu personagem deve ter alguma falha de personalidade ou fraqueza de caráter que lhe empreste humanidade — não necessariamente um "vício" em alguma substância ou hábito, mas algo repreensível sobre ele. Seu vício deve vir à tona nos piores momentos de seu personagem. Crie algo ou role 2d6 e compare o resultado com a **Tabela 3-7: Vícios**.

Exemplo

Lucas, novo no grupo de jogo, começa a criar um personagem. Ele poderia ter escolhido um arquétipo, mas não viu nenhum que achasse particularmente interessante. Então, assim que conversa com seus colegas jogadores sobre a casa nobre do grupo, começa a construir seu personagem a partir do passo dois, "conceito do personagem".

Ele quer interpretar um menestrel errante que finalmente se assentou na casa. Escolhe adulto como sua idade inicial. Não precisa de Status alto, pois não terá sangue nobre, mas quer uma alta posição na casa, para ajudar em intrigas. Como seu personagem vai ser um servo da casa, ele escolhe Status 3, primeiro certificando-se de que há uma posição disponível.

Para encaixar o personagem no grupo, ele precisa decidir o papel que deseja cumprir. Com seu conhecimento de canções e histórias, ele acha que o especialista é a melhor opção. Contudo, também vê a si mesmo como um negociador que evita conflitos e cria paz. Assim, planejador também pode ser uma boa opção. Já que não é nobre e não precisa investir muita Experiência em Status, decide misturar os papéis, anotando algumas das habilidades mais importantes para ambos: Lidar com Animais, Percepção, Astúcia, Cura, Conhecimento, Idioma, Persuasão, Status e Vontade.

A seguir, Lucas trabalha em seu histórico. Ele precisa inventar apenas um grande evento, mas certamente pode criar outros se desejar. Ele precisa de um evento de histórico para solidificar seu lugar na família nobre, especialmente se não planeja ser um parente. Lucas decide que passou pela região alguns anos atrás, quando compôs e apresentou um soneto que comemorava os feitos de um dos ancestrais da casa. O lorde ficou impressionado, e convidou-o a permanecer lá.

O histórico pode ser simples, mas Lucas tem algumas ideias sobre como fazer este evento trabalhar a seu favor. Ele segue ao objetivo de seu personagem. Imagina desejar fama. Por isso, recusou a oferta da primeira vez. Sua motivação para querer fama é ter encontrado um famoso menestrel durante a juventude e visto que, embora o homem fosse plebeu, vivia como um lorde, podia ter a mulher que desejasse e recebia bênçãos dos lordes e damas que entretinha. Tais recompensas foram suficientes para convencer o personagem de Lucas a aprender a tocar harpa e praticar canto.

Pensando em sua virtude, Lucas decide que seu personagem é honesto e quase nunca mente, mesmo quando esta é a melhor opção. Seu vício é ser arrogante sobre seus talentos, e ele frequentemente inclui a si mesmo entre os nomes dos maiores cantores da terra. Sua arrogância provavelmente rende muitos inimigos. Assim, talvez depois de provocar a ira do rival errado, ele fugiu de volta à casa que o havia acolhido, deixando suas ambições de lado por um instante para evitar uma faca nas costas ou veneno em seu caneco.

Juntando todas as peças, Lucas esboça seu histórico e personalidade. Seu personagem nasceu de um casal de plebeus nas terras fluviais. Como a vida era tão dura, o personagem de Lucas foi forçado a trabalhar desde muito jovem, encontrando um lugar como auxiliar de cozinha em Árvore do Corvo. Certa noite, quando ele ainda era jovem, um cantor veio apresentar-se para Lorde Tytos Floresta-Negra. Durante a noite toda o menestrel tocou, para deleite de todos. Embora fosse um homem severo, Lorde Floresta-Negra tratou o cantor bem, dando-lhe um lugar de honra em sua mesa. No fim da noite, o cantor foi a seus aposentos com não apenas uma donzela, mas duas. O personagem de Lucas não queria nada além de ser aquele cantor. Assim, na manhã seguinte, seguiu-o e de alguma forma convenceu-o a aceitá-lo como aprendiz e ensinar-lhe a tocar a harpa.

Durante anos o personagem de Lucas acompanhou o cantor, até tornar-se muito habilidoso por si só. Ao completar dezessete anos, separou-se de seu mentor, seguindo por conta própria. Viajando pelas terras fluviais, passou por todas as casas nobres, gradualmente construindo uma reputação por seu talento e humor. Por fim, chegou a uma pequena casa ao sul do castelo arruinado de Pedras Velhas. Lá, realizou a maior performance de sua vida e conquistou um lugar na casa. Embora gostasse do lorde, tinha planos maiores. Assim, não sem hesitar, partiu, prometendo voltar mais tarde.

Meses depois, ele teve o infortúnio de encontrar seu velho mentor na Estalagem da Encruzilhada. De início, foi como nos velhos tempos, e a dupla cantou e dançou. Mas, com o decorrer da noite, o personagem de Lucas provou-se melhor que o outro, e seu velho mentor foi tomado pela inveja, sentindo-se ameaçado pelo aluno. Naquela noite, depois que todos já estavam na cama, o mentor esgueirou-se para o quarto do personagem de Lucas e tentou matá-lo. Eles lutaram, mas o jovem menestrel levou a melhor, deixando seu antigo mestre sangrando no chão. Aterrorizado, ele fugiu da estalagem para não ser enforcado por assassinato. Pensando na casa que recentemente o havia acolhido, ele voltou, afirmando ter mudado de ideia. Desde então, tem ficado lá.

Passo Três: Compre as Habilidades

Com uma ideia clara de seu personagem em mente, você está pronto para melhorar suas habilidades. Todos os personagens começam com 2 graduações em cada habilidade. Usando a Experiência inicial determinada pela idade do seu personagem, você pode melhorar uma habilidade, comprando graduações adicionais. Quanto mais você melhorar uma habilidade, mais Experiência isso custa. Durante este passo, você deve gastar toda a sua Experiência para habilidades, e deve comprar sua graduação em Status antes de mais nada. Sua Experiência para habilidades e os custos para comprar graduações são mostrados na **Tabela 3-8: Melhora de Habilidades**.

Ganhando Mais Experiência

Com a permissão do narrador, você pode reduzir uma habilidade para 1 e ganhar 50 pontos de Experiência adicionais para melhorar outras habilidades.

Dicas

Escolher as habilidades nas quais gastar sua Experiência pode ser difícil, especialmente com tantas opções disponíveis. O melhor lugar para começar são as habilidades de seu papel. Depois, escolha habilidades relacionadas ao conceito do seu personagem. Esta compilação é sua lista preliminar. Aumente as habilidades mais importantes desta lista primeiro, então preencha-a com a sua Experiência restante para completar seu personagem. Resista à tentação de maximizar uma habilidade. Um valor 6 em uma habilidade (100 pontos) equivale a quase metade da Experiência inicial de um personagem adulto (210 pontos). Personagens tão focados em apenas um aspecto costumam não ter a mesma durabilidade de outros mais equilibrados.

Tabela 3-8: Comprando Habilidades

Idade	Experiência para Habilidades	Graduação Inicial Máxima (Exceto para Status)
Criança	120	4
Adolescente	150	4
Jovem	180	5
Adulto	210	7
Meia Idade	240	6
Velho	270	5
Muito Velho	330	5
Venerável	360	5

Graduação	Custo em Experiência
−1	−50 (você recebe 50 de experiência)
+1	10
+2	40
+3	70
+4	100
+5	130

Capítulo 3: Criação de Personagens

> **Exemplo**
>
> Lucas agora está pronto para melhorar suas habilidades. Como um adulto, ele recebe 210 pontos de Experiência para gastar em habilidades. Contudo, deve começar comprando Status. Ele determina que seu Status é 3. Assim, deve gastar 10 pontos de Experiência para esta habilidade, ficando com 200 restantes. O papel de Lucas como um especialista/planejador sugere que ele invista sua Experiência em Astúcia, Conhecimento, Cura, Idioma, Lidar com Animais, Percepção, Persuasão, Status e Vontade. Lucas também acha que seu personagem pode ter alguma experiência em Luta, pois a vida de menestrel errante provavelmente já colocou-o em algumas situações difíceis. Ele adiciona Luta à lista. Também quer saber se virar em combate, então inclui Vigor.
>
> Com esta lista preliminar de habilidades, Lucas começa a gastar sua Experiência. Como um músico, ele acha que Persuasão é sua habilidade mais importante, então por enquanto investe 40 pontos nela, elevando-a a 4. Ele também quer que seu personagem saiba ler, então investe 10 pontos em Idioma (Língua Comum). Seu personagem é teimoso, então Lucas decide aumentar sua Vontade para 3. Por fim, ele decide que precisa ter um pouco de conhecimento para lembrar de canções e histórias e entreter seu público, então também aumenta Conhecimento para 4, ficando com 100 pontos de Experiência para dividir entre suas outras habilidades.
>
> A esta altura, Lucas começa a reduzir a lista. Revisando suas escolhas preliminares, seleciona Lidar com Animais como algo que não quer aumentar. Um valor 2 já é suficiente, pois ele não é um cavaleiro e, quando criança, foi um auxiliar de cozinha, não um cavalariço. Lucas também descarta Cura, pois sabe que a casa tem um meistre e não vê seu personagem cumprindo o papel de curandeiro.
>
> Com uma seleção de habilidades reduzida, Lucas decide aumentar sua Percepção e Astúcia para 3, ficando com 80 pontos de Experiência. Não está disposto a desistir de Vigor e Luta, então também aumenta ambas para 3. Restam-lhe 60 pontos de Experiência, então ele volta para Persuasão. Lucas pode aumentar esta habilidade até 5 por mais 30 pontos, e faz isso, ficando com 30 pontos sobrando. Por último, escolhe Agilidade, Sobrevivência e Ladinagem, aumentando cada uma até 3 e gastando todos os 30 pontos. Suas habilidades iniciais são listadas a seguir.

Habilidade	Graduação	Custo
Agilidade	3	10
Astúcia	3	10
Conhecimento	4	40
Idioma	3	10
Ladinagem	3	10
Luta	3	10
Percepção	3	10
Persuasão	5	70
Sobrevivência	3	10
Status	3	10
Vigor	3	10
Vontade	3	10
Todas as outras	2	0
Total		**210**

Passo Quatro: Compre as Especialidades

Uma vez que você tenha usado toda a sua Experiência para habilidades, pode comprar suas especialidades. Assim como descrito no **Capítulo 4: Habilidades & Especialidades**, especialidades são áreas mais restritas dentro de uma habilidade, treinamento específico para melhorar suas chances em testes relacionados à especialidade, por meio de um ou mais dados de bônus. Dados de bônus não são adicionados ao resultado; eles permitem que você role mais dados e escolha os melhores do conjunto. Nenhuma especialidade pode oferecer mais dados de bônus do que a sua graduação na habilidade relacionada. Assim, se você tem Luta 2, não pode ter mais de 2B em qualquer especialidade de Luta.

Sua idade determina a Experiência para especialidades que você tem. Cada dado de bônus de uma especialidade custa 10 pontos de Experiência. Veja a **Tabela 3-9: Comprando Especialidades** para os valores exatos.

Dicas

Especialidades são uma boa forma de desenvolver habilidades nas quais você não investiu muita Experiência. Por exemplo, se você não melhorou Pontaria mas ainda quer uma chance razoável de acertar um inimigo com uma besta, pode comprar 2B em Bestas, permitindo que fique com os dois melhores dados de cada quatro rolados.

Tabela 3-9: Comprando Especialidades

Idade	Experiência para Especialidades
Criança	40
Adolescente	40
Jovem	60
Adulto	80
Meia Idade	100
Velho	160
Muito Velho	200
Venerável	240

Dados de Bônus	Custo em Experiência
1	10
2	20
3	30
+1	+10

Passo Cinco: Pontos de Destino & Benefícios

Pontos de Destino e benefícios vêm a seguir. Assim como ocorre com os outros aspectos da criação do personagem, a idade determina quantos Pontos de Destino você tem no começo do jogo. Personagens mais jovens têm menos experiência e passaram por menos situações em que tiveram que gastar Pontos de Destino por escapar do perigo ou da morte. Você pode investir alguns de seus Pontos de Destino iniciais em benefícios (veja o **Capítulo 5: Destino & Qualidades**), embora haja limites. Pontos de Destino iniciais e o número máximo de benefícios iniciais são mostrados na **Tabela 3-10: Idade e Pontos de Destino**.

Dicas

Embora seja tentador gastar todos os seus Pontos de Destino em benefícios, resista. Pontos de Destino são parte importante do jogo e melhoram suas chances de

Exemplo

Lucas tem 80 pontos de Experiência para investir em especialidades. Achando-se um pouco deficiente em Luta, coloca 1B em Lâminas Curtas. Em seguida, volta-se a Persuasão. Das especialidades disponíveis, ele se imagina usando mais Barganha, Charme, Enganar e Seduzir, então coloca 1B em cada. Também acha que deve ter alguma capacidade de circular por entre a plebe para ouvir boatos, então coloca 1B em Manha, sob Conhecimento. Por fim, ele deseja pelo menos uma pequena vantagem em Furtividade, então investe seus dois últimos dados de bônus em Esgueirar-se.

Habilidade	Graduação	Especialidade	Dados de Bônus	Custo
Agilidade	3			
Percepção	3			
Astúcia	3			
Vigor	3			
Luta	3	Lâminas Curtas	1B	10
Conhecimento	4	Manha	1B	10
Idioma	3			
Persuasão	5	Barganha, Charme, Enganar, Seduzir	1B em cada	10 para cada, 40 ao todo
Status	3			
Furtividade	2	Esgueirar-se	2B	20
Sobrevivência	3			
Ladinagem	3			
Vontade	3			
Todas as outras	2			
Total				80

sobrevivência. Por outro lado, escolha pelo menos um benefício, já que estas qualidades podem fornecer uma vantagem significativa.

Exemplo

Lucas começa com 4 Pontos de Destino. Examinando os benefícios no **Capítulo 5: Destino & Qualidades**, *ele nota Pantomima, exatamente aquilo de que precisa como um artista. Este benefício custa 1 Ponto de Destino. Ele pode parar por aqui, mas também notou Favorito da Nobreza. Como ele planeja circular entre todos os tipos de pessoas, este benefício deve ajudar, e ele gasta mais um Ponto de Destino para adquiri-lo. Com dois benefícios, tem 2 Pontos de Destino sobrando.*

Tabela 3-10: Idade e Pontos de Destino

Idade	Pontos de Destino	Máximo de Benefícios
Criança	7	3
Adolescente	6	3
Jovem	5	3
Adulto	4	3
Meia Idade	3	3
Velho	2	2
Muito Velho	1	1
Venerável	0	0

Passo Seis: Defeitos & Desvantagens

Para refletir os perigos dos Sete Reinos os personagens recebem defeitos e desvantagens.

Defeitos representam o acúmulo de ferimentos e os efeitos do envelhecimento sobre seu personagem. Um defeito impõe um dado de penalidade (−1D) em uma habilidade. Ou seja, após rolar os dados em um teste, você deve escolher um deles e descartá-lo da soma. Você pode escolher vários defeitos para a mesma habilidade, mas os dados de penalidade não podem exceder sua graduação na habilidade −1. Assim, se você tem Atletismo 3, não pode assumir mais de dois defeitos em Atletismo.

Desvantagens, por outro lado, são menos prejudiciais a uma habilidade específica, mas impõem desafios que afetam muitos aspectos de seu personagem.

Para uma lista completa de defeitos e desvantagens, veja o **Capítulo 5: Destino & Qualidades**.

Dicas

A melhor forma de escolher uma desvantagem é procurar alguma que se encaixe com seus vícios. Se você não encontrar nenhuma, converse com o narrador para decidir algo adequado.

Exemplo

Lucas deve escolher uma desvantagem. Como é um adulto, pode escolher qualquer uma. Inimigo encaixa-se com o conceito de seu personagem, então é a escolhida.

Tabela 3-11: Idade e Defeitos

Idade	Desvantagens
Criança	—
Adolescente	—
Jovem	—
Adulto	Uma qualquer.
Meia Idade	Um defeito para qualquer das habilidades a seguir: Agilidade, Atletismo ou Vigor.
Velho	Uma qualquer, mais um defeito para qualquer das habilidades a seguir: Agilidade, Atletismo, Percepção, Astúcia, Vigor, Luta ou Pontaria.
Muito Velho	Uma qualquer, mais um defeito para quaisquer duas das habilidades a seguir: Agilidade, Atletismo, Percepção, Astúcia, Vigor, Luta ou Pontaria.
Venerável	Uma qualquer, mais um defeito para quaisquer três das habilidades a seguir: Agilidade, Atletismo, Percepção, Astúcia, Vigor, Luta ou Pontaria.

Passo Sete: Posses Iniciais

A seguir você deve determinar suas posses iniciais. Todos os personagens começam o jogo com um conjunto de roupas comuns apropriadas para seu sexo, botas ou sapatos e uma adaga. Herdeiros também começam com um anel de sinete. Anote estas posses na sua ficha de personagem.

Em seguida, role um teste de Status. O resultado é o número de dragões de ouro que você terá para comprar suas posses iniciais. Obviamente, você não começa com um saco de ouro; estes fundos refletem o que você acumulou ao longo dos anos. Você deve gastar pelo menos metade de suas moedas iniciais. Você pode deixar o resto de reserva ou investir na sua casa, como quiser.

O **Capítulo 7: Equipamento** inclui listas completas de preços e descrições de todos os equipamentos comuns de Westeros.

Exemplo

Lucas anota as posses comuns que todos os personagens recebem. Depois disso, faz um teste de Status para determinar quantos dragões de ouro terá. Rola um 10, então dispõe de 10 dragões de ouro para equipar seu personagem.

Passo Oito: Estatísticas Derivadas

Você está quase acabando. Agora que suas habilidades e especialidades estão compradas, seus benefícios e desvantagens estão selecionados, seus Pontos de Destino estão registrados e todo o seu equipamento está listado, você está pronto para preencher as estatísticas derivadas.

Estatísticas de Combate

Há quatro estatísticas importantes para combate: Defesa em Combate, Saúde, Valor de Armadura (VA) e Dano. A forma de calculá-las é descrita a seguir. Anote os totais na sua ficha de personagem.

Defesa em Combate = Agilidade + Atletismo + Percepção. Além disso, some o Bônus Defensivo (por escudos ou armas de aparar) e reduza a Penalidade de Armadura (veja a **Tabela 9-2: Armaduras**, na página 195).

Saúde = 3 x Vigor.

Valor de Armadura (VA): determinado pela armadura que você usa (veja a **Tabela 9-2: Armaduras**, na página 195).

Dano: determinado pela arma que você usa e pelas suas habilidades (veja a **Tabela 9-3: Armas**, nas páginas 196 e 197).

Estatísticas de Intriga

Existem duas estatísticas importantes para intriga: Defesa em Intriga e Compostura. A forma de calculá-las é descrita a seguir. Anote os totais na sua ficha de personagem.

Defesa em Intriga = Astúcia + Percepção + Status.

Compostura = 3 x Vontade.

Exemplo

Quase no fim do processo, Lucas preenche suas estatísticas derivadas. Sua Defesa em Intriga é 9 (Percepção 3 + Astúcia 3 + Status 3). Sua Compostura é 9 (3 x Vontade 3). Sua Defesa em Combate é 8 (Agilidade 3 + Atletismo 2 + Percepção 3) e sua Saúde é 9 (3 x Vigor 3). O personagem de Lucas não usa armadura, mas ele comprou uma espada pequena com seu dinheiro inicial. Uma espada pequena causa dano igual a Agilidade −1, assim seu dano básico é 2. Ele também anota a qualidade da arma Rápida na ficha de personagem.

Movimento

Movimento descreve o quanto você pode se deslocar com uma ação. O movimento básico é de 4 metros. Para cada dois dados de bônus em Correr seu movimento aumenta em 1 metro. Armaduras e outros objetos volumosos podem diminuir seu movimento. Para as regras completas de movimento, veja o **Capítulo 9: Combate**.

Passo Nove: Jogue!

O último passo na criação de personagens é preencher o resto das áreas na ficha — o nome do seu personagem, seu local de nascimento, os nomes de seus pais e irmãos, etc. Você pode até mesmo fazer um desenho do seu brasão ou escrever seu lema se estes não forem os mesmos dos outros jogadores. Uma vez que sua ficha de personagem esteja preenchida, está tudo pronto, e você já pode jogar!

Recompensas & Evolução

Como parte do jogo, você recebe recompensas por seus feitos. Enfrentar bandidos, desmascarar conspirações ou apenas trabalhar em prol de sua casa são atividades que podem resultar em benefícios que você usa para melhorar aspectos de seu personagem ou sua casa. Há três tipos de recompensas que você pode ganhar por aventuras bem-sucedidas: Ouro, Glória e Experiência.

Ouro

Ouro é a recompensa mais tangível. Adquirir moedas permite que você compre melhores armas e armaduras, novos cavalos, etc. Como alternativa, você pode investir Ouro na sua casa, para equipar seus soldados, financiar melhorias nas terras, expandir seu forte, etc. Recompensas em Ouro vêm por prêmios ou vitórias, na maior parte dos casos, mas também podem surgir de pagamentos, resgates e negócios favoráveis.

Gastando Ouro

Você pode gastar Ouro em qualquer equipamento ou serviço descrito no **Capítulo 7: Equipamento**. Para melhorias na casa e nas terras que exijam Ouro, veja o **Capítulo 6: Casa & Terras**.

Glória

Glória é a moeda corrente da nobreza, usada para melhorar diretamente o destino da sua família. Sempre que você adquire Glória, pode investi-la na sua casa, voltando às suas terras. Você simplesmente transfere a Glória à sua casa, dividindo-a ou investindo em um ou mais dos recursos da casa. O efeito da Glória acumulada é menos imediato, e seus benefícios podem demorar mais a se fazerem notar.

Gastando Glória

Para mais detalhes sobre Glória e seus usos, veja o **Capítulo 6: Casa & Terras**.

Experiência

Os benefícios do Ouro são óbvios e costumam ter curta duração. A Glória sempre afeta sua casa, lentamente melhorando o destino da sua família. Experiência, contudo, marca seu avanço pessoal, fornecendo um meio de aumentar gradualmente suas habilidades, melhorar especialidades ou adquirir outras novas e acumular Pontos de Destino. Assim, das três recompensas, Experiência tem maior impacto sobre seu personagem.

Gastando Experiência

Experiência melhora o seu personagem, permitindo que você aumente suas graduações, dados de especialidades e Pontos de Destino. O custo destes avanços varia com base nas áreas que você quer melhorar. Especialidades são as mais baratas, enquanto que Pontos de Destino são os mais caros. Você pode gastar a Experiência que adquiriu a qualquer momento.

Adquirir ou Melhorar uma Especialidade — 10 Exp

Você pode adquirir uma nova especialidade em valor 1B ou melhorar uma especialidade já existente em +1B. Se você está melhorando uma especialidade, os dados de especialidade não podem exceder sua graduação na habilidade relacionada. Assim, se você tem Luta 3 (Machados 2B, Lâminas Longas 3B), pode aumentar Machados para 3B, mas não pode aumentar Lâminas Longas até que sua Luta seja pelo menos 4.

Melhorar Habilidade — 30 Exp

Você pode gastar Experiência para melhorar uma habilidade. Aumentar uma habilidade em uma graduação custa 30 pontos de Experiência, e mais 30 pontos de Experiência para cada graduação adicional. Assim, para aumentar Luta 2 para Luta 3, você precisa gastar 30 pontos de Experiência. Para aumentar Luta 2 para Luta 4, precisa gastar 60 pontos de Experiência.

Aumentar uma habilidade exige tempo e treinamento. Para cada graduação que você deseja aumentar em uma habilidade, deve passar 1 semana treinando sob a tutela de um personagem que possua pelo menos 1 graduação a mais que você na habilidade. Você ainda pode aumentar a habilidade sem um treinador, mas o tempo aumenta para 1 + 1d6/2 semanas.

Ganhar um Ponto de Destino — 50 Exp

O aspecto mais caro do avanço de um personagem é a aquisição de Pontos de Destino. Uma vez que você adquire um Ponto de Destino, pode investi-lo em um Benefício ou descartar uma desvantagem, como normal.

Capítulo 4: Habilidades & Especialidades

As habilidades definem como os personagens interagem com o mundo. Descrevem as áreas nas quais um personagem se destaca e outras em que precisa de ajuda. As habilidades de um personagem também podem fornecer um retrato do PJ, um vislumbre de seu estilo, possivelmente de suas motivações e de suas estratégias para sobreviver no jogo dos tronos ou no campo de batalha. Obviamente, para os leigos, as habilidades parecem apenas um conjunto de números — mas estes números têm significado, e seu personagem vive através deles.

Graduações em Habilidades

O talento (ou a falta de talento) em uma habilidade é medido em graduações. Quanto mais graduações você possui na habilidade, melhor é em usá-la. As graduações fornecem um benefício óbvio, informando quantos dados você pode rolar, mas também servem como fundação para representar seu personagem no jogo.

0 Graduação — Nulidade

Qualquer criatura sem quaisquer graduações em uma habilidade na prática não a possui. Não pode fazer testes ou realizar ações relacionadas à habilidade. Humanos têm pelo menos 1 graduação em todas as habilidades, mas feras, criaturas míticas e outros habitantes estranhos de Westeros podem ter uma ou mais habilidades com graduação 0.

1 Graduação — Deficiente

Possuir apenas 1 graduação em uma habilidade significa que você é deficiente. Você precisa de muito esforço para alcançar o que uma pessoa comum faz sem pensar. Em geral, uma habilidade com esta graduação é resultado de alguma deficiência física ou mental. Por exemplo, um personagem com Atletismo 1 pode ter sofrido um ferimento sério, como a paralisia de Bran Stark, enquanto um personagem com Astúcia 1 pode ser um simplório como Hodor.

"Lugares duros criam homens duros, e homens duros governam o mundo."

— Balon Greyjoy

CAPÍTULO 4: HABILIDADES & ESPECIALIDADES

Tabela 4-1: Habilidades & Especialidades

Habilidade	Especialidades
Agilidade	Acrobacia, Contorcionismo, Equilíbrio, Esquiva, Rapidez.
Astúcia	Decifrar, Lógica, Memória.
Atletismo	Arremessar, Correr, Escalar, Força, Nadar, Saltar.
Conhecimento	Educação, Manha, Pesquisa.
Cura	Diagnóstico, Tratar Doença, Tratar Ferimento.
Enganação	Atuar, Blefar, Disfarce, Trapacear.
Furtividade	Esgueirar-se, Mesclar-se.
Guerra	Comandar, Estratégia, Tática.
Idioma	—
Ladinagem	Arrombar, Furtar, Prestidigitação.
Lidar com Animais	Cavalgar, Conduzir, Encantar, Treinar.
Luta	Armas de Contusão, Armas de Haste, Briga, Escudos, Esgrima, Lâminas Curtas, Lâminas Longas, Lanças, Machados.
Percepção	Empatia, Notar.
Persuasão	Barganha, Charme, Convencer, Incitar, Intimidar, Provocar, Seduzir.
Pontaria	Arcos, Armas Arremessadas, Armas de Cerco, Bestas.
Sobrevivência	Caçar, Coletar, Orientar-se, Rastrear.
Status	Administração, Criação, Reputação, Torneios.
Vigor	Resistência, Vitalidade.
Vontade	Coordenar, Coragem, Dedicação.

2 Graduações — Mediano

A média humana. A maioria das pessoas em Westeros tem habilidades com 2 graduações. Possuir 2 graduações em uma habilidade significa que você pode resolver tarefas rotineiras com facilidade e é capaz de vencer a maior parte dos desafios com tempo suficiente. Contudo, certas coisas estão além de sua capacidade. Por mais que você tente, nunca irá atingir o Mestre Syrio Forel com habilidade mediana em Luta. Todas as habilidades iniciais têm valor 2.

3 Graduações — Talentoso

Um pouco acima das pessoas comuns, possuir 3 graduações em uma habilidade significa que você tem aptidão especial e realiza tarefas relacionadas à habilidade com muito mais facilidade que os outros. Este talento também pode sugerir uma quantidade mínima de treinamento, como algumas horas praticando esgrima ou a experiência de ter cavalgado algumas vezes na vida. Em geral, 3 graduações lhe concedem experiência suficiente para ser perigoso.

4 Graduações — Treinado

Com 4 graduações, você treinou muito uma habilidade, combinando seu talento natural com prática exaustiva. Suas capacidades excedem em muito os indivíduos normais, e você pode realizar tarefas desafiadoras com confiança e sem muitos problemas. Com um pouco de sorte, é capaz de proezas impressionantes.

5 Graduações — Experiente

Treinamento intensivo aliado a talento natural coloca-o muito acima das pessoas comuns. De fato, pessoas com 5 graduações muitas vezes são as melhores em suas áreas, tendo ultrapassado seus colegas.

6 Graduações — Mestre

Com 6 graduações, você é considerado um dos melhores do mundo. As pessoas procuram-no para aprender, treinar ou simplesmente conhecê-lo. São poucos aqueles que chegam a 6 graduações em *uma* habilidade, e menos ainda os que alcançam essa maestria em duas ou mais.

7 Graduações — Exemplar

Este nível representa o ápice do potencial humano, o limite do talento mortal — ao menos para a maioria. Este é o máximo que qualquer um pode aspirar a atingir. Este número de graduações é tão raro que as pessoas que o atingem são consideradas lendas.

8 ou Mais Graduações — Mítico

Em geral um personagem mortal não pode ter mais de 7 graduações em uma habilidade, embora haja exceções — por exemplo, os bravos homens e mulheres da Era dos Heróis, como Brandon, o Construtor. Criaturas não humanas, como dragões, podem ter habilidades neste nível.

Especialidades

Enquanto as graduações representam o resultado do talento natural combinado com treinamento, as especialidades refletem um foco mais restrito, resultado do desenvolvimento específico de uma ou mais áreas de uma habilidade. Especialidades, assim como habilidades, são graduadas com um número que varia de 1 a 7. São marcadas com um número seguido da letra B (significando "bônus"). Assim, se você tem 2 graduações na especialidade de Machados, deve anotar "Machados 2B". Lembre-se de que suas graduações em uma especialidade não podem exceder suas graduações na habilidade relacionada. Ao contrário de habilidades (que começam com 2 graduações), especialidades começam em 0. Ou seja, em princípio os personagens não têm *nenhuma* especialidade.

Usando Especialidades

Uma graduação em uma especialidade concede uma quantidade equivalente de dados de bônus. Sempre que você testar uma habilidade em uma situação na qual sua especialidade se aplica, role um número de dados de teste igual à sua graduação na habilidade e um número de dados de bônus igual à sua graduação na especialidade. Contudo, você *usa* apenas uma quantidade de dados igual ao seu número de dados de teste (ou seja, igual à sua habilidade). Digamos que você tenha Luta 3 e Lâminas Longas 2, e esteja atacando um temível cavaleiro. Ao atacar, você rola cinco dados (três dados de teste e dois dados de bônus) e soma os três melhores resultados.

Especialidades & Testes Passivos

A sua graduação em uma especialidade concede dados de bônus para testes, mas especialidades também têm usos além disso. Sempre que um oponente fizer um teste contra o resultado do seu teste passivo, você pode adicionar ao resultado o número de dados de bônus de uma especialidade que se aplique ao teste passivo. Por exemplo, se um espião tenta passar despercebido por você, rola um teste de Furtividade contra o seu teste passivo de Percepção. Se você tiver Percepção 4, seu resultado passivo será 16 (4 × 4 graduações). Contudo, se você tiver Notar 2B, seu resultado passivo será 18 (16 + 2).

Descrições de Habilidades

Esta seção fornece um panorama geral das várias habilidades e especialidades usadas em *GdTRPG*. O narrador *não* é encorajado a expandir a lista de habilidades. Contudo, sempre há espaço para mais especialidades. Caso um jogador queira se especializar em uma área que não está descrita, deve trabalhar em conjunto com o narrador para criar uma especialidade adequada.

Agilidade

Agilidade mede destreza, graça, reflexos e flexibilidade. De certa forma, descreve seu nível de conforto com seu próprio corpo, seu domínio sobre seus movimentos e como você reage a seus arredores.

Astúcia

Astúcia cobre inteligência, educação e a aplicação de todo o seu conhecimento. Em geral, Astúcia entra em jogo sempre que você precisa lembrar de um detalhe importante, decifrar um enigma ou resolver outro tipo de problema, como pesquisar uma informação ou decifrar um código.

Atletismo

Atletismo descreve treinamento, a aplicação de forma física, coordenação, prática e poderio muscular. Atletismo é uma habilidade importante, pois determina a velocidade com que pode correr, a distância a que pode saltar e sua força física.

Capítulo 4: Habilidades & Especialidades

Conhecimento
Conhecimento representa sua compreensão geral do mundo. É um espectro amplo, cobrindo história, política, agricultura, economia e vários outros assuntos.

Cura
Cura mede sua compreensão da medicina. Sua graduação nesta habilidade reflete o quanto você sabe sobre saúde e recuperação. As graduações mais altas representam talentos possuídos apenas pelos maiores meistres.

Enganação
Enganação cobre seu dom para a mentira. Você usa Enganação para disfarçar suas intenções e esconder seus objetivos. Também para fingir ser outra pessoa — adotar um sotaque diferente ou alterar sua aparência.

Furtividade
Furtividade representa sua capacidade de passar despercebido. Sempre que você deseja se esconder ou mover-se sem ser notado, deve testar Furtividade.

Guerra
Guerra descreve o talento para administrar o campo de batalha, englobando desde capacidade de dar ordens e o conhecimento estratégico para manobrar exércitos até táticas para vencer pequenas escaramuças.

Idioma
Idioma é a capacidade de comunicar-se através da fala ou, para aqueles com mais educação, através da escrita. Suas graduações iniciais nesta habilidade aplicam-se a seu conhecimento da língua comum de Westeros. Quando você melhora esta habilidade, pode melhorar seu domínio da língua comum ou aprender a falar outros idiomas.

Ladinagem
Ladinagem é uma habilidade geral que engloba todas as atividades criminosas. Exemplos incluem arrombamento, prestidigitação e furto.

Lidar com Animais
Lidar com Animais abrange as várias perícias e técnicas usadas para treinar animais, trabalhar com eles e tratar deles. Sempre que você desejar controlar uma montaria em pânico, treinar um cão como guarda ou ensinar corvos a levar mensagens, testa esta habilidade.

Luta
Luta descreve sua capacidade de usar armas em combate. Sempre que você desejar atacar de mãos nuas ou usando uma arma branca, deve testar Luta.

Percepção
Percepção mede seus sentidos, sua velocidade de resposta ao ambiente e sua capacidade de notar falsidades e mentiras. Sempre que você desejar perceber o que está ao seu redor ou avaliar outra pessoa, usa Percepção.

Persuasão
Persuasão é a capacidade de manipular as emoções e crenças de outras pessoas. Com esta habilidade, você pode mudar a maneira como os outros o veem, moldar as reações deles a você, convencê-los de coisas com que eles não concordam, etc.

Pontaria
Pontaria representa sua perícia com armas de ataque à distância, sua capacidade de usá-las com precisão em combate. Sempre que você fizer um ataque à distância, deve testar Pontaria.

Sobrevivência
Sobrevivência é a capacidade de existir nos ermos — caçando, encontrando alimentos, evitando perder-se e seguindo rastros. Sobrevivência é importante para várias pessoas, pois a caça ainda é um dos principais métodos de obter comida nos locais mais remotos de Westeros.

Status
Status descreve as circunstâncias de seu nascimento e o que estas circunstâncias lhe concedem. Quanto mais graduações você tiver, mais probabilidade tem de reconhecer brasões, melhor é sua reputação e maior é seu conhecimento de como administrar terras e pessoas.

Vigor
Vigor mede seu bem-estar físico, saúde e resistência. Seu Vigor determina quanto dano você suporta e quanto tempo você demora para se recuperar de ferimentos.

Vontade
Vontade é a resistência da sua mente, refletindo sua estabilidade e saúde mental. Representa sua capacidade de resistir ao medo e a ser manipulado.

Usos de Habilidades

A descrição de cada habilidade inclui todas as especialidades relacionadas, regras associadas a seu uso e exemplos de dificuldades para várias tarefas.

Agilidade

Especialidades: Acrobacia, Contorcionismo, Equilíbrio, Esquiva, Rapidez.

Agilidade mede destreza, graça, reflexos e flexibilidade. Descreve seu nível de conforto com seu próprio corpo, seu domínio sobre seus movimentos e como você reage a seus arredores. Agilidade baixa sugere dureza de movimentos, hesitação e tensão. Agilidade alta reflete leveza, velocidade e facilidade de movimentação.

Agilidade tem os seguintes usos.

Acrobacia

Teste Básico — **Ação menor**

Você pode usar Agilidade para realizar cambalhotas e saltos mortais, ficar de pé num instante quando estiver no chão e fazer diversas outras manobras acrobáticas.

Dificuldade	Descrição
Rotineira (6)	Ignorar 2 metros de uma queda para calcular dano, mais 1 metro por grau de sucesso.
Desafiadora (9)	Levantar-se como uma ação livre — ou como uma ação menor usando armaduras com VA igual a 6 ou mais.
Formidável (12)	Aumentar seu Movimento em 1 metro, mais 1 metro por grau de sucesso.
Difícil (15)	Balançar-se em uma corda, dar uma cambalhota no ar e aterrissar de pé.
Heroica (21+)	Ignorar dano de queda completamente.

Contorcionismo

Teste Básico — **Ação maior**

Você pode testar Agilidade para passar por um espaço apertado. A Dificuldade depende do tamanho do espaço pelo qual você está passando. Um sucesso permite que você passe sem problemas, enquanto que uma falha significa que você não avança. Uma falha Crítica indica que você fica preso e deve ser bem-sucedido em outro teste de Agilidade contra a mesma Dificuldade para escapar.

Dificuldade*	Descrição
Fácil (3)	Mover-se 1 metro por grau de sucesso através de uma multidão, até seu Movimento máximo.
Rotineira (6)	Mover-se 1 metro por grau de sucesso através de uma multidão compacta, até seu Movimento máximo.
Desafiadora (9)	Escapar de uma rede.
Formidável (12)	Mover-se 1 metro por grau de sucesso por um espaço estreito, até seu Movimento máximo.
Difícil (15)	Mover-se 1 metro por grau de sucesso por um espaço apertado, até seu Movimento máximo.

*Mais sua Penalidade de Armadura de novo — assim, sua PA conta duas vezes contra sua Agilidade para contorcionismo.

Você também pode usar Contorcionismo para escapar de cordas e algemas, com Dificuldade **Formidável (12)** e **Difícil (15)**, respectivamente. Em caso de falha, você não consegue se soltar. Caso falhe por mais de um grau, você recebe um ferimento (veja o **Capítulo 9: Combate**). Quando você for atacado por uma arma com a qualidade Enredar, pode usar Contorcionismo para libertar-se, substituindo o teste de Atletismo por um teste de Agilidade.

Equilíbrio

Teste Básico — **Ação livre**

Agilidade ajuda-o a manter o equilíbrio quando estiver se movendo sobre uma superfície instável ou estreita. Você só precisa testar Agilidade para manter o equilíbrio quando houver consequências por uma falha (uma queda que resultaria em ferimento ou morte, por exemplo). Uma falha significa que você não avançou e uma falha Crítica significa que você caiu.

Dificuldade	Descrição
Rotineira (6)	Mover-se 1 metro por grau de sucesso sobre um caminho estreito (10 centímetros de largura ou menos), até seu Movimento máximo.
Desafiadora (9)	Reduzir as penalidades de Movimento pelo terreno em 1 metro por grau de sucesso.

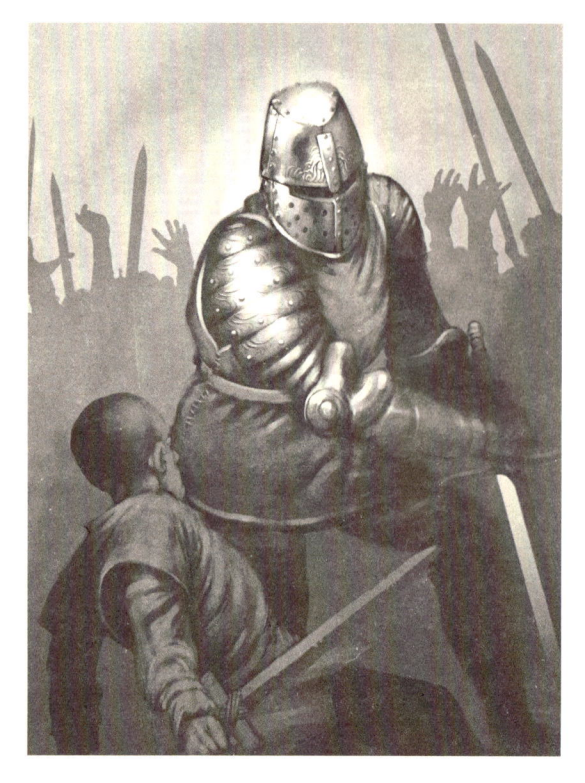

Outros Usos

- Você adiciona sua graduação em Agilidade à sua Defesa em Combate.
- Seu dano com muitas armas de Pontaria (arco, besta, etc.) é igual à sua graduação em Agilidade mais o dano básico da sua arma.
- Certas armas de Luta causam dano igual à sua Agilidade.
- Sua penalidade de armadura é subtraída de todos os seus testes de Agilidade.
- Se você estiver indefeso ou preso sob uma montaria morta, perde sua graduação em Agilidade ao calcular sua Defesa em Combate.
- Você pode testar Agilidade (Contorcionismo) para libertar-se se estiver preso sob uma montaria morta.
- Quando um oponente tenta uma manobra de derrubar, a Dificuldade é a sua graduação em Agilidade multiplicada por 4.

Astúcia

Especialidades: Decifrar, Lógica, Memória.

Astúcia cobre inteligência, educação e a aplicação de todo o seu conhecimento. Em geral, Astúcia entra em jogo sempre que você precisa lembrar de um detalhe importante, decifrar um enigma ou resolver outro tipo de problema, como pesquisar uma informação ou decifrar um código.

Astúcia tem os seguintes usos.

Decifrar

Teste Básico (Estendido)   **Ação maior**

Sempre que você examina um texto escrito em outro idioma ou em código, pode testar sua Astúcia para discernir o âmago da mensagem e obter uma compreensão básica do conteúdo. Cada grau de sucesso permite que você decifre cerca de um parágrafo.

Dificuldade	Descrição
Automática (0)	Decifrar texto em um idioma no qual você tem 6 graduações.
Fácil (3)	Decifrar texto em um idioma no qual você tem 5 graduações.
Rotineira (6)	Decifrar texto em um idioma no qual você tem 4 graduações.
Desafiadora (9)	Decifrar texto em um idioma no qual você tem 3 graduações, ou decifrar um código simples.

Difícil (15)	Mover-se 1 metro por grau de sucesso em uma corda bamba, até seu Movimento máximo.

Esquiva

Teste Básico   **Ação maior**

Durante um combate, você pode usar uma ação maior para esquivar-se de todos os ataques contra você. O resultado do seu teste de Agilidade substitui a sua Defesa em Combate até o começo do seu próximo turno, mesmo que seja pior que sua Defesa em Combate.

Rapidez

Teste Básico   **Ação livre**

Durante um combate, você faz um teste de Agilidade para determinar a ordem de iniciativa. O combatente com o maior resultado age primeiro, seguido pelo segundo maior, e assim por diante. Em caso de empate, o personagem com mais graduações em Agilidade age antes. Se ainda houver empate, compare as graduações em Rapidez. Caso ainda haja empate, o teste é repetido, até haver um vencedor.

Rapidez também entra em jogo sempre que você testar seus reflexos ou velocidade de reação, como ao apanhar um objeto arremessado, por exemplo.

Formidável (12)	Decifrar texto em um idioma no qual você tem 2 graduações, ou decifrar um código moderado.
Difícil (15)	Decifrar texto em um idioma no qual você tem 1 graduação, ou decifrar um código difícil.
Muito Difícil (18)	Decifrar texto em qualquer idioma, ou decifrar um código muito difícil.
Heroica (21)	Decifrar um código impossível.

Lógica

Teste Básico — **Ação maior**

Você pode testar Astúcia para resolver charadas, enigmas, quebra-cabeças e outros problemas de lógica. Você pode usar Lógica para notar o plano de um inimigo a partir de uma série de manobras sem relação entre si, ou para avaliar a corte de um nobre, identificando conspirações e a teia de alianças. A Dificuldade do teste depende da complexidade e tamanho do problema. Em geral, a maior parte das charadas tem Dificuldade **Formidável (12)**.

Você também pode usar seu teste de Astúcia contra o resultado passivo de Guerra de um comandante inimigo — desde que possa dar uma boa olhada nos planos dele — e encontrar uma falha. Segundo a decisão do narrador, um teste bem-sucedido pode permitir que você adicione parte de seus dados de bônus de Lógica (ou todos eles) ao seu teste de Guerra quando a batalha começar.

Memória

Teste Básico — **Ação livre**

Você pode testar Astúcia para lembrar de uma informação relacionada com o desafio que está enfrentando no momento. A Dificuldade depende da natureza do problema, e é determinada pelo narrador. Um sucesso pode conceder-lhe uma pista sobre o desafio, ou mesmo um bônus em um teste. Por exemplo, durante uma intriga com outro nobre, você pode testar Astúcia para lembrar de algo útil sobre a família dele. Em caso de sucesso, se houver algo no passado de seu oponente que você pudesse saber e que pudesse ajudá-lo, você receberia um dado de bônus, ou até mesmo um dado extra no teste.

Dificuldade	Descrição
Automática (0)	Lembrar do seu nome, de onde você vive e do nome dos seus pais.
Fácil (3)	Lembrar do nome e da família de quem governa sua terra.
Rotineira (6)	Lembrar de pequenos detalhes sobre a terra na qual você vive.
Desafiadora (9)	Lembrar de um detalhe importante sobre um personagem com Status 6 ou mais.
Formidável (12)	Lembrar de um detalhe importante sobre um personagem com Status 5.
Difícil (15)	Lembrar de um detalhe importante sobre um personagem com Status 4.
Muito Difícil (18)	Lembrar de um detalhe importante sobre um personagem com Status 3.
Heroica (21+)	Lembrar de um detalhe importante sobre um personagem com Status 2.

Outros Usos

- Sua graduação em Astúcia se aplica à sua Defesa em Intriga.
- Você testa Astúcia quando tenta distrair um oponente em combate.

Atletismo

Especialidades: Arremessar, Correr, Escalar, Força, Nadar, Saltar.

Atletismo descreve treinamento, a aplicação de forma física, coordenação, prática e poderio muscular. Atletismo é uma habilidade importante, pois determina a velocidade com que você pode correr, a distância a que pode saltar e sua força física.

Atletismo tem os seguintes usos.

Arremessar

Teste Básico — **Ação menor**

Você pode testar Atletismo para arremessar objetos. Para itens feitos para serem arremessados, como facas, lanças e outros, use Pontaria. Para todos os outros itens, use Atletismo. A Dificuldade e a distância a que o objeto é arremessado dependem do peso do item e do grau de sucesso. Uma falha significa que o objeto aterrissa a 1d6 metros de distância, na direção desejada. Uma falha por mais de um grau significa que o objeto aterrissa a seus pés.

Dificuldade	Objeto	Distância
Automática (0)	500 gramas	15 metros por grau
Fácil (3)	2,5 quilos	10 metros por grau
Rotineira (6)	5 quilos	8 metros por grau

Capítulo 4: Habilidades & Especialidades

Desafiadora (9)	10 quilos	6 metros por grau
Formidável (12)	25 quilos	4 metros por grau
Difícil (15)	37,5 quilos	3 metros por grau
Muito Difícil (18)	50 quilos	2 metros por grau
Heroica (21)	125 quilos	1 metro por grau

Se o item for volumoso, você sofre −1D por ponto de Volume.

Correr

Teste Básico — **Ação maior**

Normalmente você não precisa fazer testes para correr. Você simplesmente se move à sua velocidade de corrida. Contudo, dois usos exigem testes. Sempre que você deseja cobrir qualquer distância grande, deve ser bem-sucedido em um teste de Atletismo **Desafiador (9)**. Você pode correr por uma hora por grau de sucesso. Ao final deste tempo, você deve repetir o teste, mas a Dificuldade aumenta em um passo, para **Formidável (12)**. Se você falhar a qualquer momento, recebe um ponto de Fadiga (veja na página 218). Se você não estiver usando as regras de fadiga, uma falha significa que você deve parar, e não pode correr de novo até que tenha descansado por quatro horas.

O outro uso importante de Correr é aumentar sua velocidade. Em combate, sempre que você usar a ação Corrida, pode tentar um teste de Atletismo **Formidável (12)** para correr mais rápido. Um sucesso permite que você corra 1 metro a mais por grau.

Escalar

Teste Básico — **Ação menor**

Sempre que você deseja subir ou descer por uma superfície, faz um teste de Atletismo. Um teste bem-sucedido permite que você escale 1 metro para cima ou para baixo por grau de sucesso, até seu Movimento normal. A Dificuldade depende da superfície. Uma falha significa que você não progrediu, enquanto que mais um grau de falha significa que você cai da altura que já atingiu.

Dificuldade	Descrição
Rotineira (6)	Uma ladeira íngreme ou escada de mão.
Desafiadora (9)	Uma corda com nós, usando uma parede como apoio.
Formidável (12)	Uma superfície áspera com muitos apoios para as mãos.
Difícil (15)	Uma superfície áspera com poucos apoios para as mãos.
Muito Difícil (18)	Uma superfície lisa.
Heroica (21)	Uma superfície completamente lisa.
+5	Escorregadia.

Força

Teste Básico — **Ação maior**

Você usa Atletismo para erguer ou empurrar objetos pesados. Sempre que você deseja erguer algo que o narrador julga ser pesado, testa Atletismo. Para exemplos de dificuldades, veja a tabela a seguir. O narrador pode mudar a Dificuldade dependendo do tamanho e Volume de um objeto, ou da quantidade de vezes que ele deve ser erguido.

Dificuldade	Descrição
Automática (0)	5 quilos
Fácil (3)	12,5 quilos
Rotineira (6)	25 quilos
Desafiadora (9)	50 quilos
Formidável (12)	75 quilos
Difícil (15)	125 quilos
Muito Difícil (18)	250 quilos
Heroica (21+)	375 quilos, mais 125 quilos por grau de sucesso após o primeiro.

Nadar

Teste Básico — **Ação maior**

Você só pode nadar se possuir pelo menos 1B em Nadar. Sem isso, consegue manter a cabeça fora d'água, em condições ideais — água calma, pouca profundidade, etc. Caso contrário, você afunda e possivelmente se afoga.

Se você tem a especialidade Nadar, não precisa fazer testes de Atletismo a menos que esteja em condições severas, como ao tentar atravessar um rio caudaloso ou manter a cabeça fora d'água durante uma tempestade em alto mar. A Dificuldade do teste depende das condições da água, como profundidade, correnteza, vento, etc. O narrador pode estipular um valor para a Dificuldade de acordo com a situação ou usar os seguintes exemplos.

Dificuldade	Descrição
Automática (0)	Água calma e rasa.

Fácil (3)	Água calma e profunda.
Rotineira (6)	Água profunda, ondas fracas.
Desafiadora (9)	Água profunda, ondas moderadas.
Formidável (12)	Água profunda, ondas fortes.
Difícil (15)	Água profunda, ondas fortes, tempo ruim.
Muito Difícil (18)	Água profunda, ondas fortes, tempestade.
Heroica (21+)	Água profunda, ondas fortes, furacão.

Um teste bem-sucedido permite que você se mova à metade do seu Movimento, mais 1 metro por grau de sucesso após o primeiro. Uma falha significa que não há progresso. Uma segunda falha significa que você afunda. Na rodada seguinte, você deve ser bem-sucedido em outro teste de Atletismo para emergir. Cada rodada passada sob a superfície exige outro teste bem-sucedido para emergir e respirar. Assim, se você falhar em três testes consecutivos, deve ter três sucessos consecutivos para voltar à superfície.

Saltar

Teste Básico   **Ação menor**

Você faz um teste de Atletismo sempre que deseja saltar para cima ou sobre um obstáculo. Há três saltos básicos — salto em distância com corrida, salto em distância parado e salto em altura. Para fazer um salto em distância com corrida, você deve se mover pelo menos 3 metros.

Dificuldade	Descrição
Rotineira (6)	Um salto em distância com corrida, cobrindo 2 metros, mais 1 metro por grau de sucesso após o primeiro.
Desafiadora (9)	Um salto em distância parado, cobrindo 1 metro por grau de sucesso.
Formidável (12)	Um salto em altura, cobrindo 1 metro por grau de sucesso.

Outros Usos

- Seu dano com uma arma de Luta ou Arremessada é igual à sua graduação em Atletismo mais o dano básico da arma.
- Você adiciona sua graduação em Atletismo à sua Defesa em Combate.
- Sua graduação na especialidade Correr pode modificar a velocidade com que você se move.
- Quando você é atingido por uma arma de Enredar (uma rede), deve ser bem-sucedido em um teste de Atletismo **Desafiador (9)** para escapar.
- Ao usar uma arma Poderosa, você aumenta o dano em um valor igual aos seus dados de bônus em Força.
- Você faz um teste de Atletismo para puxar um cavaleiro e derrubá-lo de sua montaria.
- Para que um inimigo agarre-o com uma arma de Agarrar, ele deve acertá-lo, e o resultado do teste de Luta deve exceder o seu resultado passivo de Atletismo.
- Você testa Atletismo para quebrar objetos ou atravessar barreiras à força.

Conhecimento

Especialidades: Educação, Manha, Pesquisa.

Conhecimento representa sua compreensão geral do mundo. É um espectro amplo, cobrindo história, política, agricultura, economia e vários outros assuntos — mas apenas de formas gerais. Para formas especializadas de conhecimento, você deve adquirir o benefício Foco em Conhecimento (veja no **Capítulo 5**).

Conhecimento tem os seguintes usos.

Educação

Teste Básico — **Ação livre**

Você testa Conhecimento para lembrar-se de informações úteis sobre um assunto. Em geral, a especialidade Educação é usada para identificar as coisas ao seu redor, como saber o que é um gato sombrio, onde fica a Muralha ou quem ocupa o trono atualmente. A Dificuldade depende da disponibilidade e valor da informação.

Dificuldade	Descrição	Exemplo
Automática (0)	Conhecimento geral	A identidade do Rei.
Fácil (3)	Conhecimento comum	O nome da família governante.
Rotineira (6)	Conhecimento típico	Nomes dos membros da família governante, a atual Mão do Rei.
Desafiadora (9)	Conhecimento incomum	Eddard Stark e Robert Baratheon foram criados por Jon Arryn.
Formidável (12)	Escassa	Detalhes a respeito da morte da Princesa Elia.
Difícil (15)	Rara	As circunstâncias da morte de Lyanna Stark.
Muito Difícil (18)	Muito rara ou protegida	Como o Cão passou a temer o fogo.
Heroica (21+)	Esquecida	Os métodos para forjar aço valyriano.

Manha

Teste Básico — **Varia, pelo menos uma hora**

Você pode usar Conhecimento para adquirir informações úteis, ouvindo boatos, falando com pessoas comuns e passando algum tempo nos locais mais sórdidos de uma comunidade. Reunindo informações desta maneira, você pode aprender muito sobre eventos atuais, a mentalidade do povo e a atmosfera da comunidade. A Dificuldade depende do tempo que você passa na área. Um teste bem-sucedido revela apenas boatos e especulações. Contudo, em geral é possível descobrir muita coisa sobre o que está acontecendo a partir destas informações. Você recebe uma informação útil por grau de sucesso.

Dificuldade	Descrição
Automática (0)	Passar 6 meses ou mais na região.
Fácil (3)	Passar 1 mês na região.
Rotineira (6)	Passar 1 semana na região.
Desafiadora (9)	Passar 1 dia na região.
Formidável (12)	Passar 1 noite na região.
Difícil (15)	Passar 4 horas na região.
Muito Difícil (18)	Passar 1 hora na região.
Heroica (21)	Passar 10 minutos na região.

Pesquisa

Teste Básico (Estendido) — **Um dia**

Educação não é a única forma de descobrir informações sobre um assunto. Se você tiver acesso a livros relevantes, pode examiná-los para localizar o conhecimento de que precisa. Pesquisa funciona como Educação, mas demora mais tempo e exige leitura — você só pode pesquisar se tiver acesso a uma biblioteca que contenha a informação que está procurando. A Dificuldade do teste depende do assunto e usa os valores listados em Educação.

O número de sucessos exigidos para encontrar a informação depende do tamanho da biblioteca. Bibliotecas maiores têm mais probabilidade de conter a informação, mas buscar entre as prateleiras demora.

Sucessos Exigidos	Exemplo
1	Um único livro.
2	Uma pequena coleção de dois a quatro livros.
3	Uma coleção modesta de cinco a oito livros.
4	Uma coleção considerável de até doze livros.
5	Uma grande coleção, até vinte livros.
6	Uma coleção enorme com várias dezenas de livros; a Biblioteca de Winterfell.
7	Uma imensa coleção com centenas de livros, tomos e pergaminhos; as Dez Torres.
8	Uma coleção gigantesca, a Cidadela em Velha Vila.

À medida que você obtém sucessos, o narrador pode fornecer informações menores para marcar seu progresso. Depois de começar, você pode abandonar a pesquisa e voltar mais tarde, mantendo todos os sucessos adquiridos anteriormente — desde que a biblioteca continue onde e como você a deixou.

Cura

Especialidades: Diagnóstico, Tratar Doença, Tratar Ferimento.

A vida nos Sete Reinos é perigosa, e aqueles que ousam se aventurar além da relativa segurança de suas próprias muralhas arriscam serem atacados por bandidos, selvagens, cavaleiros renegados e até mesmo animais predadores. Com tais encontros surgem ferimentos. Embora muitas pessoas possam se recuperar sozinhas, ferimentos não tratados podem infeccionar, e até mesmo um pequeno corte pode ser fatal.

Assim, Cura mede sua compreensão da medicina. Sua graduação nesta habilidade reflete o quanto você sabe sobre saúde e recuperação. As graduações mais altas representam talentos possuídos apenas pelos maiores meistres.

Cura tem os seguintes usos.

Diagnóstico

Teste Básico — **Ação maior**

Você pode examinar um paciente doente ou ferido para determinar o mal que o aflige. Um teste típico é **Formidável (12)** quando o paciente está presente, embora a Dificuldade possa cair até **Automática (0)** se a causa do ferimento for óbvia — é difícil confundir uma lança enfiada no estômago com qualquer outra coisa. Ao diagnosticar um paciente ausente, a Dificuldade aumenta em 5. Um teste bem-sucedido significa que você entende o problema geral, enquanto que uma falha significa que você deve adivinhar. Cada grau de sucesso adicional concede +1D no teste de Cura para tratar o paciente, até a quantidade de dados de bônus que você tem nesta especialidade.

Tratar Doença

Teste Básico — **1 minuto**

Você pode fazer um teste de Cura para tratar um paciente que esteja sofrendo de uma enfermidade, veneno ou outro efeito prejudicial. Você substitui o teste de Vigor do paciente pelo seu teste de Cura para resistir ao efeito do perigo. Você deve usar seu resultado, mesmo que o paciente pudesse obter um resultado melhor por si só. Você deve testar Cura antes que o paciente teste Vigor.

Tratar Ferimento

Teste Básico — **Varia**

Cura também é usada para tratar de feridos e acelerar o processo de recuperação natural. Para isso, você deve ficar à disposição do paciente, passando pelo menos uma hora por dia limpando os ferimentos e trocando os curativos. Ao final deste tempo, substitua o teste de Vigor do paciente pelo seu teste de Cura. O paciente deve aceitar o resultado do seu teste de Cura, mesmo que ele pudesse alcançar algo melhor sozinho. Contudo, um paciente sob seus cuidados nunca corre o risco de receber mais ferimentos por um teste de Cura falho.

Enganação

Especialidades: Atuar, Blefar, Disfarce, Trapacear.

Enganação cobre seu dom para a mentira. Você usa Enganação para disfarçar suas intenções e esconder seus objetivos. Também para fingir ser outra pessoa — adotar um sotaque diferente ou alterar sua aparência. Embora Enganação tenha conotações negativas, é uma habilidade útil para aqueles que jogam o jogo dos tronos.

Enganação tem os seguintes usos.

Atuar

Teste de Conflito — **Ação menor**

Sempre que você deseja fingir ser outra pessoa — em um palco ou adotando outra identidade — faz um teste de Enganação. Atuar exige um teste de conflito, no qual você testa Enganação contra o resultado passivo de Percepção do seu oponente. Caso seu oponente tenha razões para suspeitar da sua falsidade, a Dificuldade é igual ao teste de Percepção dele. Você pode adicionar seus dados de bônus de Disfarce ao teste, desde que o disfarce seja essencial para sua performance.

Blefar

Teste de Conflito — **Ação menor**

Enganação também é uma ferramenta útil em intrigas. Você pode testar Enganação sempre que testaria Persuasão para convencer um alvo, mas apenas se seu papel na intriga envolver ocultar informações, iludir seu oponente ou mentir sobre suas intenções. Da mesma forma, quando um alvo tenta discernir suas motivações, a Dificuldade dele é igual ao resultado do seu teste de Enganação.

Disfarce

Teste de Conflito — **Ação menor**

Disfarce permite que você oculte sua identidade, como ao vestir uma capa com capuz e um traje plebeu para esconder o fato de que você é na verdade um infame cavaleiro. Disfarce exige um teste de conflito: sua Enganação contra o resultado passivo de Percepção do seu oponente. Caso seu oponente tenha motivos para suspeitar de falsidade, a Dificuldade é igual ao resultado do teste de Percepção dele. Você pode adicionar seus dados de bônus de Atuar ao teste, desde que atuar seja parte indispensável do disfarce.

Trapacear

Teste Básico — **Ação livre**

Você pode roubar em jogos de azar ou situações semelhantes. Role um teste de Enganação contra o resultado passivo da Percepção do seu oponente (ou o resultado da Percepção dele, se ele suspeitar de que você esteja trapaceando). Se você for bem-sucedido, pode adicionar um valor igual a (graduação em Enganação x grau de sucesso) ao resultado do teste envolvido no jogo (em geral, Astúcia).

Outros Usos

- Enganação é uma habilidade vital para intrigas. Para mais detalhes, veja o **Capítulo 8: Intriga**.

Furtividade

Especialidades: Esgueirar-se, Mesclar-se.

Furtividade representa sua capacidade de passar despercebido. Sempre que você deseja se esconder ou mover-se sem ser notado, deve testar Furtividade.

Em combate, caso seu oponente não esteja ciente de você, você recebe +1D em todos os testes de Luta e Pontaria na primeira rodada.

Furtividade tem os seguintes usos.

Esgueirar-se

Teste de Conflito — **Nenhuma Ação (como parte de um movimento)**

Você pode usar Furtividade para se mover sem ser visto ou ouvido. Você só pode testar Furtividade desta forma se puder usar folhagens, escuridão, chuva ou outros fatores como cobertura. Um teste de Furtividade normal exige que você exceda o resultado passivo de Percepção do seu oponente. Contudo, caso ele esteja procurando por você, você deve exceder o teste de Percepção dele.

Mesclar-se

Teste de Conflito — **Ação menor**

Em uma área cheia de gente, você pode usar esta especialidade para desaparecer na multidão. Para ocultar sua presença, você deve fazer um teste de Furtividade contra o resultado passivo de Percepção do seu oponente. Contudo, caso seus oponentes estejam ativamente procurando por você, você precisa exceder os testes de Percepção deles com um teste de Furtividade.

Guerra

Especialidades: Comandar, Estratégia, Tática.

Guerra descreve o talento para administrar o campo de batalha, englobando desde a capacidade de dar ordens e o conhecimento estratégico para manobrar exércitos até táticas para vencer pequenas escaramuças.

Esta habilidade é muito usada em combate (de pequenas lutas a batalhas campais), mas também é útil fora de combate, para procurar áreas ou oportunidades de vantagens táticas.

Guerra tem os seguintes usos.

Comandar

Teste Básico — **Ação Especial**

Guerra é usada em escaramuças e batalhas. Durante estes encontros, o personagem testa Guerra (usando os dados de bônus de Comandar) para dar ordens a sua unidade. Para mais detalhes, veja o **Capítulo 10: Guerra**.

Estratégia

Teste Básico — **Ação livre**

Em escaramuças e batalhas, o líder de cada lado testa Guerra (usando os dados de bônus de Estratégia) para determinar a ordem de iniciativa.

Tática

Teste Básico — **Ação livre**

Em combate, você pode abrir mão de seu teste de Agilidade para determinar sua ordem de iniciativa, testando Guerra para conceder dados de bônus aos testes de Agilidade dos seus aliados. A Dificuldade geralmente é **Desafiadora (9)**. Um teste bem-sucedido concede +1B por grau de sucesso.

Outros Usos

- Sua graduação em Guerra determina o número de ordens que você pode dar por rodada de uma escaramuça ou batalha.

Idiomas

Especialidades: nenhuma.

Idioma é a capacidade de comunicar-se através da fala ou, para aqueles com mais educação, através da escrita. Suas graduações iniciais nesta habilidade aplicam-se a seu conhecimento da língua comum de Westeros. Em todas

Idiomas de Westeros

O mundo de *GdTRPG* inclui vários idiomas, línguas formadas nas várias cidades-estados do outro lado do mar estreito, assim como muitas faladas dentro dos Sete Reinos. Embora haja muitos idiomas, a maioria das pessoas em Westeros conhece apenas a língua comum. As línguas incluídas aqui são apenas uma amostra da variedade que existe pelo mundo.

Língua comum: a língua dominante de Westeros.
Asshai: a língua de Asshai e da Sombra.
Braavosi: a língua da Cidade Livre de Braavos.
Dothraki: a língua dos povos dothraki. Há vários dialetos entre as várias tribos.
Ghiscari: uma língua quase morta, que era falada cinco mil anos atrás pelos antigos ghis, um povo destruído por Valyria.
Ibbenês: a língua falada no Porto de Ibben.
Lyseno: a língua falada em Lys.
Myrês: a língua falada na Cidade Livre de Myr.
Norvosano: a língua de Norvos.
Velha língua: a língua dos Primeiros Homens, agora falada apenas pelos selvagens além da Muralha.
Pentoshi: a língua da Cidade Livre de Pentos. O povo usa um dialeto do valyriano.
Qarthês: a língua do povo de Qarth.
Jargão dos escravistas: uma língua comercial usada por mercadores de escravos, especificamente nas cidades ghiscari.
Tyroshi: a língua da Cidade Livre de Tyrosh.
Valyriano: uma degeneração do alto valyriano.
Alto Valyriano: a língua da antiga Valyria. Raramente usada.

as outras línguas você começa com 0 graduação. Quando você melhora esta habilidade, pode melhorar seu domínio da língua comum ou aprender a falar outros idiomas.

Idioma não tem usos especiais. Simplesmente concede a habilidade de comunicar-se em uma língua específica. As graduações que você tem em um idioma determinam sua eloquência ao usá-lo, e se você é alfabetizado na língua em questão.

CAPÍTULO 4: HABILIDADES & ESPECIALIDADES

Graduações	Descrição
0	Você não tem qualquer familiaridade com o idioma.
1	Sua compreensão básica permite que você transmita conceitos simples através da fala.
2	Você tem uma compreensão comum do idioma, e sabe falá-lo bem. Você ainda não é alfabetizado.
3	Você tem uma compreensão boa do idioma e capacidade básica de ler.
4	Você tem uma compreensão sólida do idioma, e seu nível de leitura é excelente.
5	Você tem uma compreensão excelente do idioma e seus vários dialetos.
6	Sua maestria do idioma é tamanha que você pode se comunicar em idiomas semelhantes como se tivesse 2 graduações neles.
7	Você domina perfeitamente o idioma, ajustando sua fala para emular diferentes dialetos. Você pode ler todas as formas escritas do idioma, até mesmo inscrições ancestrais, com facilidade.

Outros Usos

- Sua escolha de idioma em uma intriga pode conceder bônus situacionais em testes de Persuasão. Veja a caixa de texto **Efeitos do Idioma** na página 184, no **Capítulo 8: Intriga**.

Ladinagem

Especialidades: Arrombar, Furtar, Prestidigitação.

Ladinagem é uma habilidade geral que engloba todas as atividades criminosas. Exemplos incluem arrombamento, prestidigitação e furto.

Ladinagem tem os seguintes usos.

Arrombar

Teste Básico   **1 minuto**

Você pode testar Ladinagem para abrir uma fechadura. A Dificuldade do teste depende da qualidade da fechadura. Trancas comuns são **Desafiadoras (9)**, boas trancas são **Formidáveis (12)** e trancas excelentes são **Difíceis (15)** ou têm Dificuldades ainda maiores. Um teste bem-sucedido indica que você arromba a fechadura. Cada grau de sucesso adicional diminui o tempo em 10 segundos. Uma falha significa que você não conseguiu arrombar a fechadura, mas pode tentar de novo. Uma falha Crítica significa que a fechadura é boa demais para você, e você não pode tentar de novo até adicionar mais um dado de bônus em Arrombar.

Para arrombar uma fechadura, você precisa de ferramentas apropriadas. Caso não as tenha, sofre um ou mais dados de penalidade, dependendo da precariedade do que você tem. Ferramentas improvisadas, por exemplo, podem impor –1D, enquanto que tentar sem nenhuma ferramenta pode impor –5D.

Furtar

Teste Básico   **Ação menor**

Você pode usar esta especialidade para roubar pessoas desatentas, seja cortando suas bolsas ou através de punga. Contra um alvo que não esteja ciente, você deve ser bem-sucedido em um teste de Ladinagem contra o resultado passivo de Percepção do oponente. Em caso de sucesso, você toma a bolsa do alvo sem que ele saiba. Contudo, o alvo tem direito a um teste de Percepção **Desafiador (9)** por rodada para notar que está "mais leve". Cada grau de sucesso adicional lhe concede uma rodada extra antes que o alvo comece a testar Percepção para notar o furto.

Prestidigitação

Teste Básico   **Ação menor**

Prestidigitação envolve truques simples para entreter uma pessoa e distrair sua atenção de outra coisa. Você pode substituir um teste de Astúcia por um teste de Ladinagem sempre que tentar distrair alguém em combate.

Você também pode ocultar pequenos objetos (como um anel) na palma de sua mão sem ser notado. Precisa testar Prestidigitação contra o resultado passivo de Percepção do alvo para fazer isso.

Você também sabe realizar pequenos truques "mágicos", como tirar moedas das orelhas dos outros. Você deve ser bem-sucedido em um teste **Rotineiro (6)** para fazer truques com pequenos objetos, como moedas. Para fazer truques com objetos maiores, como facas, deve ser bem-sucedido em um teste **Desafiador (9)** ou mais difícil, dependendo do tamanho dos itens.

Por fim, você pode esconder pequenos objetos (adagas, veneno, pergaminhos, etc.) em suas roupas. Sempre que você for revistado, o personagem que faz a revista deve igualar ou exceder seu teste de Ladinagem com um teste de Percepção para encontrar o item.

Segundo a vontade do narrador, você pode substituir um teste de Enganação por um teste de Prestidigitação em uma intriga se usar suas habilidades manuais para enganar ou distrair seu alvo de alguma forma — como certos golpes e armações ou tentativas de trapacear em jogos de azar.

Lidar com Animais

Especialidades: Cavalgar, Conduzir, Encantar, Treinar.

Lidar com animais é um talento valioso. A razão disso é simples: a humanidade depende dos animais para sobreviver. Um cão treinado é mais que um companheiro; é um servo, um guerreiro aliado e até mesmo um salvador. Assim, de tratadores de cães a cavalariços, aqueles treinados em Lidar com Animais são muitos valorizados nos Sete Reinos, empregados por casas nobres de todos os tamanhos.

Lidar com Animais abrange as várias perícias e técnicas usadas para treinar animais, trabalhar com eles e tratar deles. Sempre que você desejar controlar uma montaria em pânico, treinar um cão como guarda ou ensinar corvos a levar mensagens, testa esta habilidade.

Lidar com Animais tem os seguintes usos.

Cavalgar

Teste Básico ou de Conflito   **Ação menor**

Cavalgar um animal treinado para levar um cavaleiro é um teste de Lidar com Animais **Automático (0)**. Quando você tenta cavalgar um animal que não deseja ser cavalgado (postura Desgostosa ou pior), deve ser bem-sucedido em um teste de Lidar com Animais. A Dificuldade é igual ao resultado passivo de Vontade do animal. Um sucesso indica que você controla o animal por um número de rodadas igual à sua graduação em Lidar com Animais multiplicada pelo seu grau de sucesso. Três sucessos consecutivos significam que você dominou o animal e ele aceita ser cavalgado.

Uma falha significa que o animal não se move por uma rodada. Uma falha Crítica significa que o animal derruba-o. Você aterrissa a 1d6/2 metros de distância e sofre 1 ponto de dano (ignorando VA) para cada metro.

Ao cavalgar um animal em combate, você deve gastar uma ação menor para controlá-lo se ele for treinado para guerra, ou uma ação maior se não for. Se o animal estiver ferido ou amedrontado, você deve fazer um teste para controlá-lo, como uma ação maior. Se você for bem-sucedido, acalma-o o bastante para continuar agindo normalmente. Se você falhar, o animal corre para longe da fonte do medo ou ferimento. Uma falha Crítica significa que o animal derruba-o. Você aterrissa a 1d6/2 metros de distância e sofre 1 ponto de dano (ignorando VA) para cada metro.

Como alternativa, você pode usar Encantar para melhorar a postura do animal em relação a você, como faria ao encontrar um animal inamistoso.

Conduzir

Teste Básico ou de Conflito   **Ação maior**

Sempre que você deseja controlar um veículo puxado por animais, como uma carroça ou carruagem, pode fazer um teste de Lidar com Animais. Se o animal estiver calmo e sem qualquer ferimento, o teste é **Automático (0)**. Contudo, se o animal entrar em pânico ou ferir-se em combate, você deve ser bem-sucedido em um teste de Lidar com Animais para recuperar o controle. A Dificuldade é igual ao resultado passivo de Vontade do animal. Se você for bem-sucedido, pode conduzir o animal. Se você falhar, o animal corre para longe da fonte do medo ou ferimento. Você pode tentar de novo nas rodadas seguintes.

Encantar

Teste de Conflito   **1 minuto**

Pessoas que passam muito tempo perto de animais tornam-se mais confortáveis com eles. Estes indivíduos são capazes de permanecer calmos e usar sua vasta experiência ao encontrar criaturas selvagens. Ao encontrar pela primeira vez um animal selvagem, você pode testar Lidar com Animais para acalmar a fera. A Dificuldade é igual ao resultado passivo de Vontade do animal. Se você for bem-sucedido, melhora a postura do animal em um passo por grau de sucesso (veja o **Capítulo 8: Intriga** para mais detalhes sobre posturas). Em geral, animais selvagens têm postura Inamistosa em relação a humanos, enquanto que animais domesticados são Neutros. A postura de um animal deve ser pelo menos Neutra para que você possa lidar com ele (o uso de Lidar com Animais para cavalgar um cavalo que você não conhece é uma exceção). Uma vez que você teste Lidar com Animais, pode testar de novo, desde que o animal continue por perto.

Treinar

Teste Básico (Estendido)   **Ação Especial**

Você pode ensinar animais a realizar tarefas, desde simples truques até ações complexas, como treinamento de guerra. A instrução de um animal é uma Ação Estendida. Você deve ser bem-sucedido em uma quantidade de testes igual à Vontade do animal menos a Astúcia dele (mínimo de um teste). Você faz um teste por semana de treinamento, desde que passe algumas horas por dia com o animal. A Dificuldade é baseada na Vontade do animal, como mostrado na tabela abaixo.

Vontade Menos Astúcia	Dificuldade
1	Rotineira (6)
2	Desafiadora (9)
3	Formidável (12)
4	Difícil (15)
5	Muito Difícil (18)

Truques e tarefas típicos incluem buscar, guardar, atacar, trabalhar, ser cavalgado, etc., dentro dos limites do bom senso. Treinar um animal para guerra é um pouco mais complicado, e exige uma semana extra, para imbuir a disciplina necessária.

Outros Usos

- Quando estiver cavalgando um cavalo treinado para guerra, você pode adicionar sua graduação em Lidar com Animais como dados de bônus aos seus testes de Luta.
- Seu oponente deve vencer seu resultado passivo de Lidar com Animais em um teste de Atletismo para puxá-lo e derrubá-lo da montaria.
- Em uma justa, seu oponente testa Luta contra seu resultado passivo de Lidar com Animais.
- Quando seu cavalo for morto em combate, você testa Lidar com Animais (Cavalgar) para saltar e não ficar preso sob ele.
- Quando você realiza a manobra Atropelar, substitui sua graduação em Luta por sua graduação em Lidar com Animais em seu ataque.

Luta

Armas de Contusão, Armas de Haste, Briga, Escudos, Esgrima, Lâminas Curtas, Lâminas Longas, Lanças, Machados.

Luta descreve sua capacidade de usar armas em combate. Sempre que você desejar atacar de mãos nuas ou usando uma arma branca, deve testar Luta.

Luta tem o seguinte uso.

Ataque

Teste de Conflito — **Ação menor ou Maior**

Sempre que você ataca em combate, testa Luta contra a Defesa em Combate do seu oponente. Um sucesso causa o dano da arma multiplicado pelo seu grau de sucesso. O dano da arma é igual à habilidade-chave mais ou menos quaisquer modificadores. O **Capítulo 9: Combate** detalha extensivamente ataques e as consequências de um ataque bem-sucedido.

Percepção

Especialidades: Empatia, Notar.

Percepção mede seus sentidos, sua velocidade de resposta ao ambiente e sua capacidade de notar falsidades e mentiras. Sempre que você desejar perceber o que está ao seu redor ou avaliar outra pessoa, usa Percepção.

Percepção tem os seguintes usos.

Empatia

Teste de Conflito — **Ação livre**

Você pode usar Percepção para enxergar dentro do coração de outras pessoas e determinar a veracidade do que elas dizem, se elas parecem ou não honestas.

Faça um teste de Percepção contra o resultado passivo de Enganação do seu alvo. Um sucesso revela a postura geral do alvo em relação a você ou ao tópico da conversa. Graus de sucesso adicionais revelam mais sobre as motivações e ideologias do alvo. Este uso de Percepção não significa leitura mental — apenas permite que você tenha um "palpite" instintivo sobre os motivos de um alvo, com base em seu jeito, expressões e no tom de sua voz.

Notar

Teste: Nenhum ou de Conflito — **Ação livre**

Na maior parte das vezes, Percepção é usada para empregar seus sentidos, perceber o mundo ao seu redor e ver pequenos detalhes. A menos que você esteja ativamente procurando por algo ou examinando os arredores, não testa Percepção. Em vez disso, qualquer um que tente se esconder de você ou ocultar algo de você deve exceder o seu resultado passivo de Percepção. Em caso de falha, você percebe a tentativa de esconder-se automaticamente.

Contudo, se você estiver ativamente procurando por algo ou alguém, deve igualar ou exceder o teste de Furtividade do oponente ou a Dificuldade determinada pelo narrador para encontrar o item escondido. A maior parte das dificuldades de testes de Percepção feitos para localizar objetos, alavancas e portas é **Formidável (12)**, embora possa ser mais difícil achar itens bem escondidos.

Outros Usos

- Você adiciona sua graduação em Percepção à sua Defesa em Combate e à sua Defesa em Intriga.
- Você também pode usar Percepção (Empatia) em uma intriga para a ação ler alvo, como descrito na página 188.

Persuasão

Especialidades: Barganha, Charme, Convencer, Incitar, Intimidar, Provocar, Seduzir.

Persuasão é a capacidade de manipular as emoções e crenças de outras pessoas. Com esta habilidade, você pode mudar a maneira como os outros o veem, moldar as reações deles a você, convencê-los de coisas com que eles não concordam, etc.

Embora seja uma habilidade poderosa — vital para aqueles envolvidos no jogo dos tronos — existem limites. Aqueles que não têm interesse por intriga ou conversa não podem ser forçados a tolerar suas tentativas de manipulação. Mas, para quem deseja algo de você ou tem alguma inclinação a seu favor, Persuasão pode ser uma ferramenta devastadora.

Persuasão é uma de várias habilidades importantes que você usará quando estiver em uma intriga. Tem muitas expressões diferentes, cada uma marcada pelas técnicas que você emprega e o que está tentando fazer. Barganha reflete a troca de um serviço ou mercadoria por algo de igual valor, enquanto que Charme serve para cultivar amizades e alianças. Provocar pode empurrar os alvos à ação para salvar sua honra, enquanto que Incitar piora a opinião do alvo em relação a outra pessoa. Todos os métodos e o uso completo de Persuasão podem ser encontrados no **Capítulo 8: Intriga**.

Persuasão sem Intriga

Nem todas as cenas de interpretação e diálogo envolvem intriga, especialmente encontros menores sem consequências duradouras. Quando estiver resolvendo uma dessas cenas menores, role um teste de Persuasão contra o resultado passivo de Vontade do seu oponente. Um sucesso indica que você melhorou a postura do alvo em um passo por grau.

Em geral, melhorar a postura de um alvo até Amigável é suficiente para induzi-lo a realizar uma tarefa menor. Contudo, os resultados muitas vezes têm vida curta, e a postura volta ao nível original após alguns minutos. Um teste falho não pode ser tentado de novo sem iniciar uma intriga, e uma falha Crítica reduz a postura do alvo em um passo. Reduções na postura têm duração maior, e persistem até que você entre em uma intriga verdadeira para restaurar a postura ao que era.

Outros Usos

- Sempre que você tiver sucesso em um teste de Persuasão durante uma intriga, sua graduação mais seu modificador de técnica determina sua Influência.
- Sua própria postura modifica seus testes de Persuasão.
- O idioma pode modificar seus testes de Persuasão.
- Várias táticas de intriga permitem que você teste Persuasão para Encorajar, Manipular e Apaziguar os participantes da intriga, além de usar Lábia.

Pontaria

Especialidades: Armas Arremessadas, Armas de Cerco, Arcos, Bestas.

Pontaria representa sua perícia com armas de ataque à distância — principalmente arcos e bestas, mas também fundas, armas arremessadas e até mesmo grandes armas de cerco. É a capacidade de usá-las com precisão em combate. Sempre que você fizer um ataque à distância, deve testar Pontaria. Da mesma forma, faça um teste quando estiver praticando tiro ao alvo ou apenas exibindo sua precisão.

Pontaria tem os seguintes usos.

Ataque

Teste de Conflito   **Ação menor ou Maior**

Sempre que você atacar em combate com uma arma de ataque à distância, faça um teste de Pontaria contra a Defesa em Combate do seu oponente. Um teste bem-sucedido causa dano igual ao dano da arma multiplicado pelo grau de sucesso. O dano da arma é igual ao valor listado da própria arma mais a habilidade-chave. O **Capítulo 9: Combate** detalha extensivamente ataques e as consequências de um ataque bem-sucedido.

Tiro ao Alvo

Especial

Você também pode usar Pontaria para acertar um alvo fixo, como em uma competição. A distância do alvo determina a Dificuldade. Um teste bem-sucedido indica que você acerta o alvo, e o grau de sucesso coloca o tiro mais próximo ao centro do alvo. O tamanho do alvo pode aumentar ou diminuir a Dificuldade. Para mais informações sobre tiro competitivo, veja a seção **Torneios**, na página 210, no **Capítulo 9: Combate**.

Sobrevivência

Especialidades: Caçar, Coletar, Orientar-se, Rastrear.

Sobrevivência é a capacidade de existir nos ermos — caçando, encontrando alimentos, evitando perder-se e seguindo rastros. Sobrevivência é importante para várias pessoas, pois a caça ainda é um dos principais métodos de obter comida nos locais mais remotos de Westeros. Caça e falcoaria também são passatempos comuns para a nobreza dos Sete Reinos, e falta de habilidade de caça faz com que a hombridade de um indivíduo seja questionada.

Sobrevivência tem os seguintes usos.

Caçar

Teste Básico   **Varia**

Você pode testar Sobrevivência para caçar animais. Você só pode testar esta habilidade em áreas que contém fauna. A Dificuldade depende do tempo que você passa caçando, além do terreno e da estação. Um teste bem-sucedido fornece comida suficiente para uma pessoa por um dia por grau de sucesso.

Se você tiver cães de caça ou uma ave caçadora (como um falcão), recebe +1D em seu teste de Sobrevivência.

Dificuldade	Descrição
Fácil (3)	Passar 1 semana caçando.
Rotineira (6)	Passar 4 dias caçando.
Desafiadora (9)	Passar 2 dias caçando.
Formidável (12)	Passar 1 dia caçando.
Difícil (15)	Passar 12 horas caçando.
Muito Difícil (18)	Passar 6 horas caçando.
Heroica (21+)	Passar 1 hora caçando.

Modificador	Descrição
−5	Ermos verdejantes
−5	Primavera
−2	Verão
−5	Outono
+10	Inverno
+5	Seca
+5	Praga
+10	Deserto

Coletar

Teste Básico   **Varia**

Você pode testar Sobrevivência para coletar comida e água para si mesmo e seus companheiros com a especialidade Coletar. Você só pode testar esta habilidade em áreas que contém comida. A Dificuldade depende do tempo que você passa na coleta, além do terreno e da estação. Um teste bem-sucedido fornece comida suficiente para uma pessoa por um dia por grau de sucesso.

Dificuldade	Descrição
Fácil (3)	Passar 12 horas coletando.
Rotineira (6)	Passar 8 horas coletando.
Desafiadora (9)	Passar 4 horas coletando.
Formidável (12)	Passar 2 horas coletando.

Modificador	Descrição
Difícil (15)	Passar 1 hora coletando.
Muito Difícil (18)	Passar 30 minutos coletando.

Modificador	Descrição
–5	Ermos verdejantes
–5	Primavera
–2	Verão
–5	Outono
+10	Inverno
+5	Seca
+5	Praga
+10	Deserto

Orientar-se

Teste Básico — **Uma vez a cada 4 horas**

Sobrevivência também é vital para viajar pelos ermos sem se perder. A Dificuldade básica é **Desafiadora (9)**, mas é modificada pela hora do dia, pelo clima e pelo terreno. Um teste bem-sucedido indica que você viaja na direção desejada por uma quantidade de horas igual a (4 x seu grau de sucesso). Uma falha significa que você se desvia para a direita ou para a esquerda. Assim, se você está viajando para o norte, uma falha pode indicar que você viaja para o nordeste por quatro horas. Uma falha Crítica significa que você dá meia-volta e segue na direção oposta. Se a qualquer momento a hora, o clima ou o terreno mudarem e você estiver perdido, tem direito a outro teste de Sobrevivência. Os modificadores são cumulativos.

Modificador	Descrição
+0	Dia.
+0	Noite com lua cheia.
+2	Noite com lua minguante ou crescente.
+5	Noite sem lua.
+5	Tempo nublado.
+2	Chuva suave.
+5	Chuva pesada.
+5	Neve suave.
+10	Neve pesada.
+0	Planície/deserto.
+2	Colinas.
+5	Montanhas.
+5	Floresta esparsa.
+10	Floresta densa.

Rastrear

Teste Básico — **Uma vez a cada duas horas**

Por fim, você pode testar Sobrevivência para seguir rastros. Contudo, antes que possa segui-los, você deve encontrá-los. Localizar rastros exige um teste de Percepção. A Dificuldade básica é **Desafiadora (9)**, mas é modificada pela iluminação, pelo clima e pela superfície onde os rastros estão.

Uma vez que você localize os rastros, pode segui-los com um sucesso em um teste de Sobrevivência contra a mesma Dificuldade usada para Percepção. Um teste bem-sucedido indica que você segue os rastros por duas horas por grau de sucesso sem precisar de outro teste de Sobrevivência. Uma falha significa que você perdeu duas horas, mas não perdeu o rastro. Uma falha Crítica significa que você perdeu o rastro completamente.

Se a qualquer momento o terreno, a iluminação ou o clima mudarem, você deve fazer um novo teste de Sobrevivência para seguir os rastros.

Você também pode descobrir informações de marcas deixadas no chão. Faça um teste de Sobrevivência como se estivesse seguindo os rastros. Um sucesso revela quantos conjuntos de pegadas ou rastros diferentes existem ali. Cada grau de sucesso adicional revela mais um aspecto importante, como tamanhos aproximados, velocidade, quantos animais, se havia ou não perseguição, quanto tempo se passou, etc.

Modificador	Descrição
+0	Dia.
+2	Noite com lua cheia.
+5	Noite com lua minguante ou crescente, ou luz de tochas.
+10	Noite sem lua.
+5	Tempo nublado.
+2	Chuva suave.
+5	Chuva pesada.
+5	Neve suave.
+10	Neve pesada.
–2	Pedras soltas, galhos e detritos.
–1	Terreno limpo, mas chuva suave recente.
–2	Terreno limpo, mas chuva pesada recente.
–2	Terreno limpo, mas neve suave recente.

−3	Terreno limpo, mas neve pesada recente.
−5	Terra fofa.
+0	Terra rígida.
+5	Superfície pedregosa.
+10	Rio que pode ser cruzado.
+20	Lago.

STATUS

ESPECIALIDADES: ADMINISTRAÇÃO, CRIAÇÃO, REPUTAÇÃO, TORNEIOS.

Dentre todas as habilidades, Status é uma das mais incomuns, pois não é determinada por meios normais durante a criação do personagem. Em vez disso, sua posição na sua casa nobre determina seu Status. De certa forma, faz parte de você tanto quanto Atletismo, Vigor e Persuasão, pois você não pode escolher onde e em que família vai nascer. Se, por pura falta de sorte, você nasceu em uma família de plebeus criadores de sanguessugas, provavelmente nunca conseguirá ascender a um Status maior. Da mesma forma, se nasceu em uma grande casa, sua família pode ser desmembrada e você pode ser exilado — mas nada pode mudar quem você é aos olhos de seus iguais, mesmo que a vergonha e a desgraça possam afetar muito a maneira como você usa seu Status.

Status descreve as circunstâncias de seu nascimento e o que estas circunstâncias lhe concedem. Quanto mais graduações você tiver, melhor é sua reputação, mais probabilidade você tem de reconhecer brasões e maior é seu conhecimento de como administrar terras e pessoas. Para mais informações veja a tabela **GRADUAÇÕES EM STATUS** na página seguinte.

Status tem os usos a seguir.

ADMINISTRAÇÃO

TESTE BÁSICO — **VARIA**

Status é uma habilidade vital para administrar propriedades. Testes de Status feitos para Administração ocorrem em resposta a problemas que afetam suas terras. Você também pode testar Status para supervisionar melhorias em seu forte, recrutar plebeus para lutar em seu nome, contratar mercenários, fomentar o comércio em seu domínio, melhorar comunidades e construir estradas. Para mais detalhes, veja o **CAPÍTULO 6: CASA & TERRAS**.

CRIAÇÃO

TESTE BÁSICO — **AÇÃO LIVRE**

Criação representa o modo como você foi criado, seu conhecimento de costumes e protocolos, formas de etiqueta e o comportamento esperado ao interagir com pessoas de posição igual ou maior. Sempre que você entrar em uma intriga com um personagem com Status 4 ou mais — e souber do Status do alvo — pode testar Status como uma ação livre contra a Defesa em Intriga do alvo. Um sucesso concede +1B, e cada dois graus após o primeiro concedem +1B adicional. Estes dados representam um conjunto fixo, que você pode adicionar a testes de Persuasão em qualquer quantidade durante a intriga. Após você ter gasto os dados de bônus, eles não retornam. Quaisquer dados remanescentes no final da intriga são perdidos.

REPUTAÇÃO

TESTE BÁSICO OU DE COMPETIÇÃO — **AÇÃO LIVRE**

Durante uma intriga, você testa Status para determinar a ordem de iniciativa. O personagem com o maior resultado age primeiro. Empates são decididos pelos dados de bônus de Reputação e então por Status. Os jogadores repetem a jogada se ainda houver empate. Você também pode testar Status sempre que quiser realizar a ação Escudo de Reputação durante uma intriga.

Outro uso de Reputação é permitir que você manobre em situações sociais e atraia mais atenção do que seu Status normalmente permitiria. Em geral, você deve ser bem-sucedido em um teste de Status **DESAFIADOR (9)** para atrair a atenção de alguém com quem deseja falar. Contudo, se você está disputando uma posição, pode ter de fazer um teste de competição contra seu rival.

TORNEIOS

TESTE BÁSICO — **VARIA**

Use a especialidade Torneios em qualquer teste de Status para lembrar de informações úteis sobre estas competições, avaliar seus oponentes, atrair cavaleiros notáveis para um torneio que você esteja realizando (faça o teste contra o Status passivo do cavaleiro) e para outros usos, determinados pelo narrador.

OUTROS USOS

- Status pode ser usado para determinar a postura inicial de um oponente em uma intriga.

CAPÍTULO 4: HABILIDADES & ESPECIALIDADES

Graduações em Status

Graduações	Descrição
0	Escravo.
1	Plebeu comum, Iniciado da Fé, Homem da Patrulha da Noite novato, a maioria dos escudeiros, estrangeiro de baixa estirpe.
2	Servo de casa, pequeno mercador, meistre acólito, cavaleiro errante, príncipe mercador estrangeiro, Homem da Patrulha da Noite comum.
3	Cavaleiro com terras, mercador, espada jurada, Homem da Patrulha da Noite veterano, membro de uma casa menor.
4	Lorde de uma casa menor, meistre de uma casa menor, membro iniciante da Fé, membro de uma casa nobre, herdeiro de uma casa menor, dignitário estrangeiro importante, oficial da Patrulha da Noite.
5	Lorde de uma casa menor poderosa (muitas vezes com brasões vassalos), Príncipe Mercador, meistre de uma grande casa, Comandantes de Castelos e os Primeiros da Patrulha da Noite, membro de uma grande casa, herdeiro de uma casa, nobre estrangeiro.
6	Lorde de uma casa importante, oficial da Fé, arquimeistre, Lorde Comandante da Patrulha da Noite, herdeiro de uma grande casa.
7	Lorde de uma grande casa, membro do Pequeno Conselho, Lorde Comandante da Guarda Real, Grande Meistre, Alto Septon.
8	Membro da família real, Vigia do Leste, do Norte, do Sul ou do Oeste.
9	Rainha, Príncipe Herdeiro, Mão do Rei.
10	Rei dos Sete Reinos.

Vigor

Especialidades: Resistência, Vitalidade.

Vigor mede seu bem-estar físico, saúde e resistência. Seu Vigor determina quanto dano você suporta e quanto tempo você demora para se recuperar de ferimentos.

Vigor tem os seguintes usos.

Resistência

Teste Básico (Estendido) — **Ação livre**

Sempre que você for exposto a um perigo como veneno, doença e outros semelhantes, pode fazer um teste de Vigor para resistir aos efeitos. A maior parte dos perigos exige vários testes, e uma falha pode impor um ferimento, uma lesão ou até mesmo a morte. Cada perigo inclui dificuldade, virulência e frequência. A dificuldade descreve a complexidade do teste de Vigor. A virulência descreve o número de sucessos necessários para sobrepujar o perigo. A frequência descreve o tempo entre os testes de Vigor. Em geral, cada grau de sucesso adicional em um teste conta como um teste adicional. Para mais detalhes, veja **Perigos**, na página 260, no **Capítulo 11: O Narrador**.

Vitalidade

Teste Básico — **Ação Especial**

Sempre que você recebe ferimentos ou lesões, pode testar Vigor para sobrepujá-los. Você deve esperar pelo menos um dia antes de testar para remover ferimentos, e pelo menos uma semana para remover lesões. A Dificuldade do teste depende do seu nível de atividade durante este tempo.

Dificuldade	Descrição
Rotineira (6)	Remover um ferimento após atividade leve ou nenhuma atividade.
Desafiadora (9)	Remover um ferimento após atividade moderada. Remover uma lesão após atividade leve ou nenhuma atividade.
Formidável (12)	Remover um ferimento após atividade cansativa.
Difícil (15)	Remover uma lesão após atividade moderada.
Heroica (21)	Remover uma lesão após atividade cansativa.

Um teste bem-sucedido remove 1 ferimento por grau de sucesso, ou 1 lesão por dois graus de sucesso. Uma falha significa que você não progride, mas uma falha Crítica significa que seus ferimentos infeccionaram, e você recebe outro ferimento ou outra lesão (dependendo do que estava tentando sobrepujar).

Outros Usos

- Sua graduação em Vigor determina sua Saúde, que é igual a 3 x Vigor.
- Sua graduação em Vigor determina o limite de quantos ferimentos e lesões você pode sofrer.
- Ao usar a ação Recuperar o Fôlego em combate, um teste bem-sucedido de Vigor **Automático (0)** remove 1 ponto de dano por grau de sucesso.
- Quando um oponente usa a manobra Derrubar, a Dificuldade é igual ao seu resultado passivo de Vigor.
- Se você estiver usando as regras de fadiga, seu Vigor determina o limite de quantos pontos de fadiga você pode acumular.

Vontade

Especialidades: Coordenar, Coragem, Dedicação.

Vontade é a resistência da sua mente, refletindo sua estabilidade e saúde mental. Representa sua capacidade de resistir ao medo e a ser manipulado.

Coordenar

Teste Básico   **Ação maior**

Você pode testar Vontade para melhorar a capacidade de um aliado de ajudar em uma tarefa. Em geral, quando um aliado ajuda, concede um bônus igual à metade de suas graduações na habilidade testada. Quando você coordena a tarefa, pode adicionar suas graduações em Vontade multiplicadas pelo grau de sucesso ao resultado. A Dificuldade é **Desafiadora (9)** para testes fora de combate e **Formidável (12)** para testes em combate.

Você deve usar Coordenar no momento certo. Você precisa agir depois do personagem que está ajudando, mas antes do personagem que está fazendo o teste.

Coragem

Teste Básico   **Ação livre**

Em geral, você pode representar seu personagem como quiser, de acordo com a personalidade dele e a situação atual. Contudo, há casos em que seu personagem depara-se com coisas horríveis, impossíveis e aterrorizantes. Sempre que você testemunhar magia, a morte de um amigo, desvantagem avassaladora, uma criatura sobrenatural ou outra experiência que possa abalá-lo, o narrador pode testar sua Vontade.

A Dificuldade depende da situação: encontrar um Outro pode exigir um teste **Desafiador (9)**, enquanto que enfrentar um cavaleiro famoso pode acarretar um teste **Fácil (3)**. Se você for bem-sucedido, controla seu medo. Se falhar, sofre –1D em todos os testes relacionados à fonte do medo. No início de cada um dos seus turnos, pode tentar vencer seu medo, tentando outro teste de Vontade (Coragem). Uma segunda falha resulta em outro dado de penalidade, em geral indicando que é melhor fugir até recuperar a coragem.

Os jogadores devem decidir como respondem a ameaças e situações assustadoras, com base na personalidade de seus personagens. Use testes de Vontade (Coragem) como uma ferramenta para fomentar a interpretação ou modificar as circunstâncias como você achar apropriado.

Dedicação

Teste Básico   **Ação maior**

Vontade também pode ser usada para resistir à tentação e manter-se fiel a seus ideais. Durante uma intriga, você pode testar Vontade usando a ação Recuar para substituir sua Defesa em Intriga pelo resultado do seu teste de Vontade.

Outros Usos

- Sua graduação em Vontade determina sua Defesa em Intriga.
- Sua Compostura é igual a 3 x Vontade.

Capítulo 5: Destino & Qualidades

Dentre todas as pessoas que nasceram, vivem e um dia irão morrer nos Sete Reinos, você é diferente. É importante, e sua história tem peso. Você é especial, significativo, e sua vida pode moldar o futuro de Westeros, mesmo que de formas sutis. Seu destino diferencia-o dos demais. É o pincel e a tela de sua vida. É sorte, determinismo ou talvez intervenção divina. A despeito da fonte, é o que separa-o de seus semelhantes.

Pontos de Destino

Destino é oportunidade, é a habilidade de moldar os resultados de suas experiências, sutilmente alterando a história da crônica de forma a permitir que você supere dificuldades e erga-se acima da aleatoriedade volúvel. À medida que seu personagem envelhece e torna-se mais experiente, você pode investir seus Pontos de Destino em qualidades, que manifestam-se como vantagens específicas mas também limitam suas possibilidades, amarrando-o à tapeçaria do cenário. Sempre que você adquire uma qualidade, aproxima-se do ponto em que cumprirá seu destino. Obviamente, você pode resistir e até mesmo escapar do destino — mas talvez isso também já estivesse escrito.

Seu futuro reside nos **Pontos de Destino**. Através deles, você assume o controle da história, cria oportunidades que não existiam antes, escapa da morte certa ou avança em seus objetivos. Você pode usar Pontos de Destino de três formas diferentes: gastando-os, queimando-os ou investindo-os. Você *gasta* um Ponto de Destino para mudar o jogo de uma forma pequena. Você *queima* um Ponto de Destino para mudar o jogo de forma significativa. Você *investe* um Ponto de Destino para adquirir um benefício. Durante a criação do personagem, você começa o jogo com uma quantidade de Pontos de Destino determinada por sua idade inicial. Personagens mais jovens têm mais Pontos de Destino, enquanto que outros mais velhos têm menos. Sua idade limita quantos Pontos de Destino você pode investir em qualidades. Personagens mais jovens têm menos qualidades; personagens mais velhos têm mais opções, mas mais defeitos. Para mais detalhes, veja o **Capítulo 3: Criação de Personagens**.

Note que nem todos os personagens de *GdTRPG* têm Destino. De fato, a maioria não tem. Os vários plebeus, mercadores, cavaleiros errantes e populacho comum encontrados durante o jogo não são tocados pelo Destino da mesma forma que os personagens jogadores e seus grandes rivais, aqueles que jogam o jogo dos tronos. Eles podem ter algumas qualidades, mas não o favorecimento especial do destino, nem um propósito a cumprir além da mera existência. Para mais detalhes sobre isso, veja **Adversários e Aliados** no **Capítulo 11: O Narrador**.

Gastando Pontos de Destino

A maneira mais fácil e conservadora de usar Pontos de Destino é gastá-los. Sempre que você gasta um Ponto de Destino, ajusta suas circunstâncias de modo a torná-las mais favoráveis. Você pode alterar o resultado de um teste ou tomar o controle narrativo da história de alguma pequena forma. Uma vez que você gaste um Ponto de Destino, não pode usá-lo de novo até que cumpra um objetivo da história, o clímax de um capítulo específico na vida do seu personagem. Como você deve cumprir um objetivo de história em uma ou duas sessões de jogo, raramente fica sem seus Pontos de Destino por muito tempo.

Efeitos do Gasto de Pontos de Destino

Você pode gastar um Ponto de Destino a qualquer momento, mesmo fora de seu turno. Você só pode gastar um Ponto de Destino a cada vez, para qualquer um dos seguintes efeitos.

- Ganhar +1B. Este dado pode exceder os limites normais de dados de bônus.
- Converter um dado de bônus em um dado de teste.
- Remover –1D.
- Impor –1D a um oponente.
- Realizar uma ação menor adicional.
- Ignorar Penalidade de Armadura por uma rodada.
- Melhorar ou piorar a postura de outro personagem em um passo.
- Negar os efeitos de um Ponto de Destino gasto por outro personagem.
- Adicionar um pequeno detalhe a uma cena, como uma fechadura de baixa qualidade, uma pequena pista ou outro elemento pequeno mas útil que pode impulsionar a história.
- Ativar uma qualidade ambiental.
- Ignorar uma qualidade ambiental.

Queimando Pontos de Destino

Quando não basta gastar um Ponto de Destino, você pode queimá-lo, obtendo um efeito muito maior. Queimar um Ponto de Destino reduz permanentemente o número de Pontos de Destino que você tem. Na prática, isso funciona como "vidas extras", para quando a situação exigir. Pontos de Destino são recursos raros e preciosos, então queime-os com sabedoria.

Efeitos da Queima de Pontos de Destino

Assim como ocorre com o gasto de Pontos de Destino, você só pode queimar um deles de cada vez. Um Ponto de Destino queimado pode realizar qualquer um dos seguintes efeitos.

- Converter todos os dados de bônus em dados de teste.
- Adicionar +5 ao resultado do seu teste.
- Conceder um sucesso automático em um teste, como se você houvesse rolado um resultado exatamente igual à Dificuldade.
- Remover todo o dano e todos os ferimentos (mas não lesões).
- Quando você é derrotado, decidir as consequências de sua derrota.
- Transformar o teste bem-sucedido de outro personagem em uma falha.
- Automaticamente compelir outro personagem durante uma intriga.
- Remover permanentemente as penalidades associadas a uma qualidade negativa.
- Negar os efeitos de um Ponto de Destino queimado por outro personagem.
- Adicionar um detalhe significativo a uma cena, como uma pista importante, a saída de uma situação desastrosa ou algum outro elemento importante e útil que impulsione a história a seu favor.
- Evitar a morte certa. Quando você usa esta opção, seu personagem é considerado morto pelos outros personagens, e é removido da história até que o narrador julgue que seu retorno é apropriado.

Capítulo 5: Destino & Qualidades

Ganhando Pontos de Destino

Você pode receber outros Pontos de Destino durante o jogo, gastando Experiência. O narrador também pode conceder um Ponto de Destino além de Glória e Experiência por uma performance excepcional durante o jogo. Como alternativa, você pode adquirir uma desvantagem para ganhar um Ponto de Destino, embora deva oferecer uma explicação razoável de como obteve esta qualidade negativa. Note que desvantagens recebidas como consequência de combate, guerra ou intrigas *não* concedem Pontos de Destino.

Investindo Pontos de Destino

Os protagonistas de *As crônicas de gelo e fogo* muitas vezes veem-se em caminhos que eles mesmos não escolheram, como se estivessem rumando a um evento predeterminado além de sua compreensão, quase como peões de forças maiores. Daenerys adquiriu os ovos de dragões, os filhos de Ned Stark acharam os filhotes de lobos atrozes na neve, o próprio Ned Stark empreendeu a fatídica jornada a Porto do Rei para servir como a Mão do Rei, a queda de Bran trouxe consequências imprevisíveis. Todos estes são exemplos do papel do destino nas vidas dos protagonistas. As qualidades representam estes desenvolvimentos importantes e oferecem novas formas de interagir com o mundo ao seu redor.

Qualidades que concedem uma vantagem são chamadas de benefícios. Algumas qualidades exigem apenas o investimento de um Ponto de Destino, enquanto que outras podem exigir graduações em habilidades, interpretação e até mesmo outras qualidades. Qualidades numeradas têm como exigência todas as qualidades com mesmo nome e numeração menor. Por exemplo, Dançarino da Água III tem como exigência Dançarino da Água I e II. Quanto mais severas as exigências de uma qualidade, maiores são seus benefícios. Todos os benefícios oferecem vantagens constantes. Assim, você nunca precisa gastar ou queimar um Ponto de Destino para usá-los. Depois que você investiu em uma qualidade, não precisa manter o investimento para sempre. A qualquer momento, depois de completar um objetivo de história, pode retirar seu investimento de um benefício (mas não de uma desvantagem) e recuperar o(s) Ponto(s) de Destino ou reinvesti-lo(s) em outra coisa.

Destino e Qualidades

Pontos de Destino e qualidades estão relacionados. Personagens mais jovens ainda não tiveram tempo de marcar seus nomes no mundo. Assim, não tiveram a oportunidade de receber qualidades. Contudo, personagens mais velhos já têm um lugar mais definido no mundo. Assim, têm menos oportunidades de manipular o destino, criando sua própria sorte através de conhecimento e experiência.

Qualidades

Qualidades são características e habilidades especiais obtidas através do investimento de Pontos de Destino. Existem dois tipos de qualidades: benefícios e desvantagens. Em ambos os casos, a qualidade modifica seu personagem de alguma forma, concedendo dados de bônus, uma habilidade especial ou até mesmo um equipamento. Quando há a marcação "+1D", a qualidade efetivamente aumenta sua habilidade em um ponto, permitindo que você role outro dado e adicione-o ao resultado. Se você escolher retirar seu investimento, perde a qualidade. Às vezes, quando você perde a qualidade, nunca mais pode recuperá-la.

Existem cinco categorias de qualidades.

Qualidades de Fortuna

Qualidades de fortuna são expressões específicas do seu destino e revelam o que já está escrito sobre sua vida e seu futuro.

Qualidades de Habilidade

Qualidades de habilidade fornecem vantagens ou expandem suas opções ao usar uma habilidade.

Qualidades de Herança

Qualidades de herança são benefícios relacionados à sua linhagem e sua família. Você pode ter apenas uma dessas, mesmo que possua as exigências para duas ou mais.

Qualidades Marciais

Qualidades marciais fornecem vantagens ao empunhar armas e usar armaduras, além de conceder várias capacidades de combate.

Qualidades Sociais

Qualidades sociais fornecem vantagens ou expandem suas opções em intrigas.

CAPÍTULO 5: DESTINO & QUALIDADES

Tabela 5-1: Benefícios

Qualidade	Exigência	Efeitos
Qualidades de Fortuna		
Abastado	—	Reabasteça os cofres a cada mês.
Companheiro	Status 3	Receba os serviços de um aliado devoto.
Companheiro Animal	Lidar com Animais 3 (Treinar 1B)	Receba os serviços de um animal fiel.
Esquadrão de Elite	Persuasão 5	Receba um esquadrão veterano.
Famoso	—	Sua fama lhe concede vantagens em intrigas.
Herança	Líder de Casa ou Herdeiro	Você recebe uma arma de aço valyriano.
Herdeiro	—	Um dia você herdará as terras e propriedades de sua família.
Irmão da Patrulha da Noite	—	Você é membro da Patrulha da Noite.
Líder de Casa	—	Você é o membro de mais alto escalão em sua casa nobre.
Meistre	Astúcia 3, Foco em Conhecimento (x2)	Você é um meistre da Cidadela.
Membro da Guarda Real	Patrono	Você tem a responsabilidade de proteger a família real.
Mestre dos Corvos	Lidar com Animais 3	Mande corvos para levar suas mensagens.
Olhos Noturnos	—	Veja na escuridão.
Patrono	—	Receba um poderoso aliado.
Pio	Vontade 3 (Dedicação 1B)	Receba +1D uma vez por dia.
Sonhos de Warg	Vontade 4 (Dedicação 1B), Companheiro Animal	Você ocasionalmente sonha através dos olhos de seu Companheiro Animal.
Sortudo	—	Role novamente um teste por dia; fique com o melhor resultado.
Terras	Patrono	Você recebe terras e propriedades.
Trocador de Peles	Dedicação 3B, Warg	Você pode entrar em animais além de seu Companheiro Animal.
Visão Verde	Vontade 5	Tenha sonhos verdadeiros.
Warg	Vontade 5 (Dedicação 2B), Sonhos de Warg	Você pode vestir a pele de seu Companheiro Animal.
Qualidades de Herança		
Enorme	Vigor 5	Você é surpreendentemente grande.
Sangue dos Andals	—	Você tem sorte incomum.
Sangue de Heróis	—	Você pode exceder o limite de 7 em uma habilidade específica.
Sangue dos Homens de Ferro	—	A água do mar corre por suas veias.
Sangue dos Primeiros Homens	—	Sua herança torna-o durão e resistente.
Sangue dos Roinar	—	Você é ágil e escorregadio.
Sangue dos Selvagens	—	Você nasceu livre da tirania dos Sete Reinos.
Sangue de Valyria	—	As pessoas acham-no carismático.

CAPÍTULO 5: DESTINO & QUALIDADES

Qualidade	Exigência	Efeitos
	Qualidades de Habilidade	
Ágil	—	Role novamente resultados "1" em testes de Agilidade.
Amigo das Feras	—	+1D em testes de Lidar com Animais para Encantar ou Treinar.
Artista	—	Crie obras de arte.
Atleta Nato*	Atletismo 4	Converta metade dos dados de bônus em dados de teste.
Avaliação	Conhecimento 3	Teste Astúcia para aprender sobre um objeto.
Contatos*	Manha 1B	+1D em testes de Conhecimento em um local escolhido.
Especialista	—	Receba +1D em uma especialidade.
Especialista em Terreno*	Sobrevivência 4	Adicione Educação aos testes de Sobrevivência em um terreno escolhido.
Foco em Conhecimento*	Conhecimento 4	Receba maestria em um campo de conhecimento.
Furtivo	Furtividade 4 (Esgueirar-se 1B)	Role novamente resultados "1" e adicione as graduações em Agilidade aos resultados dos testes de Esgueirar-se.
Grande Caçador	Sobrevivência 4	Bônus ao enfrentar, caçar e rastrear animais.
Memória Eidética	Astúcia 2 (Memória 1B)	Dados de bônus de Memória são dados de teste para você.
Mente Matemática	Status 3 (Administração 1B)	Adicione as graduações em Astúcia aos testes de Status para reverter eventos e role novamente resultados "1" em testes de Status para gerar moedas.
Milagreiro	Cura 4	Diagnostique um paciente para receber bônus significativos.
Ofício	—	Aprenda um ofício.
Pantomima	Persuasão 3	Você pode entreter um público.
Poliglota	Astúcia 4 (Decifrar 1B)	Aprenda idiomas com facilidade.
Professor Nato	Conhecimento 4, Persuasão 3	Conceda dados de bônus a seus alunos.
Rato das Ruas	—	Role novamente resultados "1" em testes de Ladinagem.
Resistente	Vigor 3 (Vitalidade 1B)	Ignore –1 ou –1D em testes de Vigor para recuperar-se de ferimentos.
Rosto na Multidão	Furtividade 3 (Mesclar-se 1B)	Use Mesclar-se como uma ação livre e adicione as graduações em Astúcia aos resultados dos testes de Mesclar-se.
Sentidos Aguçados	Percepção 4	Role novamente resultados "1" em testes de Percepção e adicione sua graduação em Astúcia à sua Percepção passiva.
Sinistro	—	Você irradia ameaça.
Talentoso*	—	Adicione +1 ao resultado de um teste escolhido.
	Qualidades Marciais	
Cavaleiro de Torneio	Luta 3 (Lanças 1B), Status 3 (Torneios 1B)	Adicione dados de bônus de Torneios aos resultados de testes de Luta e Lidar com Animais em uma justa.
Chuva de Aço	Pontaria 4 (Armas Arremessadas 2B)	Armas arremessadas recebem a qualidade Rápida.
Dançarino da Água I	Luta 3 (Esgrima 1B)	Adicione as graduações em Luta aos resultados de Percepção.
Dançarino da Água II	—	Adicione as graduações em Luta aos resultados de Agilidade.
Dançarino da Água III	—	Adicione Esgrima a Defesa em Combate.

Capítulo 5: Destino & Qualidades

Qualidade	Exigência	Efeitos
Defesa Acrobática	Agilidade 4 (Acrobacia 1B)	Ação menor para adicionar 2 x Acrobacia a Defesa em Combate.
Durão	Resistência 1B	Adicione Resistência a Saúde.
Fúria	Atletismo 4 (Força 2B)	–2D para causar +4 de dano
Furioso	—	Ganhe ataque com ferimento ou lesão, lute até depois da morte.
Inspirador	Guerra 4	Receba uma ordem extra e sacrifique ordens para repetir testes.
Líder de Homens	Guerra 4 (Comandar 1B)	Reorganize ou reanime uma unidade automaticamente.
Lutador Braavosi I	Luta 4 (Esgrima 1B)	Aumente seu Bônus Defensivo em +1.
Lutador Braavosi II	Luta 5 (Esgrima 2B)	Aumente Defesa em Combate.
Lutador Braavosi III	Luta 6 (Esgrima 3B)	Ataque gratuito quando um oponente erra-o.
Lutador com Armas de Contusão I	Luta 4 (Armas de Contusão 2B)	A arma recebe ou aumenta Estraçalhadora em 1.
Lutador com Armas de Contusão II	Luta 5 (Armas de Contusão 3B)	O inimigo perde uma ação menor com um acerto e sofre –1 em testes.
Lutador com Armas de Contusão III	Luta 6 (Armas de Contusão 4B)	O inimigo recebe um ferimento, fica caído e perde a ação.
Lutador com Armas de Haste I	Luta 4 (Armas de Haste 2B)	Derrube os inimigos.
Lutador com Armas de Haste II	Atletismo 4	Dados de bônus são dados de teste para puxar inimigos de montarias.
Lutador com Armas de Haste III	Luta 5	Prenda um oponente com a arma.
Lutador com Lâminas Curtas I	Luta 4 (Lâminas Curtas 1B)	Lâminas curtas recebem Perfurante 1.
Lutador com Lâminas Curtas II	Luta 5	Saque a arma como uma ação livre, bônus em resultados de testes.
Lutador com Lâminas Curtas III	Luta 6	Adicione alguns dados de bônus como dano extra.
Lutador com Lâminas Longas I	Luta 4 (Lâminas Longas 2B)	Sacrifique dados de bônus em troca de um grau de sucesso.
Lutador com Lâminas Longas II	Luta 5	Sacrifique dados de bônus para mover o alvo com um acerto.
Lutador com Lâminas Longas III	Luta 6	Sacrifique dados de bônus para Aleijar um oponente.
Lutador com Lanças I	Luta 3 (Lanças 1B)	Ataque de novo em caso de erro.
Lutador com Lanças II	—	+1D em tentativas de Derrubar, ataque inimigos a até 1 metro de distância adicional.
Lutador com Lanças III	Atletismo 5	Lanças recebem Perfurante 2.
Lutador com Machados I	Luta 4 (Machados 2B)	Sacrifique dados de bônus para causar dano extra.
Lutador com Machados II	Luta 5 (Machados 3B)	Sacrifique dados de bônus para causar uma lesão.
Lutador com Machados III	Luta 6 (Machados 4B)	Sacrifique dados de bônus para causar uma lesão e uma qualidade Aleijado.

CAPÍTULO 5: DESTINO & QUALIDADES

Qualidade	Exigência	Efeitos
Maestria em Arma*	—	Aumente o dano da arma em +1.
Maestria em Arma Aprimorada	Maestria em Arma	Aumente o dano da arma em +1, para um total de +2.
Maestria em Armadura	—	+1 VA, −1 Volume.
Maestria em Armadura Aprimorada	Maestria em Armadura	Aumente VA em +1, para um total de +2.
Maestria em Escudo	Luta 3 (Escudos 1B)	Aumente o Bônus Defensivo em +1 com escudos.
Mãos Ágeis	Agilidade 4	Reduza o tempo de recarga da arma.
Preciso	Pontaria 4	+1D contra oponentes com cobertura.
Pugilista I	Luta 4 (Briga 1B)	Punhos são Rápidos e causam dano extra.
Pugilista II	Luta 5 (Briga 3B)	Punhos são Poderosos e adicione Atletismo ao resultado de Luta.
Pugilista III	Luta 6 (Briga 4B)	Atordoe oponentes com ataques com os punhos.
Rápido	—	Mova-se +1 metro, corra 5 x Movimento.
Sábio das Armas	Agilidade 4, Astúcia 4, Luta 5	Ignore a exigência Treinado e penalidades com armas.
Sagrado	Patrono	+2 em testes de Status, 1/dia receba +5 em Defesas.
Sentido de Perigo	Percepção 4	Role novamente resultados "1" em testes de iniciativa, anule +1D de um oponente que surpreenda-o para atacá-lo.
Tiro Duplo	Pontaria 5 (Arcos 3B)	Dispare duas flechas ao mesmo tempo.
Tiro Mortal	Pontaria 5	Arcos e bestas recebem Penetrar Armadura 1 e Cruel.
Tiro Triplo	Pontaria 7 (Arcos 5B), Tiro Duplo	Dispare três flechas ao mesmo tempo.
Qualidades Sociais		
Atraente	—	Role novamente resultados "1" em testes de Persuasão.
Autoridade	—	Reduza penalidades por postura em testes de Persuasão em 2 pontos.
Carismático*	Persuasão 3	Adicione +2 ao resultado de um teste de Persuasão.
Cortês	Persuasão 3	Você tem modos impecáveis.
Cosmopolita	—	+2B em testes de Persuasão contra pessoas de fora de Westeros.
Diplomata Cauteloso	Percepção 4 (Empatia 2B)	Mantenha dados de bônus por repensar durante intrigas.
Eloquente	Idioma 4, Persuasão 4	Aja primeiro automaticamente em uma intriga.
Fascinante*	Carismático	Aumente a influência com uma especialidade em 1.
Favorito da Nobreza	—	+1B em testes de Persuasão com personagens com Status 4 ou maior.
Favorito da Plebe	—	+1B em testes de Persuasão com personagens com Status 3 ou menor.
Fiel	Vontade 4	Sua lealdade é inquestionável.
Magnético	Carismático	Obtenha melhores resultados com charme.
Negociante Nato	Enganação 3	Não sofra penalidades por sua postura.
Respeitado	Reputação 2B	Seus feitos e reputação inspiram respeito.
Teimoso	Vontade 3 (Dedicação 1B)	Adicione Dedicação a Compostura.
Traiçoeiro	—	Adicione suas graduações em Astúcia ao resultado de Enganação.

*Você pode escolher esta qualidade várias vezes.

BENEFÍCIOS

Os benefícios a seguir são apresentados em ordem alfabética. Alguns benefícios possuem exigências que você deve cumprir para comprá-los. Caso o benefício possua exigências, elas irão aparecer em uma caixa logo após o nome do benefício. Em geral, você só pode escolher um benefício específico uma vez, a menos que sua descrição diga o contrário.

ABASTADO	FORTUNA

Você possui muita riqueza, por uma herança ou por maestria em negócios.

No início de cada mês, você pode fazer um teste de Astúcia ou Status **Fácil** (3) para reabastecer seus cofres. Um sucesso lhe concede 10 dragões de ouro por grau.

ÁGIL	HABILIDADE

Você tem reflexos sobrenaturais.

Ao rolar um teste de Agilidade, você pode rolar novamente uma quantidade de resultados "1" igual aos dados de bônus da especialidade mais relacionada ao teste (por exemplo, Equilíbrio para andar numa corda-bamba). Você sempre pode rolar novamente pelo menos um resultado "1".

AMIGO DAS FERAS	HABILIDADE

Você tem um dom para interagir com animais.

Você recebe +1D em testes de Lidar com Animais usando as especialidades Encantar e Treinar.

ARTISTA	HABILIDADE

Você é capaz de produzir lindas obras de arte.

Escolha uma forma de arte, como pintura, poesia ou escultura. Você pode produzir arte deste tipo. Passe oito horas por dia durante cinco dias trabalhando em sua arte e receba 10 gamos de prata. Você também pode fazer um teste de Astúcia **Desafiador** (9) para receber 1 gamo de prata adicional por grau de sucesso. De acordo com o narrador, você pode receber +1D em testes de Persuasão contra pessoas que sintam-se impressionadas por seu trabalho.

ATLETA NATO	HABILIDADE
EXIGE ATLETISMO 4	

Você está em excelente forma física e é excepcionalmente hábil numa área de Atletismo.

Escolha uma especialidade de Atletismo. Ao fazer testes de Atletismo com esta especialidade, você pode tratar metade de seus dados de bônus (arredondados para baixo, mínimo 1) como dados de teste.

Você pode escolher esta qualidade várias vezes. A cada vez, escolha uma nova especialidade de Atletismo.

ATRAENTE	SOCIAL

Você possui incrível beleza. Pessoas suscetíveis a tal aparência têm dificuldade de concentrar-se em sua presença.

Sempre que você rolar um teste de Persuasão, pode rolar novamente uma quantidade de resultados "1" igual à metade de suas graduações em Persuasão (mínimo de um).

AUTORIDADE	SOCIAL

Você ostenta o manto da liderança, e as pessoas reconhecem-no como uma figura de autoridade.

Durante uma intriga, reduza sua penalidade em Persuasão (se houver) em dois pontos. Assim, quando sua postura é Desgostosa, você não sofre penalidades. Quando é Inamistosa, sofre –2 e, quando é Maliciosa, sofre –4.

AVALIAÇÃO	HABILIDADE
EXIGE CONHECIMENTO 3	

Você tem um talento para identificar o valor de um objeto.

Sempre que você encontrar um objeto potencialmente valioso, pode passar um minuto examinando-o e rolar um teste de Astúcia **Desafiador** (9). Um sucesso permite que você determine o valor relativo do objeto. Cada grau de sucesso adicional revela uma informação sobre o objeto, como seu fabricante, data de criação, etc.

CARISMÁTICO	SOCIAL
EXIGE PERSUASÃO 3	

Você sabe usar sua personalidade forte do melhor modo possível.

Escolha uma especialidade de Persuasão. Adicione 2 ao resultado de qualquer teste de Persuasão envolvendo esta especialidade.

Você pode escolher este benefício várias vezes. A cada vez, escolha uma especialidade nova.

CAVALEIRO DE TORNEIOS	MARCIAL
EXIGE LUTA 3 (LANÇAS 1B), STATUS 3 (TORNEIOS 1B)	

Você é um veterano de inúmeros torneios.

Adicione um número igual à quantidade de dados de bônus em Torneios aos resultados dos seus testes de Luta em uma justa e a seu resultado passivo de Lidar com Animais para permanecer montado.

Chuva de Aço — Marcial
Exige Pontaria 4 (Armas Arremessadas 2B)

Você pode arremessar facas e machados com incrível velocidade e precisão.

Suas armas arremessadas recebem a qualidade Rápida.

Companheiro — Fortuna
Exige Status 3

Você tem uma ligação íntima com outro personagem, brilhando na companhia dele.

Você recebe um companheiro. Crie outro personagem usando as regras descritas no **Capítulo 3: Criação de Personagens**. O Status do companheiro não pode ser maior que o seu. O companheiro é leal a você e segue suas ordens tão bem quanto puder. Caso o companheiro morra, você perde esta qualidade e o Ponto de Destino que investiu nela. Um companheiro recebe Experiência igual à metade da Experiência que você mesmo recebe.

Enquanto seu companheiro estiver adjacente a você, suas Defesas em Combate e Intriga aumentam em 2.

Companheiro Animal — Fortuna
Exige Lidar com Animais 3 (Treinar 1B)

A lealdade do animal que acompanha-o origina-se da ligação incomum entre vocês.

Escolha um animal da lista a seguir: águia, cão, cavalo, corvo, gato sombrio ou lobo. Este animal é extremamente leal a você e ajuda-o em combate. Enquanto seu companheiro animal estiver adjacente a você ou ao seu oponente, você recebe +1D em testes de Luta. De acordo com o narrador, o animal pode realizar outras ações. Caso o animal morra, você perde este benefício e o Ponto de Destino que investiu.

Contatos — Habilidade
Exige Manha 1B

Você tem vários espiões e informantes em uma área específica.

Escolha uma região (como o Norte ou o Extremo) ou uma cidade (como Porto do Rei ou Porto de Ibben). Você tem contatos neste lugar e pode utilizá-los para obter informações. Você recebe +1D em todos os testes de Conhecimento feitos no local que escolheu.

Você pode escolher esta qualidade várias vezes. A cada vez, ela se aplica a um novo local.

Cortês — Social
Exige Persuasão 3

Você tem modos impecáveis.

Adicione um número igual à metade das suas graduações em Persuasão (arredondada para baixo, mínimo 1) ao resultado de todos os seus testes de Enganação. Além disso, quando um oponente realiza a ação Ler Alvo contra você, aumente seu resultado passivo de Enganação em um número igual a suas graduações em Astúcia.

Cosmopolita — Social

Você é familiarizado com pessoas de fora dos Sete Reinos.

Você recebe +2B em todos os testes de Persuasão para interagir com pessoas que não sejam nativas dos Sete Reinos.

Dançarino da Água 1 — Marcial
Exige Luta 3 (Esgrima 1B)

Seus olhos enxergam a verdade.

Adicione um número igual às suas graduações em Luta a todos os seus testes de Percepção e ao seu resultado passivo de Percepção.

Dançarino da Água II — Marcial
Exige Dançarino da Água I

Você é veloz como um gamo e rápido como uma cobra.

Adicione um número igual às suas graduações em Luta a todos os seus testes de Agilidade.

Dançarino da Água III — Marcial
Exige Dançarino da Água II

Você é gracioso e esquivo na batalha.

Adicione um número igual à quantidade de dados de bônus que designou a Esgrima à sua Defesa em Combate quando você estiver armado com uma arma de Esgrima.

Você perde este benefício se não tiver direito a adicionar sua Percepção à sua Defesa em Combate a qualquer momento. Você também perde este benefício se estiver usando uma armadura com Volume 1 ou maior.

Defesa Acrobática — Marcial
Exige Agilidade 4 (Acrobacia 1B)

Você tem mobilidade extraordinária em combate. Com saltos e cambalhotas, você se torna um alvo difícil.

Você recebe uma nova manobra de combate. Gaste uma ação menor para adicionar um número igual ao dobro de dados de bônus que você tem em Acrobacia a sua Defesa em Combate até o início de seu próximo turno. Você não pode usar esta manobra se estiver vestindo uma armadura com Volume 1 ou maior.

Diplomata Cauteloso — Social
Exige Percepção 4 (Empatia 2B)

Extensa experiência com negociações lhe concede uma vantagem quando você analisa seu oponente antes de agir.

Sempre que você realizar a ação repensar durante uma intriga, os dados de bônus recebidos podem exceder os limites normais de dados de bônus. Além disso, você mantém estes dados até o final da intriga.

Durão — Marcial
Exige Resistência 1B

Você é capaz de ignorar dano com facilidade.

Aumente sua Saúde em um número igual à quantidade de dados de bônus que você designou a Resistência.

Enorme — Herança
Exige Vigor 5

CAPÍTULO 5: DESTINO & QUALIDADES

Você tem tamanho descomunal.

Você pode usar armas de duas mãos com apenas uma mão. Você pode ignorar a qualidade Desajeitada destas armas, se houver.

ELOQUENTE	SOCIAL

EXIGE IDIOMA 4, PERSUASÃO 4

Você tem um dom surpreendente para as palavras e a diplomacia.

Quando estiver envolvido em uma intriga usando um Idioma no qual você tenha 4 ou mais graduações, você automaticamente age primeiro na rodada.

ESPECIALISTA	HABILIDADE

Você possui talento fantástico em uma única habilidade.

Escolha uma especialidade na qual você tenha dados de bônus. Você recebe +1D em todos os testes relacionados a esta especialidade.

Você pode escolher esta qualidade várias vezes. A cada vez, ela se aplica a uma nova especialidade.

ESPECIALISTA EM TERRENO	HABILIDADE

EXIGE SOBREVIVÊNCIA 4

Sua vasta experiência nos ermos lhe concede vantagens ao atravessar terreno familiar.

Escolha um tipo de terreno dentre os seguintes: colinas, desertos, florestas, montanhas, pântanos, planícies ou terras costeiras. Você adiciona um número igual à quantidade de dados de bônus que designou a Educação aos resultados de testes de Sobrevivência feitos neste terreno, e não sofre penalidades em Movimento ao mover-se por este terreno.

Você pode escolher este benefício várias vezes. A cada vez, seus efeitos se aplicam a um tipo de terreno diferente.

ESQUADRÃO DE ELITE	FORTUNA

EXIGE PERSUASÃO 5

Você se cerca de guerreiros experientes e totalmente leais.

Você recebe um esquadrão de dez veteranos. Defina as estatísticas deles em conjunto com o narrador. O esquadrão pode ser composto apenas de guardas, mas você também pode usar as estatísticas de qualquer unidade na qual sua casa tenha investido. Em escaramuças, o esquadrão reorganiza-se e reanima-se automaticamente no começo de cada um dos seus turnos, até que seja destruído. Se for destruído, você perde esta qualidade e o Ponto de Destino que investiu nela.

FAMOSO	FORTUNA

Você é conhecido em cada canto dos Sete Reinos.

Durante uma intriga, quando você fizer um teste de Persuasão para usar Charme ou Seduzir, você trata os dados de bônus de Charme ou Seduzir como dados de teste, até um limite de dados de bônus igual a suas graduações em Status. Contudo, você sempre subtrai um número dos resultados de seus testes de Furtividade igual a suas graduações em Status.

Determine o que você fez para se tornar famoso em conjunto com o narrador. Se você for jovem, adolescente ou criança, só pode escolher esta qualidade após ter feito algo no jogo que o narrador considere digno de fama.

FASCINANTE	SOCIAL

EXIGE CARISMÁTICO

A força de sua personalidade é tamanha que as outras pessoas têm dificuldade de resistir a suas ordens.

Escolha uma especialidade de Persuasão para a qual você já tenha escolhido o benefício Carismático. Ao usar esta especialidade em uma intriga, aumente a Influência dela em 1.

Você pode escolher este benefício várias vezes. A cada vez, escolha uma especialidade diferente de Persuasão para a qual você também tenha escolhido a qualidade Carismático.

FAVORITO DA NOBREZA	SOCIAL

Pessoas bem-nascidas veem-no como um igual.

Você recebe +1B em todos os testes de Persuasão para interagir com personagens que tenham 4 ou mais graduações em Status.

FAVORITO DA PLEBE	SOCIAL

Você sente-se confortável com pessoas de baixa posição social.

Você recebe +1B em todos os testes de Persuasão para interagir com personagens que tenham 3 ou menos graduações em Status.

FIEL	SOCIAL

EXIGE VONTADE 4

Sua lealdade é inquestionável.

Seus oponentes sofrem −1D em todos os testes de Persuasão feitos para influenciá-lo envolvendo Convencer, Intimidar e Seduzir.

Foco em Conhecimento — Habilidade
Exige Conhecimento 4

Você é um especialista em um assunto específico.

Escolha uma área de estudo entre alquimia, arquitetura, astronomia, geografia, heráldica, história e lendas, magia, natureza, religião e submundo. Você trata dados de bônus designados à especialidade como dados de teste.

Você pode escolher esta qualidade várias vezes. A cada vez, escolha uma nova área de estudo.

Fúria — Marcial
Exige Atletismo 4 (Força 2B)

Em batalha, você se enche de ira.

Você recebe uma nova manobra de combate. Gaste uma ação maior para fazer um ataque com Luta. Este ataque sofre −2D. Contudo, se você acertar, aumente o dano em +4 antes de aplicar os benefícios de graus de sucesso.

Furioso — Marcial

Você pode entrar em frenesi, tornando-se uma brutal máquina de matar.

A cada vez em que você sofre um ferimento ou lesão, pode fazer um ataque com Luta (sem dados de bônus) como uma ação livre contra um inimigo adjacente.

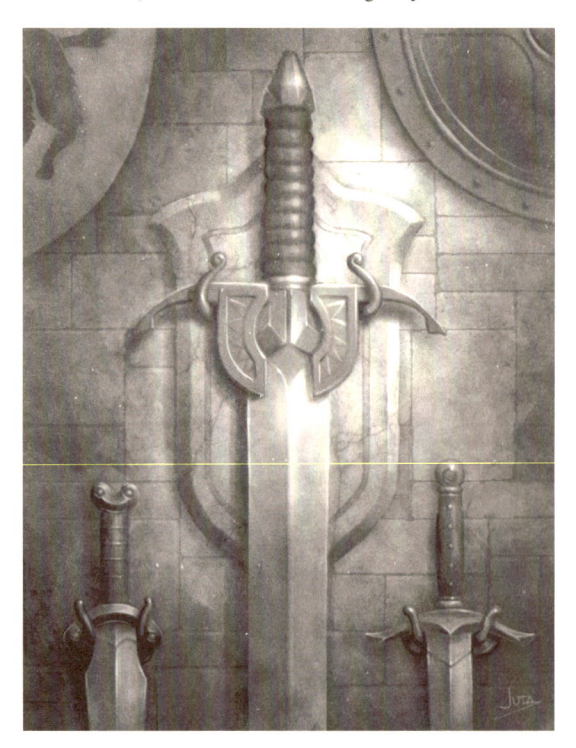

Além disso, você continua lutando mesmo quando deveria estar derrotado. No final do seu turno, se você sofreu lesões suficientes para derrotá-lo, pode fazer um teste de Vontade **Formidável (12)** para continuar a lutar. Os dados de penalidade recebidos por lesões não se aplicam. Você pode fazer uma quantidade desses testes igual à sua graduação em Vigor. Depois disso, você é derrotado.

Furtivo — Habilidade
Exige Furtividade 4 (Esgueirar-se 1B)

É difícil vê-lo, a menos que você deseje isso.

Role novamente qualquer resultado "1" em todos os seus testes de Furtividade. Ao fazer um teste de Furtividade para Esgueirar-se, você pode adicionar um número igual a suas graduações em Agilidade ao resultado do seu teste.

Grande Caçador — Habilidade
Exige Sobrevivência 4

Você é um caçador muito habilidoso.

Ao fazer testes de Luta ou Pontaria para atacar um animal, você pode adicionar um número igual a suas graduações em Sobrevivência aos resultados de seus testes. Além disso, você pode tratar um dado de bônus como um dado de teste ao fazer testes de Sobrevivência para caçar.

Herança — Fortuna
Exige Líder de Casa ou Herdeiro

Você herdou uma arma de grande qualidade.

Você herdou uma arma de aço valyriano que está na sua família há incontáveis gerações. Em geral é uma adaga ou espada, mas de acordo com o narrador pode ser uma arma diferente. Veja a página 162 para mais detalhes.

Herdeiro — Fortuna

Você deve herdar os recursos de sua casa.

Você recebe os benefícios completos de ser o próximo na linha sucessória para governar sua casa. Adicione 1 aos resultados de seus testes de Status. Caso algo aconteça ao líder da casa, você troca esta qualidade por Líder de Casa.

Você deve ter a permissão do narrador e dos demais jogadores para escolher esta qualidade.

Inspirador — Marcial
Exige Guerra 4

Seu jeito faz com que os homens queiram lutar em seu nome e segui-lo até os Sete Infernos.

Conhecimento Acumulado

As categorias a seguir são as áreas de estudo mais comuns em Westeros.

Alquimia

Alquimia é a habilidade de identificar e produzir substâncias a partir de outras substâncias inócuas. Outrora exclusividade da Guilda dos Alquimistas em Porto do Rei, boa parte da alquimia foi incorporada aos estudos dos meistres da Cidadela.

Arquitetura

Arquitetura engloba tudo relacionado a construção. Com esta habilidade, você pode avaliar as defesas de uma fortificação ou a qualidade de uma ponte, obter uma vantagem ao solapar uma muralha, etc.

Astronomia

Você conhece as doze casas do céu noturno, os nomes das constelações, os movimentos dos corpos celestes e os significados dos fenômenos astronômicos.

Geografia

Geografia reflete familiaridade com a terra, a habilidade de lembrar-se de informações sobre marcos importantes, comunidades e terreno sem necessidade de mapas.

Heráldica

Heráldica representa a habilidade de identificar uma casa nobre por suas cores e símbolo ou pelo lema da família. Também inclui compreensão da história da casa e seus maiores feitos.

Dificuldade	Descrição
Automática (0)	A Casa Real.
Fácil (3)	Uma grande casa.
Rotineira (6)	Uma casa menor da sua região natal.
Desafiadora (9)	Uma casa menor fora da sua região natal ou um cavaleiro com terras na sua região natal.
Formidável (12)	Uma casa morta ou um cavaleiro com terras fora da sua região natal.
Difícil (15)	Uma casa ancestral ou esquecida.
Muito Difícil (18)	Um cavaleiro errante ou espada jurada.

História e Lendas

Conhecimento de história e lendas representa uma compreensão da marcha da história, da Era das Lendas até eventos recentes. Dentro desta área de estudo está a habilidade de lembrar-se de curiosidades e informações úteis sobre as origens das casas mais significativas de Westeros, além de seus membros mais famosos.

Magia

O conhecimento mágico representa familiaridade com as artes mágicas, desde as empregadas pelos filhos da floresta até as praticadas pelos Imorredouros na distante Qarth. Experiência com esta área de estudo não concede a habilidade de praticar magia; apenas reflete a compreensão das várias expressões da magia, seu lugar na história e os tipos de pessoas que utilizam-na.

Natureza

Esta área de estudo reflete uma compreensão da natureza, cobrindo as estações, o clima, a habilidade de identificar plantas, as características dos animais e qualquer outra coisa relacionada ao mundo natural.

Religião

Com esta área de estudo, você entende as principais religiões de Westeros e além, incluindo os velhos deuses, os Sete, o Senhor da Luz e a maior parte dos demais cultos, seitas e grupos fanáticos.

Submundo

Conhecimento do submundo reflete compreensão de atividades criminosas, grupos subversivos e qualquer outra coisa que evite ou ataque as leis da terra.

Em guerra, você recebe 1 ordem adicional por rodada. Além disso, ao testar Guerra para dar uma ordem, você pode sacrificar uma ordem para rolar novamente o teste e ficar com o melhor resultado.

Irmão da Patrulha da Noite — Fortuna
Você abriu mão de quaisquer direitos a família ou terras para servir como um irmão da Patrulha da Noite.

Você recebe os benefícios completos de ser um membro da Patrulha da Noite. Você sofre −2D em todos os testes de Status. Você recupera quaisquer Pontos de Destino investidos em Herdeiro ou Líder de Casa, e perde estes benefícios, se possuí-los. Sempre que você receber Ouro ou Glória, não pode investi-los em sua casa, mas pode investi-los em sua divisão (Castelo Negro, Torre Sombria ou Guarda-Leste-no-Mar). Por fim, você recebe um benefício adicional, baseado em sua ordem.

- **Patrulheiro:** adicione suas graduações em Astúcia como um bônus aos resultados de todos os testes de Sobrevivência.
- **Construtor:** receba o benefício Ofício sem investir um Ponto de Destino. O ofício específico deve ser útil na Muralha.
- **Intendente:** adicione um número igual aos dados de bônus de Administração a todos os resultados de testes de Persuasão.

Você deve ter a permissão do narrador para escolher esta qualidade. Adquirir esta qualidade resulta na perda de todas as outras qualidades de Fortuna, embora você recupere Pontos de Destino investidos ao perdê-las.

Líder de Casa — Fortuna
Você é o líder da sua casa.

Você recebe os benefícios completos de ser o líder da sua casa. Adicione 2 aos resultados de todos os seus testes de Status.

Você deve ter a permissão do narrador e dos demais jogadores para escolher esta qualidade. Apenas um membro do grupo pode ter esta qualidade de cada vez.

Líder de Homens — Marcial
Exige Guerra 4 (Comandar 1B)

Os homens que você lidera dariam suas vidas por você.

Uma vez por rodada em uma escaramuça ou batalha, você pode reorganizar automaticamente uma unidade desorganizada ou reanimar uma unidade debandada. Usar esta qualidade não conta como uma ordem.

Lutador Braavosi I — Marcial
Exige Luta 4 (Esgrima 1B)

Sua perícia com armas de esgrima permite que você desvie os ataques de seus inimigos com facilidade.

Armas de esgrima em suas mãos recebem Defensiva +1 ou aumentam seu Bônus Defensivo em +1. Você sempre mantém +1 deste bônus, mesmo quando ataca com a arma.

Lutador Braavosi II — Marcial
Exige Luta 5 (Esgrima 2B), Lutador Braavosi I

Você pode tecer uma cortina de aço ao seu redor.

Você recebe uma nova manobra de combate. Gaste uma ação maior para fazer um ataque com uma arma de esgrima. Seus dados de bônus não se aplicam. Um acerto causa dano normal. Contudo, para cada grau de sucesso, você aumenta sua Defesa em Combate em 1 até fazer um novo teste de Luta.

Lutador Braavosi III — Marcial
Exige Luta 6 (Esgrima 3B), Lutador Braavosi II

Seus instintos de luta altamente treinados permitem que você avalie os oponentes que encontra.

Sempre que um oponente errá-lo com um ataque de Luta, você pode fazer um único ataque de Luta com uma arma de esgrima contra este oponente, como uma ação livre.

Lutador com Armas de Contusão I — Marcial
Exige Luta 4 (Armas de Contusão 2B)

Escudos não defendem contra seus ataques.

Armas de contusão nas suas mãos recebem a qualidade Estraçalhadora 1. Caso uma arma de contusão já possua Estraçalhadora, você aumenta seu valor em 1.

Lutador com Armas de Contusão II — Marcial
Exige Luta 5 (Armas de Contusão 3B), Lutador com Armas de Contusão I

Pessoas atingidas por seus golpes ficam abaladas pelo impacto.

Sempre que você fizer um teste de Luta para atacar com uma arma de contusão, pode sacrificar todos os seus dados de bônus antes do teste para esmagar seu oponente. Em caso de acerto, o alvo fica abalado até o início do seu próximo turno. Um alvo abalado pode realizar apenas ações menores e subtrai 1 dos resultados de todos os testes para cada grau recebido além do primeiro (dois graus significam −1, três graus significam −2, etc.).

Lutador com Armas de Contusão III — Marcial

Exige Luta 6 (Armas de Contusão 4B), Lutador com Armas de Contusão II

Você pode desferir golpes capazes de partir ossos e afundar crânios.

Sempre que você fizer um teste de Luta para atacar com uma arma de contusão, pode sacrificar todos os seus dados de bônus antes do teste para derrubar seu oponente. Em caso de acerto com dois ou mais graus de sucesso, o alvo sofre os seguintes efeitos até o início do seu próximo turno: fica caído, pode realizar apenas ações menores e recebe 1 lesão. A lesão não reduz dano.

Você deve escolher qual benefício de Lutador com Armas de Contusão se aplica ao atacar com armas de contusão (ou escolher não aplicar benefício algum).

Lutador com Armas de Haste I — Marcial

Exige Luta 4 (Armas de Haste 2B)

Você é altamente treinado no uso de armas de haste.

Você recebe uma nova manobra de combate. Gaste uma ação maior para fazer um ataque de Luta com uma arma de haste. Subtraia 2 do resultado do teste para cada oponente ao seu alcance que você quiser atingir com este ataque. Compare o resultado à Defesa em Combate de cada alvo. Os oponentes que você atingir sofrem dano normal e são derrubados.

Lutador com Armas de Haste II — Marcial

Exige Luta 4 ou Atletismo 4, Lutador com Armas de Haste I

Você é capaz de usar sua arma de haste para arrancar inimigos de suas montarias.

Ao usar uma arma de haste para puxar um cavaleiro de sua montaria, você pode tratar seus dados de bônus da especialidade Armas de Haste como dados de teste. Se você não conseguir exceder o teste de Lidar com Animais do cavaleiro, é desarmado.

Lutador com Armas de Haste III — Marcial

Exige Luta 5, Lutador com Armas de Haste II

Você pode prender seu oponente com um golpe rápido de sua arma.

Você recebe uma nova manobra de combate. Gaste uma ação maior para fazer um ataque de Luta usando uma arma de haste. Um acerto causa dano normal. Se você obtiver dois ou mais graus de sucesso, o alvo não pode gastar ações para se mover até que consiga se libertar. Ele pode se libertar vencendo-o em um teste de Atletismo oposto (Força se aplica). Seus dados de bônus da especialidade Armas de Haste se aplicam ao teste de Força oposto.

Lutador com Lâminas Curtas I — Marcial

Exige Luta 4 (Lâminas Curtas 1B)

Você sabe como enfiar sua lâmina por entre as frestas das mais pesadas armaduras.

Armas com lâminas curtas nas suas mãos recebem a qualidade Perfurante 1. Caso a arma já possua esta qualidade, aumente-a em +1.

Lutador com Lâminas Curtas II — Marcial

Exige Luta 5, Lutador com Lâminas Curtas I

Você pode sacar lâminas com velocidade estonteante.

Você pode sacar uma lâmina curta como uma ação livre. Além disso, adicione um número aos resultados dos seus testes de Luta usando uma lâmina curta igual à quantidade de dados de bônus que você tem na especialidade Lâminas Curtas.

Lutador com Lâminas Curtas III — Marcial

Exige Luta 6, Lutador com Lâminas Curtas II

Uma lâmina curta é uma arma mortal em suas mãos.

Você pode adicionar a quantidade de dados de bônus que designou à especialidade Lâminas Curtas ao dano de qualquer ataque que você fizer usando uma lâmina curta. Este dano extra se aplica depois que você aplicar os benefícios por seus graus de sucesso.

Lutador com Lâminas Longas I — Marcial

Exige Luta 4 (Lâminas Longas 2B)

O peso de sua lâmina torna mais difícil aparar seus ataques.

Sempre que você fizer um teste de Luta para atacar com uma arma de lâmina longa, pode sacrificar todos os seus dados de bônus antes do teste para receber um grau de sucesso extra em caso de acerto. Você também adiciona 1 aos resultados dos seus testes de Luta ao usar uma lâmina longa para atacar um inimigo que não possua um escudo.

Lutador com Lâminas Longas II — Marcial

Exige Luta 5, Lutador com Lâminas Longas I

Você faz seus inimigos recuarem ante a ferocidade de seus ataques.

Sempre que você fizer um teste de Luta para atacar com uma arma de lâmina longa, pode sacrificar dados de bônus para manobrar seu oponente. Para cada dois dados de bônus sacrificados, você e seu oponente movem-se 1 metro em qualquer direção, em caso de acerto. Caso você mova seu oponente de forma que ele perca o equilíbrio ou fique em perigo, ele pode anular este movimento com um teste de Agilidade **Desafiador** (9) bem-sucedido. Os dados de bônus da especialidade Esquiva se aplicam.

Você deve escolher qual benefício de Lutador com Lâminas Longas se aplica quando ataca com estas armas (ou escolher não aplicar benefício algum).

Lutador com Lâminas Longas III — Marcial
Exige Luta 6, Lutador com Lâminas Longas II

Você pode desferir um golpe selvagem para despedaçar seu inimigo.

Sempre que você fizer um teste de Luta para atacar com uma arma de lâmina longa, pode sacrificar todos os seus dados de bônus para causar uma lesão terrível. Se você obtiver três ou mais graus de sucesso, causa dano normal, uma lesão (que não reduz dano) e faz com que o alvo adquira a desvantagem Aleijado (veja na página 117). O alvo pode queimar um Ponto de Destino para evitar receber esta qualidade.

Você deve escolher qual benefício de Lutador com Lâminas Longas se aplica quando ataca com estas armas (ou escolher não aplicar benefício algum).

Lutador com Lanças I — Marcial
Exige Luta 3 (Lanças 1B)

A haste de uma lança é tão ameaçadora quanto sua ponta.

Você recebe uma nova manobra de combate. Gaste uma ação maior para fazer um ataque de Luta usando uma lança. Um acerto causa dano normal. Se você errar, faça um segundo ataque contra outro inimigo ao seu alcance, causando dano igual ao seu Atletismo –1 em caso de acerto.

Lutador com Lanças II — Marcial
Exige Lutador com Lanças I

Você pode derrubar seus oponentes com um golpe preciso de sua lança.

Lanças nas suas mãos podem atacar oponentes a 1 metro a mais de distância do que seria possível normalmente, sem penalidades. Além disso, quando estiver armado com uma lança, você recebe +1D em testes para Derrubar seus oponentes.

Lutador com Lanças III — Marcial
Exige Atletismo 5, Lutador com Lanças II

Com habilidade e força bruta, você atravessa seus inimigos com sua lança.

Lanças nas suas mãos recebem a qualidade Perfurante 2. Se a lança já tiver a qualidade Perfurante, aumente-a em 2.

Lutador com Machados I — Marcial
Exige Luta 4 (Machados 2B)

Seus golpes com machados produzem resultados terríveis.

Sempre que você fizer um teste de Luta para atacar usando um machado, pode sacrificar dados de bônus antes do teste para causar dano adicional. Em caso de acerto com o ataque, seu alvo sofre dano adicional igual à quantidade de dados de bônus que você sacrificou, no início do próximo turno dele. Este dano extra ignora VA.

Lutador com Machados II — Marcial
Exige Luta 5 (Machados 3B), Lutador com Machados I

Você pode aleijar seus oponentes com golpes selvagens.

Sempre que você fizer um teste de Luta para atacar com um machado, pode sacrificar todos os seus dados de bônus antes do teste para causar dano adicional. Em caso de acerto, se você tiver pelo menos dois graus de sucesso, o alvo sofre uma lesão além do dano causado pelo ataque. A lesão causada por este benefício não diminui o dano.

Você deve escolher qual benefício de Lutador com Machados se aplica ao atacar com um machado.

Lutador com Machados III — Marcial
Exige Luta 6 (Machados 4B), Lutador com Machados II

Você pode arrancar membros e decepar cabeças com cada golpe de machado.

Sempre que você fizer um teste de Luta para atacar com um machado, pode sacrificar os seus dados de bônus antes do teste para causar dano adicional. Em caso de acerto, o alvo sofre uma lesão além do dano normal do ataque. Além disso, o alvo deve ser bem-sucedido em um teste de Vigor contra o resultado do seu teste de Luta ou receber permanentemente a qualidade Aleijado. Um oponente pode queimar um Ponto de Destino para não receber a qualidade.

Você deve escolher qual benefício de Lutador com Machados se aplica ao atacar com um machado.

Capítulo 5: Destino & Qualidades

Maestria em Arma — Marcial
Você é um perito com uma arma específica.

Escolha uma arma. Aumente o dano da arma em 1.

Você pode escolher esta qualidade várias vezes. A cada vez, seus efeitos se aplicam a uma arma diferente.

Maestria em Arma Aprimorada — Marcial
Exige Maestria em Arma

Você é um perito com uma arma específica.

Escolha uma única arma para a qual você já escolheu Maestria em Arma. Aumente o dano básico da arma em 1.

Você pode escolher esta qualidade várias vezes. A cada vez, seus efeitos se aplicam a uma arma diferente.

Maestria em Armadura — Marcial
Você está acostumado ao peso e volume das armaduras e sabe como usá-las para maximizar seus benefícios.

Quando estiver usando qualquer armadura, adicione +1 ao VA. Além disso, você trata a armadura como se tivesse Volume 1 ponto menor para calcular movimento.

Maestria em Armadura Aprimorada — Marcial
Exige Maestria em Armadura

Você fica confortável trajando armaduras e pode usá-las da melhor forma possível, maximizando seus benefícios.

Aumente o VA de qualquer armadura que você usar em 1. Diminua a penalidade da armadura para Defesa em Combate em 1. Estes benefícios acumulam-se com benefícios semelhantes, como aqueles concedidos por Maestria em Armadura.

Maestria em Escudo — Marcial
Exige Luta 3 (Escudos 1B)

Você é capaz de defletir ataques com facilidade empunhando um escudo.

Aumente o Bônus Defensivo de qualquer escudo que você usar em +1 por graduação na especialidade Escudos. Você pode no máximo dobrar o bônus concedido pelo escudo.

Magnético — Social
Exige Carismático

Seu jeito cultiva alianças e amizades.

Sempre que você derrotar um inimigo usando charme, a postura dele aumenta em um número de passos igual ao número de dados de bônus que você possui em Charme (mínimo de dois passos).

Mãos Ágeis — Marcial
Exige Agilidade 4

Suas mãos ligeiras permitem que você recarregue sua arma com mais rapidez.

Quando estiver empunhando uma arma com a qualidade Recarregar, você pode reduzir o tempo de recarga dela de uma ação maior para uma ação menor, ou de uma ação menor para uma ação livre.

Meistre — Fortuna
Exige Astúcia 3, Foco em Conhecimento (quaisquer dois)

Você forjou sua corrente de conhecimento e usa-a com orgulho.

Você recebe os benefícios de ser um meistre da Cidadela. Você é imune à sorte da casa onde nasceu, mas sofre os efeitos da sorte da casa a qual é designado. Além disso, você adiciona um número igual às suas graduações em Astúcia aos resultados de todos os seus testes de Conhecimento e Vontade.

Você deve ter a permissão do narrador para escolher esta qualidade. Escolhê-la resulta na perda de todas as outras qualidades de Fortuna, embora você recupere Pontos de Destino investidos nelas. Um personagem não precisa deste benefício para ser um meistre. Isto reflete um meistre que cortou todos os laços com seu passado, e cuja sabedoria tornou-se uma inspiração para os outros na Cidadela.

Membro da Guarda Real — Fortuna
Exige Patrono

Você foi selecionado para proteger o rei como um dos sete cavaleiros da Guarda Real.

Você recebe os benefícios de ser um membro da Guarda Real:

- Aumente seu Status para 5.
- Aumente sua Compostura em 2.
- Ao lutar para proteger o rei, a rainha ou outros membros da família real, você adiciona +2 aos resultados de todos os seus testes de Luta.
- Você possui uma cela dentro da Torre Branca em Porto do Rei e recebe uma espada longa forjada em castelo, uma armadura de placas forjada em castelo e uma cota de malha. Sempre que você precisar de equipamento em geral, a coroa fornece-o.
- Você não mais possui laços com sua família e não pode receber quaisquer benefícios das terras ou sorte de sua

casa. Contudo, quando recebe Glória, pode investir até metade (arredondada para baixo, mínimo 1) em sua antiga casa.

Você deve ter a permissão do narrador para escolher esta qualidade. Escolhê-la resulta na perda de todas as outras qualidades de Fortuna, embora você recupere Pontos de Destino investidos nelas.

Memória Eidética — Habilidade
Exige Astúcia 2 (Memória 1B)

Você tem capacidade impressionante para lembrar de detalhes sobre coisas que viu ou leu.

Ao testar Astúcia para usar Memória, você pode adicionar seus dados de bônus de Memória como dados de teste.

Mente Matemática — Habilidade
Exige Status 3 (Administração 1B)

Você administra sua casa com a precisão de um especialista.

Ao rolar Sorte da Casa, você pode adicionar suas graduações em Astúcia ao resultado do seu teste de Status. Além disso, sempre que você fizer uma rolagem de Sorte da Casa que resultar em um aumento do Recurso Riqueza, recebe um ponto de Riqueza adicional.

Mestre dos Corvos — Fortuna
Exige Lidar com Animais 3

Você é hábil em lidar com corvos.

Você pode enviar corvos para carregar mensagens. Ao fazer isso, teste Lidar com Animais (os dados de bônus de Encantar se aplicam). O narrador determina a Dificuldade com base na distância, velocidade e condições de perigo da ave. A maior parte das mensagens exige apenas um teste **Rotineiro (6)**. O narrador faz este teste em segredo em seu nome.

Milagreiro — Habilidade
Exige Cura 4

Você conhece várias técnicas e remédios para ajudar seus pacientes.

Adicione um número aos resultados de todos os seus testes de Cura igual à quantidade de dados de bônus que você possui em Educação. Sempre que você tiver sucesso em usar Cura para diagnosticar um paciente, recebe +2B, em seu próximo teste de Cura para tratar o paciente, mais +1B para cada grau de sucesso. Você pode trocar dois dados de bônus recebidos deste benefício por um dado de teste extra.

Negociador Nato — Social
Exige Enganação 3

Enterrando fundo seus sentimentos, você esconde suas verdadeiras motivações de seus oponentes.

Você nunca sofre uma penalidade em testes de Persuasão por sua postura inicial, desde que seu oponente não conheça sua postura inicial.

Ofício — Habilidade

Você é um artesão hábil.

Você aprendeu um ofício à sua escolha. Você precisa investir pelo menos 2 gamos de prata e gastar oito horas por dia durante cinco dias. Depois deste período, role um teste de Astúcia **Desafiador (9)**. Um sucesso lhe concede um número de gamos de prata igual a 6 x seu investimento inicial (assim, um mínimo de 12 gamos de prata, com 10 gamos de lucro). Cada grau de sucesso adicional aumenta o multiplicador em 1 (assim, dois graus de sucesso com 5 gamos de investimento concederiam 35 gamos de prata). Se você rolar uma falha Crítica, seu investimento é perdido e você recebe −1D em seu próximo teste de Ofício. Por fim, você pode criar itens relacionados ao seu ofício, permitindo que compre-os à metade do preço listado.

Olhos Noturnos — Fortuna

Você possui visão excepcional e é capaz de enxergar com clareza na escuridão.

Você nunca sofre uma penalidade em testes ao tentar fazê-los em áreas com baixa iluminação. Você ainda sofre penalidades normalmente em áreas totalmente escuras.

Pantomima — Habilidade
Exige Persuasão 3

Você é um ator talentoso, hábil em entreter a plateia com suas micagens.

Você pode se apresentar para uma plateia — e ganhar a vida fazendo isso. Para se apresentar, você deve ser bem-sucedido em um teste de Persuasão. A Dificuldade em geral é **Desafiadora (9)**, mas pode ser maior ou menor, dependendo da atmosfera e humor geral da plateia. Em caso de sucesso, você recebe 1d6 gamos de prata. Cada grau de sucesso adicional resulta em uma moeda a mais. Um teste representa a performance de uma noite.

Se você rolar uma falha Crítica, seu espetáculo ofende o público e você é expulso. Até que você seja bem-sucedido em um novo teste de Persuasão para se apresentar, sofre −5 de penalidade em todos os testes de Persuasão.

Patrono — Fortuna
Você conta com as boas graças de uma figura importante.

Você tem o apoio de uma pessoa bem posicionada. Patrono é uma exigência para muitas qualidades. Você e o narrador devem definir juntos a pessoa que o protege. Seu patrono pode lhe conceder informações, audiências, companhia e até mesmo interessar-se pelo seu desenvolvimento, embora esta qualidade em geral não forneça qualquer benefício mecânico.

Pio — Fortuna
Exige Vontade 3 (Dedicação 1B)

Você tem convicção profunda e devoção inabalável a seu deus ou deuses.

Escolha um grupo religioso, um deus ou um princípio relacionado a alguma religião, como o Antigo Caminho, os Sete, o Senhor da Luz, etc. Você é dedicado a esta fé. Uma vez por dia, antes de fazer um teste, pode invocar sua fé para receber +1D no teste.

Poliglota — Habilidade
Exige Astúcia 4 (Decifrar 1B)

Você tem grande facilidade com idiomas.

Você pode ler qualquer idioma no qual possua pelo menos 1 graduação. Quando for exposto a um idioma com o qual não está familiarizado, você pode fazer um teste de Astúcia **Formidável (12)**. Em caso de sucesso, você recebe 1 graduação no idioma durante a cena. Para cada dois graus de sucesso adicionais, você recebe uma graduação extra.

Professor Nato — Habilidade
Exige Conhecimento 4, Persuasão 3

Você é capaz de conceder sua sabedoria a seus alunos.

Você recebe um novo uso de Persuasão. Gaste pelo menos uma hora instruindo outro personagem. Um teste bem-sucedido de Persuasão permite que você conceda a este personagem dados de bônus em testes de Conhecimento relacionados à sua instrução. Assim, se você foi bem-sucedido em um teste de Persuasão para ensinar outro personagem sobre arquitetura, ele recebe dados de bônus em seu próprio teste de Conhecimento relacionado a arquitetura. Você não pode instruir personagens que tenham mais dados de bônus que você em uma determinada especialidade. A Dificuldade do teste depende do bônus que você deseja conceder. Uma falha indica que o assunto é complexo demais para que o aluno aprenda.

Capítulo 5: Destino & Qualidades

Dificuldade	Dados de Bônus
Rotineira (6)	1B
Desafiadora (9)	2B
Formidável (12)	3B
Difícil (15)	4B
Muito Difícil (18)	5B
Heroica (21)	6B

Uma vez que você tenha instruído o aluno com sucesso, ele pode fazer um teste de Astúcia **Desafiador (9)** a qualquer momento (Memória se aplica) para lembrar de seus ensinamentos. Um sucesso concede ao aluno +1B por grau, tirados dos dados de bônus que você concedeu. Uma vez que o aluno use estes dados de bônus, não pode extrair mais nada de seus ensinamentos sem outra aula.

Preciso — Marcial
Exige Pontaria 4

Sua mão firme e seu olho aguçado concedem-lhe precisão mortal com armas de ataque à distância.

Seus ataques com Pontaria podem anular a cobertura dos oponentes. Receba +1D em testes de Pontaria feitos para atacar oponentes que se beneficiem de cobertura.

Pugilista I — Marcial
Exige Luta 4 (Briga 1B)

Seus punhos são rápidos como relâmpagos.

Seus ataques com os punhos recebem a qualidade Rápido. Além disso, seus ataques com os punhos causam dano igual à sua graduação em Atletismo −2.

Pugilista II — Marcial
Exige Luta 4 (Briga 3B), Pugilista I

Você é capaz de desferir golpes poderosos com as mãos nuas.

Seus ataques com os punhos recebem a propriedade Poderoso. Além disso, você pode adicionar sua graduação em Atletismo aos resultados de seus testes de Luta ao atacar com os punhos.

Pugilista III — Marcial
Exige Luta 5 (Briga 5B), Pugilista II

Seus ataques desarmados são poderosos a ponto de causar um verdadeiro colapso em seus inimigos.

Sempre que você atingir um oponente com os punhos, pode sacrificar três graus de sucesso para atordoá-lo. Você precisa pelo menos três graus de sucesso no resultado do teste. Compare o resultado do seu teste com o resultado passivo de Vigor do oponente. Se você igualar ou exceder o resultado passivo, seu oponente fica atordoado e só pode realizar a ação especial Recuperar-se no próximo turno dele. Um oponente atordoado não pode ser atordoado de novo até se recuperar.

Recuperar-se (ação maior): você deve ser bem-sucedido em um teste de Vigor **Desafiador (9)** ou será forçado a tentar outra ação Recuperar-se no seu próximo turno. Você recebe +1B cumulativo para cada teste falho. Se você for bem-sucedido no seu teste de Vigor, recebe o direito a realizar uma ação menor imediatamente.

Rápido — Marcial
Seus pés têm velocidade incomum.

Ao calcular movimento, seu movimento inicial é 5 metros. Ao correr, você se move 5 x seu Movimento.

Rato das Ruas — Habilidade
Você sente-se confortável entre a escória de Westeros.

Você pode rolar novamente uma quantidade de resultados "1" em um teste de Ladinagem igual à quantidade de dados de bônus na especialidade que mais se aplica ao teste (mínimo 1).

Resistente — Habilidade
Exige Vigor 3 (Vitalidade 1B)

Você é excepcionalmente saudável e pode se recuperar de ferimentos com rapidez.

Ao testar Vigor para remover ferimentos ou lesões, você pode ignorar uma penalidade de −1 ou −1D em seu teste.

Respeitado — Social
Exige Reputação 2B

Seus feitos são conhecidos em muitos lugares, e sua reputação inspira respeito.

Seus oponentes sofrem −1D em testes de Persuasão feitos para usar Incitar, Intimidar ou Provocar contra você.

Rosto na Multidão — Habilidade
Exige Furtividade 3 (Mesclar-se 1B)

Você é capaz de assumir a aparência de alguém que pertence ao local onde está, mesmo longe de casa.

Adicione um número igual a suas graduações em Astúcia a seus testes de Furtividade para Mesclar-se. Usar Furtividade para Mesclar-se é uma ação livre para você.

CAPÍTULO 5: DESTINO & QUALIDADES

SÁBIO DAS ARMAS — MARCIAL
Exige Agilidade 4, Astúcia 4, Luta 5

Você é capaz de lutar habilmente com qualquer arma.

Você pode usar qualquer arma sem penalidades, a despeito de suas exigências de treinamento.

SANGUE DOS ANDALS — HERANÇA

O sangue dos andals corre por suas veias. Você tem cabelos e pele claros.

Uma vez por dia, adicione 2 ao resultado de qualquer teste que você tenha acabado de fazer. Além disso, escolha uma habilidade na qual você possua 3 ou mais graduações. Sempre que testar esta habilidade, você pode rolar novamente um único dado. Você deve aceitar o resultado da segunda rolagem, mesmo se for pior que o da primeira.

SANGUE DE HERÓIS — HERANÇA

Seu talento inato com uma habilidade específica excede em muito as limitações dos homens comuns.

Escolha uma habilidade. Você pode gastar Experiência para aumentar esta habilidade além de 7.

SANGUE DOS HOMENS DE FERRO — HERANÇA

Você descende dos homens de ferro, e água do mar corre por suas veias.

Uma vez a cada encontro de combate, você pode adicionar +1D a um teste de Luta. Você deve tomar esta decisão antes de rolar os dados.

Além disso, sempre que você testar Atletismo no mar (inclusive em navios), pode rolar novamente uma quantidade de resultados "1" igual à sua graduação na especialidade mais relacionada ao teste.

SANGUE DOS PRIMEIROS HOMENS — HERANÇA

Você pertence aos Primeiros Homens, os povos ancestrais que assentaram-se em Westeros durante a Era do Amanhecer.

Adicione 2 aos resultados de todos os testes de Vigor que você fizer. Além disso, aumente sua Saúde em 2.

SANGUE DOS ROINAR — HERANÇA

Você descende do vigoroso povo guerreiro conhecido como roinar, que veio a Westeros para lutar por sua lendária rainha guerreira, Nymeria.

Aumente sua Defesa em Combate em 2. Além disso, sempre que você testar Tática, pode rolar novamente uma quantidade de resultados "1" igual à sua Astúcia.

SANGUE DOS SELVAGENS — HERANÇA

Você faz parte dos muitos povos que vivem nas terras além da Muralha.

Adicione um número igual à sua graduação em Atletismo a seu Vigor passivo sempre que for atacado por frio. Personagens com Status alto nunca podem compeli-lo automaticamente e sempre devem entrar em uma intriga.

SANGUE DE VALYRIA — HERANÇA

O sangue de Valyria corre por suas veias, concedendo-lhe uma certa ferocidade e liderança natural que outras pessoas acham inquietante. Você tem o cabelo prateado e olhos púrpuras da maior parte das pessoas vindas daquele lugar ancestral.

Adicione 2 aos resultados de todos os seus testes de Intimidar e Persuasão. Sempre que você for atacado por fogo ou calor, aumente seu Vigor passivo em 2. Por fim, antes de entrar em uma intriga, seu Status conta como uma graduação a mais para propósitos de influenciar um alvo sem iniciar uma intriga verdadeira (veja a página 189).

SAGRADO — MARCIAL
Exige Patrono

Você fez uma vigília, proferiu votos e recebeu os sete óleos de um septon. Você é um verdadeiro cavaleiro.

Você recebe os benefícios de ser um cavaleiro sagrado. Adicione +2 aos resultados de todos os seus testes de Status. Você pode extrair força de sua dedicação aos valores da cavalaria e de suas convicções. Você recebe uma nova manobra de combate e de intriga utilizável uma vez por dia. Gaste uma ação livre no seu turno para aumentar Defesa em Combate, Defesa em Intriga e todos os resultados passivos de habilidades em +5 até o início de seu próximo turno.

Um personagem não precisa necessariamente possuir este benefício para ser um cavaleiro. Isto apenas reflete um cavaleiro cuja sagração foi um evento importante, sob a proteção de uma figura de destaque.

SENTIDO DO PERIGO — MARCIAL
Exige Percepção 4

Seus sentidos aguçados ajudam-no a prever o perigo antes que ele se revele.

Você pode rolar novamente todos os resultados "1" em testes de Agilidade para iniciativa. Além disso, sempre que uma unidade da qual você fizer parte for surpreendida em combate, seu oponente não recebe +1D em testes de Luta ou Pontaria, como receberia normalmente.

Capítulo 5: Destino & Qualidades

Sentidos Aguçados	Habilidade

Exige Percepção 4

Seus sentidos são altamente desenvolvidos.

Sempre que você testar Percepção para notar algo, pode rolar novamente uma quantidade de resultados "1" igual à quantidade de dados de bônus que você possui na especialidade Notar. Além disso, aumente o seu resultado passivo de Percepção em um número igual às suas graduações em Astúcia.

Sinistro	Habilidade

Tudo ao seu respeito sugere um indivíduo perigoso.

Durante a primeira rodada de cada combate ou intriga, você recebe um bônus de +2 em sua Defesa em Combate e Defesa em Intriga.

Sonhos de Warg	Fortuna

Exige Vontade 4 (Dedicação 1B), Companheiro Animal

Assolado por sonhos estranhos, você tem uma conexão sobrenatural com seu companheiro animal. Às vezes você tem a sensação de que usa o corpo dele enquanto dorme.

Sempre que você dormir, role 1d6. Com um resultado 1 a 5, você tem uma noite de sono comum. Um resultado "6" indica que você entrou na pele de seu Companheiro Animal, preenchendo sua mente com sensações e experiências estranhas. Enquanto estiver usando a pele dele, você pode tentar influenciar a criatura com um teste de Vontade oposto. Se você vencer, toma o controle do animal. Você pode agir normalmente, mas usa as estatísticas da fera no lugar das suas.

Se o animal vencer, ele mantém o controle, mas você enxerga através dos olhos dele e experimenta tudo que ele experimentar. Em qualquer caso, você não pode se libertar do animal a menos que seja bem-sucedido em outro teste de Vontade **Desafiador (9)**. Você pode fazer este teste apenas uma vez por hora em que ocupa o animal. Um aliado pode conceder-lhe o direito a outro teste antes disso, sacudindo-o vigorosamente. Se o animal sofrer qualquer dano enquanto isto está acontecendo, você volta a seu próprio corpo e recebe um ponto de Fadiga pela experiência.

Por fim, sempre que você tiver uma experiência extracorporal como esta, deve ser bem-sucedido em um teste de Vontade **Desafiador (9)** (Dedicação se aplica). Em caso de sucesso, você não sofre qualquer efeito negativo. Em caso de falha, você sofre –1D em todos os testes de Persuasão até que durma de novo. Se você falhar em dois testes de Vontade consecutivos depois de duas noites de troca de peles, reduz sua Astúcia em 1 graduação permanentemente.

Caso você morra, uma parte de você entra no seu Companheiro Animal, tornando-o mais inteligente, com ligações emocionais a pessoas, lugares e eventos ligados a você.

Sortudo	Fortuna

Você tem sorte incomum.

Uma vez por dia você pode repetir um único teste. Você fica com o melhor dentre os dois resultados.

Talentoso	Habilidade

Você tem talento natural com uma habilidade.

Escolha uma habilidade qualquer. Adicione 1 aos resultados de todos os testes usando esta habilidade. Você pode escolher este benefício várias vezes. A cada vez, escolha uma nova habilidade.

Teimoso	Social

Exige Vontade 3 (Dedicação 1B)

É difícil persuadi-lo.

Aumente sua Compostura em um número igual à quantidade de dados de bônus que você designou para Dedicação.

Terras	Fortuna

Exige Patrono

Você caiu nas boas graças de seu lorde. Em troca, recebeu terras e um título.

O indivíduo a quem sua espada está jurada reconhece seus serviços leais e constantes, e concede-lhe um pedaço de terra onde você pode construir um lar e governar como quiser. Como um cavaleiro com terras, você está em dívida para com seu senhor. Deve responder a seu chamado às armas e servir a ele quando houver necessidade. Você pode gastar Experiência para aumentar seu Status. Veja o **Capítulo 6: Casa & Terras** para diretrizes sobre fundar uma casa e administrar terras.

Tiro Duplo	Marcial

Exige Pontaria 5 (Arcos 3B)

Você pode disparar duas flechas ao mesmo tempo.

Você recebe uma nova manobra de combate. Gaste uma ação maior para fazer dois ataques de uma só vez usando uma arma de Pontaria. Resolva estes ataques como ataques normais de Pontaria, mas com –1D em cada teste.

Você pode fazer os dois ataques contra o mesmo alvo ou dividi-los entre dois alvos adjacentes.

Tiro Mortal	Marcial

Exige Pontaria 5

Sua mira é mortífera, e você sabe onde disparar projéteis para alcançar efeito máximo.

Os arcos e bestas que você empunha recebem as qualidades Cruel e Perfurante 1. Caso a arma já possua a qualidade Perfurante 1, aumente o valor de Perfurante em 1.

Tiro Triplo	Marcial

Exige Pontaria 7 (Arcos 5B), Tiro Duplo

Assim como Anguy, o Arqueiro, você é capaz de disparar três flechas ao mesmo tempo.

Você recebe uma nova manobra de combate. Gaste uma ação maior para fazer três ataques ao mesmo tempo com uma arma de Pontaria. Resolva estes ataques como ataques de Pontaria normais, mas com –2D em cada teste. Você pode fazer os três contra o mesmo alvo ou dividi-los entre dois ou três alvos adjacentes.

Traiçoeiro	Social

Você usa sua astúcia e duplicidade para ludibriar seus inimigos.

Durante uma intriga, você pode adicionar um número igual às suas graduações em Astúcia aos resultados de todos os seus testes de Enganação.

Trocador de Peles	Fortuna

Exige Vontade 5 (Dedicação 2B), Warg

Você dominou o método de troca de peles; agora pode deixar seu corpo e usar diversas peles.

Você não está mais restrito a seu Companheiro Animal para usar a qualidade Warg. Entrar em um animal que não seja seu Companheiro Animal exige dominar a vontade dele.

Este processo envolve encontrar um animal no alcance dos seus sentidos e iniciar um Teste de Conflito, usando sua habilidade Lidar com Animais contra a Vontade passiva da fera. O animal resiste à dominação, e muitos deles demonstram medo ou fúria diante desta intrusão. Um sucesso significa que você forçou sua vontade sobre o animal e agora pode controlá-lo através do benefício Warg.

Enquanto você estiver usando uma destas peles, pode entrar em combate com ela. Como um benefício adicional, a pele (o corpo do animal que você está possuindo) pode sofrer ferimentos e lesões. Contudo, se o animal sofrer uma lesão, você volta a seu corpo e recebe um ponto de Fadiga pela experiência.

É difícil dominar várias feras ao mesmo tempo. Depois do primeiro animal que você subjugar desta forma (exceto por seu Companheiro Animal), adicione um bônus cumulativo de +3 à Vontade passiva da fera para resistir. Há limites práticos sobre quantas feras podem estar ativas como peles de warg em potencial. Os wargs que conseguem acumular várias delas são respeitados e temidos em culturas que reconhecem sua existência (como os selvagens).

Gastando um Ponto de Destino, um warg também pode transformar um humano com Astúcia 1 em um alvo viável deste benefício, permitindo que entre em pessoas de mente simples.

Se, no momento de sua morte física, um warg estiver dentro de uma de suas peles ou consciente o bastante para entrar nela, pode queimar um Ponto de Destino para controlar a criatura, continuando sua própria existência. O warg mantém sua Astúcia e Vontade, assim como benefícios e desvantagens apropriados — especialmente suas habilidades de warg.

Visão Verde	Fortuna

Exige Vontade 5

Seus sonhos às vezes se tornam realidade.

De acordo com as lendas, videntes verdes eram filhos da floresta que possuíam incríveis poderes sobre a natureza. Contudo, ainda mais importante, possuíam a capacidade de predizer o futuro. Embora os videntes verdes e os filhos da floresta tenham desaparecido há muito de Westeros, algumas pessoas possuem a visão verde e experimentam ocasionais sonhos proféticos se souberem o que estão procurando. Você tem dois tipos de sonhos: *premonições* e *portentos*. Ao dormir, role 1d6. Com um resultado "6", você experimenta um dos dois tipos.

✦ **Premonições** são sonhos simples, mais emoções e sentimentos do que imagens concretas. São avisos de problemas em sua vida pessoal e concedem inspiração e força para perseverar durante esses eventos. Em termos de jogo, você pode escolher um único teste no dia seguinte e receber +1D nele, refletindo uma súbita "iluminação" sobre o percalço e como vencê-lo. Além disso, ao gastar ou queimar um Ponto de Destino para editar uma cena, você pode decidir que já havia sonhado com esta situação (embora este tipo de sonho nem sempre seja levado a sério ou lembrado). Neste caso, a edição da cena se origina da percepção que o personagem obteve a partir do sonho.

CAPÍTULO 5: DESTINO & QUALIDADES

+ **Portentos** são sonhos proféticos, poderosas visões de coisas que estão ocorrendo — ou que estão para ocorrer. Os sonhos são repletos de metáforas e significados simbólicos, e seu sentido nem sempre é óbvio. Contudo, uma vez que você tenha tido um deles, suas visões serão cumpridas. Gastando um Ponto de Destino, você pode escolher o simbolismo e o significado do sonho, recebendo +1D que pode ser usado para torná-lo realidade. Diferente do que ocorre com premonições, este bônus permanece por mais de um dia, esperando até ser utilizado. Note que o *jogador* (e não o personagem) escolhe o conteúdo do sonho; para o personagem, é apenas mais um sonho cheio de símbolos estranhos. Caso o narrador já tenha um portento pronto quando você tem um sonho verde, você recebe o portento que ele preparou. Caso contrário, presume-se que estes sonhos são premonições.

WARG	FORTUNA
Exige Vontade 5 (Dedicação 2B), Sonhos de Warg	

A conexão entre você e seu amigo animal fica disponível quando você está acordado, permitindo que você entre na pele dele quando quiser.

Você pode usar a pele de seu Companheiro Animal com segurança, entrando nele como uma ação maior. Você usa as estatísticas do animal, mas mantém sua própria Astúcia e Vontade. Contudo, durante este tempo, seu corpo fica inconsciente e dormente, e você não nota o que está acontecendo ao seu redor.

Você pode permanecer nesta forma tanto quanto quiser, embora as necessidades do seu corpo ainda precisem ser satisfeitas. Viagens extensas dentro de seu Companheiro Animal podem fazer com que você morra de fome. Você pode voltar a seu corpo automaticamente. Enquanto estiver usando a pele de seu Companheiro Animal, você pode até mesmo entrar em combate. Como um benefício adicional, o animal pode sofrer ferimentos. Contudo, se isso acontecer você volta a seu próprio corpo e recebe um ponto de Fadiga pela experiência.

TROCADORES DE PELES

Trocadores de peles são incomuns no Norte, onde os velhos deuses ainda marcam presença, e virtualmente desconhecidos no sul civilizado. Um trocador de peles, às vezes chamado de feral, é um raro indivíduo capaz de enviar sua mente para preencher a consciência de um animal. De início, a ligação só pode ocorrer entre o indivíduo e um animal que já seja próximo a ele — e mesmo assim, apenas com animais excepcionais.

Quando um trocador de peles desperta esta habilidade, o resultado mais provável é confusão, pois a pessoa experimenta sonhos vívidos e eventos impossíveis. Estas ligações são inconscientes, e o trocador de peles não tem qualquer controle sobre essas sensações. Mesmo assim, os efeitos sobre a pessoa e o animal começam a se manifestar, à medida que eles adquirem maneirismos um do outro. Com o tempo, com prática e muitas vezes com o treinamento de outro trocador, o indivíduo aprende a controlar a experiência, mesclando sua consciência com o animal quando quiser.

A troca de peles é perigosa por várias razões. O feral deve sempre resistir à influência do animal e sempre esforçar-se para manter sua própria identidade, pois o toque do animal é forte. Além disso, caso o trocador seja morto enquanto estiver habitando a criatura hospedeira, fica preso na mente da fera, condenado a passar o resto de seus dias perdido dentro do animal.

Não parece haver limites sobre os tipos de criaturas que um trocador de peles pode habitar. Wargs, trocadores que ligam-se com lobos, são comuns o bastante para afetar as opiniões dos nortistas, mas há trocadores que ligam-se com águias, gatos sombrios, lobos atrozes e até mesmo ursos. Diz-se que os maiores trocadores de peles eram os videntes verdes, filhos da floresta capazes de vestir a pele de qualquer fera.

Desvantagens

As desvantagens a seguir são apresentadas em ordem alfabética. Para um resumo delas, consulte a **Tabela 5-2: Desvantagens**. Em geral, você só pode escolher uma desvantagem específica uma vez, a menos que sua descrição diga o contrário. Sempre que você assumir uma desvantagem voluntariamente, recebe 1 Ponto de Destino. Você não pode ter mais desvantagens do que benefícios. Contudo, quando você recebe uma desvantagem como consequência de uma derrota, não recebe um Ponto de Destino. Você pode queimar um Ponto de Destino para remover o efeito de uma desvantagem que recebeu.

A lista a seguir não é completa. As pessoas em Westeros e além parecem ter inventividade infinita para criar novas maneiras de serem desprezíveis. Se você desejar explorar alguma faceta da degradação humana que não esteja incluída aqui, converse com o narrador para criar algo apropriado, que represente uma desvantagem significativa.

Todos os personagens adultos e mais velhos começam com uma desvantagem. Em geral, isto se manifesta como um defeito. Contudo, com a permissão do narrador, você pode escolher outro tipo de desvantagem.

Aleijado

Você perdeu um membro em uma luta ou acidente.

Sempre que você testar Persuasão, deve rolar novamente qualquer dado com um resultado "6" e aceitar a segunda rolagem. Além disso, você perde um membro. Se o membro perdido for uma perna, diminua seu Movimento pela metade e sofra –1D em todos os testes de Atletismo. Se o membro perdido for um braço, você não pode usar armas de duas mãos e sofre –2D em todos os testes que exigem duas mãos.

Amaldiçoado

Você vive sob uma terrível maldição que afeta tudo que você faz.

Sempre que você gastar um Ponto de Destino, role 1d6. Com um resultado "1", o Ponto de Destino não tem efeito e é desperdiçado.

Ameaçador

Você emana uma aura de perigo.

Durante uma intriga, se seu primeiro teste de Persuasão não usar Intimidar, você sofre uma penalidade de –2 em Defesa em Intriga até o final da cena. Você também sofre –2D em todos os testes de Persuasão feitos para usar Charme ou Seduzir.

Anão

Você tem estatura anormalmente baixa.

Reduza seu Movimento básico em –1 metro. Além disso, você sofre –1D em todos os testes de Persuasão para usar Charme e Seduzir.

Arrogância Suprema

Sua arrogância deixa-o cego para os perigos ao seu redor.

Você sofre uma penalidade nos resultados de todos os testes de Percepção igual ao seu Status.

Assombrado

As memórias de seu passado atormentam-no.

Você sofre –1D em testes de Percepção. Contudo, durante a primeira rodada de combate, pode adicionar um número igual aos seus dados de bônus de Memória aos resultados dos seus testes de Luta.

Bastardo

Você é produto da luxúria. Assim, teve nascimento ilegítimo, um estigma que deve carregar pelo resto de seus dias.

Como um bastardo, você sofre –1D em todos os testes de Persuasão ao interagir com personagens que tenham Status maior. Você não usa o nome de sua família. Em vez disso, recebe um sobrenome baseado na terra onde nasceu.

Região	Sobrenome
Dorne	Areia
As Ilhas de Ferro	Pique
Rocha do Dragão	Águas
O Norte	Neve
O Extremo	Flores
As Terras Fluviais	Rios
O Vale de Arryn	Pedra
As Terras Ocidentais	Colina
As Terras Tempestuosas	Tempestade

Capítulo 5: Destino & Qualidades

Tabela 5-2: Desvantagens

Qualidade	Exigências	Efeito
Aleijado	—	Perca um membro.
Amaldiçoado	—	Risco de um Ponto de Destino inútil.
Ameaçador	—	As outras pessoas sentem-se nervosas ao seu redor.
Anão	—	–1 metro de Movimento, –1D em testes de Persuasão para Charme ou Seduzir.
Arrogância Suprema	—	Sua própria posição social torna-o cego.
Assombrado	—	Você é atormentado por memórias do passado.
Bastardo	—	Perca o seu sobrenome e sofra –1D em testes de Persuasão contra personagens com Status maior.
Colérico	—	Seu primeiro teste de Persuasão em uma intriga deve usar Intimidar; –2D em tentativas de Seduzir.
Covarde	—	–1D em todos os testes durante combates e intrigas.
Defeito	—	Sofra –1D em todos os testes com uma habilidade específica.
Desastrado	—	Role novamente resultados "6" em testes de Agilidade.
Distraído	—	Role novamente resultados "6" em testes de Astúcia.
Dívida	—	Pague o dobro por tudo que comprar.
Doença na Infância	—	Reduza sua Saúde em –2.
Doente	—	–2D em testes de Vigor feitos para resistir a perigos e doenças.
Empolado	—	O protocolo formal soterra sua humanidade.
Eunuco	Homem (costumava ser...)	Você foi cortado.
Frágil	Idade velho ou maior	Sua idade avançada prejudica-o.
Hábito Perturbador	—	Você tem uma compulsão estranha.
Honrado	—	Você precisa falar a verdade.
Ignóbil	—	–1D em testes de Persuasão e Status.
Ingênuo	—	É fácil enganá-lo.
Inimigo	—	Receba um inimigo.
Insanidade Cruel	—	Você não enxerga as consequências de suas ações.
Lascivo	—	Seu primeiro teste de Persuasão em uma intriga deve usar Seduzir; –1D em Charme.
Manco	—	Reduza seu Movimento em –2 metros.
Marcado	—	Role novamente resultados "6" em testes de Persuasão.
Medo	—	Você teme algo.
Mudo	—	Você não pode falar.
Odiado	—	Você é desprezado.
Preso à Garrafa	—	Tenha um amor doentio pelo álcool.
Proscrito	—	Reduza seu Status em –2.
Protegido	—	Você sofre –1D em testes de Persuasão com membros da casa onde você nasceu e da casa que o criou.
Saúde Frágil	—	Reduza os resultados de seus testes de Vigor em –3.
Sentido Deficiente	—	Falhe em testes de Percepção relacionados ao sentido ausente, –1 metro de Movimento.

Colérico

Você possui temperamento terrível.

Ao rolar testes de Persuasão, sua primeira rolagem deve usar Intimidar. Além disso, você sofre −2D em todos os testes de Persuasão feitos para Seduzir.

Covarde

Você tem coragem fraca.

Sempre que estiver em um combate ou intriga, você sofre −1D em todos os testes. A cada rodada, como uma ação livre, você pode tentar um teste de Vontade **Formidável (12)** para tomar coragem. Em caso de sucesso, você remove a penalidade e recebe +1B em todos os testes.

Defeito

Você sofre de algum mal ou fraqueza.

Quando você recebe esta desvantagem, deve escolher uma habilidade. Você sofre −1D em todos os testes envolvendo a habilidade. Veja a tabela para uma sugestão de como estas falhas podem se manifestar no seu personagem. Ao calcular o resultado do seu teste passivo com a habilidade, você trata-a como se fosse 1 ponto menor. Por exemplo, se tem Percepção 4 e Defeito (Percepção), seu resultado passivo de Percepção será 12, ou (4 − 1) x 4. Você também reduz quaisquer características derivadas (como Defesa em Intriga ou dano de arma) em 1.

Habilidade	Defeito
Agilidade	Desajeitado
Astúcia	Beócio
Atletismo	Sedentário
Conhecimento	Inculto
Cura	Insensível
Enganação	Transparente
Furtividade	Óbvio
Guerra	Dócil
Idioma	Ininteligível
Ladinagem	Tolo
Lidar com Animais	Cruel
Luta	Inepto
Percepção	Obtuso
Persuasão	Tímido
Pontaria	Trêmulo
Sobrevivência	Mimado
Status	Miserável
Vigor	Débil
Vontade	Impetuoso

Desastrado

Você é atabalhoado, e seus movimentos são duros.

Sempre que você testar Agilidade, deve rolar novamente qualquer dado com um resultado "6" e aceitar a segunda rolagem.

Distraído

Sua mente voa longe, e você tem dificuldade de lembrar de pequenos detalhes.

Sempre que você testar Astúcia, deve rolar novamente qualquer dado com um resultado "6" e aceitar a segunda rolagem.

Dívida

Você vive sob o peso de uma terrível dívida.

Você tem dívidas. Todas as suas compras custam o dobro do preço listado (para refletir seus parcos recursos).

Doença na Infância

Uma doença que você sofreu quando era criança deixou-o fraco e frágil.

Diminua sua Saúde em −2.

Doente

Você é fraco, assolado por doenças quase constantes.

Você sofre −1D em testes de Vigor para resistir a perigos e doenças.

Empolado

Seu senso de protocolo e etiqueta abafam sua compaixão.

Você sofre −1D em todos os testes de Percepção envolvendo Empatia. Ao lidar com alguém socialmente abaixo de você ou que viole as normas de conduta aceitas (como uma mulher vestindo armadura, um bastardo, etc.), sua postura inicial deve ser Desgostoso ou pior.

Eunuco

Exige sexo masculino

Você foi cortado.

Você sofre −1D em todos os testes de Persuasão, mas seus inimigos não podem usar Seduzir para influenciá-lo. Você não pode ter filhos — e assim, não tem herdeiros.

Frágil

Exige idade Velho ou maior

Você é um ancião.

Você não pode fazer testes de Agilidade, Atletismo, Luta ou Pontaria, mas recebe +1D em todos os testes de Astúcia ou Conhecimento.

Esta desvantagem conta como até três dos defeitos exigidos para personagens da faixa etária Venerável.

Hábito Perturbador

Você tem uma compulsão incomum, um hábito que as outras pessoas acham enervante.

Quando você for reconhecido e usar Persuasão para Intimidar, recebe +1D. Contudo, você sofre −1D nos testes em todos os outros usos de Persuasão.

Honrado

Você leva a honra a sério — talvez a sério demais.

Você deve rolar novamente qualquer resultado "6" em testes de Enganação e aceitar a segunda rolagem.

Ignóbil

Você é conhecido por táticas traiçoeiras e desonradas.

Você sofre −1D em todos os testes de Persuasão e Status.

Ingênuo

Você não sabe detectar mentiras e falsidades.

Você sofre uma penalidade de −3 em Defesa em Intriga e contra testes de Enganação.

Inimigo

Você tem um inimigo jurado.

Você adquire um inimigo mortal, um indivíduo que sente total desprezo por você, quer você mereça isto ou não. Os detalhes desta desvantagem ficam a critério do narrador, mas seu inimigo com certeza irá atormentá-lo até que você o enfrente.

Insanidade Cruel

Você não tem coração — é maligno, sem piedade ou empatia.

Você sofre −2D em todos os testes de Percepção envolvendo Empatia. Além disso, quando estiver envolvido em intrigas, a postura do seu oponente sempre é um passo pior se ele reconhecer o que você é.

Lascivo

Você tem uma libido poderosa e quase insaciável, que domina a maior parte de suas interações.

Durante uma intriga, seu primeiro teste de Persuasão deve usar Seduzir. Se você não usar, sofre uma penalidade de −2 em Defesa em Intriga até o fim da cena. Você também sofre −2D em todos os testes de Persuasão usando Charme.

Manco

Você sofreu algum ferimento terrível, ou já nasceu com alguma deformidade.

Você reduz seu Movimento em −2 metros (para um mínimo de 1 metro).

Marcado

Você carrega uma horrenda cicatriz ou um defeito físico em um lugar bem visível.

Sempre que você testar Persuasão, deve rolar novamente qualquer dado com um resultado "6" e aceitar a segunda rolagem.

Medo

Você teme profundamente alguma coisa.

Escolha um foco para o seu medo — fogo, cobras, lobos, mulheres, etc. Quando estiver na presença da fonte do seu medo, você sofre −1D em todos os testes. A cada rodada, no seu turno, role 1d6. Com um resultado "6", você sobrepuja seu medo e livra-se desta penalidade até o fim do encontro.

Você deve obter a aprovação do narrador ao escolher a fonte do seu medo — deve ser algo comum o bastante para aparecer em pelo menos metade das histórias.

Mudo

Quer tenha nascido desta forma ou sido mutilado mais tarde, você é incapaz de falar.

Você sofre −2D em todos os testes feitos durante intrigas. Contudo, seus oponentes sofrem −2D para descobrir sua postura.

Odiado

Você cometeu um ato tão hediondo que agora é desprezado em todos os Sete Reinos.

Quando você estiver em uma intriga, a postura de seu oponente é um passo pior que o normal. Além disso, você sofre −1D em todos os testes de Status.

Preso à Garrafa

Você tem um vício incapacitante em álcool.

Você se volta ao álcool em momentos de tensão ou dificuldade, bebendo para esquecer de suas preocupações. Sempre que você se deparar com uma situação perturbadora, deve ser bem-sucedido em um teste de Vontade **Formidável (12)** ou recorrer ao álcool para acalmar seus nervos, bebendo até ficar embriagado. Enquanto estiver bêbado, reduza os resultados de todos os seus testes em −2. Se você estiver bebendo junto com outras pessoas (como em uma taverna), bebe ainda mais, sofrendo −2D em todos os testes. As penalidades permanecem até que você tenha tido uma boa noite de sono. A cada hora após beber, você tem direito a um teste de Vigor para ficar sóbrio. Um sucesso num teste de Vigor **Desafiador (9)** reduz esta penalidade em −1 (ou −1D).

Proscrito

Você fez (ou foi acusado de fazer) algo horrível, e foi banido de suas terras.

Você sofre −2D em todos os testes de Status.

Protegido

Você foi criado por uma casa na qual não nasceu.

Você foi enviado à casa que o criou por sua casa natal, como parte de um pacto de não-agressão (o que provavelmente significa que há um membro da casa que o criou na sua casa natal) ou como resultado da derrota de sua casa natal. Seu Status é baseado na sua posição em sua casa natal, não na casa que o criou.

Você sofre −1D em todos os testes de Persuasão com membros das duas casas — cada uma presume que você favorece a outra, e tem menos consideração pelo que você diz. Além disso, caso sua casa natal tome qualquer atitude abertamente hostil contra a casa que o criou, você pode ser morto em retaliação.

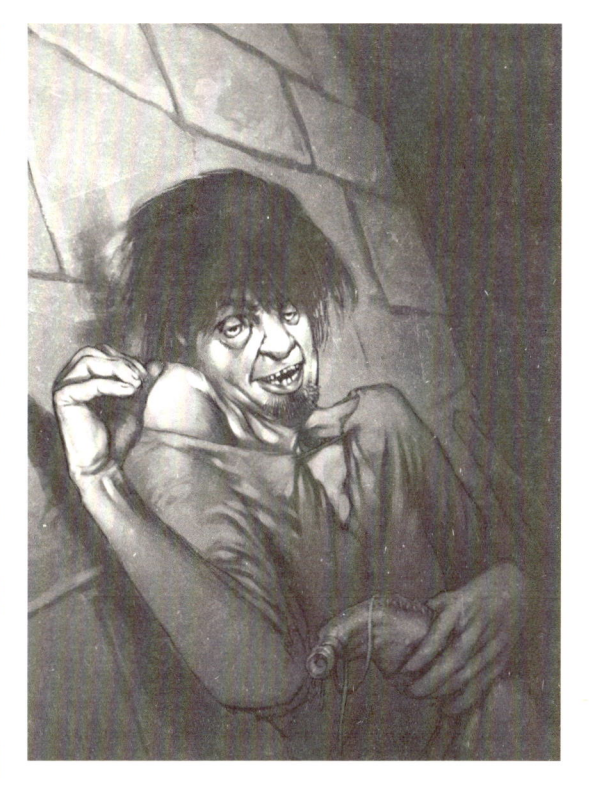

Saúde Frágil

Por excessos ou por compleição física fraca, você nunca está totalmente saudável.

Reduza os resultados de seus testes de Vigor feitos para remover ferimentos ou lesões em −3.

Sentido Deficiente

Você é cego ou surdo.

Ao receber esta qualidade, escolha cegueira ou surdez. Você falha automaticamente em todos os testes de Percepção que dependem do sentido que você não possui. Além disso, reduza seu Movimento em −1 metro.

Capítulo 6: Casa & Terras

Família, sangue e história têm importância vital para as pessoas de Westeros. A família de alguém muitas vezes significa tanto ou mais que os méritos do indivíduo, envolvendo-o nos feitos, ações e lendas do passado da linhagem. Uma pessoa nascida em uma família nobre com uma história de honra, justiça e coragem muitas vezes herda estas qualidades, pelo menos aos olhos dos outros. Da mesma forma, alguém nascido em uma casa conhecida por corrupção, brutalidade e sanguinolência carrega tais estigmas mesmo que seja gentil, pacífico e inocente. Em muitos casos, a herança da família é tão forte que alguém sem as características atribuídas à casa desenvolve-as de qualquer forma, possivelmente em resposta a expectativas, necessidades ou outra circunstância.

O elemento que une os personagens jogadores é a lealdade que compartilham a uma família em comum, sejam eles parentes da família ou servos que juraram suas espadas à defesa de uma linhagem nobre. Este propósito oferece um objetivo em comum para as interações muitas vezes antagônicas entre os poderosos, e dá aos jogadores uma fundação a partir de onde explorar os Sete Reinos e jogar o jogo dos tronos.

Contudo, a casa nobre do grupo é mais do que uma cola para manter os jogadores unidos. É um meio de situá-los no cenário, ajudando-os a ver que seus personagens fazem parte dos Sete Reinos tanto quanto os Stark, Bolton, Frey, Liddle e todos os outros. A casa nobre controlada pelo grupo fornece a eles uma linha na grande tapeçaria de sangue e parentesco, tornando seus personagens parte do mundo — com a capacidade de mudá-lo.

De muitas formas, a casa nobre é mais um personagem, controlado por todos os jogadores. Ela tem história, lugar e função. Tem atributos que medem seus pontos fortes e fracos; pode crescer e prosperar ou definhar e morrer. No entanto, embora seja vital para os jogadores, a casa também existe separada deles, atuando como um pano de fundo enquanto seus personagens gravam seus nomes na história. A casa existia muito antes dos jogadores e, a menos que ocorra um desastre, continuará existindo muito depois que eles tenham virado pó.

"Justiça... Para isso servem os reis."
— Daenerys

Criando a Casa

Diferente da criação dos personagens (descrita no **Capítulo 2: Regras**), a criação da casa é um processo cooperativo, no qual todos os jogadores têm igual poder de decisão. A criação da casa envolve decisões importantes, rolagens de dados e aplicação de resultados. Acima de tudo, você e seus colegas trabalharão juntos para ligar histórias a elementos mecânicos do processo de criação da casa. Vocês usarão as descrições e detalhes amplos gerados por essas decisões e irão transformá-los em uma casa viva, com um passado, um futuro e uma família interessante, para gerar o mesmo tipo de interesse que os jogadores têm por seus personagens individuais.

É melhor criar a casa nobre antes dos personagens. Fazer isso fornece uma boa base sobre a qual cada jogador pode construir seu protagonista. Contudo, alguns grupos podem decidir que criar os personagens antes da casa ajuda a guiar suas escolhas sobre a família e seu histórico. Não há ordem certa; usem a abordagem que acharem melhor.

Passo Um: O Reino

Westeros é uma terra imensa, incluindo quase todos os tipo de terreno e clima imagináveis. Das montanhas nevadas e vastidões frias do Norte às planícies áridas de Dorne, as pessoas constroem suas casas em várias regiões, cada uma com suas próprias peculiaridades. Assim, seu primeiro passo é localizar sua casa nobre em algum dos "reinos" ou regiões de Westeros. O **Capítulo 1: Sobre Westeros** fornece muitos detalhes sobre cada um destes lugares, mas suas características mais relevantes e seus senhores atuais estão incluídos aqui por comodidade. Você pode escolher qualquer reino ou rolar 3d6 e comparar o resultado à **Tabela 6-1: Reino Inicial**.

Seu reino é importante porque tem muita influência sobre outros fatores, incluindo os recursos iniciais da sua casa, a história antiga e recente dela e vários outros elementos que moldam-na.

Porto do Rei

Senhor: Robert Baratheon, Rei dos Sete Reinos

O local onde Aegon, o Conquistador, começou sua campanha para dominar os Sete Reinos, Porto do Rei tornou-se o centro do poder e do comércio nos Sete Reinos. É o coração político e cultural de Westeros. Daqui o Rei Robert, às vezes chamado de "o Usurpador", governa todos os Sete Reinos, em seu poderoso castelo, o Forte Vermelho.

Embora Porto do Rei seja apenas uma cidade, várias casas nobres juram lealdade diretamente à coroa e à capital. Casas juradas a Porto do Rei têm a vantagem de possuir uma população um pouco maior, além de mais lei e melhores defesas, devido à proximidade do Trono de Ferro. Contudo, quase todas são menores, mais fracas e menos influentes que outras casas.

Rocha do Dragão

Senhor: Stannis Baratheon, Lorde de Rocha do Dragão

O antigo lar da Casa Targaryen, Rocha do Dragão é um castelo ancestral, adornado com entalhes na forma de dragões, que se ergue do mar estreito além da Baía Água Negra. Quando o Rei Robert concedeu Rocha do Dragão, um domínio de pouca influência e poucos estandartes, a seu irmão Stannis, isso foi visto como um insulto. Há poucas casas juradas a Rocha do Dragão. O isolamento e a falta de terras aráveis torna as casas juradas a Rocha do Dragão pequenas e pobres, mas as ilhas pedregosas e o afastamento dificultam tentativas de sitiá-las.

O Norte

Senhor: Eddard Stark, Lorde de Winterfell, Vigia do Norte

Até a chegada de Aegon, o Conquistador, os Reis do Norte governavam esta terra. Frente à aniquilação, o último rei ajoelhou-se ante o senhor da guerra Targaryen e jurou fidelidade a sua linhagem. Com certeza o maior dos reinos de Westeros, o Norte também é o mais próximo aos modos e costumes dos Primeiros Homens. Esparsamente povoado, boa parte de sua extensão é composta de ermos selvagens, pontilhados por um ou outro castelo ou forte e repletos de ruínas de eras passadas. As casas do Norte têm domínios maiores que as do sul. Como Lorde Stark é o Vigia do Norte, aqueles que juram fidelidade a ele têm um pouco mais de influência que seus rivais. Contudo, o Norte é uma terra pobre, pouco povoada e assolada pelos selvagens que passam pela Muralha.

Capítulo 6: Casa & Terras

As Ilhas de Ferro

Senhor: Balon Greyjoy, Lorde Saqueador de Pique

Formadas por sete ilhas espalhadas pela Baía do Homem de Ferro, as Ilhas de Ferro são o lar de um povo feroz que durante gerações viveu do saque e da pilhagem. Embora outras pessoas possam ver tais atividades com repulsa, os filhos do ferro celebram-nas como seu modo de vida e sua tradição. Apenas através de superioridade numérica o restante dos Sete Reinos conseguiu deter os homens de ferro — mas este controle sempre foi tênue. Assim como cães ferozes, os habitantes das ilhas atacam quando farejam fragilidade. Caso os Sete Reinos fraquejem, Lorde Balon Greyjoy e seus filhos do ferro mais uma vez tomarão os mares em busca de pilhagem. Afinal de contas, é seu modo. As Ilhas de Ferro são fortes e defensáveis, mas a derrota durante a Rebelião de Greyjoy diminuiu a influência deste reino em Westeros.

Tabela 6-1: Reino Inicial

Rolagem	Resultado
3	Porto do Rei
4	Rocha do Dragão
5-6	O Norte
7	As Ilhas de Ferro
8-9	As Terras Fluviais
10-11	As Montanhas da Lua
12-13	As Terras Ocidentais
14-15	O Extremo
16-17	As Terras Tempestuosas
18	Dorne

Casa Orlych de Salão da Geada

Ao longo deste capítulo há exemplos dos passos envolvidos na criação de uma casa nobre. Os detalhes incluídos refletem as decisões de um grupo típico. A casa apresentada pode servir como sua própria casa nobre, se você e seu grupo não tiverem tempo ou vontade de criar uma. Os detalhes completos da casa podem ser encontrados na página 150.

As Terras Fluviais

Senhor: Hoster Tully, Lorde de Rio Corrente

Esta área era dominada pelos Senhores dos Rios do passado, há muito derrotados durante a invasão dos andals e mais tarde pelos homens de ferro. Um reino fértil, as terras fluviais formam o coração de Westeros, indo das bordas do Tridente Vermelho até as Montanhas da Lua, dos Pântanos do Gargalo até as praias do Olho dos Deuses. Vastas terras agrárias, as águas do Tridente e diversos outros córregos e rios caracterizam esta região. As terras fluviais gozam de população abundante em suas terras verdejantes. Contudo, a geografia dificulta defendê-las.

As Montanhas da Lua

Senhor: Jon Arryn, Lorde de Ninho da Águia, Mão do Rei, Vigia do Leste

As Montanhas da Lua estendem-se pelo lado leste de Westeros, erguendo-se aos céus com seus picos ventosos. Infestadas de clãs selvagens e violentos de montanheses, são um lugar indomado, mantido sob controle de seu lorde a duras penas. Contudo, uma região brilha mais do que as outras: o Vale de Arryn. Tomado dos velhos Reis da Montanha dos Primeiros Homens, o Vale de Arryn hoje em dia é o centro de poder de uma das mais puras linhagens de andals de Westeros, e inclui os domínios da Casa Arryn e dos brasões jurados a ela. As casas juradas à Casa Arryn desfrutam da segurança das Montanhas da Lua, mas dispõem de pouca terra dentro do Vale. Além disso, os clãs montanheses causam problemas para o povo que vive aqui.

As Terras Ocidentais

Senhor: Tywin Lannister, Lorde de Rochedo Casterly, Vigia do Oeste

A oeste das terras fluviais, as terras ocidentais são uma região repleta de colinas e famosa por sua riqueza e poder. Com inúmeros portos e incontáveis minas, exerce muita influência nos Sete Reinos. A Casa Lannister, que governa estas

CAPÍTULO 6: CASA & TERRAS

GRAUS DE FOCO

As regras apresentadas neste capítulo têm a intenção de ajudar a moldar a mentalidade e os objetivos dos personagens jogadores. Embora seja possível jogar uma crônica muito mais focalizada em uma casa nobre, as regras aqui são intencionalmente básicas, servindo para incrementar o jogo, não defini-lo. Assim, a influência da casa sobre a campanha depende unicamente dos gostos dos jogadores e do narrador.

Algumas campanhas podem descartar inteiramente a casa nobre, focalizando-se nas ações dos personagens. Se a casa existir, será um mero elemento de histórico.

Outras campanhas podem adotar uma abordagem mais "hierárquica" — a casa nobre é tudo, e os personagens têm pouca importância comparados a ela. Nestes jogos, cada jogador pode controlar sua própria casa nobre, com um plantel de personagens que trabalham segundo os interesses da casa, garantindo sua sobrevivência. Quando o jogo enfoca os personagens, concentra-se apenas naqueles mais relevantes para a história da campanha como um todo.

Contudo, a maior parte das campanhas adota uma postura intermediária. Os jogadores interagem com o cenário usando apenas um personagem. A casa, embora seja importante, não é tão vital quanto o desenvolvimento dos personagens individuais e o desenrolar de suas histórias.

---

terras, é com certeza uma das maiores de Westeros, ainda mais fortificada por seus laços com o Trono de Ferro.

O EXTREMO

SENHOR: MACE TYRELL, LORDE DE JARDIM ALTO, VIGIA DO SUL

Assim como as terras fluviais, o Extremo é uma área fértil, mas fica ao sul das terras ocidentais. Um local de frequentes conflitos com Dorne, este reino serve como fronteira entre aquela terra e o resto de Westeros. O lugar mais notável no Extremo é Velha Vila, a comunidade mais antiga dos Sete Reinos. Já foi o centro de poder da Fé e até hoje abriga a Cidadela dos Meistres.

AS TERRAS TEMPESTUOSAS

SENHOR: RENLY BARATHEON, LORDE DE PONTA DA TEMPESTADE

As terras tempestuosas são delimitadas pelo Extremo ao oeste, por Porto do Rei ao norte e por Dorne ao sul. Frente à Baía dos Naufrágios, é um local de clima às vezes selvagem — que lhe empresta o nome. As terras tempestuosas eram dominadas pelos Reis da Tempestade, que foram derrotados por um bastardo Targaryen que ascendeu e foi tornado senhor de todas estas terras.

DORNE

SENHOR: DORAN NYMEROS MARTELL, LORDE DE LANÇA DO SOL

As terras de Dorne se estendem ao sul das Planícies de Dorne. Abrigam um povo diferente do resto dos habitantes de Westeros, com costumes e herança diversos. Forjado a partir da invasão roinar muito tempo atrás, Dorne manteve sua independência e resistiu até mesmo à conquista Targaryen. Apenas um século depois juntou-se aos Sete Reinos, sua lealdade assegurada por casamento e aliança. Embora jurem fidelidade ao Trono de Ferro, o povo de Dorne é bastante separado do restante de Westeros.

EXEMPLO

Márcio, André, Paloma e Gustavo sentam-se para criar sua casa nobre. Nenhum deles tem qualquer preferência sobre onde situar a casa. Embora Gustavo resmungue um pouco sobre não querer servir aos Lannister, não tem uma opinião tão forte a ponto de não permitir que a sorte decida. Márcio rola três dados, soma os resultados e compara a soma à **TABELA 6-1: REINO INICIAL**. *O resultado foi "5", situando a casa no Norte, algo com que todos podem concordar. Isto torna Eddard Stark, Lorde de Winterfell, o suserano da casa dos jogadores, e significa que ela provavelmente terá um pouco mais de espaço e território do que seria possível nas terras mais povoadas ao sul.*

Passo Dois: Recursos Iniciais

Embora seja definida por seu lugar nos Sete Reinos, sua história, seus feitos e suas alianças, uma casa é essencialmente uma coleção de sete recursos. Cada recurso, assim como as habilidades de um personagem, descreve aspectos das posses da família, como o tamanho de suas Terras, o Status da casa, sua Riqueza e assim por diante. Cada recurso tem um valor que muda de acordo com o poder da casa. Números maiores representam mais recursos, e números menores representam menos. Estes valores irão aumentar e diminuir durante a criação da casa, e mais ainda durante a crônica, dependendo de sua habilidade no jogo dos tronos.

Já que os recursos são uma parte essencial das terras onde sua casa se encontra, seu reino inicial determina os valores iniciais. Diferentes das habilidades de um personagem, os recursos *não* são comprados com Experiência — são gerados aleatoriamente, para refletir os feitos daqueles que vieram antes de você e as circunstâncias da fundação de sua família.

Para cada recurso, role 7d6 e some os resultados. Então veja seu reino na **Tabela 6-2: Recursos Iniciais** e aplique os modificadores da forma mostrada a cada recurso. Para explicações sobre cada recurso e seus valores, veja suas respectivas descrições. Os modificadores não podem reduzir seus recursos abaixo de 1.

Defesa

Defesa descreve fortificações, castelos, fortes, torres e outras estruturas que servem para proteger suas posses. Defesa também descreve a presença e qualidade de estradas, representando a capacidade de mover tropas e suprimentos a áreas ameaçadas.

Influência

Influência descreve sua presença nos Sete Reinos, como as outras casas veem a sua e a notoriedade de seu nome. Influência alta geralmente descreve uma das grandes casas ou a família real, enquanto que Influência baixa descreveria uma casa de pouca importância, pequena e quase desconhecida fora das terras de seu senhor.

Influência também é importante para determinar o Status máximo do seu personagem, como mostrado em **Posses de Influência**, na página 135.

Note que os títulos Rei, Rainha, Príncipe Herdeiro (ou parte da Família Real), Mão do Rei ou Vigia do Leste, Norte, Sul ou Oeste concedem Status além daquele fornecido por ser Lorde da casa. O Status máximo de herdeiros e outros na casa ainda depende do Status do Lorde, com base no valor de Influência da casa, não de seu Status ajustado pelo título.

Lei

Lei descreve duas coisas: o respeito e medo que os plebeus têm por você, e a ameaça de bandidos, bandoleiros, saqueadores e outras ameaças internas e externas. Sua família deve manter a lei. Caso não invista na paz de seus domínios, eles podem decair ao caos.

Poder

Poder descreve a força militar de sua casa, a capacidade de arregimentar tropas e conclamar os brasões jurados a você. Casas com valores baixos têm poucos soldados e

Tabela 6-2: Recursos Iniciais

Reino	Defesa	Influência	Lei	Poder	População	Riqueza	Terras
Porto do Rei	+5	−5	+20	−5	+5	−5	−5
Rocha do Dragão	+20	−5	+5	+0	+0	−5	−5
O Norte	+5	+10	−10	−5	−5	−5	+20
As Ilhas de Ferro	+10	−5	+0	+10	+0	+0	−5
As Terras Fluviais	−5	−5	+0	+0	+10	+5	+5
As Montanhas da Lua	+20	+10	−10	+0	−5	+0	−5
As Terras Ocidentais	−5	+10	−5	+0	−5	+20	−5
O Extremo	−5	+10	−5	+0	+5	+5	+0
As Terras Tempestuosas	+5	+0	+10	+5	−5	+0	−5
Dorne	+0	−5	−5	+10	+0	+0	+10

nenhum brasão vassalo, enquanto que aquelas com valores altos podem ter doze ou mais brasões vassalos e conclamar as forças de uma região inteira.

População

População descreve o número de pessoas que vive nas terras que você controla. Quanto mais pessoas, mais bocas você precisa alimentar. Contudo, quanto mais pessoas, maior é a produção das suas terras. Este valor abstrato descreve a quantidade de gente que vive sob seu governo.

Riqueza

Riqueza cobre tudo, desde moedas até cabeças de gado. Representa seu envolvimento e sucesso no comércio, sua capacidade de custear melhorias no seu domínio, contratar mercenários, etc.

Terras

O recurso Terras descreve o tamanho dos domínios de sua casa e a influência que ela exerce na região. Um valor alto descreve uma casa que controla uma enorme extensão de terras, como os Stark no Norte. Um valor baixo representa controle sobre uma cidade pequena.

Modificações Iniciais

Uma vez que os valores iniciais de cada recurso sejam determinados, cada jogador tem o direito de modificar os valores, rolando 1d6 e adicionando o resultado a um recurso à sua escolha. A consequência imediata é que grupos maiores terão casas um pouco mais poderosas, pois contam com mais personagens importantes. Os jogadores podem modificar qualquer recurso que quiserem, mas nenhum recurso pode ter mais de duas rolagens extras.

Exemplo

Com sua casa localizada no Norte, os jogadores geram seus recursos iniciais. Eles se revezam rolando os dados, para que todos tenham a chance de rolar pelo menos uma vez. Cada recurso começa com a soma de 7d6. Os jogadores rolam e obtêm os seguintes resultados:

Recurso	Inicial
Defesa	20
Influência	26
Lei	24
Poder	22
População	18
Riqueza	17
Terras	29

Com os valores iniciais rolados, o grupo aplica os modificadores por seu reino.

Recurso	Inicial	Reino	Total
Defesa	20	+5	25
Influência	26	+10	36
Lei	24	−10	14
Poder	22	−5	17
População	18	−5	13
Riqueza	17	−5	12
Terras	29	+20	49

Por fim, cada jogador tem direito a rolar 1d6 e adicionar o resultado a um recurso à sua escolha. André começa. Ele acha que as terras sofrem com muito crime e adiciona sua rolagem (3) a Lei. Paloma, a seguir, escolhe Riqueza e obtém um valor "5". Gustavo escolhe População e obtém um "6". Finalmente, Márcio escolhe Poder e rola um "3".

Recurso	Inicial	Jogador	Total
Defesa	25	—	25
Influência	36	—	36
Lei	14	+3	17
Poder	17	+3	20
População	13	+6	19
Riqueza	12	+5	17
Terras	49	—	49

A partir destes valores iniciais, os jogadores derivam alguns resultados interessantes. Seu recurso Defesa significa que suas terras são defensáveis e provavelmente contam com pelo menos uma fortaleza. Eles começaram como uma casa menor, mais ou menos equivalente aos Karstark. Têm domínios grandes em comparação com sua pequena importância, muito maiores do que muitos lordes têm em outras regiões. Suas terras sofrem com o crime, levando a pensar que eles têm dificuldade em controlar seu território, provavelmente porque têm baixa população e poucos soldados. Por fim, são uma casa pobre, com pouco ou nenhum luxo.

Defesa

Valor	Descrição
0	Terra desolada e arruinada, assolada por desastres ou guerra, ou apenas abandonada. Nenhuma estrutura defensiva de qualquer tipo e nenhuma infraestrutura para movimentação de tropas. Você não tem nenhuma fortificação.
1-10	Cultivo escasso, a maior parte da terra é selvagem, com alguns bolsões de civilização sem qualquer proteção. Uma ou duas estradas ou um forte pequeno.
11-20	Algum cultivo, presença de um forte ou uma estrutura menor com algumas estradas, rios ou portos.
21-30	Defensável, com pelo menos uma cidade fortificada ou castelo. Existem estradas e trilhas; provavelmente existem rios ou portos.
31-40	Boas defesas, com presença quase certa de um castelo, além de alguns outros pontos fortificados. Estradas e rios fornecem transporte fácil. Como alternativa, características naturais do terreno, como montanhas ou pântanos, fornecem fortificações adicionais.
41-50	Defesas excelentes, com fortificações construídas provavelmente combinadas com características naturais do terreno.
51-60	Defesas extraordinárias, com estruturas, muralhas e características naturais que, em conjunto, tornam um ataque a esta terra um empreendimento muito custoso.
61-70	Uma das maiores defesas do mundo. Um bom exemplo seria Ninho da Águia e o Vale de Arryn.

Influência

Valor	Descrição
0	O nome e a história da casa foram apagados de todos os registros, ninguém menciona-os.
1-10	Status máximo do Lorde: 2. Um cavaleiro com terras menor. Um exemplo seria Craster.
11-20	Status máximo do Lorde: 3. Um cavaleiro com terras maior. Exemplos de casas seriam os Knott e os Liddle, no Norte.
21-30	Status máximo do Lorde: 4. Uma casa menor de pouca importância. Exemplos incluem a Casa Mormont e a Casa Povo do Oeste.
31-40	Status Máximo do Lorde: 4. Uma casa menor. Exemplos incluem a Casa Clegane, a Casa Payne e a Casa Karstark.
41-50	Status máximo do Lorde: 5. Uma casa menor poderosa, com uma história rica. Exemplos incluem a Casa Florent e a Casa Frey.
51-60	Status máximo do Lorde: 6. Uma casa maior. Exemplos incluem a Casa Tully e a Casa Martell.
61-70	Status máximo do Lorde: 7. Uma grande casa. Exemplos incluem a Casa Arryn, a Casa Stark, a Casa Baratheon e a Casa Lannister.

População

Valor	Descrição
0	Vazio. Ninguém vive sob seu governo.
1-10	População escassa. Minúsculas comunidades espalham-se por suas terras.
11-20	População pequena, mas nenhuma comunidade maior que uma cidade pequena.
21-30	População típica. A maioria dos plebeus vive em fazendas ou aldeias, mas você pode ter algumas cidades pequenas e uma comunidade ao redor de sua principal fortificação.
31-40	População modesta. Pelo menos uma cidade e várias aldeias.
41-50	População grande. Você tem muitas pessoas em suas terras; várias vivem em uma cidade grande ou espalham-se por inúmeras cidades pequenas.
51-60	População imensa. Um enorme número de pessoas vive sob sua proteção.
61-70	Quase todos em Westeros.

CAPÍTULO 6: CASA & TERRAS

\	LEI		\	RIQUEZA	
VALOR	**DESCRIÇÃO**		**VALOR**	**DESCRIÇÃO**	
0	Terra selvagem e sem lei. Você não tem autoridade aqui — as terras além da Muralha.		0	Miserável. Sua família não tem uma única moeda.	
1-10	Bandidos, saqueadores e outros bandos criminosos operam nas suas terras, causando problemas e preocupações.		1-10	Arrasada. Sua família não dispõe de recursos essenciais e tem dificuldade em sobreviver.	
11-20	O crime é um problema nos arrabaldes de suas terras.		11-20	Pobre. Sua família dispõe de poucos excessos. Embora consiga se sustentar e sustentar seus domínios, não há qualquer luxo.	
21-30	O nível de Lei em boa parte de Westeros. O crime é comum, mas está sob controle.		21-30	Comum. Sua família consegue se virar.	
31-40	Você tem bastante controle sobre suas terras, o crime é incomum.		31-40	Próspera. Sua família tem recursos para viver de acordo com sua posição.	
41-50	Sua influência e devoção a manter a paz são tamanhas que o crime é raro.		41-50	Opulenta. Sua família tem mais recursos do que precisa, e vive confortavelmente.	
51-60	Quase não existe crime em suas terras.		51-60	Rica. Nada falta para sua família.	
61-70	Não há crime em suas terras.		61-70	Decadente. Sua família é tão abastada que pode oferecer banquetes de setenta e sete pratos.	

\	PODER		\	TERRAS	
VALOR	**DESCRIÇÃO**		**VALOR**	**DESCRIÇÃO**	
0	Nenhum poder. Você não tem tropas ou soldados, nem qualquer pessoa leal a sua família.		0	Sem terras, a casa perdeu todas as suas posses.	
			1-10	Terras minúsculas, com o tamanho máximo de uma única cidade pequena.	
1-10	Apenas uma guarda pessoal, com uma ou duas espadas juradas e no máximo um esquadrão de guerreiros plebeus.		11-20	Uma pequena extensão de terras, com o tamanho aproximado de uma única ilha pequena ou uma pequena parte de uma ilha maior; ou uma grande cidade e seus arredores, como a Casa Mormont.	
11-20	Uma pequena força de soldados, quase todos plebeus.				
21-30	Uma força modesta de soldados, incluindo alguns treinados.		21-30	Uma extensão de terras modesta ou uma ilha de tamanho médio, como a Casa Frey.	
31-40	Uma força treinada de soldados, incluindo cavalaria e possivelmente navios. Você pode contar com o serviço de uma família nobre (um brasão vassalo).		31-40	Uma área que inclui vários acidentes geográficos, ilhas ou grandes grupos de ilhas. Por exemplo, a Casa Greyjoy.	
41-50	Uma grande força de soldados treinados, variados e competentes. Você provavelmente também conta com os serviços de uma pequena força naval. Várias casas são juradas a você.		41-50	Uma grande área que se estende por uma vasta distância. O controle que a Casa Martell tem sobre Dorne representa este nível.	
51-60	Você pode arregimentar uma força imensa de soldados, tirados de suas terras e das terras das várias casas juradas a você.		51-60	Uma imensa área, representando uma porção considerável da geografia de Westeros. O controle que a Casa Stark tem sobre o Norte é um bom exemplo.	
61-70	Você conta com a força da maior parte dos Sete Reinos.		61-70	A maior parte dos Sete Reinos, ou todo o território. Exemplos: os domínios do Rei Robert e do ramo real da Casa Baratheon.	

Passo Três: História da Casa

O próximo passo é determinar os eventos históricos da sua casa, escolhendo ou rolando sua Fundação como mostrado na **Tabela 6-3: Fundação**. A época em que sua casa foi fundada determina a quantidade de eventos históricos que podem influenciar a forma final da casa no início do jogo. Casas mais velhas têm mais eventos históricos, enquanto que outras mais jovens contam com poucos eventos.

Exemplo

Márcio e os outros até agora deixaram a sorte decidir quase tudo. Assim, optam por continuar neste rumo. Desta vez, Gustavo rola um dado e obtém um resultado "5", situando a fundação da casa mais ou menos na época da Rebelião do Fogo Negro, cerca de um século antes do início da campanha. Como uma casa jovem, a família tem direito a 1d6 –1 eventos históricos. Paloma rola "3". Assim, a casa tem dois (3 – 1) eventos históricos.

Eventos Históricos

Cada casa tem uma história, uma crônica dos feitos que moldaram suas identidades. Grandes feitos podem elevar uma casa a grandes alturas, enquanto que escândalos e tragédias podem destruir suas fundações, derrubando-a à obscuridade. Eventos históricos fornecem desenvolvimentos importantes na história da família. Cada evento modifica seus recursos, aumentando-os ou diminuindo-os no valor indicado. Role 3d6 uma vez para cada evento histórico e compare o resultado à **Tabela 6-4: Eventos Históricos**. Registre-os na ordem em que os rolou. Os eventos históricos podem reduzir um recurso a 0, mas não menos que isso.

O primeiro evento histórico rolado descreve as origens da sua casa, definindo que tipo de evento elevou sua família à nobreza.

Ascensão

Um casamento vantajoso, um grande feito para um suserano ou heroísmo em uma batalha decisiva podem melhorar a sorte de uma casa nobre. Se este for seu primeiro evento histórico, indica que sua casa ascendeu da plebe por casamento ou através de algum grande ato. Caso contrário, ascensão indica que sua casa participou de algum fato histórico importante que melhorou sua posição.

Bênção

Uma bênção é uma dádiva, um evento benéfico que catapulta sua família à fama (ou infâmia). Resultados possíveis incluem um casamento vantajoso, um presente do rei, a descoberta de novos recursos em suas terras e outros. Se este for seu primeiro evento histórico, vocês obtiveram suas terras através de uma vitória em um torneio, da realização de um grande feito ou de outra coisa do gênero.

Catástrofe

Um resultado "catástrofe" geralmente significa um desastre natural, como uma praga afetando pessoas ou colheitas ou uma seca — coisas que podem diminuir sua população e sua capacidade de controlar suas terras. Se este for seu primeiro evento histórico, significa que sua família pode ter obtido sua posição através de meios questionáveis ou trágicos, talvez substituindo os antigos lordes, que foram dizimados durante a catástrofe. Ou então vocês eram um ramo menor da família que ascendeu ao herdar as posses de seus parentes.

Conquista

Sua família enfrentou e derrotou um inimigo, anexando as terras e posses dele às suas. Junto com esta vitória vem a questão das antigas lealdades, enfraquecendo seu controle e influência sobre a plebe. Se este for seu primeiro evento histórico, vocês adquiriram sua posição ao derrotar outro lorde ou cavaleiro com terras.

Tabela 6-3: Fundação

Rolagem	Fundação	Exemplo	Eventos Históricos*
1	Ancestral	Era dos Heróis	1d6+3
2	Muito Antiga	Invasão Andal	1d6+2
3	Antiga	Invasão Roinar	1d6+1
4	Tradicional	Conquista de Aegon	1d6
5	Recente	Rebelião do Fogo Negro	1d6–1
6	Nova	Guerra do Usurpador	1d6–2

*Mínimo de um evento histórico.

3d6	Evento	Defesa	Influência	Lei	Poder	População	Riqueza	Terras
3	Derrocada	−2d6	−2d6	−2d6	−2d6	−2d6	−2d6	−2d6
4	Derrota	−1d6	−1d6	—	−1d6	−1d6	−1d6	−1d6
5	Catástrofe	—	—	−1d6	−1d6	−1d6	−1d6	−1d6
6	Loucura	+6−2d6	+6−2d6	+6−2d6	+6−2d6	+6−2d6	+6−2d6	+6−2d6
7	Invasão/Revolta	—	−2d6	—	−1d6	−1d6	−1d6	—
8	Escândalo	—	−1d6	—	−1d6	—	−1d6	−1d6
9	Traição	—	−1d6	−1d6	+1d6	—	—	—
10	Declínio	—	−1d6	—	−1d6	—	−1d6	−1d6
11	Infraestrutura	Escolha dois e aumente cada um em +1d6						
12	Ascensão	—	+1d6	—	+1d6	—	+1d6	+1d6
13	Favorecimento	—	+1d6	+1d6	+1d6	—	—	+1d6
14	Vitória	+1d6	+1d6	—	+1d6	—	—	—
15	Vilão	—	+1d6	−1d6	—	−1d6	—	—
16	Glória	+1d6	+1d6	+1d6	+1d6	—	—	—
17	Conquista	−1d6	+1d6	−1d6	—	+1d6	+1d6	+1d6
18	Bênção	+1d6	+2d6	+1d6	+2d6	+1d6	+2d6	+1d6

Declínio

Por um casamento mal planejado, uma situação comercial desfavorável ou uma série de perdas trágicas em um conflito, sua casa adentrou um período de declínio. Se este for seu primeiro evento histórico, sua casa provavelmente originou-se de um casamento desvantajoso — um lorde desesperado casando sua filha com um príncipe mercador — ou da ascensão de um ramo maior, deixando os domínios para serem governados por um ramo menor.

Derrocada

Certamente o pior resultado possível, derrocada significa que sua casa sofreu uma terrível série de infortúnios, desastres e tragédias que quase destruíram sua família. Dependendo da era, a derrocada pode ter origem sobrenatural — uma horrenda maldição ou um ataque dos horrores além da Muralha. Em eras mais recentes, a derrocada seria totalmente natural, combinando os resultados de várias infelicidades em um só revés catastrófico. Se este for seu primeiro evento histórico, sua família pode ter se erguido com unhas e dentes a partir das cinzas de uma casa destruída, talvez tendo antes sido servos leais ou apenas plebeus que ocuparam os domínios do antigo lorde.

Derrota

Sua família lutou em uma guerra ou conflito menor, mas foi derrotada, perdendo status, recursos preciosos e influência. Se este for seu primeiro evento histórico, sua família pode ter sido absorvida por outra casa e forçada a unir-se por casamento a um ramo menor, até que a linhagem original tenha se tornado quase extinta.

Escândalo

Sua família esteve envolvida em um desastre que até hoje os atormenta. Boas opções incluem o nascimento de um bastardo, incesto, uma conspiração fracassada e assim por diante. Se este for seu primeiro evento histórico, sua família foi criada como meio de ocultar o crime.

Favorecimento

Sua família caiu nas boas graças do rei, de seu senhor, da Fé ou de alguma outra pessoa ou instituição poderosa. Como resultado disso, sua sorte melhorou, e sua posição elevou-se. Este favorecimento também pode ser resultado de um membro da família entrar para a Guarda Real ou obter o posto de Grande Meistre ou Grande Septon. Caso este seja seu primeiro evento histórico, provavelmente o rei ergueu sua família à nobreza.

Glória

Uma família obtém glória através de uma vitória militar, uma realização pessoal ou um grande ato de heroísmo. Glória é semelhante a ascensão, mas concentra-se em uma figura do passado da família. O resultado dos feitos deste indivíduo melhora a posição da família aos olhos de seus iguais. Em geral, se este for seu primeiro evento histórico, indica que sua casa foi formada como recompensa pelos grandes atos de seu fundador.

Infraestrutura

Infraestrutura descreve um período de paz e prosperidade, um momento na história de sua casa que será lembrado por crescimento e expansão. Sempre que você obtiver este resultado, escolha dois recursos diferentes e aumente cada um em 1d6. Se este for seu primeiro evento histórico, sua casa nasceu durante um período de expansão no governo de seu senhor ou rei.

Invasão/Revolta

Uma invasão ou revolta marca um período de colapso, destruição e ruína. A maior parte destes eventos origina-se de uma invasão externa de homens de ferro, clãs tribais, saqueadores selvagens ou uma casa inimiga. Contudo, um período de governo incompetente também pode levar a revolta generalizada da plebe. Se este for seu primeiro evento histórico, significa que sua casa nasceu desta luta e chegou ao poder como resultado dela.

Loucura

Casamentos consanguíneos, terríveis segredos, doenças ou deficiências mentais podem produzir distúrbios e loucura em quaisquer pessoas de Westeros, incluindo seus governantes. Loucura indica que um indivíduo sofreu de alguma insanidade, produzindo resultados imprevisíveis (que podem ser positivos ou negativos). Todos os recursos aumentam em +6 e depois diminuem em –2d6, produzindo uma faixa de resultados de +4 a –6. Se este for seu primeiro evento histórico, sua família foi erguida por um lorde ou rei insano, como for apropriado para o período de sua fundação.

Traição

Vocês sofreram os resultados de uma traição ou estiveram envolvidos em um ato traiçoeiro. Em qualquer caso, o evento histórico mancha o nome de sua família. Caso este seja seu primeiro evento histórico, vocês obtiveram sua casa por meio de algum ato maligno, possivelmente traindo outro lorde ou nobre.

Vilão

Sua família produziu uma figura de crueldade e maldade indizíveis, um vilão cujo nome ainda é sussurrado com pavor. Este indivíduo pode ter cometido terríveis crimes em seu lar, matado hóspedes sob seu teto ou ter sido simplesmente uma má pessoa. Se este for seu primeiro evento histórico, geralmente o vilão conquistou sua posição por sua maldade, possivelmente assassinando um rival e tomando suas terras e título.

Vitória

Sua família conquistou uma vitória importante sobre seus inimigos. Os adversários podem incluir homens de ferro, algum Rei-além-da-Muralha ou uma casa rival. Sua família ascendeu em notoriedade e poder por causa desta vitória. Se este for seu primeiro evento histórico, a vitória foi tamanha que sua família foi erguida à nobreza.

Juntando Tudo

Como já foi mencionado, estes eventos são amplos e gerais, para que você e seus colegas tenham liberdade ao construir sua casa. Cabe a vocês e ao narrador determinar os detalhes de cada evento, embora haja sugestões em cada descrição. Vocês devem criar fatos que ajudem a tornar sua casa tão interessante e detalhada quanto as casas nos livros e na série de TV. Isto liga seus personagens ao cenário e ajuda a moldar as ambições e personalidade deles. Preste bastante atenção ao primeiro evento histórico, pois ele deve influenciar suas decisões sobre o lema e brasão da família.

EXEMPLO

Seguindo adiante, o grupo está pronto para seus eventos históricos. Eles têm direito a dois eventos. Gustavo e André voluntariam-se para rolar os dados. Gustavo começa, obtendo um 14: escândalo. Um escândalo impõe –1d6 em Influência, Terras e Poder, um resultado infeliz, no mínimo. Gustavo rola a penalidade em Influência, obtendo 6. Márcio rola a penalidade em Terras e o resultado é 3, enquanto Paloma obtém um resultado "5" em Poder. O grupo subtrai estes valores de seus recursos.

Recurso	Inicial	Evento	Total
Defesa	25	—	25
Influência	36	–6	30
Lei	17	—	17
Poder	20	–5	15
População	19	—	19
Riqueza	17	—	17
Terras	49	–3	46

Embora o escândalo enfraqueça a casa, fornece inspiração para a forma como ela foi fundada. Paloma sugere que talvez um bastardo tenha fundado a casa, já que nenhum escândalo é melhor do que um caso indiscreto. André pergunta ao narrador se há algum problema em fazer com que o fundador da casa seja o filho bastardo de uma casa dos livros. Márcio menciona a Casa Bolton. O narrador pensa por um momento e concorda, dizendo que talvez o bastardo tenha feito algo para trair os Bolton. Gustavo agarra esta ideia e sugere que seu ancestral bastardo tenha descoberto um plano para trair a Casa Karstark, o que iniciaria um conflito sangrento que causaria muitos problemas no Norte. Por esta informação, Lorde Karstark ergueu o bastardo à nobreza, concedendo-lhe terras na Baía das Focas. Contudo, devido à traição do bastardo, poucos lordes confiavam nele, resultando em perda de Influência e Poder. Todos gostam deste histórico, então esperam André rolar o próximo evento.

André rola um "10": glória, um excelente resultado, condizente com o passado da casa. Glória concede +1d6 em Defesa, Influência, Lei e Poder, o que ajuda a consertar o dano do escândalo que deu origem à família. Os jogadores rolam os modificadores, adicionando-os a seus recursos da seguinte forma:

Recurso	Inicial	Evento	Total
Defesa	25	+5	30
Influência	30	+5	35
Lei	17	—	17
Poder	15	+2	17
População	19	—	19
Riqueza	17	—	17
Terras	46	+1	47

É fácil decidir que ato ou série de atos levou à glória. O grupo decide que sua casa destacou-se durante a Rebelião de Greyjoy, oferecendo suas espadas ao Rei Robert enquanto ele cercava a fortaleza de Balon. Seu serviço constante e auxílio inestimável na forma de navios e soldados concederam-lhes notoriedade e honra em todos os Sete Reinos, ofuscando as origens nebulosas desta família relativamente jovem.

Passo Quatro: Posses

Tendo gerado seus recursos, é hora de definir suas posses. Posses são elementos específicos, como castelos, torres, cidades, aldeias, soldados, minas, etc. Para adquirir posses, você designa pontos do recurso. Note que os pontos não são gastos, apenas alocados à posse em questão. Você não precisa designar todos os seus recursos, e pode manter alguns de reserva para adquirir outras posses à medida que eles crescem por Glória ou Ouro obtidos pelos personagens jogadores ou pela Sorte da Casa.

Caso seus recursos sejam reduzidos, como por uma praga em suas lavouras ou pela perda de uma batalha, você pode perder seu investimento. Da mesma forma, se uma posse for destruída (por exemplo, um inimigo queima um castelo), você perde os recursos que investiu na posse.

Todas as posses a seguir incluem a quantidade de recursos que você deve investir para obtê-la e uma quantidade de tempo expressa em meses (veja **Meses & Ações**, na página 153). Sempre que você desejar investir após a criação da casa, designa seus recursos normalmente, mas deve esperar a quantidade de tempo indicada antes de desfrutar dos benefícios da posse.

Posses de Defesa

Posses de defesa são fortificações como muralhas, torres e fortalezas. Elas concedem benefícios à Defesa das suas unidades para proteger suas terras, e também são símbolos de status e poder. Para obter uma posse de defesa, você deve ter pelo menos uma posse de terras.

Castelo

Investimento: 40 **Tempo:** 96 + 10d6 Meses

Castelos são impressionantes construções fortificadas. A maior parte dos castelos incorpora um ou mais fortes centrais e várias torres conectadas por muralhas e cercadas por um fosso. Exemplos incluem o Forte da Mata Funda, as Gêmeas e Rio Corrente.

Benefício: as unidades que defendem um castelo recebem um bônus de +8 em sua Defesa.

Castelo Pequeno

Investimento: 30 **Tempo:** 72 + 10d6 Meses

Uma versão menor de um castelo comum, com apenas um forte e talvez duas torres. Exemplos incluem o Portão de Bronze, o Forte do Mel e Mata de Ferro.

Benefício: as unidades que defendem um castelo pequeno recebem um bônus de +6 em sua Defesa.

Castelo Superior

Investimento: 50 **Tempo:** 144 + 10d6 Meses

Uma versão maior de um castelo comum, com várias estruturas e prédios menores. Exemplos incluem Ponta da Tempestade, Rocha do Dragão e Winterfell.

Benefício: as unidades que defendem um castelo superior recebem um bônus de +12 em sua Defesa.

Salão

Investimento: 20 **Tempo:** 60 + 10d6 Meses

Um salão é um pequeno prédio fortificado. Pode ou não ser cercado por uma muralha e pode ter uma torre, embora isso seja improvável. Exemplos de salões incluem o Salão da Semente, o Salão da Sidra e o Salão do Arco Longo.

Benefício: as unidades que defendem um salão recebem um bônus de +4 em sua Defesa.

Torre

Investimento: 10 **Tempo:** 36 + 10d6 Meses

Torres são estruturas isoladas de pedra ou madeira que se erguem do chão. Os domínios de Petyr Baelish nos Dedos incluíam uma única torre.

Benefício: as unidades que defendem uma torre recebem um bônus de +3 em sua Defesa.

CAPÍTULO 6: CASA & TERRAS

> **EXEMPLO**
>
> Com Defesa 30, o grupo tem recursos suficientes para investir em um castelo pequeno. Márcio lembra-os de que possuem muitas terras, e investir todas as suas defesas em um único castelo pequeno significa que eles terão dificuldade em defender seu território de qualquer ataque. Assim, em vez de um castelo pequeno, o grupo escolhe um salão e uma torre, posicionando-os em domínios diferentes.

Posses de Influência

Influência representa seu poder social, sua presença na região e em todo o território de Westeros. O investimento primário para Influência são herdeiros, os filhos do líder da casa. Herdeiros são valiosos porque estendem a vontade e presença do patriarca, mas também fornecem meios de melhorar a posição da casa através de ações e casamentos.

Como alternativa, você pode guardar Influência para modificar os resultados de sua rolagem de Sorte da Casa. Para cada 5 pontos de Influência que você gastar, pode adicionar 1d6 à sua rolagem de Sorte da Casa. Se esta redução diminuir seu Status máximo (veja a tabela abaixo), os personagens afetados sofrem −1D em testes de Status para cada graduação que tiverem acima do máximo, até que aumentem sua Influência de volta ao nível original ou a um nível maior.

Seu personagem também pode usar a Influência da família, gastando 2 pontos do recurso para receber +1B em quaisquer testes relacionados a intrigas. Mais uma vez, estes gastos reduzem a Influência da família. Resolva essa diminuição como descrito no parágrafo anterior.

Influência também estabelece o Status mais alto atingido por qualquer membro da casa. Este personagem é sempre o líder da casa (Lorde ou Lady). Os limites de Status são descritos a seguir.

Tabela 6-5: Influência & Status

Recurso	Status Máximo
0-10	2
11-20	3
21-40	4
41-50	5
51-60	6
61-70	7
71+	8 ou maior

Herdeiros

Seu investimento em herdeiros abre opções para que os jogadores assumam os papéis dos herdeiros da casa. Cada investimento cria um personagem com um valor de Status específico. A Influência não limita o número de filhos que uma casa pode ter (caso contrário, a Casa Frey teria um valor estratosférico de Influência!), mas quantos herdeiros com Status *significativo* a família possui.

Status do Herdeiro*	Exemplo	Custo
Máximo −1	Filho primogênito (ou filha mais velha em Dorne).	20
Máximo −2	Segundo filho (ou filha em Dorne), filha mais velha.	10
Máximo −3	Outros filhos (não incluindo bastardos).	5

*Status mínimo 3. Status 2 não custa Influência.

> **EXEMPLO**
>
> Com Influência 35, a casa do grupo é menor mas significativa, embora não seja tão conhecida quanto algumas das maiores casas do Norte. Os jogadores conversam sobre se querem ou não herdeiros, e se querem interpretá-los. Tanto Paloma quanto Márcio desejam interpretar personagens com ligações de parentesco à família. Nem Gustavo nem André estão muito interessados, então Márcio, que vai jogar com um personagem masculino, investe 20 pontos de Influência da casa para tornar-se o primogênito. Paloma, que vai jogar com uma personagem feminina, investe 10 pontos para se tornar a filha mais velha. O grupo tem 5 pontos sobrando, que pretendem usar durante a campanha, quando entrarem em intrigas.

Posses de Terras

Terras descrevem o terreno e extensão de seus domínios. Terras podem ser florestas, lagos, montanhas, praias, etc., dependendo do local onde sua casa é situada e do terreno do seu reino. Cada investimento em Terras é chamado de domínio. Cada domínio tem cerca de uma légua (5 quilômetros). Seus domínios refletem apenas as terras sob seu controle direto, e não sob controle de seus brasões vassalos, cavaleiros jurados e outros a seu serviço.

Domínios têm dois componentes: características e terreno. Uma característica é algo que existe na terra, como uma cidade, um rio, uma floresta ou uma praia. O número de características de um domínio é limitado apenas pelo investimento que você está disposto a fazer. Um domínio sem qualquer característica é estéril — um deserto, cerrado ou desolação, de acordo com o reino. O terreno descreve a forma da terra: montanhas, colinas, planícies ou depressões. Um domínio deve ter um terreno, e só pode ter um tipo, mesmo que tenha elementos de outros tipos.

Terreno

GdTRPG reconhece quatro tipos amplos de terrenos. Se você não tiver recursos suficientes para investir em um domínio, suas posses têm menos de uma légua e estendem-se apenas ao redor de sua principal fortaleza.

Tabela 6-6: Custos de Terrenos

Terreno	Custo	Exemplo
Colinas	7	Os Regatos
Montanhas	9	As Montanhas da Lua
Planícies	5	O Extremo
Terra Alagada	3	O Gargalo

Tabela 6-7: Custos de Características

Característica	Custo	Exemplo
Água		
Córrego	+1	Boa parte das Terras Fluviais
Rio	+3	Pedra Matreira
Lago pequeno	+5	Boa parte do Gargalo
Lago grande	+7	Lago Longo
Comunidade		
Povoado	+10	Vila do Inverno
Vila pequena	+20	Vila dos Molhes
Vila grande	+30	Vila das Gaivotas
Cidade pequena	+40	Lannisporto
Cidade grande	+50	Porto do Rei
Costa	+3	Costa Rochosa
Estrada	+5	Estrada do mar
Floresta		
Esparsa	+3	Mata Funda
Densa	+5	Mata dos Lobos
Ilha	+10	Ilha dos Ursos
Pasto	+1	Boa parte do Extremo
Ruína	+3	Pedras Velhas

Características

Uma característica é um tipo de elemento descritivo, acidente geográfico notável ou local que chame a atenção e forneça vantagens adicionais em batalha (veja o **Capítulo 10: Guerra**). Os custos são somados ao custo do terreno.

Exemplo

O grupo tem o recurso Terras 46 — um número considerável, comparado a sua posição. Os jogadores já criaram a história, então o narrador recomenda que eles escolham um local perto da Baía das Focas. Assim, o grupo escolhe como seu primeiro domínio planícies com floresta esparsa e uma costa. As planícies custam 5, a floresta esparsa custa +3 e a costa custa +3, para um total de 11. Paloma sugere estabelecer uma comunidade, mas concorda que seria bobagem investir todos os recursos da casa em seu primeiro domínio. Um povoado aumenta o custo do domínio para 21. Com os 25 pontos restantes, o grupo decide adicionar mais dois domínios no interior, com florestas, cada um ao custo de 8 pontos, para um total de 16, e uma planície no interior por 5 pontos. Para tornar as coisas interessantes, eles colocam uma ruína (+3 pontos) em um dos domínios com florestas e decidem que era uma antiga fortaleza dos Primeiros Homens, contando até mesmo com uma árvore mística no centro de seu salão arruinado.

Posses de Lei

Diferente de outros recursos, Lei não tem posses para receber investimentos. Em vez disso, este recurso descreve a extensão de sua autoridade sobre suas terras, especificamente no que se refere a extrair recursos delas com a mínima perda devido a crime, saques e vilania. Veja o modificador à sua rolagem de Sorte da Casa na tabela a seguir.

Sorte da Casa por Lei

Valor de Lei	Sorte da Casa
0	−20
1–10	−10
11–20	−5
21–30	−2
31–40	−1
41–50	+0
51–60	+1
61–70	+2
71+	+5

Terrenos e Características das Terras de Westeros

Reino	Terreno	Características
Dorne	Colinas, montanhas, planícies.	Água, comunidade, costa, estrada, ilha, ruína.
O Extremo	Planícies.	Água, comunidade, costa, estrada, ilha, pasto, ruína.
Ilhas de Ferro	Colinas, planícies.	Comunidade, costa, estrada, ilha, pasto, ruína.
As Montanhas da Lua	Colinas, montanhas.	Água, comunidade, costa, estrada, ilha, pasto, ruína.
O Norte	Colinas, montanhas, planícies, terra alagada.	Água, comunidade, costa, estrada, floresta, ilha, pasto, ruína.
Porto do Rei	Planícies.	Água, comunidade, costa, estrada, floresta, pasto, ruína.
Rocha do Dragão	Colinas, planícies, terra alagada.	Comunidade, costa, estrada, ilha, pasto, ruína.
As Terras Fluviais	Colinas, planícies, terra alagada.	Água, comunidade, estrada, pasto, ruína.
As Terras Ocidentais	Colinas, montanhas, planícies.	Água, comunidade, costa, estrada, ilha, pasto, ruína.
As Terras Tempestuosas	Colinas, montanhas, planícies, terra alagada.	Água, comunidade, costa, estrada, floresta, ilha, pasto, ruína.

Exemplo

A casa dos jogadores tem Lei 17, indicando que eles têm problemas com selvagens e bandoleiros. A cada turno, ao fazer sua rolagem de Sorte da Casa, eles sofrem uma penalidade de –5 no resultado.

Posses de População

Sua População descreve a quantidade de pessoas que vive em suas terras — quanto maior, mais pessoas ocupam a área. Assim como acontece com Lei, você não investe em População. Também da mesma forma que Lei, População modifica o resultado da Sorte da Casa. Poucas pessoas significam maiores chances de surgimento de problemas nos recônditos de suas terras — mas muitas pessoas também trazem mais oportunidades para infortúnios. Veja o modificador à sua rolagem de Sorte da Casa na tabela a seguir.

Sorte da Casa por População

Valor de População	Sorte da Casa
0	–10
1-10	–5
11-20	+0
21-30	+1
31-40	+3
41-50	+1
51-60	+0
61-70	–5
71+	–10

Exemplo

Com População 19, os jogadores não têm nenhum modificador à rolagem de Sorte da Casa.

Posses de Poder

Você deriva o poderio militar de sua família a partir de seu recurso Poder. Isto significa seus cavaleiros, suas espadas juradas, seus guardas e os brasões que lutam em seu nome. Você pode investir Poder em brasões, navios ou unidades. Você não precisa investir todo o seu Poder; pode deixar uma parte de reserva para lidar com a Sorte da Casa quando algum problema surgir.

Brasões Vassalos

Custo: 20 pela primeira casa, 10 pela segunda e 5 por casa adicional.

Brasões vassalos são famílias nobres e cavaleiros com terras que juraram votos de serviço e lealdade à sua casa em troca de proteção e auxílio em épocas difíceis. Essas promessas, entretanto, podem ser postas à prova quando ambições pessoais interferem com a honra e o dever. Além disso, casas menores muitas vezes passam a invejar o poder e influência das casas maiores às quais são juradas. Assim, traições, embora raras (pois as consequências podem ser muito severas), não são impossíveis.

A relação entre você e seu vassalo é semelhante à sua relação com seu suserano. Ou seja, assim como você tem o dever de prestar auxílio militar e financeiro a seu senhor, o brasão vassalo tem o dever de fazer isso por você. O benefício do brasão vassalo é que ele pode ser chamado para prestar auxílio militar, concedendo-lhe 1 dado de teste em seus testes de Status para a Sorte da Casa (um dado por brasão vassalo). O brasão vassalo pode até mesmo receber resultados de Sorte da Casa (veja na página 153). Contudo, os vassalos não têm obediência cega. Embora sejam jurados a você, os interesses deles vêm em primeiro lugar. Além disso, se você quiser manter a lealdade de uma casa jurada a você, também deve apoiá-la e auxiliar em seus conflitos, mesmo que isto interfira com seus planos.

Seu brasão vassalo (ou brasões vassalos) começa leal à sua família, e a postura dele começa em Amigável. Assim como ocorre com todos os personagens do narrador, desenvolvimentos na crônica, as escolhas de sua família e sua reputação podem melhorar ou piorar a postura de um brasão vassalo. Caso a postura do brasão decaia a Malicioso, você perde o vassalo e os pontos que investiu nele.

O narrador controla os brasões vassalos. Os membros desta casa também costumam ser personagens do narrador. Contudo, para reforçar os vínculos de lealdade, os jogadores podem interpretar personagens que sejam membros destas casas menores.

Criando Brasões Vassalos

A criação de brasões vassalos é semelhante à criação de sua própria casa. Siga os mesmos passos, com as exceções descritas a seguir.

- **Reino:** o reino do brasão vassalo deve ser o seu.
- **Recursos Iniciais:** role 5 dados para cada recurso em vez de 7. A Influência inicial do seu brasão vassalo não pode exceder a sua.
- **Fundação:** a fundação da casa jurada a você deve acontecer uma "era" depois da sua.
- **Sorte da Casa:** seu brasão vassalo não rola Sorte da Casa. Em vez disso, a sua Sorte da Casa pode modificar as casas que lhe são juradas. Como alternativa, você pode gastar um Ponto de Destino para redirecionar uma Sorte da Casa para qualquer um de seus brasões vassalos.

Unidades

Custo: variável (veja a Tabela 6-8: Tipos de Unidades).

Unidades são os investimentos mais comuns para casas nobres. Refletem os exércitos fixos que apoiam a casa e que podem ser chamados para defender as terras da família a qualquer momento. Cada unidade consiste de 100 homens, ou 20 homens e 20 cavalos, ou 5 navios de guerra.

Treinamento

Treinamento reflete a habilidade dos instrutores e o tempo da unidade no campo de batalha. Unidades mais treinadas são mais confiáveis e duráveis, mas mais caras em termos de investimento.

Cada nível de treinamento inclui Disciplina básica. A Disciplina determina a Dificuldade dos testes de Guerra para controlar a unidade no campo de batalha. A Disciplina básica é modificada pelo tipo da unidade.

As unidades têm habilidades iguais aos personagens. A graduação padrão de cada habilidade é 2. A maior parte das habilidades não aparece em batalha, então não há necessidade de registrá-las. O tipo de treinamento da unidade determina a Experiência que ela possui para melhorar suas habilidades. Aumentar uma habilidade em uma graduação custa 20 pontos de Experiência. O tipo de unidade determina quais habilidades podem ser aumentadas.

Treinamento	Custo em Poder	Disciplina Básica	Experiência
Verde	1	Desafiadora (9)	20
Treinada	3	Rotineira (6)	60
Veterana	5	Fácil (3)	100
Elite	7	Automática (0)	140

- **Verde:** tropas verdes são recrutas recém-chegados, garotos com espinhas no rosto, camponeses forçados a lutar ou velhos tirados de sua aposentadoria. Muitos clãs das Montanhas da Lua, saqueadores selvagens e batalhões de plebeus são verdes.
- **Treinada:** como soldados profissionais, tropas treinadas já passaram algum tempo com mestres de armas e receberam instruções suficientes para lutar com competência no campo de batalha. Tropas treinadas incluem guarnições, cavaleiros errantes, espadas juradas e similares. Os capas douradas, os Corvos de Pedra, a guarnição da Casa Stark e a infantaria de Roose Bolton são exemplos de unidades treinadas.
- **Veterana:** unidades treinadas que já passaram por muitos conflitos. Competentes e marcados por uma vida de lutas, são um componente valioso de qualquer exército. Estas tropas podem incluir companhias mercenárias estabelecidas, patrulheiros experientes, cavaleiros sagrados e assim por diante. Os Homens Queimados, os cavaleiros de Khal Drogo, os patrulheiros de Benjen Stark e a maioria das unidades sobreviventes depois da Guerra dos Cinco Reis são veteranos.

Capítulo 6: Casa & Terras

Tabela 6-8: Tipos de Unidades

Tipo	Custo em Poder	Modificador de Disciplina	Habilidades-Chave
Apoio	+2	+3	Cura, Lidar com Animais, Vigor
Arqueiros	+3	+3	Agilidade, Percepção, Pontaria
Batedores	+2	+3	Furtividade, Percepção, Vigor
Cavalaria	+5	−3	Agilidade, Lidar com Animais, Luta
Criminosos	+1	+6	Furtividade, Luta, Vigor
Cruzados	+4	+0	Atletismo, Luta, Vigor
Engenheiros	+2	+3	Guerra, Luta, Vigor
Especial	+5	+0	Quaisquer três
Guarda Pessoal	+6	−6	Atletismo, Luta, Vigor
Guarnição	+2	−3/+3	Luta, Percepção, Vigor
Guerrilheiros	+2	+3	Atletismo, Furtividade, Pontaria
Infantaria	+4	+0	Atletismo, Luta, Vigor
Marinheiros	+4	+0	Agilidade, Luta, Percepção
Mercenários*	+1	+3	Atletismo, Luta, Vigor
Navios de Guerra	+7	+0	Luta, Percepção, Pontaria
Plebeus Recrutados*	+0	+6	Lidar com Animais, Percepção, Sobrevivência
Saqueadores	+3	+3	Agilidade, Luta, Vigor

*Outros custos, veja a descrição.

♦ **Elite:** excepcionalmente raras e caras, unidades de elite têm treinamento extenso, vasta experiência e uma identidade que apavora aqueles que irão enfrentá-los. Exemplos incluem os Bravos Companheiros, os Imaculados e a Irmandade sem Brasões.

Tipo

O tipo de uma unidade descreve como ela opera e quais habilidades ela pode melhorar com sua Experiência. O tipo também modifica a Disciplina da unidade, aumentando ou diminuindo a Dificuldade para controlá-la em batalha. Por exemplo, cavalaria modifica a Dificuldade em −3. Assim, cavalaria treinada teria testes de Disciplina **Fáceis (3)**, já que 6 − 3 = 3. A Disciplina final de uma unidade não pode ser menor que **Automática (0)**.

A maior parte das unidades tem apenas um tipo, mas é possível construir unidades com dois ou mais tipos, desde que você invista o Poder total para pagar o custo de cada tipo. Assim, para construir Infantaria/Arqueiros Treinados, você deve investir 10 pontos de Poder (3 por uma unidade treinada + 3 por arqueiros + 4 por infantaria). Ao investir Experiência para uma unidade com dois ou mais tipos, você pode investi-la em qualquer Habilidade-Chave listada para todos os tipos que a unidade possui. Os modificadores de Disciplina são cumulativos.

Apoio

Uma força de apoio é uma unidade que trabalha, construindo fortificações e equipamento para a força maior, além de fornecer comida e roupas e atuar como médicos. Unidades de apoio são grupos de trabalhadores, excepcionalmente vulneráveis a ataques. Além de suas habilidades, recebem treinamento para cuidar de equipamentos, montar barracas, cozinhar, limpar, etc.

Arqueiros

Arqueiros são soldados que utilizam armas de Pontaria. Em geral usam armaduras leves, para que possam se mover com rapidez. São úteis para desgastar um inimigo, mas costumam ser vulneráveis em combate corpo-a-corpo.

Batedores

Batedores atuam como olheiros avançados, espalhando-se para obter informações sobre posições inimigas e trazendo-as de volta a seus comandantes. Batedores típicos não são guerreiros excepcionais, embora possam ser uma adição eficiente a qualquer força, quando combinados com outros tipos.

Cavalaria

Qualquer unidade que monte animais em batalha conta como cavalaria. Exemplos incluem unidades de cavaleiros tradicionais ou bandos de saqueadores tribais montados em garranos (espécie de pôneis montanheses). Cavalaria muitas vezes é combinada com outro tipo de unidade. Os saqueadores dothraki são cavalaria/saqueadores, enquanto que cavaleiros sagrados muitas vezes são cavalaria/cruzados. Uma unidade de cavalaria desmontada torna-se infantaria (embora seu custo não mude).

Unidades de cavalaria usam o Atletismo e Vigor de suas montarias no lugar dos seus próprios.

Criminosos

Unidades compostas de criminosos são baratas, mas pouco confiáveis. Em geral, estas forças são enviadas à Muralha para lutar contra os selvagens. Contudo, lordes desesperados podem esvaziar seus calabouços para reunir tropas adicionais.

Cruzados

Quaisquer tropas formadas ao redor de uma causa política ou religiosa contam como cruzados. São ferozmente leais enquanto estiverem lutando por seu objetivo, mas muitas vezes são indisciplinados e incontroláveis.

Engenheiros

Estas unidades especializadas existem para sobrepujar defesas inimigas. No campo de batalha, constroem escadas, montam e operam armas de cerco e escavam túneis sob muralhas. Engenheiros costumam usar armas e armaduras leves, sendo vulneráveis a ataques diretos.

Especial

Qualquer unidade que não seja descrita pelos tipos que já existem. Essas unidades costumam ter um conjunto de habilidades único, e são formadas para desempenhar uma única tarefa — o que fazem muito bem.

Guarda Pessoal

Uma das unidades mais caras do jogo, a guarda pessoal consiste de guerreiros especializados, reunidos para proteger um comandante — em geral o nobre que lidera a força.

Especial: um comandante ou subcomandante pode entrar em uma guarda pessoal e manter sua habilidade de dar ordens.

Guarnição

Uma guarnição é uma unidade de soldados reunidos para proteger uma comunidade ou fortificação. Muitas guarnições também atuam como vigias e milicianos, fazendo valer a paz do lorde. Embora frequentemente sejam soldados hábeis, são melhores em proteger seus lares do que em lutar no campo de batalha. Ao lutar em suas terras, a Dificuldade de sua Disciplina é reduzida em −3. Longe de suas terras, aumenta em +3.

Guerrilheiros

Outra força especializada, guerrilheiros são treinados para lutar em um terreno específico, explorando a geografia para obter vantagens estratégicas no campo de batalha. Como seria de se esperar, guerrilheiros são menos úteis fora de seu terreno favorito.

Infantaria

A unidade mais comum, infantaria consiste dos soldados que formam a espinha dorsal de qualquer exército.

Marinheiros

Quer sejam piratas, contrabandistas ou membros da guarda marítima durante o reinado do Rei Louco Aerys II, unidades navais incluem qualquer força treinada para lutar no mar.

Mercenários

Mercenários são soldados contratados para guerrear. Embora tenham melhor treinamento, são mais caros, e podem não ser confiáveis em grandes conflitos. Mercenários costumam lutar melhor em vantagem numérica.

É barato empregar mercenários em termos de Poder, mas eles têm um custo em Riqueza, de acordo com sua experiência. Assim, se você empregar duas unidades verdes, reduza sua Riqueza em −2.

Nível de Treinamento de Mercenários	
Treinamento	Riqueza
Verde	−1
Treinada	−3
Veterana	−6
Elite	−9

Navios de Guerra

Uma unidade de navios de guerra é uma pequena frota de naus de combate, que pode transportar outra unidade em batalha. Para investir em navios de guerra, você deve ter pelo menos um domínio com uma costa, rio ou lago.

Especial: um comandante ou subcomandante pode entrar em uma unidade de navios de guerra e manter sua habilidade de dar ordens.

Plebeus Recrutados

Plebeus recrutados são pessoas comuns retiradas de suas vilas e aldeias. Cada unidade de plebeus recrutados que você emprega reduz seu recurso População em –2.

Saqueadores

Homens de ferro, selvagens e clãs montanheses são indisciplinados, uma força de guerra movida por ganância e sanguinolência. Especializados em atacar oponentes de forma rápida para saquear seus domínios, são uma péssima escolha em cercos e batalhas extensas.

Exemplo

O grupo tem 17 pontos de Poder para investir em unidades. Devido a sua posição na Baía de Gelo, os jogadores decidem investir em uma unidade de navios de guerra verde, por 8 pontos. Com os 9 pontos remanescentes, escolhem uma guarnição treinada (5 pontos) e uma unidade de plebeus recrutados verde (1 ponto, também reduzindo sua População em 2). Eles ainda têm 3 pontos de sobra, que podem usar durante o jogo.

Frota

Navio de Guerra Verde	8 pontos de Poder
Percepção 3	Disciplina Desafiadora (9)

Guardas da Casa

Guarnição Treinada	5 pontos de Poder
Luta 3, Percepção 3, Vigor 3	Disciplina Fácil (3) em seu lar ou Desafiadora (9) em outras terras

Infantaria Plebeia

Plebeus Recrutados Verdes	1 ponto de Poder População –2
Percepção 3	Disciplina Formidável (12)

Posses de Riqueza

Riqueza descreve os recursos financeiros da família. Você pode investir Riqueza em posses específicas, o que concede benefícios especiais, ou mantê-la de reserva, para gastar em outras áreas quando necessário. Muitas vezes é melhor manter parte de sua Riqueza de reserva para solucionar problemas que possam surgir durante o jogo.

As posses a seguir representam os tipos mais comuns. Podem existir outros, com a permissão do narrador. Muitas posses incluem exigências, que você deve cumprir antes de investir nelas. Todas as descrições incluem uma quantidade de tempo, para investimentos que sejam feitos durante o jogo. Sempre que você investir depois da criação da casa, designa seus recursos normalmente, mas deve esperar o tempo indicado antes de obter os benefícios do investimento.

Cada posse de Terras pode ter até dois investimentos de Riqueza.

Artesão

Sua casa contrata os serviços de um mestre artesão.

Exigência: salão ou estrutura defensiva maior
Investimento: 10   **Tempo:** 2d6 meses

Escolha um dos benefícios a seguir sempre que investir nesta posse.

- Todas as armas forjadas na sua casa contam como forjadas em um castelo.
- Os benefícios de cobertura das fortificações aumentam a Defesa em +1.
- Adicione +1 aos resultados das suas rolagens de Sorte da Casa.
- Outros benefícios podem estar disponíveis, com a permissão do narrador.

Bosque Divino

Seu lar possui um bosque divino, um local sagrado dos velhos deuses.

Exigência: reino (o Norte)
Investimento: 5   **Tempo:** 24 + 2d6 meses

Um bosque divino permite que você adicione 2d6 –6 ao resultado das rolagens de Sorte da Casa.

Guildas

Uma guilda controla a manufatura e o preço de várias mercadorias.

Exigência: aldeia pequena ou comunidade maior
Investimento: 15   **Tempo:** 2d6 meses

Todos os membros da casa ganham 10% de desconto em quaisquer produtos comprados em suas próprias terras.

Meistre

Todas as casas podem se beneficiar da sabedoria e conhecimento de um meistre.

Exigência: Influência 20+
Investimento: 10 **Tempo: 1d6 meses**

Você recebe um bônus de +3 nas rolagens de Sorte da Casa. Sua família adquire os serviços de um meistre. Este pode ser um personagem jogador ou do narrador.

Mercado

Um mercado facilita o comércio e atrai mercadores de fora.

Exigência: aldeia pequena ou comunidade maior
Investimento: 10 **Tempo: 1d6 meses**

A cada mês, sempre que a Sorte da Casa aumentar seu recurso Riqueza, o mercado aumenta-o em +1.

Mina

Minas em suas terras geram renda adicional.

Exigência: montanhas ou colinas
Investimento: 10 **Tempo: 24 + 2d6 meses**

Uma mina concede um bônus de +5 nas rolagens de Sorte da Casa.

Porto

Um porto permite que navios mercadores venham a suas terras.

Exigência: costa
Investimento: 10 **Tempo: 3d6 meses**

Você recebe um bônus de +5 nas rolagens de Sorte da Casa. Além disso, se você tiver um mercado, sempre que a Sorte da Casa indicar um aumento de Riqueza, adicione +1d6 em vez de apenas +1.

Septo

Você erigiu um septo da Fé para mostrar a devoção de sua família.

Exigência: salão ou estrutura defensiva maior, ou aldeia pequena ou comunidade maior
Investimento: 15 **Tempo: 12 + 2d6 meses**

Você recebe um bônus de +3 nas rolagens de Sorte da Casa. Sua família adquire os serviços de um septon ou septa. Este pode ser um personagem jogador ou do narrador.

Exemplo

O grupo tem Riqueza 17, uma fundação modesta com a qual podem fazer melhorias em suas terras, recrutar soldados e manter o que já possuem até que consigam expandir seus outros recursos. Como uma casa do Norte, o grupo opta por investir em um bosque divino, o que consome 5 pontos de Riqueza. Os jogadores então decidem investir 10 pontos de Riqueza em um meistre para melhorar suas rolagens de Sorte da Casa. Eles deixam os 2 pontos de Riqueza remanescentes de reserva, para reagir a desafios durante o jogo.

Passo Cinco: Lema e Brasão

Todas as famílias nobres têm um lema e um brasão, e a sua casa nobre não deve ser diferente. Estes elementos são puramente descritivos e não afetam o sistema de qualquer forma — apenas ajudam a unificar seu grupo e definir o lugar e propósito de sua casa no mundo.

Lemas

Lemas (ou "palavras") são frases e declarações formais que transmitem os valores da família, refletem um momento significativo de sua história ou resumem sua visão do futuro. Um lema é importante pois funciona como uma espécie de motivador da família, um mantra que pode lembrar os jogadores das lealdades de seus personagens enquanto navegam nas águas perigosas do jogo dos tronos. Vocês devem trabalhar em conjunto para criar algo que reflita os objetivos do grupo ou descreva um evento histórico que moldou sua casa. A caixa **Exemplos de Lemas** inclui os lemas de algumas casas (que você *não* deve escolher, obviamente) e outros, que você pode usar como inspiração ou "tomar emprestado". Se você ainda estiver sem ideias para um lema, várias páginas na internet fornecem exemplos de lemas do mundo real que podem se encaixar com sua casa.

Exemplo

O grupo pensa sobre sua história e discute algumas ideias. Sua casa foi fundada através da revelação de um plano traiçoeiro e passou por dificuldades. André sugere "A Verdade Sempre Triunfa". Soa bem, então o grupo adota a frase como seu lema.

Brasão

O brasão (ou "armas") da sua família é um símbolo da linhagem e de seu lugar nos Sete Reinos. Toda casa nobre em Westeros, todo cavaleiro com terras e até mesmo cavaleiros errantes possuem brasões reconhecíveis. As cores, padrões e símbolos podem relembrar grandes momentos do passado da família ou representar aspectos dos seus domínios. A maior parte, no entanto, refere-se às virtudes ou vícios atribuídos à casa, muitas vezes incorporando algum componente histórico que informe sobre as circunstâncias de sua fundação. Assim, seu brasão é um elemento significativo da identidade da casa, e você deve criá-lo com cuidado.

A heráldica é um estudo complexo de história e simbologia, e a arte da heráldica envolve incontáveis regras e determinações. Assim, uma descrição completa deste campo foge ao escopo deste livro. Em vez de explorar as minúcias da heráldica, este guia serve para ajudá-lo a criar as cores de sua casa com rapidez e facilidade, oferecendo uma grande variedade de escolhas com significados. Também é possível gerar brasões sem demora, para criar vassalos e casas controladas pelo narrador.

Criando um Brasão

Criar a heráldica da sua casa pode ser um projeto intimidador. A escolha de cor, símbolo, partições e outros, junto com a complexa terminologia, podem fazer com que o jogador escolha um escudo azul e fim de papo. Para facilitar o processo, siga estes passos simples.

Passo Um: Cores

A maneira mais fácil de diferenciar um escudo é pela cor, embora haja regras específicas sobre a forma como as cores podem ser usadas. As "cores" em heráldica são chamadas de esmaltes. Há três tipos amplos de esmaltes usados em heráldica: cores, metais e peles. Ao criar seu brasão, basta lembrar de duas regras: você nunca pode colocar uma cor sobre outra cor ou um metal sobre outro metal. Assim, você não pode ter um campo verde com uma barra vermelha, ou um campo prateado com uma barra dourada. Contudo, você poderia ter um campo verde com uma barra dourada, ou um campo prateado com uma barra vermelha.

Para mais exemplos, veja as casas nobres dos livros e da série. Os Lannister usam vermelho e dourado, os Dondarion usam púrpura e branco (prateado) e os Ashford usam branco (prateado) sobre laranja. Há exceções, mas são raras. A razão desta restrição é simples: esmaltes indistintos confundem a visão no campo de batalha.

Cores incluem tudo, do preto ao vermelho. A escolha do esmalte é significativa porque geralmente representa algo sobre a casa. Em geral, apenas dois **metais** são usados

Exemplos de Lemas

Casa Arryn "Tão Alto Como a Honra"
Casa Baratheon "Nossa É a Fúria"
Casa Greyjoy "Nós Não Semeamos"
Casa Lannister "Ouça-me Rugir!"
Casa Martell "Insubmissos, Não Curvados, Não Quebrados"
Casa Stark "O Inverno Está Chegando"
Casa Tully "Família, Dever, Honra"
Casa Tyrell "Crescendo Forte"

Outros Lemas

"Com coragem e honestidade"
"Nem impetuoso, nem hesitante"
"Pelos vigilantes"
"Coragem frente à oposição"
"Sempre preparados"
"O gamo encurralado torna-se um leão"
"Lutei e venci"
"Nem exultante, nem pesaroso"
"Os primeiros e últimos na batalha"
"Por fidelidade e valentia"

em Westeros. As figuras podem incorporar outras cores metálicas, como estanho, bronze, ferro, etc. Por fim, **peles** são padrões que podem ser incorporados no escudo. Peles ignoram as regras de metais sobre metais e cores sobre cores, e podem ser usadas com qualquer cor ou metal. A presença de peles em um símbolo heráldico significa dignidade. Em geral, peles são usadas apenas por casas que se destacaram de alguma forma.

Escolha ou role aleatoriamente as cores, metais ou peles. Você pode ignorar as peles (talvez seja melhor fazer isso, pois é difícil ilustrá-las), se quiser. A **Tabela 6-9: Cores, Metais e Peles** inclui todas as cores, metais e peles usados, além de seus significados mais comuns, quando apropriado.

Exemplo

Prontos para criar seu brasão, os jogadores escolhem gerar os resultados aleatoriamente, reservando-se o direito de trocar algum resultado que não se encaixe. Começando com a cor, rolam "9", obtendo verde. Significa esperança e alegria — traços não muito apropriados à casa, mas relacionados às florestas verdejantes que cercam seu lar. O verde fica. Como metal, rolam "2": argente. Por fim, como pele, rolam "7", o que significa nenhuma pele.

CAPÍTULO 6: CASA & TERRAS

HERÁLDICA

Anatomia de um Escudo

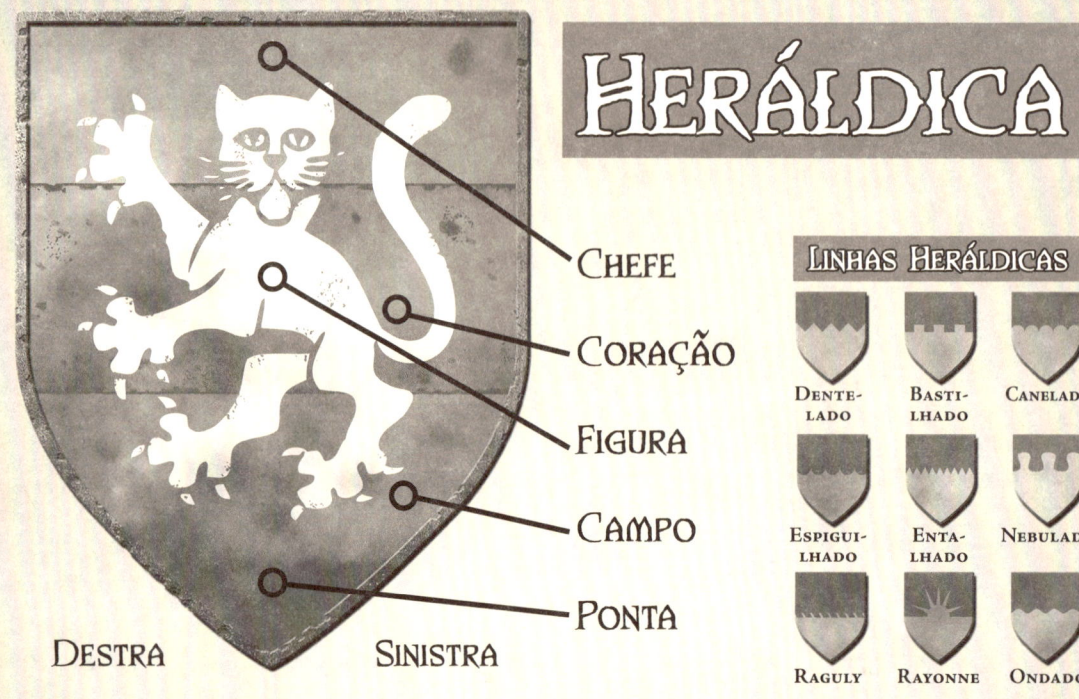

- Chefe
- Coração
- Figura
- Campo
- Ponta

Destra — Sinistra

Linhas Heráldicas

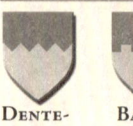

Dente-lado	Basti-lhado	Canelado
Espigui-lhado	Enta-lhado	Nebulado
Raguly	Rayonne	Ondado

Campos

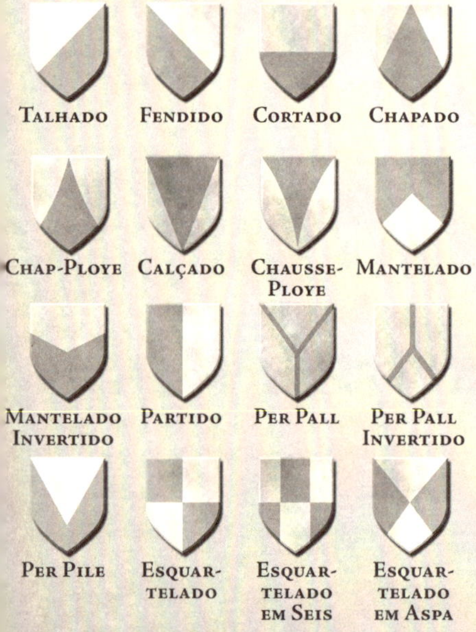

Talhado	Fendido	Cortado	Chapado
Chap-Ploye	Calçado	Chausse-Ploye	Mantelado
Mantelado Invertido	Partido	Per Pall	Per Pall Invertido
Per Pile	Esquartelado	Esquartelado em Seis	Esquartelado em Aspa

Peças

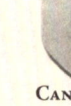

Anelete	Faixa	Barra	Banda	Bendlet	Bordadura
Cantão	Xadrezado	Asna	Chevronel	Chefe	Cruz
Escusão	Fusela	Girão	Lisonja	Mecla	Pala
Perla	Pallet	Pile	Pile Invertido	Roundel

Tabela 6-9: Cores, Metais e Peles

2d6	Cor	Significados Comuns
2-3	Preto (Sable)	Constância, tristeza.
4-5	Azul (Azure)	Lealdade, verdade, serviço.
6	Púrpura (Purpure)	Justiça, soberania, domínio.
7-8	Vermelho (Gules)	Força militar, magnanimidade, sacrifício nobre, guerreiros.
9-10	Verde (Vert)	Esperança, alegria, devoção e lealdade no amor.
11	Laranja (Sépia)	Ambição valorosa.
12	Vinho (Sanguinho)	Paciência e vitória na batalha.

1d6	Metal	Significados Comuns
1-3	Branco ou prata (Argente)	Paz ou sinceridade.
4-6	Amarelo ou ouro (Or)	Generosidade.

3d6	Pele	Descrição
3-14	Nenhuma	Seu brasão não tem pele.
15	Arminhos	Branco com manchas pretas.
16	Contra-arminhos	Preto com machas brancas.
17	Arminhos contra-d'ouro	Preto com manchas douradas.
18	Arminhos d'ouro	Dourado com manchas pretas.

Tabela 6-10: Partições

7d6	Campo	Descrição
7-9	Talhado	Dividido por uma linha diagonal do ângulo sinistro do chefe ao destro da ponta.
10-11	Fendido	Dividido por uma linha diagonal do ângulo destro do chefe ao sinistro da ponta.
12-14	Cortado	Dividido por uma linha reta no meio.
15	Chapado	Semelhante a asna, mas o vértice alcança o chefe.
16	Chap-Ploye	Como chapado, mas as linhas curvam-se para dentro em direção ao centro do escudo.
17	Calçado	O inverso de chapado.
18	Chausse-Ploye	O inverso de chap-ploye.
19-21	Mantelado	Dividido por uma linha em forma de "V". O vértice alcança o centro do escudo.
22-28	Sólido	Sem partições.
29-30	Mantelado Invertido	Como mantelado, mas invertido.
31-33	Partido	O campo é dividido no centro do chefe à ponta.
34-35	Per Pall	O campo é dividido por três linhas que formam um "Y".
36	Per Pall Invertido	Como per pall, mas invertido.
37	Per Pile	Duas linhas diagonais descem dos ângulos do chefe, juntando-se logo acima da ponta e formando uma cunha.
38-39	Esquartelado	Dividido em quatro seções. Em geral, as seções em diagonal uma em relação à outra são iguais.
40	Esquartelado em Seis	O campo é particionado em seis seções, três acima e três abaixo.
41-42	Esquartelado em Aspa	O campo é dividido por duas linhas diagonais que formam um "X".

Tabela 6-11: Tipos de Figuras

3D6	Figura
3-4	Linha Heráldica: role na Tabela 6-12: Linhas Heráldicas e aplique o resultado à partição ou a uma peça, usando a Tabela 6-15: Peças.
5	Planta: role na Tabela 6-13: Plantas.
6-7	Animal: role na Tabela 6-14: Animais e Criaturas Mitológicas.
8-13	Peça: role na Tabela 6-15: Peças.
14-16	Peça de Segunda Ordem: role na Tabela 6-16: Peças de Segunda Ordem.
17-18	Objeto: role na Tabela 6-17: Objetos.

Tabela 6-12: Linhas Heráldicas

2D6	Linha Heráldica
2	Dentelado: um lado ou ambos estão em ziguezague, significando água.
3-4	Bastilhado: um lado ou ambos parecem ter ameias. Em alguns casos também pode significar fogo.
5	Canelado: a linha apresenta arcos semicirculares lado a lado, com a parte convexa para o exterior. Sugere terra.
6	Espiguilhado: o inverso de canelado. Tem o mesmo significado.
7	Entalhado: a linha apresenta pequenos recortes em forma de cunha. Representa fogo.
8	Nebulado: o lado ou os lados curvam-se para dentro e para fora ao longo da linha, sugerindo nuvens, ar e às vezes o mar.
9	Raguly: cortes ao longo da linha dão a ela a aparência de algo esfarrapado ou rasgado. Sugere que dificuldades foram encontradas.
10	Rayonne: linhas ondulantes emergem da figura ou partição, sugerindo os raios do sol.
11-12	Ondado: a linha ou figura curva-se para cima e para baixo ou para um lado e outro em intervalos regulares, normalmente significando água ou ondas.

Tabela 6-13: Plantas

2D6	Figura
2-3	Frutinhas: morangos ou amoras.
4	Tronco Esgalhado: uma árvore sem folhas, seca, muitas vezes arrancada do solo.
5-6	Flor: cravo, lírio, rosa.
7-8	Fruta: limões, maçã, peras, uvas.
9	Nozes ou Bolotas: avelãs, landes, nozes.
10	Planta: algodão, arbusto, trigo.
11-12	Árvore: árvore mística, bordo, carvalho, sentinela.

Passo Dois: Campo

O fundo, ou campo, pode ser sólido ou dividido. Se você estiver usando um campo sólido, atribua sua cor, metal ou pele a ele e siga ao próximo passo. Escudos divididos ou particionados podem incorporar quaisquer esmaltes que você sorteou ou escolheu, ou podem introduzir novos esmaltes ao escudo. Você *pode* ter duas cores ou dois metais lado a lado no campo. A restrição se aplica apenas à figura.

A **Tabela 6-10: Partições** apresenta as partições mais comuns em Westeros, mas não todas. Você pode escolher uma delas ou rolar um resultado aleatório. Se você tiver partições, volte à **Tabela 6-9: Cores, Metais e Peles** para escolher ou sortear outro esmalte, se for necessário. Se você tiver uma pele, pode atribuí-la ao escudo, em vez disso.

Exemplo

O grupo em seguida volta-se a seu campo. Sem problemas com deixar as decisões para a sorte, eles rolam 7d6 e obtêm um resultado "20": mantelado. Como o escudo tem espaço para duas cores, eles rolam de novo na **Tabela 6-9: Cores, Metais e Peles**. *Obtêm um "3": preto. Decidem tornar o mantel verde e deixam o topo preto.*

Passo Três: Figuras

Uma figura é o principal símbolo de um brasão. Formas geométricas, padrões, linhas e coisas do gênero são chamadas de peças. Dentro de cada peça existem

Tabela 6-14: Animais e Criaturas Mitológicas

1d6	Figura	1d6	Figura	1d6	Figura	1d6	Figura
13	Formiga	29	Garra de Ave	45	Bode	62	Cabrito Montês
14	Galhada	30	Galo	46	Ganso	63	Salamandra
15	Asno	31	Cocatriz	47	Grifo	64	Cavalo Marinho
16	Auroque	32	Garça	48	Harpia	65	Escorpião
17	Morcego	33	Corvo	49	Veado-Vermelho	66	Serpente
18	Castor	34	Veado	50	Gavião	67	Gato Sombrio
19	Urso	35	Cão	51	Cavalo	68	Aranha
20	Abelha	36	Golfinho	52	Leopardo	69	Esquilo
21	Javali	37	Dragão	53	Leão	70	Gamo
22	Cabeça de Javali	38	Pato	54	Mamute	71	Andorinha
23	Cervo	39	Águia	55	Manticora	72	Cisne
24	Touro	40	Águia com Duas Cabeças	56	Mastim	73	Tigre
25	Cabeça de Touro			57	Sereia	74	Tartaruga
26	Chifres de Touro	41	Falcão	58	Lontra	75	Unicórnio
		42	Penas	59	Coruja	76	Abutre
27	Borboleta	43	Peixe	60	Boi	77	Lobo
28	Gato	44	Raposa	61	Porco	78	Dragonete

variações, chamadas de peças de segunda ordem. Além das peças de primeira e segunda ordens, as figuras também podem ser objetos, animais, plantas, pessoas ou partes do corpo humano.

Algumas casas incorporam várias figuras. Contudo, por simplicidade, restrinja-se a uma figura, ou um pequeno número de figuras iguais. Role ou escolha uma peça na **Tabela 6 – 11: Tipos de Figuras**. A partir daí, role ou escolha a figura específica na tabela indicada. Lembre-se de que o esmalte da figura deve ser um metal se o seu campo é uma cor, ou uma cor se o seu campo é um metal.

Linha Heráldica

Uma linha heráldica é uma linha com um padrão, usada em uma partição ou peça. Estas linhas muitas vezes transmitem significados especiais. Quando é aplicada a uma peça, pode afetar apenas um lado — neste caso, indicada como chefe, ponta, destra ou sinistra, como for apropriado. Também pode ser aplicada a ambos os lados. Ao determinar qual lado da figura apresenta a linha heráldica, role 1d6. Com um resultado 1 ou 2, afeta a ponta ou sinistra; com 3 ou 4, afeta o chefe ou destra; com 5 ou 6, afeta ambos.

Atitude (Escolha Uma)

Em geral, figuras de animais estão voltadas à destra.

- **Adormecido:** o corpo do animal está reclinado, sua cabeça está abaixada e seus olhos estão fechados.
- **Afrontado:** o animal está olhando para fora do escudo.
- **Empinado:** o corpo está erguido sobre as duas patas traseiras. A pata dianteira direita do animal está um pouco acima da esquerda.
- **Estendido (Apenas Pássaro ou Animal com Asas):** as asas estendem-se para os lados, o corpo está voltado para a frente.
- **Guardante:** a cabeça do animal está virada, olhando para fora do escudo. Use esta atitude em conjunto com outra.
- **Parado:** o animal está sobre as quatro patas.
- **Passante:** o animal parece estar andando. Sua pata dianteira direita está erguida e as outras três estão no chão.
- **Rampante:** o corpo está erguido e o animal é sustentado por sua pata traseira esquerda. A pata traseira

CAPÍTULO 6: CASA & TERRAS

TABELA 6-15: PEÇAS

5D6	PEÇA	DESCRIÇÃO
5	ANELETE	Como um roundel, mas vazado no centro.
6-7	FAIXA	Uma listra fina e horizontal através do escudo.
8-9	BARRA	Uma listra diagonal que vai do ângulo sinistro do chefe ao destro da ponta.
10	BANDA	Como a barra, mas vai do ângulo destro do chefe ao sinistro da ponta.
11	BENDLET	Como a barra, mas com uma listra fina no meio.
12	BORDADURA	Uma peça em volta do campo, muitas vezes contendo outras figuras.
13	CANTÃO	Uma figura quadrada, em geral na região sinistra do chefe. Pode conter uma figura adicional em seu interior.
14	XADREZADO	O campo inteiro tem um padrão xadrez.
15	ASNA	Uma figura em formato de "V" invertido grossa. O vértice termina no centro do campo.
16	CHEVRONEL	Uma asna mais fina.
17	CHEFE	Peça horizontal que se estende pelo chefe do escudo.
18	CRUZ	Duas listras grossas que convergem no centro, formando uma cruz.
19	ESCUSÃO	Uma figura em formato de escudo.
20	FUSELA	Um losango.
21	GIRÃO	Uma figura em formato de cunha. O vértice termina no centro do campo. Tem um dos lados em comum com um lado do escudo.
22	LISONJA	Uma figura em formato de diamante.
23	MECLA	Como fusela, mas com centro vazado.
24	PALA	Uma listra grossa que corre pelo centro do escudo.
25	PERLA	Três listras grossas que convergem no centro do escudo para criar a forma de um "Y".
26	PALLET	Como pala, mas com uma listra vertical fina.
27	PILE	Uma figura em forma de cunha partindo do chefe.
28	PILE INVERTIDO	Como pile, mas partindo da ponta.
29-30	ROUNDEL	Um círculo sólido.

direita está erguida. A pata dianteira esquerda vem a seguir, seguida pela para dianteira direita.

- **RESGUARDANTE:** a cabeça do animal está voltada para trás, encarando o lado sinistro do escudo. Use esta atitude em conjunto com outra.
- **SENTADO:** o animal senta-se sobre as patas traseiras. Suas patas dianteiras apoiam sua cabeça e tronco.

EXEMPLO

Com o campo já esboçado, o grupo agora está pronto para determinar sua figura. Eles rolam os dados e obtêm uma peça de segunda ordem. Rolam de novo, desta vez usando a **TABELA 6-16: PEÇAS DE SEGUNDA ORDEM**, obtendo chevronny de X. Rolam 1d6 e adicionam 1 ao resultado, obtendo um "5". Assim, seu brasão consiste de um escudo verde e negro composto de asnas alternantes. Como ainda não usaram nenhum metal, decidem escolher um objeto para colocar no escudo. Olhando a **TABELA 6-17: OBJETOS**, procuram algo relacionado a seu passado, que revele alguma coisa sobre o aviso que deram a seu senhor. Gustavo sugere um berrante, pois pode ser usado como forma de alerta. O grupo concorda, e o brasão está pronto.

Tabela 6-16: Peças de Segunda Ordem

2d6	Peça	Descrição
2-3	Barrado de X	O campo é composto exclusivamente de 1d6+1 listras diagonais (barras).
4	Coticado de X	O campo é composto exclusivamente de 1d6+1 listras diagonais (bandas).
5	Faixado de X	O campo é composto exclusivamente de 1d6+1 listras horizontais.
6	Chevronny de X	O campo é composto exclusivamente de 1d6+1 asnas.
7	Fuselado	O campo é composto exclusivamente de fuselas.
8	Gironado de Seis ou Oito	O campo é composto exclusivamente de girões de dois esmaltes.
9	Lisonjado	O campo é composto exclusivamente de lisonjas.
10	Pilly de X	O campo é composto exclusivamente de 1d6+1 piles.
11	Palado-Barrado	O campo inteiro é composto de listras verticais e diagonais, adquirindo a aparência de ser tecido, como uma tapeçaria.
12	Palado de X	O campo é composto exclusivamente de 1d6+1 listras verticais.

Tabela 6-17: Objetos

15d6	Representação*	15d6	Representação*	15d6	Representação*	15d6	Representação*
15	Ferramentas Agrícolas	35	Moeda	55	Harpa	74	Balança
16	Âncora	36	Coluna/Pilar	56	Cabeça	75	Chicote
17	Bigorna	37	Cometa	57	Coração Flamejante	76	Navio
18	Braço ou Mão com Armadura	38	Cornucópia	58	Elmo	77	Navio sem Mastro
19	Braço Nu	39	Lua Crescente	59	Ferradura	78	Caveira
20	Machado	40	Fêmures Cruzados	60	Ampulheta	79	Lança de Infantaria
21	Estandarte	41	Coroa	61	Berrante de Caça	80	Pontas de Lança
22	Bastão	42	Adaga	62	Chaves		
23	Farol/Lampião	43	Dados	63	Cavaleiro	81	Estrela de Sete Pontas
24	Sinos	44	Gotas	64	Escada		
25	Ossos	45	Tambor	65	Lança de Justa	82	Sol em Esplendor
26	Arco	46	Concha	66	Perna		
27	Arco e Flecha	47	Olho	67	Trena	83	Espada
28	Ponte	48	Grilhões	68	Relâmpago	84	Tocha
29	Fivela	49	Dedo Apontado	69	Homem	85	Torre
30	Estrepe	50	Fogo	70	Lua	86	Tridente
31	Vela	51	Manopla	71	Portão de Castelo	87	Trombeta
32	Castelo	52	Pedra Preciosa ou Joia			88	Roda
33	Correntes	53	Martelo	72	Montanha	89	Asas
34	Nuvens	54	Mão	73	Sela	90	Mulher

*(1d6−2, mínimo de 1 objeto)

Passo Seis: Família e Agregados

O último passo na criação da casa é descrever a família e os agregados — os servos mais valiosos que compõem a casa nobre. Acima de todos estão o lorde e a *lady*, mas também existem os herdeiros, o meistre e o septon (se você os tiver), o castelão, o mestre de armas, o administrador e todos os outros que não sejam simples criados. Alguns serão personagens jogadores, enquanto que o restante será preenchido por personagens do narrador.

Ao definir estes personagens, as coisas mais importantes são seus nomes, a função que desempenham na casa e as partes mais notáveis de seus históricos, para moldar suas identidades. Suas estatísticas são relativamente irrelevantes, e o narrador pode criá-las mais tarde, se for necessário. Concentre-se nos elementos narrativos destes indivíduos, formando uma história apropriada para a casa.

Personagens Jogadores

Parte deste processo é a criação dos personagens específicos do grupo. Uma vez que você e seus colegas definam a família e os servos, cada jogador deve construir seu próprio personagem, usando as informações apresentadas no **Capítulo 3: Criação de Personagens**. Em geral, suas escolhas sobre papel e função dentro do grupo dependem do Status do seu personagem. Os jogadores que reservaram para si os membros da família devem investir sua Experiência e Status iniciais, além de designar Pontos de Destino para benefícios específicos, atendendo às exigências de seu nascimento. Outros jogadores têm

Casa Orlych de Salão da Geada	
Suserano: Lorde Karstark de Forte Kar	
Defesa 30	Salão da Geada (Salão, 20) Espira Vigilante (Torre, 10)
Influência 35	Herdeiro (20) Filha (10) 5 de Sobra
Terras 46	Costa com Floresta e Povoado (19) Floresta com Ruína (9) Floresta (6) Floresta (6) Floresta (6)
Lei 18	Sorte da Casa −5
População 19	Sorte da Casa +0
Poder 17	**Guarda da Casa** Guarnição Treinada; 5 pontos de Poder; Disciplina **Fácil** (3) em seu lar ou **Desafiadora** (9) em outras terras. Percepção 3, Vigor 3, Luta 3. **Infantaria Plebeia** Plebeus Recrutados Verdes; 1 ponto de Poder; População −2; Disciplina **Formidável** (12); Percepção 3. **Frota** Navio de Guerra Verde; 8 pontos de Poder; Disciplina **Desafiadora** (9); Percepção 3.
Riqueza 17	Bosque Divino (5, Sorte da Casa 2d6−6) Meistre (10, Sorte da Casa +3)
Modificador Total de Sorte da Casa: 2d6−8	

Família & Servos	
Tipo de Personagem	**Detalhes**
PN	Lorde Brandon Orlych, Lorde de Salão da Geada, um homem de meia idade com 50 anos.
PN	*Lady* Mercena, *Lady* de Salão da Geada, oriunda de um ramo menor da Casa Karstark, uma mulher de meia idade com 44 anos.
PJ	Sor Gerald Orlych, herdeiro de Salão da Geada, um jovem de 19 anos.
PJ	*Lady* Rene Orlych, filha de Salão da Geada, uma jovem de 14 anos.
PJ	Sor Byron Rios, cavaleiro errante, filho bastardo de uma casa menor nas terras fluviais, um adulto de 28 anos.
PJ	Mikael, mestre de caça, servo de Salão da Geada, um homem de meia idade com 32 anos.
PN	Meistre Tyren, oriundo de um ramo menor da Casa Frey, nas terras fluviais.
PN	Sor Deved Joren, cavaleiro e mestre de armas da casa, um homem de meia idade com 42 anos.

mais flexibilidade, sendo capazes de customizar seus personagens do modo que quiserem. O único parâmetro é o tipo de servo ou agregado que eles desejam interpretar: ama, protegido, mestre de caça, guarda, etc.

LORDE

O lorde (ou *lady*, se vocês quiserem) é o personagem mais importante que o grupo irá definir. Como esta casa pertence aos jogadores, os detalhes da vida e dos feitos do lorde cabem a vocês. Ao definir este personagem, pensem com cuidado na história e nos desenvolvimentos políticos da casa, em uma escala ampla. A seguir estão algumas perguntas que vocês devem responder.

- QUAL É A IDADE DO LORDE?
- ELE PARTICIPOU DE ALGUMA GUERRA (GUERRA DOS REIS POBRES, GUERRA DO USURPADOR OU REBELIÃO DE GREYJOY)?
- SE TIVER PARTICIPADO, LUTOU EM NOME DE QUEM?
- ELE SE DESTACOU NESTAS GUERRAS?
- QUAL É A RELAÇÃO DELE COM SEU SENHOR?
- ELE TEM FAMÍLIA ESTENDIDA?
- QUAL ERA A RELAÇÃO DELE COM SEU PAI?
- ELE TEM ALGUM RIVAL OU INIMIGO? ALGUM ALIADO FORTE?
- ELE É PAI DE ALGUM BASTARDO?
- ELE JÁ TEVE MOMENTOS DE FRACASSO OU VERGONHA?
- ELE JÁ TEVE MOMENTOS DE GLÓRIA OU GRANDEZA?
- COMO ELE É VISTO NO REINO?
- QUAL É A APARÊNCIA DELE?
- CITE UMA DE SUAS AMBIÇÕES.
- CITE UM DE SEUS MANEIRISMOS.
- DESCREVA UMA VIRTUDE E UMA FALHA.

LADY

A *lady*, a esposa e mãe, é muitas vezes uma parte igualmente importante da casa. Embora deva obedecer ao lorde em boa parte dos Sete Reinos (Dorne é a única exceção), ainda é uma valiosa conselheira, professora e agente a serviço da casa. Ao criar a *lady*, pense nas seguintes questões.

- ELA AINDA ESTÁ VIVA?
- QUE IDADE ELA TEM?
- DE QUAL CASA ELA SE ORIGINA?
- ELA TEM IRMÃOS OU IRMÃS?
- QUAL É A RELAÇÃO DELA COM SEUS PARENTES?
- ELA JÁ TEVE MOMENTOS DE FRACASSO OU VERGONHA?
- ELA JÁ TEVE MOMENTOS DE GRANDEZA OU GLÓRIA?
- COMO ELA É VISTA NO REINO?
- QUAL É A APARÊNCIA DELA?
- CITE UMA DE SUAS AMBIÇÕES.
- CITE UM DE SEUS MANEIRISMOS.
- DESCREVA UMA VIRTUDE E UMA FALHA.

HERDEIROS

A maior parte das casas tem pelo menos um filho, um herdeiro para dar continuidade à linhagem. Se vocês investiram sua Influência em pelo menos um herdeiro, este personagem deve ser definido. Na maior parte dos casos, os jogadores assumem os papéis dos herdeiros da casa, mas nem sempre — e, em geral, não interpretam todos os herdeiros. Responda às perguntas a seguir para cada herdeiro que não seja interpretado por um jogador.

- ELE/A ESTÁ VIVO/A?
- QUAL É SUA ORDEM DE NASCIMENTO?
- QUANTOS ANOS TEM?
- ELE/A JÁ TEVE MOMENTOS DE FRACASSO OU VERGONHA?
- ELE/A JÁ TEVE MOMENTOS DE GRANDEZA OU GLÓRIA?
- COMO ELE/A É VISTO/A NO REINO?
- QUAL É A APARÊNCIA DELE/A?
- CITE UMA DE SUAS AMBIÇÕES.
- CITE UM DE SEUS MANEIRISMOS.
- DESCREVA UMA VIRTUDE E UMA FALHA.

SERVOS, CRIADOS E CAVALEIROS DA CASA

Os personagens restantes da casa podem ser definidos, ou podem ser deixados em aberto para que o narrador crie ao longo da história. Em geral, vocês devem pelo menos batizar os servos mais importantes da casa, respondendo muitas das mesmas perguntas e preenchendo os mesmos detalhes, assim como fizeram com os outros personagens. Mais uma vez, alguns destes podem ser interpretados pelos jogadores, então mais detalhes surgirão durante a criação de personagens normal. A seguir estão alguns servos comuns.

Meistre

Instrutor, conselheiro e curandeiro, o meistre é um membro valioso da corte do lorde. Você só pode ter um meistre se investiu nele.

Septon

Um sacerdote da Fé que atua como conselheiro e mentor espiritual. Você só pode ter um septon se investiu nele.

Castelão

Um indivíduo que supervisiona a defesa da casa. Em geral, um castelão só entra em atividade quando o lorde está ausente ou incapaz de cuidar desta tarefa.

Mestre de Armas

O indivíduo que supervisiona a guarda da casa. Em geral, este papel existe apenas se a família investiu em uma Guarnição. O mestre de armas comanda quaisquer guardas, e a guarnição. Muitas vezes também ensina os garotos e jovens da casa a lutar e conduz treinos com armas.

Administrador

Um indivíduo que cuida dos assuntos financeiros da casa. Muitas vezes, um meistre assume esta função.

Mestre dos Cavalos

O indivíduo responsável pelo cuidado, treinamento e aquisição de cavalos. Este mestre comanda vários cavalariços.

Mestre de Caça

Um indivíduo que supervisiona expedições de caça. Esta posição às vezes é preenchida pela mesma pessoa que cuida dos cães.

Tratador de Cães

A pessoa que treina e alimenta os cães, além de cuidar deles.

Cavaleiros Vassalos

Espadas juradas ao lorde. Podem ser cavaleiros errantes, mas também podem ser cavaleiros com terras que vieram servir ao lorde e aumentar sua reputação.

Outros

Criados, ferreiros, arautos, pajens, escudeiros, cozinheiros, empregadas da cozinha, mensageiros, batedores, protegidos, filhos de servos e outros completam sua casa. A maioria destes personagens é "invisível" e trabalha nos bastidores para assegurar o funcionamento da casa.

A Casa em Ação

Uma casa não fica parada no tempo: o processo de criação da casa é apenas um momento em sua vida, definindo o modo como ela se encontra no começo da campanha. À medida que o grupo aventura-se, embrenha-se nos perigos da intriga, trava guerras, etc., a casa irá florescer e crescer ou definhar e morrer. Suas ações e escolhas determinam o destino de sua casa. Se vocês explorarem seus recursos, espremendo suas posses até a última gota para aumentar sua Riqueza ou Poder, as terras sofrerão e, com o tempo, morrerão. Por outro lado, se vocês cuidarem de suas posses, podem aumentá-las através de alianças, batalhas vencidas e aclamação à família.

Contudo, a casa é um veículo para criar aventuras, um lar e uma inspiração para alcançar a grandeza — mas não deve definir o jogo todo, pois GdTRPG é sobre personagens, e não sobre governo e contabilidade. Assim, a maior parte das regras para casas a seguir são abstrações projetadas para refletir mudanças e criar consequências e recompensas por suas ações.

Meses & Ações

O tempo é medido em meses para usar a casa. Cada mês tem cerca de quatro semanas. Durante este tempo, a casa tem direito a uma rolagem de Sorte da Casa e uma Ação da Casa.

Sorte da Casa

Sorte da Casa é um evento que afeta suas terras, melhorando-as ou diminuindo um ou mais recursos; revelando uma complicação ou uma vantagem, um desastre ou uma bênção. A casa deve rolar Sorte da Casa pelo menos uma vez a cada três meses e no máximo uma vez por mês. O grupo deve decidir no começo de cada mês. Se vocês decidirem não rolar Sorte da Casa, podem aumentar qualquer recurso em 1 ponto. Caso contrário, o administrador ou o personagem que cumpre esta função deve rolar um teste de Status (os dados de bônus de Administração se aplicam, além dos modificadores das posses) e verificar o resultado na **Tabela 6-18: Sorte da Casa**. A tabela descreve a natureza do evento. O narrador determina os acontecimentos específicos, que vão se manifestar em algum ponto ao longo das quatro semanas do mês. Para mais detalhes sobre estes resultados, veja o **Capítulo 11: O Narrador**.

Aventuras

A maneira mais fácil de melhorar as posses de uma casa é através de aventuras. Empreendendo missões, envolvendo-se em intrigas e formando alianças, você e seus companheiros recebem recompensas. Experiência é a mais comum delas, fornecendo o benefício imediato de melho-

Tabela 6-18: Sorte da Casa

Resultado do Teste	Sorte da Casa	Resultado do Teste	Sorte da Casa	Resultado do Teste	Sorte da Casa
2 ou menos	Desastre	13	Declínio	26-27	Bênção
3	Maldição	14	Bênção	28	Dádiva
4	Declínio	15	Crescimento	29	Maldição
5	Desastre	16	Maldição	30	Bênção
6	Crescimento	17	Declínio	31-34	Crescimento
7	Declínio	18	Bênção	35	Bênção
8	Crescimento	19	Maldição	36	Dádiva
9	Maldição	20	Bênção	37-41	Crescimento
10	Declínio	21-22	Crescimento	42 ou mais	Dádiva
11	Crescimento	23	Maldição		
12	Dádiva	24-25	Crescimento		

Tabela 6-19: Gerenciamento de Recursos

Recurso	Troca	Taxa	Apressado
Defesa	—	—	—
Influência	Lei	1:1	2:1
Terras	Defesa	1:1	2:1
Lei	—	—	—
População	Poder	1:1	2:1
Poder	Influência, Lei, População	1:1	2:1
Riqueza	Todos	2:1	3:1

rar seu personagem. Da mesma forma, Ouro aumenta seu poder financeiro. Contudo, dentre as três, Glória é a que mais influencia sua casa.

Doando Ouro

Para cada 200 dragões de ouro que você doar, pode aumentar a Riqueza da sua casa em +1.

Doando Glória

Diferente de Experiência, que é concedida a personagens individuais, Glória é dada ao grupo. Serve para dois propósitos. Primeiro, cada ponto de Glória gasto concede +1B em um único teste. Dados de bônus obtidos pelo gasto de Glória podem exceder os limites de dados de bônus. Segundo, o grupo pode doar Glória para a casa, aumentando qualquer recurso em 1 para cada ponto de Glória investido.

Ações da Casa

Uma vez por turno, o lorde pode realizar uma ação. As ações possíveis listadas aqui descrevem a maior parte das escolhas básicas. Você pode expandi-las como desejar, para adicionar mais detalhes a sua casa e suas terras.

Gerenciar Recursos

Uma das ações mais fáceis que um lorde pode realizar é o gerenciamento de recursos. Em essência, gerenciar recursos permite que você converta um tipo de recurso em outro — por exemplo, pode investir Riqueza em Lei, ou Terras em Defesa. Existem limites sobre quais recursos podem ser convertidos, como mostrado na **Tabela 6-19: Gerenciamento de Recursos**. Durante um turno, você pode gerenciar recursos apenas uma vez, mas pode investir qualquer quantidade de recursos. Caso uma redução acabe fazendo com que você não possa pagar pelo investimento, você o perde. Se você estiver desesperado, pode converter dois recursos, mas a taxa de conversão é pior. Estas conversões são "apressadas", também mostradas na **Tabela 6-19: gerenciamento de Recursos**.

> **EXEMPLO**
>
> A Casa Orlych decide trocar Influência por Lei. Eles reduzem sua Influência em 5 para aumentar a Lei em 5. Contudo, bandoleiros estão atacando suas terras. Assim, eles também decidem reunir a plebe para aumentar seus exércitos no mesmo turno. Como esta é uma troca apressada, eles aumentam seu Poder em 1 para cada 2 pontos em que reduzem sua População.

Começar Projetos

Outra forma de melhorar suas posses e recursos é começar um projeto, um investimento de recursos já existentes em uma melhoria, como um castelo, guilda ou mesmo mais domínios. GdTRPG inclui renda e gastos nos recursos. Assim, os únicos fundos de que você vai precisar são os recursos que governam o investimento e o tempo necessário para completar o projeto. Uma vez que você comece um projeto (por exemplo, construir um castelo), ele inicia no mesmo mês e progride a cada mês seguinte. Você deve investir a quantidade de recursos necessária no projeto, e mantê-la investida, mesmo que não receba quaisquer benefícios até que o projeto esteja terminado. Quando sua casa inicia um projeto, isto conta como a ação da casa no mês.

Guerrear

Os Sete Reinos estão acostumados à guerra, e pequenas batalhas explodem constantemente. A maior parte dos conflitos é composta de escaramuças, lutas entre duas casas incapazes de resolver suas diferenças pacificamente. Detalhes completos sobre combate em massa podem ser encontrados no **Capítulo 10: Guerra**, incluindo os resultados de uma escaramuça ou batalha vencida ou perdida, assim como o efeito que eles têm sobre a casa e seus recursos.

Realizar Torneios

O maior passatempo dos Sete Reinos é o torneio. Desde eventos pequenos, restritos a uma região, até ocasiões cheias de pompa e cerimônia com a presença do rei, o torneio é um espetáculo, uma oportunidade de conquistar glória, trocar notícias, forjar alianças, fazer intrigas, etc. O torneio é um evento valioso para os cavaleiros participantes, dando-lhes a chance de conquistar fama e ouro. Mais importante, é um evento significativo para a família que o oferece, pois ajuda a estabelecê-la como uma casa relevante, atrair a atenção das grandes casas, exibir suas filhas e filhos solteiros e, acima de tudo, aumentar seu renome.

Tamanho

Em geral, há três tamanhos de torneios nos Sete Reinos. O tamanho do torneio determina os tipos de participantes que serão atraídos e o valor do prêmio oferecido. Torneios maiores são muito mais caros que os menores, mas também valem mais aclamação e geram mais Influência.

Tamanho	Descrição
Local	Torneios locais são pequenos, atraindo no máximo 100 cavaleiros de terras próximas, além de cavaleiros errantes que estiverem na área. A maior parte dos torneios locais inclui uma justa e talvez uma liça e competição de arquearia. Patrocinar um torneio local custa 2 pontos de Riqueza, mais 1 ponto de Riqueza como prêmio para cada competição. Você pode substituir um prêmio pela mão de uma filha pouco importante em casamento.
Regional	Um torneio regional inclui todo o reino (por exemplo, todas as terras ocidentais) e pode atrair mais de 500 cavaleiros. Oferecer um torneio regional custa 5 pontos de Riqueza, mais 2 pontos de Riqueza como prêmio para cada competição.
Grandioso	Um torneio grandioso é um evento enorme que inclui todos ou quase todos os Sete Reinos. Estas ocasiões atraem milhares de cavaleiros e seus séquitos, sendo um ótimo lugar para conhecer os lordes e *ladies* das casas mais poderosas dos Sete Reinos. Um torneio grandioso custa 10 pontos de Riqueza, mais 5 pontos de Riqueza como prêmio para cada competição.

Influência

Um torneio oferece muito à casa que o realiza, mesmo que possa levá-la à falência. Uma vez que o torneio esteja terminado, os prêmios tenham sido entregues e os cavaleiros, damas e outros tenham ido embora, a casa recebe +1d6 de Influência, +0 para torneios locais, +3 para torneios regionais e +6 para torneios grandiosos.

Capítulo 7: Equipamento

O mundo de Westeros é repleto de itens mundanos e exóticos. Esteja você interessado em armas e armaduras, sedas e veludos ou cavalos e auroques, este capítulo fornece um panorama geral do que está disponível nos mercados e lojas do mundo. Obviamente, não é uma lista completa — mas as informações contidas aqui são um guia geral das mercadorias de Westeros. A partir dela, o narrador pode elaborar novos itens e seus preços.

Dinheiro e Permuta

Em Westeros, permuta é comum e até mesmo esperada entre a plebe; moedas e dinheiro são privilégio dos nobres e mercadores. Contudo, esta não é uma regra rígida. Em áreas rurais, lordes menores podem achar mais conveniente fazer permutas com visitantes vindos de longe; em grandes centros urbanos como Porto do Rei, Velha Vila e Cais Branco, vinténs de cobre e gamos de prata são usados diariamente.

A plebe costuma usar moedas de cobre e prata, enquanto que dragões de ouro ocupam as bolsas dos nobres. A "taxa de câmbio" é definida pelo mestre da moeda, que determina o peso e composição de cada tipo de moeda. "Moedas aparadas" são aquelas que foram raspadas por vigaristas, que então forjam moedas falsas com as raspas. Mercadores experientes ficam atentos a estas moedas finas, ajustando seus preços ou recusando-as.

"Se você precisa de novas armas para o torneio da Mão, veio ao lugar certo... Minhas obras são caras e não peço desculpas por isso, meu lorde... O senhor não encontrará igual qualidade em todos os Sete Reinos, isso eu lhe garanto. Visite cada forja em Porto do Rei se quiser, e compare por si mesmo. Qualquer ferreiro em qualquer aldeia pode fabricar uma camisa de cota de malha. Meu trabalho é arte."

— Tobho Mott

Tabela 7-1: Moedas

Cobres

Meio Vintém	1 Vintém = 2 Meios Vinténs
Meio Tostão = 2 Vinténs	Tostão = 4 Vinténs
	Estrela = 8 Vinténs

Pratas

Gamo = 7 Estrelas (ou 56 Vinténs)

Lua = 7 Gamos (ou 392 Vinténs)

Ouro

Dragão de Ouro = 210 Gamos
(ou 30 Luas, ou 11.760 Vinténs)

Legenda

Vintém de Cobre — vc	Gamo de Prata — gp
Tostão de cobre — tc*	Lua de Prata — lp*
Estrela de Cobre — ec*	Dragão de Ouro — do

*Tostões de cobre, estrelas de cobre e luas de prata são mais raros que vinténs de cobre, gamos de prata e dragões de ouro.

As taxas definidas pelo mestre da moeda estão na **Tabela 7-1: Moedas**, e representam uma regra geral. As taxas podem variar de acordo com a região, época, etc.

Bens de Comércio

Os produtos a seguir receberam um valor médio, para ser usado como parâmetro para permutas. Obviamente, estes valores podem variar em tempos de guerra ou prosperidade.

Tabela 7-2: Bens de Comércio

Produto	Preço
Pão Grande	1 vc
Ovos (1 dúzia)	1 vc
Folhas de Chá (0,5 kg)	4 vc
Galinha	4 vc
Ovelha	48 vc
Bode	1 gp
Linho (0,5 kg ou 1 metro quadrado)	1 gp
Canela ou Cravo (0,5 kg)	2 gp
Porco (melhor do mercado)	2 gp
Cão (filhote sem treinamento)	3 gp
Sal (0,5 kg)	3 gp
Vaca	9 gp
Gengibre ou Pimenta (0,5 kg)	10 gp
Cão (adulto treinado)	11 gp
Auroque	13 gp
Boi	13 gp
Seda (0,5 kg ou 2 metros quadrados)	20 gp
Açafrão (0,5 kg)	1 do

Preços em Tempos de Guerra

Durtante os conflitos em *A tormenta de espadas*, um melão podia custar 6 vc — se fosse encontrado à venda. Um alqueire de milho podia custar um gamo de prata, e um leitãozinho magro podia chegar a um dragão de ouro.

Equipamento Pessoal

Estacas de Ferro: um cravo de metal pontiagudo, muitas vezes com um buraco na outra extremidade. A estaca é enfiada em um paredão de rocha ou gelo, ou na muralha de um castelo, e uma corda pode ser passada pelo buraco e amarrada, ajudando em uma escalada difícil.

Ferramentas Profissionais: várias profissões (ferreiro, carpinteiro, pedreiro, ourives) usam conjuntos específicos de ferramentas. Ferreiros podem precisar de uma bigorna, martelos, grosas, lixas, formões e alicates. Um carpinteiro pode ter um machado, uma serra, um trado e um cinzel. Um pedreiro teria martelos pesados, um pé de cabra para mover pedras, um formão e uma pá. Padeiros, açougueiros, tecelões, tintureiros e vidreiros também possuem suas próprias ferramentas profissionais.

As ferramentas de um chaveiro podem ser usadas para construir ou abrir trancas e algemas. Um chaveiro (ou ladrão) muitas vezes possui várias chaves-mestras, gazuas de diferentes tamanhos, um torno, uma serra pequena e uma cunha ou formão e martelo.

Ferramentas profissionais podem ser objetos comuns ou conjuntos produzidos por mestres. O preço varia de acordo.

Frasco: um recipiente para líquidos, feito de cerâmica, vidro ou metal, com tampa.

Instrumento Musical: cantores muitas vezes sabem tocar um ou mais instrumentos, como a flauta, harpa, gaita de foles, trombeta, tambor ou violino.

Kit de Meistre: um meistre que esteja viajando muitas vezes carrega um kit de bandagens, ervas, un-

CAPÍTULO 7: EQUIPAMENTO

Tabela 7-3: Produtos & Serviços

Produto	Preço	Produto	Preço
Equipamento Pessoal		Tinta (preta, um frasco pequeno)	20 VC
Bolsa (cinto)	8 VC	Tocha	1 VC
Corda	10 VC	Vela (par)	2 VC
Estacas de Ferro	4 VC	**Roupas**	
Ferramentas Profissionais (conjunto comum)	10 a 200 GP	Traje de Aldeão	1 GP
		Traje de Artesão	1 a 5 GP
Ferramentas Profissionais (conjunto feito por um especialista)	100 a 1.000 GP	Traje de Artista	4 GP
		Traje de Cortesão	10 a 100 GP
Frasco	2 GP	Traje de Meistre	4 GP
Instrumento Musical		Traje de Nobre	100 a 1.000 GP
Alaúde	10 GP	Traje do Norte	4 GP
Gaita de Foles	3 GP	Traje de Viajante	3 GP
Harpa	18 GP	Vestimentas de Sacerdote	2 GP
Tambor	20 VC	**Montarias**	
Trombeta	3 GP	Cavalo de Tração	50 GP
Violino	10 GP	Corcel de Areia	1.200 GP
Kit de Meistre	50 a 500 GP	Corcel	600 GP
Lamparina	10 VC	Puro-Sangue	1.000 GP
Lampião	2 GP	Garrano	40 GP
Lente Myresa	20 GP	Mula	12 GP
Mochila	1 GP	Palafrém	150 GP
Odre	8 VC	Pônei	50 GP
Óleo (500 ml)	8 VC	Cavalo de Batalha	50 GP
Olhos Longínquos	300 GP	Alforjes (par)	1 GP
Pavilhão	30 GP	Alimentação (por dia)	1 VC
Pederneira	2 VC	Estábulos (por dia)	1 VC
Pedra de Amolar	3 VC	**Veículos**	
Perfume	1 GP	Carroça	8 GP
Sachê	1 GP	Carruagem	20 GP
Tenda de Soldado	5 GP	Trenó	5 GP

guentos, poções, pequenas facas, agulha e linha e outras ferramentas usadas para tratar de ferimentos.

Os aposentos de um meistre dos domínios de um nobre normalmente têm um bom estoque de ferramentas e suprimentos, dependendo dos hábitos do meistre e da riqueza do lorde. Um meistre estabelecido possui equipamento para medir e pesar ingredientes; recipientes como frascos, cestas, tubos e garrafas, e inúmeros produtos químicos, ervas, plantas secas e substâncias exóticas.

Lamparina: uma lamparina a óleo queima por cerca de 6 horas com 500 ml de óleo. Ilumina em um raio de 5 metros. Queima de forma mais constante que uma tocha, mas o óleo pode ser derramado com facilidade.

Lampião: um lampião é como uma lamparina, mas envolto em vidro. Pode ter portinholas nas laterais, para controlar a luz emitida. Um lampião queima por cerca de 6 horas com 500 ml de óleo, iluminando um raio de aproximadamente 10 metros.

Lente Myresa: esta lente simples, em geral fabricada em Myr, ajuda o observador a enxergar — especificamente, amplia qualquer objeto pequeno. Uma lente myresa pode ser usada para ajudar a acender fogos, no lugar de uma pederneira, desde que um raio de luz com brilho suficiente possa ser focalizado através dela.

Óleo (500 ml): usado em lamparinas e lampiões. 500 ml duram cerca de 6 horas.

Olhos Longínquos: um dispositivo que permite que um observador enxergue muito além do alcance do olho nu. "Olhos myreses", como muitas vezes são chamados, consistem de um par de lentes encaixadas nas duas extremidades de um tubo de madeira ou couro.

Pavilhão: um pavilhão é uma grande tenda com paredes verticais. Uma haste central encimada por uma roda sustenta as paredes e dá ao teto forma cônica. Um pavilhão tem tamanho suficiente para comportar um cavaleiro e seus ajudantes. Pavilhões coloridos, adornados com as cores de uma casa específica, são usados durante torneios.

Pavilhões muito grandes podem servir como tendas de banquete ou como corte durante viagens. Costumam ser bem feitos e bastante decorados, bem mobiliados, etc.

Pederneira: usada para acender fogos. O choque da pederneira com o aço provoca faíscas, que recaem sobre material inflamável, incendiando-o.

Perfume: várias loções e talcos são usados para perfumar o corpo. Água de rosas é comum, assim como limão e jasmim. Obviamente, tais luxos costumam ser reservados aos nobres.

Sachê: uma pequena bolsa ou saquinho cheio de ervas com fragrâncias agradáveis, muitas vezes levado por damas em viagens. Pode ser costurado na manga de um vestido ou túnica, para mulheres sensíveis a maus odores.

Tenda de Soldado: uma tenda básica de soldado comporta um homem com armas e armadura. Dois homens podem se espremer nela.

Tinta: tinta preta é o tipo mais comum, mas outras cores podem ser adquiridas por preços maiores.

Tocha: um pedaço de madeira ou cânhamo curto, com uma extremidade embebida em sebo para facilitar seu acendimento. Uma tocha ilumina um raio de cerca de 6 metros e queima por aproximadamente 1 hora.

Vela: uma vela ilumina em um raio restrito (talvez 1,5m) e queima durante 1 hora.

Roupas

Traje de Aldeão: os plebeus vestem-se com roupas simples e folgadas de lã crua, com roupas de baixo feitas de linho. Túnicas rústicas, calças frouxas e meias compridas constituem os trajes dos homens; vestidos e meias longas de lã crua formam os das mulheres. Os sapatos costumam ser feitos de tecido grosso ou, em alguns casos, couro.

Traje de Artesão: artesãos e trabalhadores costumam usar trajes simples e utilitários. Quando trabalham para um lorde ou dama, podem vestir um uniforme com as cores da casa (se forem favoritos de seus empregadores). O traje normal inclui uma camisa com botões, calças com uma corda ou cinto de couro (ou uma saia no caso das mulheres), sapatos de couro, um avental de tecido ou couro com bolsos e talvez um chapéu.

Traje de Artista: cantores, saltimbancos e outros artistas normalmente vestem roupas feitas para suas performances. Essas roupas costumam ter cores brilhantes e ser muito chamativas. Podem ser exageradas e cômicas, como o traje de um bufão. Aqueles que normalmente se apresentam para plebeus costumam vestir roupas mais

Exemplos de Roupas Nobres

Roupas de Lordes
- Gibão de veludo bordado.
- Sobrecasaca com botões de prata.
- Túnica de veludo vermelho com mangas de seda negra.
- Túnica de cetim com listras pretas e douradas.
- Manto de pele de arminho.
- Manto de veludo forrado com peles.
- Robe de veludo grosso com fechos de ouro e colarinho de peles. Mangas decoradas com arabescos.
- Gibão de veludo com mangas longas, recortadas em padrões decorativos.
- Gibão de tecido de ouro com mangas de cetim negro e adornos em ônix.
- Robe de veludo azul com bordas de pele de raposa.
- Túnica refinada de seda de areia, pintada com honrarias heráldicas (Dorne).

Roupas de Damas
- Vestido de lã com bordados refinados no decote e nas mangas.
- Vestido curto de seda ou algodão.
- Vestido de damasco.
- Vestido branco com um decote ousado, expondo os ombros, decorado com espirais e arabescos feitos de minúsculas esmeraldas no corpete e nas barras das mangas folgadas.
- Vestido de samito e tecido de prata com saias cheias, com detalhes em cetim prateado. As mangas longas recortadas em padrões decorativos quase tocam o chão, e o corpete é aberto quase até a barriga. O decote fundo é coberto apenas por renda myresa cinzenta.
- Vestido verde pálido de samito, com um corpete justo, deixando os ombros nus.

Acessórios
- Luvas de pele de toupeira.
- Cachecol de lã.
- Capa com bordas de pele de raposa negra.
- Botas de pele de filhote de lobo.
- Capa de pele macia de raposa branca, com capuz.
- Meia-capa de tecido de ouro.
- Capa de cetim.

Adornos
- Braçadeira de ouro (ambos).
- Cinto trançado com joias (ambos).
- Colete de fio de ouro (lordes).
- Gargantilha (damas).
- Rede de cabelo com joias (damas).
- Rede de cabelo com pedras da lua (damas).

Calçados
- Botas altas de couro branco com arabescos prateados.
- Botas de couro tingidas de vermelho, ornamentadas com arabescos pretos.
- Chinelos de pele de veado macia cinzenta.
- Chinelos de veludo macio.
- Sandálias de couro de cobra que se amarram até a coxa (damas de Dorne).

simples, feitas de lã, algodão e linho, enquanto que aqueles que entretêm os nobres em geral usam seda e veludo.

Traje de Cortesão: a corte é uma ocasião formal, e aqueles que estão presentes costumam usar roupas refinadas, feitas sob medida, seguindo modas que parecem mudar a todo instante. Cortesãos costumam preferir sedas e cetins, ou armaduras decorativas, ou capas com peles (quanto mais raro o animal, melhor). Muitos enfeitam-se com ouro ou joias. Mercadores visitantes, plebeus e estrangeiros muitas vezes tentam vestir-se da melhor forma que podem, pois aqueles que parecem pobres ou sem graça costumam ter uma recepção fria.

Traje de Meistre: meistres costumam usar mantos com muitos bolsos costurados em suas mangas, onde guardam muitas ferramentas e instrumentos.

Traje de Nobre: nobres vestem-se com as melhores roupas, feitas dos melhores materiais, muitas vezes com bordados ou adornos. Usam sedas de cores variadas, peles nas bordas de suas capas, botas e luvas, além de muitas peças decoradas. Tecido de ouro ou prata, renda de ouro e a refinadíssima renda myresa são alguns dos favoritos dos nobres. Para se exibir, muitos nobres mandam fazer um novo traje com as cores de sua casa em ocasiões especiais, como torneios, bailes, casamentos ou funerais. Adornam-se ainda mais com ouro, prata e joias.

Traje do Norte: as pessoas no Norte Longínquo sabem como se vestir para se proteger contra o frio. Costumam usar casacos de lã e chapéus forrados de pele sobre as orelhas, além de uma capa de pele com capuz, uma camisa de linho, calças ou saias pesadas e botas forradas com pele.

Traje de Viajante: um viajante na estrada por muito tempo precisa de botas de boa qualidade. Pode ter calças ou saia de lã, um cinto resistente, uma camisa ou túnica de lã ou linho, provavelmente um colete ou casaco, luvas e uma capa com capuz. Um viajante bem preparado também pode ter um cachecol de lã e possivelmente um chapéu de abas largas. Um mercador ou um rapaz em busca de aventuras também podem usar este tipo de traje. Também é a roupa que um nobre de qualquer sexo pode usar se não quiser atrair atenção.

Vestimentas de Sacerdote: muitas pessoas juradas aos deuses vestem-se com roupas bem feitas mas simples, principalmente mantos. Septas, por exemplo, usam robes brancos. A maioria dos jurados aos deuses carrega um prisma de cristal em uma corrente ou tira de couro, enquanto que aqueles que gostam de adornos podem usar seus cristais em enfeites vistosos. Certas ordens usam trajes distintos, como as Irmãs Mudas, que vestem-se de cinza e ficam inteiramente cobertas (exceto por seus olhos) ou os irmãos pedintes, com seus robes miseráveis.

Comida, Bebida e Alojamento

Os custos de alimentação e alojamento variam muito. Um período de paz durante um verão farto diminui os preços; guerra e inverno tornam tudo mais caro.

A maior parte das estalagens permite que viajantes pobres durmam no chão — perto da lareira, se não houver muita gente. Também emprestam um cobertor ao custo de alguns vinténs de cobre por pessoa. Um quarto particular pode custar um ou dois gamos de prata.

As refeições incluem pão fresco, junto com carne de gado ou ovelha cozida, assada ou em um ensopado. Épocas de pobreza (ou viajantes pobres) podem significar que há apenas mingau, ensopado (com pouca carne) e vegetais da estação, como cogumelos grelhados ou nabos esmagados com manteiga, pão e água. Refeições melhores incluem uma grande porção de carne de gado, ovelha ou porco, cozida ou assada, servida com cerveja, vinho ou sidra.

Os nobres comem bem, mesmo durante viagens. Em um banquete, comem extraordinariamente bem. Pato ao mel, caranguejo, costelas assadas em uma crosta de ervas e alho, leitões, torta de pombos, lesmas ao mel e alho e torta de lampreia são alguns dos pratos favoritos. As sobremesas incluem bolos de limão, tortinhas de amora, leite gelado com mel, maçãs assadas com canela em pó e favos de mel. Vinho e cerveja são abundantes. O dourado do Arvoredo e hipocraz (um vinho seco com especiarias e mel) são especialmente apreciados pela nobreza.

Armas

A fabricação de armas é uma tradição honrada e antiga em Westeros. Os maiores cavaleiros e lordes empunham armas da melhor qualidade. Obviamente, bandidos e aldeões desesperados preocupam-se apenas em saber que a ferramenta serve a seu propósito: causar ou impedir ferimentos.

Armas dividem-se em duas categorias amplas: armas de Luta (armas brancas e outras para combate de perto) e armas de Pontaria (armas de ataque à distância). Cada uma dessas categorias é subdividida em categorias menores, agrupando armas parecidas, como machados, lanças e arcos.

Qualidade das Armas

Há quatro níveis de qualidade de armas: baixa, comum, superior e extraordinária. Estes níveis são tratados como quaisquer outras qualidades de armas (veja o **Capítulo 9: Combate**, página 198, e a **Tabela 7-4: Qualidade de Armas**, na página a seguir).

Armas de qualidade baixa costumam ser usadas por plebeus pobres recrutados, homens levados à miséria ou bandidos desesperados. Exemplos incluem a foice de um fazendeiro afiada para a guerra ou uma lâmina feita às pressas e já enferrujada.

Armas de qualidade comum são produzidas por armeiros de habilidade regular, encontrados em qualquer aldeia e às dezenas nas cidades. A maioria dos milicianos, cavaleiros errantes e soldados de exércitos bem equipados usa este tipo de armas.

Armas superiores são feitas por mestres armeiros renomados e utilizam materiais de altíssima qualidade. Muitas vezes são chamadas de "forjadas em castelo", pois seus fabricantes são bem-vindos nos salões dos maiores lordes. Armas superiores podem exibir a marca personalizada de seu fabricante. Este símbolo ajuda a emprestar uma história a uma arma específica, e muitas vezes aumenta em muito o valor da arma. Armas superiores custam o dobro de armas comuns.

Armas de qualidade extraordinária são feitas de aço valyriano, muito melhor até mesmo do que o aço forjado

Tabela 7-4: Qualidade de Armas

Nível	Modificadores
Baixa	–1D em testes de Luta ou Pontaria.
Comum	Nenhum.
Superior	+1 em testes de Luta e Pontaria.
Extraordinária	Como Superior, e aumente o dano básico da arma em +1.

em castelos. O aço valyriano originou-se na Terra Livre de Valyria, e é um dos poucos remanescentes daquela era antiga. O aço valyriano é esfumaçado, mais escuro que o aço normal. Sua superfície tem uma espécie de ondulações, e nenhum outro metal mantém um fio tão afiado. Também costuma ser muito leve — nenhum outro metal pode ser forjado tão fino mantendo sua força. Muitas vezes diz-se que o aço valyriano é forjado por magia e dobrado centenas de vezes durante a fabricação da arma. Poucos armeiros em Westeros sabem como lidar com o material.

Armas de Aço Valyriano

Embora sejam extremamente raras, milhares de armas de aço valyriano sobreviveram à Queda de Valyria. Talvez duzentas ou mais delas estejam nos Sete Reinos. A maior parte das armas de aço valyriano é muito valiosa e possui história rica. Uma arma deste tipo não tem preço, mesmo para casas empobrecidas: um lorde menor venderia antes sua filha do que a arma de sua família.

Descrições de Armas

As armas listadas na **Tabela 9-3: Armas**, nas páginas 196 e 197, são descritas a seguir.

Adaga: uma faca longa, usada para estocar e perfurar, usada tanto como ferramenta quanto como arma.

Adaga de Mão Esquerda: semelhante à adaga normal, esta arma possui guarda mais larga, para aparar as espadas dos inimigos.

Alabarda: uma lâmina de machado sobre uma longa haste de madeira. A lâmina normalmente é encimada por um espeto, para combater lanceiros e piqueiros. Também possui um gancho ou espinho do outro lado, para puxar cavaleiros de suas montarias. As estatísticas e características da alabarda cobrem várias armas de haste usadas nos Sete Reinos e além.

Arakh: os guerreiros dothraki apreciam esta espada, cuja lâmina longa e recurvada é um misto da espada de um cavaleiro e da foice de um aldeão.

Arco: os arcos nos Sete Reinos são feitos de madeira, embora arcos de terras mais exóticas possam ser feitos de chifre ou osso. É difícil usá-los montado, e em geral não podem ser usados com qualquer precisão sobre uma montaria que esteja se movendo.

Arco de Curvatura Dupla: este arco pequeno tem duas curvaturas. É feito de chifre, madeira ou osso. Originalmente era feito em Dorne, mas pode ser encontrado em muitos lugares do mundo. Os dothraki apreciam estes arcos especialmente, pois podem ser disparados a cavalo e fabricados de forma a aproveitar a força do usuário.

Arco Longo: um arco com a altura aproximada de um homem, feito de um único pedaço de madeira, com uma puxada longa. É difícil usar um arco longo sobre uma montaria, ou quando a montaria está em movimento.

Azagaia: uma lança leve que é arremessada.

Besta Leve: uma besta é um tipo de arco mecanizado, no qual o arco em si é montado sobre uma estrutura de madeira e a corda é puxada por meio de um pequeno molinete. A posição do arco sobre a base de madeira permite mira muito mais precisa. O disparo ocorre por meio de um gatilho. A besta leve pode ser disparada com apenas uma mão, mas exige duas mãos para ser recarregada.

Besta Média: preenchendo o nicho entre as bestas leve e pesada, esta arma exige duas mãos para disparar e recarregar, e normalmente também uma alavanca ou catraca. Sua recarga é mais rápida que a da besta pesada.

Besta Myresa: a besta myresa é uma raridade — mais uma escolha excêntrica do que uma arma a ser temida. É uma prima desajeitada da besta comum, disparando três virotes com um único tiro. Exige ambas as mãos para ser mirada e disparada, e sua recarga é complicada.

Besta Pesada: uma besta pesada exige duas mãos para disparar e recarregar, e sua recarga é mais lenta que a da besta média. Entretanto, atira virotes com força suficiente para atravessar quase todos os tipos de armadura.

Bico de Corvo: esta arma é mais uma picareta de guerra do que um machado. É feita para perfurar cota de malha e as juntas fracas das armaduras de placas. Recebe o nome de sua ponta semelhante ao bico da ave, que fica sobre uma haste comprida.

Tabela 7-5: Preços de Armas

Arma	Peso	Preço	Arma	Peso	Preço
Armas de Contusão			Espada Longa	2 kg	500 gp
Bola com Corrente	4 kg	40 gp	Montante	7,5 kg	800 gp
Cajado	2 kg	—	*Lanças*		
Porrete/Bordão	1,5 kg	20 gp	Lança	3 kg	50 gp
Maça	5 kg	50 gp	Lança de Guerra	5 kg	60 gp
Mangual	6 kg	100 gp	Lança de Javali	4,5 kg	40 gp
Mangual com Cravos	4 kg	80 gp	Lança de Sapo	1,5 kg	25 gp
Marreta	6,5 kg	80 gp	Lança de Torneio	4 kg	40 gp
Martelo de Guerra	4 kg	100 gp	Pique	4,5 kg	80 gp
Armas de Haste			Tridente	2,5 kg	30 gp
Alabarda	5,5 kg	100 gp	*Machados*		
Ferramenta de Aldeão	4,5 kg	10 gp	Bico de Corvo	3 kg	60 gp
Machado de Haste	4,5 kg	80 gp	Machadinha	2 kg	30 gp
Briga			Machado de Batalha	3,5 kg	50 gp
Chicote	1 kg	5 gp	Machado de Lenhador	3 kg	40 gp
Faca	0,5 kg	5 gp	Machado Longo	10 kg	500 gp
Escudos			Picareta	5 kg	50 gp
Broquel	1,5 kg	25 gp	*Arcos*		
Escudo	2,5 kg	30 gp	Arco de Caça	1,5 kg	100 gp
Escudo de Corpo	5 kg	60 gp	Arco de Curvatura Dupla	1 kg	500 gp
Escudo Grande	3 kg	40 gp	Arco Longo	1,5 kg	900 gp
Esgrima			Munição (12)	0,5 kg	10 gp
Adaga de Mão Esquerda	0,5 kg	20 gp	*Armas Arremessadas*		
Espada Pequena	1,5 kg	300 gp	Azagaia	1,5 kg	20 gp
Lâmina Braavosi	1,5 kg	800 gp*	Funda	100 g	—
Lâminas Curtas			Rede	2 kg	20 gp
Adaga	0,5 kg	20 gp	*Bestas*		
Estilete	250 g	30 gp	Besta Leve	3 kg	150 gp
Punhal	0,5 kg	20 gp	Besta Média	4 kg	400 gp
Lâminas Longas			Besta Myresa	4,5 kg	2.000 gp
Arakh	2 kg	450 gp*	Besta Pesada	4,5 kg	950 gp
Espada Bastarda	5 kg	700 gp	Munição (12)	0,5 kg	10 gp

*Estas armas podem ser consideradas exóticas em Westeros. Assim, estes preços são sugestões do que elas podem custar se e quando forem encontradas à venda. Estes valores podem variar muito.

CAPÍTULO 7: EQUIPAMENTO

é tão grande quanto o do montante, e serve para que a mão inábil do usuário empreste-lhe mais força. Assim, é uma espada de "mão e meia", não uma espada de duas mãos.

Espada Longa: uma arma comum para os cavaleiros em Westeros, esta lâmina de uma mão também é conhecida como espada larga, ou apenas espada. A lâmina tem pouco menos de um metro de comprimento, com fio duplo, sobre um cabo com guarda-mão.

Espada Pequena: mais curta que uma espada longa, mas mais longa e pesada que uma adaga, a espada pequena é uma lâmina de uma mão, feita para estocar. Alguns guerreiros gostam de usá-la em sua mão inábil, para aparar.

Estilete: uma arma pequena, feita para ser enfiada entre as frestas da armadura de um inimigo, atingindo órgãos vitais com sua lâmina longa. O estilete é uma arma de assassinos, não muito comum nos Sete Reinos.

Faca: mais um utensílio de cozinha do que uma arma, usada pela maioria das pessoas nos Sete Reinos como uma ferramenta útil. Torna-se uma arma em momentos de perigo.

Ferramenta de Aldeão: uma ferramenta de aldeão é qualquer foice, enxada ou assemelhado que seja afiado para a guerra. Na melhor das hipóteses, ferramentas de aldeões são armas de qualidade Baixa, usadas de improviso para defender uma fazenda de saqueadores ou levadas por homens recrutados por um exército empobrecido.

Funda: uma funda é uma arma simples e barata — dois pedaços de cordão ligados a uma espécie de pequena bolsa. Uma bala é colocada na bolsa, e então os cordões são girados rapidamente. Quando um dos cordões é solto, a bala voa em alta velocidade, em linha reta. É mais difícil usar uma funda do que uma besta, mas é fácil fabricar uma funda com materiais simples.

Lâmina Braavosi: os dançarinos da água de Braavos tornaram estas espadas de lâmina estreita famosas, embora elas possam ser encontradas em todas as Cidades Livres.

Lança: uma arma simples, usada para caça e combate, feita de uma haste longa com uma ponta afiada. Embora os plebeus mais pobres usem apenas hastes pontiagudas, a maior parte das lanças têm pontas de ferro ou aço. Uma lança pode ser usada em combate de perto ou arremessada.

Lança de Guerra: uma arma de cavaleiros, esta lança é mais longa e robusta do que a lança comum de infantaria. Normalmente tem cerca de três metros de comprimento. É feita de freixo, com reforços de metal para não quebrar. Normalmente tem uma ponta de metal

Bola com Corrente: uma arma de uma mão, similar a um mangual, mas com alcance menor. Uma bola com corrente em geral não tem cabo. Uma extremidade da corrente é coberta com couro e há uma pesada bola de metal na outra.

Cajado: uma arma simples, feita de madeira, às vezes reforçada com pontas metálicas.

Chicote: uma tira de couro longa, afilada e flexível ligada a um cabo curto. Chicotes são usados principalmente para conduzir gado, mas podem ser usados para lutar, principalmente para estrangular inimigos.

Escudos: existem quatro tipos comuns de escudos em Westeros. Broquéis são pequenos discos de madeira e ferro, presos ao braço. Escudos, incluindo suas variedades grandes, muitas vezes são feitos de madeira, mas alguns são feitos de aço. Existem em várias formas, mas normalmente têm a frente chata, para ostentar as cores e o brasão do cavaleiro que o empunha. Escudos de corpo são objetos pesados, usados para bloquear projéteis e fornecer cobertura de ataques inimigos.

Espada Bastarda: um meio termo entre a espada longa e o montante, a espada bastarda recebe este nome por não pertencer a nenhuma família. Possui lâmina e cabo mais longos que uma espada longa. Contudo, o cabo não afiado, e costuma ser usada em uma única investida antes de se tornar desajeitada demais para o combate de perto.

Lança de Javali: também chamada de lança longa, uma lança de javali tem uma ponta larga de aço ou ferro no topo de uma haste de madeira comprida. Em geral também tem uma guarda (formando uma cruz com a haste) para ajudar o usuário a firmar a arma contra a investida de um javali ou cavaleiro.

Lança de Sapo: uma arma dos homens do brejo, esta lança pequena termina em três dentes. É usada principalmente para caçar sapos e outros pequenos animais no Gargalo, mas pode ser adaptada para lutar contra humanos. Também pode ser arremessada.

Lança de Torneio: lanças de torneio são mais longas e frágeis do que lanças de guerra. Suas pontas são rombudas, para derrubar oponentes sem causar ferimentos sérios. Não têm reforços de metal, quebrando-se com um impacto. Uma lança de torneio normalmente tem 4 a 5 metros de comprimento. Pode ser feita de madeira mais bonita, como a madeira dourada das Ilhas do Verão.

Machadinha: uma versão marcial de uma ferramenta de fazendeiros e mateiros, menor que um machado de batalha e arremessável. Estes machados de cabos curtos são usados pelos homens de ferro na dança dos dedos.

Machado de Batalha: um machado afiado, de lâmina larga, maior que uma machadinha, usado para partir armaduras e escudos. Pode ser utilizado com uma mão. Alguns têm lâmina dupla.

Machado de Haste: semelhante à alabarda, um machado de haste é uma haste longa com uma lâmina de machado em um extremo. Costuma ser menor que a alabarda. O outro lado da lâmina pode ter um espeto ou martelo.

Machado de Lenhador: uma ferramenta de trabalho, feita para derrubar árvores e cortar lenha, facilmente convertida em uma arma mortal. Normalmente usado por plebeus e bandoleiros. Em geral, possui uma única lâmina e é menor que o machado de batalha.

Mangual: um similar marcial de uma ferramenta agrícola, o mangual é uma corrente ligada a um cabo. Na outra extremidade da corrente há uma cabeça pesada de metal, rombuda ou com cravos.

Maça: uma arma rombuda de esmagamento, feita para quebrar armaduras. Consiste de uma cabeça pesada de pedra ou metal sobre um cabo de madeira ou metal. A cabeça muitas vezes tem irregularidades, para penetrar armadura com maior eficiência.

Machado Longo: um similar maior do machado de batalha, esta arma de duas mãos termina em uma lâmina dupla. Também pode ter uma lâmina de machado de um lado e um espeto do outro.

Mangual com Cravos: esta versão do mangual consiste de uma corrente ligada a um cabo em uma extremidade e uma bola de metal com cravos na outra.

Marreta: normalmente uma ferramenta de ferreiros ou mateiros, este martelo de haste comprida pode ser usado em batalha para esmagar armaduras (e aqueles dentro delas). Embora exija força tremenda para ser usada em combate, a marreta é empregada por plebeus e selvagens. O martelo de guerra de duas mãos do Rei Robert era uma marreta fabricada especialmente.

Martelo de Guerra: embora tenha se originado como uma ferramenta de ferreiro, o martelo de guerra é usado como uma arma temível, segundo os ensinamentos do Guerreiro aos homens. Uma cabeça metálica encontra-se no topo de um cabo de madeira robusto, com cerca de um metro de comprimento. O lado oposto da cabeça de martelo costuma apresentar um espeto de metal.

Montante: uma imensa e poderosa lâmina que só pode ser usada com as duas mãos. Pode ter quase dois metros de comprimento.

Picareta: uma ferramenta agrícola, esta é uma variação da picareta de mineração. Possui uma lâmina mais larga, semelhante a um cinzel. É usada como arma de haste improvisada por plebeus e soldados de exércitos pobres.

Pique: uma lança muito longa, usada pela infantaria contra soldados a pé e, especialmente, contra cargas de cavalaria. Normalmente tem entre 3 e 5 metros de comprimento, terminando em uma ponta de metal afiado.

Porrete/Bordão: um bastão curto feito de madeira dura ou, às vezes, metal. A Guarda da Cidade de Porto do Rei usa bordões de ferro.

Punhal: uma adaga de combate com uma lâmina reta e estreita, muitas vezes usada na mão inábil como complemento da arma primária.

Rede: feita de corda resistente, uma rede é uma ferramenta para apanhar peixes ou pássaros. Algumas pessoas adaptam as redes para o combate — por exemplo, os homens do brejo do Gargalo usam-nas para prender oponentes e enredar armas.

Tridente: uma lança de três pontas, todas estendendo-se lado a lado. É menos gracioso que a lança de sapo, mas pode ser usado com uma ou duas mãos.

Armaduras

As descrições a seguir se aplicam aos tipos de armaduras apresentados no **Capítulo 9: Combate**. Uma "armadura" normalmente inclui proteção para a cabeça, braços e pernas, como um elmo ou meio elmo, coifa, gorjal, grevas, saiote e manoplas, como for apropriado para o tipo ou estilo de armadura.

Acolchoada: a forma mais leve de armadura, armadura acolchoada é feita de camadas de tecido acolchoado. Normalmente cobre o peito e os ombros.

Brigantina: uma armadura feita de tecido ou couro coberta de placas metálicas sobrepostas (normalmente de ferro), feita para proteger o tronco, usada sobre cota de malha. A brigantina pode ser removida, deixando apenas a cota de malha.

Cota de Anéis: uma armadura média, feita de anéis metálicos interligados, similar à cota de malha, usada sobre couro rígido. No Norte, é usada com um forro pesado de lã. É mais leve que a cota de malha, mas não tão forte.

Cota de Escamas/Moedas: uma armadura média que consiste de pequenas escamas de metal costuradas em um casaco e saiote de couro. O metal pode ser bronze, ferro ou aço. Aparência lembra um pouco escamas de peixe. Variantes incluem armaduras feitas de moedas de ouro, prata ou aço, usadas da mesma forma.

Cota de Malha: uma armadura feita através do trançado de pequenos anéis metálicos, formando um tecido. A trama metálica fornece boa proteção contra estocadas e cortes. A cota de malha normalmente é usada sobre uma camada de tecido acolchoado para aumentar o conforto, reduzir o esfolamento da pele e absorver parte da força dos golpes. Cota de malha muitas vezes inclui manoplas e uma coifa para proteger a cabeça e o pescoço.

Couraça: a parte frontal de uma armadura de placas, cobrindo o torso. Tecnicamente, cobre apenas o peito, mas neste caso também inclui uma placa para as costas, oferecendo proteção razoável aos órgãos vitais sem limitar muito a mobilidade do usuário.

Couro Macio: armaduras de couro são comuns no mundo todo. O couro é curtido para oferecer maior proteção, enquanto que permanece flexível o bastante para ser usado como uma roupa comum.

Couro Rígido: o couro torna-se mais rígido quando é fervido na água ou na cera, então sendo moldado em placas para o peito e as costas, além de ombreiras. Couro mais flexível é usado para as pernas, mãos, etc. Algumas versões desta armadura possuem rebites de metal.

Meia Armadura: aqueles que acham a armadura de placas desajeitada demais podem optar por meia armadura. Feita seguindo o mesmo estilo da armadura de placas, a meia armadura é composta de uma armadura de placas parcial, normalmente usada sobre cota de malha. Como as placas não necessariamente ajustam-se com perfeição ao usuário, na verdade é ainda mais desajeitada.

Ossos ou Madeira: armaduras primitivas, encontradas ao norte da Muralha e em lugarejos do outro lado do mar estreito, armaduras de ossos ou madeira são fixadas através de cordões e colocadas sobre o tronco e os braços. São barulhentas e desconfortáveis, mas baratas.

Peles: esta armadura é feita de camadas pesadas de peles de animais e couro curtido. Oferece mais proteção que uma simples armadura de couro, mas é volumosa e dificulta os movimentos. É rara em Westeros, usada principalmente pelos selvagens do Norte e pelas tribos bárbaras em terras distantes.

Placas: uma armadura completa, favorita dos cavaleiros e lordes, a armadura de placas é composta de placas de aço feitas sob medida, cobrindo a maior parte do corpo. Inclui um elmo (aberto ou com visor), uma couraça

Tabela 7-6: Preços de Armaduras

Armadura	Peso	Preço
Robes	10 kg	3 gp
Acolchoada	5 kg	200 gp
Couro Macio	7,5 kg	300 gp
Couro Rígido	9 kg	400 gp
Ossos ou Madeira	12,5 kg	300 gp
Cota de Anéis	10 kg	600 gp
Peles	12,5 kg	400 gp
Cota de Malha	20 kg	800 gp
Couraça	25 kg	800 gp
Cota de Escamas/Moedas	15 kg	600 gp
Talas	25 kg	1.000 gp
Brigantina	25 kg	1.200 gp
Meia Armadura	20 kg	2.000 gp
Placas	25 kg	3.000 gp

(placas de peito e costas), um gorjal (para o pescoço), espaldadeiras (para os ombros), avambraços, manoplas, grevas, escarpes (para os pés), etc. Algumas armaduras incluem um saiote ou coifa de cota de malha.

As placas são amarradas e afiveladas sobre um gibão acolchoado, distribuindo o peso igualmente no corpo todo. Assim, a armadura é menos restritiva do que parece. Os melhores fabricantes decoram as armaduras dos grandes lordes com símbolos heráldicos fantásticos e imagens maravilhosas, decorando-as com joias e em alguns casos colorindo o próprio aço.

Robes: mantos pesados de estopa ou outro material rústico oferecem alguma proteção.

Talas: uma versão mais barata da armadura pesada, a armadura de talas consiste de tiras verticais de metal ao redor do tronco, com placas para os ombros, braços e pernas. Protege mal as juntas, e por isso é incomum, a não ser entre cavaleiros errantes e outros assemelhados. Algumas variações, especialmente do outro lado do mar estreito, possuem tiras de madeira envernizada ou metal reforçado com tecido. Embora tenham aparência diferente, estas variantes fornecem a mesma proteção.

Montarias

As pessoas de Westeros domesticaram vários animais para o trabalho e a guerra. Dentre todas as criaturas grandes e pequenas, os cavalos são provavelmente as mais importantes.

Cavalos

A história do cavaleiro está entremeada com a de sua montaria — de muitas formas, ela é o que diferencia o cavaleiro de soldados plebeus. Devido ao preço de possuir e manter um cavalo, estes animais normalmente são privilégio de lordes. Um cavaleiro errante que perca seu cavalo em batalha pode se sentir envergonhado e aturdido, pois não tem como comprar outro. Ele deve perguntar a si mesmo: um cavaleiro sem cavalo é ou não um cavaleiro?

Obviamente, cavalos de trabalho são abundantes nos Sete Reinos, mas não são apropriados para o combate. De qualquer forma, muitas famílias provavelmente não podem arcar com um filho impetuoso que leve o cavalo da casa para buscar glória e riqueza na guerra ou em torneios.

Cavalos de Guerra

Há três categorias amplas de cavalos de guerra encontrados em Westeros. Um quarto tipo, o corcel de areia, é comum apenas em Dorne.

Puro-sangue: animais altos, fortes e esplêndidos, muitas vezes com gênio forte, os puros-sangues emprestam aos cavaleiros um ar majestoso durante torneios. Normalmente são o tipo de cavalo mais valioso, de boa linhagem e altamente treinados. Algumas pessoas consideram-nos valiosos demais para serem arriscados na guerra — assim, o corcel é o favorito para a batalha.

Corcel: mais leve e barato que o puro-sangue, o corcel ainda assim é um ótimo animal.

Cavalo de Batalha: um cavalo forte e capaz, mas sem linhagem definida. Embora seja uma montaria perfeitamente aceitável, é deixado para cavaleiros errantes, escudeiros e guerreiros que não são cavaleiros sagrados. É um cavalo de montaria comum, mas também pode ser usado como animal de carga.

Corcel de Areia: os corcéis de areia de Dorne são menores que os corcéis comuns — assim, não aguentam o peso de uma armadura. Contudo, são rápidos e podem correr por grandes distâncias. Os dorneses dizem que estes animais podem correr por um dia e uma noite sem ficarem cansados. Embora esta bravata seja obviamente um exagero, nenhum animal é melhor para seus desertos quentes. Um corcel de areia é delgado, com pescoço longo e linda cabeça. Sua pelagem pode ser vermelha, dourada, cinzenta ou negra. Sua crina pode ser igual à pelagem ou ter outra cor.

Montarias de Trabalho e Diversão

Cavalo de Tração: cavalos pesados, usados para trabalho em fazendas.

Garrano: garranos são cavalos pequenos e peludos, encontrados em regiões montanhosas e climas frios. Parecem mais com pôneis do que com cavalos, mas têm equilíbrio perfeito como cabritos monteses nos caminhos congelados das montanhas perto da Muralha. Isto torna-os os cavalos favoritos da Patrulha da Noite.

Mula: o melhor animal de carga de Westeros, a mula tem boa resistência, equilíbrio e força para carregar cargas pesadas. É menos assustadiça que um cavalo, e mais disposta a entrar em lugares estranhos. Mulas são especialmente apreciadas nas montanhas do Norte e no Vale de Arryn.

Tabela 7-7: Tipos de Barda

Armadura	Peso*	Preço*
Couro	30 kg	1.100 GP
Cota de Anéis	40 kg	2.400 GP
Cota de Escamas/Moedas	60 kg	2.400 GP
Cota de Malha	80 kg	3.200 GP
Brigantina	100 kg	4.800 GP
Placas	100 kg	12.000 GP

*Barda para animais menores custa e pesa a metade.

Palafrém: palafréns são cavalos de boa linhagem, que podem valer tanto quanto um puro-sangue. Contudo, por seu temperamento dócil, não são apropriados para a guerra. Em vez disso, são cobiçados cavalos de montaria, muitas vezes usados por damas ou para a caça.

Pônei: um pônei é um cavalo pequeno, com patas proporcionalmente menores e corpo mais atarracado. Muitas vezes são cavalgados por filhos de lordes, mas podem ser usados como cavalos de montaria ou de carga por qualquer um, especialmente em minas.

Barda

Barda é armadura equestre, normalmente cobrindo a face, cabeça, pescoço, peito, flancos e ancas do animal. Ajuda a proteger o cavalo quando é alvo de ataques — uma ática comum para derrubar um cavaleiro em batalha. Existem quase tantos tipos de barda quantos de armaduras para guerreiros.

Barda para um cavalo pesa o dobro do que a armadura equivalente para um homem, e custa o quádruplo. Barda para um pônei ou garrano custa apenas o dobro, embora pese a mesma coisa. Corcéis de areia não podem usar barda. Contudo, longe do calor de Dorne, provavelmente suportam os tipos mais leves.

A barda deve ser usada apenas em batalha. Pode esfolar o animal e causar feridas. Por ser tão pesada, faz com que a montaria não possa carregar muito mais que o cavaleiro e um alforje simples. Um cavaleiro muitas vezes leva um animal secundário, de carga, para carregar seu equipamento adicional.

Cavaleiros e lordes muitas vezes vestem seus cavalos com um caparazão — um enfeite de tecido longo que cobre a montaria do nariz à cauda e quase chega ao chão. Este tecido exibe as cores da casa e pode ser usado em torneios, mas raramente é utilizado na guerra.

CAPÍTULO 7: EQUIPAMENTO

ITENS EXÓTICOS E ESPECIAIS

Além dos quatro níveis de qualidade de armas (baixa, comum, superior e extraordinária), é possível encontrar itens exóticos e especiais nos cantos mais longínquos de Westeros. Quando estes objetos são usados em um torneio ou pendurados sobre a lareira de um lorde, provocam assombro e superstição. Tais itens incluem os seguintes.

Armadura de Bronze: uma relíquia da Era dos Heróis, o bronze pode ser usado para fabricar qualquer tipo de armadura de metal. Os ferreiros modernos afirmam que o material é muito mais fraco que o aço, e poucos usam-no hoje em dia, a não ser em armaduras decorativas. Contudo, algumas famílias nobres (como os Royce de Pedra Rúnica) possuem armaduras ancestrais cobertas com entalhes rúnicos dos Primeiros Homens, que, segundo a tradição, protegem o usuário.

Armaduras de bronze podem ser qualquer tipo de armadura feita principalmente de metal. Reduza seu Valor de Armadura em 1.

Obsidiana ou Vidro Dracônico: obsidiana, também chamada de vidro dracônico, é um tipo de pedra escura formada a partir da lava. Normalmente é negra, verde escura ou marrom. Pode ser usada para criar lâminas ou pontas de flecha afiadas, mas tais armas são frágeis. Os plebeus e selvagens do Norte acreditam que este material é especialmente prejudicial a criaturas mágicas.

Armas de obsidiana têm a qualidade Frágil (veja na página 200).

Osso de Dragão: um material negro, supostamente feito dos ossos de dragões, osso de dragão pode ser moldado como madeira, mas é forte como aço, ainda mantendo-se flexível. Também é muito leve. Arcos de osso de dragão são conhecidos como os melhores do mundo, muito valorizados pelos dothraki.

Arcos feitos de osso de dragão recebem as qualidades Poderoso, Perfurante 1 e Duas Mãos, se ainda não as possuírem. Além disso, aumente seu dano básico em +1.

VENENOS

Os cavaleiros e lordes dos Sete Reinos desprezam, odeiam e temem venenos. O veneno é uma arma vil, usada pela escória depravada das Cidades Livres. Também é visto como a arma dos bastardos e das mulheres. Obviamente, boa parte dessa postura não passa de fingimento. Os meistres da Cidadela estudam as histórias e qualidades de vários venenos, além de suas artes de cura, e muitos nobres já caíram ante uma lâmina envenenada ou refeição contaminada.

O veneno pode ser administrado através de comida ou bebida, através de uma arma ou até mesmo por contato com a pele.

Características de Venenos

Todos os venenos possuem as características a seguir.

- **Forma de Administração:** os venenos precisam interagir com o corpo de uma forma específica para ter efeito. Esta seção descreve o principal meio de administrar o veneno ao organismo de uma vítima. "Ingerido" significa que a vítima deve comer ou beber o veneno, enquanto que "contato" significa que o veneno deve tocar a pele ou ser injetado (por exemplo, através de uma estocada). Por fim, alguns venenos são inalados — a substância é soprada por um tubo ou jogada no ar.

- **Virulência:** a Virulência de um veneno descreve seus "dados de ataque". Sempre que você expuser um oponente ao veneno, deve rolar um número de dados igual ao valor de Virulência contra o resultado passivo da vítima. Em geral, a habilidade relevante é Vigor (graduações em Vigor x 4), mas às vezes pode ser Vontade, para venenos que afetam a mente. Se o ataque do veneno vencer o resultado passivo da vítima, o veneno tem efeito.

- **Toxicidade:** mesmo que o veneno não consiga sobrepujar o Vigor (ou outra habilidade) do alvo, muitas vezes permanece no organismo da vítima e pode atacar de novo. O valor de Toxicidade descreve o número de vezes que o veneno pode atacar antes de se esgotar.

- **Frequência:** a Frequência de um veneno descreve o tempo entre cada ataque. Vários ataques bem-sucedidos produzem efeitos cumulativos.

- **Diagnóstico:** um curandeiro pode ajudar um personagem envenenado, se o veneno for identificado corretamente. Esta seção descreve a Dificuldade do teste de Cura para identificar o veneno. Um curandeiro que diagnostique o veneno pode substituir o

Capítulo 7: Equipamento

Tabela 7-8: Venenos

Veneno	Preço
Acônito	100 GP
Chapéu Cinzento	25 GP
Estrangulador	150 GD
Fogo Myrês	100 GP
Lágrimas de Lys	100 GD
Leite de Fogo	25 GP
Leite de Papoula (dose pequena)	200 GP
Leite de Papoula (dose grande)	500 GP
Meimendro	100 GP
Poção Definhante	50 GP
Poejo (suave)	5 GP
Poejo (forte)	10 GP
Sangue de Basilisco	5 a 10 DO
Sangue de Viúva	1.000 GP
Sono Doce (grãos)	—
Sono Doce (pitada)	120 GP
Sono Doce (3 pitadas)	360 GP
Tanásia (forte)	15 GP
Tanásia (suave)	5 GP
Veneno de Basilisco	5 a 10 DO

resultado passivo de Vigor da vítima pelo resultado do seu próprio teste de Cura. A vítima pode usar o melhor dentre os dois resultados.

- **Efeitos:** todos os venenos produzem algum tipo de efeito — um ou mais dados de penalidade em um conjunto de habilidades, ferimentos ou lesões, etc. Os efeitos de vários ataques bem-sucedidos são cumulativos. Os efeitos de um veneno duram até que a vítima consiga sobrepujá-lo ou seja tratada com sucesso.

- **Recuperação:** esta seção descreve o tipo e a Dificuldade do teste que um personagem deve fazer para se recuperar do veneno, uma vez que seus efeitos comecem. Testes de recuperação são sempre testes de Vigor.

Venenos Conhecidos

Estes venenos podem ser encontrados em Westeros e do outro lado do mar estreito.

Álcool — Ingerido

Virulência: 1 por dose além dos limites normais.	Toxicidade: 1 para cerveja, 3 para vinho, 4 para destilados.
Frequência: 1/hora	Diagnóstico: Automático (0)

Embora seja inofensivo com moderação, grandes doses de álcool funcionam como um veneno. Um personagem pode ingerir um número de doses de cerveja ou vinho igual à sua graduação de Vigor, ou um número de doses de destilados igual à metade da sua graduação (arredondada para baixo). Beber além desta quantidade faz com que o álcool funcione como um veneno.

O álcool tem efeito cinco minutos depois da última dose. Impõe –1D por grau em todos os testes. Na primeira vez em que o álcool ataca, o personagem recebe um bônus de +3 em todos os testes de Vigor e Vontade. Se os dados de penalidade se igualarem à graduação em Vigor da vítima, ela desmaia por 1d6 horas. Se os dados de penalidade chegarem ao triplo da graduação em Vigor da vítima, ela morre.

Recuperação: a vítima recupera 1D por hora depois que o álcool parar de agir.

Acônito — Contato ou Ingerido

Virulência: 3 (contato) ou 5 (ingerido)	Toxicidade: 4
Frequência: 1/rodada (contato) ou 1/rodada e 1/hora (ingerido)	Diagnóstico: Rotineiro (6)

Uma erva aparentada com botão-de-ouro, o acônito é uma planta comprida e alta, encimada por flores azuis, amarelas, roxas, brancas ou rosadas. Usado com cuidado, pode ser um analgésico. Em contato com a pele, o acônito queima e causa coceira. Se ingerido, causa formigamento e amortecimento na boca, além de queimação no estômago. Depois de cerca de uma hora, a vítima vomita violentamente, então sente fraqueza, queimação, formigamento e entorpecimento no corpo todo. Os batimentos cardíacos e a respiração desaceleram até que a vítima morra de asfixia.

Acônito pode ser usado de duas formas — por contato ou ingestão. Contato com acônito impõe –1D em testes de Agilidade e Vigor por grau. Ingestão de acônito tem dois efeitos. O primeiro, que ataca uma vez por rodada, impõe –2D em testes de Atletismo, com um dado de penalidade adicional por grau de sucesso adicional. O segundo ataca uma vez por hora, impondo –2D em testes de Vigor, com um dado de penalidade adicional por grau de sucesso adicional. Se os dados de penalidade em Vigor igualarem a graduação da vítima nesta habilidade, ela morre.

Recuperação: a vítima livra-se de –1D a cada dia depois que o veneno de contato se esgotar, ou a cada semana depois que o veneno ingerido se esgotar.

Chapéu Cinzento	Ingerido ou Inalado
Virulência: 5	Toxicidade: 2
Frequência: 1/6 horas e 1/dia	Diagnóstico: Desafiador (9)

Chapéus cinzentos são cogumelos venenosos. Os "chapéus" (a parte mais larga do fungo) podem ser ressecados e moídos para criar este veneno. Embora ele aja vagarosamente, ao longo de várias horas, produz dores intestinais agonizantes. A vítima pode experimentar diarreia, vômitos e desidratação. Se não houver tratamento, alucinações e sonhos febris começarão após um dia. Os órgãos internos, como o fígado e os rins, incharão e começarão a falhar, matando a vítima em questão de dias.

O chapéu cinzento produz dois efeitos. O primeiro ataca o corpo a cada seis horas. Com um teste bem-sucedido, o veneno impõe –1D em Atletismo, com –1D adicional para cada dois graus de sucesso. O segundo efeito ataca uma vez por dia, impondo –2D em Astúcia e –1D em Vigor por grau. Se os dados de penalidade se igualarem ao valor de qualquer das habilidades relevantes, a vítima morre.

Recuperação: depois que o veneno se esgotou, os dados de penalidade em Astúcia desaparecem à taxa de 1 dado por dia. Os dados de penalidade em Atletismo e Vigor são permanentes a menos que a vítima queime um Ponto de Destino. Neste caso, ela se recupera após 1d6 dias.

Estrangulador	Ingerido
Virulência: 7	Toxicidade: 4
Frequência: 1/rodada	Diagnóstico: Difícil (15)

O estrangulador é um veneno oriundo das ilhas do Mar de Jade. As folhas envelhecidas de uma planta da região são embebidas em uma mistura de tília, água açucarada e especiarias exóticas das Ilhas do Verão. Uma vez que as folhas sejam removidas, o líquido é engrossado com cinzas, o que produz cristais roxos. Estes cristais dissolvem-se em qualquer líquido, como água, vinho ou cerveja. Uma vez que a vítima beba do veneno, sua garganta se fecha. Ela não consegue respirar e sufoca.

O estrangulador impõe –2D em todas as habilidades e um dado de penalidade adicional para cada grau de sucesso adicional. Se os dados de penalidade acumulados igualarem a graduação em Vigor da vítima, ela morre.

Recuperação: no improvável caso de que a vítima sobreviva ao estrangulador, livra-se de –1D a cada semana que passar em repouso total, de cama. Para a maioria das pessoas, a única chance de sobrevivência é queimar um Ponto de Destino.

Fogo Myrês	Contato
Virulência: 4	Toxicidade: 2
Frequência: 1/rodada	Diagnóstico: Rotineiro (6)

Fogo myrês é um unguento aplicado em ferimentos para limpá-los. Queima a pele terrivelmente, mas combate infecções e ajuda a evitar gangrena. Assim como ocorre com leite de fogo, a dor que este veneno causa pode causar fraqueza, mas ele é uma ferramenta útil para ajudar na recuperação de um paciente ferido.

Aplicado diretamente, o fogo myrês purifica-o, melhorando as chances da vítima de se recuperar de ferimentos e lesões. O veneno concede +1D em testes de Vigor feitos para recuperar-se de ferimentos e lesões em caso de sucesso, +1B por grau adicional. Contudo, também impõe uma penalidade de –1 nos resultados de todos os testes de Agilidade por grau em caso de um ataque bem-sucedido.

Recuperação: a penalidade me testes de Agilidade desaparece 24 horas depois da aplicação do veneno. O dado de teste extra e os dados de bônus se aplicam ao próximo teste de Vigor para remover quaisquer ferimentos ou lesões.

LÁGRIMAS DE LYS	INGERIDO
Virulência: 6	Toxicidade: 6
Frequência: 1/hora e 1/dia	Diagnóstico: Muito Difícil (18)

Lágrimas de Lys é um líquido incolor e inodoro, com o gosto da água. É uma droga rara e cara, originária da Cidade Livre de Lys. O veneno ataca o estômago da vítima, enfraquecendo-a e matando-a depois de vários dias. É um dos venenos favoritos dos assassinos, pois não deixa rastros.

A substância tem dois efeitos. Uma vez por hora, um ataque bem-sucedido impõe –2D em testes de Atletismo, com –1D adicional para cada dois graus de sucesso. O segundo efeito age uma vez por dia: um ataque bem-sucedido impõe –1D em testes de Agilidade, Atletismo e Vigor, com –1D adicional para cada grau. Se os dados de penalidade em Vigor igualarem a graduação em Vigor da vítima, ela morre.

Recuperação: lágrimas de Lys é quase sempre fatal. Seus efeitos são permanentes, a menos que a vítima queime um Ponto de Destino. Neste caso, ela se recupera após 3d6 dias.

LEITE DE FOGO	CONTATO
Virulência: 3	Toxicidade: 2
Frequência 1/rodada	Diagnóstico: Fácil (3)

Um unguento vermelho pálido, derramado sobre ferimentos, para limpá-los. O leite de fogo queima e pode causar fraqueza nas pessoas que o recebem, mas ajuda a evitar infecções. É uma ferramenta básica dos meistres.

Leite de fogo ajuda na recuperação de ferimentos e lesões. Em caso de sucesso, o veneno concede +1D em testes de Vigor e Cura feitos para se recuperar de ferimentos e lesões, +1B por grau adicional. Contudo, o veneno impõe uma penalidade de –1 nos resultados dos testes de Atletismo por grau de sucesso no ataque.

Recuperação: a penalidade em testes de Atletismo desaparece 24 horas depois da aplicação do veneno. O dado extra e os dados de bônus se aplicam ao próximo teste de Vigor para remover quaisquer ferimentos ou lesões.

LEITE DE PAPOULA	INGERIDO
Virulência: 4 ou 6 (dose grande)	Toxicidade: 1
Frequência: 1/minuto	Diagnóstico: Fácil (3)

Leite de papoula é obtido ralando-se as vagens ainda não maduras da papoula e coletando-se a seiva resultante. Uma pequena dose diminui a dor e faz com que o paciente fique sonolento. Uma dose maior permite que alguém durma mesmo com grande dor. Os meistres usam esta substância para tratar ferimentos, mas é preciso tomar cuidado, pois ela é muito viciante.

Leite de papoula diminui a dor, e a vítima recebe apenas metade de quaisquer penalidades por ferimentos ou lesões (arredonde para baixo). As vítimas tratadas com uma dose grande sofrem uma penalidade de –3 em todos os testes. Além disso, se o veneno atacar a vítima com sucesso, deixa-a inconsciente por 6 horas, mais 1 hora por grau (ou 12 horas, mais 1 hora por grau, para uma dose grande).

MEIMENDRO	INGERIDO
Virulência: 4	Toxicidade: 2
Frequência: 1/minuto e 1/hora	Diagnóstico: Rotineiro (6)

O meimendro é um tipo de arbusto. Suas folhas têm cor verde fosca, suas flores são cor-de-rosa ou roxas. Possui frutinhos negros brilhantes bastante tóxicos. O veneno de meimendro é extraído dos frutos, e comer até mesmo dois ou três deles pode ser perigoso. Meimendro causa náusea, tontura, batimentos cardíacos acelerados e alucinações. Seus sintomas também incluem palidez e pupilas dilatadas.

Meimendro tem dois efeitos. O primeiro ataca a mente uma vez por minuto. Com um ataque bem-sucedido, o veneno impõe −1D em Astúcia, com −1D adicional para cada dois graus de sucesso. O segundo efeito ataca uma vez por hora, impondo −2D em Vigor, com −1D adicional para cada grau de sucesso adicional. Se os dados de penalidade se igualarem a qualquer uma das habilidades relevantes, a vítima morre.

Recuperação: depois que o veneno se esgotou, a vítima pode se recuperar normalmente. A cada semana, a vítima pode remover −1D por grau de sucesso em um teste de Vigor **Desafiador (9)**. Um curandeiro pode auxiliar na recuperação, como normal.

Poção Definhante	Ingerido
Virulência: 4	Toxicidade: 2
Frequência: 1/rodada	Diagnóstico: Rotineiro (6)

Uma solução simples, feita de ingredientes comuns e potentes, como suco de pimenta e mostarda amarela, administrada a um paciente para ajudá-lo a expelir venenos do corpo. Também pode purgar sangue ruim. A poção definhante pode prejudicar o paciente e até mesmo causar danos permanentes ou morte se não for administrada com cuidado. Costuma causar fraqueza e às vezes náusea por longos períodos, mesmo que não alivie os sintomas iniciais.

Um personagem que beba poção definhante recebe um bônus de +5 em seu resultado passivo de Vigor contra venenos e doenças. Contudo, se o veneno for bem-sucedido em um ataque contra a vítima, impõe −1D em testes de Atletismo e Vigor.

Recuperação: a vítima recupera-se após 1 dia.

Poejo	Ingerido
Virulência: 3 (suave) ou 5 (forte)	Toxicidade: 2
Frequência: 1/hora e 1/2 horas	Diagnóstico: Rotineiro (6)

Poejo é uma erva semelhante à hortelã, que produz um óleo altamente aromático. Suas folhas são verdes e suas flores são roxas ou azuis. É um ingrediente culinário e as folhas, frescas ou secas, podem ser usadas para fazer chá — um remédio comum para gripe. Contudo, beber mais do que uma ou duas xícaras de chá forte pode causar náusea, tontura, calor súbito e até mesmo falta de tato nos membros. Poejo é um dos principais ingredientes do chá da lua (junto com menta, tanásia e losna), usado como anticoncepcional. Uma dose forte de poejo pode até mesmo causar um aborto.

Se uma dose suave de poejo for bem-sucedida em um ataque, impõe −1 de penalidade por grau nos resultados de todos os testes de Agilidade, Atletismo e Percepção. Uma dose forte impõe as mesmas penalidades, além de −2 em Saúde, com −1 adicional para cada dois graus de sucesso.

Recuperação: as penalidades desaparecem após 24 horas.

Sangue de Basilisco	Ingerido
Virulência: 6	Toxicidade: 3
Frequência: 1/5 minutos	Diagnóstico: Formidável (12)

O basilisco é um tipo de lagarto das selvas de Yi Ti. Seu sangue é misturado em uma pasta espessa, que pode ser usada como condimento em carnes. Quando é cozida, a pasta emite um cheiro apetitoso. Contudo, consumida, ela causa loucura, levando homens e animais ao frenesi.

Sangue de basilisco impõe −1D em Astúcia por ataque bem-sucedido, e −1D adicional para cada dois graus. Enquanto estiver no organismo, a vítima deve ser bem-sucedida em um teste de Vontade **Desafiador (9)** para evitar atacar a criatura mais próxima. Se a vítima não notar nenhum alvo em potencial, arranha seus próprios braços e corpo, causando 1 ferimento por minuto. Um teste de Vontade bem-sucedido indica que a vítima mantém o controle durante 1 minuto por grau de sucesso. Se os dados de penalidade igualarem a graduação em Astúcia da vítima, seu cérebro sofre hemorragia, causando morte instantânea.

Recuperação: infelizmente, os efeitos do sangue de basilisco são permanentes. Aqueles que sobrevivem a seu ataque ficam com profundas cicatrizes mentais. Os dados de penalidade permanecem, a menos que o personagem queime um Ponto de Destino. Neste caso, ele se recupera após 1d6 dias.

Sangue de Viúva	Ingerido
Virulência: 5	Toxicidade: 1
Frequência: 1/hora	Diagnóstico: Desafiador (9)

Sangue de viúva é um veneno virulento, que atrofia o intestino e bexiga da vítima. Ela se afoga lentamente em suas próprias toxinas ao longo de vários dias.

Sangue de viúva faz apenas um ataque. Se for bem-sucedido, a vítima recebe –1D em todos os testes de Vigor a cada dia, até que os dados de penalidade igualem sua graduação em Vigor. Quando isso acontece, a vítima morre.

Recuperação: um curandeiro que consiga diagnosticar a vítima pode curar os efeitos deste veneno com um sucesso em um teste de Cura **Desafiador (9)**. Um sucesso detém o progresso do veneno durante 1 dia. Três graus de sucesso removem o veneno. Uma vez curada, a vítima livra-se de um dado de penalidade por dia.

Sono Doce	Ingerido
Virulência: 4 (grãos), 5 (pitada) ou 6 (3 pitadas).	**Toxicidade:** 1 (grãos), 2 (pitada) ou 3 (3 pitadas).
Frequência: 1/5 minutos (grãos), 1 rodada e 1/5 minutos (pitada) ou 1/rodada (3 pitadas).	**Diagnóstico:** Fácil (3)

Este pó é usado para acalmar os nervos, diminuir a dor e ajudar o paciente a dormir. Alguns grãos são capazes de acalmar um coração acelerado ou reduzir tremores, enquanto que uma pitada concede um sono sem sonhos. Contudo, três pitadas concedem sono eterno. Embora sono doce seja menos potente que leite de papoula (e menos viciante), permanece no organismo do paciente. Se for usado com muita frequência nos dias seguintes, pode causar danos permanentes.

Os efeitos do sono doce variam, dependendo da dosagem. Alguns grãos impõem –1 de penalidade por grau em testes de Astúcia. Contudo, a vítima aumenta temporariamente sua Compostura em +2.

Uma pitada de sono doce tem dois efeitos. O primeiro, que ataca uma vez por rodada, impõe –1D em testes de Astúcia, com um dado de penalidade adicional para cada dois graus de sucesso. O segundo causa inconsciência por 3 horas, mais 1 hora por grau.

Três pitadas são letais. Um ataque bem-sucedido impõe –2D em testes de Astúcia e Vigor, com –1D adicional para cada grau de sucesso adicional. Além disso, a vítima fica inconsciente por 24 horas, mais 10 horas por grau de sucesso adicional. Se os dados de penalidade em Vigor igualarem a graduação da vítima, ela morre.

Recuperação: os dados de penalidade desaparecem depois que o período de inconsciência termina.

Tanásia	Ingerido
Virulência: 3 (suave) ou 5 (forte)	**Frequência:** 1/30 minutos
Toxicidade: 1	**Diagnóstico:** Fácil (3)

Tanásia é uma erva alta com flores amarelas. Tem cheiro de cânfora e alecrim, e pode ser usada como tempero em pudins e ovos. Assim como poejo, pode ser usada para fazer um chá, combatendo dor de estômago, febre e até mesmo a doença dos tremores. Contudo, uma dose grande demais pode causar dores abdominais e até mesmo convulsões violentas. Tanásia é um dos principais ingredientes do chá da lua (junto com menta, poejo e losna), usado como contraceptivo. Assim como ocorre com poejo, uma dose forte pode causar um aborto.

Um ataque bem-sucedido de tanásia concede um bônus de +1 nos resultados dos testes de Vigor, mas impõe –1D em testes de Atletismo por grau de sucesso. Uma dose forte impõe –2D em testes de Atletismo e –1D em testes de Vigor, com –1D adicional em testes de Vigor por grau. Se os dados de penalidade em Vigor igualarem a graduação em Vigor da vítima, ela morre.

Recuperação: as penalidades desaparecem após 1 hora.

Veneno de Basilisco	Contato
Virulência: 5	**Toxicidade:** 2
Frequência 1/rodada	**Diagnóstico:** Desafiador (9)

O basilisco é um lagarto venenoso. Seu próprio sangue pode enlouquecer predadores, mas o veneno de suas presas é ainda mais mortal. O veneno de basilisco age rapidamente, induzindo espasmos musculares e anestesiando o pescoço e o rosto, dificultando a respiração.

Com um ataque bem-sucedido, o veneno de basilisco causa 1 lesão por grau de sucesso. Se a qualquer momento a vítima receber um ferimento ou lesão pelo veneno, perde a capacidade de falar e deve ser bem-sucedida em um teste de Vigor **Formidável (12)** ou sofrer –1D em Vigor.

Recuperação: ferimentos e lesões curam-se normalmente. Os dados de penalidade são permanentes a menos que a vítima queime um Ponto de Destino. Neste caso, ela se recupera após 2d6 dias.

Capítulo 8: Intriga

Atos de bravura e feitos heroicos de homens trajados em armaduras brilhantes, empunhando espadas em defesa de lindas donzelas, ocupam as mentes dos jovens e ingênuos. Contudo, por trás das incontáveis fileiras de cavaleiros e soldados, estão os verdadeiros jogadores que movem as peças do mundo. As espadas (e os homens que as utilizam) são capazes de muita destruição, mas são ferramentas — usadas e descartadas conforme a necessidade. Aqueles que guiam estas armas são as pessoas hábeis no jogo dos tronos, nas maquinações políticas que podem deflagrar uma guerra ou trazer paz a uma terra devastada. A intriga e seus mestres detêm o verdadeiro poder em Westeros. Sua astúcia é tão letal quanto a força do maior cavaleiro dos Sete Reinos.

Fundamentos da Intriga

A intriga tem dois componentes essenciais: diálogo e Influência. Diálogos são a estrutura dentro da qual a intriga se desenrola, enquanto que Influência descreve o objetivo de cada participante em cada diálogo.

O Diálogo

Boa parte do que acontece durante uma intriga ocorre sem a necessidade da estrutura rigorosa que existe em outras partes do jogo. Os jogadores interpretam seus personagens e avançam pelas negociações dessa forma, apresentando seus pontos de vista, subornando outros personagens ou intimidando seus adversários de acordo com a situação. Mesmo assim, intrigas seguem uma estrutura frouxa, para assegurar que cada jogador tenha uma chance de afetar o resultado e simular a genialidade dos personagens mais hábeis nestes ambientes.

Na prática, uma intriga é dividida em unidades chamadas de **diálogos**. Um diálogo não tem um tempo definido: um diálogo pode durar segundos, enquanto que outro pode se estender por horas. O narrador julga o tempo que se passou com base na interpretação e nas circunstâncias da intriga.

Durante um diálogo, cada participante tem um **turno**. Em um turno, o jogador faz testes de habilidades ou realiza

CAPÍTULO 8: INTRIGA

outra manobra para obter vantagem na intriga. Uma vez que cada jogador tenha realizado um turno, o diálogo termina. Então a intriga está resolvida ou um novo diálogo começa.

INFLUÊNCIA

O objetivo de toda intriga é obter Influência suficiente para obrigar seu oponente a fazer o que você deseja. Quer você esteja tentando mudar a opinião de alguém, fingir ser outra pessoa ou apenas levar alguém para a cama, o processo é o mesmo. De certa forma, Influência funciona como dano. Assim como ocorre em combate, você rola um teste de conflito, usando Enganação ou Persuasão, contra a Defesa em Intriga de seu oponente. Um sucesso gera uma quantidade de Influência que se aplica contra a Compostura do seu alvo. Uma vez que você reduza a Compostura do oponente a 0, derrota-o e decide as consequências.

ESTATÍSTICAS DA INTRIGA

Várias habilidades descrevem sua eficiência em travar diálogos perigosos e moldar o futuro de suas terras. A seguir está um resumo delas.

HABILIDADES

Todas as habilidades a seguir descrevem diretamente suas capacidades em intrigas.

ASTÚCIA

Astúcia mede sua presença de espírito e destreza mental, características essenciais no combate social.

- Adicione sua graduação em Astúcia à sua Defesa em Intriga.

ENGANAÇÃO

Uma das ferramentas mais importantes em intrigas, Enganação é uma habilidade crucial para ocultar suas intenções e influenciar um alvo usando mentiras.

- Você pode testar Enganação para influenciar um alvo.

PERCEPÇÃO

Você usa Percepção para notar as motivações de seu oponente — para ficar atento a mentiras e falsidades.

- Adicione sua graduação em Percepção à sua Defesa em Intriga.

PERSUASÃO

Outra habilidade vital, Persuasão representa seu talento para barganhar, seduzir, encantar e afetar pessoas de várias outras formas.

- Você pode testar Persuasão para influenciar um alvo.

STATUS

Status descreve a posição social do seu personagem, sua classe e estatura na sociedade.

- Você adiciona sua graduação em Status à sua Defesa em Intriga.
- Você rola um teste de Status para determinar sua ordem de iniciativa.

VONTADE

Autocontrole, determinação e dedicação — Vontade descreve sua resistência e fôlego durante intrigas.

- Sua Compostura é igual a 3 x sua graduação em Vontade.

DEFESA EM INTRIGA

A primeira linha de defesa contra Influência é sua Defesa em Intriga. Esta habilidade derivada combina sua atenção, inteligência e posição social. Você calcula sua Defesa em Intriga da seguinte forma.

DEFESA EM INTRIGA = Astúcia + Percepção + Status.

EXEMPLO

A nobre de Paloma tem Percepção 3, Astúcia 4 e Status 5. Assim, sua Defesa em Intriga é 12.

COMPOSTURA

Compostura é sua capacidade de resistir às pressões da negociação e da persuasão. Sempre que um oponente conseguir influenciá-lo, você reduz sua Compostura em um valor igual à Influência dele. Você não sofre efeitos negativos a menos que sua Compostura chegue a 0. Neste caso, você está derrotado.

COMPOSTURA = 3 x Vontade.

EXEMPLO

A nobre de Paloma tem Vontade 4. Assim, sua Compostura é 12.

Estrutura de Intriga

Sempre que surgir uma situação social que não pode ser resolvida através de pura interpretação, ocorre uma intriga. Estes encontros podem incluir negociações e interrogatórios, mas também podem representar sedução, formação de alianças, provocações e muitas outras atividades. Todas as intrigas seguem os mesmos passos, descritos em detalhes ao longo deste capítulo.

"Palavras são como flechas... Uma vez que as dispare, você não pode deter sua trajetória."

— Dorian Martell

Passo Um: Tipo	**Passo Seis:** Técnica
Passo Dois: Cena	**Passo Sete:** Interpretação
Passo Três: Objetivo	**Passo Oito:** Ações e Testes
Passo Quatro: Postura	**Passo Nove:** Repetição
Passo Cinco: Iniciativa	**Passo Dez:** Resolução

Passo Um: Tipo

Uma intriga é um conflito de palavras, uma cuidadosa troca de negociações, persuasão e lábia. Intriga é o processo de modificar o comportamento de outro personagem, para convencê-lo ou compeli-lo a agir de uma certa forma ou acreditar em algo. Através de uma intriga, você pode formar uma aliança, seduzir uma nobre tímida, manchar o nome de um rival ou intimidar um inimigo. À primeira vista, uma intriga pode não parecer perigosa, mas uma negociação crucial pode ser tão letal quanto uma espada.

Todas as intrigas enquadram-se em um de três tipos: simples, comuns e complexas. Cada tipo reflete a natureza do desafio, o número e tipo de participantes envolvidos e, por fim, o resultado pretendido. Os tipos de intrigas e as condições para que ocorram são descritos a seguir.

Intrigas Simples

O tipo mais frequente e fácil de usar, intrigas simples são todas as interações básicas entre PJs e personagens do narrador menores. Intrigas simples servem para enganar um guarda e obter passagem a algum lugar, fingir ser outra pessoa ou extrair informações em um ambiente relaxado. Em geral, intrigas simples são usadas quando o resultado pretendido (o que você espera alcançar ou o que deseja que seu oponente faça) não vai contra a personalidade do oponente. Por exemplo, se você está tentando seduzir uma mulher que já se sente atraída por você, uma intriga simples é suficiente para que ela ceda a seus avanços.

Intrigas simples também são usadas para resolver interações entre personagens com grandes disparidades de Status. Sempre que você tentar influenciar um personagem cujo Status seja 3 ou mais graduações menor que o seu, pode usar uma intriga simples.

Intrigas simples têm as seguintes características:

- Em geral, envolvem dois participantes.
- Ocorrem em um único diálogo.
- Envolvem um único teste.
- Têm consequências de curto prazo.

Intrigas Comuns

Intrigas comuns surgem quando intrigas simples não são suficientes. Em geral, ocorrem quando PJs e personagens do narrador importantes tentam influenciar uns aos outros a fazer algo contra suas personalidades ou potencialmente perigoso. Por exemplo, tentar seduzir a esposa de um nobre exigiria uma intriga comum.

Intrigas comuns têm as seguintes características:

- Envolvem dois ou mais participantes.
- Ocorrem ao longo de vários diálogos.
- Envolvem vários testes de conflito.
- Têm consequências de longo prazo.

Intrigas Complexas

Acima de intrigas simples e comuns existem as intrigas complexas. Estas interações são desafiadoras, envolvendo negociações labirínticas, jogadas astutas e em geral vários oponentes. Uma intriga complexa consiste de várias intrigas comuns, cujo resultado influencia o resultado da intriga complexa. De certa forma, as intrigas comuns representam batalhas, enquanto que a intriga complexa representa uma guerra. Você usa intrigas complexas sempre que o resultado pretendido tem consequências enormes e quando seus objetivos envolvem vários personagens do narrador. Um bom exemplo de uma intriga complexa é forjar alianças para ajudar sua casa a invadir as terras de um lorde vizinho. Para impedir que outras casas se unam à casa do seu rival, você provavelmente precisa tratar com outros lordes, para obter sua ajuda ou pelo menos sua neutralidade. Da mesma forma, você provavelmente precisará lidar com mercadores, negociando preços melhores por armas, cavalos e materiais. Isso sem falar em apaziguar seu próprio senhor, para justificar o ataque.

Intrigas complexas têm as seguintes características:

- Envolvem vários participantes.
- Ocorrem ao longo de várias intrigas comuns.
- Envolvem muitos testes de conflito.
- Exigem uma certa quantidade de pontos de vitória para obter sucesso.
- Têm grandes consequências.

Pontos de Vitória

Pontos de Vitória são uma característica de intrigas complexas, as interações em que derrotar um oponente não basta para alcançar o objetivo maior. Antes que uma intriga complexa comece, você deve decidir qual é seu objetivo. O narrador pode decidir que o objetivo pode ser alcançado com uma intriga comum. Contudo, em tramas complexas, você provavelmente precisará derrotar vários oponentes em várias intrigas para arranjar os eventos de forma a concretizar seu plano.

Para manter registro do seu progresso em uma intriga complexa, o narrador determina o número de Pontos de Vitória necessários para cumprir seu objetivo. Três pontos são a quantidade mais típica, mas planos extremamente complexos podem exigir seis ou mais. Sempre que você derrotar um inimigo em uma intriga relacionada à intriga complexa, você recebe um Ponto de Vitória. Sempre que você não conseguir derrotar um inimigo em uma intriga, não faz progresso. Se for derrotado, você perde um Ponto de Vitória. Uma vez que você tenha acumulado o número necessário de Pontos de Vitória, a intriga está completa, e seus planos entram em ação.

Passo Dois: Cena

Uma vez que o tipo de intriga esteja determinado, o narrador estabelece a cena, descrevendo o local e identificando os participantes envolvidos.

Local

O local pode ser um fator decisivo para o resultado de uma intriga. Por exemplo, tentar seduzir uma nobre devota dentro de um septo é muito mais difícil do que seduzir uma criada entusiasmada em um corredor escuro. O local pode conceder um bônus à Defesa em Intriga de um personagem, em geral +3 para ambientes onde é estranho ou constrangedor conduzir a intriga, +6 para locais não apropriados e +12 ou mais para locais muito inapropriados. Um "ambiente constrangedor" pode representar barganhar pelos serviços de um mercenário na frente do atual empregador dele. Um "local inapropriado" pode representar a tentativa de intimidar um jovem nobre na frente do pai do rapaz. Um "local muito inapropriado" pode representar a tentativa de seduzir uma Irmã Muda em um campo de batalha coberto de mortos e moribundos.

Participantes

A maior parte das intrigas ocorre entre dois personagens. Quando um personagem se dirige a um grande público, o público em geral se volta para um líder que representa seus interesses. Assim, mesmo que vários indivíduos estejam envolvidos, a intriga pode ser resolvida entre dois oponentes. Por outro lado, os participantes de uma intriga podem ser apoiados por aliados e conselheiros. Estes personagens periféricos podem modificar o resultado da intriga, encorajando ou acalmando o negociador principal — aumentando sua determinação ou diminuindo a influência de seu oponente.

Passo Três: Objetivo

O âmago de qualquer intriga é o objetivo — o que você espera alcançar ao engajar-se na intriga. Sem um objetivo, você não tem uma intriga — você só está interpretando (o que, obviamente, tem lugar no jogo, mas em geral não avança a história de forma significativa).

Os objetivos costumam ficar no pano de fundo da intriga, ocultos até que você ou seu oponente sejam derrotados. Eles não correspondem a habilidades, mas surgem das necessidades da história. Seu objetivo modifica sua interpretação e fornece uma posição a partir da qual você pode argumentar. A seguir há uma lista ampla de objetivos normais que podem gerar intrigas. Esta lista não é completa, mas oferece uma boa fundação para que você crie objetivos relevantes para o seu jogo.

Amizade

Muitas intrigas envolvem cultivar alianças e forjar amizades a curto ou longo prazo. O resultado esperado é fomentar sentimentos de proximidade com seu alvo, para que interações futuras sejam mais fáceis ou até mesmo desnecessárias. Obviamente, amizade descreve muita coisa — com este objetivo, você pode seduzir um homem, arranjar um casamento, firmar uma aliança ou simplesmente fazer um amigo.

Informação

Conhecimento é poder, como diz o ditado, e informação é um dos objetivos mais comuns de uma intriga. Com este objetivo, você espera adquirir informações protegidas ou secretas, descobrir boatos e qualquer outra coisa que possa precisar saber para obter vantagem contra seus inimigos. Informação pode envolver manobras na corte do Rei Robert ou noites nas ruas de Porto do Rei para ouvir sussurros úteis. De qualquer forma, informação é um recurso vital para evitar os perigos do jogo dos tronos.

Serviço

Quando seu objetivo é um serviço, você quer que seu oponente faça algo para você. Isto pode ser qualquer coisa, desde emprestar-lhe alguns dragões de ouro até espionar a rainha; desde abaixar o preço de uma espada nova até poupar sua vida quando seu oponente tem todo direito de tirá-la.

Trapaça

Você também pode entrar em intrigas para enganar seu oponente, dando-lhe informações falsas, preparando o caminho para uma traição e ocultando suas verdadeiras intenções por trás de uma fachada. Quando seu objetivo é trapaça, você obtém Influência através de testes de Enganação, em vez de testes de Persuasão.

Mudando de Objetivo

Certamente haverá casos em que você entrará em uma intriga esperando um resultado, então descobrirá algo muito mais interessante após seu primeiro ou segundo diálogo. No começo de um novo diálogo, você pode mudar de objetivo. Contudo, se fizer isso, seu oponente recupera automaticamente uma quantidade de Compostura igual à graduação dele em Vontade.

CAPÍTULO 8: INTRIGA

Tabela 8-1: Posturas

Postura	VP	Modificador para Enganação	Modificador para Persuasão
Afetuosa	1	-2	+5
Amigável	2	-1	+3
Afável	3	0	+1
Indiferente	4	0	0
Desgostosa	5	+1	-2
Inamistosa	6	+2	-4
Maliciosa	7	+3	-6

Passo Quatro: Postura

Uma postura é um ponto de vista específico do seu oponente, descrevendo se ele o vê com bons ou maus olhos, se deseja o seu mal ou quer ajudá-lo. Posturas são ferramentas úteis para interpretação, pois estabelecem parâmetros sobre como você pode interpretar seu personagem durante a intriga, fornecendo uma estrutura para suas respostas e reações. A postura também age como uma espécie de "armadura", protegendo-o da influência de seu oponente. É muito mais difícil convencer uma pessoa que o odeia a ajudá-lo do que convencer uma pessoa que o ama a fazer o mesmo. Assim, sempre que seu oponente aplicar a Influência dele à sua Compostura, você primeiro deve reduzir o seu Valor de Postura (VP) deste número.

Postura também afeta suas tentativas de usar Enganação e Persuasão, fornecendo modificadores aos testes. É bem difícil ocultar seu desprezo quando você está tentando fazer amizade com um inimigo de longa data. É igualmente difícil enganar uma pessoa que você ama. Os efeitos da postura em suas palavras, linguagem corporal e outros elementos da intriga são cruciais. Você pode se defender com uma couraça de desprezo, e então ver-se incapaz de mudar as opiniões das pessoas ao seu redor.

Há sete tipos de posturas. Três são favoráveis, três são desfavoráveis e uma é indiferente. As descrições de cada uma vêm a seguir, junto com seu Valor de Postura e modificadores para testes de Enganação e Persuasão. Todas estas informações são resumidas na **Tabela 8-1: Posturas**.

Afetuosa

VP: 1   **Modificador para Enganação: -2**   **Modificador para Persuasão: +5**

Afeto sugere amor e adoração, sentimentos de dever e forte lealdade, existentes entre a maior parte dos casais, entre pais e filhos, etc. Um personagem com esta postura cede à maior parte dos pedidos, mesmo que isso lhe seja desvantajoso. Personagens Afetuosos costumam ignorar os defeitos da pessoa que amam e provavelmente dariam a vida por essa pessoa.

Exemplo

A relação entre a Rainha Cersei e seu filho, Joffrey, é Afetuosa.

Amigável

VP: 2   **Modificador para Enganação: -1**   **Modificador para Persuasão: +3**

Uma postura Amigável sugere sentimentos de proximidade e boa vontade, existentes entre a maioria dos irmãos, aliados antigos e membros da mesma casa. Também pode definir a relação entre cavaleiros servindo à mesma causa e a ligação dos membros da Patrulha da Noite com seus companheiros mais próximos e com seus comandantes. Personagens Amigáveis estão dispostos a fazer-lhe favores e podem correr riscos em seu nome. Não irão traí-lo — e isso é o mais importante.

Lidando com Posturas

Uma boa forma de lidar com suas posturas é manter uma lista dos PNs que você encontra ao longo da crônica. Registre sua postura em seu último encontro, junto com quaisquer anotações relevantes. Então, quando encontrar o personagem de novo, você saberá como foi sua última interação e poderá escolher uma boa postura com base no que ocorreu no passado.

> **EXEMPLO**
>
> Jeor Mormont é **Amigável** com Jon Neve.

AFÁVEIS

VP: 3   **Modificador para Enganação: +0**   **Modificador para Persuasão: +1**

Personagens Afáveis veem-no com bons olhos e consideram-no um conhecido — mas não necessariamente um amigo. É improvável que corram riscos por você, mas podem ajudar se isso beneficiá-los. Um personagem com esta postura pode traí-lo com uma boa razão.

> **EXEMPLO**
>
> Renly e Robert são **Afáveis** entre si.

INDIFERENTE

VP: 4   **Modificador para Enganação: +0**   **Modificador para Persuasão: +0**

Um personagem Indiferente não tem quaisquer sentimentos fortes em relação a você. Pode ser convencido a ajudá-lo, cumprindo ordens por dever, e pode fazer outros favores se receber algo em troca. Personagens Indiferentes não correm riscos para ajudá-lo, a menos que sejam recompensados de acordo.

> **EXEMPLO**
>
> Eddard Stark é **Indiferente** em relação a Renly e Stannis Baratheon.

DESGOSTOSA

VP: 5   **Modificador para Enganação: +1**   **Modificador para Persuasão: –2**

Esta postura indica um personagem que não gosta de você de modo geral, uma certa frieza desconfortável. Originando-se de desconfiança, reputação ou algum ato no passado, esta postura significa que o personagem não correrá riscos por você e pode dar ouvidos a conspirações contra você.

> **EXEMPLO**
>
> Cersei sente-se **Desgostosa** com relação a seu irmão, Tyrion.

INAMISTOSA

VP: 6   **Modificador para Enganação: +2**   **Modificador para Persuasão: –4**

Personagens Inamistosos têm sentimentos negativos por você. Estes sentimentos podem ou não ter boas razões. De qualquer forma, eles sentem desprezo por você. Estes personagens não procurarão prejudicá-lo ativamente, mas não irão interferir com aqueles que fizerem isso, e podem ser facilmente convencidos a conspirar contra você.

> **EXEMPLO**
>
> Gregor Clegane é **Inamistoso** em relação a seu irmão, Sandor.

MALICIOSA

VP: 7   **Modificador para Enganação: +3**   **Modificador para Persuasão: –6**

Personagens Maliciosos trabalham ativamente contra você, fazendo o que podem para prejudicá-lo, mesmo que isso coloque-os em risco. Personagens Maliciosos podem entrar em guerra contra você, prejudicar sua família ou fazer quase qualquer coisa para destruí-lo ou arruiná-lo. Estes personagens são seus piores inimigos.

> **EXEMPLO**
>
> Sandor Clegane é **Malicioso** em relação a seu irmão, Gregor.

Posturas Iniciais

No início de uma intriga, todos os participantes devem determinar sua postura inicial. O padrão é Indiferente ao lidar com novos personagens, mas os PJs podem escolher qualquer postura que quiserem. A escolha deve sempre ser baseada no que o personagem sabe sobre seu oponente, em encontros anteriores e em seus sentimentos a respeito do comportamento do outro personagem.

Embora possa ser tentador pensar em termos de regras, pesando os benefícios mecânicos de cada postura, evite fazer isso. Sua postura pode ter consequências imprevisíveis, que podem afetar a história. Por exemplo, se um representante de outra casa entrar em uma intriga com você e você automaticamente determinar sua postura como Maliciosa, certamente conquistará um inimigo por sua rudeza e hostilidade. Da mesma forma, simplesmente adotar uma postura Afetuosa ao tentar persuadir outro personagem é arriscado, pois deixa-o aberto a manipulações. Em resumo, pense em como seu personagem sente-se em relação ao PN e escolha uma postura adequada.

Tabela 8-2: Posturas Circunstanciais

Fator	Modificador
O oponente é atraente	+1 passo
O oponente é conhecido por sua honra	+1 passo
O oponente é conhecido por ser justo	+1 passo
O oponente vem de uma família aliada	+2 passos
O oponente é feio	–1 passo
O oponente é horrendo	–2 passos
O oponente é conhecido por sua decadência	–1 passo
O oponente é conhecido por sua crueldade	–1 passo
O oponente é conhecido por ser traiçoeiro	–2 passos
O oponente vem de uma família inimiga	–2 passos
O oponente é um bastardo	–1 passo
O oponente é um membro da Patrulha da Noite	–1 passo
O oponente vem de uma terra distante dentro de Westeros*	–1 passo
O oponente é natural das Cidades Livres	–1 passo
O oponente é natural de uma terra além das Cidades Livres	–2 passos

*Por exemplo, alguém de Dorne lidando com alguém do Norte.

Valores Desconhecidos

Sempre que você entrar em uma intriga com um personagem pela primeira vez, sua postura deve começar como Indiferente (a menos que você seja agressivo ou agradável por natureza). A razão é simples: você ainda não teve nenhuma interação com a personalidade, história e motivação do personagem. Obviamente, alguns personagens são figuras públicas, e suas reputações podem afetar a maneira como outras pessoas os veem. Ao lidar com um destes indivíduos, sua postura deve mudar de acordo. Da mesma forma, seus oponentes também podem mudar sua postura com base no que sabem sobre você, o que pode ser uma bênção ou uma maldição.

Posturas Circunstanciais

Como já foi dito, a maior parte das intrigas entre pessoas que não se conhecem começa com postura Indiferente. Contudo, certas circunstâncias podem modificar posturas, como a identidade do indivíduo, histórias sobre ele, etc. A **Tabela 8-2: Posturas Circunstanciais** oferece sugestões para modificar posturas iniciais. Todos os modificadores são cumulativos. Estes modificadores se aplicam ao primeiro diálogo, e os personagens podem mudar suas posturas normalmente.

Opção: Reconhecimento

Em princípio, considera-se que os jogadores e o narrador escolherão suas posturas com base em elementos de história. Embora isso seja perfeitamente apropriado, às vezes pode ser difícil medir o efeito que a notoriedade tem sobre a reputação de um personagem. Para lidar com esta complicação em potencial, você pode introduzir um teste de Status antes do início da intriga, para ajudar os personagens a escolher a postura mais adequada em relação a um PN que acabaram de conhecer.

Quando você usa este sistema, todas as intrigas envolvendo personagens que acabaram de se conhecer partem da postura Indiferente. Os participantes podem usar seu conhecimento e a reputação de seus oponentes para modificar sua postura. Cada personagem faz um teste de Status **Formidável (12)**, com uma penalidade ao resultado igual à graduação em Conhecimento do oponente — personagens mais cultos têm menos probabilidade de ficar impressionados pelas lendas e feitos atribuídos a outros indivíduos. Um sucesso melhora ou piora a postura do oponente em um passo por grau. O personagem decide melhorar ou piorar a postura, com base em sua reputação e na reputação de sua casa.

> ### Exemplo
>
> *Na noite antes de um torneio, o cavaleiro de Rafael encontra-se com um cavaleiro jurado a uma casa menor, na esperança de descobrir informações sobre um assassinato que ocorreu na noite anterior. Com bastante certeza de que o outro cavaleiro pode saber de algo, Rafael decide entrar em uma intriga para obter a informação. Contudo, antes que a intriga comece, ambos os personagens devem determinar os efeitos de suas reputações. O personagem de Rafael tem Conhecimento 3 e Status 4 (Reputação 1). Seu oponente tem Conhecimento 2 e Status 3. Rafael rola primeiro, obtendo um resultado 21. Subtraindo a graduação em Conhecimento de seu oponente, fica com um valor 19. Como excedeu a Dificuldade **Formidável (12)** por 7 pontos, tem dois graus de sucesso, o que aumenta ou diminui a postura do outro cavaleiro em dois passos. O cavaleiro de Rafael é conhecido por sua honra, então ele melhora a postura do outro até Amigável.*
>
> *Agora é a vez do outro cavaleiro. O narrador rola, obtendo um resultado 12. Subtraindo a graduação em Conhecimento do personagem de Rafael (3), o total do outro cavaleiro fica em 9 — insuficiente para mudar a postura do PJ. Assim, o cavaleiro de Rafael começa a intriga com postura Indiferente.*

Posturas em Evolução

Ao longo da intriga, a postura de um personagem muda. A interpretação e os eventos de um diálogo permitem que os jogadores e o narrador ajustem as posturas de seus personagens em resposta ao que aconteceu. No início de cada novo diálogo, cada participante pode aumentar ou diminuir sua postura em um passo.

A única exceção a esta regra ocorre quando um personagem foi influenciado com sucesso na rodada anterior. Neste caso, o personagem não pode diminuir sua postura no diálogo seguinte.

Passo Cinco: Iniciativa

Para determinar a ordem em que os testes são feitos, cada participante da intriga faz um teste de Status (os dados de bônus de Reputação se aplicam). O narrador registra todos os resultados e arranja-os em ordem decrescente. O maior resultado age primeiro, seguido pelo segundo maior, até que todos tenham agido. Um participante não é obrigado a agir, e pode esperar para ver o que os demais farão antes de agir.

Tabela 8-3: Técnicas

Técnica	Influência	Especialidade de Persuasão	Especialidade de Enganação
Barganha	Graduação em Astúcia	Barganha	Blefar
Charme	Graduação em Persuasão	Charme	Atuar
Convencer	Graduação em Vontade	Convencer	Atuar
Incitar	Graduação em Astúcia	Incitar	Blefar
Intimidar	Graduação em Vontade	Intimidar	Atuar ou Blefar
Provocar	Graduação em Percepção	Provocar	Blefar
Seduzir	Graduação em Persuasão	Seduzir	Blefar

Passo Seis: Técnica

Se posturas são como armaduras, técnicas são como armas. Técnicas são as táticas que um personagem emprega durante a intriga. Contudo, além de fornecer descrições, elas determinam quanta influência o personagem obtém com um teste bem-sucedido e as consequências de uma derrota. Não é coincidência que as técnicas apresentadas aqui correspondam às especialidades de Persuasão.

Enganação

Você pode substituir testes de Persuasão por testes de Enganação para simular qualquer uma das técnicas a seguir. Você só pode fazer isso quando estiver tentando enganar seu oponente — por exemplo, quando tentar agradá-lo com mentiras ou ao barganhar sem que pretenda cumprir suas promessas. Você toma esta decisão ao decidir seu objetivo. Ao testar Enganação, você rola os dados de bônus da especialidade de Enganação mais apropriada à técnica que deseja simular. Se você tiver dados de bônus da especialidade de Persuasão correspondente, pode usá-los no lugar dos dados da especialidade de Enganação.

Usando Técnicas

Sempre que você rolar um teste de conflito de Enganação ou Persuasão para influenciar seu oponente, pode rolar dados de bônus da especialidade correspondente à técnica. A Dificuldade é igual à Defesa em Intriga do seu oponente. Um teste bem-sucedido causa uma quantidade de Influência determinada pela técnica usada (em geral igual à sua graduação em uma habilidade) multiplicada pelo seu grau de sucesso.

Definição das Técnicas

No seu turno, você pode usar qualquer uma das técnicas a seguir. Você não precisa escolher a mesma técnica em todos os diálogos, pode escolher uma técnica diferente, que se encaixe melhor com o modo como você representou durante o diálogo. Cada item a seguir descreve a técnica, a quantidade de Influência gerada por um teste de conflito bem-sucedido, as especialidades aplicáveis e as consequências obtidas por derrotar seu oponente. Veja um resumo destas técnicas na **Tabela 8-3: Técnicas**.

Estas técnicas são bastante amplas, abertas a certa interpretação. Baseiam-se no modo como você obtém o efeito desejado na intriga. Assim, se está oferecendo uma troca, isso provavelmente é uma barganha. Se estiver apresentando um argumento lógico, é uma tentativa de convencer, e assim por diante. Converse com o narrador para que vocês concordem sobre a técnica mais apropriada à sua abordagem e ao resultado que você deseja.

Efeitos do Idioma

Um idioma em comum é vital para intrigas. É quase impossível compelir personagens incapazes de entendê-lo. Se o alvo não fala seu idioma, você sofre –3D em todos os testes de Persuasão. Se este número exceder seus dados de teste, você não pode entrar em uma intriga contra o alvo.

Conhecer certos idiomas pode até mesmo melhorar suas chances de persuadir e impressionar um alvo. A capacidade de falar uma língua rara ou a língua nativa de seu oponente sugere educação e inteligência, além de certo respeito. Se o alvo puder ser impressionado por tal familiaridade, você recebe +1B em testes para influenciá-lo. Bons exemplos são usar valyriano para se comunicar com um membro da Casa Targaryen ou outra pessoa culta, usar as várias línguas das Cidades Livres ao falar com um nativo da respectiva cidade, usar dothraki com os dothraki, etc.

Barganha

| Influência: graduação em Astúcia | Especialidade de Persuasão: Barganha | Especialidade de Enganação: Blefar |

Ao usar Barganha, você está pedindo que o alvo faça algo em troca de algum tipo de recompensa. Barganha pode ser usada para subornar um guarda, formar uma aliança, obter serviços, etc., mas só funciona enquanto você cumprir sua parte do acordo.

Consequências de Derrota: Barganha é usada para negociar um serviço — o alvo faz algo por você, e em troca você faz algo pelo alvo. Isto pode uma simples transação comercial (trocar dragões de ouro por algum produto) ou pode ser algum outro tipo de negócio. O acordo depende da postura do alvo no final da intriga, como mostrado na tabela a seguir.

Postura	Efeito de Barganha
Afetuosa	O alvo lhe dá o produto sem pedir nada em troca.
Amigável	O alvo lhe dá o produto com desconto (no valor de Astúcia x 10%) ou em troca de um serviço simbólico.
Afável	O alvo lhe dá o produto com desconto (no valor de Astúcia x 5%) ou em troca de um serviço fácil.
Indiferente	O alvo lhe dá o produto com desconto (no valor de Astúcia x 2%) ou em troca de outro serviço.
Desgostosa	O alvo lhe dá o produto com desconto (no valor de Astúcia x 1%) ou em troca de outro serviço. O alvo pode recusar a barganha se você pedir dele um serviço perigoso.
Inamistosa	O alvo lhe dá o produto pelo preço normal ou em troca de um serviço de igual valor.
Maliciosa	O alvo lhe vende o item pelo preço normal, mas entrega um produto danificado ou de má qualidade. Se você tiver pedido um serviço dele, ele pode cumprir o acordo, mas também pode dar para trás, se não houver represálias.

Charme

| Influência: graduação em Persuasão | Especialidade de Persuasão: Charme | Especialidade de Enganação: Atuar |

Use Charme sempre que você desejar cultivar uma amizade, melhorando a postura do alvo para torná-lo mais simpático à sua posição em intrigas futuras. Quando você usa esta técnica, amacia seu alvo com elogios, lamenta pelas dificuldades na vida dele e tenta adaptar-se aos desejos dele.

Consequências de Derrota: usar Charme é o simples ato de cultivar amizades a alianças, ou de conversar com inimigos e evitar conflitos. Quando você derrota um oponente usando Charme, melhora a postura do alvo em um passo. Esta postura dura até que as circunstâncias piorem-na — como uma traição de sua parte ou um rival que incite o oponente contra você. Além disso, você recebe +1D em todos os testes de Enganação e Persuasão durante sua próxima intriga contra este oponente.

Convencer

| Influência: graduação em Vontade | Especialidade de Persuasão: Convencer | Especialidade de Enganação: Atuar |

Às vezes um argumento irrefutável pode ser bem-sucedido onde o charme e a sedução falham. Esta técnica impõe sua posição ou ideia através de lógica e racionalidade. Usando-a, você confia que seu desejo pode se sustentar por seus próprios méritos. Muitas vezes não é tão eficiente, pois não é apoiada por uma ameaça, e pode não valer a pena para o alvo. Assim, frequentemente é mais demorado persuadir alguém desta forma, principalmente quando o oponente tem algo contra você.

Consequências de Derrota: sempre que você derrotar um oponente usando Convencer, está honestamente tentando fazer com que ele o ajude ou concorde com seu ponto de vista. Esta técnica não melhora a postura do alvo. Em vez disso, faz com que ele apoie sua posição ou conceda-lhe auxílio. Até mesmo inimigos mortais podem ser convencidos a ajudar, desde que haja motivo suficiente, embora tal inimigo possa usar a oportunidade para traí-lo mais tarde. Um alvo convencido ajuda-o durante a situação específica, mas não depois disso.

Incitar

Influência: graduação em Astúcia	Especialidade de Persuasão: Incitar	Especialidade de Enganação: Blefar

Incitar faz com que o alvo sinta raiva, enche-o de ódio ou fúria contra algo ou alguém. Esta técnica é arriscada, pois a emoção criada pode gerar reações impetuosas.

Consequências de Derrota: através desta técnica, você faz um oponente voltar-se contra outro oponente, em geral mostrando provas de traição ou atos vis, ou então revelando quaisquer outros detalhes sórdidos que o alvo possa achar repugnantes. Incitar é uma técnica poderosa, mas produz efeitos de curto prazo. A postura de um alvo derrotado piora um número de passos igual à sua graduação em Persuasão, apenas contra o indivíduo, organização ou casa que você indica. A cada dia depois do uso desta técnica, a postura do alvo melhora em um passo, até voltar ao normal. Em geral, apenas alvos cuja postura seja piorada até Maliciosa atacam os indivíduos indicados por você.

Intimidar

Influência: graduação em Vontade	Especialidade de Persuasão: Intimidar	Especialidade de Enganação: Atuar ou Blefar

Você usa Intimidar para assustar os outros, fazê-los pensar duas vezes antes de desagradá-lo ou ficar em seu caminho. Esta técnica melhora a postura do alvo por um curto período, forçando-o a recuar, revelar informações, cooperar e tornar-se mais flexível de modo geral.

Consequências de Derrota: uma das técnicas mais poderosas, Intimidar é uma demonstração de bravatas e ameaças usadas para assustar seu oponente. Um uso bem-sucedido afasta o alvo (se ele puder fugir) ou melhora a postura dele até Afável — ou em um passo, se ele já for Afável. Isto dura enquanto você estiver na presença do alvo, se ele não puder fugir. O alvo faz o que você manda, revela informações e pode mentir se achar que é o único meio de se afastar de você. A postura de um alvo intimidado é sempre Inamistosa ou pior em intrigas futuras.

Provocar

Influência: graduação em Percepção	Especialidade de Persuasão: Provocar	Especialidade de Enganação: Blefar

Provocar é arriscado. Você leva outro personagem a realizar determinada ação através de suas farpas e insultos. Você pode usar esta técnica para forçar alguém a fazer algo que você deseja — ao custo de piorar a postura dele em relação a você.

Consequências de Derrota: esta técnica força seu oponente a agir. Um alvo que tenha postura Afável ou melhor faz o que você quer, mas sua postura piora em um passo quando a tarefa é completada. Um oponente cuja postura seja Indiferente ou Desgostosa pode ou não realizar a tarefa, dependendo do perigo que ela representa. Mais uma vez, sua postura piora em um passo depois disso. Por fim, oponentes com posturas piores que Desgostosa atacam-no ou fogem se um ataque não for possível.

Seduzir

Influência: graduação em Persuasão	Especialidade de Persuasão: Seduzir	Especialidade de Enganação: Blefar

Dentre todas as técnicas, Seduzir é a mais sutil. Seu uso exige paciência e prática, assim como atenção a linguagem corporal e insinuações para guiar suas próprias palavras e comportamento. Se você derrotar um oponente usando esta técnica, enche-o de desejo — ou pelo menos faz com que ele ceda a seus avanços.

Consequências de Derrota: usando a luxúria e os desejos de seu alvo, ao derrotá-lo usando esta técnica você geralmente acaba em algum ato carnal de paixão, ou pelo menos aumenta temporariamente a postura do alvo. Seduzir instiga sentimentos de prazer e afeição, cegando o alvo em relação a seus defeitos e segundas intenções. Você melhora a postura do alvo em um número de passos igual à sua graduação em Persuasão. Se ele se sentir atraído por seu sexo, pode se entregar ao amor físico. Se estiver pelo menos Amigável, faz isso. Assim, podem ser necessárias várias intrigas para seduzir um alvo completamente.

A cada dia depois do encontro, a postura do alvo piora em um passo, até que fique um passo pior do que sua postura inicial. Você pode manter os sentimentos de atração cortejando o oponente e usando Charme para criar uma postura mais permanente. Os personagens que começaram com postura Desgostosa ou pior mas que foram seduzidos fingem estar atraídos por você e podem até mesmo fazer amor com você. Contudo, eles só chegam a esse ponto se acreditarem que isso possa lhes trazer algum benefício ou vantagem sobre você — como plantar um bastardo em seu útero ou uma faca em sua garganta.

Passo Sete: Interpretação

A interpretação é o âmago das intrigas. Durante este passo, os jogadores podem discutir e debater, conspirar e negociar, conversar sobre suas opções e apresentar seus argumentos. O personagem age de acordo com o que quer do alvo, com sua técnica e com sua postura. Não há uma ordem clara de ações neste passo; ele deve ser mais subjetivo e aberto, durando até que o narrador decida seguir ao próximo passo. Em geral isto ocorre em um momento dramático, quando um jogador deixa seus desejos claros, mas antes que a resposta seja revelada.

Obviamente, nem todos os grupos sentem-se confortáveis com atuação improvisada. Alguns podem preferir uma abordagem mais mecânica para resolver estas cenas. Neste caso, ou se a intriga for especialmente pequena e insignificante, o narrador pode pular a interpretação e seguir ao próximo passo.

Efeitos da Interpretação

GdTRPG é um jogo de interpretação. Assim, caracterização sólida de seu personagem e argumentos convincentes podem e devem ter efeito em intrigas. Uma boa interpretação modifica suas chances de ser bem-sucedido, fornecendo dados de bônus (em geral um ou dois, mas às vezes três, para performances extremamente convincentes). Naturalmente, uma cena de interpretação pode acabar com alguém falando a pior coisa possível no pior momento possível. Isso pode resultar na remoção de dados de bônus ou em uma penalidade de −1 a −5, dependendo da seriedade da bobagem.

Nem todos os grupos possuem astros acostumados aos palcos, e alguns jogadores podem relutar ao participar de cenas de interpretação profunda. O narrador não deve penalizar estes jogadores. Eles podem modificar suas chances usando Pontos de Destino e dados de bônus por suas especialidades, como normal.

Passo Oito: Ação

Durante um diálogo, um jogador pode realizar uma das ações a seguir. Cada participante tem direito a apenas uma ação. O narrador pode limitar o número de personagens capazes de participar de uma intriga ao mesmo tempo, com base nas circunstâncias. É fácil tomar parte da reunião de um conselho ou de um debate público, mas bem mais difícil conduzir uma conversa discreta entre mais de duas ou três pessoas.

Apaziguar

Durante uma intriga, você pode pressionar seu oponente demais, ou notar que ele está perigosamente perto de derrotar um aliado. Você pode consertar o estrago à Compostura com um teste de Persuasão **Formidável (12)**, apaziguando o alvo. Seu teste é modificado pela postura do alvo, como normal. Um sucesso restaura uma quantidade de Compostura igual à sua graduação em Persuasão, mais um ponto de Compostura por grau de sucesso.

Auxiliar

Durante uma intriga, você pode reforçar os argumentos de outro personagem, encorajando-o durante o debate. Se você for bem-sucedido em um teste de Persuasão **Desafiador (9)**, pode adicionar metade de suas graduações em Persuasão (arredonde para baixo) como um modificador ao resultado do próximo teste de conflito do seu aliado.

Desistir

Você não precisa tolerar a indignidade de um oponente agressivo. Se houver uma rota de fuga, você em geral pode escapar de uma intriga. Ao fazer isso, a intriga acaba, mas muitas vezes há outras repercussões, determinadas pelo narrador, especialmente se houver testemunhas.

Como alternativa, quando um oponente que não demonstra interesse por discussão ou negociação resiste aos seus esforços, você pode desistir da intriga sem muitos problemas, embora as perguntas proferidas possam despertar suspeitas ou acarretar outras consequências.

Entrar em Combate

Em seu turno, você abandona a intriga e ataca seu oponente. Obviamente, esta pode não ser uma opção viável em todas as intrigas. Além disso, um ataque pode ter outras consequências, como prisão, perda de posição social, etc. Uma vez que você entre em combate, a intriga termina automaticamente, e um combate começa.

Escudo de Reputação

Você pode recorrer a sua reputação para influenciar seu oponente. Faça um teste de Status contra o resultado passivo de Vontade do oponente. Se você for bem-sucedido, a postura do alvo melhora em um passo automaticamente. Você pode usar esta ação apenas uma vez por intriga.

Influenciar

Esta é a ação mais comum em uma intriga. Reflete sua tentativa de modificar o comportamento de seu oponente. Para influenciar um oponente, role um teste de Enganação ou Persuasão, com dados de bônus por sua técnica. Um sucesso indica que você causou uma quantidade de Influência igual ao valor citado na descrição da técnica, multiplicado pelo seu grau de sucesso. Você reduz o Valor de Postura do oponente de toda Influência que ele sofre. A Influência restante se aplica à Compostura do alvo. Um oponente com Compostura 0 é derrotado.

Ler Alvo

Em vez de coagir um alvo, você pode se conter e "ler" a postura e técnica dele. Faça um teste de Percepção contra o resultado passivo de Enganação do alvo. Se você igualar ou exceder este valor, descobre a postura atual do alvo e a técnica que ele está usando durante este diálogo. Assim, você recebe +1D em todos os testes de Enganação e Persuasão durante a intriga.

Manipular

Você pode tentar manipular as ações de seu oponente, forçando-o a uma técnica específica. Você deve igualar ou exceder o resultado passivo de Vontade do oponente com um teste de Persuasão. Se fizer isso, pode escolher a técnica que o oponente irá usar na rodada seguinte.

Recuar

Você pode erguer suas defesas e proteger-se contra seu alvo. Role um teste de Vontade (os dados de bônus de Dedicação se aplicam). O resultado do teste substitui sua Defesa em Intriga até o fim do próximo diálogo.

Repensar

Você abre mão de sua ação durante o diálogo. Você recebe +2B em um teste qualquer durante o próximo diálogo. Os dados de bônus obtidos desta forma não podem exceder a sua graduação na habilidade testada. Uma vez que você role um teste e use estes dados de bônus, os dados de bônus são perdidos.

Tagarelar

Você dispara uma torrente de bobagens, na esperança de distrair seu oponente e fazê-lo baixar a guarda. Faça um teste de Persuasão contra o resultado passivo de Vontade do alvo. Se você tiver pelo menos dois graus de sucesso, o alvo não pode adicionar sua graduação em Astúcia a sua Defesa em Intriga até o fim do próximo diálogo.

Influência

Quando um oponente consegue influenciá-lo em uma intriga, você pode perder Compostura, ficando mais próximo de ceder a ele. Qualquer Influência que exceda seu Valor de Postura se aplica à sua Compostura. A perda de Compostura não tem efeito, a menos que ela seja reduzida a 0 ou menos. Neste caso, você está derrotado.

Frustração

O principal meio de reduzir Influência é através do seu Valor de Postura. Você subtrai este valor da Influência que seu oponente causa com um teste de Enganação ou Persuasão bem-sucedido.

O outro meio de reduzir Influência é aceitar **frustração**. Cada ponto de frustração recebido remove uma quantidade de Influência igual à sua graduação em Vontade. Contudo, cada ponto de frustração impõe −1D em todos os testes de Enganação e Persuasão durante a intriga. Se a sua frustração acumulada exceder sua graduação em Vontade, você é derrotado. No final da intriga, ganhando ou perdendo, você remove toda a frustração que sofreu.

Derrota

Caso sua Compostura seja reduzida a 0 ou menos, ou sua frustração acumulada exceda sua graduação em Vontade, você está derrotado, e o vitorioso alcança o objetivo que desejava para a intriga.

Rendição

Você pode optar pela **rendição** para um oponente, oferecendo um meio-termo em vez de ser derrotado, se quiser. Você só pode se render em seu turno durante um diálogo. Seu oponente pode aceitar, oferecer uma contraproposta ou recusar. Se você recusar a contraproposta, a intriga continua, e você não pode mais se render. Render-se é uma opção para quando a derrota parece certa, ou se você quiser oferecer a um oponente uma vitória menor e imediata, para terminar o conflito rapidamente.

Destino & Derrota

Você também pode queimar um Ponto de Destino quando for derrotado, para escolher um resultado que não seja o objetivo de seu oponente. O narrador deve aprovar o novo resultado.

Assim como ocorre com combate, personagens desimportantes para a história em geral não evitam Influência através de frustração, e costumam render-se rapidamente quando a intriga se mostra desvantajosa. Assim, o narrador pode descartar intrigas menores com rapidez se estiver claro que o personagem está levando a melhor (isso se a intriga era importante o bastante para exigir testes).

Passo Nove: Repetição

Se ainda não houver um vencedor claro ao fim do primeiro diálogo, volte ao Passo Dois e recomece. Cada personagem pode reafirmar seu objetivo ou mudá-lo (sofrendo as consequências). Então cada um escolhe uma técnica, interpreta e realiza sua ação. Este processo continua até que todos os oponentes tenham se rendido ou sido derrotados.

Passo Dez: Resolução

O último passo em uma intriga é a resolução. Uma vez que um lado derrote o outro, o que acontece a seguir depende da técnica usada pelo vencedor e da postura do personagem derrotado. Intrigas impetuosas podem produzir resultados inesperados. Assim, a escolha de técnica e a ordem na qual as várias técnicas são usadas podem ter muita influência sobre o que acontece depois da vitória. Veja as consequências da derrota nas descrições das técnicas usadas para vencer o oponente.

Outros Fatores

Além dos elementos básicos que compõem uma intriga, há outros fatores que devem ser levados em conta.

Juntando-se a uma Intriga

Uma vez que uma intriga esteja acontecendo, novos participantes podem atrapalhar o andamento do encontro. Sempre que um novo participante se juntar à intriga, todos os participantes removem toda a Influência, e a intriga começa de novo.

Intrigas Mais Rápidas

A intriga simula boa parte da política presente nos livros e no seriado, dando aos jogadores as ferramentas para fazer aliados e destruir seus inimigos sem necessariamente recorrer ao combate. Contudo, nem todas as conversas precisam ser resolvidas com uma intriga. O narrador deve reservar as intrigas para discussões e conspirações importantes. Quando um nobre ordena que suas espadas juradas ataquem, não há necessidade de uma intriga; os guerreiros seguem as ordens sem questionar. Como regra geral, se sua graduação em Status for igual ou maior que o VP do alvo, você pode descartar a intriga e influenciar o alvo automaticamente.

Exemplo de Intriga

Lady Rene, pertencente a uma casa menor no Extremo, arranja um encontro com Sor Ambrose Trent, um cavaleiro errante a serviço da Casa Florent.

Lady Rene

Astúcia 3, Percepção 4, Persuasão 4, Status 4, Vontade 3

Defesa em Intriga 11   **Compostura 9**

Sor Ambrose Trent

Astúcia 3, Enganação 3, Percepção 3, Persuasão 3, Status 3, Vontade 4

Defesa em Intriga 9   **Compostura 12**

Passo Um: Tipo

Como os personagens têm Status semelhante, o narrador determina que esta será uma intriga comum.

Passo Dois: Cena

O narrador estabelece a cena. Rene havia arranjado o encontro em uma capela, longe dos ouvidos de seus inimigos. Ambrose está lá, esperando. Não há mais ninguém presente. O narrador menciona que esta cena tem uma qualidade: "Sob os Olhos dos Sete", para representar as estátuas dos Sete dispostas ante cada parede do prédio sagrado. O narrador explica que o gasto de um Ponto de Destino aqui pode conceder a Rene +1B em testes de Persuasão envolvendo lealdade e honra.

Passo Três: Objetivo

Esperando obter um espião dentro da casa maior, Rene acredita que as informações que pode descobrir são capazes de valer uma grande vantagem a sua casa contra seus rivais. O objetivo de Rene é serviço. Ambrose vê esta oportunidade como uma chance de seduzir Rene e levá-la para a cama. Seu objetivo é amizade.

Passo Quatro: Postura

Rene anota sua postura. Sentindo-se nervosa e incerta quanto ao cavaleiro, decide-se por Afável. Com esta postura, obtém VP 3 e +1 de modificador de Persuasão. O narrador sabe que Ambrose está atraído por Rene, mas acredita que a mulher está aqui por outras razões. A postura do cavaleiro também é Afável.

Passo Cinco: Iniciativa

Com a cena estabelecida, a jogadora de Rene e o narrador testam Status para determinar a iniciativa. O resultado de Rene é 20. O de Ambrose é 9. Rene age primeiro em ações e testes.

Passo Seis: Técnica

Rene quer convencer o cavaleiro errante a ajudá-la, então decide usar Convencer. O cavaleiro quer levá-la para a cama, então usa Seduzir.

Passo Sete: Interpretação

Durante este estágio, a jogadora de Rene inicia a conversa, lentamente avaliando seu oponente. Enquanto isso, Ambrose, que ainda não entendeu direito o que está acontecendo, tenta seduzi-la, sem muita sutileza. Notando uma oportunidade, Rene joga charme, manipulando-o ao oferecer um possível encontro íntimo em troca de seu auxílio.

Passo Oito: Ações & Testes

Como Rene venceu a iniciativa, age primeiro. Ela não tem certeza sobre a postura de Ambrose, mesmo sabendo que ele está interessado em deitar com ela. Assim, notando uma oportunidade, escolhe Influenciar. Ela rola um teste de Persuasão, obtendo um resultado 18. Como está Afável, adiciona +1 ao resultado, para um total de 19. Como o teste excede a Defesa em Intriga de Ambrose por 10 pontos, ela tem três graus de sucesso. Convencer gera Influência igual à Vontade de Rene — no caso, 3. Com seus graus de sucesso, ela causa um total de Influência igual a 9. Ambrose subtrai seu VP (3) deste valor, aplicando o resto a sua Compostura, reduzindo-a a 6.

Agora é o turno de Ambrose. Ele está tentando seduzir a nobre, então rola um teste de Persuasão para influenciá-la. Sua rolagem é fraca — um 7. Ele está Afável, portanto adiciona +1 ao resultado, para um total de 8. Não excedeu a Defesa de Rene, então não causa qualquer Influência.

Passo Nove: Repetição

Como nenhum dos dois oponentes foi derrotado durante o primeiro diálogo, a intriga volta ao Passo Três. Rene sabe que está perto de derrotar o cavaleiro, mas decide usar Trapaça para fazê-lo pensar que pode ter algum tipo de recompensa física por seu serviço. Ela está enganando o cavaleiro para fechar um acordo, então usa Barganha. Ambrose, ainda cego para o que ocorre, continua tentando seduzi-la.

Resolução

A intriga continua ao longo de vários diálogos, até que haja um vencedor claro, resultando da derrota ou rendição de um oponente. No final, Rene derrota o cavaleiro, e ele concorda em revelar informações em troca de uma noite com ela. Como Rene venceu, ela pode determinar os termos do acordo, e diz ao cavaleiro que ele irá receber sua recompensa uma vez que traga algo substancial. Obviamente, Rene não planeja dormir com ele. Assim, quando ele trouxer a informação, ela provavelmente terá de entrar em outra intriga, para continuar recebendo seus serviços.

Capítulo 9: Combate

De várias formas, o combate é um jogo dentro do jogo. Introduz regras projetadas para refletir a complexidade do campo de batalha e lidar tanto com combates entre dois inimigos quanto com dezenas de oponentes. Fora do combate, o jogo se desenrola através da narrativa, através das descrições do narrador, das conversas dos jogadores entre si mesmos e com as pessoas do mundo; através de trapaças, intrigas e dos vários objetivos que os jogadores tentam atingir ao longo das aventuras. Contudo, a história da campanha é pontilhada de combates — enfrentamentos brutais com espadas e machados, ação violenta e as consequências letais desses confrontos. O combate é perigoso, e pode deixar um personagem horrivelmente ferido, capturado ou até mesmo morto.

Fundamentos do Combate

O combate tem uma estrutura bem mais rígida que os outros aspectos de GdTRPG. Para assegurar que cada combatente tenha chance de agir — e possivelmente sobreviver intacto — um combate se desenrola ao longo de rodadas, cada uma dividida em turnos. Cada jogador tem direito a um turno. Um combate dura enquanto os participantes estiverem dispostos a lutar, ou até que um lado esteja completamente derrotado. É fácil entender os fundamentos do sistema de combate de GdTRPG, mas existem inúmeras variações e exceções ao sistema básico, com benefícios, manobras e habilidades que tornam estas regras dinâmicas e interessantes.

Rodadas, Turnos e Ações

Quando um combate começa, o jogo passa a ser dividido em momentos separados, chamados de **rodadas**. Cada rodada dura aproximadamente seis segundos. Assim, dez rodadas de combate equivalem a cerca de um minuto.

Durante uma rodada, cada jogador e oponente tem direito a um **turno** para agir. Um turno é uma oportunidade para fazer algo significativo (ou não), que pode afetar (ou não) a maneira como o combate se desenrola. Embora haja apenas seis segundos na rodada, todos os personagens agem na ordem da iniciativa. Assim, um personagem que aja primeiro aplica os efeitos de suas escolhas antes dos personagens que agem depois na rodada.

No turno de um personagem, seu jogador pode realizar várias ações. A maior parte das ações se enquadra em uma dentre três categorias: **maior**, **menor** e **livre**.

Ações Maiores

Uma **ação maior** consome a maior parte do turno de um combatente, representando uma série de golpes de espada, uma corrida pelo campo de batalha, etc. Realizar uma ação maior exige todo o seu turno. Assim, uma vez que você tenha resolvido sua ação, não pode mais agir até seu turno na próxima rodada.

Ações Menores

Uma **ação menor** consome menos tempo, permitindo que você combine duas ações menores em seu turno, em vez de apenas uma ação maior. Exemplos incluem mirar, disparar uma flecha e mover-se. Você não pode "economizar" ações menores que não tenha utilizado até a próxima rodada; deve usá-las todas antes que a rodada acabe.

Ações Livres

Por fim, uma **ação livre** é uma ação pouco significativa, que consome muito pouco tempo. Em geral, isto inclui gritar ordens para os homens sob seu comando, sacar uma arma e quase qualquer coisa que demora pouco ou nada. Em geral você pode realizar tantas ações livres quanto quiser, mas o narrador pode julgar que conversas extensas ou uma longa procura na sua mochila demoram mais do que o tempo permitido por uma ação livre.

> *"Madeira e aço, guardem-me bem, ou então estou morto, condenado ao além."*
> — Velho ditado

Dano & Derrota

O objetivo de todo combate é derrotar seus inimigos. Em geral isso significa matá-los, mas nem sempre. Caso seu oponente se renda, fuja ou fique inconsciente, você ainda derrotou-o.

A derrota é causada por dano, e a maior parte das ações em combate têm como finalidade causar dano suficiente para matar ou aleijar seu oponente, ou ainda forçá-lo a se render. Como a cura e a recuperação podem ser incertas e difíceis, os jogadores podem preferir render-se quando seus personagens encaram a derrota certa.

O principal método para causar dano é através de testes de conflito. Você rola um teste usando Luta ou Pontaria contra a Defesa em Combate do seu oponente. Um sucesso causa o dano determinado pela arma que você está usando, multiplicado pelo seu grau de sucesso. O Valor de Armadura do seu oponente reduz o dano que você causa. Qualquer dano remanescente é subtraído da Saúde do inimigo. Uma vez que você reduza a Saúde de um oponente a 0, derrota-o e decide as consequências da derrota.

Estatísticas de Combate

Algumas habilidades são mais úteis em combate do que outras. A partir destas habilidades fundamentais, você deriva informações importantes, como sua Defesa em Combate, sua Saúde, seu Movimento e o dano de suas armas. A seguir está a descrição dessas estatísticas.

Habilidades

Todas as habilidades a seguir afetam diretamente a eficiência de seu personagem em combate.

Agilidade

Agilidade representa sua destreza, flexibilidade e vivacidade naturais; sua capacidade de defender-se e reagir a novas ameaças.

- Você adiciona sua graduação em Agilidade à sua Defesa em Combate.
- Você testa Agilidade para determinar a ordem de iniciativa.
- Agilidade determina o dano básico da maior parte das armas de Pontaria, e de algumas armas de Luta.
- Você testa Agilidade ao realizar a ação Esquiva.

Atletismo

Atletismo mede sua forma física, sua força, poderio muscular e capacidade de usar os recursos de seu corpo.

- Você adiciona sua graduação em Atletismo à sua Defesa em Combate.
- Atletismo pode modificar a velocidade com que você se move.
- Atletismo determina o dano básico da maior parte das armas de Luta, e de algumas armas de Pontaria.

Guerra

Guerra descreve sua compreensão de estratégia e tática, sua maestria no campo de batalha.

- Você pode testar Guerra para obter vantagens táticas em combate.

Luta

Luta mede sua habilidade e treinamento em combate corporal.

- Você testa Luta sempre que usar uma arma em combate corpo-a-corpo.

Percepção

Percepção descreve o quanto você é atento a seus arredores, ajudando-o a notar inimigos e perigos ocultos.

- Você adiciona sua graduação em Percepção à sua Defesa em Combate.
- Oponentes escondidos testam Furtividade contra o seu resultado passivo de Percepção.

Pontaria

Pontaria mede sua precisão e mira com armas de projéteis.

- Você testa Pontaria sempre que usar uma arma em combate à distância.

Vigor

Vigor descreve seu fôlego, resistência natural e capacidade de suportar dano.

- Sua graduação em Vigor determina sua Saúde.
- Sua graduação em Vigor determina o número máximo de ferimentos que você pode sofrer.
- Sua graduação em Vigor determina o número máximo de lesões que você pode sofrer.
- Você testa Vigor para recuperar-se de ferimentos e lesões.
- Quando você é atacado por um veneno ou outro perigo, o ataque deve exceder seu resultado passivo de Vigor.

Defesa em Combate

A primeira linha de defesa contra ataques é sua Defesa em Combate. Esta habilidade derivada combina sua destreza, sua atenção e sua forma física, definindo a dificuldade de acertá-lo numa luta. Você determina sua Defesa em Combate da seguinte forma:

Defesa em Combate = Agilidade + Atletismo + Percepção. Além disso, some o Bônus Defensivo (por escudos ou armas de aparar) e reduza a Penalidade de Armadura (veja a página 195).

Exemplo

Gustavo calcula a Defesa em Combate de seu cavaleiro errante. Ele tem Agilidade 3, Atletismo 4 e Percepção 3. Sua Defesa em Combate básica é 10. Portando um escudo grande, ele aumenta sua Defesa em Combate para 14. Usando armadura de placas completa, diminui sua Defesa em Combate para 8. Um escudo grande tem um valor defensivo de +4, e uma armadura de placas tem uma Penalidade de Armadura de −6.

Tamanho

Acertar um alvo grande é mais fácil que atingir um alvo pequeno. Alvos pequenos (crianças, cães, corvos) aumentam sua Defesa em Combate em +2, enquanto que alvos grandes (cavalos, mamutes, gigantes) diminuem sua Defesa em Combate em −2.

Alvos Indefesos

Qualquer alvo incapaz de defender-se de ataques — por estar dormindo, preso ou impedido de realizar ações por outro motivo — é considerado indefeso. Um alvo indefeso não pode adicionar sua Agilidade a sua Defesa em Combate e concede a seus atacantes +1D em testes de Luta e Pontaria para atacá-lo.

Saúde

Saúde é sua capacidade de absorver dano e continuar lutando. Não importa quanto dano você tenha sofrido, enquanto tiver pelo menos um ponto de Saúde, suas habilidades continuam as mesmas, e você pode continuar lutando.

Saúde = 3 x Vigor.

Exemplo

O cavaleiro de Gustavo tem Vigor 4. Assim, sua Saúde é 12 (4 x 3).

Movimento

Movimento descreve o quanto você pode se deslocar quando usa uma ação para mover-se em seu turno. O movimento padrão para todos os personagens é 4 metros. Personagens com dados de bônus em Correr podem se mover mais rápido, enquanto que personagens de armadura podem ser mais lentos.

Tabela 9-1: Movimento

Correr	Bônus	Movimento Modificado
0B a 1B	+0M	4M
2B a 3B	+1M	5M
4B a 5B	+2M	6M
6B a 7B	+3M	7M

Efeitos de Atletismo

Personagens em boa forma física muitas vezes movem-se mais rápido que personagens menos saudáveis. Para cada dois dados de bônus da especialidade Correr, você pode se mover um metro adicional em uma ação. Contudo, se você tiver apenas 1 graduação em Atletismo, reduz seu Movimento para 3 metros (um dado de bônus em Correr anula esta penalidade). Para um resumo dos detalhes, veja a **Tabela 9-1: Movimento**.

Exemplo

O personagem de Gustavo tem 2B em Correr. Assim, seu Movimento é de 5 metros.

Efeitos de Objetos Volumosos

Ao carregar itens volumosos, você se move mais lentamente. Reduza seu Movimento em um valor igual à metade do Volume carregado, e a sua taxa de corrida a um valor igual ao Volume carregado. Qualquer bônus pela especialidade Correr se aplica antes que você ajuste seu Movimento por Volume. Os tipos mais comuns de itens volumosos incluem armaduras e escudos grandes, mas algumas armas Desajeitadas também entram nesta categoria. Volume não pode reduzir seu Movimento abaixo de 1 metro ou sua velocidade de corrida abaixo de 4 metros.

Exemplo

Embora seja rápido sem armadura, o personagem de Gustavo fica mais lento ao usar armadura de placas, já que este objeto tem 3 pontos de Volume. Com a armadura, Gustavo reduz seu Movimento para 4 metros e sua corrida para 13 metros, ou (4 metros x 4) – 3 por Volume.

Armaduras

Uma armadura simboliza o status, riqueza e habilidade de um guerreiro. Contudo, mesmo que reforce ou diminua sua reputação, a armadura serve principalmente para protegê-lo. Todas as armaduras têm três estatísticas, como mostrado na **Tabela 9-2: Armaduras**.

Valor de Armadura

Uma armadura oferece certa proteção, representada por seu Valor de Armadura. Quando você sofre dano em combate, diminui seu Valor de Armadura do dano sofrido. O dano pode ser reduzido a 0, mas não a menos de 0.

Penalidade de Armadura

Uma armadura pode absorver golpes mortais, mas isso tem um custo. Armaduras mais pesadas dificultam seu equilíbrio e tornam suas reações a seus oponentes mais lentas. Essas armaduras impõem uma penalidade que você deve aplicar aos resultados de todos os testes de Agilidade (incluindo testes de Agilidade passivos) e à sua Defesa em Combate.

Volume

Usar armadura pesada impõe volume, assim como

CAPÍTULO 9: COMBATE

Sor Vardis estava coberto de aço da cabeça aos pés, envolto em uma armadura de placas pesada sobre cota de malha e um manto acolchoado. Grandes rondéis circulares, pintados de creme e azul com o símbolo de lua e falcão da Casa Arryn, protegiam as junções vulneráveis dos braços com o tronco. Um saiote de tiras sucessivas de metal cobria-o da cintura até o meio das coxas, enquanto que um gorjal circundava sua garganta. Asas de falcão projetavam-se das têmporas de seu elmo, e seu visor era um bico pontudo de metal com uma fresta estreita para os olhos.

Bronn usava armadura tão leve que parecia quase nu ao lado do cavaleiro. Vestia apenas uma camisa negra e oleada de cota de anéis sobre couro curtido, um meio elmo redondo de aço com protetor para o nariz e um camal de cota de malha. Botas altas de couro com placas de aço sobre as canelas ofereciam alguma proteção às pernas, e discos de ferro negro estavam costurados nos dedos de suas luvas.

— *A GUERRA DOS TRONOS*

TABELA 9-2: ARMADURAS

Armadura	Valor	Penalidade	Volume
Roupas	0	−0	0
Robes ou Hábito	1	−0	1
Acolchoada	1	−0	0
Couro Macio	2	−1	0
Couro Rígido	3	−2	0
Ossos ou Madeira	4	−3	1
Cota de Anéis	4	−2	1
Peles	5	−3	3
Cota de Malha	5	−3	2
Couraça	5	−2	3
Cota de Escamas	6	−3	2
Talas	7	−3	3
Brigantina	8	−4	3
Meia Armadura	9	−5	3
Placas	10	−6	3

ocorre quando você carrega equipamentos desajeitados. Para determinar os efeitos de armaduras volumosas, some o Volume da armadura e o Volume de quaisquer outras fontes. Para cada 2 pontos completos de Volume, reduza seu movimento em 1 metro (depois de modificá-lo pela especialidade Correr, conforme visto na seção **Movimento** e na **Tabela 9-1: Movimento**).

Quando você realiza a ação Corrida (veja na página 206), move-se um número de metros igual ao seu movimento x 4, menos um número de metros igual ao número de pontos de Volume que você possui.

ARMAS

Armas são mais do que ferramentas. Assim como armaduras, são símbolos de status, treinamento e especialização. Um combatente armado com uma lâmina braavosi provavelmente luta de forma diferente de um guerreiro brandindo um montante. A **Tabela 9-3: Armas** fornece um resumo das armas mais comuns encontradas em Westeros.

CARACTERÍSTICAS DE ARMAS

Cada arma tem várias características, para refletir suas vantagens e desvantagens em combate.

ESPECIALIDADE

Esta seção descreve a especialidade que se aplica a seu teste de Luta quando você usar esta arma. Ao atacar com a arma, você pode rolar quaisquer dados de bônus da especialidade listada.

TREINAMENTO

Certas armas exigem um nível mínimo de treinamento especializado para serem usadas da forma correta. Sem estas graduações mínimas na especialidade, é muito mais difícil lutar com estas armas. Sempre que uma arma indicar 1B, 2B, etc., nesta seção, você *perde* o número de dados de bônus indicado em seus testes de Luta ou Pontaria com a arma. Se a penalidade reduzir seus dados de bônus a menos de 0 (ou se você não tiver nenhum dado de bônus na especialidade), você sofre um dado de penalidade em seus testes com a arma para cada −1 adicional.

EXEMPLO

Um personagem que use um chicote perde dois dados de bônus. Se ele tiver apenas 1B em Briga, perde o dado de bônus e sofre um dado de penalidade. Se não tiver nenhum dado de bônus em Briga, sofre −2D em seus testes de Luta com o chicote.

Tabela 9-3: Armas

Arma	Especialidade	Treinamento	Dano*	Qualidades
Bola com Corrente	Armas de Contusão	1B	Atletismo	Estilhaçadora 1, Poderosa
Cajado	Armas de Contusão	—	Atletismo	Duas Mãos, Rápida
Maça	Armas de Contusão	—	Atletismo	—
Mangual	Armas de Contusão	2B	Atletismo+3	Duas Mãos, Estilhaçadora 1, Poderosa
Mangual com Cravos	Armas de Contusão	—	Atletismo	Cruel, Estilhaçadora 1
Marreta	Armas de Contusão	—	Atletismo+1	Atordoante, Duas Mãos, Estilhaçadora 1, Lenta, Volume 1
Martelo de Guerra	Armas de Contusão	—	Atletismo	Duas Mãos, Estilhaçadora 2, Lenta, Poderosa, Volume 1
Porrete/Bordão	Armas de Contusão	—	Atletismo−1	Mão Inábil +1
Alabarda	Armas de Haste	1B	Atletismo+3	Duas Mãos, Poderosa, Volume 1
Ferramenta de Aldeão	Armas de Haste	—	Atletismo+2	Duas Mãos, Desajeitada, Frágil
Machado de Haste	Armas de Haste	1B	Atletismo+3	Comprida, Desajeitada, Duas Mãos, Poderosa, Volume 1
Chicote	Briga	2B	Agilidade−1	Comprida, Enredar
Faca	Briga	—	Atletismo−2	Mão Inábil +1, Rápida
Improvisada	Briga	—	Atletismo−1	Lenta
Manopla	Briga	—	Atletismo−2	Agarrar, Mão Inábil +1
Punho	Briga	—	Atletismo−3	Agarrar, Mão Inábil +1
Broquel	Escudos	—	Atletismo−2	Defensiva +1, Mão Inábil +1
Escudo	Escudos	—	Atletismo−2	Defensiva +2
Escudo de Corpo	Escudos	2B	Atletismo−2	Defensiva +6, Volume 2
Escudo Grande	Escudos	1B	Atletismo−2	Defensiva +4, Volume 1
Adaga de Mão Esquerda	Esgrima	1B	Agilidade−1	Defensiva +2, Mão Inábil +1
Espada Pequena	Esgrima	—	Agilidade−1	Rápida
Lâmina Braavosi	Esgrima	1B	Agilidade	Defensiva +1, Rápida
Adaga	Lâminas Curtas	—	Agilidade−2	Defensiva +1, Mão Inábil +1
Estilete	Lâminas Curtas	1B	Agilidade	Perfurante 2
Punhal	Lâminas Curtas	—	Agilidade−2	Mão Inábil +2
Arakh	Lâminas Longas	1B	Atletismo	Adaptável, Rápida
Espada Bastarda	Lâminas Longas	1B	Atletismo+1	Adaptável
Espada Longa	Lâminas Longas	—	Atletismo+1	—
Montante	Lâminas Longas	—	Atletismo+3	Cruel, Desajeitada, Duas Mãos, Lenta, Poderosa
Lança	Lanças	—	Atletismo	Rápida
Lança de Guerra	Lanças	1B	Lidar com Animais +4	Cruel, Empalar, Lenta, Montada, Poderosa, Volume 2

Capítulo 9: Combate

Tabela 9-3: Armas

Arma	Especialidade	Treinamento	Dano*	Qualidades
Lança de Javali	Lanças	1B	Atletismo+1	Duas Mãos, Empalar, Lenta, Poderosa
Lança de Sapo	Lanças	1B	Agilidade+1	Adaptável
Lança de Torneio	Lanças	1B	Lidar com Animais +3	Comprida, Frágil, Lenta, Montada, Poderosa, Volume 1
Pique	Lanças	—	Atletismo+2	Contra Carga, Desajeitada, Duas Mãos, Empalar, Lenta
Tridente	Lanças	—	Atletismo	Adaptável, Lenta
Bico de Corvo	Machados	—	Atletismo−1	Estilhaçadora 1
Machadinha	Machados	—	Atletismo−1	Defensiva +1, Mão Inábil +1
Machado de Batalha	Machados	—	Atletismo	Adaptável
Machado de Lenhador	Machados	—	Atletismo+1	Duas Mãos
Machado Longo	Machados	1B	Atletismo+3	Comprida, Cruel, Duas Mãos, Poderosa, Volume 1
Picareta	Machados	—	Atletismo+1	Duas Mãos, Lenta, Poderosa
Arco de Curvatura Dupla	Arcos	1B	Agilidade+1	Duas Mãos, Longo Alcance, Poderosa
Arco de Caça	Arcos	—	Agilidade	Duas Mãos, Longo Alcance
Arco Longo	Arcos	1B	Agilidade+2	Desajeitada, Duas Mãos, Longo Alcance, Perfurante 1
Lança de Sapo	Armas Arremessadas	1B	Agilidade+1	Curto Alcance
Machadinha	Armas Arremessadas	—	Atletismo	Curto Alcance
Azagaia	Armas Arremessadas	—	Atletismo	Curto Alcance
Faca	Armas Arremessadas	—	Agilidade−1	Curto Alcance, Rápido
Rede	Armas Arremessadas	1B	Nenhum	Curto Alcance, Enredar
Funda	Armas Arremessadas	—	Atletismo−1	Longo Alcance
Lança	Armas Arremessadas	—	Atletismo	Curto Alcance
Tridente	Armas Arremessadas	—	Atletismo	Curto Alcance
Besta Pesada	Bestas	—	Agilidade+2	Cruel, Duas Mãos, Lenta, Longo Alcance, Perfurante 2, Recarga (Maior)
Besta Leve	Bestas	—	Agilidade+1	Lenta, Longo Alcance, Recarga (Menor)
Besta Média	Bestas	—	Agilidade+1	Duas Mãos, Lenta, Longo Alcance, Perfurante 1, Recarga (Menor)
Besta Myresa	Bestas	1B	Agilidade+1	Duas Mãos, Longo Alcance, Perfurante 1, Rápida, Recarga (Menor)

*Mínimo 1.   As descrições das armas podem ser encontradas a partir da página 162.

Dano

O dano básico que uma arma causa é igual à sua graduação na habilidade relevante. Muitas armas incluem modificadores, que você deve somar ou diminuir da sua graduação na habilidade. A maior parte das armas de Luta usa Atletismo e a maior parte das armas de Pontaria usa Agilidade, mas há exceções. Multiplique este dano básico pelo seu grau de sucesso no teste de ataque. Apenas depois de ter obtido este total você deve subtrair o Valor de Armadura do seu oponente.

Qualidades

Qualidades diferenciam as armas umas das outras. As qualidades podem fornecer benefícios táticos em combate ou impor desvantagens que compensam melhor dano ou outro benefício.

Adaptável

Uma arma Adaptável é feita para ser usada com uma ou duas mãos. Quando você usa esta arma com duas mãos, aumente o dano da arma em +1.

Agarrar

Armas de Agarrar permitem que você segure um oponente, impedindo que ele se afaste. Sempre que você atingir um oponente com uma arma de Agarrar e também igualar ou exceder o resultado passivo de Atletismo dele (Força se aplica), você pode, se quiser, agarrá-lo.

Um oponente agarrado não pode se mover até que você o solte (uma ação livre) ou até que ele vença-o em um teste oposto de Luta (Briga se aplica, uma ação menor). Um oponente agarrado pode fazer ataques apenas usando armas de Briga ou lâminas curtas. Por fim, um oponente agarrado sofre uma penalidade de –5 em sua Defesa em Combate (para um mínimo de 1).

Quando você agarra um oponente, você não pode se mover. Pode apenas fazer ataques contra o oponente agarrado usando uma arma de Agarrar ou de Mão Inábil.

Atordoante

A força do golpe de uma arma Atordoante pode deixar um inimigo tonto. Sempre que você obtiver dois ou mais graus de sucesso em um teste de Luta com uma arma Atordoante, pode sacrificar um grau para impedir que o inimigo use uma ação maior no próximo turno dele.

Comprida

Quando você usa uma arma Comprida, pode atacar oponentes que não estejam adjacentes a você. Você pode rolar um teste de Luta com uma arma Comprida contra cada oponente a até 3 metros de distância. Contudo, atacar qualquer inimigo a menos de 3 metros de distância com uma arma Comprida impõe −1D em seu teste de Luta.

Contra Carga

Uma arma Contra Carga é desajeitada demais para combate normal, e funciona apenas com a variação preparar contra carga da ação contra-ataque. Veja a página 216.

Cruel

Algumas armas são tão boas no que fazem que lutar com elas produz resultados horrendos. Se você derrotar um inimigo com uma arma Cruel, a consequência da derrota é sempre a morte. A vítima pode queimar um Ponto de Destino para evitar este fim, como normal.

Curto Alcance

Uma arma de Curto Alcance tem um alcance efetivo de 10 metros — ou seja, você pode atacar oponentes a até 10 metros sem penalidades. Você ainda pode atacar oponentes além deste alcance, mas sofre −1D para cada 10 metros adicionais. Assim, atacar um oponente a 11 metros de distância impõe −1D em seu teste de Pontaria.

Defensiva

Armas Defensivas servem a duas funções. Podem ser usadas como armas, mas muitas vezes são mais eficientes para desviar os ataques de seus inimigos. Se você estiver empunhando uma arma Defensiva e não atacar com ela, adiciona o valor de Defensiva da arma à sua Defesa em Combate. Muitas armas Defensivas também têm a qualidade Mão Inábil, que permite que você as use ao mesmo tempo em que usa uma arma principal. Se você escolher adicionar seu bônus por Mão Inábil ao seu dano, perde o bônus por Defensiva até o começo do seu próximo turno.

Desajeitada

Ao usar uma arma Desajeitada enquanto estiver montado, você sofre uma penalidade de −2D em qualquer teste relacionado à arma. Para armas de combate corpo-a-corpo, a penalidade se aplica aos testes de Luta. Para armas de ataque à distância, a penalidade se aplica aos testes de Pontaria.

Duas Mãos

Armas grandes precisam de duas mãos para serem empunhadas da maneira correta. Se você puder usar apenas uma mão, sofre −2D em seus testes de Luta.

Empalar

Sempre que você obtiver três ou mais graus de sucesso com uma arma de Empalar, atravessa seu oponente com ela. Você deve ser imediatamente bem-sucedido em um teste de Atletismo **Desafiador** (9). Uma falha indica que você é desarmado, pois a arma fica presa no corpo no oponente. Se você for bem-sucedido, o oponente não pode se mover, mas você também não pode atacar com a arma. Para soltá-la, você deve ser bem-sucedido em um teste de Atletismo como uma ação menor, contra uma Dificuldade igual a 3 + o Valor de Armadura do oponente. Um sucesso liberta a arma, e cada grau de sucesso adicional causa o dano da arma *mais uma vez*.

Imobilizando um Oponente

Como uma ação maior, você pode usar uma arma de Empalar para imobilizar um inimigo empalado, fixando-o ao chão, a uma parede ou a alguma outra superfície. Role um teste de Atletismo contra o resultado passivo de Vigor

Miniaturas

Alguns grupos usam miniaturas para ajudar a resolver combates. Embora estes acessórios não sejam indispensáveis para o jogo, ter algum tipo de marcador pode ser útil para manter registro das posições e ações dos vários personagens. Assim, mesmo que você não tenha um batalhão de miniaturas de metal ou plástico, pode usar dados, peças de jogos de tabuleiro ou qualquer outra coisa. Apenas designe uma peça para cada jogador e para cada oponente, então arranje-as com base em suas posições iniciais antes do início do conflito (em geral durante o Passo Um).

Muitos grupos também usam superfícies semelhantes a quadros brancos, onde se pode escrever e desenhar com pincéis atômicos e depois apagar com facilidade, em conjunto com mapas quadriculados. Estas são ferramentas excelentes, pois permitem que o narrador desenhe o cenário rapidamente, mostrando quaisquer qualidades, características do terreno e outros detalhes que possam afetar o resultado do conflito. Estes mapas também fornecem uma noção de escala (cada quadrado equivale a 1 metro). Para grupos que preferem usar terreno sem um mapa quadriculado, 2,5 centímetros equivalem a 1 metro. Mais uma vez, estes acessórios não são necessários para jogar *GdTRPG*, mas podem incrementar o jogo.

do oponente (Resistência se aplica). Um sucesso impede que seu oponente se mova até que ele consiga se libertar.

Libertando-se

Um oponente empalado pode remover a arma gastando uma ação maior e sendo bem-sucedido em um teste de Atletismo **Desafiador** (9). A remoção causa 1 ferimento, ou 1 lesão se a vítima não puder sofrer mais ferimentos. Um aliado pode remover a arma com segurança se for bem-sucedido em um teste de Cura **Formidável** (12) como uma ação maior. Uma falha remove a arma, mas causa 1 ponto de dano para cada 5 pontos pelos quais o teste falhou (mínimo de 1 ponto).

Enredar

Uma arma de Enredar prende seu adversário. Um oponente atingido por esta arma reduz seu movimento a 1 metro e sofre −5 de penalidade em todos os testes. O alvo pode se libertar gastando uma ação maior e sendo bem-sucedido em um teste de Atletismo **Desafiador** (9) usando dados de bônus de Força ou em um teste de Agilidade **Desafiador** (9) usando os dados de bônus de Contorcionismo. Você não pode fazer outros ataques com uma arma de Enredar enquanto o alvo estiver preso.

Estilhaçadora

Armas Estilhaçadoras são feitas para esmagar escudos, armas que tentam apará-las e armaduras. Sempre que você obtiver dois ou mais graus de sucesso em um teste de Luta com uma arma Estilhaçadora, reduz o Bônus Defensivo ou o Valor de Armadura do oponente na quantidade indicada pela qualidade. A arma Estilhaçadora afeta primeiro armas com um Bônus Defensivo. Reduzir o Bônus Defensivo de uma arma ou o Valor de Armadura de uma armadura a 0 destrói-as.

Frágil

Sempre que você obtém dois ou mais graus de sucesso com uma arma Frágil, ela se quebra automaticamente.

Lenta

Uma arma Lenta é pesada, difícil de usar com velocidade e graça. Você não pode fazer Ataques Divididos com estas armas.

Longo Alcance

Se você tiver uma linha de tiro, pode disparar uma arma de Longo Alcance contra alvos a até 100 metros. Para cada 100 metros de distância entre você e o alvo, você sofre −1D em seu teste de Pontaria.

Mão Inábil

Uma arma de Mão Inábil pode ser usada em sua mão inábil, permitindo que você adicione seu modificador de Mão Inábil ao dano da sua arma principal com um teste de Luta bem-sucedido. Para receber este benefício, você deve gastar uma ação maior e fazer um ataque com duas armas (veja na página 205).

Montada

Armas Montadas são grandes e volumosas demais para serem usadas a pé. Assim, são feitas para uso sobre um cavalo ou outra montaria. Usar estas armas a pé impõe −2D em seus testes de Luta.

Perfurante

Armas perfurantes penetram em armaduras. Sempre que você atingir um oponente com uma arma Perfurante, seu dano ignora uma quantidade de Valor de Armadura igual ao número listado.

Poderosa

Personagens fortes podem usar uma parte maior de seu poderio muscular com armas Poderosas. Assim, causam mais dano com um acerto. Para cada dado de bônus investido em Força, você pode aumentar o dano de uma arma Poderosa em +1.

Rápida

Uma arma Rápida é feita para evitar as defesas do oponente e permitir que o usuário ataque com rapidez. Quando você faz um ataque dividido usando uma arma Rápida, recebe +1B em cada teste. Os dados de bônus pela qualidade Rápida podem exceder os limites normais.

Recarga

Uma arma de Pontaria com a qualidade Recarga exige uma ação para ser recarregada após ser disparada. A qualidade especifica o tipo de ação necessária para recarregar a arma — Menor ou Maior.

Volume

Algumas armas são pesadas ou incômodas. Assim, deixam-no mais lento em combate. Se uma arma tiver um valor de Volume, ele se aplica ao seu Volume total para reduzir seu Movimento.

Capítulo 9: Combate

Estrutura do Combate

Todos os combates usam a mesma série de passos repetidos ao longo de várias rodadas, até que o combate termine. Este procedimento é simples — após alguns combates, você nem precisará mais consultar estes passos, eles serão naturais.

Passo Um: Campo de Batalha

Passo Dois: Detecção

Passo Três: Iniciativa

Passo Quatro: Ação

Passo Cinco: Repetição

Passo Seis: Resolução

Passo Um: Campo de Batalha

O narrador descreve as características relevantes do campo de batalha. Chão enlameado pode prender as botas, deixando os combatentes mais lentos. Uma tempestade pode impossibilitar ataques à distância. Fumaça pode enfraquecer os lutadores, fazendo-os tossir e deixando-os sem fôlego. Estes fatores são chamados de **qualidades do campo de batalha**. Quase todo combate possui pelo menos uma delas, e alguns podem ter até cinco. No início do combate, o narrador descreve a aparência do campo de batalha. Durante esta descrição, também aponta quaisquer qualidades do campo de batalha relevantes.

Qualidades do campo de batalha são fatores que modificam o combate, dificultando ou melhorando ataques, criando obstáculos e oportunidades de vitória. Uma qualidade do campo de batalha pode ser ampla, afetando todos os personagens da mesma forma, ou estreita, restrita a um local específico. Fumaça pode ser uma qualidade do campo de batalha ampla, enquanto que um rio caudaloso pode ser uma qualidade estreita. Todas as qualidades do campo de batalha afetam os personagens expostos a elas da mesma forma, em geral concedendo dados de bônus ou de penalidade. Contudo, personagens com Pontos de Destino podem gastá-los para aumentar os efeitos de uma qualidade do campo de batalha por uma rodada, criando uma oportunidade para atingir um inimigo ou fugir.

Limites

Limites são coisas que impedem a movimentação. Exemplos de limites incluem paredes, portas trancadas, penhascos e qualquer outra coisa que impeça os personagens de se moverem numa direção específica.

> **Destino:** se você gastar um Ponto de Destino, encontra um meio de contornar ou atravessar um limite, como uma passagem escondida, uma chave para destrancar a porta, um conjunto de gavinhas para ajudar na escalada de um penhasco, etc. Você decide a natureza desta nova rota, desde que a explicação seja lógica e plausível. O narrador deve aprovar a sua ideia.

Obstáculos

Uma qualidade do campo de batalha é considerada um obstáculo se diminuir o movimento, mas não impedi-lo. Obstáculos podem incluir portas destrancadas, pilares, colunas, estátuas, janelas, etc.

Mover-se por um obstáculo é uma ação menor, e não é parte do Movimento normal. Assim, passar por cima de um altar exigiria uma ação menor para chegar ao altar e uma ação menor para escalar sobre ele.

Obstáculos como Cobertura

Obstáculos fornecem cobertura. Quando estiver de pé atrás de um obstáculo, você recebe um bônus de +5 à sua Defesa em Combate para ataques contra os quais você tenha cobertura. Se você se abaixar atrás da cobertura e não fizer qualquer outra ação, o bônus aumenta para +10.

> **Destino:** gastando um Ponto de Destino, você pode se mover por um obstáculo como parte do seu Movimento normal. Como alternativa, você pode aumentar o bônus à sua Defesa em Combate obtido pela cobertura em +5.

Espectadores

Espectadores incluem qualquer um que não esteja envolvido no combate. Muitas vezes são multidões de plebeus, cavalos, ovelhas e praticamente qualquer pessoa ou criatura que não esteja participando da luta diretamente. Espectadores apenas assistem ao combate; não tomam parte na ação. Embora em geral não corram riscos, podem ser usados por lutadores oportunistas.

Espectadores como Cobertura

Assim como obstáculos, espectadores fornecem cobertura contra ataques. Contudo, quando um ataque erra por causa da cobertura fornecida por um espectador, o ataque atinge o espectador, causando dano normal. Plebeus e outros personagens menores em geral não negam dano sofrendo ferimentos. Assim, estes ataques muitas vezes são letais para eles.

> **Destino:** se você for atingido por um ataque e estiver do lado de um espectador, pode gastar um Ponto de Destino para que o dano se aplique ao espectador, e não a você.

Coisas

Campos de batalha são sempre repletos de "coisas" de todos os tipos — armas, escudos, carcaças, carroças quebradas, madeira queimada e incontáveis outros itens. Mesmo fora de uma guerra, objetos úteis e inúteis espalham-se por toda parte. Uma briga na taverna pode ser cercada de bancos, canecos, facas, panelas cheias de sopa fervente e outras quinquilharias. O narrador deve descrever os itens mais úteis e óbvios, mas o gasto de um Ponto de Destino pode colocar um item útil diretamente em suas mãos.

> **Destino:** você pode gastar um Ponto de Destino para encontrar um objeto de importância menor, como uma espada quebrada se você estiver desarmado.

Visibilidade

Visibilidade descreve o quanto é possível enxergar no campo de batalha, junto com os efeitos de qualquer coisa que possa prejudicar a visão. Exemplos incluem escuridão, fumaça, névoa, chuva e até mesmo vegetação.

Iluminado

Campos de batalha iluminados ocorrem quando há bastante luz, como em um dia claro ou sob luz de tochas ou lampiões. Em áreas iluminadas, você não sofre nenhuma penalidade.

Sombrio

Campos de batalha sombrios ocorrem quando há pouca luz, como em dias nublados, no interior de uma caverna (mas a poucos metros da saída), em áreas repletas de fumaça, durante chuvas fortes, no crepúsculo, em noites de lua cheia ou no limite da luz emitida por uma fogueira. Em áreas sombrias, você sofre –1D em todos os testes de Agilidade, Atletismo, Ladinagem, Luta e Percepção, e –2D em todos os testes de Pontaria.

> **Destino:** você pode gastar um Ponto de Destino para escapar de seu oponente, fazendo um teste de Furtividade para se esconder. Você também pode gastar um Ponto de Destino para remover os efeitos de visibilidade ruim para você mesmo por uma rodada (conseguindo uma brecha na névoa, uma pausa momentânea na chuva, etc.).

Escuro

Campos de batalha escuros ocorrem quando não há luz nenhuma, como em noites sem lua ou em ambientes fechados e sem qualquer iluminação. Em áreas escuras, você sofre –2D em todos os testes de Agilidade, Atletismo, Ladinagem, Luta e Percepção, e –4D em todos os testes de Pontaria. Além disso, todos os terrenos contam como traiçoeiros (veja **Terreno**, abaixo).

Destino: se você acender uma fonte de luz em uma área sem iluminação, pode gastar um Ponto de Destino para cegar todos os alvos dentro do raio da fonte de luz por uma rodada. Na prática, estes alvos não se beneficiam da luz melhorada até o início do próximo turno deles.

Terreno

Qualquer terreno cuja travessia seja difícil, como água profunda, pedras soltas, vegetação rasteira cerrada, gelo, neve, etc., é chamado de terreno traiçoeiro. Para cada metro que você atravessaria normalmente, precisa gastar um metro extra de Movimento em terreno traiçoeiro. Assim, se você se mover 1 metro sobre pedras soltas, deve gastar 2 metros de Movimento. É impossível fazer carga ou correr em áreas de terreno traiçoeiro.

Os efeitos de terreno traiçoeiro são cumulativos. Assim, cada fator de terreno traiçoeiro presente custa um metro de Movimento adicional. Por exemplo, para se mover por uma área com pedras soltas cobertas por neve (dois fatores de terreno traiçoeiro), você precisa gastar 3 metros de Movimento para cada metro que deseja se mover. Se você não tem Movimento suficiente para se mover 1 metro pela área, pode gastar uma ação maior para se mover 1 metro.

Destino: você pode gastar um Ponto de Destino para ignorar os efeitos de terreno traiçoeiro por uma rodada.

Outras Qualidades

Há muitas outras qualidades do campo de batalha possíveis além daquelas descritas aqui, incluindo temperatura, o convés de um navio em águas agitadas, nuvens de insetos agressivos, etc. O narrador é livre para aplicar modificadores com base nestes elementos, usando as diretrizes descritas na seção **Dados de Penalidade**, no **Capítulo 2: Regras**, página 35. Ao gastar um Ponto de Destino para interagir com estas qualidades você pode negar seus efeitos sobre você mesmo ou aumentá-los contra um único oponente, por uma rodada.

Passo Dois: Detecção

Detecção é um passo opcional, que só surge quando um dos lados está escondido de seus oponentes. Personagens escondidos rolam testes de Furtividade contra o resultado passivo de Percepção de seus oponentes. Quaisquer oponentes que sejam vencidos são surpreendidos.

Surpresa

Ao atacar um oponente surpreendido, você recebe +1D em seus testes de Luta e Pontaria na primeira rodada.

Passo Três: Iniciativa

A iniciativa determina a ordem em que os combatentes realizam seus turnos. Cada combatente (ou grupo de combatentes semelhantes) testa Agilidade (aplicando os dados de bônus de Rapidez). O narrador arranja os resultados em ordem decrescente — o personagem com o maior resultado age primeiro, seguido pelo segundo maior e assim por diante, até que todos tenham agido.

Empates

Em caso de empate, compare os dados de bônus de Rapidez. Se ainda houver empate, os personagens testam

Agilidade de novo. O resultado deste teste não muda a ordem de iniciativa em relação a outros combatentes; apenas determina qual combatente empatado age primeiro.

Atrasar

O resultado do teste de Agilidade determina quando um personagem *pode* agir em uma rodada. Você pode esperar até mais tarde na rodada para agir, mas não pode interromper o turno de outro personagem. Você pode fazer sua ação apenas depois que outro personagem tiver acabado o turno dele.

Passo Quatro: Ação

O combate é definido por ações. As escolhas que os combatentes fazem e o sucesso ou falha de suas rolagens juntam-se para simular a emoção e os perigos de uma luta. Sua imaginação é o único limite para o que você pode fazer em uma batalha, mas esta seção cobre as ações mais prováveis e plausíveis que um personagem pode tentar.

Ações Maiores e Menores

Durante seu turno, você pode fazer uma ação maior ou duas ações menores. Uma ação maior inclui fazer uma carga, esquivar-se, derrubar um inimigo no chão, puxar um cavaleiro de sua montaria, etc. Uma ação menor pode ser um movimento, um ataque, o ato de levantar-se, etc. Como regra geral, uma ação maior consome cerca de seis segundos, e uma Menor, cerca de três. Assim, se você quiser tentar algo que não está descrito neste capítulo, o narrador julgará o tempo que sua ação vai consumir, decidindo se ela é uma ação menor ou Maior.

Ataque — Varia

Um ataque é, obviamente, a ação mais comum em combate. Sempre que você estiver portando uma arma, desarmado (mas procurando briga) ou empunhando uma arma improvisada, pode atacar um oponente.

- Para atacar com uma arma de Luta, você deve estar adjacente ao oponente ("engajado").
- Se estiver empunhando uma arma de Luta Comprida, você pode atacar inimigos a até 3 metros de distância.
- Se estiver empunhando uma arma de Pontaria de Curto Alcance, você pode atacar inimigos a até 10 metros sem penalidades.
- Se estiver empunhando uma arma de Pontaria de Longo Alcance, você pode atacar inimigos a até 100 metros sem penalidades.

Caso você se enquadre nestas condições, role um teste de Luta ou Pontaria e compare o resultado à Defesa em Combate do oponente. Um acerto causa o dano básico multiplicado pelo grau de sucesso. Uma vez que você tenha obtido o dano total, seu oponente reduz o VA dele deste número e aplica o dano restante à Saúde dele. A seguir estão as várias formas de ataque. Você só pode fazer *um* ataque numa rodada, não importa o tipo de ação que o ataque específico exija. Para atacar vários oponentes ao mesmo tempo, use as opções ataque dividido ou ataque com duas armas.

Ataque Padrão — Menor

O ataque padrão é o ataque mais comum em combate. Envolve um teste de conflito simples.

> **Exemplo**
>
> *Gerald ataca uma espada jurada de uma casa rival. Gerald tem Luta 4 (Lâminas Longas 4). Seu oponente tem Defesa em Combate 8. O jogador de Gerald rola oito dados — quatro por suas graduações na habilidade e quatro por sua especialidade — e fica com os quatro melhores resultados, obtendo um total de 19. Um acerto por 11 pontos. Normalmente, uma espada longa causa dano igual ao Atletismo do atacante +1. Gerald tem 4 graduações na habilidade, então um ataque bem-sucedido causaria 5 pontos de dano. Contudo, Gerald obteve três graus de sucesso (excedeu a Dificuldade por mais de 10 pontos), então causa três vezes o dano (5 x 3), para um total de 15. Seu oponente está usando uma cota de anéis (VA 4), então a armadura reduz o dano a 11. Um acerto sólido — e doloroso.*

> **Exemplo**
>
> *O companheiro de Gerald, Aran, um batedor e caçador, está em uma colina próxima. Armado com um arco longo, ele dispara contra a mesma espada jurada. Aran tem Pontaria 4 e Arcos 2B. O jogador de Aran rola seis dados e fica com os quatro melhores resultados, obtendo 17. Como excedeu a Defesa em Combate de seu oponente (que é 8, veja o exemplo anterior) por mais de 5 pontos, obtém dois graus de sucesso, causando duas vezes o dano adicional. Arcos longos causam dano igual a Agilidade +2 e têm a qualidade Perfurante 1. Aran tem Agilidade 3, então seu ataque causa 10 pontos de dano (5 x 2). Normalmente, a armadura do inimigo reduziria este dano a 6. Contudo, a qualidade Perfurante reduz o VA em 1, fazendo com que a espada jurada sofra 7 pontos de dano — o suficiente para uma derrota.*

Ataque Dividido MAIOR

Quando estiver enfrentando vários oponentes, você pode mudar de tática e combater todos ao mesmo tempo, fazendo ataques contra cada inimigo. Ao fazer isso, você pode dividir seus dados de Luta da forma que quiser entre os oponentes. Você também pode precisar dividir seus dados de bônus, já que eles não podem exceder seus dados de teste. Resolva cada ataque separadamente, como normal.

EXEMPLO

Vendo Gerald derrubar a espada jurada rapidamente, dois cavaleiros errantes avançam rumo ao guerreiro para se vingar. Agora enfrentando dois oponentes, Gerald decide atacar ambos na mesma rodada. Ele divide seu ataque igualmente. Assim, seu primeiro ataque usa dois dados de teste e dois dados de bônus de sua especialidade, e seu segundo ataque faz o mesmo. Os cavaleiros errantes têm Defesa em Combate 9. Em seu primeiro ataque, Gerald rola 10, acertando. Ambos os cavaleiros errantes usam cota de malha (VA 5), que reduz o dano (5) a 0. O próximo ataque de Gerald também é um resultado "10" — um acerto, mas insuficiente para causar dano ao segundo cavaleiro.

Ataque com Duas Armas MAIOR

Sempre que você usar uma arma em sua mão principal e uma arma de Mão Inábil na outra, pode combiná-las para fazer um ataque mais poderoso. Simplesmente adicione o modificador de Mão Inábil da segunda arma ao dano da sua arma principal. Você causa este dano com um teste de Luta bem-sucedido. Caso sua arma de Mão Inábil tenha a qualidade Defensiva, você perde esta qualidade até o início de seu próximo turno.

EXEMPLO

Mikala é uma mercenária cruel, vinda do outro lado do mar estreito. Utilizando o estilo de luta de Braavos, ela empunha uma lâmina braavosi em sua mão direita e uma adaga na esquerda. Ela brincou com um brutamontes durante algumas rodadas, fazendo pequenos cortes aqui e ali, mas cansou-se e decidiu matá-lo. Mikala descarta o Bônus Defensivo de +1 de sua adaga, para adicionar +1 ao dano. Ela ataca e acerta, com três graus de sucesso. Normalmente, causaria 4 pontos de dano com sua lâmina braavosi. Contudo, como também atacou com sua adaga, ela causa 5 pontos de dano. Com seus três graus de sucesso, a mercenária causa impressionantes 15 pontos de dano.

Ataque Combinado MAIOR

Embora tanto ataques divididos quanto ataques com duas armas exijam ações maiores, você pode combiná-los em um único ataque, da seguinte maneira. Você pode dividir seus dados de Luta entre vários oponentes. Resolva os ataques normalmente, mas aumente o dano de cada um de acordo com sua arma de Mão Inábil.

Ataque Montado

Um ataque montado ocorre sempre que você atacar sobre uma montaria. Lutar a cavalo fornece várias vantagens, incluindo maior mobilidade, altura superior e — se a montaria for treinada para guerra — os próprios ataques dos cascos e mordidas do cavalo. Quando estiver cavalgando, você recebe os benefícios a seguir.

- Use o Movimento da montaria no lugar do seu.
- Receba +1B em testes de Luta para atacar oponentes a pé.

Quando estiver cavalgando uma montaria treinada para a guerra, você também recebe o benefício a seguir.

- Caso sua montaria não se mova durante o seu turno, aumente o seu dano com um teste de Luta bem-sucedido em +2.

Atacando Montarias

Embora seja desonrado atacar o corcel de um cavaleiro, sua montaria sempre corre o risco de se ferir quando você cavalga-a em batalha. Caso a Saúde de sua montaria caia a 0, ela morre. Contudo, você pode gastar um Ponto de Destino para dar à montaria um ferimento ou lesão e remover este dano, como normal (veja **Ferimentos**, na página 208).

Montarias Mortas

Caso sua montaria morra quando você a estiver cavalgando, você deve fazer imediatamente um teste de Lidar com Animais **Formidável (12)**. Se você for bem-sucedido, salta para longe da montaria enquanto ela cai, pousando a um metro do pobre corcel. Em caso de falha, você sofre dano igual à graduação da montaria em Atletismo (ignorando VA) e está preso sob o animal morto. Para se libertar, você precisa gastar uma ação maior e ser bem-sucedido em um teste de Agilidade ou Atletismo **Desafiador (9)**, aplicando os dados de bônus de Contorcionismo ou Força. Outros personagens podem ajudá-lo, ou puxá-lo com um sucesso em um teste de Atletismo contra a mesma Dificuldade. Enquanto estiver preso, você sofre –5 de penalidade a sua Defesa em Combate.

Puxar um Cavaleiro — Maior

Você pode tentar puxar um cavaleiro de sua montaria. Você só pode fazer isso se estiver empunhando uma arma de Agarrar ou uma arma de haste. Role um teste de Luta contra o resultado passivo de Lidar com Animais do oponente (Cavalgar se aplica). Se você igualar ou exceder a Dificuldade, puxa o oponente da montaria. Ele fica caído no chão, adjacente ao cavalo.

Imobilizar — Maior

Se você estiver agarrando um oponente no início de seu turno (veja **Agarrar**, na página 198), pode imobilizá-lo no chão se vencê-lo em um teste de Atletismo oposto. Se você for bem-sucedido, pode manter a imobilização gastando uma ação maior por rodada.

Um oponente imobilizado só pode tentar se soltar. Como uma ação maior, ele deve vencê-lo em um teste de Luta oposto (Briga se aplica). Um oponente imobilizado fica indefeso. Veja **Alvos Indefesos**, na página 193.

Outras Ações

Além de ataques, há várias outras ações que você pode realizar em combate.

Ajudar — Menor

Você pode ajudar um aliado a testar uma habilidade. Para fazer isso, você deve estar adjacente ao aliado (e ao oponente do aliado, se você estiver ajudando em um teste de Luta) e o aliado deve ser capaz de vê-lo e ouvi-lo (segundo a decisão do narrador). Você concede ao aliado um bônus ao resultado do próximo teste dele igual à metade da sua graduação na habilidade que você está testando. No caso de vários ajudantes, os bônus são cumulativos. Ajudar em um ataque conta como um ataque no seu turno.

Carga — Maior

Descartando a cautela, você corre à frente para destruir seus inimigos. Você anda até o dobro do seu movimento e, no final, faz um ataque padrão. Você sofre −1D no ataque, mas aumenta o dano da arma em +2.

Cavalgar ou Conduzir — Varia

Quando você estiver montado, deve gastar uma ação menor para controlar seu animal se ele for treinado para a guerra, ou uma ação maior se não for. Caso seu cavalo seja ferido, controlá-lo é uma ação maior, a despeito do treinamento. Veja **Lidar com Animais** na página 85.

Veículos puxados por animais funcionam de modo semelhante. Conduzir um veículo exige uma ação menor por rodada. Se o condutor for morto ou abandonar seu posto, o veículo continua se movendo enquanto o animal estiver inclinado a puxá-lo, em geral na direção para a qual estava indo. Outros personagens no veículo podem mover-se normalmente, mas o veículo conta como terreno traiçoeiro. Caso um movimento leve um passageiro para fora do veículo, ele sofre dano pela queda: 1d6−3 pontos de dano no caso de um veículo lento ou 1d6+3 pontos de dano no caso de um veículo rápido.

Corrida — Maior

Você pode correr com esta ação, movendo-se até quatro vezes seu Movimento, modificado por Volume. Além disso, você subtrai um número de metros do seu movimento de Corrida igual ao número de pontos de Volume que você possui.

Esquiva — Maior

Frente a uma desvantagem avassaladora, às vezes é melhor simplesmente tentar se proteger. Quando você realiza a ação Esquiva, pode se mover a até metade do seu Movimento se quiser, em geral para alcançar alguma cobertura. Role um teste de Agilidade (os dados de bônus da especialidade Escudos se aplicam se você estiver empunhando um escudo). O resultado deste teste substitui a sua Defesa em Combate (mesmo que seja pior que ela) até seu próximo turno. Adicione quaisquer Bônus Defensivos de armas ao resultado do teste.

Interagir — Menor

Você manipula um objeto — pega algo que esteja caído no chão, move um item de um lugar a outro, apanha algo na mochila, saca uma arma, etc. Isto também inclui abrir portas e janelas, puxar alavancas e qualquer outra coisa que envolva mover, empurrar ou puxar objetos nos arredores. Interagir também permite que você monte em um cavalo ou suba em um veículo. Alguns itens de difícil acesso, como um objeto muito pequeno no fundo de uma bolsa, podem exigir mais tempo para serem alcançados, a critério do narrador.

Você pode sacar uma arma enquanto estiver se movendo, mas sofre −1D em todos os ataques até seu próximo turno.

Levantar-se/Cair — Menor

Você pode se jogar no chão ou se erguer com uma ação menor. Caso seu Valor de Armadura seja 6 ou maior antes de quaisquer qualidades ou benefícios, você precisa de uma ação maior para se levantar.

Mover-se   Menor

Você caminha rapidamente, e pode atravessar um número de metros igual ao seu Movimento. Se você gastar duas ações menores numa mesma rodada se movendo, pode atravessar até o dobro do seu Movimento.

Passar   Maior

Você espera e vê o que acontece. Você não realiza nenhuma ação no seu turno, mas recebe +2B no próximo teste que fizer, aplicando os limites normais de dados de bônus. Quaisquer dados de bônus excedentes são perdidos. Vários usos desta ação não são cumulativos.

Recuperar o Fôlego   Maior

Você pode fazer uma pausa rápida para descansar, usando uma ação maior para recuperar o fôlego. Role um teste de Vigor **Automático** (0). Cada grau de sucesso remove um ponto de dano.

Render-se   Maior

No seu turno, você pode sacrificar sua ação inteira para se render, colocando-se à mercê de seus inimigos. A maioria dos cavaleiros e outros oponentes honrados reconhece uma rendição e para de atacar. Outros podem não ser tão corretos. Você corre este risco ao se render.

Você pode voltar ao conflito, mas isto é uma ação desonrada. Você sofre −1D em todos os testes de Persuasão e Status para interagir com qualquer um que tenha testemunhado seu comportamento. Esta penalidade permanece até que você melhore a postura do alvo para Amigável.

Usar Habilidade   Varia

Você pode usar outras habilidades, não relacionadas diretamente ao combate. Você pode usar Atletismo para derrubar uma porta trancada, Percepção para procurar por uma saída, Agilidade para se segurar em uma corda que balança, etc. A Dificuldade do teste depende da ação. O **Capítulo 4: Habilidades & Especialidades** apresenta diretrizes úteis para as Dificuldades, mas algumas ações podem ficar mais difíceis com as distrações do combate.

Além disso, muitas habilidades podem ser usadas em uma rodada, mas algumas são mais complexas, exigindo várias rodadas. Neste caso, você deve passar diversas rodadas trabalhando para completar a tarefa enquanto o combate prossegue ao seu redor.

Usar Pontos de Destino   Nenhuma Ação

Pontos de Destino concedem-lhe mais controle sobre o que acontece com seu personagem e permitem que você modifique as circunstâncias de maneiras grandes e pequenas. Gastar ou queimar um Ponto de Destino em combate não exige ação alguma. Para mais detalhes sobre Pontos de Destino, veja o **Capítulo 5: Destino & Qualidades**.

Passo Cinco: Repetição

O combate continua por diversas rodadas, cada participante agindo em seu turno, até o final. Cada rodada dá a cada combatente um novo conjunto de ações e a oportunidade de gastá-las da maneira que quiser. Repita este passo até que haja um vencedor definitivo.

Passo Seis: Resolução

Uma vez que um dos lados tenha fugido ou sido derrotado, o combate termina, e os vencedores decidem o destino dos perdedores.

Derrota & Consequências

Se a qualquer momento sua Saúde cair a 0 ou menos, você está derrotado e é removido do combate. O oponente que derrotou-o decide o que acontece com você. A seguir estão algumas escolhas comuns.

Inconsciência

Você é nocauteado e deixado para trás, talvez dado como morto. Você acorda 2d6 horas depois. Enquanto estiver inconsciente, você fica indefeso e pode ser morto ou devorado por outra pessoa ou coisa. Este destino muitas vezes é o mesmo que a morte.

Morte

O resultado mais comum. Você está morto. Dependendo da era e do lugar em que você morreu, seu cadáver pode se reerguer... Se você acredita nesse tipo de coisa. Lembre-se que uma derrota por uma arma Cruel *sempre* resulta em morte.

Mutilação

Seu oponente pode deixá-lo vivo, mas dar a você uma lembrança. Exemplos incluem uma cicatriz horrenda no rosto ou a perda de um olho, polegar ou outra parte do corpo. Seu oponente reduz permanentemente uma de suas habilidades, à escolha dele, em uma graduação.

Resgate

Seu oponente pede um resgate em troca de você ou de alguma de suas posses. Em torneios, um resgate em geral significa que o vencedor recebe a armadura e o cavalo do perdedor. Na guerra, pode significar cativeiro até que a família do perdedor possa oferecer ouro suficiente ou um refém de igual valor.

Vestir Negro

Aqueles que acham o serviço da Patrulha da Noite honrado podem permitir que seus inimigos vistam negro e juntem-se aos patrulheiros na Muralha. Para muitos, este é um destino pior que a morte, pois significa perder status, família e posses materiais. Para aqueles que valorizam a vida acima de tais trivialidades, vestir negro é uma chance de viver.

Rendição

Você pode escolher render-se para escolher o resultado de sua derrota. Se você temer a derrota iminente, pode, em seu turno, oferecer ao narrador os termos pelos quais seu personagem será derrotado, incluindo o resultado. Assim, por exemplo, você pode oferecer que seu personagem seja derrotado e deixado inconsciente ou tomado como refém. O narrador pode aceitar seus termos, fazer uma contraproposta ou rejeitá-los. Se você rejeitar a contraproposta do narrador, não pode se render.

Destino & Derrota

Você também pode queimar um Ponto de Destino para escolher um resultado diferente do que seu oponente escolheu. Caso sua família seja especialmente pobre, você pode escolher mutilação ou morte em vez de resgate, por exemplo.

Dano

Sempre que um oponente acerta-o em combate, você corre o risco de sofrer dano. Qualquer dano que ultrapasse seu Valor de Armadura se aplica a sua Saúde. Dano não reduz sua eficiência de forma alguma, a menos que diminua sua Saúde a 0 ou menos. Neste caso, você está derrotado.

Reduzindo Dano

Embora você possua uma quantidade pequena de pontos de Saúde, há muitas formas de remover dano, permitindo que você evite uma derrota. Qualquer uma das formas de reduzir dano a seguir não conta como uma ação, e pode ser realizada mesmo fora de seu turno. Estes métodos existem em adição à ação Recuperar o Fôlego.

Ferimentos

Um ferimento é um machucado menor. Sempre que você sofrer dano, pode aceitar um ferimento para reduzir o dano sofrido em uma quantidade igual à sua graduação em Vigor. Cada ferimento que você aceita impõe uma penalidade de −1 a todos os seus testes. Você não pode aceitar um número de ferimentos maior que suas graduações em Vigor.

Exemplo

Enfrentando um dos Homens Queimados, Mikel é atingido, sofrendo 7 pontos de dano. Ele não pode suportar este dano, então opta por sofrer ferimentos. Seu Vigor é 3, então ele pode remover 3 pontos de dano por ferimento aceito. Ele aceita dois ferimentos, reduzindo o dano a apenas 1. Enquanto estiver com os dois ferimentos, ele reduz os resultados de todos os seus testes em −2.

Lesões

Alguns ataques são tão brutais que você só pode superá-los aceitando uma lesão. Uma lesão remove todo o dano causado por um único ataque, em troca de uma penalidade de –1D em todos os testes. Caso o número de lesões sofridas fique igual à sua graduação em Vigor, você morre.

Exemplo

O assassino salta das sombras e atinge Roberk com uma adaga, causando 20 pontos de dano — mais que o suficiente para derrotá-lo na hora. Sabendo que o assassino pretende matá-lo, Roberk tenta evitar a derrota. Ele pode reduzir o dano com ferimentos, mas isso iria prejudicá-lo muito pelo resto da batalha. Em vez disso, ele aceita uma lesão, sofrendo –1D em todos os testes.

Dano & Personagens Menores

Além dos personagens jogadores, apenas os personagens do narrador mais importantes acumulam ferimentos. Soldados comuns, bandoleiros e assemelhados não recebem ferimentos, e são derrotados quando sua Saúde é reduzida a 0.

Recuperação

As lesões que você sofre em combate curam-se — com o tempo. Sua taxa de recuperação depende do tipo de castigo que você sofreu. Dano à Saúde desaparece rapidamente. Ferimentos levam mais tempo — dias ou semanas —, enquanto que lesões podem incomodá-lo por meses.

Dano

Dano é um conjunto de machucados menores, pouco mais que pequenos cortes e pancadas. No final do combate, você remove todo o dano à sua Saúde.

Ferimentos

Ferimentos são mais graves que dano — assim, demoram mais para sarar. Cada dia após sofrer um ferimento, você pode rolar um teste de Vigor. A Dificuldade depende do seu nível de atividade física.

Atividade	Exemplo	Dificuldade
Nenhuma	Nenhuma atividade física.	Rotineira (6)
Leve	Atividade física leve, viagem.	Desafiadora (9)
Cansativa	Atividade física pesada, lutar, galopar.	Formidável (12)

Se você for bem-sucedido no teste de Vigor, recupera um ferimento por grau de sucesso. Se você rolar uma falha Crítica, recebe outro ferimento. Se você não puder aceitar outro ferimento (seu número de ferimentos for igual à sua graduação em Vigor), recebe uma lesão.

Lesões

Lesões são as feridas mais graves, que demoram mais tempo para sarar e causam mais problemas em longo prazo. Cada semana após receber uma lesão, você pode rolar um teste de Vigor. A Dificuldade depende do seu nível de atividade física.

Atividade	Exemplo	Dificuldade
Nenhuma	Nenhuma atividade física.	Desafiadora (9)
Leve	Atividade física leve, viagem.	Difícil (15)
Cansativa	Atividade física pesada, lutar, galopar.	Heroica (21)

Se você for bem-sucedido no teste de Vigor, recupera uma lesão, mais uma lesão para cada dois graus de sucesso adicionais. Se você rolar uma falha Crítica, recebe outra lesão. Se você não puder aceitar outra lesão (seu número de lesões for igual à sua graduação em Vigor –1), você morre.

Cura

A melhor forma de se recuperar de um ferimento é receber cura. A habilidade Cura pode ajudar a acelerar a recuperação de ferimentos, permitindo que o teste de Vigor do paciente seja substituído pelo teste de Cura do curandeiro. Como ferimentos impõem uma penalidade em todos os testes, a presença de um curandeiro pode melhorar muito as chances de recuperação de um personagem.

Para usar Cura, um curandeiro deve destinar pelo menos 4 horas por dia de tratamento ao personagem ferido. Quando o personagem for rolar um teste de Vigor, o curandeiro rola um teste de Cura em seu lugar. O resultado deste teste deve ser aceito. Uma falha no teste de Cura não resulta em mais ferimentos.

Torneios

Dentre todas as diversões em Westeros, nenhuma é tão apreciada por plebeus e nobres quanto os torneios. Um torneio é um evento magnífico, parte espetáculo, parte esporte; uma ocasião que atrai guerreiros de todas as partes para competir por glória e prêmios. Patrocinar um torneio e oferecer o prêmio são meios de aumentar a Glória de uma casa (veja o **Capítulo 6: Casa & Terras**). Assim, em tempos de paz, quase sempre há um torneio em alguma parte dos Sete Reinos. As atividades mais comuns incluem justas, liças e arquearia.

Justa

O principal evento de um torneio. Em uma justa, competidores de armaduras montam em seus cavalos, preparam suas lanças e investem contra seus oponentes, tentando derrubá-los de suas montarias. Embora seja um esporte, justas são perigosas, e ferimentos — e até mesmo morte — são um risco nessas competições.

Uma justa consiste de uma série de embates; em cada embate, um competidor investe contra o outro. Isto continua até que um competidor caia (ou desista). Resolva uma justa usando as regras normais de combate, com as seguintes exceções. Ambos os ataques ocorrem ao mesmo tempo. Cada competidor testa Luta contra o resultado passivo de Lidar com Animais de seu oponente (dados de bônus de Cavalgar se aplicam). No caso de um ataque bem-sucedido, resolva o dano normalmente, e consulte a **Tabela 9-4** para consequências adicionais. Se o seu ataque fizer com que seu oponente caia do cavalo, ele sofre dano como se você tivesse conseguido um grau de sucesso adicional.

Um oponente derrubado de seu cavalo perde a disputa. O perdedor entrega seu cavalo e sua armadura ao vencedor, mas pode comprá-los de volta pagando o preço do resgate. O resgate normalmente é igual aos preços do cavalo e da armadura somados, mas em alguns torneios este valor pode ser mais alto ou baixo.

Oponentes derrotados por terem sua Saúde reduzida a zero encaram consequências determinadas pelo vitorioso. Em competições, derrotas normalmente resultam em inconsciência, embora morte também possa ocorrer — veja **Trapaça**, a seguir.

Note que personagens usando lanças no caos do campo de batalha usam as regras normais de combate, não as regras de justa.

Trapaça

Um competidor pode mover sua lança para atingir um ponto do oponente menos protegido por armadura, ou mesmo para atingir a montaria adversária. Este ataque causa dano normal, como se fosse um combate, potencialmente matando o cavaleiro ou a montaria (embora personagens importantes possam escolher sofrer ferimentos ou lesões para diminuir o dano e usar Pontos de Destino para evitar a morte).

Caso o trapaceiro tente esconder sua desonestidade, faça um teste de Enganação. Use o resultado como a Dificuldade do teste de Percepção para notar que o ocorrido foi mais que um acidente infeliz. Obviamente, mesmo se for apanhado em flagrante, um trapaceiro determinado ainda pode insistir que tudo foi um acidente.

Ser apanhado trapaceando em uma justa resulta em desqualificação imediata, e possivelmente uma multa ou preço de honra pago à(s) pessoa(s) prejudicada(s). Caso o oponente não sobreviva, sua família recebe o valor. O trapaceiro pode também perder Glória.

Tabela 9-4: Resultados da Justa	
Resultado do Teste	**Evento**
Falha Crítica	Um erro.
Falha	A lança quebra no escudo do oponente, mas não há qualquer outro efeito.
Um Grau	A lança quebra no escudo do oponente. O oponente deve ser bem-sucedido em um teste de Lidar com Animais **Desafiador (9)** ou cair do cavalo.
Dois Graus	A lança atinge o oponente. O oponente sofre dano e deve ser bem-sucedido em um teste de Lidar com Animais **Formidável (12)** ou cair do cavalo.
Três Graus	Como acima, mas a Dificuldade para não cair é **Difícil (15)**.
Quatro Graus	Como acima, mas a Dificuldade para não cair é **Muito Difícil (18)**.

Exemplo

Sor Jon cavalga contra Sor Brutus. As habilidades e especialidades de cada cavaleiro são descritas a seguir. Ambos usam lanças de torneio e armaduras de placas.

Sor Jon

Lidar com Animais 3	Cavalgar 2B
Luta 4	Lanças 2B

Sor Brutus

Lidar com Animais 3	
Luta 3	Lanças 3B

*A justa começa e os dois competidores testam Luta. O jogador de Jon rola 21, derrotando o resultado passivo de Lidar com Animais de Sor Brutus por 9, conseguindo dois graus de sucesso. Seu ataque causa 12 pontos de dano, reduzido a 2 pela armadura de Brutus. Consultando a **Tabela 9-4**, vemos que o jogador de Brutus deve ser bem-sucedido em um teste de Lidar com Animais contra Dificuldade **Formidável** (12) ou ser derrubado. O jogador de Brutus rola 11. Cai no chão, sofrendo mais 6 pontos de dano do grau extra de sucesso. Entretanto, os ataques são simultâneos, e Brutus ainda tem uma chance de derrubar Jon. Infelizmente, seu teste de Luta resulta em 11, uma falha. Consultando a **Tabela 9-4**, vemos que a lança se estilhaça no escudo de Jon. É o fim da competição para Brutus.*

Arquearia

Em uma competição de arquearia, os competidores ficam perfilados, fazem mira e disparam contra um alvo de palha. A Dificuldade para acertar é **Rotineira** (6). Todos os competidores que errarem são eliminados. Se apenas um competidor restar, ele será o vencedor. Se mais de um competidor restar, os alvos são movidos para trás, aumentando a Dificuldade em uma categoria (3 pontos) e uma nova rodada ocorre, até que apenas um reste.

Duelos e Lutas por Honra

Liças e justas também podem ser usadas para resolver uma questão de honra. Os oponentes podem entrar em combate corporal, lutando até o primeiro sangue ou até a morte. Da mesma forma, podem começar com uma justa e lutar a pé caso um deles seja derrubado, até que alguém se renda. Os parâmetros destas disputas são definidos antes de seu início. Podem incluir batalhas de sete cavaleiros contra sete outros, um oponente pode escolher a natureza do duelo e outro pode escolher as armas, etc.

Liça

Uma liça é uma competição de luta corpo-a-corpo. Em geral, os participantes se dividem em equipes de sete, mas algumas liças podem envolver times de apenas dois ou mais de sete guerreiros, especialmente quando o objetivo é "encenar" um evento histórico. Uma liça é resolvida como um combate normal, usando todas as regras encontradas neste capítulo. Muitas liças acabam ao primeiro sangue, para dar aos espectadores um bom espetáculo e adicionar um certo risco à luta. O primeiro oponente a sofrer um ferimento ou lesão perde.

Eventos Opcionais

Tente envolver o maior número de personagens possível no torneio, oferecendo a todos uma chance de brilhar. Se um membro da casa é um especialista em uma área específica, inclua no torneio ou na feira ao redor um evento envolvendo esta área, para que o personagem possa se mostrar. A seguir estão alguns eventos adicionais possíveis.

• Arremesso de facas ou machados contra alvos de palha ou postes, com a possibilidade de erros levando a consequências trágicas (teste de Arremesso modificado pela especialidade relevante).

• Feitos de força, como arremesso de pedras ou toras — o competidor equilibra uma tora de madeira sobre uma extremidade antes de arremessá-la o mais longe possível (teste de Atletismo modificado pela especialidade Força).

• Várias competições atléticas, como corridas a pé, luta livre, escalada de um poste engraxado para alcançar uma grinalda de plantas no topo, rolamento de troncos, etc. (testes de Atletismo modificados pela especialidade relevante). Muitas destas competições são extraoficiais.

• Vários eventos extraoficiais de jogos de azar, desde apostas em outras competições até jogos de dados em tavernas e becos. Alguns destes são trambiques arranjados para tirar o dinheiro dos visitantes (testes de Astúcia ou Ladinagem, dependendo das táticas e circunstâncias, modificados pelas especialidades ligadas a jogatina).

Combate Avançado

Uma vez que você tenha dominado as regras básicas de combate, pode ter vontade de adicionar mais profundidade a suas batalhas. As regras a seguir expandem as opções de combate, oferecendo aos jogadores e ao narrador várias escolhas táticas. Como estas regras aumentam a complexidade do jogo, são recomendadas para grupos experientes. Você não precisa usar todos os regulamentos apresentados aqui. Pode usar um, vários ou todos, de acordo com a decisão do narrador.

Acertos Críticos

GdTRPG é feito para recompensar boas rolagens com maior sucesso. Os graus de sucesso permitem que você acelere uma tarefa difícil, realize algo de forma impressionante ou cause muito dano com um ataque perfeito. Acertos críticos fornecem a oportunidade de alcançar ainda mais com um único teste — derrotar um inimigo com um golpe, criar um ferimento tão sangrento que mude a maré da batalha, etc. Embora isto adicione oportunidades emocionantes aos jogadores, também dá as mesmas chances de vitória a seus adversários, tornando o combate ainda mais letal.

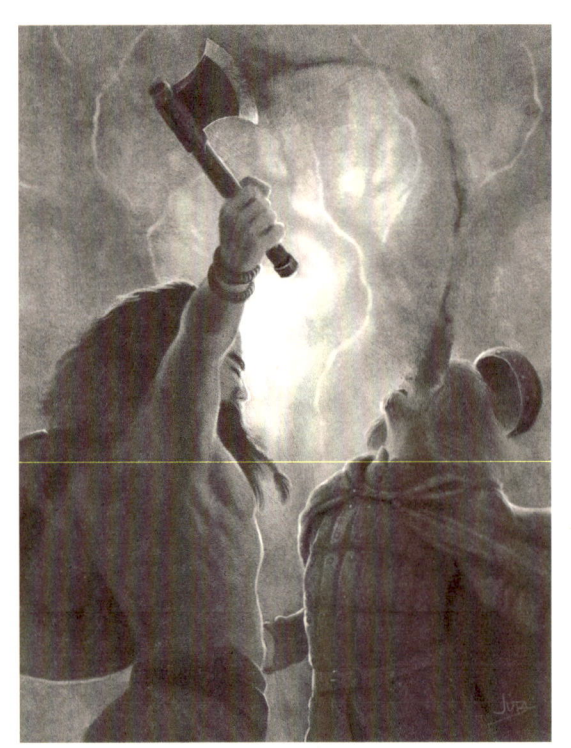

Um crítico ocorre sempre que o resultado do seu teste de Luta ou Pontaria for igual ou maior que o dobro da Defesa em Combate do seu oponente. Assim, se a Defesa em Combate do inimigo é 10, você precisa de um resultado igual a 20 ou mais para obter um crítico. Em caso de um crítico, conte o número de resultados "6" rolados nos dados e compare o total à **Tabela 9-5: Críticos**.

Fracassos

Normalmente, uma falha em um teste de Luta ou Pontaria não passa de um mero erro. Contudo, alguns grupos apreciam maiores riscos por rolagens horríveis — complicações que podem variar de pequenos contratempos até grandes desastres. As regras de Fracassos servem para aqueles que gostam deste tipo de situações.

Um Fracasso ocorre sempre que todos os dados de uma rolagem tiverem resultado "1". Compare o número de resultados "1" rolados (incluindo os dados de bônus por especialidades) à **Tabela 9-6: Fracassos**. Sempre que você obtiver um Fracasso, pode reduzi-lo em um passo gastando um Ponto de Destino.

Esta opção privilegia personagens com mais graduações em Luta e Pontaria, tornando mais difícil que falhem horrivelmente. Ao mesmo tempo, reflete a inaptidão de personagens com poucas graduações nestas habilidades.

Iniciativa

As opções a seguir dizem respeito à iniciativa.

Interrompendo Ações

Quando um personagem atrasa sua ação, pode agir a qualquer momento posterior na rodada, mas não pode interromper a ação de outro personagem — ou seja, deve esperar que o personagem que está agindo termine seu turno. Como uma regra opcional, você pode permitir que um personagem que atrase sua ação interrompa outro, se for bem-sucedido em um teste oposto de Agilidade (Rapidez se aplica).

Tática no Campo de Batalha

Você pode abrir mão de seu teste de Agilidade para determinar a ordem de iniciativa e comandar seus aliados na luta. No lugar do teste de Agilidade, role um teste de Guerra (Tática se aplica). A Dificuldade é determinada pelo narrador, e depende da natureza do campo de batalha,

Tabela 9-5: Críticos

Número de Resultados "6"	Evento
1	**Acerto Sólido:** você acerta um golpe firme. Aumente o dano básico da arma em +2 para este ataque.
2	**Acerto Poderoso:** seu ataque deixa o oponente abalado. Aumente o dano básico da arma em +4 para este ataque.
3	**Ferida Sangrenta:** seu ataque casa sangramento. Além do dano causado, seu alvo recebe 1 ferimento. Este ferimento não reduz o dano. Caso o oponente não possa aceitar mais um ferimento, sofre uma lesão. Caso não possa aceitar uma lesão, morre.
4	**Ferimento Incapacitante:** você deixa seu oponente incapacitado com um ferimento horrível. Além do dano causado, seu alvo recebe 1 lesão. Esta lesão não reduz o dano. Caso o oponente não possa aceitar mais uma lesão, morre.
5	**Golpe Matador:** seu ataque mata o oponente instantaneamente.
6	**Golpe Terrível:** além de matar seu inimigo instantaneamente, você causa seu dano básico (inalterado pelo grau de sucesso) a todos oponentes adjacentes à vítima.
7	**Morte Impressionante:** seu ataque mata o oponente. Além disso, é tão impressionante que todos os seus aliados recebem +1B em todos os testes até o fim do combate.
8	**Morte Horrenda:** você mata seu oponente com tamanha força que abala todas as testemunhas. Todos os personagens (aliados e inimigos) que presenciaram o ataque devem ser bem-sucedidos em testes de Vontade **Desafiadores (9)** para não sofrer –1D em todos os testes por uma rodada. Você recebe +1B em todos os testes até o fim do combate.

Tabela 9-6: Fracassos

Número de Resultados "1"	Evento
1	**Ferimento Autoinfligido:** manuseando sua arma de maneira errada, você fere a si mesmo. Sofra o dano da arma.
2	**Atacar Aliado:** você atinge um aliado em vez do alvo. Se houver um aliado adjacente, faça um teste de Luta. Se houver um aliado no alcance, faça um teste de Pontaria. Você usa o resultado deste teste para atingir o aliado, como se fosse qualquer outro alvo.
3	**Largar Arma:** a arma escapa de sua mão, caindo a 1d6 metros de distância em uma direção aleatória.
4	**Dano Menor:** a arma danifica-se por uso excessivo. Reduza o dano em –1. Se a qualidade da arma for forjada em castelo ou melhor, trate este resultado como um "3" (acima).
5	**Quebra:** a arma se parte ou fica muito danificada. Ela agora é inútil e não pode ser consertada. Se a arma for forjada em castelo, trate este resultado como um "4" (acima). Se a arma for feita de aço valyriano, trate este resultado como um "3".
6	**Cabo Escorregadio:** sangue ou suor torna o cabo da arma escorregadio. Sofra –1D em todos os ataques até o fim do seu próximo turno.
7	**Sangue nos Olhos:** sangue ou suor cai em seus olhos, afetando sua visão. Sofra –1D em todos os testes até o final do seu próximo turno.
8	**Ataque Exagerado:** em sua ânsia para atingir seu oponente, você perde o equilíbrio e oferece a ele uma abertura em sua guarda. Sofra uma penalidade de –5 em Defesa em Combate até o início do seu próximo turno.

do número de inimigos, das vantagens dos oponentes, etc. O padrão é **Desafiadora** (9). Em caso de sucesso, você concede +1B por grau de sucesso ao teste de Agilidade de um aliado para iniciativa. Você pode fornecer dados de bônus a mais de um personagem, dividindo-os como quiser.

Apenas um personagem por lado pode usar esta opção. Como você optou por administrar o campo de batalha, deve agir por último na rodada. Se vários personagens de lados diferentes usarem esta opção, resolva a ordem de iniciativa entre eles comparando Agilidade, então Rapidez, então fazendo um teste oposto de Guerra.

Mudando a Iniciativa

Se você quiser simular a maré variável do combate, pode pedir testes de Agilidade a cada rodada para determinar iniciativa. Este processo deixa o jogo mais lento, mas é mais fiel ao dinamismo do campo de batalha.

Modificadores de Ataque

As circunstâncias podem afetar suas chances de acertar seu oponente. Embora muitos modificadores sejam resultado de Qualidades do Campo de Batalha, modificadores de ataque podem resultar de escolhas específicas e mudanças imediatas nos arredores. Ao testar Luta ou Pontaria, você pode aplicar qualquer um dos modificadores a seguir, desde que sejam relevantes.

Terreno Superior

Sempre que você estiver acima de seu oponente (por exemplo, sobre uma mesa ou numa parte mais alta de uma colina), recebe +1B em seu teste de Luta. Terreno superior não afeta testes de Pontaria.

Alvos em Movimento

Sempre que você ataca um personagem que fez uma corrida no turno passado, sofre –1D em seu teste de Luta ou Pontaria.

Ataques Desarmados

Algumas lutas não envolvem soldados empunhando espadas e machados — são brigas com os punhos. Funcionam da mesma forma que qualquer outro tipo de luta, usando a especialidade Briga. Um punho causa dano igual a Atletismo –3 (mínimo 1), enquanto que um punho com manopla causa dano igual a Atletismo –2. Uma arma improvisada, como uma perna de cadeira ou caneco pesado, causa dano igual a Atletismo –1. Derrota em um combate desarmado costuma resultar em inconsciência ou captura, mas pode ter consequências mais sérias, incluindo mutilação e morte.

Atacando Objetos

Haverá ocasiões em que você precisará derrubar portas, destruir barreiras ou quebrar objetos para obter a vitória. Quando estiver enfrentando este tipo de obstáculos, a única solução pode ser quebrar e estraçalhar coisas.

Quebrar

Quebrar algo é usar sua força bruta para danificar ou destruir um objeto. Um bom exemplo é quando você está amarrado. Não há como usar armas, mas você pode tentar partir a corda. Sempre que você deseja usar sua força para quebrar algo, role um teste de Atletismo (Força se aplica). A Dificuldade depende do objeto. A maior parte dos objetos costuma ser **Difícil** (15), mas coisas frágeis como vidro podem ser **Desafiadoras** (9) ou ainda mais fáceis, enquanto que atravessar um parede de pedra é um feito **Heroico** (21+). Um sucesso reduz a Dificuldade de seu próximo teste em 5 por grau. Uma vez que você reduza a Dificuldade a **Automática** (0), quebra o objeto.

Exemplo

*Qort, um vil prisioneiro trancado nos calabouços do Forte Vermelho, está acorrentado a uma parede. Todos os dias ele força suas correntes, para que um dia consiga pôr as mãos ao redor do pescoço de seu carcereiro. Qort tem Atletismo 4 e Força 2B. O narrador determina que a Dificuldade para quebrar as correntes é **Muito Difícil** (18). Qort rola, obtendo um resultado 14. Ele se esforça, mas ainda não é o bastante para enfraquecer os grilhões.*

Estraçalhar

Se você tiver uma arma, pode tentar estraçalhar um objeto. Role um teste de Luta (em geral, você não pode estraçalhar objetos com armas de Pontaria). Mais uma vez, a Dificuldade depende do objeto, como visto em **Quebrar**. Em caso de sucesso, você reduz a Dificuldade em um valor igual ao dano da sua arma multiplicado pelo grau. Uma vez que a Dificuldade tenha sido reduzida a 0 ou menos, você estraçalhou o objeto.

Algumas armas são totalmente inapropriadas para este tipo de serviço — uma adaga é inútil para estraçalhar uma porta. O narrador tem a palavra final sobre quais armas são apropriadas para quais objetos.

Exemplo

*Frente a uma porta trancada e sem uma chave à vista, Ansel decide estraçalhá-la. Ele tem Atletismo 4, Luta 3 e uma marreta. O narrador determina que a Dificuldade da porta é **Formidável** (12). Ansel rola, obtendo um resultado "13". Sendo bem-sucedido com apenas um grau de sucesso, Ansel reduz a Dificuldade da porta em um valor igual ao seu dano (5). A Dificuldade de sua próxima tentativa será 7.*

Estraçalhando Armas

Em vez de atacar seu oponente, você pode atacar a arma dele, usando uma arma de Luta. Resolva isto como um ataque normal contra a Defesa em Combate do inimigo ou a Dificuldade da arma — o que for maior. Você reduz a Dificuldade em um valor igual ao dano da sua arma multiplicado pelo seu grau de sucesso, como normal.

Um armeiro habilidoso pode consertar uma arma. Isto demora uma hora por ponto de dano. Uma arma destruída não pode ser consertada; deve ser reconstruída.

Ações Avançadas

As ações a seguir ampliam suas opções táticas.

Ataque Cauteloso   Menor

Enquanto está lutando, você reserva parte de seu esforço para se defender. Você pode aceitar −1D para aumentar sua Defesa em Combate em +3. Você não pode acumular uma penalidade maior que −1D desta forma.

Ataque Imprudente   Maior

Descartando a cautela, você se joga sobre o oponente. Subtraia 5 da sua Defesa em Combate para receber +1D em seu teste de Luta. Os benefícios desta ação duram até o início do seu próximo turno.

Atropelar   Maior

Enquanto estiver montado, você pode atropelar seus inimigos, movendo-se em uma linha reta por eles. Resolva isto como um ataque normal, mas substitua seu teste de Luta por um teste de Lidar com Animais. Caso sua montaria não seja treinada para a guerra, a Dificuldade aumenta em +6. Cada alvo que você atropela após o primeiro recebe um bônus cumulativo de +5 em Defesa em Combate. Assim, o segundo alvo recebe +5, o terceiro recebe +10 e assim por diante. Com um sucesso no teste, você causa dano igual à graduação da montaria em Atletismo. Cada grau de sucesso fornece dano adicional, como normal.

Capítulo 9: Combate

Contra-Ataque — Maior

Você "guarda" um ataque para uso mais tarde na rodada. Contudo, deve usá-lo em algum ponto antes do início do seu próximo turno. Quando você realiza esta ação, seu turno acaba imediatamente. A qualquer momento depois disso, você pode fazer um ataque padrão contra qualquer oponente que esteja engajado com você, ou contra qualquer oponente que você possa ver (para ataques de Pontaria). Este ataque é resolvido antes do ataque do oponente. Contudo, caso nenhum oponente apresente-se até o início do seu próximo turno, o contra-ataque é perdido.

Preparar Contra Carga

Se um oponente fizer uma carga contra você durante uma rodada em que você tenha usado a ação Contra-Ataque e você estiver empunhando uma arma de Luta, você pode atingi-lo com um golpe terrível. Caso seu ataque acerte, aumente o dano básico da sua arma em +2. Assim como a ação Contra-Ataque comum, esta é uma ação maior.

Desarmar — Maior

Você pode tentar tirar a arma do oponente das mãos dele. Resolva isto como um ataque padrão, mas a Dificuldade é igual ao resultado passivo de Luta do oponente. Caso você tenha pelo menos dois graus de sucesso, desarma o adversário. Caso você role uma falha Crítica, o adversário desarma-o. Se você tiver uma mão livre e 4 ou mais graduações em Luta, pode apanhar a arma. Caso contrário, a arma cai a 1d6 metros de distância em uma direção aleatória.

Derrubar — Menor

Usando força bruta, você joga o oponente no chão. Role um teste de Atletismo contra o resultado passivo de Agilidade do inimigo. Em caso de sucesso, o oponente cai ao chão. Se você combinar esta ação com um movimento, adiciona +2 ao seu resultado de Atletismo. Quando você está derrubado, deve gastar uma ação menor para levantar-se. Os oponentes recebem +1 dado de teste em testes de Luta contra você enquanto você estiver derrubado.

Distrair — Menor

Através de enganações e fintas, você cria uma abertura na defesa do oponente. Role um teste de Astúcia contra o resultado passivo de Vontade do oponente. Um sucesso faz com que o oponente perca sua graduação em Percepção de sua Defesa em Combate até o final do próximo turno dele, ou até ele ser atacado — o que vier primeiro.

Manobrar — Menor

Atacando com intensidade, você pode fazer com que um oponente mude de posição. Role um teste de Luta contra o resultado passivo de Luta do oponente. Em caso de sucesso, o oponente sofre −1D em todos os testes por uma rodada. Além disso, você pode forçá-lo a se mover 1 metro por grau de sucesso em qualquer direção.

Caso isto force um alvo a uma situação letal (empurrando-o a um incêndio, fazendo-o cair de um precipício, jogando-o aos tentáculos de um kraken), ele tem direito a um teste de Percepção **Rotineiro** (6) para notar o perigo e mover-se a um espaço diferente.

Dano fora de Conflitos

Certas situações, como um incêndio ou uma queda, podem causar dano fora de um conflito. Se o dano exceder a Saúde do personagem, em geral ele morre — a natureza não costuma ser piedosa. Entretanto, dano causado fora de conflitos pode ser reduzido usando as regras normais. Um personagem em chamas, por exemplo, pode reduzir o dano aceitando um ou mais ferimentos (queimaduras) ou lesões (queimaduras severas). Da mesma forma, um personagem que caia de uma grande altura pode reduzir o dano torcendo um pé (ferimento) ou quebrando uma perna (lesão). Como o dano é removido no final do encontro, nenhum dano sofrido fora de combate tem efeito, a menos que resulte em um ferimento ou lesão.

Contudo, algumas ameaças são tão letais que nem mesmo uma lesão seria suficiente para evitar a morte. Uma queda de dezenas de metros, um mergulho em lava ou beber um caneco de fogo selvagem são eventos tão extremos que, para sobreviver a eles, é preciso a intervenção do destino. Sempre que você enfrentar a morte certa, pode escapar apenas queimando um Ponto de Destino.

Ainda há outros casos. Por exemplo, um personagem famoso por sua habilidade com a espada que seja capturado pode ter sua mão cortada (como certo membro da Guarda Real). Esta perda teria repercussões na vida do personagem, possivelmente afetando várias habilidades. Nestes casos, o personagem recebe um defeito.

Mirar — Menor

Preparando seu ataque, você recebe +1B em seu teste de Luta ou Pontaria.

Nocautear — Menor

Um golpe bem colocado pode levar seu oponente à inconsciência. Você só pode usar esta manobra contra um inimigo que não esteja ciente de você. Role um teste de Luta contra o resultado passivo de Vigor do oponente. Em caso de sucesso, você deixa-o atordoado, e ele sofre uma penalidade de −5 em Defesa em Combate. Caso você tenha pelo menos dois graus de sucesso, nocauteia o oponente. A cada rodada, no turno dele, ele pode tentar um teste de Vigor **Formidável (12)** aplicando os dados de bônus de Resistência, para acordar ou anular o atordoamento. Um oponente atordoado recupera-se normalmente após 1d6 rodadas, enquanto que um oponente inconsciente recupera-se após 1d6 minutos.

Destino: você pode gastar um Ponto de Destino para negar os efeitos de uma manobra Nocautear bem-sucedida.

Alcance Avançado

O comprimento de uma arma descreve muito sobre sua função e eficiência em combate. Embora uma arma de haste ofereça a vantagem de poder acertar oponentes à distância, também representa um risco quando um inimigo com uma espada pequena ou mesmo uma machadinha consegue se esquivar da ponta e atacar. As regras básicas resumem o conceito de alcance, oferecendo um método rápido para lidar com o comprimento das várias armas, através das qualidades das armas e do dano. Embora esta abordagem seja mais fácil, descarta parte das diferenças entre as várias armas, favorecendo as maiores e mais pesadas. As regras avançadas de alcance adicionam componentes extras para ressaltar as diferenças táticas entre cada uma.

Note que nada disto se refere ao alcance de armas de Pontaria, descritas pelas qualidades Curto Alcance e Longo Alcance. Estas regras se aplicam apenas a armas de Luta.

Alcance em Corpo-a-Corpo

Com esta regra opcional, armas de Luta têm um valor de alcance. Armas arremessadas também podem ter este valor (além de seu alcance normal), mas usam-no apenas quando são empunhadas como armas de Luta. O alcance é medido em metros: 0 metro significa que você precisa estar adjacente ao oponente para atacar; 1 metro significa que o oponente pode estar a até 1 metro de distância; 2 metros significa que ele pode estar a até 2 metros, etc.

Ao atacar um oponente que estiver em seu alcance, você resolve o teste de Luta normalmente. Você ainda pode atacar um oponente que esteja mais perto ou mais longe (a até 1 metro em qualquer direção), aceitando uma penalidade de −1D em seu teste de Luta.

Exemplo

O personagem de Luciano, Sor Reginald, enfrenta um duelista braavosi. Armado com uma espada longa, Reginald tem alcance 1. Já o duelista luta com duas adagas, tendo alcance 0. No turno do duelista, ele se move para perto de Reginald (ficando adjacente ao cavaleiro) para atacar. Assim, no turno de Reginald, Luciano pode atacar sem se mover, aceitando −1D em seu teste de Luta, porque seu oponente está "dentro" de seu alcance, ou pode gastar uma ação menor para se mover, deixando 1 metro entre si mesmo e o inimigo.

Alcance & Duas Armas

A maior parte das armas de Mão Inábil tem alcance menor que as outras. Quando estiver empunhando duas

Tabela 9-7: Armas de Luta & Alcance

Arma	Especialidade	Alcance	Arma	Especialidade	Alcance
Bola com Corrente	Armas de Contusão	1	Adaga	Lâminas Curtas	0
Cajado	Armas de Contusão	2	Estilete	Lâminas Curtas	0
Maça	Armas de Contusão	0	Punhal	Lâminas Curtas	0
Mangual	Armas de Contusão	2	Arakh	Lâminas Longas	1
Mangual com Cravos	Armas de Contusão	0	Espada Bastarda	Lâminas Longas	1
Marreta	Armas de Contusão	1	Espada Longa	Lâminas Longas	1
Martelo de Guerra	Armas de Contusão	1	Montante	Lâminas Longas	2
Porrete/Bordão	Armas de Contusão	0	Lança	Lanças	3
Alabarda	Armas de Haste	2	Lança de Guerra	Lanças	3
Ferramenta de Aldeão	Armas de Haste	1	Lança de Javali	Lanças	3
Machado de Haste	Armas de Haste	2	Lança de Sapo	Lanças	2
Chicote	Briga	3	Lança de Torneio	Lanças	4
Faca	Briga	0	Pique	Lanças	6
Improvisada	Briga	varia	Tridente	Lanças	2
Manopla	Briga	0	Bico de Corvo	Machados	0
Punho	Briga	0	Machadinha	Machados	0
Escudos (todos)	Escudos	0	Machado de Batalha	Machados	0
Adaga de Mão Esquerda	Esgrima	0	Machado de Lenhador	Machados	1
Espada Pequena	Esgrima	0	Machado Longo	Machados	2
Lâmina Braavosi	Esgrima	1	Picareta	Machados	1

armas com alcances diferentes, você pode atacar de modo normal, sofrendo –1D em seu teste de Luta devido à disparidade dos alcances.

Ataques Livres

Ataques livres funcionam melhor com as regras opcionais de alcance. Um ataque livre é acionado quando um combatente move-se para longe de outro. Sempre que um personagem começar seu turno dentro do alcance exato da arma de um inimigo e usar uma ação para se mover mais de 1 metro, corre o risco de ser atingido por um ataque livre. O inimigo compara seu resultado passivo de Luta com a Defesa em Combate do personagem que está se movendo. Caso o resultado passivo seja igual ou maior, o inimigo acerta um ataque, causando dano normalmente. Uma vez que o personagem não esteja mais dentro do alcance exato de outro combatente, pode gastar ações para se mover sem riscos.

Fadiga

Fadiga mede sua capacidade de forçar-se além de seus limites normais. A qualquer momento, mesmo fora de seu turno, você pode aceitar um ponto de fadiga para negar efeitos específicos até o início de seu próximo turno. Cada ponto de fadiga que você aceita impõe uma penalidade de –1 em todos os testes. Você não pode acumular uma quantidade de pontos de fadiga maior que sua graduação em Vigor. Usos possíveis de fadiga incluem os seguintes.

- Ignorar uma penalidade de armadura.
- Ignorar uma lesão.
- Ignorar todos os ferimentos.
- Ter direito a uma ação menor.

Depois que você recebe fadiga, ela desaparece sozinha. A cada quatro horas de descanso, você remove um ponto de fadiga.

Capítulo 10: Guerra

Westeros é um lugar moldado pela guerra. Desde os dias dos Primeiros Homens em suas lutas com os filhos da floresta até a conquista sangrenta de Aegon e seus impressionantes dragões, os Sete Reinos têm intimidade com o conflito armado. A guerra e a batalha formam uma parte importante das aventuras passadas em Westeros e no mundo além. Os personagens jogadores podem assumir os papéis de comandantes — liderando os guardas e espadas juradas de sua casa contra bandoleiros nas Montanhas da Lua; embarcando em expedições além da Muralha para enfrentar as hordas selvagens, ou mesmo fundando companhias mercenárias para fazer fortuna nas Cidades Ghiscari da Baía dos Escravos. No jogo dos tronos, a guerra está sempre por perto.

Fundamentos da Guerra

As regras de guerra são uma extensão natural do sistema de combate descrito no **Capítulo 9: Combate**, para que o narrador possa mudar a perspectiva dos personagens jogadores e suas batalhas individuais para as manobras e feitos de exércitos inteiros. Embora estas regras sejam projetadas para refletir a maré de batalhas em grande escala, muitas peculiaridades do combate escondem-se dentro de ações necessárias para que os personagens jogadores continuem sendo o foco do jogo — impedindo que o RPG transforme-se em um mero jogo de estratégia.

"Nenhuma muralha pode mantê-lo em segurança. A força de uma muralha é a dos homens que a defendem."

— Eddard Stark

Escala

A guerra ocorre em uma escala além das regras de combate individual, envolvendo centenas ou milhares de guerreiros, em vez de dezenas. As regras de guerra não envolvem combatentes individuais, mas **unidades** — grupos de 100 homens. Quando o jogo "se aproxima" para lidar com personagens jogadores individuais, eles não enfrentam unidades inteiras, mas podem enfrentar **esquadrões** — grupos de 10 homens. Em combates com 20 ou menos participantes, use as regras normais. Para batalhas

Tabela 10-1: Equipamento Inicial de Unidades

Tipo de Unidade	Valor de Armadura	Penalidade de Armadura	Volume	Dano com Luta	Dano com Pontaria
Apoio	0	0	0	Atletismo –1	—
Arqueiros	2	–1	0	Atletismo –1	Agilidade +2; Longo Alcance
Batedores	2	–1	0	Atletismo	Agilidade; Longo Alcance
Cavalaria	5	–3	2	Lidar com Animais +3	—
Criminosos	1	0	0	Atletismo +1	—
Engenheiros	2	–1	0	Atletismo –1	—
Especial	2	–1	0	Atletismo	Agilidade; Alcance varia
Guarda Pessoal	6	–3	2	Atletismo +1	—
Guarnição	3	–2	0	Atletismo +1	—
Guerrilheiros	1	0	0	Atletismo	Agilidade +1; Curto Alcance
Infantaria/Cruzados	3	–2	0	Atletismo +1	—
Marinheiros	0	0	0	Atletismo +1	—
Mercenários	4	–2	1	Atletismo +1	—
Navios de Guerra	5	—	—	Atletismo +1	Agilidade +1; Longo Alcance
Plebeus Recrutados	0	0	0	Atletismo –1	Atletismo –1; Curto Alcance
Saqueadores	2	–1	0	Atletismo +1	—

maiores, você pode usar o modo de jogar descrito neste capítulo. Uma batalha pode ocupar uma área vasta, mas você pode preferir dividi-la em escaramuças e conflitos menores para manter o foco.

No sistema de combate, a unidade de distância padrão é o metro. Cada personagem ocupa um espaço quadrado com cerca 1 metro de lado, e seu movimento é medido em metros. Aumentando a escala, estas medidas também aumentam. No sistema de guerra, a distância é medida em incrementos de 10 metros. Assim, cada espaço é um quadrado de 10 por 10 metros, uma área que pode abrigar 100 homens a pé. Em se tratando de unidades de cavalaria, cada espaço de 10 metros abriga cerca de 20 cavalos e seus cavaleiros.

Tempo

Como a ação se desenrola em uma área maior e envolve mais combatentes, cada rodada cobre mais tempo. Assim, 1 **rodada de batalha** é igual a 10 **rodadas de combate**, ou um minuto. Ao mudar a perspectiva de volta para os PJs, você resolve suas ações de rodada a rodada, como no combate normal.

Comandantes

Para que uma força de luta seja eficiente em batalha, precisa de um comandante, um líder visível, em cujos ombros repousa a responsabilidade de dar ordens e comandar as tropas em batalha. Todas as ações de uma força derivam

Miniaturas & Guerra

Em um combate normal, geralmente é possível lembrar das posições de todos os personagens e oponentes, desde que o número de lutadores seja razoável. Contudo, em guerra há muito mais coisas acontecendo, e maior precisão é necessária. Assim, é muito útil ter alguma forma de representar unidades e companhias — mesmo que você use pedaços de papel, contas de vidro ou outro tipo de marcador. Se você puder contar com miniaturas, simplesmente faça com que cada miniatura represente uma unidade. Mapas podem funcionar de forma semelhante ao combate normal — cada quadrado de 2,5 cm equivalendo a 10 metros.

Tabela 10-2: Equipamento Melhorado

Tipo de Unidade	Valor de Armadura	Penalidade de Armadura	Volume	Dano com Luta	Dano com Pontaria
Apoio	2	–1	0	Atletismo	—
Arqueiros	3	–2	0	Atletismo	Agilidade +3; Longo Alcance
Batedores	3	–2	0	Atletismo +1	Agilidade +1; Longo Alcance
Cavalaria	9	–5	3	Lidar com Animais +5	—
Criminosos	4	–2	1	Atletismo +2	—
Engenheiros	5	–3	2	Atletismo	—
Especial	6	–3	2	Atletismo +1	Agilidade +1; Alcance varia
Guarda Pessoal	10	–6	3	Atletismo +2	—
Guarnição	5	–3	2	Atletismo +2	—
Guerrilheiros	3	–2	0	Atletismo +1	Agilidade +2; Curto Alcance
Infantaria/Cruzados	4	–2	1	Atletismo +2	—
Marinheiros	2	–1	0	Atletismo +2	—
Mercenários	5	–3	2	Atletismo +3	—
Navios de Guerra	10	—	—	Atletismo +4	Agilidade +3; Longo Alcance
Plebeus Recrutados	2	–1	0	Atletismo	Atletismo; Curto Alcance
Saqueadores	5	–2	2	Atletismo +2	—

do comandante. Sem um líder claro, um exército corre risco de desabar ou debandar. Em geral, o personagem com o maior Status é o comandante do exército.

Ordens

A principal função do comandante no campo de batalha é comandar suas unidades. Um comandante faz isso dando ordens para que as unidades ataquem, movam-se, façam carga, etc. Diversos subcomandantes apoiam o comandante — oficiais, auxiliares, conselheiros e outros personagens com alguma habilidade em liderança. Um comandante pode empregar um subcomandante para cada duas unidades completas em seu exército.

Antes do início da batalha, cada lado deve selecionar um único comandante. Este comandante pode dar um número de ordens por rodada igual à sua graduação em Guerra. Casa subcomandante também tem direito a uma ordem. Assim, um comandante com Guerra 4 pode dar quatro ordens. Se tiver dois subcomandantes, eles podem dar uma ordem cada. Assim, seu lado da batalha pode dar um total de seis ordens por rodada de batalha.

Dando Ordens

Dar uma ordem não é apenas dizer à unidade onde ela deve ir e o que deve fazer. Exige um comandante com algum senso tático e força de personalidade, que seja capaz de dissipar a confusão da batalha e instruir sua unidade. Sempre que um comandante ou subcomandante quiser dar uma ordem, deve rolar um teste de Guerra. A Dificuldade é igual à Disciplina da unidade, mais quaisquer modificadores baseados na ordem dada. Ordens complexas podem aumentar a Dificuldade, enquanto que ordens simples usam apenas a Disciplina da unidade.

* Um teste bem-sucedido indica que a unidade cumpre a ordem.

* Uma falha indica que a unidade não recebe a ordem ou recusa-se a cumpri-la. Contudo, se a unidade já recebeu outra ordem, seguirá quaisquer **ordens contínuas** que tenha recebido, mesmo com uma falha no teste (veja Ordens, na página 231, para mais detalhes sobre ordens contínuas).

* Por fim, uma falha Crítica indica que a unidade não realiza nenhuma ação e não segue ordens contínuas.

Ativando Unidades

Sempre que você dá a primeira ordem com sucesso a uma unidade, ela é **ativada**. Até que uma unidade seja ativada, não realiza nenhuma ação no conflito. Contudo, uma vez que seja ativada, você não precisa dar novas ordens — ela segue as primeiras instruções a cada rodada de combate até que seu objetivo seja cumprido, ela desmorone ou você dê uma nova ordem.

Sem Comandante

Quando uma força perde sua estrutura de comando, desaba rapidamente. Todas as unidades tornam-se **desorganizadas** (veja a página 233) e seguem a última ordem dada. Assim, toda a força tem apenas uma ordem por rodada, até que todas as unidades sejam debandadas ou destruídas. Qualquer personagem que se junte ao exército e tenha Status 2 ou mais pode assumir o comando. Veja **Assumir o Comando**, na página 233.

Heróis

Além de comandantes, exércitos muitas vezes têm heróis, indivíduos notáveis que podem influenciar o resultado de uma batalha com sua mera presença. Um herói pode reanimar tropas, liderar cargas ou até mesmo atacar unidades. Os heróis são diferentes dos comandantes — têm mais liberdade e podem agir sem depender de unidades. Um exército pode ter um herói por graduação em Status de seu comandante. Em geral, estes papéis são preenchidos pelos personagens jogadores e, após estes, por personagens do narrador importantes.

Heróis em Batalha

Em geral, um herói age durante os passos da batalha destinados aos personagens jogadores, tendo direito a turnos independentemente dos acontecimentos no campo de batalha. Contudo, os heróis podem juntar-se a unidades para melhorar suas habilidades e reforçar defesas enfraquecidas.

Vitória & Derrota

Na guerra, as consequências da derrota são mais do que apenas as vidas perdidas no campo de batalha. Uma derrota desastrosa pode derrubar uma casa, reduzindo suas posses e ambições a cinzas. Uma derrota na guerra muitas vezes resulta na perda de recursos valiosos. O saque de um dos seus castelos ou cidades causa a perda dos recursos investidos nessas posses. Inimigos ocupando suas terras reduzem seus domínios e os recursos investidos neles. Quando um exército marcha por seus campos, queimando plantações e massacrando os plebeus, você perde População e Riqueza. Assim, cada batalha que você trava arrisca tudo que é mais importante para você.

Componentes da Guerra

Assim como personagens, unidades têm diversas habilidades comuns e derivadas, que descrevem sua eficiência em batalha. Os componentes mais importantes das unidades são apresentados aqui.

Habilidades

Assim como ocorre com os personagens, as capacidades básicas de uma unidade são descritas através de habilidades, graduações e especialidades. Individualmente, cada personagem na unidade pode ser comum e ordinário, uma pessoa normal jogada no meio do combate — ou pode ser um guerreiro hábil, um poderoso herói conhecido por sua coragem, força e resistência. Contudo, as habilidades de uma unidade não dependem dos homens que a compõem. Elas refletem a eficiência da unidade como uma força coletiva, descrevendo o treinamento, trabalho de equipe e disciplina de seus membros.

Determinando Habilidades

Quando você cria uma unidade (usando as regras descritas no **Capítulo 6: Casa & Terras**), ela começa com 2 graduações em cada habilidade. O tipo da unidade libera as habilidades que você pode melhorar, enquanto que o treinamento descreve o quanto você pode melhorá-las. Sempre que você investir Poder em unidades, deve designar melhoras para as habilidades que escolheu. A partir das habilidades, você deriva outras estatísticas importantes.

Defesa

Assim como ocorre com personagens individuais, Defesa descreve a capacidade que uma unidade tem de evitar ataques. Funciona como a Dificuldade básica que as unidades inimigas precisam vencer em testes de Luta e Pontaria para causar dano à unidade. A Defesa de uma unidade é calculada da seguinte forma.

Defesa da Unidade = Agilidade + Atletismo + Percepção − Penalidade de Armadura

Veja as tabelas **Equipamento Inicial de Unidades** e **Equipamento Melhorado** para mais informações.

Saúde

Também da mesma forma que personagens, as unidades têm Saúde.

Saúde da Unidade = graduação em Vigor x 3

Movimento

Quando uma unidade de infantaria recebe a ordem de se mover, move-se 40 metros. Uma unidade de cavalaria move-se 80 metros. Uma unidade que receba a ordem de correr move-se quatro vezes seu Movimento normal. Uma unidade com equipamento volumoso (veja a seguir) reduz seu Movimento em 10 metros por ponto de Volume. Unidades navais movem-se 60 metros, mas não podem correr.

Equipando Unidades

No campo de batalha, não é necessário saber os tipos específicos de armas e armaduras. Em geral, uma unidade leva vários tipos de armas — machados, espadas, lanças, etc. A **Tabela 10-1: Equipamento Inicial de Unidades** estabelece o dano básico que cada unidade causa com um teste bem-sucedido de Luta ou Pontaria, sua armadura inicial e seu Volume, se houver. Se a unidade tiver mais de um tipo, escolha o conjunto de equipamento que você preferir.

Ataques de Pontaria

Unidades armadas com armas de Pontaria possuem armas de curto ou longo alcance. Armas de curto alcance permitem que a unidade ataque inimigos a até 20 metros. Armas de longo alcance permitem que a unidade ataque alvos a até 200 metros.

Melhora de Equipamento

Você pode melhorar as armas e armaduras de qualquer unidade sob seu comando através do gasto de pontos de Riqueza. Cada ponto gasto em uma unidade aumenta seu VA, seu dano com Luta ou seu dano com Pontaria. Você pode aumentar cada estatística uma vez. A **Tabela 10-2: Equipamento Melhorado** mostra as mudanças que as várias melhoras causam nas unidades.

Equipamento Especial

Além das armas e armaduras normais possuídas por uma unidade, você também pode equipar suas unidades com diversos equipamentos especializados. Isto exige o gasto de um recurso, reduzindo permanentemente o valor do recurso indicado pelo equipamento especializado.

Aríete

Recurso: Terras 1 (normal) ou 2 (coberto)

Um aríete é uma arma de cerco usada para destruir portas ou portões. Há dois tipos principais: o aríete comum e o aríete coberto.

Aríete Comum

Um aríete comum é feito com um tronco de árvore sem galhos, com uma cabeça de ferro ou aço em uma extremidade. Às vezes esta cabeça é moldada em uma forma fantástica. O aríete é erguido por uma pequena equipe que pode movê-lo rapidamente para uma posição de ataque.

Você pode equipar qualquer unidade (exceto cavalaria e navios de guerra) com um aríete comum. Enquanto estiver equipada com o aríete, a unidade não pode atacar, mas recebe +2D em testes de Atletismo para derrubar portas e portões. Um aríete comum é destruído se a unidade que o carrega for debandada ou destruída.

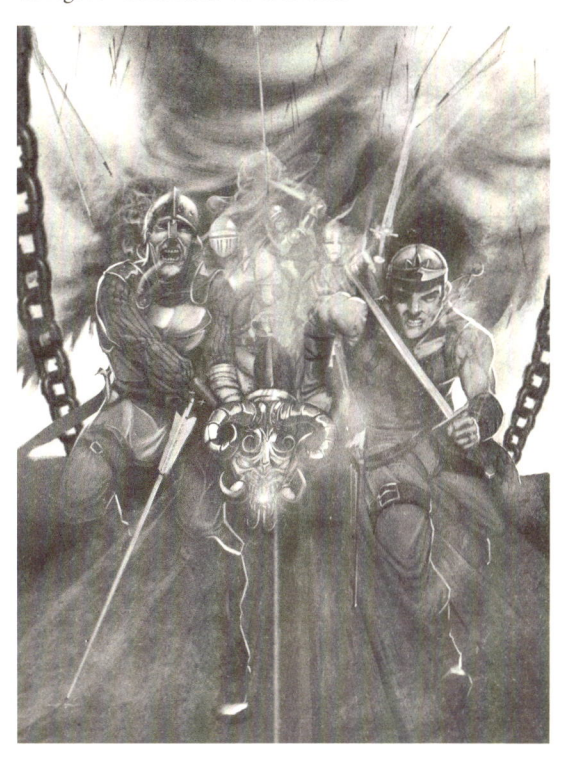

Aríete Coberto

Um aríete coberto é uma variação do aríete comum, maior e instalada em uma estrutura com rodas. A estrutura possui um telhado que protege a equipe contra flechas, óleo fervente, etc. O aríete em si fica suspenso em um sistema de cordas e roldanas que permite que ele balance para frente e para trás. A estrutura exige mais tempo para ser movida e posicionada. Contudo, uma vez que esteja frente a seu alvo, o sistema de cordas e roldanas faz com que o aríete se choque contra seu alvo com força muito maior.

Para equipar um aríete coberto, você deve ter uma unidade de engenheiros e outra qualquer (exceto cavalaria e navios de guerra). O aríete deve ser posicionado (Movimento de 10 metros). Então as unidades usam cordas e cavalos para puxá-lo e soltá-lo, permitindo que seu peso e velocidade destrua portas e portões. Um aríete coberto tem Atletismo 8 para destruir defesas, Saúde 20 e Valor de Armadura 8. O aríete coberto é destruído caso sua Saúde seja reduzida a 0. As unidades que operam-no recebem +5 de bônus em sua Defesa.

Escadas, Cordas e Arpéus

Recurso: Riqueza 1/2 por unidade equipada

Escadas e cordas são usados para escalar muralhas inimigas. As escadas muitas vezes têm ganchos em suas extremidades, para que se prendam às ameias, tornando mais difícil derrubá-las. Uma unidade pode carregar escadas a uma fortificação. Contudo, enquanto estiver com este equipamento, não pode fazer ataques. Uma vez que as escadas estejam em posição, todas as unidades que tentam escalar recebem +1D em seus testes de Atletismo.

Uma unidade defensora pode receber a ordem de desalojar as escadas. Cada ordem anula as escadas de uma unidade. Contudo, as unidades que comprem esta ordem têm uma penalidade de −5 em sua Defesa contra ataques de Pontaria.

Fogo Selvagem

Recurso: Riqueza 5 por unidade equipada
Restrição: produzido apenas em Porto do Rei, pelos Piromantes.

Também conhecido como "a Substância", o fogo selvagem é uma criação da Guilda dos Alquimistas de Porto do Rei. Outrora uma organização poderosa, cercada de misticismo e magia, a guilda viu seu poder e influência desvanecerem-se ao longo dos anos, até que foi substituída por homens cultos — os meistres da Cidadela. Embora sejam muito menos do que já foram em seus dias de glória, os piromantes ainda existem, e são os guardiões das reservas de fogo selvagem escondidas em câmaras secretas em Porto do Rei.

Fogo selvagem é uma substância volátil; um fluido espesso e gorduroso, contido cuidadosamente em potes de cerâmica hermeticamente fechados, enterrados em areia até o momento de seu uso. Fogo selvagem antigo é ainda pior que suas versões mais novas, notório por incendiar-se com o menor distúrbio. A única maneira de apagar fogo selvagem é abafá-lo completamente — mesmo assim, não há garantia. Uma vez que seja aceso, fogo selvagem queima com uma chama verde cruel, consumindo tudo que toca. Ser exposto a fogo selvagem é morrer em agonia.

Fogo selvagem torna até mesmo as unidades mais disciplinadas difíceis de controlar, tal é o respeito que todos têm pela substância. A Dificuldade para dar uma ordem à unidade aumenta em +3. Enquanto estiver armada com fogo selvagem, a unidade não pode fazer outros ataques até usá-lo. Além disso, uma unidade armada com fogo selvagem que sofra dano tem 1 chance em 6 de ser afetada pela substância — os potes se quebram e o fluido se incendeia.

Quando um comandante é bem-sucedido em dar uma ordem para uma unidade atacar usando fogo selvagem, a unidade arremessa seus potes contra uma unidade adjacente, fazendo um teste de Pontaria. Uma falha neste teste indica que o fogo selvagem atinge um espaço de 10 metros adjacente. Uma falha Crítica significa que o fogo selvagem afeta a própria unidade. Em caso de acerto, o fogo selvagem causa 7 pontos de dano (ignorando armadura, com dano adicional por grau de sucesso) na primeira rodada. Então continua causando este dano a cada rodada subsequente, durante 2d6 rodadas. Unidades debandadas por fogo selvagem podem espalhá-lo a outras unidades. Sempre que passarem por outra unidade ou moverem-se através dela, há 50% de chance de que o fogo selvagem se espalhe, causando 3 pontos de dano por rodada à outra unidade, durante 1d6 rodadas.

Manteletes

Recurso: Riqueza 1 por unidade equipada

Manteletes oferecem proteção contra ataques de Pontaria. São escudos de madeira pesados e reforçados, ligados a uma estrutura com rodas, permitindo que uma unidade aproxime-se de seus inimigos sem temer flechas e virotes. Uma unidade protegida por manteletes reduz seu Movimento em −10 metros, mas recebe um bônus de +5 em Defesa contra ataques de Pontaria.

Óleo/Água Fervente

Recurso: Riqueza 1/2 por uso

Disparado de uma catapulta ou despejado do alto das muralhas, óleo (ou água) fervente é uma arma cruel, escaldando os soldados inimigos ou incendiando-os.

- Água Fervente causa 5 pontos de dano a uma unidade, ignorando VA.
- Óleo fervente causa 10 pontos de dano, ignorando VA. Caso uma unidade atingida por óleo fervente seja atingida por um ataque de fogo na mesma rodada, as chamas causam 1 ponto de dano adicional por rodada, durante 1d6 rodadas de batalha. As unidades debandadas por este ataque podem espalhar o fogo por outras unidades. Sempre que passarem por ou através de uma unidade, têm 1 chance em 6 de espalhar o fogo, causando 1 ponto de dano à outra unidade.

Tartaruga

Recurso: Riqueza 1 por unidade equipada

Usada para proteger soldados enquanto se aproximam de uma fortificação, a tartaruga detém flechas e projéteis de catapultas e trabucos. Uma tartaruga é uma estrutura de madeira resistente, equipada com uma cobertura arredondada e montada sobre seis a oito enormes rodas. A tartaruga tem espaço suficiente para uma unidade qualquer, exceto cavalaria e navios de guerra.

Unidades protegidas por uma tartaruga têm seu Movimento reduzido a 10 metros, mas recebem um bônus de +10 em sua Defesa. Enquanto estiver protegida, a unidade não pode fazer ataques. Sair da tartaruga exige uma ordem normal, para que a unidade se mova.

Torre de Cerco

Recurso: Riqueza 2 por unidade equipada

Uma torre de cerco é uma torre de madeira sobre rodas, feita para transportar soldados até uma fortificação inimiga, protegendo-os de ataques. Uma torre de cerco move-se 10 metros por rodada, e é puxada por cavalos ou escravos. Uma torre pode abrigar uma unidade. A torre concede à unidade em seu interior um bônus de +5 em Defesa. Caso a torre de cerco chegue às muralhas de um castelo ou fortificação semelhante, a unidade não precisa fazer testes de Atletismo para escalar as muralhas.

Uma torre de cerco tem VA 8 e Saúde 20. Caso seja reduzida a Saúde 0, é destruída, junto com a unidade em seu interior.

Disciplina

Disciplina é a Dificuldade do teste de Guerra do comandante ou subcomandante para dar ordens ou recuperar o controle de suas tropas em batalha. Soldados inexperientes são mais difíceis de controlar do que veteranos, e alguns tipos de unidades podem ser menos disciplinados do que outros. Sempre que um comandante dá uma ordem a uma unidade, deve fazer um teste de Guerra. Em caso de sucesso, a unidade cumpre a ordem. As ordens e seus efeitos são descritos em detalhes a partir da página 231.

Anatomia de uma Batalha

Uma batalha transcorre ao longo de várias rodadas de batalha. Embora a resolução de uma batalha em si possa ser relativamente rápida, a maior parte dos conflitos inclui viagens, manobras e fintas, que acontecem em separado de sua resolução. Uma batalha consiste de onze passos, na ordem a seguir.

Passo Um: Campo de Batalha
Passo Dois: Posicionamento de Unidades e Líderes
Passo Três: Diplomacia
Passo Quatro: Iniciativa
Passo Cinco: Armas de Cerco
Passo Seis: Primeiras Ações dos Jogadores
Passo Sete: Ordens
Passo Oito: Segundas Ações dos Jogadores
Passo Nove: Resolução de Ordens Contínuas
Passo Dez: Repetição (4 a 9)
Passo Onze: Resolução e Consequências

Passo Um: Campo de Batalha

O campo de batalha é o cenário do conflito, o palco no qual o drama da guerra se desenrola. Todos os campos de batalha têm cinco componentes: escopo, terreno, visibilidade, clima e fortificações. Durante o Passo Um, o narrador descreve cada componente, apontando-os em um mapa ou esboçando-os para os jogadores.

Escopo

Escopo é o tamanho do campo de batalha. O escopo pode ser pequeno — restrito a uma única estrada através de uma floresta — ou grande, espalhando-se por quilômetros. O narrador deve definir o escopo do campo de batalha de acordo com o tamanho dos exércitos envolvidos. Não há necessidade de um campo de batalha imenso para uma escaramuça com um punhado de unidades. Da mesma forma, um conflito gigantesco envolvendo dúzias de companhias de cada lado deve ter espaço suficiente para que as unidades possam se mover e manobrar.

Se você estiver usando miniaturas, o campo de batalha deve ter pelo menos 10 quadrados para cada quatro unidades em um lado. Caso uma unidade se mova para fora do escopo do campo de batalha, remova-a do jogo.

Terreno

Dentre todos os componentes do campo de batalha, o terreno é talvez o mais importante, e um dos mais relevantes para o resultado da batalha. Terreno pode fornecer vantagens estratégicas (como atacar de um ponto mais elevado) ou impor fraquezas (como diminuir o movimento ou reduzir a visibilidade). Um campo de batalha pode ter qualquer número de tipos de terreno, mas o narrador é encorajado a misturá-los e variar, para criar cenários interessantes. Quanto mais características de terreno houver, mais complicado será o conflito. Como regra geral, tente incluir um tipo de terreno para cada quatro unidades envolvidas.

Efeitos do Terreno

Terreno pode modificar Movimento, restringir ações, fornecer cobertura e conceder bônus em combate, como mostrado na **Tabela 10-3: Terreno**. Um comandante pode gastar 1 Ponto de Destino para ignorar os efeitos do terreno para uma ordem.

Bloqueia Movimento

Unidades (exceto por navios de guerra) não podem entrar em áreas com esta característica.

Cobertura

Unidades que recebam a ordem Defender recebem o bônus listado à sua Defesa.

Dados de Bônus

Unidades defensoras recebem o número indicado de dados de bônus em testes de Luta e Pontaria. Como normal, suas graduações na habilidade restringem o número de dados de bônus que podem rolar.

Possibilita Navios de Guerra

Esta característica de terreno permite que você use navios de guerra no campo de batalha. Estas unidades só podem fazer testes de Luta contra unidades adjacentes e testes de Pontaria contra unidades em alcance.

Movimento Lento

Esta característica de terreno reduz o Movimento em –10 metros (ou –1 metro em escala de personagens).

Movimento Muito Lento

Esta característica de terreno reduz o Movimento em –20 metros (ou –2 metros em escala de personagens).

Sem Armas de Cerco

Esta característica de terreno impede que atacantes usem armas de cerco. Se o defensor tiver uma fortificação, pode usar armas de cerco normalmente.

Sem Cavalaria

Esta característica de terreno impede o uso de cavalaria. Certas características de terreno negam este efeito.

Visibilidade

Visibilidade funciona como a qualidade de mesmo nome descrita no **Capítulo 9: Combate**, e impõe as mesmas penalidades, resumidas aqui.

Em uma área com pouca luz, você sofre –1D em todos os testes de Agilidade, Atletismo, Percepção, Luta e Ladinagem. Você sofre –2D em todos os testes de Pontaria.

Em áreas escuras, todos os terrenos contam como áreas de movimento lento (ou movimento muito lento, se já possuírem esta característica). Você também sofre –2D em todos os testes de Agilidade, Atletismo, Percepção, Luta e Ladinagem, e –4D em todos os testes de Pontaria. Batalhas raramente são travadas no escuro; os exércitos costumam esperar a primeira luz do dia para atacar.

Clima

Há uma boa razão pela qual a maior parte dos exércitos prefira lutar em dias claros e condições perfeitas. O clima é um fator significativo; interfere com ataques de Pontaria, dificulta o movimento e pode ser um fator decisivo em muitos conflitos.

Chuva

Existem duas variedades de chuva: leve e pesada. Chuva leve não impõe penalidades. Contudo, chuva

CAPÍTULO 10: GUERRA

Tabela 10-3: Terreno	
Tipo de Terreno	**Efeitos**
Água	
Córrego	Movimento lento.
Rio	Bloqueia movimento (ou movimento lento com ponte), possibilita navios de guerra.
Lago Pequeno	Movimento lento, possibilita navios de guerra.
Lago Grande	Bloqueia movimento, possibilita navios de guerra.
Colina	Movimento lento, +1B em testes de Luta e Pontaria**.
Comunidade	
Povoado	Movimento lento.
Vila Pequena	Cobertura (Defesa +1), movimento lento.
Vila Grande	Cobertura (Defesa +2), movimento lento.
Cidade Pequena	Cobertura (Defesa +2), movimento lento, sem cavalaria.
Cidade Grande	Cobertura (Defesa +5), movimento lento, sem cavalaria.
Costa	Possibilita navios de guerra.
Deserto*	Movimento lento.
Estrada	Anula movimento lento, transforma movimento muito lento em lento, possibilita cavalaria (em montanhas).
Floresta	
Esparsa	Cobertura (Defesa +2).
Densa	Cobertura (Defesa +5).
Ilha	Possibilita navios de guerra.
Montanha	+2B em testes de Luta e Pontaria**, movimento muito lento, sem cavalaria, sem armas de cerco.
Muralha	Cobertura (Defesa +5), bloqueia movimento.
Pasto	—
Planície	—
Ruína	Cobertura (Defesa +2).
Terra Alagada	Movimento lento.

*Deserto é qualquer terreno de planície sem pasto, água ou floresta.
**Este bônus se aplica a ataques feitos contra oponentes em elevações menores.

pesada impõe uma penalidade de −2 aos resultados de todos os testes de Luta e Pontaria. Chuva durante um longo período pode diminuir o movimento e fazer com que córregos se transformem em rios.

Neve

Assim como ocorre com chuva, existem duas variedades de neve: leve e pesada. Sob neve leve, todas as unidades sofrem uma penalidade de −2 nos resultados de todos os testes de Luta e Pontaria. Neve pesada impõe este efeito e ainda reduz a visibilidade (a área conta como escura).

Fortificações

Fortificações são construções que interferem com Movimento e fornecem cobertura. Exemplos incluem trincheiras, estacas, muralhas e outros. Um terreno inclui uma fortificação se a casa que governa as terras investiu nisso. Fortificações fornecem bônus em Defesa para um número de unidades em seu interior. As fortificações a seguir correspondem àquelas descritas no **Capítulo 6**. Mover-se por uma área que contém uma fortificação exige uma ordem — escalar as muralhas, atravessar o fosso, etc.

FORTIFICAÇÕES

Fortificação	Defesa	Capacidade
Castelo Superior	+12	10 unidades
Castelo	+8	5 unidades
Castelo Pequeno	+6	3 unidades
Salão	+4	2 unidades
Torre	+3	1 unidade

Fortificações Temporárias

Quando uma estrutura permanente não está disponível, você pode construir fortificações temporárias, como trincheiras, estacas, rampas de terra, etc. Qualquer unidade pode criar fortificações temporárias, desde que tenha pelo menos seis horas disponíveis antes do início da batalha. Estas fortificações podem fornecer proteção para apenas uma unidade. Enquanto a unidade ocupar a fortificação temporária, recebe um bônus de +1 em Defesa. Se a fortificação tiver sido construída por uma unidade de engenheiros, o bônus aumenta para +2.

Passo Dois: Posicionamento de Unidades e Líderes

Uma vez que o campo de batalha seja descrito, ambos os lados podem posicionar suas unidades, comandantes e subcomandantes. Quaisquer heróis também podem entrar em unidades. O defensor começa, posicionando uma unidade em qualquer lugar do seu lado do campo de batalha. O atacante então posiciona uma unidade, seguido do defensor, e assim por diante, até que todas as unidades sejam posicionadas. A seguir, o atacante pode posicionar seu comandante e seus subcomandantes. O defensor então posiciona seu comandante e subcomandantes. Por fim, se algum dos lados tiver heróis, pode posicioná-los no campo de batalha ou fazer com que entrem em unidades (veja **Heróis**, na página 222, e a ação entrar em uma unidade, na página 231). O defensor posiciona seus heróis primeiro.

Unidades Escondidas

Atacantes e defensores podem tentar esconder unidades durante o posicionamento, desde que haja um terreno que conceda cobertura. Para que uma unidade se esconda, deve rolar um teste de Furtividade contra o resultado passivo de Percepção da unidade inimiga mais próxima. Um sucesso indica que a unidade escondida recebe +1D em seu primeiro teste de Luta ou Pontaria. Se for detectada antes de atacar, perde este benefício.

Se você conseguir esconder uma unidade, não coloque a miniatura correspondente no campo de batalha. Anote onde você a posicionou em um papel. Quando a unidade atacar, posicione-a no campo de batalha.

Passo Três: Diplomacia e Termos

Antes que a batalha comece, o atacante tem a opção de oferecer termos de rendição, através de um enviado sob uma bandeira de trégua. Da mesma forma, o defensor pode mandar um enviado para tentar diplomacia com o atacante. Durante este passo, o atacante declara os termos que está disposto a oferecer em troca de rendição — em geral poupar as vidas dos soldados e tomar os heróis como reféns. O defensor pode oferecer uma contraproposta. Caso os termos sejam aceitos por ambos, a batalha é evitada e o jogo continua como normal.

Atacar um enviado sob uma bandeira de trégua é um ato desonrado. Diminui a Influência da casa em 1d6 pontos.

Passo Quatro: Iniciativa

A iniciativa estabelece a ordem na qual cada comandante dá suas ordens. Para determinar iniciativa, cada comandante faz um teste de Guerra. O narrador anota os resultados em ordem decrescente. Em caso de empate, o personagem com a maior graduação em Guerra (e então a maior graduação na especialidade Estratégia, em caso de empate) age primeiro.

Diferente do que ocorre em combate, a iniciativa em batalha é determinada a cada rodada, para refletir elementos imprevisíveis como ordens erradas, barulho, fumaça e inúmeros outros fatores. Caso um comandante caia, a mudança da ordem de iniciativa pode refletir as diferenças entre ele e o personagem que assume seu posto.

Passo Cinco: Armas de Cerco

À medida que as guerras assolaram Westeros e todo o mundo conhecido, as armas evoluíram para responder a inovações, vencer fortificações e, acima de tudo, matar muita gente. Armas de cerco podem fornecer vantagens estratégicas, em troca de recursos e mobilidade.

Usando Armas de Cerco

Cada lado, de acordo com a iniciativa, pode gastar uma ordem para disparar um número de armas de cerco igual à graduação do comandante em Guerra. A unidade de engenheiros que controla a arma de cerco rola um teste de Guerra contra a Defesa da unidade que deseja atingir. Em caso de acerto, causa dano multiplicado pelo grau de sucesso. Cada unidade de engenheiros pode controlar até quatro armas de cerco. Uma vez que uma arma de cerco seja disparada, não pode ser disparada de novo na próxima rodada de combate (na prática, uma arma de cerco pode ser disparada em rodadas alternadas). Regras específicas para armas de cerco são incluídas na descrição de cada uma.

Catapulta

Recursos: Riqueza 1 (pequena), 2 (média) ou 4 (grande)

Dano: varia (veja abaixo) **Movimento:** nenhum em batalha

Saúde: 10 (pequena), 30 (média) ou 40 (grande) **VA:** 5

Alcance: 300 (p), 400 (m) ou 500 metros (g)

Com monstruosas estruturas de madeira semelhantes a enormes pássaros esqueléticos, as catapultas são algumas das mais temíveis armas de cerco de Westeros. Usados para ataque e defesa, estes implementos usam contrapesos para disparar munição letal.

Regras Especiais

Uma catapulta causa dano de acordo com o tipo de munição. A munição padrão é pedra, e não tem nenhum custo adicional. Para usar barris de óleo ou fogo selvagem, você deve gastar Riqueza para equipar a catapulta, como se fosse uma unidade comum. Veja o dano causado pelo tamanho e tipo de munição na tabela a seguir. Multiplique o dano básico pelo grau de sucesso no teste de Guerra.

Munição de Catapulta			
	— Munição —		
Tamanho	Pedra	Piche/Óleo*	Fogo Selvagem**
Pequena	3	3	7
Média	5	5	7
Grande	7	7	7

*O dano ignora VA. **Veja as regras de fogo selvagem na página 224.

Você pode usar a catapulta para destruir muralhas e fortificações. Para estraçalhar objetos, uma catapulta tem um valor efetivo de Atletismo igual a 5 (pequena), 7 (média) ou 9 (grande).

Cospe-Fogo

Recursos: Riqueza 2

Dano: especial **Movimento:** 10 metros

Saúde: 20 **VA:** 2

Alcance: 200 metros

Esta arma de cerco é projetada para disparar potes de óleo fervente. Os potes são feitos de cerâmica, para que se quebrem com o impacto, queimando quaisquer alvos na área.

Regras Especiais

Um cospe-fogo vem equipado com óleo fervente. Um acerto causa 3 pontos de dano (ignorando armadura). Você pode melhorar a munição para fogo selvagem, gastando Riqueza para equipar o cospe-fogo como se fosse uma unidade normal. Fogo selvagem causa 7 pontos de dano, e funciona como descrito na página 225.

Escorpião

Recursos: Riqueza 1

Dano: 3 (ignora armadura) **Movimento:** 10 metros

Saúde: 10 **VA:** 1

Alcance: 500 metros

Essencialmente uma besta gigante, o escorpião usa cordas feitas de crina de cavalo ou tendões de animais. Dispara lanças, causando dano terrível a pessoas ou construções.

Regras Especiais

Na escala de batalha, esta unidade representa três escorpiões. Quando são disparados durante a rodada de batalha, os três atiram contra uma unidade, causando o dano normal. Um escorpião pode ser usado contra um personagem individual. O atacante rola um teste de Guerra com –1D. Em caso de acerto, o escorpião causa 10 pontos de dano.

Manganela

Recursos: Riqueza 3	
Movimento: 10 metros	Dano: 6
Saúde: 20	VA: 3
Alcance: 200 metros	

Uma arma de cerco aparentada da catapulta e do trabuco, a manganela dispara projéteis contra paredes de castelos. Foi inventada antes do trabuco, e arremessa sua munição em uma trajetória mais baixa, mas com maior velocidade. Seu propósito é derrubar muralhas, não atacar defensores do outro lado delas. É uma arma de campo, construída sobre rodas. Embora não seja muito precisa, sua manobrabilidade torna-a muito útil no campo de batalha.

Regras Especiais

Você pode usar a manganela para destruir muralhas e fortificações. Para estraçalhar objetos, uma manganela tem um valor efetivo de Atletismo igual a 10. Quando usada contra unidades, a manganela impõe –1D em testes de Guerra.

Trabuco

Recursos: Riqueza 4	
Dano: 7	Movimento: nenhum
Saúde: 40	VA: 4
Alcance: 500 metros	

Uma arma de cerco aparentada da manganela e da catapulta, o trabuco pode destruir muralhas de castelos ou arremessar objetos por sobre elas. Normalmente, usa-se munição de pedra, mas cadáveres e corpos infectados por doenças também podem ser arremessados para dentro de uma fortificação, aterrorizando as pessoas em seu interior. Trabucos disparam através de um mecanismo de contrapesos, cordas e roldanas. Alguns exércitos constroem trabucos imensos para cercar os maiores castelos conhecidos, embora a construção seja lenta e exija enormes quantidades de madeira. Estas armas devastadoras são construídas em posições permanentes, mas podem transformar uma fortificação de pedra em ruínas.

Regras Especiais

Você pode usar um trabuco para destruir muralhas e fortificações. Para estraçalhar objetos, um trabuco tem um valor efetivo de Atletismo igual a 12.

Passo Seis: Primeiras Ações dos Jogadores

Antes que o comandante dê ordens, quaisquer personagens em ambos os lados que não estejam dentro de uma unidade podem realizar ações ao longo de cinco rodadas de combate. Durante este tempo, os personagens podem mover-se pelo campo de batalha, enfrentar inimigos, discutir planos e fazer qualquer coisa possível em cerca de 30 segundos. Caso um combate comece entre estes personagens e seus oponentes, resolva-o usando as regras de combate normais. Além das opções normais disponíveis durante um combate, os personagens podem realizar qualquer uma das ações a seguir. Comandantes e subcomandantes não podem realizar ações durante este passo, exceto abdicar do comando.

Abdicar do Comando — Maior

Qualquer personagem que atue como um comandante ou subcomandante pode abdicar do comando e realizar ações normais durante esta fase. Se não estiver dentro de uma unidade, pode agir durante a segunda fase dos jogadores. Se o exército possuir subcomandantes, aquele com o maior Status assume o comando.

Atacar Unidade — Maior

Um personagem pode atacar uma unidade usando as regras normais para ataques. Contudo, como o personagem é apenas um contra muitos, a luta é mais difícil. Unidades recebem +20 de bônus em Defesa contra ataques de oponentes individuais.

Atacar Partes de Unidades — Menor

Em vez de jogar-se contra uma unidade inteira, você pode concentrar-se em uma pequena parte da unidade. Para fazer isso, resolva o ataque contra a unidade usando as regras de combate normais. Contudo, em vez de enfrentar 100 homens, você luta contra apenas 10 de cada vez. Para cada 10 homens da unidade que você derrota, a unidade perde 1 ponto de Saúde. Resolva esta ação usando a escala de personagens. Veja o **Capítulo 9** para mais detalhes sobre como conduzir este combate, lembrando que uma rodada de batalha é igual a 10 rodadas de combate.

Entrar em uma Unidade   Maior

Personagens, comandantes e subcomandantes podem entrar em uma unidade para melhorar suas capacidades. Se o personagem deu alguma ordem durante a rodada de batalha, tudo que pode fazer é entrar na unidade.

Uma unidade com um personagem melhora sua Disciplina, reduzindo-a em −3. Além disso, a unidade recebe +1D em testes de Luta e Pontaria. Personagens dentro de unidades não podem realizar ações além de cumprir as ordens dadas a sua unidade. Comandantes e subcomandantes dentro de unidades não podem dar ordens e reduzem o número de ordens da maneira normal. Vários personagens dentro da mesma unidade não fornecem bônus adicionais.

Reorganizar/Reanimar   Maior

Os personagens podem reorganizar ou reanimar unidades desorganizadas ou debandadas. Você rola um teste de Guerra contra a Disciplina da unidade. Em caso de sucesso, a unidade torna-se organizada (se estava desorganizada) ou desorganizada (se estava debandada). Personagens dentro da unidade além do primeiro não fornecem quaisquer benefícios adicionais.

Passo Sete: Ordens

Durante uma rodada de guerra, os comandantes alternam turnos dando ordens. A cada turno, um comandante pode dar uma ordem. Uma vez que tenha dado sua ordem, o próximo comandante tem direito a dar uma ordem, até que todos os comandantes tenham dado uma ordem. Então o primeiro comandante dá sua próxima ordem. Isto continua até que todos os comandantes e subcomandantes tenham dado todas as ordens a que têm direito na rodada.

Para dar uma ordem, um comandante faz um teste de Guerra contra a Disciplina da unidade escolhida. Em caso de sucesso, a unidade segue a ordem. Em caso de falha, a unidade segue a última ordem que recebeu durante o Passo Nove. Se a unidade não tiver ordens contínuas, não age. Se a unidade ainda não recebeu uma ordem na batalha ou se o teste do comandante foi uma falha Crítica, a unidade não faz nada e a ordem é perdida.

Você pode dar ordens à mesma unidade em batalha várias vezes. A cada vez que você der uma ordem para a mesma unidade na mesma rodada de batalha, aumente a Dificuldade do teste de Guerra em +3.

Ataque

Com esta ordem, a unidade ataca outra unidade que você aponta. Para fazer um ataque de Luta, a unidade deve estar engajada com a unidade inimiga (ou seja, adjacente a ela). Para fazer um ataque de Pontaria, a unidade inimiga deve estar dentro do alcance (veja a ação Ataque, na página 204). Para resolver o ataque, a unidade testa Luta ou Pontaria contra a Defesa da unidade adversária. Se o resultado igualar ou exceder a Defesa do alvo, é um acerto, causando seu dano (de acordo com seu tipo) multiplicado pelo grau de sucesso. O VA da unidade inimiga é subtraído do dano, e o restante é aplicado à Saúde da unidade inimiga.

> **Ordens Contínuas:** uma vez que receba a ordem de atacar, a unidade continua atacando unidades adjacentes a cada rodada de batalha se estiver usando armas de Luta, ou atacando a unidade inimiga mais próxima se estiver usando armas de Pontaria.

Unidades contra Personagens

Como há muitos homens em uma unidade, ela causa mais dano. Quando uma unidade ataca um personagem individual, recebe +2D em seus testes de Luta ou Pontaria.

Carga

Você ordena que a unidade faça carga contra o inimigo. A unidade então combina um movimento com um único ataque. A unidade pode fazer carga contra qualquer inimigo dentro de seu Movimento de corrida. A unidade sofre uma penalidade de −1D em seu teste de Luta, mas aumenta seu dano básico em +2 para este ataque.

> **Ordens Contínuas:** uma vez que receba esta ordem, a unidade continua atacando unidades inimigas adjacentes a cada rodada.

Defesa

Você pode ordenar que uma unidade aja defensivamente. A unidade testa Agilidade. O resultado deste teste substitui a Defesa da unidade por uma rodada, mesmo que seja mais baixo que a Defesa. Se a unidade possuir escudos (veja na página 223), adiciona +1D ao teste de Agilidade.

> **Ordens Contínuas:** uma vez que receba esta ordem, a unidade continua defendendo-se a cada rodada.

Movimento

Esta ordem simples faz com que a unidade se mova a sua taxa normal (para virar-se, mudar de direção, etc.) ou corra. Se você ordenar que a unidade corra, ela deve se mover em uma linha reta.

Ordens Contínuas: uma vez que uma unidade se mova, não faz nada até receber uma nova ordem.

Prontidão

Você ordena que a unidade atrase sua ação. A unidade pode preparar um ataque ou um movimento. Como parte da ordem, você também deve definir as condições segundo as quais a unidade pode agir. Por exemplo: atacar quando outra unidade estiver adjacente, ou mover-se se outra unidade debandar.

Ordens Contínuas: uma vez que a unidade receba a ordem de ficar de prontidão, permanece assim até que a condição determinada aconteça. Depois disso, a unidade ataca ou não faz nada, dependendo de sua última ação.

Reagrupar

Uma ordem bem-sucedida remove 1 ponto de dano da unidade por grau de sucesso.

Ordens Contínuas: uma vez que a unidade esteja reagrupada, não faz nada até receber uma nova ordem.

Reanimar

Você reanima uma unidade debandada, fazendo com que ela possa lutar mais uma vez. Um teste bem-sucedido indica que a unidade não está mais debandada, apenas desorganizada. Assim, você pode dar ordens a ela.

Ordens Contínuas: uma vez que a unidade seja reanimada, não faz nada até receber uma nova ordem.

Rendição

Você ordena uma rendição geral de suas forças. Você deve testar Guerra para cada uma de suas unidades ativas. Em caso de falha, a unidade debanda.

Ordens Contínuas: uma vez que a unidade se renda, é retirada do jogo.

Reorganizar

Esta ordem permite que você reorganize uma unidade desorganizada, eliminando seu dano. O aumento na Dificuldade dos testes de Guerra permanece mesmo depois que a unidade está reorganizada, e é cumulativo.

Ordens Contínuas: uma vez que a unidade se reorganize, não faz nada até receber uma nova ordem.

Retirada

Você ordena uma retirada organizada. Em caso de falha Crítica, a unidade debanda.

Ordens Contínuas: uma vez que receba esta ordem, a unidade move-se para longe da batalha a cada rodada, com sua taxa de Movimento normal.

Retirada Agressiva

Você ordena que a unidade ataque e então recue. A unidade pode fazer um teste de Luta ou Pontaria com –1D e então mover-se até metade de seu Movimento. Caso o seu teste de Guerra seja uma falha Crítica, a unidade torna-se desorganizada além de não fazer nenhuma ação.

Ordens Contínuas: uma vez que receba esta ordem, a unidade continua recuando em direção ao comandante a cada rodada.

Passo Oito: Segundas Ações dos Jogadores

Depois que todas as ordens foram dadas, quaisquer personagens que não tenham entrado em unidades podem fazer ações equivalentes a 5 rodadas. Os personagens podem realizar quaisquer ações normalmente disponíveis em combate, além de quaisquer ações novas descritas neste capítulo. Comandantes e subcomandantes que deram ordens não podem realizar ações durante este passo.

Assumir o Comando — Maior

Se, a qualquer momento, um lado perder um comandante ou subcomandante, outro personagem pode preencher este papel. A partir de então, o personagem não realiza mais ações durante o Passo Seis e o Passo Oito, funcionando como um comandante normal.

Sair de uma Unidade — Maior

Qualquer personagem dentro de uma unidade pode sair dela a qualquer momento durante esta fase. Personagens que saiam de uma unidade ainda não podem realizar quaisquer outras ações até a próxima rodada de batalha.

Passo Nove: Resolução de Ordens Contínuas

Começando com o lado que venceu a iniciativa, o comandante pode escolher uma unidade que ainda não agiu nem recebeu ordens durante a rodada. Então resolve quaisquer ordens que permanecem desde a rodada anterior. Por exemplo, uma unidade que tenha recebido a ordem de atacar na rodada anterior mas que não recebeu novas ordens na rodada atual continuaria a atacar durante este passo. As ordens que podem ser contínuas são indicadas em suas descrições.

Passo Dez: Repetição

Caso as forças do oponente tenham se rendido, sido debandadas ou sido destruídas, a batalha termina. Caso contrário, volte ao Passo Quatro para determinar a nova ordem de iniciativa. Repita os passos até que a batalha acabe e um lado alcance a vitória.

Dano e Moral

Sempre que um teste de Luta ou Pontaria iguala ou excede a Defesa de uma unidade, a unidade sofre dano de acordo com o ataque, multiplicado pelo grau de sucesso. O dano é descontado da Saúde da unidade. Enquanto sua Saúde for maior que 0, a unidade não sofre qualquer penalidade. Contudo, se o dano reduzir a Saúde da unidade a 0 ou menos, ela pode tornar-se desorganizada, debandar ou mesmo ser destruída.

Desorganizada

Sempre que uma unidade é reduzida a Saúde 0, torna-se desorganizada. A unidade sofre −1D em todos os testes, e sua Disciplina (ou seja, a Dificuldade dos testes de Guerra para dar-lhe ordens) aumenta em +3. Uma unidade desorganizada ainda pode receber ordens e lutar, embora esteja bastante enfraquecida.

Um comandante pode reorganizar uma unidade desorganizada através da ordem reorganizar. Se o teste for bem-sucedido, a unidade remove todo o dano que sofreu, mas mantém as penalidades. Os efeitos da desorganização são cumulativos. Caso as penalidades igualem a graduação em Vigor da unidade, ela é destruída.

Uma unidade desorganizada que sofra qualquer dano debanda. Se o dano normalmente excederia o dobro da Saúde máxima da unidade, ela é destruída em vez disso.

Debandada

Uma unidade debandada muda sua formação para turba (se você estiver usando as regras de formação, veja na página 239). No final do turno do atacante, a turba corre para longe da unidade que está atacando. Caso este movimento leve-a para além do escopo do campo de batalha, a unidade é removida do jogo.

Um comandante pode recuperar o controle sobre uma unidade debandada através da ordem reanimar. Se o teste for bem-sucedido, a unidade torna-se desorganizada. Uma ordem reorganizar então restaura a unidade.

Destruída

Uma unidade pode ser destruída das formas descritas a seguir.

- A unidade sofre dano além do dobro de sua Saúde máxima em um único ataque.
- A unidade sofre dano enquanto estiver debandada.
- As penalidades acumuladas por desorganização tornam-se iguais à graduação em Vigor da unidade.

Unidades destruídas são removidas do jogo.

Personagens dentro de Unidades e Dano

Sempre que uma unidade com um personagem em seu interior sofrer dano, o personagem também pode sofrer dano. Como o personagem é mais do que uma pessoa comum, está mais protegido de ataques. A quantidade de dano que um personagem dentro de uma unidade sofre depende do dano causado à unidade, como mostrado na tabela **Personagens dentro de Unidades e Dano**.

Os personagens podem reduzir o dano sofrido pelos meios normais: fadiga, ferimentos ou lesões.

CAPÍTULO 10: GUERRA

Personagens dentro de Unidades e Dano	
A Unidade...	O Personagem...
...sofre dano	...sofre 1 ponto de dano*
...fica desorganizada	...sofre 2 pontos de dano*
...debanda	...sofre 5 pontos de dano*
...é destruída	...sofre 10 pontos de dano*

*Ignorando VA.

Tabela 10-5: Glória	
Circunstâncias	Glória
Derrotou 3 unidades ou menos	1
Derrotou de 3 a 6 unidades	2
Derrotou de 7 a 9 unidades	3
Derrotou 10 ou mais unidades	4
Desvantagem numérica de 3 para 2	+1
Desvantagem numérica de 2 para 1	+2
Desvantagem numérica de 3 para 1 ou maior	+3

Mortalidade de Comandantes e Heróis

A morte de um comandante ou herói pode ser desastrosa para um exército. Além de perder sua liderança, a força também perde seu símbolo, e possivelmente a causa de sua formação. Qualquer unidade adjacente a um comandante ou herói morto deve fazer imediatamente um teste de Vontade **Formidável** (12) no caso de um comandante, ou **Desafiador** (9) no caso de um herói. Uma falha no teste indica que a unidade se torna desorganizada. Unidades já desorganizadas debandam, e unidades já debandadas são destruídas.

Passo Onze: Resolução e Consequências

Toda batalha pode ter consequências de longo prazo, valendo fama para o vitorioso e ruína para o derrotado. Vários fatores definem as consequências.

Glória

O comandante que venceu a batalha recebe Glória para sua casa. A quantidade de Glória recebida depende do número de unidades derrotadas, como mostrado na **Tabela 10-5: Glória**. O comandante derrotado recebe 1 ponto de Glória por participar da batalha.

Recursos

Outro efeito da guerra é a aquisição e perda de recursos valiosos. Um comandante vitorioso pode obter Terras do território inimigo, Riqueza de posses tomadas, População de comunidades ocupadas e até mesmo Defesa de fortalezas conquistadas. Da mesma forma, a casa derrotada perde estes mesmos recursos.

Defesa

Se a fortaleza não foi destruída na luta, o vencedor aumenta o recurso Defesa de sua casa em um valor igual ao que foi investido na fortaleza, além de receber a posse. O derrotado perde o mesmo valor, além de perder a posse. O vitorioso pode ceder o controle da fortaleza a um brasão vassalo, assim diminuindo sua própria Defesa.

Lei

O perdedor reduz seu recurso Lei em 1d6. Caso o vencedor ocupe o domínio, também reduz seu recurso Lei em 1d6, devido ao descontentamento da população local.

População

Se o derrotado perdeu um domínio, reduza o recurso População da casa em 1d6. Se o vencedor ocupar a terra, sua casa aumenta sua População em 1d6–1.

Riqueza

Se o domínio incluía uma comunidade ou fortaleza, o vencedor aumenta sua Riqueza em 1d6–1. O perdedor diminui sua Riqueza em 2d6. Além disso, quaisquer investimentos em Riqueza no domínio também são transferidos (com perda e ganho de Riqueza correspondentes) a seu novo dono.

Terras

O vencedor pode ocupar as terras do derrotado. Neste caso, a casa vencedora adiciona imediatamente o domínio e o valor investido correspondente a seu recurso Terras. A casa perdedora reduz seu recurso Terras no mesmo valor. Para assegurar seu domínio destas terras, o vencedor deve manter unidades presentes nelas por pelo menos 3 meses.

Comandantes e Heróis Capturados

Se o vencedor capturou quaisquer personagens ou comandantes, o comandante vitorioso decide seus destinos. Em geral, os prisioneiros são trocados por um resgate, mas qualquer desenrolar descrito na seção **Derrota & Consequências**, página 207, é possível. O preço do

Tabela 10-6: Sobreviventes

1d6*	Sem Dano	Dano	Desorganizada	Debandada	Destruída
0 ou menos	Treinamento −2	Treinamento −3	Destruída	Destruída	Destruída
1	Treinamento −1	Treinamento −2	Treinamento −3	Destruída	Destruída
2	Intacta	Treinamento −1	Treinamento −2	Treinamento −3	Destruída
3	Intacta	Intacta	Treinamento −1	Treinamento −2	Treinamento −3
4	Intacta	Intacta	Intacta	Treinamento −1	Treinamento −2
5	Treinamento +1	Intacta	Intacta	Intacta	Treinamento −1
6	Treinamento +2	Treinamento +1	Intacta	Intacta	Intacta

*Subtraia 1 para cada vez que a unidade tornou-se desorganizada após a primeira.

resgate costuma ser 1 ponto de Riqueza por graduação em Status do prisioneiro. Personagens com Pontos de Destino podem queimar um deles para evitar morte e definir consequências diferentes para sua derrota, assim como acontece num combate em escala de personagens.

O narrador pode usar a derrota em batalha como uma oportunidade para que os personagens interajam com seus inimigos (como prisioneiros), criando um cenário bastante peculiar para intrigas (veja no Capítulo 8: Intriga). Isto acontece com vários personagens ao longo dos livros.

Unidades & Baixas

Toda unidade que participou de um conflito tem grandes chances de ter perdido homens por ferimentos ou deserções. Para cada unidade, role 1d6 e compare o resultado à Tabela 10-6: Sobreviventes, sob a coluna que se encaixa com a condição da unidade no fim da batalha. Use a coluna "debandada" apenas se a unidade foi removida do jogo por debandar, ou se estava debandando quando a batalha acabou.

Intacta

Remova todo o dano e os dados de penalidade da unidade.

Treinamento

Um resultado "treinamento" aumenta ou diminui o nível efetivo de treinamento da unidade em um ou mais passos. Uma unidade treinada que obtém um resultado "treinamento −1" torna-se verde, com reforços e recrutas inexperientes substituindo os mortos. Uma unidade treinada que obtém um resultado "treinamento +1" torna-se veterana, mais experiente no campo de batalha. Os ajustes no treinamento podem forçá-lo a reduzir habilidades por experiência menor ou aumentá-las por experiência maior. Se um resultado de treinamento tornar uma unidade menos que verde, ela é destruída — mais uma vez, por baixas, deserções, etc. Um resultado de treinamento que aumente o treinamento de uma unidade acima de elite concede a ela um aumento de 1 graduação em uma habilidade qualquer por passo acima de elite. Você não precisa pagar por essas unidades melhoradas com seu recurso Poder.

Destruída

A unidade foi completamente destruída por baixas e deserções. Reduza seu recurso Poder em um valor igual ao que você investiu nela.

Regras Avançadas

Uma vez que você compreenda as bases, pode expandir suas batalhas com regras avançadas, incluindo ordens complexas, ângulo frontal e formações. Assim como ocorre com as regras avançadas nos outros capítulos, recomendamos que você introduza estas técnicas gradualmente, à medida que fica mais familiarizado com o sistema. Um conflito usando as regras básicas pode ser satisfatório por si só, mas as regras avançadas aumentam o escopo do jogo, dando mais opções a comandantes habilidosos.

Ordens Avançadas

As ordens básicas refletem os comandos mais simples que um líder pode dar. Cada ordem avançada inclui um modificador de Dificuldade, um valor que deve ser acrescentado à Dificuldade para dar a ordem. Por exemplo, ao ordenar que uma unidade escondida embosque um inimigo, você deve fazer um teste de Guerra contra a Disciplina da unidade +3. Assim, se a unidade tem Disciplina **Desafiadora** (9), você precisa de um resultado 12 ou mais para que a ordem tenha efeito.

Ataque Dividido   Dificuldade: +6

Uma unidade que receba esta ordem com sucesso pode dividir seus dados de Luta ou Pontaria para atacar dois ou mais oponentes. Cada ataque deve ter pelo menos um dado. Os dados de bônus por especialidades ou outras fontes podem ser divididos também, estando sujeitos às limitações normais. Resolva cada ataque separadamente.

Ordens Contínuas: como ataque.

Ataque Exploratório   Dificuldade: +6

Você pode ordenar que uma unidade ataque com cautela. A unidade faz um teste de Luta com −1D. A penalidade permanece até o final da rodada de batalha. Contudo, a unidade aumenta sua Defesa em +2 até o início da próxima rodada de batalha.

Ordens Contínuas: como ataque.

Ataque Relâmpago   Dificuldade: +6

Ao receber esta ordem com sucesso, a unidade move-se até sua velocidade de corrida em uma linha reta. Pode se mover através de unidades inimigas, fazendo um ataque de Luta contra cada unidade inimiga em seu caminho. Cada unidade atacada após a primeira faz com que a unidade em ataque relâmpago sofra −1D. Esta penalidade permanece até o fim da rodada de batalha. A unidade não pode acabar seu movimento no espaço de outra unidade.

Ordens Contínuas: como ataque.

Atropelar   Dificuldade: +3

Você só pode dar esta ordem a unidades de cavalaria. Em caso de sucesso, sua unidade move-se à velocidade de corrida em uma linha reta. A unidade pode fazer um ataque de Luta contra quaisquer unidades em seu caminho. Em caso de acerto, causa 5 pontos de dano adicionais. Cada ataque após o primeiro sofre −1D no teste de Luta.

Ordens Contínuas: como ataque.

Emboscada   Dificuldade: +3

Você só pode dar esta ordem a uma unidade escondida. Com um sucesso no teste de Guerra, sua unidade causa +2 pontos de dano durante a primeira rodada de batalha.

Ordens Contínuas: como ataque.

Empurrar   Dificuldade: +3

A unidade tenta empurrar seus oponentes para trás. Para fazer isso, ela deve fazer um teste de Luta contra o resultado passivo de Atletismo do inimigo. Em caso de sucesso, a unidade inimiga move-se 10 metros por grau para trás. O inimigo não pode ser empurrado de encontro a outra unidade. Penalidades de movimento por terreno se aplicam. Assim, se a ordem fosse levar o oponente para um terreno de movimento lento ou muito lento mas a unidade não conseguir um grau de sucesso suficiente para efetuar o movimento, o oponente para na beira do terreno.

Ordens Contínuas: como ataque.

Envolver   Dificuldade: +6

A unidade envolve completamente uma unidade inimiga, mesclando-se com seus adversários. Como parte desta ordem, a unidade faz um ataque de Luta. Contudo, caso o inimigo tente retirar-se ou mover-se para uma posição não adjacente, a sua unidade pode fazer um ataque livre. Ataques de Pontaria bem-sucedidos contra qualquer uma das unidades envolvidas causam dano a ambas.

Ordens Contínuas: a unidade continua a envolver a unidade inimiga. Uma vez que a unidade inimiga se mova para longe, a unidade não faz nada até receber uma nova ordem.

Escalar Muralhas   Dificuldade: +3

A unidade escala as muralhas inimigas. A unidade deve fazer um teste de Atletismo contra uma Dificuldade determinada pelo narrador, de acordo com a muralha. Em caso de sucesso, a unidade escala um número de metros igual ao seu Movimento normal. Caso a unidade esteja equipada com arpéus e cordas ou escadas, esta ordem não aumenta a Dificuldade do teste de Guerra do comandante.

Ordens Contínuas: uma vez que a unidade tente escalar a muralha, continua tentando até que seja bem-sucedida ou receba novas ordens. Se a unidade encontrar uma unidade inimiga no topo da muralha, ataca.

Fogo de Supressão   Dificuldade: +3

Esta ordem faz com que uma unidade de arqueiros dispare uma saraivada de flechas para impedir que uma unidade inimiga se mova. A unidade deve então fazer um teste de Pontaria. Em caso de sucesso, a Dificuldade para dar ordens à unidade alvejada aumenta em +3, +1 para cada grau de sucesso adicional. Este ataque não causa dano com um grau de sucesso, mas causa dano normal com dois. Graus de sucesso adicionais não aumentam o dano.

Ordens Contínuas: como ataque.

Junção   Dificuldade: +3

Você pode combinar duas unidades com dano e formar uma unidade saudável. As duas unidades devem estar adjacentes. Caso você tenha sucesso em seu teste de Guerra, retira do jogo a unidade mais ferida (que é considerada destruída) e remove todo o dano da outra unidade.

Ordens Contínuas: uma vez que as duas unidades se juntem, a unidade remanescente não faz nada até receber novas ordens.

Martelo & Bigorna   Dificuldade: +6

Para que esta manobra complexa funcione, você precisa já ter dado a ordem prontidão a outra unidade. Se tiver feito isso, você pode ordenar que uma unidade próxima force uma unidade inimiga às garras da unidade de prontidão. A unidade que recebe esta ordem deve estar engajada com o inimigo e ter sucesso em um teste oposto de Atletismo. Caso sua unidade vença o oponente, empurra-o para trás por uma distância igual à metade do Movimento dele. Se este movimento deixar o inimigo em contato com a unidade de prontidão, ela pode fazer seu ataque de Luta com +1D.

Ordens Contínuas: como ataque.

Pinça   Dificuldade: +3

Você pode dividir seus dados de Guerra para ordenar que duas unidades próximas ataquem a mesma unidade inimiga. Caso você seja bem-sucedido em ambos os testes, cada unidade pode fazer um único ataque com +1D. Você só pode dar esta ordem a unidades que atacam com Luta.

Ordens Contínuas: como ataque.

Preparar Contra Carga   Dificuldade: +3

A unidade prepara-se contra uma carga. Se uma unidade inimiga fizer carga contra uma unidade que se preparou contra carga a qualquer momento durante a rodada, sua unidade pode fazer um ataque de Luta. Em caso de acerto, a unidade causa o dobro do dano da arma, além de dano adicional por graus de sucesso, como normal.

Ordens Contínuas: como ataque.

Sabotagem   Dificuldade: +3

Você pode ordenar que uma unidade de engenheiros destrua fortificações. A unidade deve estar adjacente a uma fortificação para receber esta ordem. Ela então deve fazer um teste de Guerra **Formidável (12)**. Um sucesso reduz o bônus que a fortificação concede aos alvos em 1 ponto por grau. Algumas fortificações são tão grandes que uma equipe de sabotadores pode afetar apenas uma pequena área de cada vez. Enquanto cumprem esta ordem, os engenheiros sofrem uma penalidade de –5 em Defesa.

> **Ordens Contínuas:** uma vez que a unidade tente a sabotagem, não faz nada até receber novas ordens.

Terra Arrasada — Dificuldade: +3

Uma unidade com esta ordem destrói plantações, incendeia prédios, estupra a plebe e arrasa as terras. O lorde ou a família governante da terra reduz seus recursos População e Riqueza em 1 ponto cada sempre que esta ordem é dada.

> **Ordens Contínuas:** uma vez que a unidade arrase a terra, não faz nada até receber novas ordens.

Ângulo Frontal & Formação

Em um jogo normal, a direção para a qual uma unidade está voltada não importa. Considera-se que todas as unidades podem se virar na direção de quaisquer ameaças. Da mesma forma, as regras básicas permitem muita flexibilidade com formações, presumindo que as unidades as ajustam como for preciso, sem necessidade de uma ordem.

O uso de ângulo frontal e formações oferece mais realismo às batalhas, mas exige mais burocracia.

Ângulo Frontal

O ângulo frontal de uma unidade descreve para onde ela está voltada; o que pode enxergar e quem pode atacar com mais facilidade. Em uma linha de soldados, aqueles no meio têm mais dificuldade de enxergar inimigos vindo pelas laterais. Os modificadores a seguir são usados quando uma unidade ataca outra pelos flancos ou retaguarda, ou quando várias unidades cercam o inimigo. Os modificadores se aplicam apenas para testes de Luta.

- **Flancos:** quando uma unidade ataca o flanco (lateral) de outra, recebe +1B em seu teste de Luta.
- **Retaguarda:** quando uma unidade ataca outra por trás, recebe +1D em seu teste de Luta.
- **Cercada:** quando várias unidades cercam uma unidade inimiga, as unidades atacando pela frente recebem +1B, as unidades atacando pelos flancos recebem +1D e as unidades atacando pela retaguarda recebem +2D em seus testes de Luta.
- **Atacando os Atacantes:** uma unidade pode atacar inimigos em seus flancos, mas sofre uma penalidade de –1D em seu teste de Luta. Uma unidade não pode atacar inimigos em sua retaguarda.

Ordens de Ângulo Frontal

Ao usar as regras de ângulo frontal, adicione as ordens opcionais a seguir.

Girar — Dificuldade: +3

Você pode ordenar que uma unidade vire-se para a esquerda ou para a direita. Esta manobra é mais complexa que um movimento normal, pois a unidade precisa se mover com precisão para manter suas fileiras. Em caso de falha no teste de Guerra, a unidade ainda se vira, mas o oponente mantém os benefícios por estar no flanco até o início da próxima rodada de batalha.

> **Ordens Contínuas:** uma vez que cumpra esta ordem, a unidade ataca qualquer unidade em sua frente ou flancos.

Reverter — Dificuldade: +0

Você pode ordenar que uma unidade reverta sua posição, para que se vire na direção oposta. Com uma falha no teste de Guerra, a unidade ainda se vira, mas o oponente mantém os benefícios por estar na retaguarda até o início da próxima rodada de batalha.

> **Ordens Contínuas:** uma vez que cumpra esta ordem, a unidade ataca qualquer unidade em sua frente ou flancos.

Formação

A formação de uma unidade reflete como seus membros permanecem organizados e respondem a ataques. Algumas formações são adequadas para resistir a saraivadas de flechas (por exemplo, xadrez), enquanto outras representam grandes problemas para inimigos em carga. Como uma ordem, um comandante pode mudar a formação de uma unidade para melhor responder a ameaças. Durante uma batalha, você deve anotar a formação de cada unidade para manter-se organizado.

Ordens de Formação

Ao usar as regras de formação, adicione as ordens opcionais a seguir.

Batalha — Dificuldade: +0
Benefício: nenhum.
Desvantagem: movimento lento.

Esta formação coloca os membros da unidade em fileiras compactas, cada um protegendo o homem ao seu lado. Similar à falange, mas mais rápida e versátil, a formação de batalha é a mais comum para a maior parte das forças.

Coluna — Dificuldade: +0
Benefício: nenhum.
Desvantagem: –1D em testes de Luta.

Usada principalmente para mover tropas de forma organizada, a formação de coluna coloca os membros da unidade em filas próximas umas das outras.

Cunha — Dificuldade: +3
Benefício: +1D em testes de Luta relacionados a cargas.
Desvantagem: Defesa –5 contra ataques de Pontaria.

Uma formação em cunha coloca a unidade em um "V". Feita para perfurar as fileiras inimigas, é extremamente efetiva para cargas. Contudo, deixa a unidade vulnerável a ataques à distância.

Falange — Dificuldade: +6
Benefício: Defesa +5 contra ataques de Luta.
Desvantagem: Defesa –5 contra ataques de Pontaria, movimento muito lento.

Você não pode dar estar ordem a unidades de cavalaria e navios de guerra. As fileiras frontais da unidade formam uma parede de escudos, enquanto que as fileiras de trás usam lanças para atacar os inimigos. Esta é uma formação formidável contra ataques corpo-a-corpo, mas exige muita disciplina e habilidade para ser realizada com eficiência.

Parede de Escudos — Dificuldade: +6
Benefício: Defesa +5 contra ataques de Luta, anula os benefícios de carga, veja o texto.
Desvantagem: nenhum movimento.

Feita para interromper cargas e ataques frontais, esta formação faz com que a unidade erga uma barreira sólida de escudos. Unidades atrás de uma unidade nesta formação recebem um bônus de +5 em Defesa.

Quadrado — Dificuldade: +6
Benefício: anula os bônus por ataques dos flancos e da retaguarda.
Desvantagem: nenhum movimento.

Uma unidade em formação de quadrado pode defender-se de ataques vindos de qualquer direção. A unidade se organiza em um grande quadrado, com os defensores voltados para todas as direções. Embora seja uma ótima formação defensiva, impede que a unidade se mova.

Tartaruga — Dificuldade: +9
Benefício: Defesa +5 contra todos os ataques.
Desvantagem: não pode atacar, movimento muito lento.

A formação tartaruga é uma parede de escudos em uma formação de quadrado, com os escudos exteriores voltados para fora e os escudos no interior voltados para cima. Assim, a unidade fica completamente envolta em escudos.

Turba — Dificuldade: –3
Benefício: nenhum.
Desvantagem: Defesa –5, Disciplina +6.

Uma formação de turba é a menos vantajosa, pois é completamente desorganizada. Sempre que uma unidade debanda, entre em formação de turba imediatamente.

Xadrez — Dificuldade: +0
Benefício: Defesa +5 contra ataques de Pontaria, +1D em testes de Luta contra turbas.
Desvantagem: Disciplina +3, movimento lento.

A formação xadrez espalha os homens, tornando-os alvos mais difíceis para ataques de Pontaria. Infelizmente, o tamanho maior torna a unidade mais difícil de controlar, e a formação atrapalha a transmissão de novas ordens.

Capítulo 10: Guerra

Um Exemplo de Guerra

Localizada nas praias da Baía das Focas, a Casa Orlych tem sofrido inúmeros ataques de saqueadores selvagens nos últimos tempos. O personagem de Márcio, Sor Gerald, herdeiro da Casa Orlych, acredita que seus odiados inimigos, a Casa Bolton, possam estar ajudando os selvagens a drenar seus recursos. Em vez de permitir que seus plebeus sejam raptados ou mortos pelos saqueadores, Márcio e seus companheiros decidem varrer os selvagens — e talvez descobrir quem exatamente está por trás destes ataques.

Sor Gerald convence seu pai a deixá-lo liderar uma força para destruir os selvagens. Assim, leva os guardas da casa e sua unidade de infantaria plebeia para a floresta, em busca do inimigo. Também leva Sor Byron Rios consigo, para comandar a infantaria na batalha. Os outros jogadores decidem manter seus personagens a salvo no forte da casa, mas participarão rolando dados pelas unidades, oferecendo conselhos e ajudando a conduzir a batalha. O personagem de Márcio lidera a força. Como ele está comandando duas unidades, tem direito a um subcomandante — uma posição que será ocupada pelo personagem de Gustavo.

Guardas da Casa Orlych

Guarnição Treinada	5 pontos de Poder	Disciplina Fácil (3)
Luta 3, Percepção 3, Vigor 3		
Dano com Luta 3		
Defesa 5		Saúde 9
Valor de Armadura 3		Penalidade de Armadura −2

Infantaria Plebeia

Plebeus Recrutados Verdes	1 ponto de Poder População −2	Disciplina Formidável (12)
Percepção 3		
Dano com Luta 1		Dano com Pontaria 1 (Curto Alcance)
Defesa 7		Saúde 6
Valor de Armadura 0		Penalidade de Armadura 0

Com o exército reunido, Márcio conduz sua força até a floresta. Avançando pela escuridão das árvores, eles caem numa armadilha — um grupo de cruéis saqueadores selvagens já estava à espera. A batalha começa.

Saqueadores Selvagens

Saqueadores Veteranos		Disciplina Rotineira (6)
Agilidade 3, Luta 4, Vigor 4		
Dano com Luta 3		
Defesa 6		Saúde 12
Valor de Armadura 2		Penalidade de Armadura −1

Passo Um: O Campo de Batalha

O narrador descreve o campo de batalha, definindo o escopo, as características do terreno, a visibilidade, o clima e todos os demais detalhes pertinentes. A batalha acontece em uma clareira com cerca de 100 metros de lado. Em todos os lados há floresta densa. O terreno do vale é bom. Não há outros fatores. O narrador então faz um esboço do campo de batalha.

Passo Dois: Posicionamento

Como a Casa Orlych está sendo atacada, Márcio posiciona-se primeiro. Ele coloca sua unidade de guardas da casa e sua unidade de infantaria plebeia no campo, e indica que está dentro da guarnição. O personagem de Gustavo está dentro dos plebeus recrutados. Os saqueadores emergem do lado oposto da clareira.

Passo Três: Diplomacia e Termos

Normalmente, haveria chance de diplomacia, mas os selvagens não oferecem termos, e Márcio pretende destruí-los com sua superioridade numérica. Assim, o grupo pula este passo.

Passo Quatro: Iniciativa

Márcio e o narrador testam Guerra para determinar qual lado age primeiro. Márcio, com 4 graduações na habilidade, rola um "13". O líder selvagem tem Guerra 3 e rola um "5". Mesmo que os selvagens tenham feito a emboscada, Márcio estava pronto para eles.

Passo Cinco: Armas de Cerco

Nenhum dos lados tem armas de cerco. Este passo é pulado.

Passo Seis: Primeiras Ações dos Jogadores

Mais uma vez, como Gustavo e Márcio estão atuando como subcomandante e comandante (respectivamente), não há personagens que não estejam dentro de unidades. Os selvagens também estão agrupados em unidades. Não há ações durante este passo.

Passo Sete: Ordens

Como Márcio ganhou a iniciativa, tem direito a dar a primeira ordem. Ele tem Guerra 4, podendo dar quatro ordens. Gustavo, agindo como subcomandante, dá direito a uma ordem extra, para um total de cinco. Márcio envia a unidade de Gustavo à frente, em uma carga. Para fazer isso, ele deve ser bem-sucedido em um teste de Guerra contra a Disciplina da unidade (12). Márcio rola, obtendo um resultado 16. A unidade faz carga contra os selvagens. Ela tem Movimento suficiente para alcançar os inimigos. Assim, quando engaja-se com eles, faz um teste de Luta com −1D. Rola um resultado 5, errando os selvagens.

Agora é a vez do líder selvagem. Ele tem Guerra 3, sem qualquer subcomandante — tem direito a três ordens. Ordena que sua unidade ataque os plebeus. Rola um teste de Guerra e obtém um resultado 13. Os selvagens atacam. Rolando um teste de luta, conseguem um "17"! Acertam com três graus de sucesso, causando um total de 9 pontos de dano. Como os plebeus não têm armadura, imediatamente tornam-se desorganizados, sofrendo −1D em todos os testes durante a batalha.

Impressionado pela ferocidade do ataque dos selvagens, Márcio lidera a guarnição à frente, para socorrer os plebeus. Mais uma vez, precisa testar Guerra, e obtém um "10" em sua rolagem. Fazendo uma carga, a unidade ataca, também com −1D. Rolando um teste de Luta, consegue um "9", suficiente para acertar os selvagens. Devido à carga, a unidade causa o dano de sua arma +2, para um total de 5 pontos de dano. Subtraindo o VA, os selvagens sofrem 3 pontos de dano em sua Saúde.

É a vez dos selvagens de novo. Com duas ordens restantes, o líder deles decide continuar a atacar os plebeus. Ele testa Guerra, mas desta vez a Dificuldade aumenta para 9 (+3 pela segunda ordem). Rola um "12", suficiente para sua unidade agir. A unidade rola um novo teste de Luta, obtendo um "10" — um acerto. Como os plebeus já estavam desorganizados, agora debandam e recuam imediatamente, fugindo da unidade inimiga.

Para não perder sua força, Gustavo tenta reanimar a unidade. Rola um teste de Guerra (com 3 dados) e obtém um resultado 9. Normalmente, ele precisaria de um "15", mas a unidade está desorganizada, então a Dificuldade sobe para 18. Além disso, esta é a segunda ordem da unidade — então a Dificuldade aumenta para 21 durante esta rodada. Obviamente, a ordem falha, e a unidade continua debandada.

A última ordem do líder selvagem vem a seguir. Ele ordena que seus homens ataquem a guarnição de Márcio. O líder precisa rolar 12 ou mais (6 +6 por duas ordens anteriores). Ele obtém um "13". Os selvagens continuam atacando. Rolam um teste de Luta, obtendo um valor 11. O ataque acerta com dois graus de sucesso, causando 6 pontos de dano. Depois de descontar seu VA, a guarnição sofre 3 pontos de dano.

Márcio tem duas ordens restantes. Querendo preservar a unidade debandada, tenta reanimá-la. A nova ordem aumenta a Dificuldade para 24. Ele rola e obtém um "9" — uma falha. Quaisquer novas tentativas com certeza resultarão em fracasso, então ele ordena que sua força ataque os selvagens mais uma vez. Rola seu teste de Guerra (desta vez contra Dificuldade 6, pela segunda ordem) e obtém um "18". A unidade ataca. Seu teste de Luta tem resultado 14 — um acerto com dois graus de sucesso. O ataque causa 4 pontos de dano, após descontar o VA, totalizando 7 pontos de dano. As forças de Márcio já arrancaram sangue dos selvagens, mas eles ainda estão de pé.

Passo Oito: Segundas Ações dos Jogadores

Como não há personagens (exceto pelos comandantes) em nenhum dos lados, o grupo pula este passo.

Passo Nove: Resolução de Ordens Contínuas

Todas as unidades receberam ordens nesta rodada. Assim, não há ordens contínuas.

Passo Dez: Repetição

No final da rodada, o grupo volta ao Passo Quatro, rolando iniciativa de novo e progredindo pelos passos da batalha até que haja um vencedor claro. A vitória de Márcio e Gustavo não é nem um pouco garantida. A perda dos plebeus foi desastrosa, mas eles ainda podem ser reanimados. Contudo, os selvagens estão confiantes, prontos para trucidar os frouxos da civilização com seus machados.

Capítulo 11: O Narrador

No final das contas, GdTRPG é feito para explorar as histórias, lugares e personagens encontrados nos livros e na série de TV. É um jogo de atos heroicos e vilanescos, de magia sombria e misteriosa, da realidade brutal das falhas humanas. Passa-se em um mundo com um passado rico, onde os feitos daqueles que vieram antes moldam os eventos do presente; onde as repercussões de velhos erros assombram as gerações futuras. Westeros é um lugar emocionante. Um mundo que oferece muita diversão a quem quiser conhecê-lo lendo, assistindo e, é claro, aventurando-se.

Como este jogo baseia-se nos eventos da série, não deve ser surpresa que seus elementos mais importantes sejam a história e os atos dos personagens à medida que lidam com conflitos e evoluem. Contudo, diferente de uma história tradicional, aqui ações e eventos não são controlados por um autor. Isso surge da experiência compartilhada do grupo.

Todos os jogadores de GdTRPG, exceto um, controlam protagonistas — os personagens focalizadores. A história sendo contada é *deles*. O jogador que não controla estes personagens principais é aquele que mantém tudo funcionando. Chamado de "narrador", é quem conduz o jogo, ajuda a construir as cenas de forma emocionante e torna tudo tão interessante quanto é nos livros. Enquanto os demais jogadores costumam controlar apenas um personagem cada, o narrador controla o mundo. Ele interpreta plebeus e cavaleiros, lordes e videntes verdes — e todos os intermediários. Ele constrói o cenário e dirige o espetáculo, deixando as falas e as ações para os jogadores.

Narrar pode ser o melhor trabalho no jogo. Como narrador, você conhece todos os segredos e tem a maior quantidade de personagens à sua disposição. Você é um contador de histórias, decidindo a trama básica. Você é o juiz, tomando decisões sobre as regras quando necessário, pedindo testes quando os personagens tentam realizar ações e definindo quais serão as habilidades relevantes. Você é o adversário, controlando os inimigos dos jogadores. Você tem muitos papéis. Manter tudo isso em mente pode ser um desafio, mas também pode ser extremamente recompensador.

> *"Em Porto do Rei há dois tipos de pessoas. Os jogadores e os peões... Todo homem é um peão no começo, e toda donzela também. Até mesmo alguns que pensam ser jogadores."*
>
> — Petyr Baelish

Capítulo 11: O Narrador

Conceitos Básicos

Como um jogo, *GdTRPG* fornece as ferramentas para criar diversão, mas tem seus limites. Cabe a você usar as ferramentas neste livro para capturar o interesse de seus jogadores e mantê-los envolvidos. Os conceitos a seguir são fundamentais para conduzir jogos. Eles representam as estruturas básicas que você deve conhecer para narrar *GdTRPG*.

Tempo

Como o jogo simula um mundo real, onde o tempo e seus efeitos podem ser sentidos, você deve prestar alguma atenção à ordem na qual os eventos ocorrem e como manejar os elementos da história.

Tempo Narrativo

A maior parte do jogo passa-se em tempo narrativo. Neste caso, o tempo é flexível, às vezes correspondendo à conversa que ocorre ao redor da mesa. Em outras ocasiões, o tempo é condensado, avançando rapidamente para que os personagens jogadores cheguem à próxima cena interessante na história. Em uma negociação tensa, quando os jogadores pesam cada faceta de um problema complexo ou tentam criar uma estratégia viável para uma batalha, o tempo se desenrola mais ou menos da mesma forma que no mundo real. Se os jogadores passam 30 minutos discutindo um plano, você pode considerar que o mesmo tempo se passou no jogo.

Você também pode acelerar o tempo narrativo para pular momentos desinteressantes ou desnecessários. Não há necessidade de interpretar cada momento que se passa enquanto os personagens viajam das praias da Baía das Focas até Porto do Rei. O tempo simplesmente passa, até que surja um evento ou ocasião que mereça atenção. Você pode incluir momentos de interpretação pura em períodos extensos de "folga", dando aos jogadores a chance de explorar as personalidades e relacionamentos de seus personagens, discutir planos e revelar algo sobre seus objetivos e históricos. Por outro lado, tempo demais sem nada urgente pode se tornar tedioso quando ninguém quer preenchê-lo rememorando o que já foi dito. Assim, é perfeitamente aceitável pular estes períodos e seguir adiante quando o jogo pede isso. Parte do trabalho de um bom narrador é responder às necessidades e desejos dos jogadores — deixando que interpretem e tocando a história adiante quando querem mais ação.

Tempo Estratégico

Em uma sessão de jogo normal, os personagens jogadores enfrentam diversos desafios. Podem ser negociações, combates, guerra ou outros tipos de conflitos. Em geral, estes momentos marcam uma mudança na marcação do tempo: você passa do tempo narrativo, mais flexível, para o rígido tempo estratégico. Quando esta mudança é necessária, você divide o tempo em segmentos chamados de rodadas, diálogos ou rodadas de batalha. Uma rodada é um período de tempo determinado (em geral, seis segundos, em combate). Uma rodada de batalha, usada para guerra, é cerca de um minuto. Um diálogo pode variar de alguns segundos a algumas horas. O mais importante é que esta divisão de tempo assegura que todos os participantes tenham chance de contribuir para a resolução do conflito.

O tempo estratégico é muito mais lento que o tempo narrativo, consumindo uma parte maior da sessão de jogo. Pouco "tempo de jogo" se passa enquanto bastante "tempo real" transcorre. Assim, é melhor deixar o tempo estratégico de lado e voltar ao tempo narrativo (mais flexível e dinâmico) quando o conflito é resolvido.

Cenas

Uma cena é um momento distinto e importante no jogo, centrado em um evento que tenha efeito sobre o desenrolar da história. Uma cena pode transcorrer em Tempo Narrativo ou Estratégico, dependendo da existência de um conflito ou desafio. Uma cena dura quanto for necessário. Entre as cenas, os personagens podem fazer o que quiserem, explorando uma cidade, procurando novas cenas das quais participar e seguindo com seus interesses até que a próxima cena ocorra.

Anatomia de uma Cena

Uma cena tem diversos componentes. Ao construir suas cenas, inclua todos os elementos a seguir.

Cenário

Uma cena tem um cenário. É o local onde ela ocorre. Um cenário pode ser o salão de um lorde, o convés de um navio sob uma tempestade ou os arredores de uma árvore mística. Quando a cena começa, estabeleça os detalhes mais relevantes do cenário. Descreva-o em termos amplos: qual é a sensação, o cheiro, a aparência, etc. Não se perca em detalhes menores. Os jogadores que desejarem mais informações vão perguntar. O mais importante aqui é situar a cena no mundo e dar aos jogadores a sensação de que estão em um local específico.

Além disso, alguns cenários podem conter qualidades de destino — elementos capazes de mudar o desenrolar da cena caso um jogador gaste um Ponto de Destino para ativá-los. Cenas de combate costumam ter qualidades de cenário, como visibilidade, espectadores, etc. Cenas de intriga também podem ter qualidades. Uma pintura pode retratar alguém que provoca uma emoção forte no oponente dos jogadores. Da mesma forma, um local sagrado como um septo também pode alterar o resultado da intriga. Uma cena deve ter entre uma e três qualidades de cenário. Você não é obrigado a anunciá-las. Mais uma vez, os jogadores que quiserem mais informações devem perguntar.

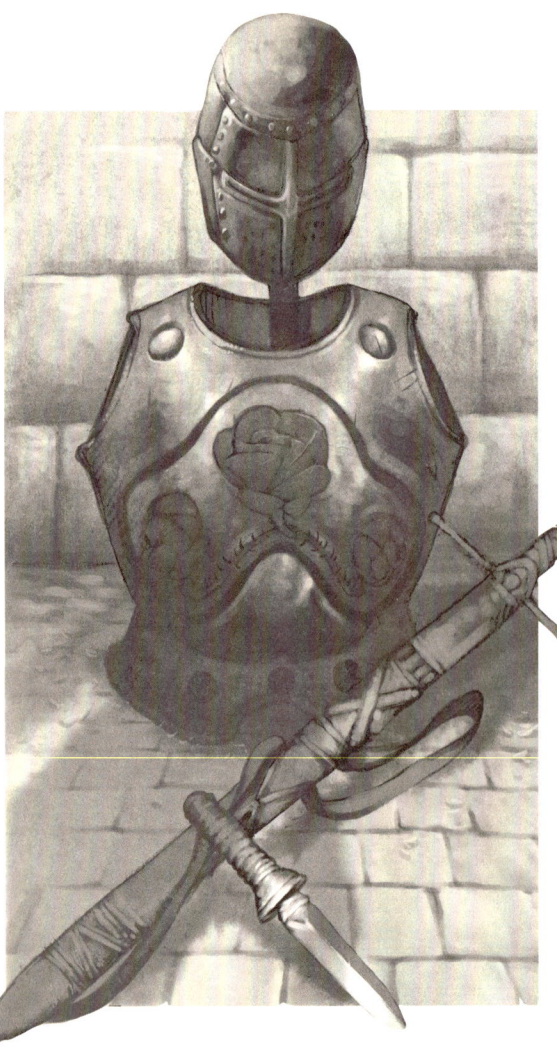

Por fim, o cenário pode ter detalhes escondidos. Pistas, passagens secretas e elementos similares podem estar à espera de personagens atentos que os encontrem. Estes detalhes não são necessários, e sempre devem ter alguma ligação com a forma como a cena se relaciona com a aventura.

Participantes

Toda cena tem participantes, mesmo que sejam apenas os personagens jogadores. Se a cena inclui pessoas com quem os PJs podem interagir, você deve descrevê-las. Uma descrição sempre deve fornecer os detalhes mais básicos, além de um elemento interessante — algo que o ajude a interpretar o personagem. Um personagem pode ter língua presa (como Vargo Hoat), ser um anão (como Tyrion Lannister) ou ser imenso e ameaçador (a Montanha que Cavalga). Você só precisa dar um detalhe deste tipo para cada personagem, a menos que ele seja desinteressante a ponto de não ter nenhuma característica marcante — o que é uma característica marcante por si só.

Resultado

Toda cena deve avançar a história de alguma forma. O modo como isso acontece não importa, desde que a cena contribua para a trama. Uma luta com bandidos em geral não avança a história — mas, se os bandidos foram enviados por uma casa rival e os PJs conseguiram extrair informações deles, a luta seria uma cena.

Desafio

O desafio de uma cena descreve a dificuldade de completá-la, estabelecendo sua complexidade, perigo e importância. O desafio é classificado em três categorias amplas: menor, moderado e maior. Embora cada categoria tenha um significado, também é flexível. Um desafio de combate menor para um grupo típico pode ser um desafio maior para um grupo de meistres. Em aventuras publicadas, todo desafio é planejado para um grupo típico de personagens, mas você deve ajustá-los com base no modo como a cena se desenrola. Veja a **Tabela 11-1: Marcos de Desafios** para diretrizes sobre isso.

Tipos de Marcos

- **Marcos de intriga** descrevem a maior Defesa em Intriga possuída por um oponente.
- **Marcos de combate** descrevem a maior Defesa em Combate presente.

Tabela 11-1: Marcos de Desafios

Desafio	Intriga	Combate	Guerra	Habilidade
Menor	9	9	9	Desafiadora (9)
Moderado	12	12	12	Formidável (12)
Maior	15	15	15	Difícil (15)

- **Marcos de guerra** descrevem a maior Defesa presente.
- **Marcos de habilidade** determinam a maior Dificuldade da cena.

Note que os desafios podem exceder os marcos listados, mas apenas raramente. Em geral, isso acontece quando o resultado da cena deve ser a derrota dos personagens jogadores.

Recompensas

Toda cena avança a história de alguma forma, fornecendo informações importantes, criando uma complicação ou apresentando a derrota de um adversário. Completar estas cenas e atingir seu resultado em geral é uma recompensa por si só, mas as cenas também podem conceder recompensas mais tangíveis aos PJs, dando-lhes chances de receber Glória, Experiência ou mesmo Ouro. No final de cada cena, você deve recompensar os jogadores participantes. O tipo de recompensa depende da cena. Veja diretrizes a seguir.

Ouro

Recompensas em Ouro provêm de cenas que podem resultar em ganho ou perda de dinheiro. Participar de um torneio por um prêmio pode conceder uma recompensa em Ouro. Negociar um tratado comercial com um mercador das Cidades Livres também pode valer Ouro. Os personagens podem investir Ouro em sua casa. Para cada 200 dragões de ouro investidos, o recurso Riqueza da casa aumenta em 1, até um máximo de 40. Depois disso, cada 1.000 dragões de ouro investidos aumenta a Riqueza em 1.

Experiência

A recompensa mais comum, Experiência contribui para as habilidades dos personagens, dando-lhes a chance de melhorar seus talentos em Luta, Percepção, etc. Quando Ouro e Glória não são apropriados, conceda uma recompensa em Experiência. Os personagens podem guardar Experiência ou gastá-la imediatamente.

Glória

Uma recompensa em Glória provêm de cenas cujo resultado aumenta a reputação pessoal dos personagens — e, por conseguinte, a reputação de sua casa. Recompensas em Glória podem ser investidas imediatamente em um dos recursos do personagem.

Combinações

Poucas recompensas enquadram-se em apenas uma categoria; a maior parte é composta de combinações de dois ou três tipos. Por exemplo, vencer um torneio pode valer recompensas em Ouro e Glória. Se o personagem derrotou um cavaleiro especialmente habilidoso, também pode ganhar Experiência.

Valores de Recompensas

O valor da recompensa depende do grau de desafio. Tome cuidado ao conceder recompensas — se você for muito generoso, os personagens e suas fortunas crescerão

Tabela 11-2: Recompensas por Cenas

Desafio	Ouro (do)	Experiência	Glória
Menor	100/50/25	2/1/0	1/0/0
Moderado	200/100/50	4/2/1	2/1/0
Maior	400/200/100	8/4/2	4/2/1

Tabela 11-3: Desafios por História

Desafio	Quantidade por História
Menor	4
Moderado	2
Maior	1

Tabela 11-4: Troca de Cenas

Cena	Cenas Equivalentes
Menor	½ moderada; ¼ de maior
Moderada	2 menores; ½ maior
Maior	4 menores; 2 moderadas

rápido demais. Se for muito avarento, o jogo torna-se lento, e os personagens podem ficar fracos demais para lidar com ameaças importantes. A TABELA 11-2: RECOMPENSAS POR CENAS apresenta recompensas básicas correspondentes ao desafio da cena. Além disso, cada item inclui um segundo e um terceiro valores, para quando você decidir combinar duas ou três recompensas. Você deve conceder a recompensa indicada a cada personagem participante. No caso de Ouro, as recompensas combinadas permitem que você agrupe recompensas maiores de uma vez só. Contudo, você deve modificar estes números com base nas necessidades do seu jogo e nas circunstâncias da cena.

HISTÓRIA

Uma história é um conjunto de cenas relacionadas entre si, contando a narrativa da casa dos personagens. Uma história típica tem sete cenas. Como já foi mencionado, uma cena deve avançar a história para que possa ser classificada como uma cena — e, assim, para que valha uma recompensa. Contudo, você pode adicionar vários encontros independentes para dar mais consistência à história. Apenas lembre-se de que, se estes encontros não afetarem a história diretamente, não valem recompensas. Ao longo do jogo, os personagens podem encontrar alguns gamos de prata, vinténs ou até mesmo dragões de ouro. Quando são recebidos em pequenas quantidades, estes valores não contam como recompensas.

CENAS NA HISTÓRIA

Uma história de GdTRPG deve ter um começo, um meio e um fim. Cada parte da história precisa de pelo menos uma cena. Uma história típica tem uma ou duas cenas no começo, três a cinco cenas no meio e uma ou duas cenas no fim. Ao construir as cenas, pense nos desafios de cada uma. Como regra geral, os desafios devem aumentar à medida que a história avança. Assim, você deve ter desafios menores no começo da história, progredindo para desafios moderados, e então um desafio maior no fim. Você pode alterar isto como necessário para contar a história. Em última análise, a distribuição dos desafios cabe a você. A TABELA 11-3: DESAFIOS POR HISTÓRIA apresenta um arranjo típico de desafios para uma história comum, incluindo a quantidade de desafios de cada tipo.

TROCA DE CENAS

Você pode ajustar o número de cenas na história alterando o grau de desafio. Se quiser mais desafios maiores, a história provavelmente será mais curta. Se quiser menos desafios maiores, com certeza ela será mais longa. A TABELA 11-4: TROCA DE CENAS apresenta as equivalências.

RECOMPENSAS POR HISTÓRIA

Assim como os personagens ganham recompensas por completar cenas na história, também devem ser recompensados por completar a história em si. Uma recompensa de história costuma ser mais significativa, um benefício extra por alcançar objetivos — ou pelo menos evitar tragédias. Sempre que um grupo completa uma história, você deve conceder a cada jogador uma recompensa adicional, como se eles tivessem completado uma cena maior, dando-lhes Ouro, Experiência ou Glória conforme for apropriado para a trama. Também pode conceder a cada jogador 1 Ponto de Destino.

CRÔNICA

Assim como uma história é um conjunto de cenas, uma crônica é um conjunto de histórias. Não há uma regra exata sobre o número de histórias que compõem uma crônica; você pode ter tantas quanto quiser ou precisar. Uma crônica pode consistir de apenas uma história trágica, que termine em perda e devastação. Em resumo, uma crônica descreve a narrativa de uma casa em uma época específica. Através da crônica, você e os jogadores contam histórias sobre as derrotas e vitórias da casa, exploram sua ascensão e queda por meio dos adversários e desafios que você cria.

BOA NARRATIVA

Ser narrador não é apenas entender as regras e montar cenas e histórias. É uma habilidade — quase uma forma de arte — que se desenvolve à medida que você fica mais confortável com o jogo e o cenário. Os itens a seguir são dicas para ajudá-lo a ser um bom narrador e lidar com todos os elementos de GdTRPG.

PREPARAÇÃO

O passo mais importante que você pode dar para ser um bom narrador é preparar-se. Isto ajuda-o a lembrar dos detalhes sobre o que vai acontecer na história, a pensar no modo como as cenas devem se desenrolar e, acima de tudo, a ter respostas para as ações inesperadas dos jogadores. Se você está criando sua própria história, parte do processo de criação inclui preparação — você vai estabelecer os adversários, as cenas, etc. Se você vai narrar uma história publicada, deve lê-la toda, fazendo anotações sobre personagens, pontos de trama e locais importantes.

Detalhes

Os livros estão repletos de casas, personagens, locais e outros elementos — seria um esforço hercúleo lembrar de todos. Para ser um narrador, você não precisa conhecer tudo sobre Westeros. Deve apenas saber as informações relacionadas à história. Se os personagens jogadores estão no Norte, você não precisa lembrar das cores da Casa Dalt, de Dorne, e se você está contando uma história passada na Baía dos Caranguejos, provavelmente não precisa conhecer a árvore genealógica da Casa Bolton, ou onde exatamente fica o Forte Kar. Estes detalhes adicionais podem ser úteis, mas não são necessários para a maior parte dos jogos.

Crie a *ilusão* de detalhamento. Faça anotações sobre as áreas onde a história se passa e mantenha estas informações à mão. Se os PJs interagirem com quaisquer famílias nobres, alguns comentários sobre suas cores, lema e membros mais importantes são uma boa ideia. Durante o jogo, forneça descrições ricas e evocativas para criar o clima e a atmosfera da história, mas evite recitar listas de fatos, a menos que os jogadores perguntem. Em vez de apresentar os termos heráldicos exatos de uma casa, apenas descreva os elementos mais importantes do brasão. Em essência, forneça apenas o que é preciso para manter os jogadores interessados e levar a história adiante.

Dinâmica de Grupo

Acima de tudo, você deve construir histórias apropriadas para o mundo de Westeros. Tratando de uma casa nobre envolvida (ao menos em parte) com o jogo dos tronos, suas histórias devem refletir as preocupações envolvidas na perigosa política de Westeros. Assim, devem incorporar elementos de intriga, desenvolvimento de personagens e conflito — geralmente entre casas, às vezes dentro da própria casa. Uma casa nobre certamente terá inimigos interessados em sua queda. A partir deles você cria adversários. Também é importante lembrar que adversários nem sempre serão vilões. Provavelmente os jogadores enfrentarão indivíduos que (estando certos ou errados) sinceramente acreditam que seu caminho é correto, mesmo que ele envolva pisotear a casa dos PJs.

Obviamente, isso não significa que você não possa ter combates emocionantes e aventuras fantásticas. Pelo contrário; tais histórias — quando relacionam-se às intrigas e traições — podem melhorar o jogo. O combate muitas vezes é uma repercussão de uma negociação fracassada. A guerra é, para alguns, apenas outra forma de diplomacia. Você deve saber que todo combate e toda batalha são potencialmente letais para os personagens jogadores. Até mesmo um ferimento menor pode ser fatal sem tratamento. Assim, o combate, embora esteja presente, deve ser usado com cautela, apenas quando servir aos propósitos da história.

Por fim, sempre pense nos personagens. Alguns grupos gostam mais do lado marcial do jogo, tendo pouco interesse em diplomacia e intriga. Outros podem evitar o combate a todo custo, preferindo ficar nas sombras e manipular os eventos dos bastidores. A maior parte dos grupos inclui uma mistura de planejadores, guerreiros e todo tipo de intermediários. Com base na composição do grupo, ajuste suas histórias para que todo jogador possa afetar o resultado final e ser um membro valioso da casa.

Simulando os Livros

Os maiores recursos à sua disposição para conduzir jogos nos Sete Reinos são os livros da série *As crônicas de gelo e fogo* e a série de TV *Game of Thrones*. As vidas e mortes dos personagens podem servir como modelo para as histórias dos seus jogos. Suas histórias devem ser repletas de grandes triunfos e derrotas avassaladoras. Você deve ter ambientes cheios de personagens interessantes, cada um com motivações, virtudes, falhas e todas as coisas que se espera de seres humanos. GdTRPG explora a experiência humana, usando o pano de fundo fantástico dos Sete Reinos. A seguir estão algumas dicas para guiá-lo quando você criar cenas e histórias.

Catelyn Stark: Correção

Os livros estabelecem parâmetros claros sobre o que é e não é correto. As histórias que você conta neste jogo concentram-se nos elementos humanos, nos conflitos entre dever e desejo, honra e desonra, amor e ódio. Veja o exemplo de Catelyn Stark. Uma mulher de princípios estritos, ela passou sua vida correspondendo às expectativas por sua posição e sexo. Quando perdeu seu prometido, concordou em casar-se com Eddard Stark para forjar a aliança entre sua casa e a Casa Stark. Teve os filhos de seu marido e criou-os, ajudou a administrar a casa. Acima de tudo, Catelyn conhecia os papéis de cada posição e o comportamento esperado de alguém em seu posto. Deixou de lado seus próprios objetivos e esperanças pelo bem de seu marido e sua família. Embora seja uma personagem comprometida com seu lugar, foi parte indispensável da história dos livros. Aconselhou seu marido — e, mais tarde, seu filho. Serviu como diplomata, primeiro para sua irmã, depois para Renly. Foi conselheira, líder a até mesmo conspiradora. Mas todos os seus papéis foram desempenhados dentro dos limites estabelecidos por seu sexo e posição social.

Contudo, ainda há espaço para personagens que violem as normas da sociedade. Jon Neve ascende na Patrulha da Noite, Brienne de Tarth conquista um lugar na Guarda do Arco-Íris de Renly. Janos Slynt ergue-se com unhas e dentes a partir de seu nascimento plebeu para postar-se ao lado das outras casas nobres. Sandor Clegane descarta sua posição por desprezo por seu lorde e irmão. Em todos estes casos, há consequências. Jon Neve sacrifica tudo que tem para obter sua posição. Brienne sofre ostracismo e desconsideração. Janos Slynt acaba na Muralha. Sandor é deixado febril e moribundo nas praias do Tridente. É possível fugir dos arquétipos, mas em geral também é custoso.

Eddard Stark: Dilemas

Há poucas respostas fáceis em GdTRPG. O fardo de governar, as responsabilidades da casa e o simples ato de navegar pelas águas perigosas da intriga incluem decisões que comprometem os valores de uma pessoa — e, muitas vezes, sua vida. Os livros estão cheios de exemplos desse tipo de decisões. Em geral, elas acabam em tragédia.

Quando Eddard Stark encontrou Renly Baratheon na noite da morte do rei, podia ter juntado forças com ele e tomado o Trono de Ferro para si. Eddard sentiu-se tentado, mas aderiu ao que acreditava ser certo. Caso tivesse juntado-se a Renly, a guerra que se seguiu poderia ter sido evitada, seus filhos poderiam ter sido poupados e sua família poderia ter permanecido intacta. Eddard poderia até mesmo ter restaurado a justiça aos Sete Reinos. Mas não fez isso. Por sua dedicação inflexível a seus valores, perdeu tudo, incluindo sua vida. Caso tivesse aberto mão daquilo em que acreditava, os livros poderiam ter acabado ali mesmo — e sido bem menos satisfatórios. Em vez disso, a crença de Eddard no que acreditava ser certo estabeleceu as fundações não apenas da história da Casa Stark, mas das histórias de todas as casas nobres nos Sete Reinos.

Decisões difíceis são uma grande parte do clima dos livros e da série de TV. Toda história deve apresentar pelo menos uma decisão difícil, embora nem todas precisem ter consequências de vida e morte. Desenvolva dilemas — pontos de decisão em que ambos os resultados são incertos e em que uma escolha errada possa ser tão satisfatória (sob o ponto de vista da história) quanto a correta. Se houver uma escolha correta.

Petyr Baelish: Traição

Poucos inimigos têm a gentileza de enfiar uma adaga no seu estômago. Em vez disso, eles operam nas sombras, conspirando contra você, movimentando-se em segredo e manipulando os eventos para melhorar suas próprias posições. A luta pelo poder e as traições geradas por ela são o âmago do jogo dos tronos, a disputa política na qual todos os lordes se engajam.

Nenhum personagem exemplifica as traições nos Sete Reinos melhor que Mindinho. Nascido em uma casa menor, em uma terra pobre, ele poderia ter sido condenado a ser uma nota de rodapé na história, caso fosse um homem menos astuto. Contudo, através de sua ambição, engenhosidade e temperamento implacável, Baelish teve uma ascensão meteórica no Vale de Arryn, conquistando um lugar no pequeno conselho em Porto do Rei. Alcançou isso não apenas sendo bom no que fazia, mas sendo um mestre no jogo dos tronos. Planejou a morte de uma Mão, ajudou na morte de outra, conquistou Forte Harren através de promessas a outras casas e acabou como regente do Vale de Arryn. Com certeza feitos impressionantes, mas nenhum deles advindo da força das armas. Foram alcançados por sua inteligência e astúcia.

O melhor guerreiro não é nada comparado ao maior traidor em GdTRPG. Um personagem pode ser um espadachim hábil ou um lanceiro impressionante, mas empalidece em comparação com um jogador habilidoso no jogo dos tronos. Os inimigos que os jogadores enfrentam podem incluir cavaleiros vis, bandidos cruéis e outros semelhantes, mas provavelmente há alguém nos bastidores manipulando tudo. Da mesma forma, os jogadores também podem realizar tais atos de traição, estabelecendo alianças apenas para quebrá-las, manipulando outros nobres (e talvez uns aos outros) para obter vantagens sobre seus rivais e vencer no jogo dos tronos.

Sor Barristan Selmy: História

Westeros é uma terra repleta de história. Uma terra que ainda lida com os sucessos e falhas das pessoas do passado. Os mortos afetam os vivos, através das ruínas que se espalham pelos campos ou dos feitos e crimes atribuídos às diversas casas. A história é uma parte importante da cultura de Westeros. Ela molda as lendas que as pessoas contam, as canções que entoam e as opiniões que formam. A história também molda os eventos do presente, e muitos dos problemas que assombram os Sete Reinos hoje em dia têm origem uma ou mais gerações atrás.

Sor Barristan Selmy, um dos maiores homens que já serviram na Guarda Real, é um excelente exemplo dos efeitos da história sobre o mundo. Um homem na curiosa posição de equilibrar diversas gerações, ele atingiu a maioridade quando a Casa Targaryen governava os Sete Reinos. Testemunhou reis grandiosos e terríveis. Lutou nas guerras contra os Reis Pobres, ajudou a erradicar a Irmandade da Floresta do Rei, esmagou a Rebelião de Greyjoy, lutou contra Robert na Guerra do Usurpador e protegeu-o nos anos seguintes. Ele encarna o sentido de história que existe nos Sete Reinos e representa o melhor e pior das pessoas que povoam este cenário.

Introduzindo personagens coadjuvantes como Sor Barristan, você pode ligar os personagens jogadores ao mundo. Estes personagens dão aos protagonistas meios de se conectar a eventos do passado e ter a sensação de que estão fazendo parte de algo muito maior do que a crônica de sua casa. Além de povoar seus jogos com personagens mais velhos, você também deve incluir descrições de lugares históricos, incluindo um pouco desta história nas descrições das cenas — batalhas e outros acontecimentos do gênero. Uma luta nas muralhas de um velho castelo pode ser divertida, mas se estas mesmas muralhas testemunharam uma batalha entre Daemon Fogo Negro e seus inimigos legalistas, o clima e atmosfera são muito maiores.

Gregor Clegane: Realismo Horrendo

Os livros não têm medo de incluir os horrores grotescos dos excessos humanos. Assassinato, traição, estupro e tortura — todas as depravações, todo tipo de doença mental já apareceu em um ponto ou outro da narrativa. É fácil odiar os culpados por tais atos, principalmente quando escapam impunes. Quando eles são levados à justiça, não há nada mais doce.

A Montanha que Cavalga, Gregor Clegane, é um dos mais notórios vilões dos livros. A palavra "cruel" não basta para sequer começar a descrevê-lo. Ele é impiedoso e violento. Os crimes que comete são horríveis. É responsável pelas medonhas cicatrizes no rosto de seu próprio irmão, estuprou e assassinou a Princesa Elia (esposa do Príncipe Rhaegar Targaryen) e esmagou os crânios dos filhos dela contra uma parede. O que ele fez a serviço de Tywin Lannister é indescritível. Sor Clegane é uma pessoa a ser odiada, um vilão que motiva os personagens a agir, alguém cuja morte trará grande satisfação.

Você deve considerar a questão dos atos malignos antes de começar a construir histórias. Violência depravada é ofensiva, e nem todos têm a mesma resistência ao deparar-se com estes assuntos em um jogo. Embora os livros retratem esta violência, você não deve se sentir obrigado a fazer o mesmo em suas histórias. Você sempre deve avaliar seus jogadores e os interesses deles. Caso eles não se importem com um pouco de violência gráfica, despeje tudo que eles puderem aguentar. Por outro lado, você também pode suavizar ou ignorar estes elementos, principalmente ao lidar com jogadores sensíveis.

Lembre-se de que a violência em uma narrativa é uma ferramenta, não uma arma. Use-a para mostrar algo, causar emoções e transmitir um elemento importante da história. Não use-a para descrever cada golpe de espada. Não permita que ela se torne comum a ponto de ser banal, fazendo com que os jogadores nem mesmo ergam as sobrancelhas quando há eventos realmente horríveis.

Robb Stark: Invulnerabilidade

Ninguém está a salvo nos livros — especialmente seus personagens favoritos. As pessoas morrem o tempo todo na narrativa, até mesmo os protagonistas. Mortes frequentes explicitam o realismo do mundo. Contudo, ainda mais importante, ressaltam que as ações têm consequências. Ninguém é imune às repercussões de seus atos.

Uma das cenas mais difíceis para os leitores em *A tormenta de espadas* é o infame Casamento Vermelho. A morte de Robb Stark e suas espadas juradas foi trágica e dolorosa porque significou o fim quase certo da Casa Stark. Também foi impactante porque foi a morte de um herói, a extinção das esperanças de que a Casa Stark sobrepujasse a corrupção e traição das terras do sul, reconquistando seu posto como Reis do Norte. A execução de Robb Stark não foi um ato mesquinho de rancor. Foi uma confluência de várias tramas, todas propelidas pelas escolhas do Jovem Lobo. Bolton pode ter sido tentado pela perda de Winterfell no Norte, ou talvez por seu ressentimento pelo Garoto Rei. Walder Frey conspirou devido à traição do próprio Stark em seu acordo de casar-se com uma das filhas de Frey. Outros lordes que participaram do ataque podem ter se juntado depois da libertação de Jaime Lannister, depois da morte de Karstark e pelas inúmeras perdas e tragédias que perseguiram Stark desde a derrota de Stannis em Porto do Rei. Individualmente, nenhum destes eventos teria levado ao Casamento Vermelho. Contudo, combinados, eles deram a Tywin Lannister a oportunidade e as ferramentas para derrubar o Norte.

A lição que Robb Stark ensina é que os personagens jogadores não são imunes à morte. Os personagens colhem as recompensas de suas decisões, mesmo que isso leve sua casa à ruína. Este estilo de jogo não leva a histórias de aventura inconsequente, onde os personagens assumem riscos e agem sem pensar. De certa forma, consequências difíceis são boas, porque reforçam o tom e a atmosfera dos livros — mas muitas vezes ao custo da diversão dos jogadores.

A melhor forma de lidar com este aspecto do cenário é fazer com que estas regras se apliquem — mas apenas aos brasões vassalos, aliados e inimigos da casa. Deixe as derrotas e mortes desastrosas dos personagens jogadores para quando elas significarem mais. Para quando a morte de um personagem importante empurrar a casa adiante na crônica. Como narrador, você não é o executor que vem cortar as cabeças dos personagens. Você também não tem o dever de punir os jogadores por planos malfeitos. Seu trabalho é proporcionar uma boa história, e uma boa história exige personagens bem desenvolvidos. Os jogadores têm Pontos de Destino por esta razão. Estes pontos são uma espécie de "seguro", uma forma para os jogadores terem algum controle narrativo e protegerem-se de fins trágicos e aleatórios. Mas, se um personagem está sem Pontos de Destino e encara a morte certa, deixe que os eventos transcorram normalmente.

Lidando com as Regras

Isto já foi dito, mas merece ser repetido: *GdTRPG* é um jogo. Jogos têm regras. Logo, *GdTRPG* tem regras. Contudo, as regras servem para sustentar o jogo, e não vice-versa. Como narrador, você é encorajado a ignorar e modificar as regras — e até mesmo a criar regras novas, quando quiser ou precisar. Use o que funciona, descarte o que não funciona e, acima de tudo, divirta-se.

O sistema de *GdTRPG* usa apenas uma mecânica de resolução para todas as tarefas. Você rola os dados, soma seus valores e compara o total a uma Dificuldade. Em geral, este processo é tudo com que você precisa se preocupar. Todas as regras necessárias para jogar e narrar são descritas neste livro, mas esta seção aborda informações adicionais, para ajudá-lo a tomar boas decisões durante o jogo.

Sucesso Rotineiro

Toda ação envolve um teste. *Toda*, de calçar um par de botas até caminhar por um corredor. Mas estes testes escondem-se nos bastidores, nunca vindo à tona no jogo. Você não precisa rolar testes para calçar sapatos, jantar ou abrir os olhos, porque presume-se que estes testes são sucessos automáticos. Obviamente, estes são exemplos extremos, mas há muitos casos em que ações no jogo serão automáticas para algumas pessoas, mas não para outras. Nestas situações, entra em cena o sucesso rotineiro.

Sucessos rotineiros servem para acelerar o jogo. Podem ser usados de duas formas: em situações sob pressão ou sem pressão. Em uma situação sem pressão, um personagem é automaticamente bem-sucedido quando o dobro de sua graduação na habilidade relacionada iguala a Dificuldade. Uma situação sem pressão indica que o personagem não tem pressa para completar a tarefa.

Em uma situação sob pressão, um personagem é automaticamente bem-sucedido quando sua graduação na habilidade relevante iguala ou excede a Dificuldade. Situações sob pressão podem ser o meio de uma intriga, quando há algum perigo, num combate, etc. Veja alguns exemplos na **Tabela 11-5: Sucessos Rotineiros**.

Exemplo

O personagem de André caminha sobre uma ameia coberta de gelo. Normalmente, esta ação exigiria um teste de Agilidade **Rotineiro** (6). Contudo, como André não está sob pressão e seu personagem tem Agilidade 4, ele é automaticamente bem-sucedido no teste.

Resultados Passivos

Assim como sucessos rotineiros, resultados passivos ajudam a eliminar rolagens desnecessárias. A diferença entre ambos é sua aplicação. Um sucesso rotineiro se aplica quando um personagem está empregando o mínimo de esforço para ser bem-sucedido em uma tarefa. Um resultado passivo estabelece a Dificuldade para que um personagem faça algo a outro personagem. Por exemplo, você usaria um sucesso rotineiro para fazer malabarismos com dois gravetos, mas usaria um resultado passivo para notar alguém tentando se esgueirar por você.

Outra forma de ver isso é considerar um sucesso rotineiro como um esforço consciente, enquanto que um resultado passivo é inconsciente. Você só deve usar resultados passivos quando a habilidade de um personagem estiver sendo testada sem que ele saiba. Por outro lado, qualquer personagem pode usar um sucesso rotineiro.

Tabela 11-5: Sucessos Rotineiros

Graduação	Sem Pressão	Sob Pressão
1	Automático (0)	—
2	Fácil (3)	Automático (0)
3	Rotineiro (6)	Fácil (3)
4	Rotineiro (6)	Fácil (3)
5	Desafiador (9)	Fácil (3)
6	Formidável (12)	Rotineiro (6)
7	Formidável (12)	Rotineiro (6)
8	Difícil (15)	Rotineiro (6)
9	Muito Difícil (18)	Desafiador (9)
10	Muito Difícil (18)	Desafiador (9)

Sucessos Rotineiros e Graus

Ao usar sucessos rotineiros, um personagem nunca alcança um grau de sucesso maior que 1, mesmo que o sucesso rotineiro exceda a Dificuldade por 5 ou mais. Para obter um grau maior, o personagem deve testar sua habilidade.

Substituição de Habilidades

Como toda ação no jogo é ligada a um teste de habilidade, cabe a você decidir quais habilidades são testadas. O **Capítulo 4: Habilidades & Especialidades** é o melhor recurso à sua disposição para tomar estas decisões, pois descreve as habilidades mais apropriadas a cada tarefa.

Contudo, há alguma redundância em habilidades. Às vezes, uma ação pode ser resolvida com duas, três ou até mesmo quatro habilidades diferentes. O segredo é ser flexível. Se você pedir um teste de Agilidade e o jogador apresentar uma forma viável de realizar a ação usando Atletismo, permita. Lembre-se de que a história é o mais importante. Assim, se algo funciona logicamente, você não deve proibir. Caso a substituição seja um pouco forçada, você pode aumentar a Dificuldade em um ou mais passos. Veja a **Tabela 11-6: Substituição de Habilidades** para algumas diretrizes sobre isso.

Uma Nota sobre Substituições

Substituição de habilidades permite muita flexibilidade durante o jogo, encorajando os jogadores a encontrar usos incomuns para seus pontos fortes. Por um lado, isso torna os jogadores mais envolvidos no jogo e pode ajudar quando os personagens estão fora de suas zonas de conforto (planejadores em combate, guerreiros em intrigas,

Tabela 11-6: Substituição de Habilidades

Habilidade	Substitutas Possíveis
Agilidade	Atletismo, Ladinagem, Luta, Pontaria
Astúcia	Conhecimento, Percepção
Atletismo	Agilidade, Luta, Vigor, Vontade
Conhecimento	Astúcia, Guerra, Lidar com Animais, Percepção, Status
Cura	Conhecimento, Percepção
Enganação	Astúcia, Conhecimento, Persuasão
Furtividade	Agilidade
Guerra	Astúcia, Conhecimento, Luta, Pontaria
Idioma	Astúcia, Enganação
Ladinagem	Agilidade, Astúcia
Lidar com Animais	Atletismo, Conhecimento, Vontade
Luta	Agilidade, Atletismo
Percepção	Astúcia, Conhecimento
Persuasão	Astúcia, Enganação, Vontade
Pontaria	Agilidade, Atletismo
Sobrevivência	Conhecimento, Lidar com Animais, Percepção
Status	Astúcia, Conhecimento, Enganação
Vigor	Atletismo, Vontade
Vontade	Vigor

etc.). Por outro lado, substituição excessiva desencoraja a diversificação de habilidades, o que pode levar os jogadores a investir sua Experiência em poucas áreas, resultando em um pequeno número de habilidades muito altas. Assim, tome cuidado ao permitir substituições, reservando-as para quando realmente fizerem diferença no jogo.

Regra Opcional: Destino & Substituição

Uma excelente forma de controlar a substituição de habilidades é impor um custo em Pontos de Destino. Sempre que um personagem desejar usar uma habilidade diferente daquela que normalmente governa a ação, pode gastar um Ponto de Destino. O uso deve ser lógico, e um sucesso no teste original com a habilidade substituta deve ser possível. Cabe ao jogador apresentar uma forma pela qual outra habilidade possa obter o mesmo resultado.

Especialidades Expandidas

As especialidades refletem a evolução de uma área específica de uma habilidade. Como cada especialidade corresponde a uma habilidade "mãe", normalmente os jogadores rolam dados de bônus de suas especialidades sempre que estas áreas se aplicam ao uso específico da habilidade. Uma olhada rápida nas especialidades e habilidades descritas no **Capítulo 4: Habilidades & Especialidades** revela situações em que a especialidade de uma habilidade poderia se aplicar a testes de outra habilidade.

Aplicar especialidades de uma habilidade a outra é aceitável em *GdTRPG*, e é mais equilibrado do que substituir uma habilidade por outra. A razão é simples: dados de bônus não podem exceder o número de dados de teste rolados. Assim, a habilidade automaticamente limita o número de dados de bônus. Por exemplo, um personagem quer arremessar uma pedra em uma alavanca que não consegue alcançar. Você pode permitir que ele use os dados de bônus de Arremessar (da habilidade Atletismo) com seu teste de Pontaria, para refletir a força necessária para jogar a pedra a essa distância. Caso o personagem tenha 3 dados de teste em Pontaria, não importa se ele tiver 5 dados de bônus de Arremessar: pode usar apenas 3 dados de bônus.

A seguir estão algumas combinações plausíveis que podem surgir durante o jogo, mas esta não é uma lista completa. Use-a como um guia para reagir a situações durante a história e para criar novas manobras.

Ameaçar

Atletismo — **Intimidar (Persuasão)**

Em uma intriga, um personagem pode substituir Persuasão por Atletismo para ameaçar ou intimidar um oponente.

Avaliar Animal

Lidar com Animais — **Notar (Percepção)**

Esta combinação permite que um personagem note quaisquer defeitos ou fraquezas escondidas em uma montaria. Um teste **Rotineiro (6)** permite que o personagem descubra um defeito (se houver) por grau de sucesso.

Corrida em Longa Distância

Vigor — **Correr (Atletismo)**

Um personagem que deseje correr por longas distâncias pode testar Vigor com dados de bônus de Correr para manter o ritmo.

Esconder Animal

Lidar com Animais — **Prestidigitação (Ladinagem)**

Um personagem pode tentar esconder um animal em suas roupas — um rato, cobra ou alguma outra criatura pequena e potencialmente perigosa.

Estado Geral

Percepção — **Diagnóstico (Cura)**

Um personagem pode avaliar a saúde de seu oponente e notar se ele tem quaisquer ferimentos ou lesões.

Falcoaria

Lidar com Animais — **Caçar (Sobrevivência)**

Um personagem com um falcão pode fazer um teste de Lidar com Animais no lugar de um teste de Sobrevivência para caçar.

Heráldica

Conhecimento — **Criação (Status)**

Um teste de Conhecimento pode ser usado para identificar as cores e o brasão de outra casa.

Identificar

Cura — **Pesquisa (Conhecimento)**

Ao se deparar com uma doença ou veneno específicos, um personagem pode fazer um teste de Cura com dados de bônus de Pesquisa para diagnosticar o problema.

Imitar

Status — **Disfarce (Enganação)**

Um personagem pode testar Status para fingir ser outra pessoa.

Manobras Evasivas

Agilidade — **Correr (Atletismo)**

Um personagem evitar perigos como fossos, frascos de fogo selvagem despencando, etc., enquanto estiver correndo. Isto pode ser combinado com a ação corrida em combate. O personagem testa Agilidade com dados de bônus da especialidade Correr. O resultado do teste substitui sua Defesa em Combate até o início de seu próximo turno.

Mover-se em Silêncio

Furtividade — **Escalar, Nadar (Atletismo)**

Quando um personagem deseja se mover em silêncio, pode usar os dados de bônus da especialidade mais relacionada ao tipo de movimento que está tentando. Afinal, nadar em silêncio é muito diferente de escalar em silêncio.

Prever Estratégia

Percepção — **Estratégia (Guerra)**

Comandantes habilidosos são capazes de prever as estratégias de seus inimigos, simplesmente examinando seus movimentos e posições no campo de batalha. Para usar esta combinação, um personagem deve ser capaz de enxergar o campo de batalha inteiro.

Procurar Brecha

Percepção — **Furtar (Ladinagem)**

Um personagem pode usar dados de bônus de Furtar em seus testes de Percepção para procurar quaisquer pontos fracos nas defesas de um local, notar falhas em turnos de guardas e achar vulnerabilidades semelhantes.

Reconhecer

Percepção — **Memória (Astúcia)**

Um personagem pode usar seus dados de bônus de Memória para lembrar de algo ou alguém que já viu antes.

Saltar e Agarrar-se

Agilidade — **Saltar (Atletismo)**

Um personagem pode pular para agarrar uma corda balançando ou um lustre, combinando Agilidade com a especialidade Saltar. A Dificuldade depende da velocidade com que o objeto se move e da distância em relação ao personagem, mas **Desafiadora (9)** é uma boa Dificuldade básica.

Saltar na Sela

Lidar com Animais — **Acrobacia (Agilidade)**

Esta combinação permite que um personagem salte do chão e pouse na sela de uma montaria. A Dificuldade mínima é **Desafiadora (9)**.

Truque de Equitação

Agilidade — **Cavalgar (Lidar com Animais)**

Um personagem pode fazer truques e manobras especiais sobre uma montaria, testando Agilidade no lugar de Lidar com Animais. Exemplos de truques incluem inclinar-se na sela para apanhar um objeto ou ficar de pé sobre a sela. A Dificuldade básica é **Desafiadora (9)**, mas pode ser mais alta para atos mais ousados.

Determinando Dificuldades

Um dos trabalhos mais difíceis do narrador é determinar a Dificuldade de uma ação. A Dificuldade não pode ser alta demais, ou os personagens nunca serão bem-sucedidos em nada. Também não pode ser baixa demais, ou eles terão sucesso em tudo que tentarem. Além disso, você deve se manter consistente. Se andar numa corda-bamba em tempo bom foi uma tarefa **Formidável (12)** em uma sessão de jogo, deve ter a mesma Dificuldade na sessão seguinte.

Determinar a Dificuldade é uma arte e uma ciência. A arte é ajustar o número com base na cena e nas capacidades do jogador. A ciência é considerar a probabilidade de sucesso. O **Capítulo 4: Habilidades & Especialidades** descreve as Dificuldades típicas de ações de cada habilidade. Use essas informações como um guia para as outras ações que surgirem ao longo do jogo. Como alternativa, você pode usar a **Tabela 11-7: Chances de Sucesso** como medida de Dificuldade de acordo com a chance de sucesso que você espera (as probabilidades são sempre arredondadas para baixo). A tabela cobre apenas a probabilidade baseada na habilidade do personagem que faz o teste.

Definição de Dificuldades

A **Tabela 11-7: Chances de Sucesso** revela bastante sobre Dificuldades. Em conjunto com a definição de cada graduação, deve fornecer uma boa ideia da Dificuldade apropriada para cada situação.

Fácil — **Número-Alvo: 3**

A Dificuldade Fácil deve surgir raramente no jogo, já que quase todos os personagens (exceto por aqueles com 1 graduação) têm sucesso quase garantido em tarefas deste tipo. Tarefas Fáceis são aquelas que uma pessoa comum deve ser capaz de realizar sem problemas. Um personagem com 3 graduações irá alcançar um sucesso Grande (dois graus) com frequência. Um personagem com 5 graduações alcançará um sucesso Incrível (três graus), e um personagem com 7 graduações alcançará um sucesso Impressionante (quatro graus) também com frequência.

Rotineira — **Número-Alvo: 6**

Dificuldades Rotineiras sugerem que haja alguma complicação em uma tarefa Fácil, tornando-a ligeiramente mais complexa. Também pode representar tarefas que uma pessoa talentosa possa realizar sem problemas. Um personagem com 4 graduações alcançará um sucesso Grande com frequência. Um personagem com 5 gradua-

Tabela 11-7: Chances de Sucesso

Graduações	Fácil (3)	Rotineira (6)	Desafiadora (9)	Formidável (12)	Difícil (15)	Muito Difícil (18)	Heroica (21)
1	66%	16%	0%	0%	0%	0%	0%
2	97%	72%	27%	2%	0%	0%	0%
3	100%	95%	74%	37%	9%	0,5%	0%
4	100%	99%	94%	76%	44%	15%	2%
5	100%	99%	99%	94%	77%	50%	22%
6	100%	100%	99%	99%	93%	79%	54%
7	100%	100%	99%	99%	98%	93%	80%
8	100%	100%	99%	99%	99%	99%	93%
9	100%	100%	100%	99%	99%	99%	98%
10	100%	100%	100%	99%	99%	99%	99%

ções alcançará um sucesso Incrível, e um personagem com 7 graduações alcançará um sucesso Impressionante também com frequência.

Desafiadora — Número-Alvo: 9

Dificuldades Desafiadoras refletem várias complicações que impedem que uma pessoa comum realize algo sem diversas tentativas. Um personagem talentoso pode ser capaz de realizar a tarefa, enquanto que um personagem treinado não teria problemas em cumpri-la. Um personagem com 5 graduações normalmente terá um sucesso Grande. Um personagem com 6 graduações deve ter um sucesso Incrível. Personagens com 7 ou mais graduações podem alcançar um sucesso Impressionante em pouco mais da metade de suas tentativas.

Formidável — Número-Alvo: 12

Ações com esta Dificuldade estão no limite superior do que uma pessoa comum pode esperar conseguir sem gastar muito tempo e esforço. Tarefas Formidáveis também costumam estar além do que um indivíduo talentoso pode alcançar sem muitas tentativas. Assim, esta Dificuldade deve ser reservada para ações que exigem treinamento. Um personagem com 6 graduações pode alcançar um sucesso Grande com frequência, enquanto que um personagem com 7 graduações pode alcançar um sucesso Incrível.

Difícil — Número-Alvo: 15

Nem mesmo personagens treinados podem ter certeza de sucesso em tarefas Difíceis. Podem ser ações tornadas mais complexas pelas circunstâncias ou pelo ambiente, ou podem exigir um nível de especialização além do que o treinamento normal geralmente concede. Tarefas Difíceis devem ser aquelas que apenas uma pessoa altamente treinada pode cumprir com regularidade. Um personagem com 7 graduações pode alcançar um sucesso Grande em geral, ou um sucesso Incrível na metade de suas tentativas.

Muito Difícil — Número-Alvo: 18

Tarefas Muito Difíceis costumam estar além das capacidades de pessoas com treinamento simples, e representam desafio até mesmo para personagens excepcionais. Até mesmo os personagens com melhor treinamento têm sucesso em apenas metade do tempo ao tentar estas tarefas. Assim, esta Dificuldade é reservada para ações que exigem maestria total. Um personagem com 7 graduações pode alcançar um sucesso Grande em cerca de metade de suas tentativas.

Heroica — Número-Alvo: 21+

Qualquer tarefa com Dificuldade Heroica pode frustrar até mesmo um mestre. Embora tais personagens possam ter sucesso, em geral precisam se esforçar bastante. Apenas personagens exemplares (7 graduações) podem ser bem-sucedidos com regularidade nestas tarefas.

Rolagens e Circunstâncias

As circunstâncias e o ambiente podem complicar uma tarefa simples, tornando-a mais difícil do que seria em condições normais. Uma complicação pode ser um fator ambiental, o fato de estar no meio de um combate ou uma intriga, ou qualquer um de diversos outros fatores. Uma vez que você determine a Dificuldade básica, pode aumentá-la em um passo para cada complicação.

Por exemplo, atingir um alvo com uma flecha a alguns metros de distância seria uma tarefa **Rotineira** (6) — algo que uma pessoa treinada deve ser capaz de fazer com facilidade. Contudo, está chovendo, e uma multidão está assistindo. A chuva é suficiente para aumentar a Dificuldade para **Desafiadora** (9), e a pressão do público aumenta-a para **Formidável** (12).

Em Dúvida, Desafiadora

A Dificuldade básica da maior parte das ações que merecem testes é **Desafiadora** (9). Estas são tarefas possíveis para pessoas normais, mas em apenas cerca de um quarto das vezes. Contudo, como os personagens jogadores provavelmente não tentarão testes importantes com habilidades nas quais tenham apenas 2 graduações, as chances de sucesso melhoram muito com 3 dados — permitindo que os PJs sejam bem-sucedidos em ¾ de suas tentativas. Com 4 graduações, um personagem tem sucesso em um teste como este em 9 a cada 10 tentativas. Esta Dificuldade permite que os personagens realizem a maior parte das coisas que desejam no jogo, sem risco sério de falha.

Modificadores

Em vez de alterar a Dificuldade por complicações, você pode impor modificadores. Isto permite que você seja consistente com as Dificuldades, ao mesmo tempo em que leva em conta os efeitos das circunstâncias. Em geral, modificadores são ajustes fixos que aumentam o resultado de um teste (bônus) ou diminuem-no (penalidades).

- **Bônus** podem se originar de ferramentas excepcionais, um vento favorável quando se está navegando ou apenas de ter os materiais certos à mão ao pesquisar sobre uma casa.
- **Penalidades** podem surgir pelo tempo, pelo terreno, pela iluminação, por ferramentas impróprias, por pressão, etc.

Bônus não devem exceder +3, em geral, enquanto que penalidades raramente devem ser maiores que –3. Cada circunstância positiva fornece um bônus cumulativo de +1, enquanto que cada circunstância negativa impõe uma penalidade cumulativa de –1.

Improvisando

Em última análise não há como prever tudo que acontecerá nos seus jogos. Nem mesmo todos os conselhos do mundo serão úteis em todas as situações. Em vez de tentar planejar cada eventualidade, apenas improvise. O bom senso é a sua melhor ferramenta. Assim, se você sentir que os personagens devem ter uma penalidade, imponha-a. Da mesma forma, em condições favoráveis, conceda um bônus. Você também pode conceder dados de teste adicionais, ou impor dados de penalidade, ou apenas modificar os resultados. Faça o que funcionar melhor e descarte o resto.

O âmago de G*d*TRPG é bem simples: testar uma habilidade contra uma Dificuldade, com o sucesso ou a falha (e seus respectivos graus) determinados pelo resultado. Todo o resto são detalhes opcionais para melhorar o jogo. Assim, em dúvida, apenas peça um teste da habilidade apropriada e determine o desenrolar com base no resultado. Isto permite que você siga adiante com rapidez, sem se perder em detalhes desnecessários. Afinal, a história da guerra dos tronos deve continuar!

Explorando Westeros

Além do combate e das intrigas, os personagens jogadores podem enfrentar muitos tipos de perigos, incluindo inanição, frio extremo, incêndios e outros. As regras a seguir cobrem obstáculos mundanos que os jogadores podem encontrar enquanto exploram os Sete Reinos.

Sustento

Embora este seja um jogo de imaginação, os personagens são pessoas no mundo imaginário. Assim, precisam de algumas coisas básicas para sobreviver. As principais necessidades são ar e alimentação. A falta de qualquer um destes por muito tempo é tão letal quanto uma espada no bucho. Além disso, os personagens precisam descansar. Devem dormir para recuperar-se de suas aventuras — e também para se manter alertas e reagir a novos perigos.

Manter um controle do sustento ajuda a emprestar realismo e criar tensão quando os personagens ficam sem comida e água ou precisam guarnecer ameias durante dias, sem descanso. Se os personagens fizerem pelo menos uma boa refeição por dia e tiverem acesso a água e descanso (e ar!), ignore estas regras. Preocupe-se com elas apenas quando os personagens ficarem sem algum destes recursos vitais.

Sufocação & Afogamento

A graduação em Vigor de um personagem determina quanto tempo ele pode ficar sem respirar. Os personagens podem trancar a respiração por um número de minutos igual à metade de sua graduação em Vigor. Depois disso, o personagem deve ser bem-sucedido em um teste de Vigor Desafiador (9). Uma falha resulta em 2 lesões. Um minuto depois, o personagem deve fazer outro teste de Vigor, desta vez Formidável (12). Os testes continuam a cada minuto (com Dificuldade progressivamente maior), até que o personagem acumule lesões em número igual à sua graduação em Vigor. Neste ponto, ele se afoga ou sufoca. As lesões desaparecem imediatamente uma vez que o personagem consiga respirar de novo.

Fome & Sede

O Vigor de um personagem também determina quanto tempo ele pode ficar sem comida e água. Um personagem pode ficar sem comida por um número de dias igual à sua graduação em Vigor, e sem água por um número de dias igual à metade da sua graduação em Vigor (arredondado para baixo, mínimo 1). Uma vez que o personagem exceda estes períodos, arrisca-se a sofrer lesões e morrer.

No primeiro dia depois do período indicado, o personagem faz um teste de Vigor Rotineiro (6). Um sucesso permite que ele fique mais um dia sem comida ou água, sem penalidades. Uma falha significa que ele sofre uma lesão. Esta lesão não pode ser removida até que o personagem coma regularmente (duas vezes por dia) ou beba água por um número de dias igual à metade dos dias que ficou sem beber.

No dia seguinte (independente do sucesso do teste), o personagem deve ser bem-sucedido em um teste de Vigor Desafiador (9), com os mesmos resultados descritos acima. As lesões são cumulativas. A cada dia depois disso, o personagem deve ser bem-sucedido em outro teste de Vigor, com Dificuldade progressivamente maior. Se o número de lesões que o personagem sofreu igualar sua graduação em Vigor, ele morre.

Caso um personagem fique sem comida e sem água, começa a rolar os testes de Vigor no dia após seu limite normal para ficar sem água, mas a Dificuldade começa em Desafiadora (9) e aumenta dois passos por dia.

Sono

Por fim, Vigor também determina quanto tempo um personagem pode ficar sem dormir. Todos os personagens podem passar um número de dias igual à sua graduação em Vigor acordados. A cada dia depois disso, o personagem sofre −1D cumulativo em todos os testes. Uma vez que os dados de penalidade igualarem o Vigor do personagem, ele tomba de exaustão e dorme por 2d6+6 horas.

Temperatura

Boa parte de Westeros é temperada, especialmente no longo verão do reinado do Rei Robert. Contudo, a norte da Muralha e nos desertos de Dorne, as temperaturas podem matar. Suprimentos e proteções adequados podem protegê-lo — mas, sem preparação, estes climas podem significar desastre.

Calor Extremo

Personagens expostos a temperaturas muito quentes devem ser bem-sucedidos em um teste de Vigor por hora. O primeiro teste tem Dificuldade Rotineira (6), mas cada teste subsequente aumenta a Dificuldade em um passo. Sempre que o personagem falha em um teste, sofre um ferimento. Uma vez que seus ferimentos igualem sua graduação em Vigor, ele cai inconsciente e sofre uma lesão por hora de exposição adicional. Uma vez que as lesões igualem sua graduação em Vigor, ele morre.

Um personagem pode sofrer um nível de insolação para negar os efeitos de uma falha em um teste de Vigor. Com o primeiro nível de insolação, o personagem fica tonto e sofre −1D em testes de Percepção por um dia. Com o segundo nível, a tontura piora (−1D também em testes de Luta, Pontaria e qualquer outro envolvendo concentração) e o personagem sofre queimaduras que deixam cicatrizes feias, impondo −1D permanente em testes de Persuasão (queimar um Ponto de Destino anula esta penalidade). Com o terceiro nível, quase todo o corpo do personagem está seriamente queimado. O personagem nunca mais será tão saudável quanto era antes. Ele sofre −1D permanente em todos os testes de Vigor (mais uma vez, queimar um Ponto de Destino remove este efeito). Um personagem não pode sofrer mais de três níveis de insolação. O resultado destas penalidades é mostrado na tabela a seguir.

Insolação	Efeitos
Um Nível	−1D em testes de Percepção.
Dois Níveis	−1D em testes de Luta e Pontaria, e em qualquer teste envolvendo concentração, por 1d6 dias. −1D permanente em testes de Persuasão.
Três Níveis	−1D permanente em testes de Vigor.

Tabela 11-8: Movimento em Viagens

Modo de Viagem	Distância por Hora
Caminhada	5km
Caminhada apressada	7,5km
Corrida	10km*
A cavalo, passo	15km
A cavalo, trote	30km
A cavalo, galope	50km*
Barco (rio, lago)	7,5km**
Navio (oceano)	20km**
Fardo moderado	x3/4+
Fardo pesado	x1/2+

Terreno	Sem Trilhas	Trilha	Estrada
Colinas	x1/2	x3/4	x1
Deserto	x1/2	x3/4	x1
Floresta Densa	x1/4	x1/2	x3/4
Floresta Esparsa	x1/2	x3/4	x1
Montanhas	x1/4	x1/2	x3/4
Terras Alagadas	x1/4	x1/2	x3/4

* No final de cada hora neste ritmo, o viajante ou a montaria deve fazer um teste de Vigor **Desafiador** (9). Um sucesso permite outra hora de viagem neste ritmo por grau. Depois deste período, outro teste de Vigor é necessário, com Dificuldade um passo maior. Em caso de falha, o ritmo pode ser mantido, mas o viajante sofre um ferimento. Uma vez que os ferimentos do viajante igualem sua graduação em Vigor, o viajante passa a acumular lesões. Caso o número de lesões iguale a graduação em Vigor, o viajante morre. A maioria das pessoas tem bom senso suficiente para parar e descansar muito antes disso.

**Ventos fortes podem aumentar esta taxa, multiplicando-a por 1,5, enquanto que ventos leves podem diminuí-la, multiplicando-a por 0,75.

+Um fardo moderado inclui carregar uma carga pesada, viajar de carruagem ou viajar como parte de uma comitiva. Um fardo pesado inclui carregar uma carga extremamente pesada ou viajar em um grupo imenso (como a comitiva do Rei Robert em sua viagem a Winterfell).

Frio Extremo

Personagens desprotegidos e expostos a temperaturas abaixo do congelamento da água devem ser bem-sucedidos em um teste de Vigor por hora de exposição. O primeiro teste é **Rotineiro** (6), mas cada teste subsequente tem Dificuldade um passo maior. Sempre que o personagem falha em um teste, sofre um ferimento. Uma vez que seus ferimentos igualem sua graduação em Vigor, ele sofre uma lesão com cada falha. Uma vez que as lesões igualem sua graduação em Vigor, ele morre congelado.

A qualquer momento, o personagem pode sofrer um nível de congelamento para negar os efeitos de uma falha em um teste de Vigor. Com o primeiro nível de congelamento, as orelhas do personagem sofrem ulcerações pelo frio e congelam-se. Caso o personagem sobreviva, as orelhas são perdidas. Com o segundo nível, o personagem perde 1d6 dedos dos pés e 1d6 dedos das mãos. Com o terceiro nível, o personagem perde o nariz. Um personagem não pode sofrer mais de três níveis de congelamento. O resultado destas penalidades é mostrado na tabela a seguir.

Congelamento	Efeitos
Um Nível	–1D permanente em testes de Percepção.
Dois Níveis	–1D permanente em testes de Luta e Pontaria, e em qualquer teste envolvendo destreza manual.
Três Níveis	–1D em permanente testes de Enganação e Persuasão.

Viagens

Viagens por Westeros e além são tratadas de forma abstrata. Encorajamos você a usar o bom senso para determinar quanto tempo um grupo de personagens demora para chegar a seu destino. Se você preferir números concretos, use as taxas de movimento e modificadores na **Tabela 11-8: Taxas de Movimento em Viagens**.

Perseguições

Perseguições são uma das maneiras mais fáceis de gerar tensão em seus jogos. Uma cena com um personagem fugindo pelas ruelas serpenteantes de Porto do Rei para escapar de um grupo de capas douradas, ou caçando um selvagem pela floresta, pode gerar tanta emoção quanto um combate. Entretanto, para que isso aconteça, você vai precisar de mais do que um simples teste de competição. As regras a seguir vão ajudá-lo a resolver estas cenas de forma a capturar a emoção da caçada, ao mesmo tempo mantendo a simplicidade.

Uma perseguição tem três componentes: caçador, presa e espaço. O caçador e a presa são bastante óbvios, e cada categoria pode conter vários personagens ou criaturas. O espaço é a área onde ocorre a perseguição.

Caçadores & Presas

No início de qualquer perseguição, estabeleça quem está perseguindo quem. Os perseguidores são os caçadores. Os perseguidos são as presas. Note que criaturas também podem ser caçadores e presas: um gamo fugindo de um bando de caçadores ou um grupo de personagens fugindo de uma alcateia de lobos usam as mesmas regras.

Espaço

O espaço é onde a perseguição ocorre. Uma vez que você tenha decidido os participantes, determine a área onde a perseguição está acontecendo. Você não precisa mapear o espaço. Na verdade, fazer isso é contraproducente. Os personagens estão se movendo com tamanha velocidade através da área que não terão tempo ou capacidade de notar muitos detalhes sobre os arredores. Para que uma área acomode uma perseguição, deve ser grande o bastante para incluir uma fuga prolongada. Bons exemplos incluem comunidades, florestas ou qualquer lugar onde haja bastante espaço para correr.

Anatomia de uma Perseguição

O objetivo de qualquer perseguição é que a presa escape do caçador, ou que o caçador apanhe a presa. Como estes objetivos são conflitantes entre si, uma perseguição é resolvida por meio de testes de conflito, nos quais os participantes testam Atletismo simultaneamente (dados de bônus de Correr e penalidade de armadura se aplicam) um contra o outro, para aumentar ou diminuir a distância entre os dois grupos. Quem vencer o teste de conflito ganha 1 ponto de vantagem. A presa vence em caso de empate. O lado que obtiver 3 pontos de vantagem primeiro vence — escapando ou apanhando o adversário.

EXEMPLO

O personagem de André persegue um ladrão pelas ruas de Porto do Rei. André tem Atletismo 4 (Correr 1), enquanto que o ladrão tem Atletismo 3 (Correr 3). André e o narrador rolam e comparam seus resultados. André obtém um "15". O ladrão rola um "14". Como André teve o maior resultado, ganha 1 ponto de vantagem, diminuindo a distância.

Modificadores

Dois fatores podem modificar os testes de Atletismo rolados durante uma perseguição: velocidades relativas e terreno.

Velocidades Relativas

Cada lado (presas ou caçadores) recebe +1D por metro de Movimento acima do Movimento do outro lado.

Terreno

Qualquer tipo de terreno que reduza o Movimento (água, montanhas, ruas lotadas) impõe –1D em todos os testes de Atletismo.

Opções em uma Perseguição

Uma série de testes de conflito fornece resultados rápidos, mas não gera as emoções que uma perseguição deve suscitar. Assim, os participantes podem realizar ações especiais para alterar os resultados da perseguição.

Atacar

Um caçador pode abrir mão de seu teste de Atletismo (e, assim, de sua chance de ganhar 1 ponto de vantagem) para fazer um ataque de Pontaria ou (em raras ocasiões) Luta contra a presa. Resolva o ataque normalmente.

Criar um Obstáculo

Uma presa pode derrubar barris, empurrar pessoas ou criar outros tipos de obstáculos para atrapalhar seus caçadores. É preciso que haja algum tipo de obstáculo presente — uma cidade lotada tem muitos obstáculos, enquanto que uma planície vazia não costuma ter nenhum. O personagem que cria os obstáculos sofre –1D em seu teste de Atletismo na rodada. Contudo, caso consiga vencer o oponente, ganha 1 ponto de vantagem, *e* seu oponente perde 1 ponto de vantagem (ficando com um mínimo de 0).

> **Destino:** um personagem que gaste um Ponto de Destino pode criar um obstáculo onde antes não havia nenhum. Exemplos incluem fossos escondidos, pedras afiadas ou outros perigos ocultos capazes de atrapalhar caçadores.

Esconder-se

Uma presa pode tentar saltar para trás de alguma cobertura ou enfiar-se no meio de uma multidão para desaparecer. O personagem abre mão de seu teste de Atletismo na rodada. Em vez disso, faz um teste de Furtividade (Esgueirar-se ou Mesclar-se podem se aplicar) contra o resultado passivo de Percepção do caçador. A presa sofre –1D por ponto de vantagem ganho pelo caçador. Se a presa vencer, consegue despistar o caçador. O caçador que estiver mais à frente (no caso de um grupo de caçadores) perde todos os pontos de vantagem que tiver. Contudo, se a presa falhar, o caçador ganha 1 ponto de vantagem.

É preciso que haja esconderijos adequados para que esta opção seja viável.

> **Destino:** um personagem que gaste um Ponto de Destino encontra um esconderijo onde antes não havia nenhum.

Esforço Extra

Um personagem pode se esforçar mais que o normal, exaurindo seus recursos. Um personagem que use esforço extra transforma todos os seus dados de bônus de Correr em dados de teste, durante um teste. Contudo, sofre –1D em testes de Atletismo até o final da perseguição. Se você estiver usando as regras de fadiga, o personagem em vez disso recebe um nível de fadiga (veja na página 218).

> **Destino:** um personagem que gaste um Ponto de Destino pode usar esforço extra sem sofrer um dado de penalidade.

Perseguições com Vários Personagens

Adicionar mais participantes pode complicar uma perseguição. A maneira mais fácil de lidar com esta situação é resolver a perseguição em grupos: a presa com a menor graduação em Atletismo rola contra o caçador com a maior graduação em Atletismo. Resolva a perseguição entre estes personagens normalmente, até que a presa escape (neste caso, todas as presas escapam) ou o melhor caçador a alcance (neste caso, os caçadores restantes podem continuar perseguindo as demais presas, se quiserem).

> **EXEMPLO**
>
> *André e Gustavo perseguem um trio de ladrões. André tem Atletismo 4 (Correr 1) e Gustavo tem Atletismo 5. Os ladrões têm Atletismo 4 (Correr 2). Como Gustavo tem a maior graduação em Atletismo, resolve a perseguição contra um dos ladrões. Ele rola, obtendo um "14". O ladrão rola e obtém um "16" — os ladrões ganham 1 ponto de vantagem. Gustavo rola de novo na rodada seguinte, obtendo um "19". O ladrão também rola um "19" — um empate, que sempre favorece a presa. Os ladrões agora têm 2 pontos de vantagem. A perseguição continua até que os ladrões fujam ou Gustavo consiga apanhar um deles.*

Perigos

Espadas e flechas não são tudo que os personagens jogadores enfrentarão enquanto exploram os Sete Reinos. Fogo, veneno e outros fatores representam ameaças potencialmente fatais para mesmo o mais durão dos heróis.

Ácido

Usado por meistres em todos os Sete Reinos, ácido é um ingrediente importante para a mistura de tintas, preparação de pergaminhos, manutenção de armas e vários outros usos. Embora haja muitos tipos de ácidos no mundo, qualquer forma de ácido concentrado produz os mesmos efeitos. Os personagens podem obter ácidos em quase qualquer cidade grande, como Porto do Rei, Velha Vila ou qualquer uma das Cidades Livres. Uma pequena quantidade de ácido custa 1d6 do.

Ácido concentrado pode ser usado como arma. Jogar ácido exige um teste de Pontaria contra a Defesa em Combate do alvo. O ácido causa 1 ponto de dano por grau de sucesso. No início da segunda rodada, o ácido causa 1 ferimento por grau de sucesso. Por fim, no início da terceira rodada, a vítima sofre uma lesão. Um personagem que sofra uma lesão por ácido recebe a desvantagem Marcado. Queimar um Ponto de Destino remove esta desvantagem. Se o personagem usa armadura ou escudo, o ácido reduz o VA da armadura ou o Bônus Defensivo do escudo em 1 ponto por grau de sucesso, mas não causa dano ao personagem. O ácido primeiro corrói o escudo. Quando o Bônus Defensivo do escudo chega a 0, ele é arruinado, e o ácido ataca a armadura. Quando o VA da armadura chega a 0, ela é arruinada, e o ácido ataca o personagem.

Um personagem pode deter a progressão do ácido diluindo-o em água, evitando os ferimentos e lesões.

Doença

Os Sete Reinos têm bastante intimidade com a pestilência. Felizmente, exceto por alguns focos isolados, não há uma praga significativa há décadas. Existem três formas de doença: infecção, enfermidade e peste.

Infecção

Infecção ocorre quando um ferimento ou lesão torna-se infectado, e piora. Em geral, é o produto de uma falha Crítica em um teste de Vigor para remover o ferimento ou lesão. O resultado é o acúmulo de outro ferimento ou lesão, até que a vítima morra. Felizmente, em geral um curandeiro habilidoso pode evitar infecções, usando vinho fervido, ervas ou até mesmo vermes para comer a carne necrosada.

Enfermidade

Enfermidade é qualquer tipo de doença normal, de uma gripe comum até uma virose mediana, de brotoejas a doenças venéreas. Enfermidades raramente são fatais, e curam-se com descanso. Uma enfermidade sem tratamento pode piorar até tornar-se incapacitante ou mesmo letal.

Uma enfermidade em geral se espalha por proximidade. Quanto mais perto alguém está de uma pessoa contaminada, maior é a chance de contágio. No final de qualquer cena com um personagem enfermo, todos os personagens presentes devem fazer um teste de Vigor (Resistência) contra uma Dificuldade determinada pelo tempo de contato. Simplesmente estar na mesma área do enfermo exige um teste Fácil (3). Contato casual aumenta a Dificuldade para Rotineira (6). Contato próximo torna-a Desafiadora (9) e contato íntimo significa Dificuldade Formidável (12). Um sucesso indica que o personagem não contrai a enfermidade. Uma falha indica que o personagem fica doente, enquanto que uma falha Crítica indica que ele fica gravemente doente. Personagens doentes sofrem uma penalidade de −1 nos resultados de todos os testes, enquanto que personagens gravemente doentes sofrem −1D em todos os testes.

A enfermidade dura por 1d6 dias. No final deste tempo, o personagem tem direito a outro teste de Vigor, contra a mesma Dificuldade. Uma falha indica que o personagem permanece doente por mais 1d6 dias. Uma falha Crítica significa que o personagem piora, sofrendo −1D em todos os testes, cumulativo com quaisquer outros dados de penalidade. Os dados de penalidade e as penalidades numéricas permanecem até que o personagem se recupere. Caso o número de dados de penalidade iguale a graduação em Vigor do personagem, ele morre.

Um personagem que sofra de uma enfermidade pode ser ajudado por um curandeiro habilidoso. Se o curandeiro tratar do personagem enfermo por pelo menos uma hora por dia da enfermidade, pode substituir o teste de Vigor por seu teste de Cura.

Peste

Pestes são doenças contagiosas que se espalham rapidamente, com resultados desastrosos. Uma peste pode se espalhar por piolhos, pulgas ou outros parasitas. Pode se originar de água suja, esgotos a céu aberto ou outras condições de falta de higiene. Pestes são ameaças muito mais sérias que enfermidades, e em geral têm efeitos letais.

Uma peste pode se espalhar por vários meios. Os mais comuns são fluidos corporais, respirar o mesmo ar ou contato físico. No final de qualquer cena envolvendo uma peste, todos os personagens participantes devem rolar um teste de Vigor. A Dificuldade depende da peste, mas a maior parte impõe Dificuldade Rotineira (6). Um personagem que falhe no teste fica gravemente doente (como em enfermidades). Um personagem que role uma falha Crítica sofre 1 lesão e contrai a peste. A cada dia subsequente, a vítima deve ser bem-sucedida em um teste de Vigor Desafiador (9) para evitar sofrer mais uma lesão. As lesões sofridas por uma peste duram até que a vítima se cure. Personagens com a peste que sejam bem-sucedidos em três testes de Vigor consecutivos ficam curados.

Um personagem que sofra de uma peste pode ser ajudado por um curandeiro habilidoso. Se o curandeiro tratar do personagem enfermo por pelo menos uma hora por dia, pode fazer um teste de Cura Desafiador (9). Em caso de sucesso, o curandeiro concede +1B por grau ao teste de Vigor da vítima.

Um personagem que tome precauções antes de encontrar uma vítima da peste recebe +1D em seu teste de Vigor. Precauções incluem enfaixar o rosto, beber uma infusão de ervas para fortalecer o corpo, etc.

Embriaguez

As pessoas nos Sete Reinos usam vinho ou destilados para purificar sua água ou fortalecer suas bebidas, mas poucos deixam de usar álcool por prazer. Beber demais é o mesmo que estar envenenado. Veja o Capítulo 7: Equipamento, página 170, para mais detalhes.

TABELA 11-9: FOGO		
TAMANHO	DANO	PEGAR FOGO
Minúsculo (vela)	1	Fácil (3)
Pequeno (tocha)	1d6–1	Rotineira (6)
Médio (lareira)	1d6	Desafiadora (9)
Grande (fogueira)	2d6	Formidável (12)
Imenso (prédio em chamas)	3d6	Difícil (15)

TABELA 11-10: QUEDA	
DISTÂNCIA DA QUEDA	EFEITO
2 a 10 metros	1 ponto de dano/metro
11 a 20 metros	1 ferimento/2 metros
21 a 30 metros	1 lesão/2 metros
31+ metros	10 + 3d6 lesões

Fogo

Um personagem desprotegido que entre em contato com fogo sofre dano. A quantidade de dano depende do tamanho do fogo, como mostrado na **Tabela 11-9: Fogo**. Além do dano sofrido, personagens dentro de grandes focos de incêndio podem sufocar decido à fumaça. Veja **Sufocação e Afogamento**, na página 257. O dano de fogo ignora VA.

Veja o **Capítulo 10: Guerra** para mais detalhes sobre fogo e campos de batalha.

Pegando Fogo

Um personagem exposto a fogo corre o risco de pegar fogo a cada rodada em contato com as chamas. No início de seu próximo turno, o personagem deve ser bem-sucedido em um teste de Agilidade contra uma Dificuldade determinada pelo tamanho do fogo (veja a **Tabela 11-9: Fogo**). Em caso de falha, o personagem pega fogo, sofrendo dano de fogo no início do seu próximo turno. A cada rodada em que permanecer em chamas, sofre dano como se o fogo fosse um passo maior, até sofrer 3d6 pontos de dano por rodada. A cada rodada, ele tem direito a outro teste de Agilidade para apagar o fogo. Imersão completa em água apaga o fogo automaticamente. Outras circunstâncias podem conceder dados de bônus ou dados de teste adicionais.

Água Fervente

Água fervente queima a carne das vítimas e, em grandes quantidades, pode matar. Um personagem imerso em água fervente sofre 1d6 pontos de dano (ignorando VA) a cada rodada de imersão, e 1 ponto de dano na rodada seguinte. Ser atingido por água fervente causa apenas 1 ponto de dano.

Óleo Fervente

Óleo fervente é muito pior que água fervente, pois pode entrar em combustão — e muitas vezes entra. Um personagem imerso em óleo fervente sofre 2d6 pontos de dano a cada rodada de imersão, 1d6 pontos de dano na rodada seguinte e 1 ponto de dano na rodada posterior. Além disso, há 1 chance em 6 de que o óleo se incendeie, causando 1d6 pontos de dano a cada rodada. Todo o dano de óleo fervente ignora VA. Ser atingido por óleo fervente causa apenas 1d6 pontos de dano.

Fogo Selvagem

Fogo selvagem é uma substância mortífera, criada pelos piromantes de Porto do Rei. Um personagem atingido por um frasco de fogo selvagem sofre 2d6 pontos de dano a cada rodada, por 1d6 rodadas. Como o fogo selvagem queima mesmo debaixo d'água, a substância continua ardendo até a duração acabar.

Queda

Quando um personagem cai de uma certa altura, sofre dano ao aterrissar. A quantidade de dano depende da altura, como mostrado na **Tabela 11-10: Queda**. O dano por uma queda ignora VA. Cair sobre uma superfície macia, como água ou folhas, reduz o dano à metade.

Reduzindo o Dano de Queda

Um personagem pode reduzir o dano de uma queda com um teste de Acrobacia **Rotineiro (6)**. Um sucesso efetivamente reduz a distância da queda em 3 metros, mais 1 metro por grau adicional. Assim, um personagem pode ignorar dano por 3 metros com um resultado 6, de 4 metros com um resultado 11 e assim por diante. Como quedas muitas vezes acontecem fora de combate, qualquer dano abaixo da Saúde do personagem desaparece em pouco tempo. Contudo, caso o dano exceda a Saúde, o personagem provavelmente precisará sofrer um ferimento para sobreviver.

Casas Nobres

O conceito da casa nobre ajuda a unir os jogadores sob um único estandarte, ligá-los ao cenário e oferecer um refúgio em um mundo muitas vezes hostil. A criação da casa nobre dos jogadores é um processo cooperativo, que envolve o grupo todo, no qual vocês geram uma família, seu brasão e a maioria de suas figuras significativas. Devido à importância desta fase da criação dos personagens, estabelecer uma casa de valor é importante para o desenvolvimento do jogo e as histórias que o grupo contará.

Seu Papel

Antes que os jogadores comecem a trabalhar em sua casa, você deve ter uma boa ideia do tipo de crônica que deseja narrar. Ter em mente os lugares e eventos que surgirão antes que os jogadores comecem é uma boa forma de garantir que as decisões serão corretas. Além disso, este planejamento permite que você insira boas sementes de histórias logo no início, criando as relações entre a casa dos jogadores e seus rivais, para que eles conheçam as demais figuras poderosas na área.

Outras Casas

As regras de criação de casas são feitas para fornecer uma estrutura para uma casa controlada pelos jogadores. Quando você se propõe a criar uma casa nobre sob seu controle, não está restrito às mesmas regras, embora elas possam ajudar a construir casas comparáveis às dos PJs. Use as regras como apoio, um guia para tomar boas decisões sobre as terras e posses dos rivais.

Sorte da Casa

O sistema de Sorte da Casa ajuda a simular os eventos inesperados que podem aumentar ou diminuir os recursos da casa. Contudo, ainda mais importante é seu papel para oferecer novas oportunidades de histórias — introduzir novos personagens, tramas e eventos. Quando os jogadores rolam a Sorte da Casa, o sucesso depende deles. Eles devem rolar pelo menos uma vez a cada três meses (veja na página 153), mas podem rolar todos os meses, se quiserem. Se os jogadores decidirem rolar Sorte da Casa, o PJ ou PN que atua como administrador rola um teste de Status (os dados de bônus de Administração se aplicam). O resultado do teste determina a sorte.

Há seis eventos possíveis: três positivos e três negativos. A sorte se revela em algum ponto do turno seguinte, tomando a forma que o narrador decidir. O evento pode funcionar como o início de uma nova história, ou pode ser apenas algo que acontece independentemente das ações dos personagens.

Dádiva

Uma Dádiva é um benefício considerável para a casa. Pode significar as boas graças de um lorde ou do rei, uma recompensa financeira inesperada, uma aliança benéfica, uma oportunidade de negócio ou um casamento lucrativo. Uma Dádiva melhora um dos recursos da casa em 1 a 6 pontos, ou dois recursos da casa em 1 a 3 pontos cada.

Bênção

Uma Bênção é um benefício menor, um evento positivo que melhora a casa de alguma forma. Bênçãos podem ser alianças úteis, um convite para um torneio importante, a visita de um lorde poderoso, etc. Uma Bênção melhora um recurso em 1 a 3 pontos, ou dois recursos em 1 ponto cada.

Crescimento

Um resultado Crescimento reflete a melhora de um ou mais recursos da casa. Pode se originar de novas terras sendo concedidas, de uma explosão populacional, de uma virada positiva na economia, etc. Crescimento melhora um recurso em 1 ponto.

Declínio

Um resultado Declínio reflete a diminuição de um ou mais recursos da casa. Revela uma mudança na sorte da casa, como a perda de terras, o enfraquecimento de defesas, o início de uma nova doença e outras infelicidades menores. Declínio reduz um recurso em 1 ponto.

Maldição

Maldições são reveses significativos, e podem incluir bandoleiros, clima ruim, uma praga nas plantações, deserção, uma onda de crimes e outros efeitos. Uma Maldição reduz um recurso em 1 a 3 pontos, ou dois recursos em 1 ponto cada.

Desastre

Um Desastre é um evento de proporções catastróficas. Exemplos incluem uma peste, o ódio de um lorde ou do rei, a desgraça de um aliado, criminalidade generalizada, etc. Desastre reduz um recurso da casa em 1 a 6 pontos, ou dois recursos em 1 a 3 pontos cada.

Magia

A magia desapareceu do mundo. Os filhos da floresta se foram. Os sacerdotes não realizam milagres. As artes negras da necromancia não funcionam mais, e até mesmo os piromantes perderam boa parte de seu conhecimento, decaindo a meras sombras de sua grandeza de outrora. A magia tornou-se reduto de lendas e mitos, existindo apenas na superstição da plebe.

Mas será mesmo?

Desde as primeiras páginas de *A guerra dos tronos*, fica claro que a magia retornou a Westeros. Seus efeitos são sutis num primeiro momento — mas, à medida que os livros rumam a uma conclusão, eventos cada vez mais estranhos ocorrem. A Mulher Vermelha dá à luz horrendas sombras. Dragões vivem mais uma vez. Os mortos caminham no norte gelado, e relíquias ancestrais de incrível poder são recuperadas de suas câmaras. Velhos feitiços colocados no gelo e na pedra se fortalecem mais uma vez. Os sacerdotes encontram novo poder em seus deuses. Os piromantes recuperam segredos e poderes há muito perdidos. A magia pode ter entrado em declínio com a Queda de Valyria, mas está de volta. Talvez ainda em forma de um mero gotejar, mas sem dúvida logo será uma enxurrada.

Magia e o Jogo

GdTRPG reconhece que a magia existe. Contudo, na época em que o jogo se passa, ela ainda não voltou de forma significativa. Os Outros e os carniçais espreitam nas terras além da Muralha, mas são problemas dos selvagens. No resto de Westeros, não passam de histórias para amedrontar crianças, contos fantasmagóricos contados ao redor de fogueiras à noite. Os sacerdotes seguem respeitando sua fé (ao menos em aparência), mas não têm mais capacidade mágica do que um plebeu criador de sanguessugas. Nem mesmo os meistres, que examinam as artes perdidas da magia, têm qualquer sucesso em descobrir o poder de antigos feitiços, livros e pergaminhos. Assim, embora a magia permaneça real, é obscura, misteriosa e muito menos poderosa do que já foi.

Mesmo assim, a magia deve existir em seus jogos. Em vez de relâmpagos disparados dos dedos de feiticeiros, a magia é algo misterioso, um poder repleto de história, cobrindo a terra de forma invisível, até que as circunstâncias exijam sua revelação.

A magia serve como uma ferramenta narrativa, um meio de levar suas histórias adiante, de adicionar clima a lugares históricos, ou de criar uma atmosfera de mistério e medo em suas tramas. A magia pode cumprir qualquer função que você desejar, explicando uma súbita percepção, um sonho estranho ou mesmo algo na arquitetura de uma construção. À medida que a sua campanha progride para a época dos livros, a magia pode retomar uma força maior. Objetos antigos podem manifestar grandes poderes. Os personagens podem aprender e dominar feitiços e rituais. Demônios horrendos e monstros terríveis podem marchar sobre as terras. Qualquer que seja sua decisão, a magia deve permanecer perigosa e misteriosa, sempre assombrosa, e sempre além do alcance dos mortais comuns.

> *"A feitiçaria é uma espada sem cabo. Não há maneira segura de empunhá-la."*
>
> — O Lorde Cornudo

Augúrios & Portentos

Uma das manifestações do sobrenatural no mundo são augúrios, portentos e sonhos. Sinais e avisos que estão por toda parte, reconhecíveis por aqueles que sabem o que procurar, e onde. Com certeza o maior exemplo presente nos livros é o momento em que Jon Neve e Robb Stark encontram os filhotes de lobos atrozes na neve. Havia um filhote para cada filho da Casa Stark: cinco ao redor da carcaça de sua mãe e um sozinho, separado do resto. O surgimento destes lobos sinalizava a importância dos filhos da Casa Stark, mas também prenunciava o destino dos Stark nos anos seguintes.

Augúrios são excelentes formas de introduzir os temas da crônica aos jogadores. Você não precisa criar circunstâncias idênticas às que afetaram a Casa Stark, mas alguma visão estranha ou evento inexplicável pode resumir os desafios e ameaças que a casa deverá enfrentar. Apresentando o augúrio logo de início, você pode estabelecer o tom da crônica inteira, montando a trama de forma a criar o mesmo peso que a Casa Stark sustenta nos livros.

Visão Verde

Visão verde é a capacidade, outrora possuída pelos filhos da floresta, de ter vislumbres do futuro. Os eventos testemunhados pela mente nos assim chamados "sonhos verdes" sempre ocorrem, mesmo que as circunstâncias do sonho não sejam aparentes de pronto. A visão verde é rara em Westeros. Se existir nas terras além dos Sete Reinos, é conhecida por outros nomes.

Como a visão verde sempre é correta e as ações dos jogadores raramente são previsíveis, utilizá-la pode ser um desafio. Você pode nem mesmo desejar incluí-la. Mas, se permiti-la e um jogador investir nessa qualidade, você terá

> *"Feitiçaria é o molho que os tolos derramam sobre a falha, para ocultar o sabor de sua própria incompetência."*
> — Tyrion Lannister

que usá-la. Se algum jogador possuir a visão verde, você deve usá-la pelo menos uma vez a cada uma ou duas histórias.

Criando um Sonho Verde

Um sonho verde não precisa descrever exatamente o que acontecerá, e quando. Em vez disso, o sonho costuma mostrar uma cena específica, um evento importante relacionado à história, que marque um ponto de virada na trama. Assim, ao usar a visão verde, você deve escolher uma cena crucial que aparecerá no sonho. Em vez de descrever em detalhes o evento, encha a cena inteira de símbolos. Examine o cenário e estabeleça-o como pano de fundo para o sonho. Então determine os principais personagens do narrador relacionados à cena. Use seus brasões ou terras natais para simbolizar sua presença. Por fim, decida o que está em jogo na cena e molde a ação do sonho para representar seu desenrolar mais provável.

Um bom exemplo presente nos livros é o sonho de Jojen sobre a morte de Bran e Rickon Stark. Jojen tinha certeza de que os garotos iriam morrer, mas eles não morreram. Em vez disso, todos passaram a acreditar que eles estivessem mortos, quando Theon Greyjoy assassinou dois meninos plebeus em seu lugar, para ocultar sua fuga e solidificar o domínio de Winterfell. Neste exemplo, você pode ver que, embora o desenrolar esperado não tenha ocorrido, o sonho ainda mostrou-se verdadeiro, pois todos acreditavam nas mortes de Bran e Rickon, e eles tiveram de passar por muitas dificuldades.

Um truque para lidar com estas previsões é simplesmente fornecer portentos crípticos, cheios de simbolismo, e então moldar a história do jogo para se adequar à visão! Assim, o que o personagem viu "se realiza", e você parece ter planejado tudo desde o início.

Adversários & Aliados

Adversários e aliados são personagens humanos que povoam o mundo. Personagens do narrador são parecidos com personagens jogadores de muitas formas, e usam as mesmas regras dos PJs. Contudo, raramente exigem o mesmo detalhamento para cumprir sua função na história. Todos os personagens do narrador enquadram-se em um de três grupos: primários, secundários e terciários. O grupo descreve o modo como o personagem interage com a história e a quantidade de detalhes que você deve fornecer.

Personagens Primários

Personagens primários são os mais próximos dos PJs em termos de detalhamento, história, objetivos e motivações. Estes personagens são proeminentes na trama e podem surgir em várias histórias, ou ao longo de toda a campanha. Adversários primários são vilões importantes e qualquer grande planejador que se oponha aos personagens e sua casa. Aliados primários são os familiares mais próximos, coadjuvantes de peso e outros que tenham lugar importante nas vidas dos personagens.

Criando Personagens Primários

Personagens primários usam todas as regras descritas no **Capítulo 3: Criação de Personagens**. Uma vez que você tenha terminado de criar um personagem primário, pode dar-lhe 1d6x10 pontos de Experiência para melhorar habilidades e especialidades, se quiser.

Personagens Primários e o Jogo

Personagens primários têm todas as mesmas opções e seguem todas as mesmas regras que personagens jogadores. Sofrem ferimentos e lesões para reduzir ou anular dano. Têm Pontos de Destino, benefícios e defeitos. Muitos também são parte de uma casa — neste caso, você deve criá-la.

Personagens Secundários

Um personagem secundário é um personagem do narrador cuja presença e importância raramente se estendem além de uma única história. Estes personagens podem desempenhar um papel importante na história, mas não tão significativo quanto personagens primários. Muitas vezes são servos valorizados, mas menores, ou capangas de adversários primários.

Criando Personagens Secundários

É fácil criar personagens secundários. Siga estes passos:

- Escolha a habilidade mais importante do personagem secundário, designando a ela 5 graduações.
- Escolha outras duas habilidades, designando 4 graduações a cada uma.
- Escolha quatro habilidades com 3 graduações.
- Escolha quatro especialidades associadas com qualquer habilidade. Cada especialidade concede dados de bônus iguais à metade da graduação da habilidade relacionada (arredonde para baixo).
- Equipe o personagem como quiser.
- Calcule as estatísticas derivadas (Defesa em Combate, Saúde, Defesa em Intriga, Compostura e dano das armas) normalmente.
- Decida uma característica física e uma característica de personalidade para ajudar a caracterizar o personagem no jogo.

Personagens Secundários e o Jogo

Personagens secundários usam a maior parte das regras destinadas a PJs. Em combate, podem sofrer ferimentos, mas não lesões. Em intriga, podem sofrer frustração como normal. A maioria dos personagens secundários não tem benefícios ou defeitos, e nenhum deles tem Pontos de Destino.

Personagens Terciários

Personagens terciários são todos os personagens menores que povoam o mundo. Incluem taverneiros, mercadores, pequenos lordes, soldados, guardas, bandidos e quase qualquer outra pessoa. Um personagem terciário só é importante por uma única cena. Assim, exige muito menos detalhes que um personagem secundário ou primário.

Criando Personagens Terciários

É fácil criar personagens terciários. Siga estes passos:

- Escolha uma ou duas habilidades e designe 3 ou 4 graduações a cada uma.
- Se você designou 4 graduações às habilidades no passo anterior, escolha mais duas habilidades e designe 3 graduações a cada uma.

- Escolha duas ou três especialidades. Cada uma tem 1B.
- Equipe o personagem como quiser.
- Calcule apenas as estatísticas derivadas relevantes para a cena (Defesa em Combate, Saúde e dano das armas para combates, Defesa em Intriga e Compostura para intrigas).

Personagens Terciários e o Jogo

Personagens terciários nunca sofrem ferimentos, lesões ou frustração. Uma vez que sua Saúde ou Compostura seja reduzida a 0, estão derrotados. Personagens terciários não têm benefícios, defeitos ou Pontos de Destino.

Promovendo PNs

Você pode promover um personagem do narrador de um grupo a outro. As decisões que você já tomou podem servir como mapa para reconstruir o personagem, usando os procedimentos descritos acima. Simplesmente reconstrua o personagem e certifique-se de designar habilidades de forma a cobrir todas as habilidades que já haviam sido decididas. Assim, se um personagem terciário tinha Luta 4, deve ter Luta 4 ou 5 ao ser promovido a personagem secundário.

Evoluindo PNs

Você pode evoluir personagens do narrador à medida que aparecem nas histórias usando a velocidade de que você precisar para o jogo. Os adversários devem melhorar suas habilidades para continuar representando desafio aos personagens jogadores — assim, à medida que os PJs melhoram suas habilidades de combate, os adversários primários também devem evoluir. Com personagens secundários, a evolução não é necessária, pois os PJs devem ofuscá-los e enfrentar novos personagens secundários em histórias futuras. Personagens terciários nunca evoluem.

Rebaixando PNs

Se um personagem primário perder importância ao longo da crônica, você não precisa ter o trabalho de rebaixá-lo a secundário, pois provavelmente ele não irá aparecer (ou aparecerá com menos frequência) nas próximas histórias. Simplesmente use as estatísticas que já estão prontas. Contudo, o personagem pode perder o direito de sofrer ferimentos ou lesões, refletindo sua presença diminuída.

Exemplos de Personagens do Narrador

Os personagens terciários a seguir podem ser usados como adversários ou aliados pré-prontos em suas histórias.

Assassino

Matadores de aluguel são ferramentas úteis para eliminar rivais. Muitos assassinos são pessoas desesperadas, que acabam matando por dinheiro para sobreviver. Outros são membros de organizações sinistras, como os Homens sem Rosto de Braavos e os Pesarosos de Qarth.

A ficha a seguir descreve um assassino típico. Os Homens sem Rosto e os Pesarosos têm mais talentos e capacidades, sendo personagens secundários ideais. Em geral, assassinos são usados em cenas de combate. Você também pode usar um assassino em uma cena de intriga, especialmente se ele for um especialista em venenos. Neste caso, use as estatísticas de um cortesão.

Agilidade	3		
Furtividade	4	Esgueirar-se 1B	
Luta	4	Lâminas Curtas 1B	
Vigor	3		
Defesa em Combate 6		Saúde 9	
Movimento 4		Corrida 16	
Couro Macio	VA 2	PA −1	Volume 0
Estilete	4D	Dano 3	Perfurante 2

Bandido

Da antiga Irmandade da Floresta do Rei até os selvagens além da Muralha, bandidos espreitam nos ermos, atacando os viajantes que passam por suas terras. A maioria compõe-se de grupos desorganizados, que atacam apenas quando têm vantagem numérica. Caso enfrentem qualquer tipo de resistência, costumam fugir. As estatísticas a seguir podem ser usadas para bandoleiros, saqueadores das Montanhas da Lua, homens de ferro e selvagens.

Furtividade	4	Esgueirar-se 1B	
Luta	3	Machados 1B	
Sobrevivência	3		
Defesa em Combate 4		Saúde 6	
Movimento 3		Corrida 10	
Peles	VA 5	PA −2	Volume 2
Machado	3D+1B	Dano 3	Adaptável

Cavaleiro Errante

Cavaleiros errantes são guerreiros sem terras que proferiram os votos da cavalaria, mas ainda precisam vender suas espadas a lordes, cavaleiros com terras ou a qualquer um que os contrate. A maioria das pessoas vê os cavaleiros errantes com desprezo, pois muitas vezes eles têm origem plebeia. Cavaleiros errantes costumam ser encontrados em companhia de lordes menores, príncipes mercadores e outros personagens de posição social intermediária.

Atletismo	3		
Lidar com Animais	3	Cavalgar 1B	
Luta	4	Lâminas Longas 1B	
Vigor	4		
Defesa em Combate 8		Saúde 12	
Movimento 3		Corrida 9	
Cota de Malha	VA 5	PA −3	Volume 2
Escudo Grande	3D	Dano 1	Defensivo +4
Espada Longa	4D+1B	Dano 4	
Lança de Guerra	4D	Dano 7	ver p. 197

Cortesão

Cortesãos são pequenos aristocratas e nobres menores que compõem o séquito de um lorde. Podem incluir cavaleiros de pouca importância, enviados de terras distantes, damas de companhia, pretendentes à mão de alguma donzela e outro indivíduos de alta estirpe. Cortesãos jogam o jogo dos tronos com variados graus de habilidade, e são fontes úteis de boatos e intrigas.

Astúcia	3		
Enganação	3	Blefar 1B	
Percepção	2	Empatia 1B	
Status	4		
Defesa em Intriga 9		Compostura 6	
Movimento 3		Corrida 9	
Roupas	VA 0	PA −0	

Guarda

Guardas são comuns no forte ou castelo de qualquer lorde, pois tomam conta da segurança da família nobre. O guarda descrito aqui representa um miliciano, um sentinela e até mesmo um soldado de infantaria.

Atletismo	4	
Luta	4	Armas de Haste 1B

Percepção	3	Notar 1B	
Vigor	3		
Defesa em Combate 6	Saúde 9		
	Movimento 3	Corrida 9	
Cota de Malha	VA 5	PA −3	Volume 2
Alabarda	4D	Dano 7	ver p. 196

CRIATURAS

Nem todos os inimigos e aliados dos PJs serão humanos. Muitos são animais comuns, tanto domesticados quanto selvagens. Em geral, animais costumam evitar os humanos. Contudo, um animal faminto — ou tocado pelo sobrenatural — pode ser um inimigo temível.

Criaturas têm graduação 0 nas seguintes habilidades: Conhecimento, Cura, Enganação, Guerra, Ladinagem, Idioma, Lidar com Animais, Persuasão, Pontaria e Status. Elas falham automaticamente em testes relacionados a estas habilidades. Certos usos de outras habilidades também podem ser impossíveis. Alguns animais podem ter acesso à especialidade Voar, de Atletismo — é o equivalente de Correr para animais voadores. Por fim, todos os animais têm graduação 1 em Astúcia.

Criaturas em geral não sofrem ferimentos e lesões, embora possam ter o direito de fazê-lo quando representam ameaças maiores. Animais ligados a personagens pelo benefício Companheiro Animal sofrem ferimentos e lesões da mesma forma que personagens.

CAVALOS

Os povos de Westeros domesticaram cavalos para trabalho, guerra e companhia. Devido a sua importância, existem muitos tipos de montarias, dos puros-sangues e corcéis usados por cavaleiros até os humildes garranos, valorizados por sua estabilidade. As descrições destes animais podem ser encontradas no **Capítulo 7: Equipamento**, a partir da página 167.

PURO-SANGUE

Agilidade	3		
Atletismo	5	Correr 2B, Força 2B, Saltar 2B	
Luta	3		
Percepção	3	Notar 3B	
Vigor	5	Resistência 2B, Vitalidade 4B	
Vontade	4		
Defesa em Combate 9	Saúde 15	Movimento 6	
Cascos		3D	Dano 6	Poderoso

CORCEL

Agilidade	4	Rapidez 2B	
Atletismo	4	Correr 2B, Força 2B, Saltar 2B	
Luta	3		
Percepção	3	Notar 3B	
Vigor	4	Resistência 1B, Vitalidade 3B	
Vontade	3		
Defesa em Combate 9	Saúde 12	Movimento 8	
Cascos		3D	Dano 6	Poderoso

CAVALO DE BATALHA

Agilidade	3	Rapidez 1B	
Atletismo	4	Correr 2B, Força 2B, Saltar 1B	
Luta	2		
Percepção	3	Notar 3B	
Vigor	5	Resistência 2B, Vitalidade 3B	
Vontade	3		
Defesa em Combate 8	Saúde 15	Movimento 8	
Cascos		2D	Dano 6	Poderoso

CORCEL DE AREIA

Agilidade	4	Rapidez 3B	
Atletismo	4	Correr 3B, Força 1B, Saltar 3B	
Luta	2		
Percepção	3	Notar 3B	
Vigor	4	Resistência 2B, Vitalidade 4B	
Vontade	4		
Defesa em Combate 9	Saúde 12	Movimento 10	
Cascos		2D	Dano 4	Poderoso

CAVALO DE TRAÇÃO

Atletismo	3	Força 3B	
Luta	1		
Percepção	3	Notar 1B	
Vigor	4	Resistência 2B, Vitalidade 4B	
Defesa em Combate 6	Saúde 12	Movimento 6	
Mordida		1D	Dano 3	

Garrano

Agilidade	4	Equilíbrio 2B
Atletismo	3	Força 1B
Luta	1	
Percepção	3	Notar 2B
Vigor	4	Resistência 2B
Vontade	3	

Defesa em Combate 8	Saúde 12	Movimento 6
Mordida	1D	Dano 3

Mula

Agilidade	3	Equilíbrio 1B
Atletismo	4	Força 3B
Luta	1	
Percepção	3	Notar 2B
Vigor	4	Resistência 1B, Vitalidade 3B
Vontade	3	

Defesa em Combate 8	Saúde 12	Movimento 6
Mordida	1D	Dano 4

Palafrém

Agilidade	4	Equilíbrio 1B, Rapidez 2B
Atletismo	3	Força 1B, Saltar 1B
Luta	1	
Percepção	3	Notar 2B
Vigor	4	Resistência 2B, Vitalidade 3B
Vontade	3	

Defesa em Combate 8	Saúde 12	Movimento 8
Mordida	1D	Dano 3

Pônei

Agilidade	3	Equilíbrio 1B, Rapidez 1B
Atletismo	3	Força 1B
Luta	1	
Percepção	3	Notar 2B
Vigor	3	Resistência 1B, Vitalidade 2B
Vontade	3	

Defesa em Combate 7	Saúde 9	Movimento 6
Mordida	1D	Dano 3

Águia

Águias habitam os cumes das Montanhas da Presa Gelada em ambos os lados da Muralha. Atacam humanos apenas caso seus ninhos sejam ameaçados, se forem treinadas para a guerra ou se forem compelidas por um trocador de peles.

Agilidade	4	Rapidez 2B
Atletismo	2	Voar 2B
Luta	3	
Percepção	4	Notar 2B
Sobrevivência	3	Caçar 2B

Defesa em Combate 12	Saúde 6	Movimento 8
Garras	3D	Dano 2

Garras Cegantes: uma águia que obtenha pelo menos dois graus de sucesso em um ataque com suas garras pode cegar temporariamente seu adversário. O oponente sofre –2D em todos os testes e falha automaticamente em testes de Pontaria, até o final do combate. Uma águia que obtenha quatro ou mais graus de sucesso cega *permanentemente* seu adversário, impondo-lhe o defeito Sentido Deficiente.

Cão

Usados para guerra, caça e companhia, cães podem ser encontrados em qualquer comunidade, ou em matilhas selvagens.

Agilidade	3	Esquiva 1B, Rapidez 1B
Atletismo	3	Correr 1B, Nadar 1B, Saltar 1B
Furtividade	3	
Luta	3	
Percepção	3	Notar 2B
Sobrevivência	3	Caçar 1B, Rastrear 2B
Vigor	3	Resistência 1B, Vitalidade 1B

Defesa em Combate 11	Saúde 9	Movimento 8
Mordida	3D	Dano 3

Corvo

Os meistres usam corvos para levar mensagens pelos Sete Reinos. Corvos são confiáveis e podem se defender contra outras aves e predadores. Têm fôlego para voar por longas distâncias.

Agilidade	4	Rapidez 1B
Astúcia	1	Memória 2B

Atletismo	1	Voar 1B		
Luta	1			
Percepção	3	Notar 1B		
Vigor	1	Vitalidade 1B		
Defesa em Combate 10		Saúde 3		Movimento 6
Bico		1D	Dano 1	

Corvos Brancos

A Cidadela em Velha Vila mantém uma raça especial de corvos mais fortes, rápidos e inteligentes, facilmente identificáveis por sua plumagem albina. Corvos brancos têm Atletismo 2 (Voar 2B), Astúcia 2 (Memória 2B), Vigor 2 (Vitalidade 2B) e Movimento de voo de 8 metros.

Gato Sombrio

Gatos sombrios são grandes felinos com pelagem listrada. São comuns nas montanhas de Westeros e atacam sem provocação. Uma vez que estejam no rastro de uma futura refeição, raramente desistem.

Agilidade	4	Equilíbrio 2B, Esquiva 1B, Rapidez 1B		
Atletismo	4	Escalar 2B, Correr 2B, Força 1B, Nadar 1B, Saltar 2B		
Furtividade	5	Esgueirar-se 1B		
Luta	4			
Percepção	5	Notar 2B		
Sobrevivência	4	Caçar 1B, Rastrear 1B		
Vigor	3	Vitalidade 1B		
Defesa em Combate 13		Saúde 9		Movimento 8
Garras		4D	Dano 5	Poderosa

Carga em Salto: quando um gato sombrio faz uma carga, pode fazer dois ataques — um com suas garras e outro com sua mordida (ataque 4D, dano 4, cruel).

Furtivo: um gato sombrio ganha +1D em testes de Furtividade à noite.

Javali

Caçar javalis selvagens é um passatempo popular nos Sete Reinos, um esporte que prova a força e astúcia de um guerreiro. Javalis podem ser encontrados em todas as partes de Westeros. São criaturas agressivas, mas raramente atacam humanos a menos que sejam provocados primeiro.

Agilidade	3	Rapidez 2B		
Atletismo	3	Correr 1B, Força 1B		
Furtividade	3			
Luta	3			
Percepção	4	Notar 2B		
Sobrevivência	4	Coletar 2B		
Vigor	3	Resistência 1B, Vitalidade 2B		
Vontade	3			
Defesa em Combate 9		Saúde 9		Movimento 6
Presas		3D+1B	Dano 4	Cruel, Poderosa

Armadura Natural: um javali possui VA 1.

Feroz: um javali pode sofrer ferimentos para reduzir dano à sua Saúde.

Lagarto-Leão

Répteis ferozes encontrados no Gargalo e em outros pântanos e correntes vagarosas em Westeros, lagartos-leões são bastante temidos por suas mordidas cruéis.

Agilidade	3	Contorcionismo 1B, Rapidez 2B
Atletismo	4	Força 2B, Nadar 4B
Furtividade	3	
Luta	3	
Percepção	3	Notar 2B
Sobrevivência	3	
Vigor	4	
Defesa em Combate 10	Saúde 12	Movimento 6
Mordida	3D	Dano 6 · Agarrar

Armadura Natural: um lagarto-leão possui VA 3.

Feroz: um lagarto-leão pode sofrer ferimentos para reduzir dano à sua Saúde.

Lobo

Diferentes de seus primos maiores (os lobos atrozes), lobos são muito mais comuns, existindo em alcateias desde o Norte até as terras fluviais. Você também pode usar estas estatísticas para os cães de areia de Dorne.

Agilidade	3	Esquiva 1B, Rapidez 1B
Atletismo	3	Correr 1B, Força 1B, Nadar 1B, Saltar 1B
Furtividade	4	Esgueirar-se 1B
Luta	3	
Percepção	3	Notar 1B
Sobrevivência	4	Caçar 1B, Coletar 1B, Rastrear 1B
Vigor	3	Vitalidade 1B
Defesa em Combate 11	Saúde 9	Movimento 6
Mordida	3D	Dano 3

Derrubar: sempre que um lobo obtém pelo menos dois graus de sucesso em um teste de Luta, pode abrir mão do dano extra para jogar seu oponente no chão.

Lobo Atroz

Raramente vistos a sul da Muralha, lobos atrozes são predadores temíveis, conhecidos por sua velocidade e selvageria. Sua mera presença é suficiente para enervar pessoas e animais, e seus uivos podem causar arrepios de medo em todos que os ouvem.

Agilidade	3	Esquiva 2B, Rapidez 2B
Astúcia	1	Memória 1B
Atletismo	4	Correr 3B, Força 1B, Nadar 1B, Saltar 2B
Furtividade	5	Esgueirar-se 1B
Luta	4	
Percepção	4	Notar 2B
Sobrevivência	5	Caçar 1B, Coletar 2B, Orientar-se 1B, Rastrear 1B
Vigor	4	Resistência 2B, Vitalidade 2B
Defesa em Combate 11	Saúde 12	Movimento 8
Mordida	4D	Dano 5 · Cruel, Poderosa

Armadura Natural: um lobo atroz possui VA 1.

Carga em Salto: quando um lobo atroz faz uma carga, pode fazer dois ataques — um com sua mordida e outro com suas garras (ataque 4D, dano 3).

Derrubar: sempre que um lobo atroz obtém pelo menos dois graus de sucesso em um teste de Luta, pode abrir mão do dano extra para jogar seu oponente no chão.

Mamute

Enormes bestas peludas, usadas por gigantes como montarias e animais de carga, os mamutes estão extintos em todos os lugares, exceto no extremo norte.

Atletismo	4	Força 2B
Luta	3	
Percepção	3	
Vigor	6	Vitalidade 2B
Defesa em Combate 7	Saúde 18	Movimento 4
Presas	3D	Dano 10 · Atordoante

Armadura Natural: um mamute possui VA 10.

Feroz: um mamute pode sofrer ferimentos para reduzir dano à sua Saúde.

Urso

Ursos são comuns no norte, habitando as Montanhas da Presa Gelada, os Regatos e a Floresta do Rei. Os mais temidos são os ursos brancos do extremo norte, além da Muralha. Ursos são muito menos comuns nas terras cultivadas do sul, estando confinados às Terras Tempestuosas e raramente às Terras Ocidentais.

Agilidade	2	Rapidez 1B
Atletismo	4	Escalar 1B, Força 4B, Nadar 1B
Luta	4	
Percepção	3	Notar 2B
Sobrevivência	5	Coletar 2B, Rastrear 1B

Vigor	5	Resistência 2B, Vitalidade 2B	
Defesa em Combate 9	Saúde 15		Movimento 5
Garras	4D	Dano 8	Cruel, Lenta, Poderosa, Perfurante 1
Mordida	4D	Dano 5	Agarrar
Armadura Natural: um urso possui VA 2.			

Criaturas Sobrenaturais

Poucas criaturas dos mitos sobrevivem até os dias de hoje, embora sinais de sua existência possam ser encontrados pelo mundo — na heráldica usada por famílias nobres, na arte, nas lendas e em suas ossadas. Muitas das criaturas sobrenaturais que supostamente existiram são puramente mitológicas, como os snarks e gramequins das histórias. Contudo, algumas histórias têm origem em fatos reais, e criaturas ancestrais podem voltar a caminhar na terra.

Gigante

Acredita-se que os gigantes foram extintos eras atrás — há tanto tempo que a maioria considera-os pouco mais do que monstros mitológicos. Os gigantes ainda vivem em Westeros, mas apenas nas terras além da Muralha. Um gigante tem a forma e aspecto geral de um homem, mas pode chegar a quatro metros de altura. Pelos grossos cobrem seus corpos, e eles têm um cheiro ácido característico. Seu peito é afundado, e a parte inferior de seu tronco tem o dobro da largura da parte superior. Eles têm braços compridos, que se estendem muito abaixo de suas cinturas. Andam sobre pernas curtas e grossas que terminam em pés largos, com poucos dedos abrutalhados. Seus rostos são achatados e brutos, com olhos pequenos quase escondidos sob camadas de carne e chifres.

Os gigantes dependem de seu olfato aguçado para compensar por sua visão ruim. Embora claramente sejam mais próximos dos animais do que dos homens, usam ferramentas e são capazes de falar — em geral na velha língua dos Primeiros Homens. Os gigantes costumam ser reservados, até que tenham motivo para deixar de lado sua desconfiança de outras pessoas e juntar-se a elas.

Agilidade	2	Rapidez 1B
Atletismo	5	Arremessar 2B, Força 3B
Idioma	2	Velha Língua
Lidar com Animais	3	Treinar 1B
Luta	5	Armas de Contusão 1B
Percepção	3	Notar 1B
Sobrevivência	4	Coletar 1B, Orientar-se 1B, Rastrear 1B
Vigor	5	Resistência 2B

Defesa em Combate 8	Saúde 15		Movimento 4
Porrete	5D+1B	Dano 6	Estilhaçador 2, Lento

Armadura Natural: um gigante possui VA 4.

Nascido no Frio: gigantes podem viver confortavelmente em climas de frio extremo.

Os Outros

Criaturas lendárias, os Outros, também conhecidos como Caminhantes Brancos, são seres vis, imbuídos com o frio puro. Têm o tamanho e forma dos homens, mas seus movimentos são aberrantes, seus corpos são capazes de agilidade e velocidade inumanas, dardejando pelas sombras da noite de inverno. Os Outros têm carne cor do leite e olhos que queimam com luz azul.

Os Caminhantes Brancos deleitam-se na matança, e suas habilidades de luta são excelentes. Em combate, gargalham com alegria perversa, o som de suas risadas penetrando diretamente no coração. Usam uma estranha armadura sobrenatural, placas que adquirem as tonalidades e texturas de seus arredores, camuflando-os. Empunham espadas cruéis feitas de uma substância igualmente estranha, fina e emanando luz da lua de seu fio quando usadas para golpear.

Os humanos e animais mortos pelos Outros são condenados a reerguer-se como carniçais, horrendas paródias mortas-vivas de si mesmos. A mudança é rápida, marcada pela cor azul que os olhos adquirem, e pelo tom negro das mãos e dos pés. Carniçais são leais a seus criadores e entregam suas vidas para cumprir as ordens sinistras deste povo misterioso.

De acordo com a maior parte das histórias, os Outros surgiram pela primeira vez 8.000 anos atrás, durante um inverno longo, frio e difícil, que durou por uma geração inteira. Varreram a terra, chacinando homens e exércitos. Aqueles que eram mortos por eles erguiam-se para seguir os Caminhantes Brancos em seus corcéis mortos-vivos. Ninguém era capaz de fazer frente a eles, e todos que cruzavam seu caminho eram mortos, não importando sua idade ou inocência. Os Outros acabaram sendo rechaçados, mas ninguém lembra como isso foi feito. Contudo, sol, fogo e vidro dracônico podem ter contribuído para sua derrota.

CAPÍTULO 11: O NARRADOR

Agilidade	7	Acrobacia 2B, Equilíbrio 2B, Esquiva 3B, Rapidez 3B
Astúcia	5	
Atletismo	4	
Furtividade	5	Esgueirar-se 2B
Luta	7	Lâminas Longas 3B
Percepção	4	
Vigor	4	

Defesa em Combate 15		Saúde 12	Movimento 5
Armadura Sobrenatural	VA 8	PA –0	Volume 0
Espada Sobrenatural	7D+3B	Dano 4	Cruel, Estilhaçadora 1, Perfurante 4

Aura de Calafrio: criaturas que começarem seus turnos dentro de 10 metros de um Outro devem ser bem-sucedidas em um teste de Vontade **Formidável (12)** para não sofrer −1D em todos os testes. Aqueles que rolarem uma falha Crítica devem fugir em todas as rodadas, até que sejam bem-sucedidos em outro teste de Vontade. Animais que falharem em seus testes entram em pânico e fogem.

Criar Carniçal: humanos e animais mortos por Outros erguem-se como carniçais ao pôr do sol. Humanos mortos à noite erguem-se 1d6 rodadas depois.

Furtividade na Neve: Outros recebem +1D em testes de Furtividade feitos na neve ou no gelo. À noite, este bônus aumenta para +2D.

Nascido no Frio: Outros podem viver confortavelmente em climas de frio extremo.

Ódio pelo Sol: os Outros não suportam a presença do sol, sofrendo −1D em todos os testes sob sua luz.

Passo da Neve: Outros ignoram terreno traiçoeiro resultante de neve e gelo.

Sentir Vida: um Outro pode localizar qualquer criatura viva dentro de 10 metros, como uma ação livre.

Vulnerabilidade a Vidro Dracônico: armas feitas de vidro dracônico ignoram o VA dos Outros e causam dano igual a Atletismo +6.

Carniçais

Quando um Outro mata um humano ou animal, a vítima é amaldiçoada a erguer-se como um servo morto-vivo dos Caminhantes Brancos. Chamadas de carniçais, estas criaturas tornam-se muito brancas, exceto por suas mãos e pés, que ficam negros. Têm olhos azuis brilhantes, como seus criadores. Não têm cheiro, mas os animais os evitam. Mesmo quando desmembrados, os carniçais continuam a lutar, seus membros imbuídos de poder sobrenatural.

Quando um humano ou animal for transformado em um carniçal, sofre as mudanças a seguir.

- Perde todas as especialidades.
- Perde todos os Pontos de Destino.
- Perde todos os benefícios. Contudo, mantém quaisquer defeitos.
- Reduz Agilidade e Luta em 1 graduação (até um mínimo de 1).
- Aumenta Atletismo e Vigor em 1 graduação.
- Reduz Astúcia para 1 graduação.
- Reduz Idioma para 0 graduação.
- Não pode rolar testes de Conhecimento, Cura, Enganação, Guerra, Ladinagem, Lidar com Animais, Persuasão, Sobrevivência, Status e Vontade, falhando automaticamente.

Garras e Presas: carniçais usam suas mãos e dentes para atacar. Estes ataques causam dano igual à graduação em Atletismo do carniçal. Para carniçais humanos, estes ataques também têm a qualidade Agarrar.

Nas Garras da Morte: carniçais de origem humana recebem esta habilidade. Sempre que um carniçal sofre dano igual ou maior que sua Saúde, imediatamente remove metade deste dano e sofre −1D em todos os testes. Agora é capaz de fazer dois ataques por rodada como uma ação menor.

Vulnerabilidade a Fogo: todos os ataques de fogo que acertam carniçais recebem um grau de sucesso adicional. Um carniçal que sofra dano de fogo igual ou maior que sua Saúde é instantaneamente destruído.

Carniçal Humano

Agilidade	1
Astúcia	1
Atletismo	3
Furtividade	4
Idioma	0
Vigor	3

Defesa em Combate 4		Saúde 9		Movimento 3
Garras		2D	Dano 3	Agarrar

Nas Garras da Morte: veja acima.

Vulnerabilidade a Fogo: veja acima.

Estilos de Jogo

As regras neste livro foram feitas tendo em mente uma experiência de jogo específica. A casa nobre fornece uma excelente ferramenta para unir os personagens, e dá oportunidades para planejadores e guerreiros. Pode servir em qualquer tipo de crônica, desde um relato de guerra até uma exploração da intriga, ou qualquer intermediário. Contudo, o mundo de Westeros é grande, e há muitas histórias para contar sobre seu povo. Os estilos de jogo alternativos a seguir apresentam variações opcionais e discutem as mudanças necessárias para jogar cada um.

Aventureiros

Embora tenha muitas características únicas, GdTRPG é um jogo de fantasia. Nele, há muitas oportunidades para os temas tradicionais de aventuras e buscas, assim como ocorre em outros RPGs do gênero. Em vez de examinar o destino de uma casa nobre, você pode alterar o tom do jogo, inserindo personagens de várias origens, unidos por outro propósito — a aventura. As histórias deste estilo de jogo envolvem os personagens viajando a áreas remotas, explorando velhos templos, fortalezas perdidas e talvez até mesmo "masmorras". Os personagens podem partir em busca de Valyria, para descobrir o que ocorreu lá, e possivelmente recuperar artefatos e relíquias ancestrais desta civilização perdida. Outra possibilidade é que os personagens façam parte da tripulação de um navio. Eles podem ser piratas atacando embarcações comerciais e militares, contrabandistas ou até mesmo exploradores, navegando a portos distantes através do mundo.

Outra opção é que os jogadores assumam os papéis de cavaleiros. Podem ser cavaleiros errantes ou jurados a uma casa nobre, mas estão atrás de fama e fortuna nos Sete Reinos, vendendo suas espadas ou realizando missões perigosas para fazer o bem e salvar donzelas em apuros. Entre as aventuras, podem participar de torneios e encontrar alguns dos maiores cavaleiros do mundo, enquanto preservam o clima que torna GdTRPG emocionante.

Para conduzir uma campanha neste estilo, você pode fazer as mudanças a seguir.

Criação da Casa

Ignore as regras de criação de casas definidas no **Capítulo 6: Casa & Terras**. Caso algum personagem seja nobre, pode usar estas regras para definir o histórico de sua família, mas o sistema para administrar a casa não é usado.

Recompensas

Os personagens recebem Experiência e Ouro, mas não Glória.

História Antiga

Ao jogar em qualquer cenário baseado em uma fonte literária, é razoável preocupar-se com o espaço que os personagens jogadores terão para crescer e desenvolverem-se, sem contradizer o material original. Quanto mais você for fiel aos livros, menos chance a casa dos jogadores terá de alcançar a grandeza e colocar seu nome ao lado de outras, como a Casa Baratheon e a Casa Lannister. De certa forma, manter-se fiel demais cria um limite cruel para os personagens, mostrando-lhes as possibilidades mas impedindo seu maior poder e influência sobre as terras.

Uma forma de permanecer fiel aos livros sem negar as chances de grandeza aos jogadores é mudar a era em que os jogos ocorrem. Suas histórias não precisam envolver o reinado de Robert Baratheon; podem acontecer um século antes, durante o governo dos Targaryen, quando heróis como Sor Duncan, o Alto, vagavam pela terra. Você pode retroceder ainda mais, talvez até a época da Conquista de Aegon, da invasão dos roinar ou mesmo da invasão dos andals. Se você preferir mais magia no jogo, pode situar sua crônica na Era do Amanhecer, quando os Primeiros Homens forjaram seus reinos a partir dos ermos de Westeros. Quanto mais no passado você situar seus jogos, menos chance terá de contradizer os eventos nos livros, conquistando mais liberdade de explorar e desenvolver o jogo da maneira que quiser.

Para conduzir uma campanha neste estilo, você pode fazer as mudanças a seguir.

Criação da Casa

Ao determinar a época de fundação da casa, ignore os exemplos. Uma crônica situada durante a invasão dos andals pode ter casas ancestrais, assim como casas novas, apenas modifique as perspectivas destas casas, refletindo o período histórico do jogo.

O Jogo dos Tronos

Um dos temas mais interessantes dos livros e da série de TV é o jogo dos tronos — as intrigas e traições que definem a arena política dos lordes de Westeros. Um jogador hábil pode alcançar as alturas das grandes casas, enquanto que um jogador ruim pode desabar de qualquer posição que seus ancestrais tenham conquistado. As regras para casas nobres presentes neste livro servem para simular esta dinâmica de uma forma que não seja imediatamente destrutiva para os PJs e dê-lhes ao menos a possibilidade de ter um refúgio seguro em meio à politicagem.

Uma variação interessante para explorar algumas das tensões mais profundas do cenário é ampliar o escopo. Cada jogador controla uma casa, em vez de um único personagem. Em cada casa haverá vários personagens: o lorde, a *lady*, os herdeiros, as espadas juradas, os meistres, etc. Os jogadores podem usar todos para interagir com o cenário. Uma história pode incluir personagens de diferentes casas, unidos pelas circunstâncias ou por algum objetivo. Os jogadores podem inserir seus personagens nas histórias ou retirá-los delas, dependendo de suas necessidades e dos desafios apresentados.

O benefício desta variação é permitir muitos tipos de histórias, de intrigas em Porto do Rei até batalhas entre casas controladas por jogadores. Se você quiser mudar o foco para a Patrulha da Noite, os jogadores precisam apenas apresentar um personagem de seu conjunto para participar da história. Um deles pode ser um Irmão Juramentado, enquanto outros dois podem ser visitantes inspecionando a Muralha. Da mesma forma, você pode unir os jogadores por um tempo contra uma ameaça externa, fazendo com que eles juntem seus recursos contra um adversário agressivo.

Contudo, todas estas vantagens têm um preço. As histórias rapidamente chegam a uma escala épica, com inúmeros personagens, tramas e desenvolvimentos. Com a simples quantidade de personagens presentes, fica muito mais difícil lembrar-se de tudo que está acontecendo e já aconteceu. Você vai precisar de mais preparação e planejamento. Por fim, o jogo sempre corre o risco de degenerar-se para uma simulação estratégica — algo bastante enfadonho para jogadores que preferem interpretar e desenvolver um ou dois personagens.

Assim, antes de embarcar em uma imensa crônica neste estilo, converse com os jogadores. Embora esta seja uma proposta desafiadora, tem recompensas — avance com cuidado.

Para conduzir uma campanha neste estilo, você pode fazer as mudanças a seguir.

Criação da Casa

Cada jogador cria sua própria casa. Todas as casas devem situar-se no mesmo reino, escolhido por você, para evitar as discrepâncias de um jogo com casas em extremos opostos de Westeros.

Criação de Personagens

Para cada 10 pontos de Influência que tiver, um jogador cria um personagem. Pelo menos um deles deve ter ligação de parentesco com a casa. Os demais podem ser espadas juradas, meistres, etc.

Patrulha da Noite

A Irmandade Juramentada da Patrulha da Noite aumenta o escopo do jogo, incluindo personagens de todas as origens, de plebeus a príncipes. Estes homens bravos juram nunca se casar e cortam todas as ligações com família e amigos, para se juntar à Irmandade e defender a Muralha contra os inimigos dos Sete Reinos. Originalmente fundada para proteger Westeros de ameaças sobrenaturais, a Patrulha da Noite hoje em dia passa quase todo o seu tempo fazendo a manutenção da Muralha e lutando contra selvagens. Uma crônica centrada na Patrulha da Noite pode explorar incursões além da Muralha, missões de reconhecimento e intrigas dentro da Irmandade. Como alternativa, você pode concentrar-se nos eventos que acontecem na época dos livros: os personagens podem ser irmãos em Guarda-Leste-no-Mar ou na Torre Sombria, fazendo sua parte para repelir selvagens e Outros.

Para conduzir uma campanha neste estilo, você pode fazer as mudanças a seguir.

Criação da Casa e de Personagens

Ignore as regras de criação de casas. Em vez disso, os jogadores devem criar uma história que culmine em seus personagens vestindo negro. Caso venham de uma casa nobre, o jogador pode escolher uma casa existente ou criar uma nova (usando o sistema neste livro). Exceto por isso, os jogadores podem interpretar quem quiserem, de estudiosos que irão se tornar intendentes até guerreiros hábeis que podem se juntar aos patrulheiros.

Povo Livre

Outra variação interessante é fazer com que os jogadores assumam os papéis de selvagens além da Muralha.

Neste estilo, os personagens podem ser membros da mesma tribo, tentando sobreviver aos perigos de sua terra inclemente e guerreando contra a Patrulha da Noite e os horrores que espreitam na escuridão. Eles podem ser saqueadores, atravessando a Muralha para atacar comunidades no Norte, ou podem ser guerreiros, místicos ou caçadores. Como os recursos são escassos, conflitos são comuns. Por fim, este tipo de jogo é excelente para grupos que desejam mais fantasia, pois as terras além da Muralha estão repletas de entidades sobrenaturais, monstros lendários e coisas piores. Lidando com os Outros e os carniçais, os personagens podem participar da busca pelo Chifre do Inverno e por outras relíquias que possam salvar seu povo das coisas que os caçam à luz da lua.

Para conduzir uma campanha neste estilo, você pode fazer as mudanças a seguir.

Criação da Casa

Ignore as regras de criação de casas definidas no **Capítulo 6: Casa & Terras**. Você pode extrapolar algumas das regras para criar um conjunto semelhante de diretrizes para construir tribos selvagens.

Recompensas

Os personagens recebem Experiência e Ouro. Recebem Glória apenas se você estiver usando um sistema tribal baseado no sistema de casas.

Índice Remissivo

A

Abastado [benefício] 100
Abdicar do comando [ação de guerra] 230
Acertos críticos 212
Ácido 260
Ações 191, 204, 215
    avançadas 215
    da casa 154
    de guerra 230
    de intriga 187
    livres 192
    maiores 192
    menores 192
Acolchoada 166, 195
Acônito 170
Adaga 162, 196
Adaga de mão esquerda 162, 196
Adaptável [qualidade de arma] 198
Administração [especialidade] 90
Administrador 152
Afável [postura] 181
Afetuosa [postura] 180
Afogamento 257
Agarrar [qualidade de arma] 198
Ágil [qualidade] 100
Agilidade 73, 75, 192
Água fervente 225, 262
Águia 270
Ajuda 35
Ajudar [ação] 206
Alabarda 162, 196
Alcance em corpo-a-corpo 217
Álcool 170
Aleijado [desvantagem] 117
Alojamento 161
Amaldiçoado [desvantagem] 117
Ameaçador [desvantagem] 117
Ameaçar [especialidade] 252
Amigável [postura] 180
Amigo das Feras [benefício] 100
Amizade [objetivo de intriga] 179
Anão [desvantagem] 117
Ângulo frontal 238
Apaziguar [ação de intriga] 187

Apoio [unidade] 139
Arakh 162, 196
Arco 162, 197
Arco de curvatura dupla 162, 197
Arco longo 162, 197
Aríete 223
Arma improvisada 196
Armadura de bronze 169
Armaduras 166, 194
Armas 161, 195
    dano 198
    de aço valyriano 162
    qualidade 161
    qualidades 198
Armas de cerco 228
Arpéus 224
Arquearia 211
Arqueiros [unidade] 139
Arquétipos 37
Arremessar [especialidade] 77
Arrogância Suprema [desvantagem] 117
Arrombar [especialidade] 84
Artesão [posse] 141
Artista [benefício] 100
Assassino [personagem do narrador] 268
Assombrado [qualidade] 117
Assumir o comando [ação de guerra] 233
Astúcia 73, 76, 176
Atacando objetos 215
Atacar [ação de perseguição] 259
Atacar partes de unidades [ação de guerra] 230
Atacar unidade [ação de guerra] 230
Ataque [ação] 204
Ataque [especialidade] 86, 88
Ataque [ordem] 231
Ataque cauteloso [ação] 215
Ataque com duas armas [ação] 205
Ataque combinado [ação] 205
Ataque dividido [ação] 205
Ataque dividido [ordem] 236
Ataque exploratório [ordem] 236
Ataque imprudente [ação] 215
Ataque montado [ação] 205
Ataque relâmpago [ordem] 236
Ataques desarmados 214
Atletismo 73, 77, 192

ÍNDICE REMISSIVO

Atordoante [qualidade de arma] 198
Atraente [benefício] 100
Atrasar 204
Atropelar [ação] 215
Atropelar [ordem] 236
Atuar [especialidade] 81
Augúrios 265
Autoridade [benefício] 100
Auxiliar [ação de intriga] 187
Avaliação [benefício] 100
Avaliar animal [especialidade] 252
Aventuras 153
Azagaia 162, 197

B

Baixas 235
Bandido [personagem do narrador] 268
Barda 168
Barganha [técnica de intriga] 185
Bastardo [desvantagem] 117
Batalha [formação] 239
Batedor [arquétipo] 38
Batedores [unidade] 139
Bebida 161
Bênção [sorte da casa] 263
Benefícios 67, 96
Bens de comércio 157
Besta, leve 162, 197
Besta, média 162, 197
Besta, myresa 162, 197
Besta, pesada 162, 197
Bico de corvo 162, 197
Blefar [especialidade] 82
Bola com corrente 164, 196
Bordão 165, 196
Bosque divino [posse] 141
Brasões 142
    campo *146*
    cores *143*
    figuras *146*
Brasões vassalos 137
Brigantina 166, 195
Broquel 196

C

Caçar [especialidade] 88

Cair [ação] 206
Cajado 164, 196
Calor 257
Caminhantes Brancos 273
Cão 270
Carga [ação] 206
Carga [ordem] 231
Carismático [benefício] 100
Carniçais 274
Casa Arryn 17
Casa Baelish 18
Casa Baratheon 19
Casa Bracken 17
Casa Caron 20
Casa Carqueja 18
Casa Clegane 18
Casa Connington 20
Casa Coração-de-Carvalho 19
Casa Dalt 22
Casa Dayne 22
Casa Dondarrion 20
Casa Estermont 20
Casa Florent 19
Casa Forte-Vermelho 18
Casa Fossoway 19
Casa Greyjoy 15
Casa Lannister 18
Casa Marbrand 18
Casa Martell 22
Casa Mata-de-Ferro 22
Casa Monte-Negro 22
Casa Orlych de Salão da Geada 124
Casa Payne 18
Casa Pronto-ao-Mar 20
Casa Rowan 19
Casa Royce 18
Casa Selmy 20
Casa Stark 14
Casa Swyft 18
Casa Tarly 19
Casa Tarth 20
Casa Templeton 18
Casa Torre-Alta 19
Casa Tully 16
Casa Tyrell 19
Casa Vinho-Rubro 19
Casa Westerling 18
Casas Nobres 56, 263

ÍNDICE REMISSIVO

Castelão 152
Catapulta 229
Cavalaria 27
Cavalaria [unidade] 140
Cavaleiro de Torneios [benefício] 100
Cavaleiro errante [arquétipo] 40
Cavaleiro errante [personagem do narrador] ... 268
Cavaleiro sagrado [arquétipo] 42
Cavaleiros vassalos 152
Cavalgar [ação] 206
Cavalgar [especialidade] 85
Cavalo de batalha 167, 269
Cavalo de tração 167, 269
Cavalos 167
Cenas 243
Chapéu cinzento 171
Charme [técnica de intriga] 185
Chicote 164, 196
Chuva de Aço [qualidade] 101
Chuva 226
Cidades Livres 22
Clima 226
Colérico [desvantagem] 119
Coletar [especialidade] 89
Coluna [formação] 239
Comandantes 220
Comandar [especialidade] 83
Começar projetos [ação da casa] 154
Comida 161
Companheiro [benefício] 101
Companheiro Animal [benefício] 101
Compostura 176
Comprida [qualidade de arma] 198
Conduzir [ação] 206
Conduzir [especialidade] 85
Conhecimento 74, 79
Contatos [benefício] 101
Contorcionismo 75
Contra carga [qualidade de arma] 199
Contra-ataque [ação] 216
Convencer [técnica de intriga] 185
Coordenar [especialidade] 92
Coragem [especialidade] 92
Corcel 167
Corcel de areia 167, 269
Cordas 224
Correr [especialidade] 78
Corrida [ação] 206

Corrida em Longa Distância [especialidade] 252
Cortês [benefício] 101
Cortesão [personagem do narrador] 268
Corvo 270
Cosmopolita [benefício] 101
Cospe-fogo 229
Costumes 23
Cota de escamas/moedas 166, 195
Cota de malha 166, 195
Couraça 166, 195
Couro macio 166, 195
Couro rígido 166, 195
Covarde [desvantagem] 119
Crescimento [sorte da casa] 264
Criação [especialidade] 90
Criar um obstáculo [ação de perseguição] 259
Criaturas 269
Criminosos [unidade] 140
Crônica 246
Cruel [qualidade de arma] 199
Cruzados [unidade] 140
Cunha [formação] 239
Cura 74, 81, 209
Curto alcance [qualidade de arma] 199

D

Dádiva [sorte da casa] 263
Dado de bônus 34, 35
Dado de teste 34
Dado de penalidade 35
Dados 30
Dançarino da Água I [benefício] 101
Dançarino da Água II [benefício] 102
Dançarino da Água III [benefício] 102
Dano 34, 192, 208
   em personagens dentro de unidades 233
   em personagens menores 209
   fora de conflitos 216
   reduzindo 208
Debandada 233
Decifrar [especialidade] 76
Declínio [sorte da casa] 264
Dedicação [especialidade] 92
Defeito [desvantagem] 119
Defeitos 68
Defensiva [qualidade de arma] 199
Defesa [ordem] 231

ÍNDICE REMISSIVO

Defesa Acrobática [benefício] 102
Defesa em Combate 69, 193
Defesa em Intriga 69
Derrota 192, 207
Derrubar [ação] 216
Desajeitada [qualidade de arma] 199
Desarmar [ação] 216
Desastrado [desvantagem] 119
Desastre [sorte da casa] 264
Desgostosa [postura] 181
Desistir [ação de intriga] 187
Desorganizada 233
Destruída 233
Desvantagem 34, 68, 117
Diagnóstico [especialidade] 81
Diálogos 175
Dificuldade 34, 36
    desafiadora 255
    determinando 254
    difícil 255
    fácil 254
    formidável 255
    heroica 255
    modificadores 256
    muito difícil 255
    rotineira 254
Dinheiro 156
Diplomata Cauteloso [benefício] 102
Disciplina 225
Disfarce [especialidade] 82
Distraído [desvantagem] 119
Distrair [ação] 216
Dívida [desvantagem] 119
Doença na Infância [desvantagem] 119
Doença 260
Doente [desvantagem] 119
Dorne 20, 125
Duas Mãos [qualidade de arma] 199
Duelos 211
Durão [qualidade] 102

E

Educação [especialidade] 80
Eloquente [benefício] 103
Emboscada [ordem] 236
Embriaguez 261
Empalar [qualidade de arma] 199
Empatia [especialidade] 86
Empolado [desvantagem] 119
Empurrar [ordem] 236
Encantar [especialidade] 85
Enfermidade 260
Enganação 74, 81, 176
Engenheiros [unidade] 140
Enorme [benefício] 102
Enredar [qualidade de arma] 200
Entrar em combate [ação de intriga] 188
Entrar em uma unidade [ação de guerra] 231
Envolver [ordem] 236
Equilíbrio [especialidade] 75
Escadas 224
Escala 219
Escalar [especialidade] 78
Escalar muralhas [ordem] 237
Esconder Animal [especialidade] 253
Esconder-se [ação de perseguição] 259
Escorpião 229
Escudeiro [arquétipo] 44
Escudo 164, 196
Escudo de corpo 164, 196
Escudo de reputação [ação de intriga] 188
Escudo grande 164, 196
Esforço extra [ação de perseguição] 260
Esgueirar-se [especialidade] 82
Espada bastarda 164, 196
Espada longa 164, 196
Espada pequena 164, 196
Especial [unidade] 140
Especialidades 35, 66, 73
    expandidas 252
Especialista [benefício] 103
Especialista [papel] 61
Especialista em Terreno [benefício] 103
Esquadrão de Elite [benefício] 103
Esquiva [ação] 206
Esquiva [especialidade] 76
Estacas de ferro 157
Estado Geral [especialidade] 253
Estatísticas derivadas 69
Estilete 164, 196
Estilhaçadora [qualidade de arma] 200
Estilos de jogo 275
    aventureiros 275
    história antiga 275
    o jogo dos tronos 276

ÍNDICE REMISSIVO

Patrulha da Noite 276
povo livre 277
Estrangulador 171
Estratégia [especialidade] 83
Eunuco [desvantagem] 119
Eventos históricos 130
   ascensão 130
   bênção 130
   catástrofe 130
   conquista 130
   declínio 131
   derrocada 131
   derrota 131
   escândalo 131
   favorecimento 131
   glória 132
   infraestrutura 132
   invasão/revolta 132
   loucura 132
   traição 132
   vilão 133
   vitória 133
Evolução 70
Experiência 70
Extremo, O 19, 125

F

Faca 164, 196
Fadiga 218
Falange [formação] 239
Falcoaria [especialidade] 253
Famoso [qualidade] 103
Favorito da Nobreza [benefício] 103
Favorito da Plebe [benefício] 103
Fé 26
Ferimento 34, 35, 208
Ferramenta de aldeão 164, 196
Ferramentas profissionais 157
Fiel [benefício] 103
Filhos do Ferro 15
Foco em Conhecimento [benefício] 104
Fogo de supressão [ordem] 237
Fogo 262
Fogo myrês 171
Fogo selvagem 224, 262
Fome 257
Força [especialidade] 78

Formação 239
Fortificações 227
Fracassos 212
Frágil [desvantagem] 120
Frágil [qualidade de armas] 200
Frasco 157
Frio 258
Frustação 34, 188
Funda 164, 197
Fúria [benefício] 104
Furioso 104
Furtar [especialidade] 84
Furtividade 74, 82
Furtivo [benefício] 104

G

Garrano 167, 270
Gato sombrio 271
Gerenciar recursos [ação da casa] 154
Gigante 273
Girar [ordem] 238
Glória 70, 234
Graduação 34
Graduações em habilidade 71
Grande Caçador [benefício] 104
Grau 34
Guarda [personagem do narrador] 268
Guarda pessoal [unidade] 140
Guarnição [unidade] 140
Guerra 74, 83, 193
Guerrear [ação da casa] 155
Guerreiro [papel] 61
Guerrilheiros [unidade] 140
Guildas 141

H

Habilidade 34
Habilidades 65, 176, 192
   substituição 251
Hábito Perturbador [desvantagem] 120
Heráldica [especialidade] 253
Herança [benefício] 104
Herdeiro [arquétipo] 46
História 246
Histórico 62
Honrado [desvantagem] 120

I

Idade	57
Identificar [especialidade]	253
Idiomas	74, 83
Ignóbil [desvantagem]	120
Ilhas Basilisco	22
Ilhas de Ferro	14, 124
Imitar [especialidade]	253
Imobilizar [ação]	206
Inamistosa [postura]	181
Incitar [técnica de intriga]	186
Indiferente [postura]	181
Infantaria [unidade]	140
Influência	34, 176, 188
Influenciar [ação de intriga]	188
Informação [objetivo de intriga]	179
Ingênuo [desvantagem]	120
Inimigo [desvantagem]	120
Insanidade Cruel [desvantagem]	120
Inspirador [benefício]	104
Instrumento musical	157
Interagir [ação]	206
Interrompendo ações	212
Intimidar [técnica de intriga]	186
Intrigas	175
complexas	*178*
comuns	*177*
derrota	*188*
juntando-se a uma	*189*
mais rápidas	*189*
objetivo	*179*
pontos de vitória	*178*
simples	*177*
técnicas	*184*
tipo	*177*
Irmão da Patrulha da Noite [benefício]	106

J

Javali	271
Junção [ordem]	237
Jurado aos deuses [arquétipo]	48
Justa	210

K

Kit de meistre	157

L

Ladinagem	74, 84
Lagarto-leão	271
Lágrimas de Lys	172
Lâmina braavosi	164, 196
Lamparina	158
Lampião	158
Lança de guerra	164, 196
Lança de javali	165, 197
Lança de sapo	165, 197
Lança de torneio	165, 197
Lança	164, 196
Lascivo	120
Leis	23
Leite de fogo	172
Leite de papoula	172
Lemas	142
Lenta [qualidade de arma]	200
Lente myresa	159
Ler alvo [ação de intriga]	188
Lesão	34, 209
Levantar-se [ação]	206
Liça	211
Lidar com Animais	74, 85
Líder [papel]	61
Líder de Casa [benefício]	106
Líder de Homens [benefício]	106
Limites do campo de batalha	201
Lobo	272
Lobo atroz	272
Lógica [especialidade]	77
Longo alcance [qualidade de arma]	200
Luta	74, 86, 193
Lutador Braavosi I [benefício]	106
Lutador Braavosi II [benefício]	106
Lutador Braavosi III [benefício]	106
Lutador com Armas de Contusão I [benefício]	106
Lutador com Armas de Contusão II [benefício]	106
Lutador com Armas de Contusão III [benefício]	107
Lutador com Armas de Haste I [benefício]	107
Lutador com Armas de Haste II [benefício]	107
Lutador com Armas de Haste III [benefício]	107
Lutador com Lâminas Curtas I [benefício]	107
Lutador com Lâminas Curtas II [benefício]	107
Lutador com Lâminas Curtas III [benefício]	107
Lutador com Lâminas Longas I [benefício]	107
Lutador com Lâminas Longas II [benefício]	107

Lutador com Lâminas Longas III [benefício] 108
Lutador com Lanças I [benefício] 108
Lutador com Lanças II [benefício] 108
Lutador com Lanças III [benefício] 108
Lutador com Machados I [benefício] 108
Lutador com Machados II [benefício] 108
Lutador com Machados III [benefício] 108

M

Maça 165, 196
Machadinha 165, 197
Machado de batalha 165, 197
Machado de haste 165, 196
Machado de lenhador 165, 197
Machado longo 165, 197
Maestria em Arma [benefício] 109
Maestria em Arma Aprimorada [benefício] 109
Maestria em Armadura [benefício] 109
Maestria em Armadura Aprimorada [benefício] 109
Maestria em Escudo [benefício] 109
Magia 264
Magnético [benefício] 109
Mais tempo 35
Maldição [sorte da casa] 264
Maliciosa [postura] 181
Mamute 272
Manco [desvantagem] 120
Manganela 230
Mangual 165, 196
Mangual com cravos 165, 196
Manha [especialidade] 80
Manipular [ação de intriga] 188
Manobrar [ação] 216
Manobras Evasivas [especialidade] 253
Manopla 196
Manteletes 224
Mão Inábil [qualidade de arma] 200
Mãos Ágeis [qualidade] 109
Mar Dothraki 22
Marcado [desvantagem] 120
Marinheiros [unidade] 140
Marreta 165, 197
Martelo de guerra 165, 196
Martelo e bigorna [ordem] 237
Medo [desvantagem] 120
Meia armadura 166, 195
Meimendro 172

Meistre [arquétipo] 50
Meistre [benefício] 109
Meistre 142, 152
Meistres 28
Membro da Guarda Real [benefício] 109
Memória [especialidade] 77
Memória Eidética [benefício] 110
Mente Matemática [benefício] 110
Mercado [posse] 142
Mercenários [unidade] 140
Mesclar-se 82
Mestre de armas 152
Mestre de caça 152
Mestre dos cavalos 152
Mestre dos Corvos [benefício] 110
Milagreiro [benefício] 110
Mina 142
Miniaturas 199, 220
Mirar [ação] 217
Modificador 34
Montada [qualidade de arma] 200
Montanhas da Lua, As 124
Montante 165, 196
Montarias 167
Moral 233
Motivação 62
Mover-se [ação] 206
Mover-se em Silêncio [especialidade] 253
Movimento [ordem] 231
Movimento 194
Mudo [desvantagem] 120
Mula 167

N

Nadar [especialidade] 78
Navios de guerra [unidade] 141
Negociador Nato 110
Neve 227
Nobre [arquétipo] 52
Nocautear [ação] 217
Norte, o 14
Notar [especialidade] 86

O

Objetivo 62
Obsidiana 169

ÍNDICE REMISSIVO

Obstáculos 202
Odiado [desvantagem] 120
Ofício [benefício] 110
Óleo fervente 225, 262
Óleo 159
Olhos longínquos 159
Olhos Noturnos [benefício] 110
Ordens 221
    ângulo frontal 238
    avançadas 236
    formação 239
Orientar-se [especialidade] 89
Osso de dragão 169
Osso ou madeira 166, 195
Ouro 70
Outros, Os 273

P

Palafrém 168, 270
Pantomina [especialidade] 110
Parede de escudos [formação] 239
Passar [ação] 207
Patrono [benefício] 114
Pavilhão 159
Pederneira 159
Peles 166, 195
Percepção 74, 86, 176, 193
Perfume 159
Perfurante [qualidade de arma] 200
Permuta 156
Perseguições 258
Personagem 30
Personagens do narrador 266
    evoluindo 267
    primários 266
    promovendo 267
    rebaixando 267
    secundários 266
    266
Persuasão 74, 87, 176
Peste 261
Picareta 165, 197
Pinça [ordem] 237
Pio [benefício] 111
Pique 165, 197
Placas 166, 195

Planejador [papel] 61
Plebeus recrutados [unidade] 141
Poção definhante 173
Poderosa [qualidade de arma] 200
Poejo 173
Poliglota [benefício] 111
Pônei 168, 270
Pontaria 74, 88, 193
Pontos de destino 34, 67, 93
    ganhando 95
    gastando 94
    investindo 95
    qualidades 95
    queimando 94
Porrete 165, 196
Portentos 265
Porto [posse] 142
Porto do Rei 12, 123
Posses 134
    de defesa 134
    de influência 135
    de lei 136
    de poder 137
    de população 137
    de riqueza 141
    de terras 135
Posturas 180
    evolução 183
    inicial 182
Preciso [benefício] 112
Prepara contra carga [ordem] 237
Preso à Garrafa [desvantagem] 121
Prestidigitação [especialidade] 84
Prever estratégia [ação] 253
Procurar Brecha [especialidade] 253
Professor Nato [benefício] 111
Prontidão [ordem] 232
Proscrito [desvantagem] 121
Protegido [desvantagem] 155
Provocar [técnica de intriga] 186
Pugilista I [benefício] 112
Pugilista II [benefício] 112
Pugilista III [benefício] 112
Punhal 165, 196
Punho 196
Puro-sangue 167
Puxar um cavaleiro [ação] 206

ÍNDICE REMISSIVO

Q

Quadrado [formação] 239
Qualidade 34
Qualidades 95
    de fortuna 96
    de habilidade 97
    de herança 96
    marciais 97
    sociais 99
Quebrar 215
Queda 262

R

Rápida [qualidade de arma] 200
Rapidez [especialidade] 76
Rápido [qualidade] 112
Rastrear [especialidade] 89
Rato das Ruas [beneficio] 112
Reagrupar [ordem] 232
Realizar torneios [ação da casa] 155
Reanimar [ordem] 232
Rebelião de Balon, A 16
Recarga [qualidade de arma] 200
Recompensas 70, 245
Reconhecer [especialidade] 253
Recuar [ação de intriga] 188
Recuperação 206
Recuperar o fôlego [ação] 207
Recursos 236
Rede 165, 197
Reis da Tempestade, os 20
Religião 26
Render-se [ação] 207
Rendição 208
Rendição [ordem] 232
Reorganizar [ordem] 232
Reorganizar/reanimar [ação de guerra] 231
Repensar [ação de intriga] 188
Reputação [especialidade] 90
Resistência [especialidade] 91
Respeitado [beneficio] 112
Resultado 34
Resultados passivos 251
Retirada [ordem] 232
Retirada agressiva [ordem] 232
Reverter [ordem] 238

Robes 167, 195
Rocha do Dragão 123
Rodada de batalha 220
Rodadas 191
Rosto na Multidão [beneficio] 112
Roupas 159

S

Sábio das Armas [beneficio] 113
Sabotagem [ordem] 237
Sachê 159
Sagrado [beneficio] 113
Sair de uma unidade [ação de guerra] 233
Saltar [especialidade] 79
Saltar na Sela [especialidade] 254
Sangue de basilisco 173
Sangue de Heróis [beneficio] 113
Sangue de Valyria [beneficio] 113
Sangue de viúva 173
Sangue dos Andals [beneficio] 113
Sangue dos Homens de Ferro [beneficio] 113
Sangue dos Primeiros Homens [beneficio] 113
Sangue dos Roinar [beneficio] 113
Sangue dos Selvagens [beneficio] 113
Saqueadores [unidade] 140
Saúde Frágil [desvantagem] 121
Saúde 69, 194
Sede 257
Seduzir [técnica de intriga] 186
Sentido Deficiente [desvantagem] 121
Sentido do Perigo [beneficio] 113
Sentidos Aguçados [beneficio] 113
Septo [posse] 142
Septon 152
Serviço [objetivo de intriga] 179
Servo [arquétipo] 54
Sete, os 26
Sinistro [beneficio] 114
Sobrevivência 74, 88
Sonho verde 265
Sonhos de Warg [beneficio] 114
Sono doce 174
Sono 257
Sorte da Casa 153, 264
Sortudo [beneficio] 114
Status 60, 74, 90, 176
Sucesso rotineiro 251

Sucesso 36
Sufocação 257
Surpresa 203
Sustento 256

T

Tagarelar [ação de intriga] 188
Talas 167, 195
Talentoso [benefício] 114
Tamanho 193
Tanásia 174
Tartaruga 224
Tartaruga [formação] 239
Tática [especialidade] 83
Tática no campo de batalha 212
Teimoso [benefício] 114
Temperatura 257
Tempo estratégico 243
Tempo narrativo 243
Tenda de soldado 159
Terra arrasada [ordem] 238
Terras Fluviais, As 16, 124
Terras Ocidentais, as 18, 124
Terras Sombrias 22
Terras Tempestuosas, as 19, 125
Terras 114
Terreno 203, 226
Terreno superior 214
Teste 30, 34
Teste de habilidade 34
Tinta 159
Tiro Duplo [qualidade] 114
Tiro Mortal [benefício] 115
Tiro Triplo [benefício] 115
Tocha 159
Torneios [especialidade] 90
Torneios 210
Torre de cerco 225
Traiçoeiro [benefício] 115
Traje de aldeão 159
Traje de artesão 159
Traje de artista 159
Traje de cortesão 160
Traje de meistre 160
Traje de nobre 160
Traje de viajante 161
Traje do norte 160

Trapaça (objetivo de intriga) 179
Trapacear [especialidade] 82
Tratador de cães 152
Tratar Doença [especialidade] 81
Tratar Ferimento [especialidade] 81
Treinar [especialidade] 85
Tridente 165, 197
Tridente, O 16
Trocador de Peles [benefício] 115
Trocadores de peles 116
Truque de Equitação [especialidade] 254
Turba [formação] 239
Turnos 191

U

Unidades 138
Urso 212
Usar habilidade [ação] 207
Usar pontos de destino [ação] 207

V

Vela 159
Velhos Deuses, Os 27
Veneno de basilisco 174
Venenos 169
Vestimentas de sacerdote 161
Viagens 258
Vício 64
Vidro dracônico 169
Vigor 74, 91, 193
Virtude 63
Visão Verde [benefício] 115
Visão verde 265
Visibilidade 202
    em batalha 226
    escuro 203
    iluminado 202
    sombrio 202
Vitalidade [especialidade] 91
Volume [qualidade de arma] 200
Vontade 74, 92, 176

W

Warg [benefício] 116
Xadrez [formação] 239

Guerra dos Tronos RPG

Nome: _____
Idade: _____ **Sexo:** _____ **Casa:** _____

Habilidade	Grad.	Especialidades

Qualidades

_____

Pontos de Destino ☐ ☐ ☐ ☐ ☐ ☐

Defesa em Combate
Agilidade + Atletismo + Percepção

Defesa em Intriga
Astúcia + Percepção + Status

Saúde
Vigor x 3

Compostura
Vontade x 3

Movimento
4 m + 1 m / 2 B em Corrida

Corrida
Movimento x 4

Arma	Ataque	Dano	Qualidades

Ferimentos
☐ ☐ ☐ ☐
☐ ☐ ☐ ☐

Lesões
☐ ☐ ☐ ☐
☐ ☐ ☐ ☐

Armadura	Valor	Penalidade